I0823892

LA CASA NEVILLE

Segunda Parte
No quieras nada vil

FLORENCIA BONELLI

LA CASA NEVILLE

Segunda Parte
No quieras nada vil

Obra editada en colaboración con Editorial Planeta – Argentina

Bajo el sello editorial PLANETA M.R.
Avenida Presidente Masarik núm. 111,
Piso 2, Polanco V Sección, Miguel Hidalgo
C.P. 11560, Ciudad de México
www.planetadelibros.com.mx

Primera edición impresa en Argentina: mayo de 2024
ISBN: 978-950-49-8508-2

Primera edición impresa en México: agosto de 2024
Primera reimpresión en México: febrero de 2025
ISBN: 978-607-39-1844-2

Esta es una obra de ficción histórica. Los hechos y los personajes descritos están inmersos en una época y un contexto determinados y, en varios aspectos puntuales, superados. Las situaciones narradas no reflejan el pensamiento de la autora ni de la editorial sobre temas que pueden resultar sensibles para lectores y lectoras actuales.

Impreso en los talleres Impresora Tauro, S.A. de C.V.
Av. Año de Juárez 343, Colonia Granjas San Antonio, Iztapalapa
C.P. 09070, Ciudad de México.
Impreso en México – *Printed in Mexico*

A Miguel Ángel, que, con solo escucharme,
me aclara las ideas.

A mi sobrino Tomás.

Llegará un momento en que creerás
que todo ha terminado. Ese será el principio.

EPICURO
filósofo griego de la Antigüedad
(341 antes de Cristo - 270 antes de Cristo)

Dadme el control de la moneda de un país
y no me importará quién hace las leyes.

Frase atribuida al banquero alemán
MAYER AMSCHEL ROTHSCHILD
(1744-1812)

Árbol genealógico de la familia Blackraven

«Fortis in bello»

Roger Blackraven
(1770),
duque de Guermeaux
c. con Isaura «Melody» Maguire

Estevanico «Nico»
Blackraven (1797),
hijo adoptivo de los
duques de Guermeaux

Alexander Fidelis
Blackraven (1806),
conde de Stoneville

Anne-Rose «Rosie»
Blackraven (1808)
c. con Edward Jago

Donald Jago
(1830)

Edward Jago
(1832)

Arthur Roger «Artie»
Blackraven
(1811)

Isabella Isaura «Ella»
Blackraven
(1813)

Árbol genealógico de la familia Neville

«Ne ville velis»

Alistair Neville (1754),
vizconde de Falmouth
c. con Beatrix Penhaligon

Percival Rollo Charles
«Percy» Neville (1778),
barón de Alderston
c. con Cassandra King
c. con Dorotea Castillo y Paje

Archival Christian «Archie»
Neville (1805)
c. con Alexandrina Trewartha

Cassandra «Cassie»
Neville (1808)
c. con Julian Porter-White

William Porter-
White (1831)

Manon Gloriana
Neville (1812)

David Samuel Neville
(1780)
c. con Charlotte Tate

Philippa «Pippa»
Neville (1809)

Lilly Rita
Neville (1811)

Marie Charlotte
Neville (1813)

Daniel James Neville
(1782)
c. con Louisa Collins

Harry Daniel
Neville (1814)

Almeric James
Neville (1815)

Timothy «Timmy»
Neville (1819)

Leonard Ralph Neville
(1784)
c. con Anne-Sofie Bamford

Ruta del Leviatán Londres-Cantón

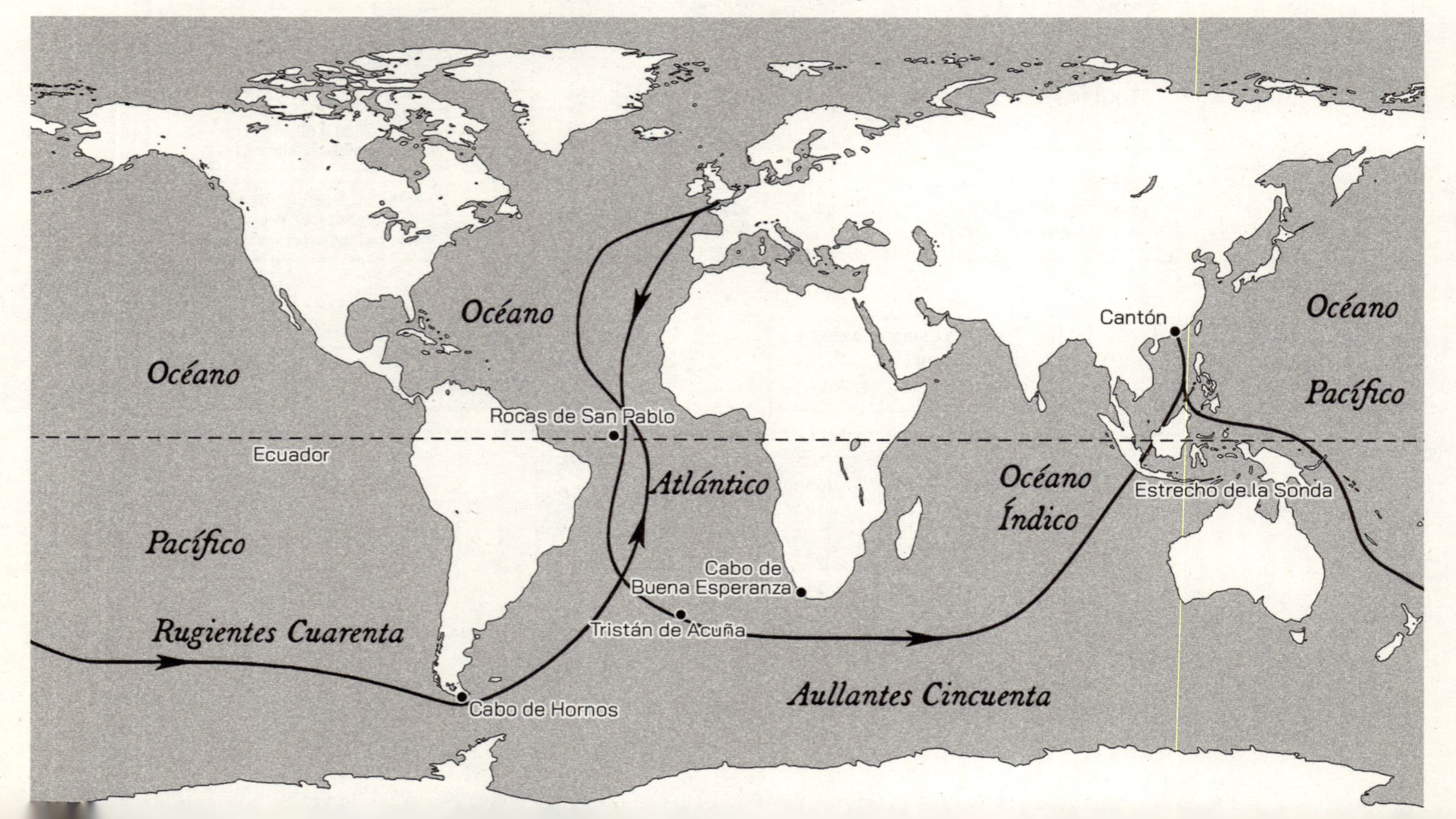

Cantón y sus alrededores

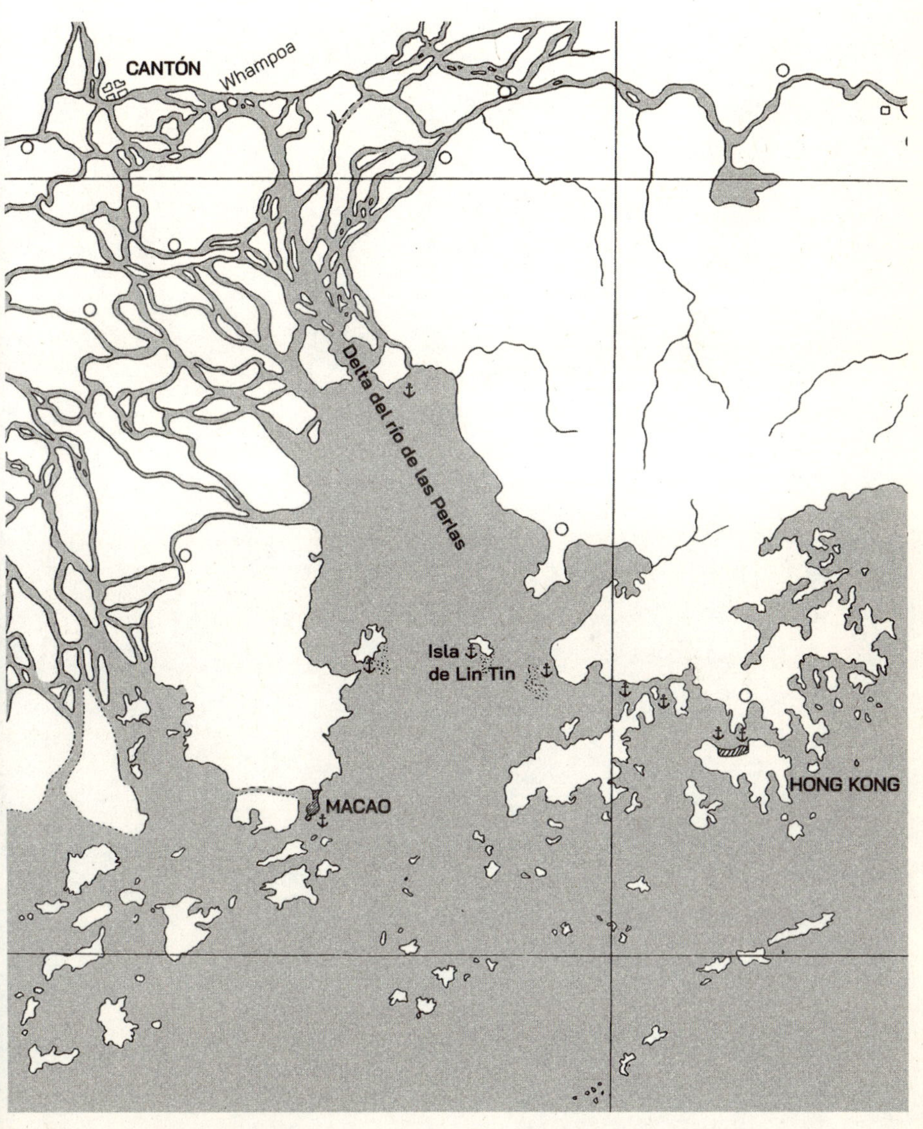

Capítulo I

Viernes, 8 de noviembre de 1833. Cementerio de la Iglesia de Saint John, en Hackney, al nordeste de Londres.

Seis días después del asesinato de Jacob Trewartha, Scotland Yard se había decidido a restituirle el cuerpo de su amigo. Las bajas temperaturas habían permitido que la espera se eternizase. No se atrevían a deshacerse del cadáver porque la defensa había solicitado al tribunal la autorización para realizar una nueva autopsia. Según le había explicado el inspector Holden Brown, el día anterior el juez Blansfield había rechazado el pedido y ordenado que se procediese con las exequias.

Allí se encontraba él, en esa fría aunque soleada tarde de otoño, despidiendo al único amigo que había tenido. Nadie lo acompañaba, excepto los dos sepultureros y un pastor que declamaba el responso de manera mecánica a cambio de unos peniques. Estaba completamente solo, en esa instancia y en la vida. En suelo bengalí habían quedado las dos personas a las que había amado entrañablemente, su esposa Sally y su pequeño hijo Angus, víctimas de la malaria que diezmaba la región. Habían fallecido con un día de diferencia, primero Angus, después Sally, que se había dejado morir, devastada por la enfermedad y por la pena al enterarse de que su hijo de cinco años acababa de partir.

Había sobrevivido alentado por Jacob; con su espíritu práctico e impaciente, lo había sacudido exigiéndole que se repusiera. En realidad, lo había hecho sentir necesario, sobre todo cuando comenzaron el negocio paralelo de la venta de opio.

Tampoco olvidaría el apoyo que había significado durante las primeras semanas después de la muerte de Sally y de Angus la silenciosa y estable presencia de Sri Sananda, al que Sally y su amiga Ysella Bamford, la primera esposa de Jacob Trewartha, habían querido y admirado.

Sri Sananda lo había ayudado a asistir a su hijo y a su esposa hasta que expiraron, e incluso se quedó a su lado después del entierro. Se instaló en su casa, pese a las responsabilidades que lo aguardaban en el *ashram*, una especie de monasterio al que se acercaban a diario los muertos de hambre para ser alimentados y los necesitados de consuelo para ser consolados, y donde Sally e Ysella habían colaborado y realizado tareas de beneficencia con el joven pastor Trevik Jago, de ideas demasiado modernas y liberales para su gusto.

Durante aquellos días tras los funerales de Sally y de Angus nada le había importado, ni siquiera que el extraño indio dispusiese un jergón en el suelo y se echase a dormir en el corredor, frente a su dormitorio. Tal vez había decidido quedarse, convencido de que se volaría la tapa de los sesos. No estaba equivocado: la idea lo perseguía, e incluso había intentado llevarla a cabo, solo que, cuando fue a buscar la pistola, no la halló en el cajón donde solía guardarla. Tiempo después Jacob le contó que Sananda le había ordenado que la escondiese. Trewartha, que detestaba al sabio indio con la misma pasión que lo respetaba y le temía, obedeció y se llevó la pistola a su casa. Se la devolvió meses más tarde cuando Sananda se lo indicó, persuadido de que el suicidio ya no formaba parte de sus planes.

Aún recordaba las primeras palabras que habían intercambiado, Sananda y él, varios días después del entierro, cuando despertó de una borrachera con una resaca monstruosa, y el sabio lo atendió con amorosa disposición.

—Gracias, Sri —le dijo después de que le alcanzara la bacinilla para vomitar.

—No me llames Sri. Llámame Sananda.

—¿Por qué no Sri?

—Es solo un título que me ha dado la gente —dijo con simpleza.

Los días transcurrían en un silencio que lo desconcertaba, pues no lo incomodaba; por el contrario, lo serenaba. Para su sorpresa, le gustaba ubicarse junto al indio mientras este se sentaba sobre la alfombra de la sala con los pies cruzados y se quedaba dormido en esa extraña posición; al menos, parecía dormido. Una calma difícil de describir se cernía sobre la casa, sobre su cuerpo y en especial sobre el ritmo de su corazón. No había felicidad, tampoco tristeza; se trataba de una sensación de sosiego que en esa instancia, frente al féretro de su amigo, habría añorado experimentar de nuevo.

Alzó la vista, y allí, del otro lado del foso, se hallaba el hombre cuyo recuerdo acababa de evocar: Sri Sananda. Dio un paso atrás de manera instintiva, asustado por la posibilidad de que se tratase de una visión. Había bebido, pero no tanto para alucinar. Recordó que Jacob le había contado que el viejo sabio había llegado a Londres con los cuadernos que Ramabai le había robado antes de escapar. La joven princesa había demostrado una vez más su astucia al confiárselos a su guía y maestro.

Sri Sananda le sonrió. El gesto lo tranquilizó y le resultó de una familiaridad asombrosa. Llevaba una capa gruesa enroscada en torno al cuerpo y la cabeza cubierta por un gorro de fieltro similar a un fez y se apoyaba en el cayado de un pastor. Su exótica apariencia le mereció un vistazo despreciativo del pastor, que apuró las últimas líneas del responso con la voz endurecida. Cerró el breviario y asintió en dirección a los sepultureros, que hicieron descender el féretro en el foso sirviéndose de cuerdas. Tras algunas paladas de tierra, el clérigo se despidió con un severo saludo después de haber echado dentro de la faltriquera los tres peniques prometidos. Se los entregó sin lamentarlo, pese a que se trataba de una fortuna para él dada su precaria situación financiera.

Permaneció un rato mirando cómo la tierra iba cubriendo el ataúd. Sananda bordeó el foso y se ubicó a su lado.

—¿Cómo has sabido que estaba aquí? —lo interrogó—. Creí que era un secreto.

—Recordé que Sally hablaba siempre de su pueblo natal, de Hackney. Imaginé que habías venido aquí a buscar refugio.

«Buscar refugio», repitió para sí, y juzgó acertada la expresión.

—Londres se ha convertido en un sitio indeseable —confesó—. Todos me buscan, acreedores y periodistas. No tenía paz.

—Lo sé.

—¿Por qué estás aquí?

—A Sally no le hubiese gustado que te dejase solo en este momento.

—Gracias —atinó a mascullar, afectado por la respuesta.

Cruzaron el terreno en silencio. La noche iba cayendo poco a poco, inexorablemente. El único sonido lo componía el delicado golpe del cayado de Sananda sobre el suelo. Sintió alivio de contar con la compañía de ese hombre, incluso alegría. ¿Por qué estaba allí? Sananda sabía que tanto él como Jacob habían planeado deshacerse de Ramabai. ¿Qué locura se había apoderado de ellos? Sacudió la cabeza, chasqueó la lengua, pero Sananda no dijo nada, ni siquiera alzó la vista para mirarlo.

—¿Regresarás a Londres?

—No —contestó el indio—. Es tarde y he despedido al birlocho que me condujo hasta aquí. ¿Dónde te alojas tú?

—En una posada, a pocas calles de aquí. Vamos —dijo, y le indicó el camino.

El tabernero se decidió a darle una habitación al extraño del cayado solo cuando este puso una corona sobre el mostrador y aceptó llevarle una cena para dos cuando le prometió una cifra similar.

Media hora más tarde, después de haberse lavado y cambiado la camisa, llamó a la puerta de la habitación contigua. Sananda le abrió y lo invitó a entrar. La cena estaba servida. Aunque hacía días que no comía decentemente, no tenía apetito. Lo había perdido todo, incluso la dicha que procuraba un buen plato de comida. Notó que sobre la mesa no había cerveza, sino una tetera. Sananda no le permitiría emborracharse; lo obligaría a enfrentarse a sus errores y a sus demonios en un incuestionable estado de sobriedad.

Contra todo pronóstico, y tras un primer bocado, le volvieron las ganas de comer. La cena transcurrió sin palabras y le recordó a las compartidas con el sabio después de las muertes de Sally y de Angus.

No supo por qué empezó a hablar y a soltarle la verdad si no había bebido una gota. La lengua se le aflojaba si bebía, defecto que Jacob le había reprochado en muchas ocasiones. Sobrio, era un hábil simulador. Con Sananda, nada era como debía ser.

Le contó lo de las actividades ilegales que iniciaron con el opio e intentó justificarse alegando que la Compañía merecía ser estafada como ella estafaba a diario al pueblo indio desde hacía décadas. Le refirió acerca de las amantes que desfilaron, una después de otra, tras la muerte de Sally, jóvenes nativas pobres y, por tanto, vulnerables. Evocó a una en particular, a la que había obligado a abortar; la muchacha, de solo dieciséis años, murió días más tarde devorada por una infección. Lloró al recordarla consumirse delante de sus ojos. Se pasó las manos varias veces por el rostro para secarse las lágrimas y para espabilarse.

Le confesó lo peor, el plan urdido para deshacerse de Ramabai y de las pequeñas, un lastre demasiado pesado para Jacob Trewartha, que deseaba cumplir su sueño: convertirse en el presidente de la Corte de Directores de la Compañía.

—Desde ese día, todo fue de mal en peor —admitió en un murmullo deprimido—. Al final, terminó por derrumbarse. Ahora Jacob está muerto y yo en la ruina.

—¿Tienes miedo? —lo interrogó Sananda con manso acento.

—Pánico —confirmó—. Estoy solo y arruinado

—No estás solo. Me tienes a mí.

—¿Por qué quieres ayudarme?

—Porque lo necesitas.

Se quedó mirando al anciano indio hasta que la imagen del otro lado de la modesta mesa perdió los contornos a causa de las lágrimas. Se cubrió la cara y se echó a llorar de nuevo con un sentimiento devastador. Sananda le permitió hacer sin pronunciar una palabra. Le sirvió una taza de té.

—Bebe —lo instó—. Ahora que has llorado, ahora que has sacado fuera el dolor que guardabas en tu corazón, empezarás una nueva vida.

—¿Cómo? No, no —se empecinó—, es imposible. Dios se ha olvidado de mí. Me quitó lo que más amaba, mi pequeño Angus y mi amada Sally. Él me detesta y yo lo detesto a Él. No hay redención para uno como yo.

—La redención existe porque nuestra naturaleza es falible. Por supuesto que hay redención para ti.

—Tienes demasiada fe en mí, Sananda. Soy un pecador impenitente, sin salvación. —Igualmente, le preguntó—: ¿De qué modo uno como yo podría redimirse?

—Hay un joven muchacho en Londres, privado de su libertad, acusado de un crimen que no ha cometido, al que solo tú puedes ayudar. Su destino está en tus manos. Redimiéndolo a él comenzarías a obtener tu propia redención.

Después de superar un instante de sorpresa, asintió. Se puso de pie. Sananda lo imitó y lo acompañó hasta la puerta. Le deseó las buenas noches y se marchó. Descendió a la planta baja. Avanzó, ajeno a los parroquianos que bebían con entusiasmo mientras se entretenían lanzando dardos, y solicitó al tabernero lo que precisaba: un tintero y una péñola. El hombre le exigió medio chelín para prestárselos; se lo entregó; era el último.

Regresó a su habitación. Depositó los avíos para escribir sobre la mesa. Buscó en su cartapacio unas hojas de papel; todavía le quedaban algunas con el membrete de la Compañía de las Indias Orientales. Las acomodó también sobre la mesa. Antes de sentarse, se quitó la chaqueta y extrajo la pistola, calzada en el cinto, y un juego de llaves, que llevaba en la faltriquera del pantalón. Las apoyó, el arma y las llaves, a un costado, cerca de su mano derecha. Inspiró profundamente y hundió la péñola en la tinta.

Hackney, 8 de noviembre de 1833

Señor juez:

Yo, Trevor Angus Glenn, en pleno uso de mis facultades mentales, imploro que no se culpe a nadie excepto a mí mismo de esta decisión, la de dejar este mundo. Lo hago por mi propia mano, pues la vida se ha tornado insoportable. Antes de cometer este último acto abyecto, por el que pido al Señor que se apiade de mi alma, quiero confesar que jamás vi salir de la casa sita en el número 72 de South Audley Street, en la ciudad de Londres, de propiedad de mi amigo Jacob Trewartha, a Alexander Blackraven, conde de Stoneville. Ese joven no es en ningún modo culpable del asesinato de mi amigo, sino una víctima de nuestras confabulaciones, mías y del señor Julian Porter-White, yerno de sir Percival Neville, barón de Alderston.

A continuación procederé a referirle los hechos como yo los conozco, en la esperanza de que, una vez leída la presente, se proceda a restituir de inmediato la libertad al conde de Stoneville, y que de algún modo esto se tenga en cuenta para la salvación de mi alma.

El sábado 2 de noviembre, encontrábame en mi casa a eso de las cinco de la tarde cuando el señor Porter-White se presentó para comentarme que desde hacía unos cuantos días intentaba ver a Jacob Trewartha, sin éxito. Suponía que mi amigo Jacob no le abría la puerta de su casa en South Audley Street porque lo confundía con un acreedor. Sabiendo que yo poseía una copia de la llave de su casa, información que jamás compartí con el inspector Holden Brown —encontrarán las llaves junto a esta carta—, Porter-White me pidió que entrásemos en el domicilio de Jacob para comprobar que estuviese bien.

Preocupado, pues yo tampoco había tenido noticias de mi amigo desde hacía tres días, accedí a la petición de Porter-White. Llegamos al 72 de South Audley Street en un birlocho de alquiler poco antes de las seis de la tarde. No se veían luces en el interior de la casa pese a que había anochecido. Entramos. La casa estaba gélida y oscura. En la planta inferior no había nadie, ni siquiera el único doméstico que Jacob había conservado —después supe que lo había despedido el día anterior—. Encendimos dos palmatorias que se encontraban sobre el trinchero del vestíbulo y recorrimos algunas habitaciones sin dar con Jacob. Subimos a la planta alta. Allí realizamos el macabro descubrimiento: estaba en la recámara contigua a su dormitorio, muerto en la tina. Un olor ferroso y repugnante me penetró las fosas nasales. El agua, que se había convertido en un líquido negro, protegía su pudor; solo asomaba la cabeza.

A punto estuve de abalanzarme sobre mi amigo en el instinto primordial que impulsa a un ser humano a ayudar a otro en aprietos, pero Porter-White me detuvo y me hizo entender que estaba muerto. Acercó la palmatoria a su rostro. Me impresionó la tonalidad cenicienta de su piel, que se acentuaba en contraste con los labios azulados. No había duda, Jacob Trewartha había abandonado este mundo.

El siguiente impulso fue correr a la calle en busca de un agente de la policía. En el trayecto hacia la casa de mi amigo, había avistado a uno en la esquina con Mount Street. Me disponía a correr hasta allí y a pedirle ayuda cuando, de nuevo, Porter-White me detuvo. Me pidió un instante con esa calma inhumana que lo caracteriza. Yo, todavía aturdido, me quedé quieto junto a la tina.

Porter-White se quitó el redingote, seguido de la levita, y se remangó la camisa. Ante mis estupefactos ojos, sumergió las manos en el agua negra de sangre y levantó, uno a uno, los brazos de Jacob. Comprendí que quería corroborar que no se hubiese suicidado cortándose las venas. Calzó las manos en los sobacos de mi amigo y, con gran esfuerzo, lo tiró un poco hacia fuera, hasta revelarle el torso. Me ordenó que lo iluminase y así lo hice. El agua, que se escurría por su piel, reveló las tantas puñaladas que había recibido en el pecho. Trastabillé, la cabeza se me volvió ligera, una náusea me trepó hasta la garganta, solté la palmatoria. Terminé deslizándome por la pared hasta el suelo.

Porter-White me apremió a ponerme de pie. Rearmó la palmatoria y me la entregó, y, mientras lo hacía, me hablaba. Me decía que no era momento para flaquear y me instaba a que me repusiera. Para la mayor claridad de mi relato, señor juez, le referiré el diálogo que sostuvimos a continuación. Porter-White declaró: «Podemos usar esta situación para nuestro beneficio». «¿Nuestro beneficio?», repetí, atontado, y él me ordenó: «Dirás que, llegando a la casa de Trewartha, has visto salir a la carrera a Alexander Blackraven por la puerta principal». «¿De qué hablas? ¿Por qué diría algo semejante?», pregunté entre confundido y horrorizado. «Es conocida la ojeriza entre Blackraven y Trewartha. Muchos caballeros han atestiguado sus discusiones y sus peleas», razonó Porter-White. «Usaremos esta información a nuestro favor», insistió. «¡No lo haré! ¿Por qué haría una cosa semejante?», me ofusqué.

Porter-White me tomó por el codo y me sacó de la recámara. Me condujo al dormitorio de Jacob y me obligó a sentarme en un sillón. Me miró con esos ojos negrísimos y fríos que tiene. «Urge sacar de en medio a Blackraven o nos arruinará el negocio del Famatina», me explicó con una paciencia que contrastaba con el apremio y el dramatismo de la situación. En este punto, señor juez, es preciso una pequeña digresión para explicarle que el señor Porter-White y los Blackraven se disputan la explotación de un cerro en América del Sur, el Famatina, poseedor de ricas minas de oro y de plata.

Increpé al señor Porter-White, le dije que yo no tenía nada que ver con ese negocio. Le recordé que tiempo atrás nos había expulsado, a Jacob y a mí, cuando ya no le servíamos. Por último, le grité que no arruinaría la vida de un inocente para ayudarlo con su compañía minera.

Quise ponerme de pie, pero Porter-White me empujó y caí de nuevo en el sillón. Entonces, llegó la amenaza. Me conminó a que hiciese lo que me ordenaba o terminaría en la prisión de Fleet, donde pasaría muchos años, pues resultaba improbable que lograría reunir las más de mil libras que le debo a la Casa Neville.

Señor juez, el miedo es la sensación más poderosa que existe, una fuerza inexpugnable que nos lleva a cometer los actos más viles, los hechos más desgraciados. Al escuchar a Porter-White pronunciar esas palabras, un pánico inefable se apoderó de mí, y le confieso que solo habría bastado esa amenaza para convertirme en su complaciente esclavo. Porter-White debió de concluir que era mejor tenerme de socio que bajo amenaza pues a continuación intentó comprarme. Me ofreció acciones de la Río de la Plata Mining & Co., las que me convertirían en un hombre riquísimo, vaticinó, pero solo si conseguíamos sacar de en medio a los Blackraven. En caso contrario, pronosticó, lo perderíamos todo.

Un atisbo de conciencia asomó a mi mente embriagada de miedo y, debo admitir, de codicia, y le recordé que el asesinato se pena con la horca. Juré que yo no condenaría a un inocente a una muerte injusta y prematura. Mi aprensión provocó una risotada a Porter-White. Me calificó de ridículo. A continuación, dijo: «¿Crees que alguien se atrevería a hacerle daño al heredero del ducado de Guermeaux? Se levantará una gran polvareda, se hablará del asesinato, se armará un gran escándalo, pero Blackraven no perderá la vida, solo la reputación, y, junto con ella, su compañía minera», añadió.

Lo admito, señor juez, me dejé convencer. Si me hubiese tomado unos minutos para evaluar las circunstancias, no habría caído en la red que Porter-White tejía hábilmente a mi alrededor.

Convertido en su cómplice, hice lo que me indicó. Salimos de la casa de Jacob por la puerta principal, la que quedó abierta de par en par. Eran las siete menos diez; lo sé con precisión porque vi la hora en el reloj del campanario de The Grosvenor Chapel, que se alza a pocas yardas de la casa de mi amigo. Un relámpago, mensajero de la tormenta que se avecinaba, iluminó la aguja de la torre y me permitió ver claramente la hora.

Avanzamos por South Audley Street convertidos en dos sombras anónimas en la oscuridad; todavía no se habían encendido los faroles a gas. Como había previsto, el agente de Scotland Yard seguía de guardia en la esquina con Mount Street. Los últimos pasos, antes de alcanzar al policía, los caminé solo; Porter-White se había rezagado y escondido, seguramente en un sitio desde el que controlaría mi puesta en escena. En realidad, los últimos pasos, por orden de Porter-White, los corrí para imprimirle a mi actuación un mayor dramatismo. El policía, tras escuchar mi relato agitado y atropellado, sonó varias veces el silbato con el que pretendía convocar a sus colegas de las zonas aledañas, y siguió haciéndolo mientras trotaba a mi lado en dirección a la casa de Jacob.

Lo demás es conocido por todos. El joven Alexander Blackraven fue encarcelado seis días atrás y encerrado en Newgate por un crimen en el que no participó de modo alguno. Mi existencia se convirtió en un suplicio. Pese a que el inspector Brown me aseguró que mi identidad se mantendría secreta hasta el juicio, los periodistas la descubrieron y se empecinaron en una búsqueda que se convirtió en una cacería. Decidí, entonces, retirarme al pueblo de Hackney, a la espera del juicio. Estos días alejado de Londres me han permitido analizar no solo los eventos de la última semana, sino los de mi vida, que, como dije al principio de la presente, se ha vuelto intolerable. Sin embargo, antes de partir, quiero salvar a un inocente. No sé quién asesinó a mi amigo Jacob Trewartha. Solo sé que no lo hizo Alexander Blackraven, al menos por lo que a mí consta. Sirva esta detallada relación de los hechos para exonerarlo de la infamia que significó ubicarlo la tarde del 2 de noviembre en el 72 de South Audley Street cuando, en verdad, no se encontraba allí.

Que Dios se apiade de mi alma y que me conceda mi mayor anhelo, reunirme con mis adorados Sally y Angus, aunque sé que no lo merezco.

Trevor Angus Glenn

Introdujo la pluma en el tintero. A falta de arenilla para secar la tinta, sopló sobre las hojas antes de plegarlas. No contaba con lacre para sellar la carta; no le importó, no era necesario. Volvió a hacerse de la péñola para escribir «Señor juez» en la cara externa de la cuartilla doblada, de modo que resultase evidente el destinatario de la misiva. La colocó bajo el pesado tintero de bronce y se quedó mirándola, satisfecho con la tarea realizada. Levantó la pistola, apoyó el cañón en su sien y disparó.

* * *

Manon Neville no sabía por qué había elegido releer *Romeo y Julieta*. ¿Para sentirse aunada con Julieta Capuleto en el sufrimiento y en la desesperación? El drama que estaba viviendo, con su prometido Alexander Blackraven encarcelado en la prisión de Newgate, con el riesgo de ser condenado a muerte, la hacía sentir, además de un dolor indescriptible, una soledad insoportable, que la Capuleto habría sabido comprender. No importaba que siempre estuviese rodeada de personas que la amaban y que la sostenían; ella estaba sola. Sola frente al abismo más tenebroso que le había tocado enfrentar y que amenazaba con devorarla y hacerla desaparecer.

Sus ojos tropezaron con unas líneas, a las que no había prestado atención en el pasado y que, en esas circunstancias, adoptaban un valor inmenso. «*Hazme caso*», le aconsejaba Benvolio Montesco a Romeo, «*deja de pensar en ella*». Romeo respondía: «*Enséñame a dejar de pensar*».

—Enséñame a dejar de pensar —susurró con un acento anhelante, y no supo a quién le dirigía el pedido, tal vez a Dios, al que se había cansado de suplicarle.

—¿Qué has dicho, hija? —Su padre, sir Percival Neville, sentado frente a ella en el carruaje, se deslizó los quevedos hasta la punta de la nariz y la observó por encima de la página del periódico.

—Nada —contestó Manon—. He repetido una línea de este libro.

Sir Percival asintió.

—¿Prefieres regresar a casa y descansar? —le propuso—. Hoy es sábado, la jornada es corta —justificó.

—Si me quedo en casa, la ansiedad terminará por enloquecerme —alegó Manon—. En el banco me distraigo. Además, hoy tenemos una reunión importante —matizó.

Sir Percival volvió a asentir. Regresó a la lectura del *Morning Chronicle* después de lanzarle una mirada cargada de piedad, sin comprender cuánto la lastimaba. No se acostumbraba a que su abuela Aldonza, que su cochero Thibault Belloc o que su tutor Tommaso Aldobrandini la mirasen con ojos compasivos, como si todo estuviese perdido. Si ellos tres, los héroes de su infancia, habían bajado los brazos, la niña asustada que todavía la habitaba se hundía en un pantano poblado de alimañas.

En las instancias en las que se convencía de que acabaría por volverse loca de dolor, se aferraba a las palabras que Estevanico Blackraven le había dicho una semana atrás. «No tengas miedo», le había pedido. «¿Crees que permitiremos que algo malo le ocurra? ¿Crees que nuestro padre, cuando regrese, permitirá que se le arranque un cabello a su primogénito? Le temo a su ira, y deberían temerle los que urdieron esta patraña».

«Julian Porter-White», pensó, y apretó las manos en el libro, «él ha urdido esta patraña». Retiró uno a uno los dedos para no dañar las hojas manidas a causa de tantas relecturas. Nadie la convencería de lo contrario: su cuñado Porter-White estaba detrás de la conjura que había terminado en la detención y en la acusación de su prometido Alexander Blackraven. Trevor Glenn lo señalaba como el asesino de Jacob Trewartha, pero ella habría jurado por la memoria de su madre que lo hacía porque su cuñado lo extorsionaba con una abultada deuda que mantenía con la Casa Neville.

Apretó las mandíbulas y de nuevo cerró las manos sin misericordia en torno al ejemplar de *Romeo y Julieta* cuando la impotencia arrasó con su endeble compostura. Si hubiese encontrado el expediente con la deuda de Trevor Glenn lo habría empleado para extorsionarlo, solo que en ese caso lo habría hecho para exigirle que exonerase a Alexander de la falaz acusación. Pero el expediente no aparecía por ningún lado, no importaba cuánto lo buscasen ella y sus colaboradores de confianza, Ignaz Bauer y Ross Chichister.

Sospechaba dónde lo ocultaba su cuñado: en la caja fuerte que había hecho instalar en el dormitorio de su hermana Alba de Acevedo, Porter-White de soltera, huésped indeseada de Burlington Hall desde hacía ya demasiado tiempo; indeseada para ella; su hermana Cassandra y su padre la tenían en gran estima.

Volviendo a la caja fuerte, ese endiablado cubo de hierro, infranqueable gracias a un cerrojo con un mecanismo a prueba de robo, protegía ese y otros secretos de la Serpiente, como su abuela Aldonza apodaba a Julian Porter-White.

Soltó el libro y deslizó la mano dentro de su escarcela, donde acarició el contorno de una de las pequeñas pistolas de empuñadura de nácar que Charles-Maurice de Talleyrand, embajador de Francia en Londres, le había regalado tres años atrás, en su decimoctavo cumpleaños; hizo lo mismo con la otra, satisfecha de saberlas con ella, siempre limpias y listas para ser usadas. Las llevaba consigo desde que su tío Charles-Maurice, como ella lo llamaba, la había enfrentado a una trágica realidad: la Casa Neville se había convertido en un nido de serpientes, y ella era la presa más codiciada.

La decisión que tomó le devolvió el aplomo: esa tarde regresaría más temprano a Burlington Hall y, a punta de pistola, le exigiría a Alba Porter-White que abriese la caja fuerte. ¿Cómo actuaría en caso de que la mujer se negase? ¿Estaba dispuesta a dispararle? Con tal de conseguir el expediente con la deuda de Trevor Glenn, lo haría.

«Enséñame a dejar de pensar», repitió, atemorizada de su osadía y de su resolución.

—¿Qué hora es? —preguntó a su padre, que, solícito, consultó el reloj de bolsillo.

—Cinco para las ocho, cariño.

Llevaba la cuenta de las horas transcurridas desde su visita a Newgate: treinta y cuatro. Había visto a Alexander en su celda el jueves por la noche, a eso de la diez; eran casi las ocho de la mañana de ese sábado 9 de noviembre. «Treinta y cuatro horas», repitió. ¿Por qué tenía la impresión de que, en realidad, habían pasado treinta y cuatro semanas? Aunque sabía que Thibault se opondría, le pediría que concertase una segunda visita lo antes posible. Necesitaba verlo. Quería arrancarle de nuevo la promesa de que, si huía de la prisión, la llevaría con él. Alexander se había limitado a asentir; no había dicho expresamente: «Te prometo que escaparás conmigo». Ella sospechaba que no tenía pensado cumplir.

Era consciente de que lograr otra entrevista con Alexander implicaría negociar con Jonathan Wild, el rey de los bajos fondos londinenses, el jefe de los delincuentes. Si bien el jueves por la noche, a las puertas de Newgate, la había tratado con una torpe y tosca caballerosidad, ella había percibido un sustrato de burla en sus maneras halagüeñas. «Un tipo peligroso», se dijo, pero ¿qué no estaba dispuesta a afrontar con tal de volver a ver al amor de su vida?

Oyó que su padre chasqueaba la lengua y cerraba el periódico con actitud airada.

—¿Qué sucede? —se preocupó Manon.

—Me tachan de ambivalente —dijo, y sacudió el *Morning Chronicle*—. Arguyen que le presto dinero a estados revolucionarios como el belga y a estados conservadores como los Pontificios. ¡Soy un banquero, no un político! —se quejó—. Todos, liberales y reaccionarios, me necesitan.

—¿Por qué te ofendes tanto? —se extrañó Manon—. Tiempo atrás, cuando te dije que te calificaban de veleta porque te movías de acuerdo con los vientos que soplaban, me respondiste, muy ufano y divertido: «yo no soy una veleta; yo soy el viento». —Estiró la mano para apretar la de su padre, que se la aferró y la besó con devoción—. No prestes atención a lo que dicen.

—Sabes que no suelo dar crédito a lo que dicen de mí. Solo que este es un momento delicado. Si queremos obtener el acto del Parlamento que nos permita emitir papel moneda, es mejor que las aguas estén calmas y que el nombre Neville no sea vapuleado ni enfangado.

—Algo casi imposible dedicándonos a la actividad bancaria, ¿no lo crees así, papá?

—¿Sugieres que ser banquero es sinónimo de descrédito? —se amostazó su padre, y le soltó la mano.

—No era mi intención ofenderte —se disculpó Manon—. Es solo que a veces creo que esta actividad nos aleja del lema de nuestra familia. —Ante la expresión de entrecejo fruncido de su padre, recitó—: «*Ne vile velis*». «No quieras nada vil» —tradujo innecesariamente.

—¡Nosotros no queremos nada vil! —declaró su padre—. Solo prestamos un servicio para facilitar los negocios de los demás.

Manon, que no deseaba discutir, asintió, más allá de que sospechaba que la actividad bancaria los envilecía, sin mencionar las codicias y las envidias que suscitaban el poder y las ganancias acumuladas.

Entró en la Casa Neville, y la familiaridad del ambiente la tranquilizó. Sabía que más tarde, cuando estuviese en el punto más álgido de la actividad, el incesante murmullo, acompañado por el abrir y cerrar de puertas y el ir y venir constante de los empleados, los agentes y los clientes, la colmaría de bríos. Escucharía hablar en varias lenguas y le tocaría lidiar con todo tipo de personajes, no solo aquellos interesados en las cuestiones financieras y bursátiles, sino los que solicitarían verla para ofrecerle sus bienes, en especial joyeros, expertos en arte y anticuarios, que conocían la importancia que la colección Neville adquiría, no solo en Inglaterra, sino también en el continente.

Aunque por un momento sintió que se animaba, la imagen de Alexander despertándose en una gélida celda de Newgate ahogó la chispa de energía y volvió a sumirla en la desazón. Se detuvo al pie de la escalera y elevó la vista hacia el primer piso. No deseaba subir.

—Ánimo, cariño —le susurró Thibault Belloc.

Se volvió y le sonrió. Amaba a ese hombre tanto como a su padre, y quizá confiaba más en él, en su sensatez y en su criterio. Constante, sólido y fiel, había caminado junto a ella desde el día mismo de su nacimiento, veintiún años atrás. Thibault Belloc y su abuela Aldonza eran sus pilares de fortaleza. Le apretó con disimulo la mano, que notó fría aun a través del cuero de los guantes.

—Gracias, Thibaudot. Ve a tomar algo para entrar en calor. La mañana está muy fría y tú, en el pescante del coche, recibes de lleno su rigor.

—¿Cómo podría? Con este gabán, estas botas hessianas y estos guantes forrados con lana de cordero, todo regalo de mi adorada niña —acotó, y, al guiñarle un ojo, la hizo sonreír—, voy tan abrigado como aquellos que ocupan el habitáculo del carruaje. ¡Ah! —exclamó—. Y no olvidemos el brasero que mi niña ordena colocar cada mañana en el pescante. ¡Casi que tengo calor!

Contra todo pronóstico, Manon soltó una carcajada.

—Te amo, Thibaudot —dijo.

—Y yo a ti, mi dulce niña. Verás que todo saldrá bien con tu gallardo conde.

Manon asintió y volvió a sonreír, pese a que no era tan optimista como su cochero. Se alzó un poco el ruedo del vestido y subió la escalera.

A poco de sumergirse en sus tareas, Nora, la joven sirvienta de la Casa Neville, le anunció que un cliente, el señor Harris, solicitaba verla. Manon lo recibió en la salita de la planta baja, donde Nora les llevó café y bocaditos de tofe.

—El negocio de los sombreros va muy bien, señorita Manon —expresó Harris—. Mis hijos y yo hemos trabajado duro este año, y los resultados son alentadores.

—No me extraña, señor Harris —dijo Manon—. La calidad de sus sombreros es superior.

—El hecho de que su señoría use nuestros sombreros nos ha ganado muchas clientas.

El hombre le explicó a continuación que había acumulado una buena suma de dinero y que deseaba invertirla. Manon, sabiendo que el sombrerero era un cliente conservador, le habló de los títulos de deuda pública, o de canto dorado, como se los conocía, pues el Banco de Inglaterra los mandaba imprimir con los bordes dorados, un símbolo de lo que representaban: la Corona inglesa. Pagaban poco interés, pero implicaban un bajo riesgo. La otra opción segura era la compra de lingotes o monedas de oro.

—Me han ofrecido un local en el Royal Exchange —la interrumpió Harris y se quedó mirándola con ansiedad.

El Royal Exchange, un gran edificio a pocos pasos de la Casa Neville, sobre Cornhill Street, inaugurado por la reina Isabel en 1571, era un conglomerado de negocios y de oficinas altamente valorizado. No resultaba fácil acceder a la propiedad de uno de sus locales. Que se lo refiriese hablaba de la confianza que le tenía; ella habría podido echar mano de su influencia y de su riqueza para quitárselo.

—Si le han ofrecido un local en el Royal Exchange, no hay nada más que hablar —concluyó Manon—. Tiene que adquirirlo, señor Harris.

—Es un local que no está en la mejor parte del Royal Exchange —explicó, nervioso—. Pero posee una bodega enorme, donde podríamos armar el taller además de almacenar los paños. El que tenemos ahora está quedando chico.

—Con más razón —lo alentó Manon—, acepte la oferta.

—No me alcanza el dinero —confesó por fin Harris—. Me piden por él cuatro mil ochocientas libras.

—¿Cuánto necesita para completar la cifra?

—Poco más de la mitad.

—Unas dos mil quinientas libras —calculó Manon, y el sombrerero asintió.

De nuevo se quedó mirándola, ansioso. Holgaban las palabras. Harris había expuesto su deseo y su necesidad; le tocaba a Manon decidir. La cifra era enorme si se tenía en cuenta que se la prestaría a un artesano de la sombrerería. Pero ella, que conocía bien el expediente de Harris & Sons Hatters, sabía que, gracias a los consejos que ella le había dado en los últimos dos años, el hombre poseía una cartera de títulos y de acciones redituables, que servirían como parte de la garantía.

—Señor Harris, para que la Casa Neville le preste esa abultada suma de dinero primero tendremos que analizar la situación de su negocio. Usted acaba de decirme que marcha muy bien, y yo le creo, pero las exigencias de esta casa imponen una serie de procedimientos y formalidades…

—¡Todo lo que usted ordene, señorita Manon! —la interrumpió—. Abriremos nuestros libros para sus ojos, para que estudie las entradas allí registradas y para que nos aconseje si pedir un crédito por esa suma escandalosa es una decisión sabia o un gran yerro.

—Y así lo haré, con todo gusto —accedió Manon—. Poseer un local en el Royal Exchange podría significar un gran salto para su negocio, pero también su ruina si no lo planeásemos con prudencia. Dígame una cosa, señor Harris, ¿cuánto paga de renta por el local y la casa habitación que ocupa actualmente en Cork Street? Está en el barrio de Mayfair —apuntó con intención, pues era, junto con Belgravia, la zona más costosa de Londres.

—Cincuenta guineas por año —contestó el sombrerero.

Manon alzó la vista al cielo en la actitud de quien realiza un cálculo mental.

—Algo más de cuatro libras y cuatro chelines por mes. Es una carga importante —resolvió.

Discurrieron un rato más acerca de los gastos y de los ingresos de la Harris & Sons Hatters, hasta que Nora se presentó para avisarle que su padre la convocaba a la reunión. El sombrero se despidió con la promesa de regresar el lunes por la mañana con su tenedor de libros para proseguir el análisis de las cuentas.

En la sala de reuniones, en el primer piso, sir Percival había convocado a los funcionarios más jerarquizados de la Casa Neville, entre los que contaban los hombres de confianza de Manon, Ignaz Bauer y Ross Chichister. También asistían su tío Leonard, hermano menor de su padre, y su antiguo tutor Tommaso Aldobrandini, que se ocupaban de las compras de obras de arte, otra excelente forma de inversión. Su abuelo, sir Alistair Neville, siempre atento a las nuevas adquisiciones que pasarían a engrosar su amada colección, se sumó a la reunión. Por supuesto, y para fastidio de Manon, Julian Porter-White se sentó en torno a la mesa, con aire jactancioso. En las últimas semanas había producido pingües ganancias para el banco apostando a los bonos españoles por los que ella no habría dado ni un céntimo. Lo oía hablar de las mejores maneras de «ocupar» el capital líquido acumulado en los últimos meses, y el deseo de levantarse e irse la mantenía tensa. Agitaba la pierna bajo la mesa y se tocaba un rato el dije del colgante, al siguiente el arete, regalo de Alexander, para regresar al colgante. Se detuvo a un gesto de Aldobrandini, que la interrogó con una mirada ceñuda. La intervención de su tutor le recordó cuando, de niña, la regañaba porque no se estaba quieta mientras le impartía sus magistrales lecciones. La evocación la serenó.

—Otro tema —anunció sir Percival, y las miradas se posaron en él—. Tenemos que empezar a disponer lo necesario para la emisión de papel moneda.

—¿Ya se ha aprobado el acto del Parlamento? —se interesó Benjamin Godspeed, el director de British Assurance, la compañía de seguros de la Casa Neville.

—No aún —admitió sir Percival—, pero no quiero que su aprobación, que podría acontecer de un momento a otro, nos tome desprevenidos.

—¿Por qué quieres dedicarte a la emisión de papel moneda, Percy? —se interesó Leonard con la confianza que nadie se habría atrevido a emplear con el jefe supremo.

—Es sabido que la prosperidad de los países va atada a una mayor difusión del uso de dinero emitido por los bancos —intervino sir Alistair—. Si la emisión se contrae, el mercado y la economía también y, por ende, el crecimiento del país. Esta caída en los precios de los últimos tiempos se debe a la escasez de papel moneda.

—¿A qué se ha debido la escasez de papel moneda? —inquirió Aldobrandini, un gran entendido de arte, quizá uno de los más reputados de Europa, pero que poco sabía de las finanzas.

—Desde la crisis de 1825 —explicó sir Percival—, el circulante emitido por el Banco de Inglaterra ha caído sin cesar debido a que sus existencias en oro declinan, y estas declinan por la falta de grandes descubrimientos de minas de oro para incrementarlas.

Manon sabía que, mientras la mayoría de los bancos, fuesen londinenses o provinciales, pequeños o grandes, como Child & Co. y Baring Brothers, consideraba al Banco de Inglaterra como su reserva monetaria, la Neville & Sons era absolutamente independiente, con sus cuantiosas existencias en oro para respaldar los depósitos y una posible emisión de papel moneda. Esto la situaba casi al mismo nivel del Banco de Inglaterra, lo que despertaba suspicacias, recelos y, en especial, envidia.

—¿No se sancionó hace poco una ley en ese sentido? —insistió Aldobrandini—. Leí la noticia en *The Times*.

Su tutor se refería al acto por el cual el Parlamento había decretado que el papel moneda emitido por el Banco de Inglaterra fuese de curso legal.

—Así es —confirmó Percival—, pero la ley exige que la denominación mínima sea de cinco libras, lo que hace imposible su empleo en las transacciones menores, las de todos los días —aclaró—. Mi intención es que la Casa Neville emita billetes de pequeña denominación, de dos y una libra, incluso de menor valor —dijo, y un murmullo entre sorprendido y escandalizado se alzó en la sala.

—Algunos sostienen que el exceso de emisión de papel moneda de baja denominación fue el causante de las crisis de 1797 y también de la de 1825 —señaló Ross Chichister.

Se las recordaba como las peores crisis financieras de los últimos tiempos, cuya estela destructiva había dejado un tendal de bancos quebrados y centenares de suicidios. Durante la de 1825, las sedes de Fráncfort, París y Nápoles de la Casa Neville, en aquel entonces en manos de sus tíos Daniel, David y Leonard respectivamente, habrían sucumbido si Percival nos les hubiese enviado cofres repletos de lingotes de oro.

—Lo que provocó la crisis del 25 fue la ambición desmedida suscitada por los títulos de deuda de las antiguas colonias españolas —afirmó sir Alistair con un acento definitivo, que nadie se habría atrevido a confrontar.

La reunión terminó poco después de que sir Percival impartiese las consignas a los empleados, que abandonaron la sala de reuniones comentando en voz baja. El último cerró la puerta, y Leonard Neville tomó la palabra.

—Padre, Percy —dijo—, hemos entregado el plan de adquisiciones a Manon para el año siguiente y lo ha aprobado. Falta vuestra venia.

Manon le extendió dos folios a su padre y otros dos a su abuelo.

—En la primera hoja están detalladas las obras de arte —les señaló—. En la segunda, las piezas de anticuariado, los incunables y las monedas.

Sir Percival se calzó los quevedos y repasó los listados con un ceño.

—¿Qué cuadro de Jean-Baptiste Greuzer planean adquirir? —se interesó.

—*El sombrero blanco* —respondió Manon.

—A tu madre le gustaba Greuzer —mascullό Neville.

—Lo sé —respondió ella.

—Después de la Revolución, sus obras cayeron en el olvido —intervino Aldobrandini—, pero estimamos que no pasará mucho antes de que vuelvan a valorizarse. Intentaremos adquirir todas las que encontremos. Por ahora, solo hemos dado con *El sombrero blanco*.

—¿Cómo fue que dieron con este cuadro? —preguntó sir Alistair.

—Gracias a Adrian Baring —explicó Leonard—. El corresponsal de la Baring Brothers en Ámsterdam…

—¿Hope & Co.? —lo interrumpió su padre.

—Exacto —ratificó Leonard—. Uno de sus clientes, un coleccionista privado, quiere venderlo. Adrian nos avisó.

—Extraño que no lo haya adquirido para él —comentó Manon—. Los Baring también invierten en arte.

—Adrian no considera a Greuzer lo suficientemente famoso para invertir en sus obras —explicó Aldobrandini.

—Es sabido que Adrian carece de visión para el arte —sentenció sir Alistair—. ¿Qué hay con la copa de Licurgo que mi nieta tanto desea? —preguntó, y lanzó una mirada entusiasta a Manon—. ¿Han podido dar con una?

—Como es sabido, sir Alistair —tomó la palabra Aldobrandini—, las copas con nieles de la antigua Roma son uno de los elementos de anticuariado más escasos y más codiciados del mundo, pero todos nuestros agentes saben de nuestro interés por hacernos de una.

—La conseguiremos tarde o temprano, padre —afirmó Leonard.

Analizaron el resto de las adquisiciones, un tema en el que Porter-White no intervenía debido a su ignorancia. Manon se preguntaba por qué su padre no lo había despedido con el resto de los empleados.

Media hora más tarde, y tras obtener la autorización de sir Percival para erogar una fortuna en obras de arte y en antigüedades, sir Alistair, Leonard Neville y Tommaso Aldobrandini se despidieron. Manon se puso de pie, dispuesta a regresar a su escritorio.

—Un momento, hija —la detuvo su padre—. Tú también quédate, Julian.

Los dos regresaron a sus asientos; evitaban mirarse y no se dirigían la palabra desde que Alexander Blackraven había concurrido a la Casa Neville a finales del mes anterior para anunciar la existencia de un acuerdo entre la Blackraven Shipping & Shipyard y el gobierno riojano para extraer oro y plata del cerro Famatina, en clara oposición al proyecto de Porter-White, que aseguraba contar con la autorización del gobierno de Buenos Aires para explotar el mismo cerro. Eran varios los motivos por los cuales detestaba a su cuñado; hacer infeliz a su hermana era uno de ellos. Pese a la tragedia que había sacudido su vida desde la encarcelación de Alexander ocurrida siete días atrás, no olvidaba lo que Cassandra le había confesado aquella noche en el palco de Drury Lane, que Porter-White no había vuelvo a visitarla por las noches desde el nacimiento del pequeño William.

—Sir Percival —lo oyó decir—, ¿cree que es sensato seguir adelante con el proyecto de la emisión de papel moneda? Podría comprometer seriamente nuestras reservas de oro.

«¡*Nuestras* reservas de oro!», repitió Manon para su coleto, enfurecida. Recomenzó a sacudir la pierna bajo la mesa y convirtió las manos en puños.

—Julian —dijo Neville—, ¿de qué sirven las reservas de oro si no puedes sacarles el jugo? El control del dinero es una de las herramientas financieras más eficaces. El dinero, querido Julian, está por encima de todo, aun de la ley —remató con una sonrisa—. Les he pedido que se quedasen porque quiero comunicarles dos decisiones importantes.

—¿Es imperativo que él las escuche, papá? —lo interrumpió Manon—. Dudo de su discreción.

—Hija —se mosqueó sir Percival—, Julian es de la familia. Él representa los intereses de tu hermana y de tu sobrino en la Casa Neville.

La reprimenda la descolocó. ¿No se suponía que la Casa Neville sería solo de ella? Así se lo había anticipado su tío Charles-Maurice tiempo atrás, y él jamás hablaba si no estaba seguro de lo que decía. Se repuso enseguida para contraatacar:

—Nadie defendería los intereses de mis hermanos y de mis sobrinos mejor que yo, que los amo profundamente.

—¿Acaso yo no amo a mi esposa y a mi hijo? —replicó Porter-White en un tono risueño, que ni siquiera intentaba ocultar la nota sarcástica.

—Eres un…

—¡Manon! —la detuvo su padre—. Basta, por favor. Las emociones y los negocios son enemigos mortales.

—Muy bien —dijo Manon, y se pasó las manos por las mejillas ardientes—. Hablemos de negocios, y solo de negocios. Dime, Julian, ¿dónde has escondido el expediente de la deuda de Trevor Glenn?

—¿Escondido? —repitió Porter-White con una sonrisa nerviosa—. No sé de qué hablas.

—El expediente de Trevor Glenn debería encontrarse en el archivo del sector de cajas —prosiguió Manon—. Necesitan tenerlo a mano para realizar la cobranza de los pagarés. Allí no se encuentra. Ignaz Bauer asegura que Lucius Murray se lo pidió tiempo atrás y nunca se lo devolvió.

—¿Lo tienes tú, Julian? —inquirió Neville, y empleó un tono conciliador.

—Admito que no lo sé.

—¡Sí lo sabes! —se enfureció Manon—. ¡Lo tienes tú! —A punto de agregar que lo escondía en la caja fuerte oculta en el dormitorio de Alba, calló—. Y lo tienes en tu poder para extorsionarlo.

—¡No sé de qué hablas! —Porter-White, ofendido, se puso de pie—. ¿Por qué querría extorsionarlo?

—Porque te interesa que Alexander Blackraven permanezca en la cárcel para seguir adelante con tu empresa minera de pacotilla.

—¡Me ofendes, Manon! ¡Estás atacándome sin pruebas!

—¡Basta los dos! —intervino Neville—. Julian, por favor, siéntate.

—Papá… —Manon cerró la boca a una seña impaciente de sir Percival.

—Julian —dijo de buen modo—, ¿es cierto que tú tienes el expediente de Glenn?

—No me consta, sir Percival. —Manon soltó un bufido descreído y Neville le lanzó una mirada de advertencia—. Tal vez Bauer lo haya archivado en un lugar equivocado y…

—¡No te atrevas a desacreditar a Ignaz! —le advirtió Manon—. Él es cientos de veces mejor y más honesto que tú.

—Manon, por favor —intervino Neville, y se volvió para hablar con su yerno—. Julian, pregúntale a tu secretario, tal vez él lo tenga. Quiero verlo hoy, antes del cierre —declaró, y Porter-White asintió con mala cara—. Yendo a los temas que me interesa compartir con ustedes —dijo con un acento severo, en el que Manon percibió hastío también—, lo primero que deseo comentarles es que he decidido hacer una oferta para obtener la concesión de la Casa Real de la Moneda.

—¿Por qué? —se asombró Manon.

La Royal Mint, como la llamaban los ingleses, se ocupaba de la acuñación de la moneda del Reino Unido desde el siglo XIII. Se ubicaba frente a la Torre de Londres, no muy lejos de la sede de la Casa Neville.

—Porque me servirá para controlar la emisión del Banco de Inglaterra y, sobre todo, el ingreso de metales en el país.

—¿Qué probabilidades hay de obtener la concesión? —preguntó Porter-White, y Manon detestó el brillo de codicia de sus ojos oscuros.

—Siendo la Casa Neville la principal acreedora de los Hannover, las probabilidades son altas —se jactó sir Percival, pues la Corona británica les debía ingentes cantidades de dinero.

Manon conocía el enfrentamiento político entre bullionistas y antibullionistas, los que propiciaban una emisión de papel moneda respaldada por metales preciosos y los que abogaban por una emisión basada en la renta nacida de una balanza comercial favorable. Había leído todo lo publicado sobre el tema e incluso debatido con los defensores y los detractores de una y otra facción, y aún seguía sin elaborar una opinión propia. Faltaban datos estadísticos para decidir qué teoría era la correcta. De lo que sí estaba segura era de la inconveniencia de entrometerse en una cuestión que suscitaba acerbas discusiones en el Parlamento y que podía perjudicar a la Casa Neville. Su padre, sin embargo, se mostraba inamovible en su decisión.

—El control de la emisión de papel moneda y del metálico —insistía— nos permitirá definir el tamaño de la economía.

Manon, que habría deseado oponerse, calló, convencida de que lo fastidiaría. Temía que sir Percival cuestionase su capacidad para dirigir la Neville & Sons.

—Lo segundo que quería anunciarles —prosiguió sir Percival— es que he decidido que la Casa Neville no participará en la adquisición de acciones de la Río de la Plata Mining & Co.

Mudo, la expresión pétrea, Porter-White clavó la mirada en su suegro, y por un instante Manon tuvo la misma impresión de tiempo atrás, la de presenciar el despertar de la Hidra de Lerna, la serpiente de las mil cabezas. La furia le oscurecía la mirada y le endurecía las facciones en una transformación evidente y aterradora. ¿Su padre no lo notaba?

—Es un desatino —mascullló Porter-White al fin—. Un gran desatino —reafirmó y alzó la voz.

—Yo no lo juzgo de ese modo —se envaró Neville— y creo tener más experiencia que tú en estos asuntos.

Con gran capacidad de reacción, Manon vio componerse a su cuñado y ocultarse tras la máscara de cordialidad.

—Sir Percival, le ruego que disculpe mi impertinencia. Su decisión me ha tomado por sorpresa. Creí que contaba con su acuerdo y con su apoyo en esta empresa.

—Lo sé, muchacho —dijo Neville de buen modo—. Pero la situación es confusa y compleja en este momento. Por un lado, los Blackraven sostienen tener un acuerdo con Quiroga…

—Nosotros lo tenemos con el gobernador de Buenos Aires, Juan Manuel de Rosas —lo interrumpió.

—*Era* el gobernador de Buenos Aires —apuntó Manon con acento mordaz—. Ya no.

—Es el hombre más poderoso y…

—Por favor, basta —exigió Neville—. Sea Rosas el gobernador o no, considero que el acuerdo que los Blackraven tienen entre manos es más certero, sin mencionar que no quiero ganarme la inquina del viejo Roger. No me gustaría estar cerca de él cuando se entere de este triste asunto de la encarcelación de su heredero.

—Dejarles a los Blackraven el Famatina nos pondrá en una situación de gran desventaja en el aprovisionamiento de oro.

Sir Percival sacudió la mano para desestimar el juicio de su yerno.

—Julian —dijo—, no tengo ningún interés de enemistarme con el hombre poderoso del reino. Además, cuando el conde de Stoneville nos puso al tanto de su intención de explotar el Famatina nos ofreció participar en el negocio.

Porter-White movió la cabeza hacia Manon con lentitud deliberada y le sonrió. En general, pensó ella, las sonrisas embellecían a las personas. Era lo contrario en el caso de su cuñado; se trataba de un gesto forzado y fingido que le afeaba el rostro.

—Dudo de que haya mayores inconvenientes para cerrar el trato ahora que tú y el conde se han comprometido.

Manon se quedó mirándolo, humillada por el sonrojo que le tiñó el rostro.

—¿De qué hablas, Julian? —inquirió su padre.

—Eso se murmura, sir Percival. La casa de Guermeaux y la de Neville se unirán por matrimonio. —Ante la mirada severa de su suegro, se vio obligado a añadir—: El rumor empezó a correr después del primer baile en Almack's, cuando Manon y el conde compartieron un vals.

Sir Percival asintió con aire serio.

—Conque eso se murmura —farfulló, simulando una ligereza que, Manon supo, no sentía—. Julian, te pido que tú no lo repitas, porque a mí nadie de la casa de Guermeaux me ha pedido formalmente la mano de mi hija.

Porter-White inclinó la cabeza antes de asegurar:

—Mis labios están sellados. En cuanto a la explotación del Famatina...

—Dejemos ese asunto por ahora —lo frenó Neville—, al menos hasta que las aguas se calmen. Sacar a Alexander de Newgate sería un paso importante en este sentido. Si lo lográsemos antes de que regresase Roger de España... —dijo más para sí, y perdió la mirada en dirección al gran ventanal que daba a Cornhill Street—. Quiero el expediente de Trevor Glenn en mi escritorio lo antes posible —ordenó repentinamente y se puso de pie.

A Manon, el corazón le brincó en el pecho. Los malos pensamientos y la pesadumbre experimentada a lo largo de la reunión se esfumaron, y la esperanza se alzó en ella colmándola de alegría. Si su padre le exigía a Porter-White el expediente de Glenn, no le quedaría otra alternativa que devolvérselo.

Estudió el gesto pétreo de su cuñado y supo que no se lo entregaría. Desobedecería al gran sir Percival antes que perder la baza que ostentaba sobre Glenn. Sus esperanzas volvieron a precipitarse. A punto de espetarle que sabía que planeaba incumplir la orden, una súbita calma se apoderó de ella. Recordó el consejo de Talleyrand: «En las situaciones más desesperantes, piensa en una cosa: mantener la sangre fría». «Actúa como él», se instó, «como una serpiente, que se arrastra y que se oculta antes de atacar».

Abandonó la sala de reuniones y se encaminó a paso veloz al despacho que compartía con su padre mientras le ordenaba a Nora, que trotaba, solícita, a su lado, que le pidiera a Belloc que enganchase los caballos al carruaje; saldrían en pocos minutos. Se colocó los guantes, se ató el lazo de la capota y se echó encima la gruesa capa de merino, y mientras se preparaba, se decía que concurriría a Burlington Hall y que haría lo que debía haber hecho una semana atrás: a punta de pistola, exigirle a Alba Porter-White que abriese la caja fuerte oculta en su dormitorio. Tenía que actuar rápidamente; era probable que Porter-White estuviese urdiendo una estratagema para hacer desaparecer la documentación que les habría permitido ayudar a Alexander.

A un paso de la salida, se detuvo de golpe: Estevanico Blackraven, elegante en su redingote gris perla, transponía la puerta principal de la Casa Neville y miraba hacia uno y otro lado. La avistó entre la concurrida clientela y se quitó la chistera con respeto. Manon percibió una flojedad en las piernas; se le cerró la garganta y una náusea le bailoteó en la boca del estómago. Estevanico se aproximó rápidamente.

—¿Me traes malas noticias? —inquirió sin saludar, la voz apenas audible y la mirada enturbiada.

—No, no —se apresuró a afirmar el hombre—. Al menos creemos que no.

—¡Dime! —susurró Manon con fervor.

Estevanico la aferró por el codo con disimulo y la condujo hasta un sofá que se encontraba a unas yardas del ingreso principal.

—Te has puesto pálida —se preocupó una vez que se hubieron sentado.

—Habla, por favor —exigió Manon—. No me tengas en ascuas.

—Trevor Glenn se ha suicidado. Anoche —añadió tras una breve pausa.

A cierta distancia, habría resultado imposible advertir el impacto de la noticia en el semblante de Manon. A pocas pulgadas, Estevanico se asustó al comprobar que la palidez se le acentuaba, que sus labios adquirían una tonalidad azulada y que una lágrima se le deslizaba por la mejilla.

—Dime que no lo perjudica —rogó antes de que se le quebrase la voz.

—No lo sabemos aún. Se rumorea que Glenn dejó una carta. Arthur, Eddy y Ernest Ruffus se enteraron a la madrugada y, desde entonces, han actuado con premura. Se encuentran en Hackney.

—¿Hackney?

—Allí murió —explicó el hombre—. En una posada de Hackney, donde había buscado refugio huyendo de Londres.

Estevanico le reiteró que su hermano Arthur, su cuñado Edward Jago y el socio de estos, Ernest Ruffus, los tres abogados de Alexander, habían viajado a Hackney para informarse sobre los hechos y para cerciorarse de que la carta acabase en las manos del juez.

—Artie, Eddy y Ernest están seguros de que en la carta exoneró a Alexander.

Manon, que, en opinión de Aldonza, a veces pecaba de demasiado realista, al extremo de volverse pesimista, reflexionó que si el suicidio era obra de Porter-White, como ella sospechaba, antes de asesinarlo, lo habría obligado a escribir una carta en la que ratificaba su acusación.

—¿Cómo murió?

—Se descerrajó un tiro en la cabeza. —Manon lo contempló con los ojos muy abiertos, sin pestañear—. ¿En qué piensas?

—Trato de determinar dónde estaba mi cuñado anoche y si alguna vez lo vi con un arma de fuego.

—¿Piensas que pudo haber sido él?

Manon bajó los párpados a modo de asentimiento. Al levantarlos, una figura captó su atención; avanzaba entre los clientes abriéndose camino a codazos. Se trataba de Lucius Murray, el secretario de Porter-White. Venía de la calle; aún llevaba puestos el abrigo y el sombrero.

Lo siguió con la vista. Subía la escalera devorando los peldaños. ¿En la calle se habría enterado de la muerte de Glenn y corría a avisarle a su cuñado? ¿O venía a prevenirlo de que su asesinato de la noche anterior había adquirido estado público? No tenía duda de que ese hombre repugnante conocía los secretos de Porter-White.

* * *

Porter-White salió de la sala de reuniones muy consternado. Su suegro caminaba junto a él y le hablaba empleando un tono condescendiente que él soportaba a duras penas. El muy maldito le había quitado el apoyo para emprender la explotación del Famatina, a sabiendas de que Rosas había exigido la garantía de la Neville & Sons y que no aceptaría la de otra entidad bancaria. Todo se desmoronaba, y sus sueños de poderío y de riqueza se reducían a un espejismo. Se encerró en su despacho y descargó el puño contra la pared, una y otra vez, apretando los dientes para reprimir los rugidos de odio y de frustración que se habrían impuesto al murmullo incesante de la Casa Neville.

Le vinieron a la mente las palabras que su padre le repetía desde que tenía uso de razón: «Eres un inútil, nada lo haces bien». ¿Tendría que darle la razón?, se cuestionó mientras se estudiaba con desapego el puño lastimado. Alzó la mirada y la fijó en el borrón sanguinolento que había quedado impreso en el elegante y novedoso empapelado con el que había ordenado decorar su oficina meses antes y que había costado una fortuna, lo que había provocado la queja de Manon. Ante la visión del defecto que arruinaba la perfección del papel, sus rencores y su sed de venganza se exacerbaron.

Una mosca lo sorprendió posándose sobre la sangre en la pared. La observó, curioso. ¿Qué hacía allí, con esas bajas temperaturas? La siguió con ojos de depredador. Lo divertía verla acomodarse las alas y restregarse las patas delanteras, ignorante del destino que la aguardaba. La sensación de poder lo embriagaba. Una sonrisa fue estirándole los labios, desvelándole los dientes grandes y largos. Alba siempre le señalaba que la sonrisa era su peor expresión, que debía evitarla. Lo lastimaba que le marcase que tenía un defecto; él fingía no darle importancia.

Amplió la sonrisa. La mosca ni siquiera sabía que él estaba allí, detrás de ella. Un movimiento de su mano, tan veloz como inesperado, convirtió el insecto en una mancha negra sobre la pared. «El ataque de la serpiente», se dijo con sorna al recordar lo que Catrin le había contado, que Aldonza y Manon lo apodaban la Serpiente.

—Manon —susurró antes de descargar de nuevo el puño sobre el insecto reventado.

Lo sobresaltaron dos golpes a la puerta. Extrajo un pañuelo del interior de su levita y, mientras se limpiaba la mano, invitó a entrar. Era uno de los cadetes.

—Disculpe, señor Porter-White —dijo con miedo—. Me atreví a llamar porque el señor Murray no está.

—Sí, sí —respondió con impaciencia—. ¿Qué quieres?

El muchacho le tendió una tarjeta personal.

—Este señor pide verlo.

«Patrick O'Brian, Trinity Court, 6 Arlington St., Mayfair, London», leyó. Lo había conocido días atrás en el club para caballeros White's. Sabía poco y nada del irlandés, excepto que se había vuelto rico como Creso en Australia. Le indicó al cadete que lo hiciera pasar. Se acomodó las solapas de la chaqueta y se ajustó el lazo de la camisa. Carraspeó.

Lo estudió al verlo cruzar el umbral. Era alto, fornido, de cabello rubio, bien recortado, y con la tez oscurecida por la acción del sol, que propiciaba el marco perfecto para realzar sus ojos grandes y celestes. Lo primero que saltaba a la vista, sin embargo, era una brutal cicatriz que le nacía en el lado izquierdo de la frente, le partía la ceja y terminaba, cruzada, en la nariz, que había perdido la forma natural para torcerse hacia la derecha por la acción del corte. Pese a la indeleble marca, su rostro no causaba repulsión. Le calculó más o menos su edad, unos cuarenta años. Durante su breve conversación en White's tras una partida de naipes, O'Brian no le había hablado del origen de su fortuna, que se evidenciaba en cada detalle, desde su lugar de residencia —Arlington Street se hallaba en el corazón de Mayfair— hasta el corte de su redingote de un soberbio anascote negro, sin mencionar la calidad de la chistera y el brillo de los zapatos. Los guantes, de una gamuza azul exquisita, estaban forrados con piel de visón, nada de conejo ni cordero. En el meñique de la mano izquierda lucía un sello de oro orlado por pequeños diamantes. Por cierto, la membrecía de White's no era un detalle menor. ¿Quién habría auspiciado su ingreso en el selecto club?

—Señor O'Brian —lo saludó con tono afable, e inclinó la cabeza—, qué grata sorpresa. Por favor, siéntese —lo invitó con la mano extendida hacia la butaca del otro lado del escritorio.

—Como le prometí en White's, he pasado a verlo —le recordó el hombre en un inglés con pesado acento irlandés—. Espero no haber llegado en un momento inoportuno.

—En absoluto. ¿Qué desea tomar? ¿Té, café?

—Té. Un buen té —añadió, y sonrió, satisfecho.

«Es muy afable», se convenció Porter-White, mientras tiraba del cordel para convocar al servicio.

Nora se presentó pocos segundos después. Se ocupó de colgar el redingote de O'Brian en el perchero y se retiró tras escuchar con sumisa disposición el pedido del jefe.

—Usted me dirá, señor O'Brian, en qué puedo serle útil —dijo Porter-White una vez que la muchacha cerró la puerta.

—En lo que todo banquero puede serle útil a un hombre de fortuna, en hacer crecer esa fortuna —remató y lanzó una risotada, que Porter-White imitó.

—Estamos aquí para eso. Un buen asesoramiento requiere de información. Por ejemplo, necesitaría conocer más acerca de sus intenciones. Verá, señor O'Brian —se explicó ante el ceño del irlandés—, existen dos tipos de inversores: los audaces y los conservadores. Es imprescindible saber en qué descripción cae usted.

—¿Cree usted, señor Porter-White, que habiendo partido de Irlanda con tres peniques en la faltriquera y regresado varios años más tarde lleno de dinero podría encajar en el grupo de los conservadores? ¡Claro que no! —se respondió a sí mismo, y profirió otra carcajada—. Soy audaz, *muy audaz* —subrayó—. Por lo que he escuchado en los salones de White's, usted también lo es. Varios de mis amigos han obtenido enormes ganancias con los bonos de las Cortes que compraron bajo su guía, ¡y en contra de todo pronóstico!

Nora regresó con el té y unas galletas de jengibre. O'Brian tomó una mientras la joven servía la infusión. La comió con modales bastante aceptables.

—Gracias, muchacha —dijo mientras se servía una segunda—. Estas galletas son exquisitas. ¿Las haces tú?

—Sí, señor —respondió la joven, intimidada.

—Envuélvele unas cuantas al señor O'Brian.

—Sí, señor.

—Gracias, gracias —repetía el irlandés con la mirada fija en Nora y una sonrisa.

La joven se retiró. Los hombres reanudaron la conversación.

—Señor O'Brian, si me lo concede, me gustaría preguntarle de qué modo logró transformar esos tres peniques en una fortuna.

—Con el oro, señor Porter-White —respondió, de pronto solemne—. Con el oro —reiteró—, uno de los metales más escasos y deseados del mundo.

Porter-White pugnó por mantenerse imperturbable. Carraspeó. Cambió de posición en la butaca.

—Es dueño de una mina, estimo —dedujo con aire indiferente.

—Así es. Su descubrimiento casi me cuesta la vida —dijo, y se señaló la cicatriz—. Pero soy un cabeza dura, por lo que el pedazo de roca que me golpeó no pudo conmigo —explicó entre risas.

—Qué admirable.

—En verdad es admirable mi gesta, señor Porter-White. Pero ahora me gustaría gozar un poco de la buena vida en una ciudad civilizada.

—¿Su mina aún produce? —se interesó.

—¡Oh, sí! Es muy rica. Sus menas todavía nos harán ricos por muchos años.

—¿*Nos* harán ricos?

—A mi socio y a mí —contestó—. Él se ha quedado allá para controlar los trabajos. Ya sabe, el ojo del amo engorda el ganado —recitó, y le hizo un guiño—. Decidimos que yo viajaría a Inglaterra con el fin de invertir nuestra riqueza.

—La Casa Neville es el mejor lugar para hacerlo —declaró Porter-White, de pronto entusiasmado y sonriente.

—Eso aseguran todos, en especial el gobernador Stirling, que posee una cuenta en esta afamada casa.

—¿Sir James Stirling? —se interesó Porter-White—. ¿El gobernador de Australia Occidental?

—Él mismo. Gran amigo mío y de mi socio —replicó el irlandés sin jactarse—. Fue él quien nos habló de la Casa Neville.

«Y fue él quien escribió la carta de recomendación para que te admitiesen en White's», dedujo Porter-White. Los Stirling, una encumbrada familia escocesa, habían amasado una inmensa fortuna comerciando esclavos en el siglo XVIII. Entre los miembros de la familia se destacaban importantes marinos que habían servido con gallardía a la Corona británica; el propio sir James contaba entre los distinguidos oficiales.

Quizá en ese afable irlandés, que por los indescifrables albures de la vida se había convertido en un magnate, se hallaba la respuesta a su problema. La explotación del Famatina no estaba perdida, después de todo.

—Por lo pronto, señor Porter-White —prosiguió O'Brian, mientras deslizaba la mano grande y tosca dentro de la chaqueta y extraía dos lingotes de oro—, me gustaría abrir una cuenta en la famosa Casa Neville. Para el giro de los negocios que planeo emprender durante estos meses, necesito emitir letras de cambio —explicó, y depositó otros dos lingotes sobre la mesa.

Un golpe impaciente en la puerta lo sobresaltó. Lucius Murray asomó la cabeza.

—Disculpe, señor —se apresuró a balbucear—. No sabía que estaba ocupado —se excusó y cerró.

Porter-White se preocupó ante la expresión agitada de su asistente. Enseguida se olvidó al brillo de los lingotes de O'Brian. Eran más pequeños que los tradicionales de cuatrocientas onzas troy. Recogió uno y lo admiró. El contacto con el metal frío, lustroso y suave le provocó un erizamiento.

—Bello, ¿no es así? —oyó que decía el irlandés con voz sedosa—. No existe brillo más perfecto que el del oro, un brillo que jamás se pierde, jamás se oxida, por eso los egipcios en la Antigüedad lo asociaron con los dioses, porque es eterno. Inalterable —remató.

«No es un ignorante como pensé», se dijo Porter-White al tiempo que estudiaba el sello impreso en el lingote, probablemente el símbolo de la compañía de O'Brian. Se trataba de un reloj, el típico reloj de bolsillo, cuya leontina lo circundaba; en cada eslabón se había impreso una letra. Giró el lingote para leerlas: «New Wales Mining & Co».

—New Wales Mining & Co —dijo en voz alta.

—Así es —confirmó el irlandés—, el nombre de nuestra compañía.

—Peculiar símbolo —comentó Porter-White—. Un reloj de bolsillo. ¿Por qué?

—Porque el tiempo es lo único que el oro no puede comprar —respondió O'Brian, y lo expresó seriamente, con sus ojos celestes fijos en los de él.

—Nunca había visto lingotes tan pequeños —afirmó, con una necesidad inexplicable por cambiar de tema.

—Son fáciles de transportar —alegó el irlandés—. Cada uno pesa alrededor de treinta onzas. Pronto mi socio me enviará un gran cargamento. De esto también quería hablarle, señor Porter-White, de la contratación de un seguro para este cargamento. Me han informado que vuestra aseguradora, la British Assurance, es la que emplea la flota Blackraven.

—Así es. Somos, junto con la Lloyd's, la compañía aseguradora más importante del mercado.

—Bien, bien —farfulló O'Brian, satisfecho.

—¿Conoce a los Blackraven?

—¿Y quién no? —preguntó a su vez, sonriente—. Su empresa de transporte es muy conocida allá, en Australia. Y muy respetada —añadió—. Como le comentaba, me urge abrir una cuenta para comenzar a operar. Tengo en vista varias inversiones promisorias.

—¿Ah, sí? —se interesó Porter-White, y dejó el lingote junto a los demás—. ¿De qué se trata?

—Negocios inmobiliarios y ferroviarios, especialmente —respondió, evasivo—. Lo primero ahora es abrir una oficina. Necesito un lugar donde pueda ofrecer las acciones de un emprendimiento minero que planeamos realizar con mi socio.

—¡Oh! —se asombró Porter-White, y enseguida se compuso—. ¿Para la búsqueda de más oro?

—Entre otros minerales, sí —confirmó O'Brian—. Creemos que el río Fish es una fuente inagotable de metales preciosos, en especial oro y plata.

—¿Dónde se encuentra el río Fish?

—Tengo mapas para mostrarle, señor Porter-White. Cuando termine de instalarme en mi oficina, lo invitaré, y si tengo el placer de que usted la visite, se los mostraré. También le hablaré de mis otros proyectos, uno en particular, el ferroviario. Australia es un país gigantesco, con enormes distancias entre las ciudades más importantes. ¡Pero lo dejo tranquilo por ahora! —exclamó, y alzó las manos en un gesto de rendición—. No quiero quitarle más tiempo. —Se puso de pie; Porter-White hizo otro tanto—. Estimo que es usted un hombre muy ocupado y con una vida social ajetreada, pero me gustaría invitarlo a cenar a mi residencia una de estas noches para seguir hablando de nuestros futuros negocios.

—Siempre estoy disponible para los clientes —dijo Porter-White, y O'Brian sonrió—. Acompáñeme, por favor —le indicó mientras recogía los cuatro lingotes—. En la oficina del señor Chichister, el jefe del Tesoro, procederán a la apertura de la cuenta y al peso y al depósito del oro. Creo que la Casa Neville y usted, señor O'Brian, harán grandes negocios.

—Así lo espero, señor Porter-White.

* * *

Porter-White regresó a su oficina un cuarto de hora más tarde, después de haberse cerciorado de que Ross Chichister en persona atendiese al señor O'Brian. Entró en la antesala de su oficina. Lucius Murray apoyó la péñola en el borde del tintero y se puso de pie. Ya no se lo veía agitado; la cara de consternación seguía. El muchacho alzó las cejas y, con un movimiento de ojos, le señaló a Nora, que, subida en una escalera, quitaba el polvo de los estantes de la biblioteca con un plumero.

—En quince minutos en la taberna London —susurró Porter-White al pasar junto a su secretario, mientras consultaba el reloj de pared: las doce y diez.

Se encerró en su oficina. Permaneció de pie, la vista fija en la tarjeta personal de O'Brian que descansaba aún sobre su escritorio. ¿El simpático irlandés constituía la respuesta a su problema? La tomó y la guardó en el bolsillo interno de la levita. Se cubrió con el redingote y salió. Murray ya no se hallaba en su escritorio.

De salida, avistó a Manon y a ese pardo, Estevanico Blackraven, que, sentados en el sofá de la recepción, conversaban con semblantes serios. De seguro, hablarían acerca de la suerte perra del prometido de Manon, Alexander Blackraven, conde de Stoneville y futuro duque de Guermeaux, que se hallaba en prisión acusado del asesinato de su antiguo amigo y socio Jacob Trewartha, Dios lo tuviese en su gloria.

Caminó a paso enérgico hacia la famosa taberna The City of London, conocida como la London, donde diariamente se concretaban más negocios que en la bolsa. Entró, y no se sorprendió de que estuviese llena; siempre lo estaba, en especial al mediodía. A pesar de que le gustaba la fama que su nombre estaba adquiriendo como futuro director de la Neville & Sons —nadie se creía esa insensatez de que sir Percival dejaría a Manon a cargo de la banca familiar—, en esa circunstancia habría preferido pasar inadvertido y llegar cuanto antes al salón dorado, un pequeño recinto privado donde solía reunirse con su asistente para hablar de cuestiones que habría sido imprudente ventilar dentro de los muros de la Casa Neville. No lo consiguió, y tres agentes lo detuvieron en su camino hacia el salón dorado para preguntarle por este o aquel título, por esta o aquella acción.

—¿Por qué tienes esa cara? —le soltó a Murray una vez que cerró la puerta y mientras se quitaba el abrigo.

A punto de responderle, el secretario calló. Acababa de entrar el camarero para tomarles el pedido. Lo despacharon rápidamente.

—Ha ocurrido algo inesperado —informó—. Se trata de Glenn.

—¿Qué hay con él? ¿Sigue en Hackney?

—Anoche se pegó un tiro. —Como Porter-White lo miró fijamente y no dijo ni hizo nada, añadió—: Se suicidó anoche, en la habitación de una posada en Hackney.

—¡Mierda! —reaccionó—. ¿Cómo lo supiste?

—Mi primo me lo dijo. Se enteró hace un par de horas, cuando llegaron unos policías de Hackney con la noticia para el inspector Holden Brown.

—Maldito Glenn —masculló Porter-White—. Qué día de mierda —se lamentó, y hundió las manos en su espesa cabellera negra. Sin alzar la vista, preguntó—: ¿Tu primo Onslow te comentó algo más?

—Sí, hay algo más —susurró Murray—. Onslow asegura que Glenn dejó una carta.

Porter-White cerró los puños en torno a su cabello hasta provocarse dolor. Sumió los labios entre los dientes y apretó los ojos. No tenía duda de que el muy maldito de Trevor Glenn lo señalaba como el urdidor de la estratagema que había conducido a Alexander Blackraven a Newgate.

—Es imperativo que Onslow consiga esa carta. Imperativo, ¿me oyes?

—Pero, señor…

El camarero entró con la orden. Porter-White le entregó un penique y le pidió que le trajese aparejos para escribir. El hombre se retiró, y Lucius Murray retomó donde había dejado.

—Señor, Onslow dice que no sabe dónde tienen la carta. Los abogados de Blackraven se movieron con una rapidez sorprendente. Supieron de la muerte de Glenn antes que la misma Scotland Yard y tomaron medidas para que la carta fuese directamente al despacho del juez en Old Bailey.

—Tu primo ha cometido muchos errores, Lucius. Contrató a esos indios inservibles, no encontró el cuchillo ensangrentado donde se lo indicaste…

—¡Lo buscó! —soltó el muchacho—. Lo hizo, señor. Él me lo ha jurado y yo le creo.

—Su juramento me sirve de poco —sentenció Porter-White—. Lo cierto es que nunca apareció.

—Es verdad —masculló, abatido—, allí no estaba. No obstante, Onslow lo buscó junto a la butaca que ocupó el conde de Stoneville.

—El arma del delito nos sería de mucha utilidad ahora —se lamentó.

El camarero regresó con los utensilios de escritura. Los acomodó en la mesa y se marchó. Porter-White garabateó una nota con trazos grandes y nerviosos. La selló con lacre y se la entregó a su asistente.

—Para quien ya sabes —dijo—. Entrégala ahora mismo.

Lucius Murray asintió y se marchó enseguida, sin haber tocado la comida. Porter-White se quedó solo, la vista fija en las ostras horneadas, que se enfriaban sin remedio; pese a ser uno de sus platos favoritos, no lo tentaban. La noticia del suicidio de Trevor Glenn le había aniquilado el apetito.

Se puso de pie, resuelto a afrontar la catástrofe que estaba por caer sobre él. Lo primero, se dijo, era recuperar el expediente de la deuda de Glenn y llevárselo a su suegro. Soltó unas monedas sobre la mesa y se marchó a las apuradas, haciendo caso omiso de los clientes que lo llamaban al verlo pasar. Detuvo a un cabriolé de alquiler y le prometió al cochero una recompensa si lo llevaba a toda prisa a Mayfair. Llegó en veinte minutos a Burlington Hall, la fastuosa mansión de los Neville.

Como no deseaba cruzarse con nadie, ni siquiera con su hermana Alba, entró por la zona de las caballerizas y empleó las escaleras de servicio para subir a la planta superior. Se topó con dos sirvientas, que lo observaron con asombro antes de realizar torpes reverencias. Pasó sin dirigirles la palabra, e imaginó los rumores que levantaría su ingreso furtivo.

Una vez en el dormitorio de Alba, se dirigió al armario. Detrás de los vestidos, se hallaba la caja fuerte que había hecho instalar a escondidas casi un año atrás, aprovechando que la familia había viajado a su propiedad en Penzance, al sur del condado de Cornualles, para los festejos navideños. Se trataba de una idea que se había gestado durante el viaje al Río de la Plata y que se había demostrado muy acertada.

Estaba nervioso y las manos le temblaban un poco. Ejercitó los dedos cerrándolos y abriéndolos para recobrar el dominio. Le habían advertido que la cerradura, dotada de un moderno detector Chubb, se bloqueaba si se intentaba forzarla. En ocasiones, si la llave se introducía torcida o con torpeza provocaba el mismo efecto. La deslizó con suavidad dentro del orificio y abrió sin inconveniente. Extrajo el cartapacio con la deuda de Glenn y lo revisó para confirmar que contuviese la documentación.

Entró en el despacho de su suegro una hora más tarde. Por fortuna, Manon no estaba; verla se volvía cada día más insoportable. Le entregó la carpeta.

—Aquí le traigo el expediente con la deuda de Trevor Glenn —dijo, sonriente.

—¿Dónde estaba? —se interesó sir Percival.

—En mi despacho, en el archivo de clientes importantes —agregó—. Me ha costado hallarlo porque Lucius se equivocó y lo guardó bajo la letra «T» —mintió—. Confundió el nombre de pila con el apellido. Tenemos varios clientes apellidados Trevor —lo justificó—. Ya le marqué el error —se apresuró a añadir ante el gesto reprobatorio de su suegro.

Neville se calzó los quevedos y estudió el contenido del cartapacio.

—Tal vez con esto podamos ayudar a Alexander —mascculló sin apartar la vista de los pagarés vencidos.

—Excelente noticia, sir Percival —comentó Porter-White.

Neville se puso de pie.

—Es preciso ubicarlo —resolvió el banquero—. Ahí figura su domicilio —dijo, mientras se encaminaba hacia el perchero con la clara intención de salir.

—¿Irá usted mismo, sir Percival?

—Sí —respondió, lacónico y serio.

—Lo acompaño —ofreció Porter-White.

—Gracias, Julian.

Capítulo II

A pesar del brasero que ardía a un par de yardas y de las dos mantas que lo cubrían, el frío gélido de la noche se colaba por el ventanuco cercano al techo de la celda y lo mantenía tenso y despierto. Tenía la nariz helada, como durante las travesías por los Rugientes Cuarenta. Apretaba las mandíbulas en un acto inconsciente.

Estaba acostumbrado a los espacios estrechos para dormir —la litera de su camarote no era mucho más grande que esa yacija—, y sin embargo le costaba conciliar el sueño. Desde hacía ocho noches, dormitaba malamente y en un continuo estado de alerta. Lo dominaba un cansancio como no recordaba haber experimentado, ni siquiera durante las vigilias en alta mar. Su mente, en cambio, mantenía una actividad frenética, no hallaba reposo; saltaba de un tema a otro; no le daba tregua. Pensaba en todo, en todos. Se preguntaba cómo y cuándo acabaría esa farsa. Con lord Melbourne como ministro del Interior, la situación se complicaba. De seguro, no estaría abogando por su inocencia; al contrario, aprovecharía la circunstancia para vengarse de las ocasiones en que los Blackraven habían apoyado las causas opuestas a su convicción política y a su corazón, en especial las referidas a la reforma electoral del 32, a la abolición de la esclavitud en las colonias, a la emancipación de Irlanda y a las leyes de cereales.

Su madre lo detestaba desde que se había enterado de que usaba el látigo con las niñas pobres que recibía en su casa como objetos de caridad. Dos años atrás, durante una fiesta de disfraces en lo del marqués de Chandos, lo había enfrentado para reclamarle, incluso lo había amenazado con denunciarlo y quitarle a las pequeñas si volvía a escuchar que recurría a la violencia para castigarlas. Él no había presenciado la escena pues se hallaba de viaje; sus hermanos se la habían relatado. No le costaba imaginar a su madre en la fiesta de Chandos, disfrazada de la belicosa Artemisia, reina de Halicarnaso, mientras le reclamaba a lord Melbourne el maltrato a las huérfanas. Le habían contado que, en un gesto teatral, su madre se había arrancado prematuramente la máscara y le había soltado al perplejo aristócrata:

—Y ahora sabe quién lo está advirtiendo, milord.

El hombre se retiró la máscara a su vez, que desveló una mueca endurecida.

—Su gracia, está claro que mi disfraz no engaña a nadie —declaró Melbourne antes de inclinar la cabeza y abandonar el cotillón.

Decididamente el poderoso e influyente ministro del Interior no los tenía en alta estima, ni a ellos, ni a sus parientes irlandeses, los De Lacy. Su tío Sebastian de Lacy, conde de Grossvenor, había apoyado con tenacidad al bando opuesto al de Melbourne para imponer las leyes en favor de la emancipación de Irlanda y para abolir las llamadas leyes de cereales, que impedían la importación de grano en el Reino Unido, cuya producción local no cubría las necesidades mínimas del pueblo.

Nada le daba paz, excepto imaginar a Manon Neville. En esos días de encierro y de aburrimiento había desarrollado una capacidad inaudita, la de ejecutar música en su mente con una precisión notable si se tenía en cuenta que nunca lo había atraído particularmente. Desde que Manon formaba parte de su vida, la música había adquirido otra dimensión, y solo porque a ella la fascinaba. Cerró los ojos y evocó las ocasiones en que la había visto disfrutar de las composiciones de Corelli y de Boccherini, abstraída, extática, magnífica su Gloriana. Le procuraba un placer especial rememorar la vez en que la vio acompañar a la orquesta con las castañuelas, tan grácil y delicada, concentrada en la partitura, la expresión adorable mientras leía las notas.

Canturreó los acordes del *Concerto grosso número 10*, porque ella le había confesado que era su predilecto. Y él, a quien el baile le interesaba menos aún que la música, deseó con un ansia insólita deslizarse con Manon por la gran sala de su residencia en Grosvenor Place al son de esa pieza, la misma sala donde la había arrinconado para besarla con un desenfado que, creyó, ella objetaría. Como de costumbre, lo tomó por sorpresa y se entregó con la confianza de los besos anteriores. Él siguió presionándola, empujando los límites, y le acarició un pecho.

Se incorporó súbitamente y empuñó el estilete veneciano del que jamás se separaba. Lo había alertado el chirrido de los goznes. Alguien estaba introduciéndose en su celda de manera furtiva.

—¿Quién anda ahí? —preguntó con autoridad, mientras manipulaba el yesquero en la oscuridad para encender la vela de la palmatoria.

—Traigo un mensaje, milord —respondió una voz con el acento cerrado, casi inentendible, de los bajos fondos.

El hombre terminó de entrar, y la celda se iluminó a la luz de su antorcha. Detrás de él, detenido en el umbral, se encontraba el guardia nocturno al que sus hermanos Estevanico y Arthur le llenaban los bolsillos para que le brindase un trato preferencial. Se mantenía observante y en silencio.

—El jefe me manda, milord —explicó el de la antorcha, y caminó con prudencia hasta posicionarse a pocas pulgadas de Alexander, que no precisó aclaraciones.

El jefe era Jonathan Wild, el rey de los criminales londinenses, cuyo poderío abarcaba también el perímetro de esa prisión y de otras de la ciudad.

—Habla —le exigió, y se mantuvo atento a sus movimientos.

—El jefe me manda decirle que quien lo acusa ha muerto.

—¡Muerto! —se pasmó.

—Se metió un tiro en la cabeza.

—¿Cuándo ocurrió?

—Anoche, milord.

—¿Están seguros de que no se trata de un asesinato?

—De eso están todos muy seguros. Se suicidó —reiteró.

—¿Y de qué *no* están seguros?

—De lo que escribió en la carta que dejó. El jefe también me manda decirle que, apenas sepa algo más, se lo hará saber. Eso es todo, milord.

Alexander introdujo la mano en la faltriquera de su pantalón y extrajo un chelín. Se lo tendió. El hombre retrocedió un paso.

—Oh, no, milord —se negó—, no es necesario. El jefe no lo aprobaría.

Alexander asintió y guardó la moneda.

—Gracias —dijo y se quedó allí, de pie, en el centro de la celda, hasta que la pesada puerta se cerró y el sonido del cerrojo se convirtió en un eco molesto.

Trevor Glenn se había quitado la vida. Decidió que no volvería al incómodo camastro; dormir sería imposible. Se sentó en la única silla con la que contaba y se dedicó a pensar en las consecuencias del suicidio de quien lo señalaba como el asesino de Jacob Trewartha. «Jacob Trewartha», repitió, y una vez más le pareció mentira que se tratase del padre de Alexandrina Trewartha, su gran amor.

¿Por qué seguía llamándola de ese modo si hasta pocos minutos antes había evocado a Manon Neville con verdadera pasión? ¿Por qué seguía considerándola el amor de su vida después de cuatro años de separación? ¿Por qué no conseguía olvidarla si le había roto el corazón al desposar a Archibald Neville, el hermano de Manon? ¿Por qué no había respondido la carta de Alexandrina en la que lo instaba a rescatarla de un matrimonio desdichado? ¿Qué le había impedido cruzar el mundo en el *Leviatán*, navegar sobre las crestas de las olas hasta alcanzar la isla de Macao y estrecharla una vez más contra su pecho? El recuerdo de Alexandrina, de su sonrisa, de la manera perfecta en que su figura se amoldaba a su abrazo, de los besos compartidos, de los coitos desenfrenados, de las promesas, pero también de las peleas, de las dudas, del miedo, cada evocación se convertía en un sometimiento devastador. ¿Por qué no la olvidaba de una vez?, volvió a cuestionarse más con rabia que con desánimo. ¿Lo creería el asesino de su padre? Si él abandonaba esa prisión y volvían a verse, ¿se lo reclamaría? Alexandrina era de las pocas personas que sabían que no le faltaban excusas para liquidar a Trewartha, y no porque en cada oportunidad el hombre se hubiese dedicado a insultar a sus padres. Eso era lo que creía la mayoría; ella, en cambio, habría podido acusarlo por razones de más peso.

Apoyó los codos sobre la mesa y se sujetó la cabeza.

—Manon, Manon —susurró, pues incluso el sonido de su peculiar nombre lo serenaba.

* * *

Porter-White cenaba solo en un salón bastante desierto de White's. No deseaba regresar a Burlington Hall después de esa jornada endemoniada. Había acompañado a sir Percival en su recorrido por la ciudad en busca de Trevor Glenn. Se había mostrado servicial, solícito y dispuesto a ayudarlo, solo que había omitido contarle que el hombre estaba muerto. Daba igual; se enteraría al día siguiente, cuando la noticia adquiriese estado público. Se armaría un gran revuelo, como todo lo relacionado con el caso del conde de Stoneville.

A última hora, de mal humor debido a la infructuosa búsqueda, su suegro había tomado una decisión sorpresiva: pediría una audiencia con el rey Guillermo. Molestar al rey no era una acción que se tomase a la ligera y ponía de manifiesto la importancia que Neville le daba a la alianza con la casa de Guermeaux.

—No comprendo por qué no lo hice antes —se lamentó en el carruaje, de regreso a Burlington Hall—. Espero tener suerte y conseguir que liberen a Alexander antes de que Roger regrese a Londres —pensó en voz alta.

Soltó los cubiertos de mal modo al admitir una dura realidad: era probable que si el conde de Stoneville salvaba el pescuezo, desposase a Manon. ¿Dónde se había equivocado? Nada resultaba como lo había planeado. Cada instancia para atrapar a su cuñada fallaba. Era escurridiza. Después de que Catrin le hubiese revelado meses atrás una noticia inesperada, que Manon estaba enamorada de Alexander Blackraven, comprendió que sería imposible casarla con otro, incluso en el caso de que Stoneville jamás le prestase atención. Conocía a su cuñada; era terca y voluntariosa, y no habría traicionado sus sentimientos aun a riesgo de quedarse para vestir santos. El joven y bien parecido conde debía desaparecer, ese era el único camino para que Manon, con el corazón destrozado, se rindiera y desposase a otro, uno que él controlase, como Jacob Trewartha.

El primer intento —el ataque en el puerto perpetrado por los indios contratados por Onslow Murray— falló, y el conde sobrevivió. La noticia lo desalentó, aunque no por mucho tiempo. Enterarse de que, contra todo pronóstico, Blackraven comenzó a corresponder el sentimiento de Manon, lo hizo perseverar en su propósito. No negaba que el conde de Stoneville se le presentaba como un enigma imposible de desentrañar. Ese muchacho, alejado de las banalidades de la sociedad, que se lo pasaba embarcado, que se ocupaba exclusivamente de los negocios y que se contentaba con un revolcón en la cama de Samantha Carrington, lo había sorprendido al fijarse en su insulsa cuñada. Estaba claro que juzgaba más conveniente fundar una alianza con la Casa Neville a través de un matrimonio que a través de contratos comerciales.

Apoyándose en Lucius y en Onslow Murray, se dedicó a trazar el próximo ataque. Mientras tanto, empleó al mundano y bien parecido Fernando de Ávalos, de la más rancia aristocracia napolitana, para que sedujera a Manon. Sabía que era casi imposible hacerla desviar su atención del conde de Stoneville, pero, compartiendo con De Ávalos la pasión por el arte, creyó que existía una chance. Se equivocó, y también se equivocó al creer que correría con mejor suerte en el segundo intento por liquidar a Blackraven. El asalto ocurrido en la casa de la viuda de Carrington resultó un fiasco, y si bien Blackraven salió malherido, salvó la vida.

De nuevo Catrin, muy hábil para escuchar detrás de la puerta, le proveyó la novedad más desconcertante y peligrosa: Manon no solo quedaría al mando de la Casa Neville a la muerte de sir Percival, como se murmuraba en la City, sino que se convertiría en la única propietaria de la Neville & Sons. No veía otra salida excepto liquidarla. Sus jefes, en especial uno de ellos, se opondrían. Los haría entrar en razón; era imperativo que comprendieran que, sin la posibilidad de manejarla a través de un marido que trabajase para ellos, no tenían alternativa. Muerta Manon, el banco quedaría para el inútil de Archibald. Controlarlo sería un juego de niños.

Terminó de cenar y consultó la hora. Todavía faltaba una hora y media para la cita. Se retiró al salón donde encontraría utensilios para escribir. Se ubicó en una mesa alejada y se dedicó a redactar una carta difícil. Había pensado en su contendido a lo largo del día, desde que su suegro le anunció la decisión de quitarle el apoyo para el proyecto minero. No seguiría evitando la responsabilidad como su padre solía achacarle. «Siempre buscas excusas para no hacer lo que debes», le había repetido desde que tenía memoria.

Hundió la péñola en el tintero y escribió: *Mi muy estimado y admirado don Juan Manuel.* A medida que agregaba párrafos a su carta en los que explicaba el giro dramático que había dado su plan para explotar el Famatina, se imaginaba la expresión cada vez más tormentosa del poderoso estanciero y político rioplatense. Don Juan Manuel de Rosas no era uno con quien se bromeaba sin salir lastimado. «O muerto», se convenció. En la última visita a Buenos Aires, su padre le había advertido que no se inmiscuyese en los complejos asuntos de esas tierras. «Menos que menos hagas tratos con el ladino de Rosas», le había aconsejado. «Rosas te manejaría como un niño de cinco años y tú jamás te darías cuenta», había añadido con el desprecio que no se desvanecía de su voz ni siquiera tras haber regresado triunfante de Londres. Recibió el consejo como un desafío y no cejó hasta obtener una audiencia con el gobernador de Buenos Aires en su carácter de representante de la Casa Neville. En aquella oportunidad no le mencionó lo de la explotación del cerro riojano, pues andaba en tratos con Juan Facundo Quiroga, pero fue hábil y sembró la semilla para una futura amistad.

Terminó la carta y se puso a pensar en el comisionado de Rosas en Londres, don Antonino Reyes, al que todavía no le había revelado la decisión de sir Percival respecto de la Río de la Plata Mining & Co. Intentaría convencerlo para que se embarcase en el primer clíper que partiese hacia Buenos Aires. Con suerte, le entregaría la misiva a Rosas hacia finales de diciembre. Ansiaba, al mismo tiempo que temía, que la leyese. ¿Qué instrucciones le daría? ¿Se daría por vencido o intentaría seguir adelante con el proyecto? ¿Cómo se las arreglaría con el fiero caudillo riojano, Juan Facundo Quiroga? Reyes le había contado anécdotas extraordinarias acerca de Quiroga, rayanas en la leyenda. «El Tigre de los Llanos», lo apodaban. Los gauchos le temían tanto como lo veneraban; aseguraban que se convertía en un capiango, una criatura mitológica, mitad hombre, mitad tigre. Sus poderes sobrenaturales se extendían también a su caballo, «El Moro», un animal bellísimo, de pelaje negro, que asesoraba a su dueño en asuntos de vital importancia, como si participar de una batalla o evitarla. Todas estúpidas invenciones, se dijo, propias de las mentes ignorantes de las gentes de su tierra. El pueblo, sin embargo, las creía a pie juntillas, y eso era lo que contaba al fin y al cabo. Entonces, ¿se atrevería Rosas a enfrentar a Quiroga, siendo, como era, el preferido entre el gauchaje federal?

Concurriría al Durrants, el hotel en el que se hospedaba Reyes, a primera hora del día siguiente y le entregaría la carta para Rosas. Le expondría la situación y estudiaría su reacción al mencionar el nombre de Juan Facundo Quiroga. Reyes conocía a Rosas mejor que nadie, incluso se decía que había estado de novio con su hija Manuela, y que era de la mayor confianza del estanciero.

Abandonó White's y se alejó unas manzanas antes de llamar a un coche simón. Habría sido más sencillo solicitarle al portero que convocase a uno de los que formaban fila en St. James's Street, pero pretendía evitar que el chofer lo asociara con el afamado club de caballeros. Le indicó que lo condujese a Hockley-in-the-Hole, en Clerkenwell, al norte de la ciudad, donde malvivientes y hombres de categoría se congregaban atraídos por una pasión que los igualaba: apostar en las peleas de osos, perros y gallos. De hecho, allí había conocido a su asistente Lucius Murray y a su primo, el agente de policía Onslow Murray, algunos años atrás.

Descendió del vehículo y se restregó las manos enguantadas; helaba en ese descampado alejado de la ciudad. Su aliento se condensaba en el aire gélido mientras le prometía al chofer una corona si lo esperaba. Divisó el área iluminada con fogatas y con antorchas donde tenían lugar las peleas. El entusiasmo de los apostadores se adivinaba en el griterío que lo alcanzaba incluso a esa distancia; ni siquiera el clima adverso los desalentaba, y el sitio se encontraba tan abarrotado de público como en las benignas noches de verano.

Fue aproximándose. Las voces elevadas se enfervorizaban mientras arengaban en favor del oso o de los dos pitbulls que lo atacaban. La pelea llegaba a su fin. Los animales estaban extenuados, en especial el oso; le colgaba una oreja y tenía el espeso pelaje brillante de sangre. Los perros también sangraban, pero seguían atacando con una tenacidad casi inverosímil. Se murmuraba que los dueños los sometían a un ayuno de dos días antes de soltarlos en la arena.

Descubrió la línea de un carruaje anónimo que se recortaba en la noche, en un sector alejado de las miradas indiscretas. Supo que eran ellos. Se puso nervioso. Había imaginado el encuentro con sus jefes desde el mediodía, desde el instante en que decidió convocarlos a una reunión de urgencia y les escribió rápidamente una nota en el saloncito de The City of London. No precisó indicarle a Murray dónde entregarla; su asistente conocía el sitio estipulado para las comunicaciones secretas: el burdel de lujo Garden of Venus. La madama había cumplido con su parte y no había tardado en hacer llegar la esquela a su destinatario final. Él obtuvo la respuesta cerca de las seis de la tarde. Accedían a encontrarlo esa misma noche, en el sitio habitual.

Allí estaba, a unos pasos de enfrentarse con las dos únicas personas a las que les rendía cuentas desde hacía años, a Cástor y a Pólux, como se había habituado a llamarlos, por sus nombres en código, que empleaban en caso de intercambiar mensajes escritos.

Al verlo, el chofer saltó del pescante y, tras palparlo de armas, le abrió la portezuela sin pronunciar un sonido. Cerró una vez que él hubo subido.

En el habitáculo lo recibió una oscuridad densa y cargada con el olor del habano de uno de sus jefes; el otro no fumaba. La brasa del cigarro intensificó su incandescencia cuando Cástor lo succionó con fuerza, y por un segundo sus lineamientos se hicieron visibles. Los de Pólux siguieron sumidos en la penumbra.

—Gracias por haber respondido a mi llamada —dijo a modo de saludo.

—¿Por qué nos has convocado? —replicó su jefe tras quitarse el habano de la boca.

—Tu llamado nos tomó por sorpresa —comentó Pólux con su voz refinada y culta; aunque sonaba menos agresiva, no debía engañarse; era letal, quizá más que el otro.

—Han ocurrido novedades. Necesito instrucciones —se justificó.

—Habla —exigió Cástor con el acento áspero de un fumador empedernido.

—Trevor Glenn ha muerto.

En el silencio que siguió solo se oyó el crepitar de la hoja de tabaco al consumirse.

—¿Lo has asesinado? —exigió saber Pólux.

—No. Se ha suicidado en una posada de Hackney. Ha dejado una carta. Ignoro el contenido, pero sospecho que exonera a Blackraven y que me apunta como el instigador.

Cástor inhaló una inspiración profunda en el acto de quien se arma de paciencia. El otro no articuló palabra; Porter-White, sin embargo, percibió la ira que irradiaba, aun sin distinguirlo en la penumbra.

—Requiero instrucciones —volvió a solicitar tras unos segundos en silencio—. ¿Debo huir?

—No —dijo Pólux—. Eso y aceptar que fuiste el instigador, que no el propio asesino de Trewartha, es lo mismo.

—¿Qué hago entonces?

—¡Dejar de cometer errores! —se ofuscó Cástor—. Nos aseguraste que te resultaría fácil convertir a Manon en tu esposa. Fallaste. Lo intentaste con Trewartha. Fallaste de nuevo, y aquí estamos, con Trewartha muerto y Manon a punto de unirse a la casa de Guermeaux.

—Manejaste muy mal el asunto de la esposa india de Trewartha —le recriminó Pólux—. Contratar indios para deshacerte de ella no hizo otra cosa que levantar sospechas en torno a Trewartha, que había pasado la mayor parte de su vida en la India. ¿Qué tan necio puedes ser?

—Ignoraba que Onslow Murray hubiese contratado un indio para el trabajo —se justificó—. Cuando se lo reclamé, se excusó diciendo que nadie respondía a sus anuncios.

—¿Por qué nadie respondía?

—No lo sé. Cuando por fin los indios respondieron, no le quedó otra alternativa que aceptar. Me juró que eran infalibles.

—Infalibles —se mofó Cástor, y dio una larga chupada al cigarro—. Fueron muy *falibles* las dos veces que atacaron al conde de Stoneville, sobre todo en la segunda, en la que uno de ellos se hizo asesinar, complicando aún más la situación de Trewartha de por sí delicada.

—Hiciste un trabajo chapucero. Admítelo.

—Pido disculpas —balbuceó con un tono apenado que escondía una rabia inmensa.

—¿Por qué no te ocupaste tú de la esposa de Trewartha y del conde de Stoneville? —lo increpó Pólux—. No tuviste escrúpulos al eliminar a Francis Turner, el geólogo de los Blackraven —lo provocó—. ¿O acaso lo niegas? —Tras unos segundos de un tenso mutismo, prosiguió—: Debo admitir que hiciste un gran trabajo. Jamás pudieron dar con quien lo hizo. Si hasta te proveíste de una coartada perfecta.

—¿Cuál? —se interesó Cástor.

—Esa noche, medio Londres lo vio en una velada en Blackraven Hall —reveló Pólux antes de dirigirse de nuevo a Porter-White—: Tienes un talento especial para esto. Si te hubieses ocupado tú, no estarías metido en este gran lío.

—Lo juzgué mejor de ese modo —respondió con vaguedad—. Ahora estoy muy preocupado por el asunto de la carta de Glenn. ¿Qué debo hacer?

Tras unos instantes en los que las dos sombras intercambiaron unos bisbiseos en la oscuridad, Pólux le ordenó:

—Quédate en Londres. Después de que se sepa que se ha suicidado, su palabra no valdrá un penique.

—Alexander Blackraven saldrá en libertad y el compromiso con mi cuñada será inminente, aunque ella y mi suegro lo nieguen.

—Mandar a la cárcel a Blackraven, el heredero del ducado —subrayó Cástor alzando la voz—, ha sido el mayor de tus errores. ¿Creías que te saldrías con la tuya? ¿Creías que Roger Blackraven lo consentiría?

—El duque de Guermeaux se encuentra en Madrid —les recordó, y los otros dos soltaron cortas y sarcásticas carcajadas.

—Nadie habría firmado la sentencia de muerte del conde de Stoneville, Julian —afirmó Cástor—. Ni siquiera el juez que entiende en la causa, que está bajo mis órdenes.

—Asesinar a Francis Turner es una cosa —razonó Pólux—. Otra *muy distinta* es meterte con el primogénito de Blackraven. Tienes que aprender a elegir tus enemigos, Julian —le aconsejó con un timbre condescendiente que toleró a duras penas.

—¿En qué pensabas cuando tramaste esa conjura?

—¿Tal vez en impedir la mayor de las catástrofes, que la Casa Neville y la de Guermeaux se uniesen? —replicó con acento irónico.

—Cuida tu lengua —lo reprendió Cástor—. No estás en posición de mostrar tu orgullo herido.

—Lo siento. Tengo otra novedad —dijo rápidamente para cambiar de tema—. Mi suegro me ha informado esta mañana que, para evitar enojar al duque de Guermeaux, no adquirirá acciones de la Río de la Plata Mining & Co. Por supuesto tampoco firmará la garantía exigida por Rosas. Según él, los Blackraven tienen más posibilidades de hacerse con el cerro Famatina.

—Esta sí que es una mala noticia —admitió Cástor—. Otro de tus errores, Julian. Y van... Ya perdí la cuenta. Después de que tu conciudadano, el tal Bernardino Rivadavia, te habló del Famatina tiempo atrás, aseguraste que regresarías del Río de la Plata con la autorización para explotarlo. Te di una pequeña fortuna para que la empleases en ganarte el favor de Quiroga. Lo perdimos a manos de Blackraven. Decidiste participar al tal Rosas porque era el hombre fuerte de la Confederación Argentina. Ahora resulta ser que es un don nadie.

—Rosas *es* el hombre fuerte de la Confederación —aclaró, nervioso—. Sir Percival asegura que Alexander Blackraven le ha ofrecido participar en la explotación. Mi suegro aceptará.

—Sobre todo ahora que planea emitir papel moneda —dedujo Cástor—, para lo cual precisará grandes reservas de oro.

—Hoy también anunció que pretende convertirse en el maestro de la Casa de Moneda.

—Neville va por todo —masculló Cástor mientras descorría la cortinilla para arrojar el chicote.

La tenue luz nocturna le iluminó fugazmente el rostro, y Porter-White vio reflejado en su semblante el disgusto causado por la noticia.

—Todavía no ha obtenido la aprobación del Parlamento para la emisión de papel moneda —comentó Pólux.

—Yo no tengo la suficiente fuerza en la Cámara de los Comunes para frenar el proyecto de ley —admitió Cástor—. Creo que finalmente pasará, y el poder de Neville no conocerá límite.

—Lo cual nos beneficiará cuando la Casa Neville sea nuestra —le recordó su socio, y enseguida añadió—: Si, como se murmura, Manon será la heredera de la Neville & Sons, es perentorio tenerla de nuestra parte.

La obviedad del comentario arrancó un bufido a Cástor, que señaló, malhumorado:

—No fue posible desposarla con Julian ni con Trewartha. Si con Fernando de Ávalos tampoco es posible un matrimonio, solo queda liquidarla.

—¡No! —objetó Pólux—. Habíamos acordado que ella no sería una víctima en nuestro plan.

—Tú sabes que tengo una deuda pendiente con ella —le recordó Cástor.

—No era este el acuerdo —se empecinó su socio.

—¡Es una muchacha inmanejable!

—Lo es —ratificó Porter-White—. Cualquier intento por dominarla ha resultado fútil.

—Y ahora nos encontramos frente al desastre que significaría una unión entre ella y el conde de Stoneville —prosiguió Cástor—. ¿Acaso no dimensionas el problema?

No hubo respuesta. Porter-White advirtió el aire de amotinamiento que se apoderaba del ambiente.

—¿Cómo lo haremos? —preguntó, incapaz de simular la ansiedad que le despertaba la idea de acabar con su cuñada.

—¡Tú no harás nada! —se encolerizó Pólux, perdiendo la traza de hombre moderado—. Últimamente solo has cometido errores —reiteró.

—¡Es una acusación injusta! —se defendió Porter-White—. Desde que me pidieron que me convirtiese en vuestros ojos y oídos en la Casa Neville, hice aún más que eso: me sacrifiqué desposando a Cassandra para colocarme en el corazón mismo de la familia. Se han enriquecido gracias a mí, gracias a las informaciones que les he transmitido. Han gozado de beneficios y anticipado pérdidas que, de otro modo, habrían sufrido.

—Es cierto, Julian —concedió Cástor—, pero también es cierto que, cuando el plan alcanzó una etapa en la que las cosas se volvieron complejas, tú fallaste una y otra vez. Y ahora es probable que en la carta de Glenn aparezca tu nombre y te comprometa.

—Pero acaban de decirme que la credibilidad de Glenn no valdrá nada después de que se sepa que se ha suicidado.

—Pero también es posible que, dadas las presiones políticas que ha propiciado este nefasto asunto del encarcelamiento de Blackraven, algún detective de Scotland Yard reciba la orden de investigar. Podría salir algo a la luz.

—Será mejor que huya —se inquietó.

—No. Ya te hemos dicho que eso y declararte culpable es lo mismo —aseveró Pólux—. ¿Has asesinado tú a Trewartha? —lo interrogó a quemarropa.

El mutismo que siguió fue roto por la risita medida y sarcástica, también refinada, del hombre.

—Se había convertido en un escollo —se justificó.

—Y tú no pudiste resistir la tentación de endilgarle el muerto a Blackraven —concluyó Cástor—. No hubiese sido un mal plan —admitió—, solo que te metiste con uno que está muy por encima de ti. Y ahora te encuentras en un gran aprieto —reiteró.

Guardó silencio. No malgastaría su tiempo explicándoles a esos dos lo benéfico que había resultado eliminar a Jacob Trewartha. El idiota había decretado su propia muerte tres semanas antes, cuando lo amenazó con revelar sus secretos aquella noche en el Garden of Venus.

—Señores —dijo, de pronto calmo y seguro—, estamos metidos en un juego sucio y complejo. Alcanzar el objetivo, esto es, apoderarnos de la Casa Neville, no será simple ni nos volverá mejores personas. Ni ustedes ni yo somos santos. De un modo u otro, tenemos las manos llenas de sangre. Ninguno tiene autoridad moral para reclamar nada a nadie.

—Esta será tu última oportunidad —decidió Castor—. Si vuelves a fallar, estás fuera.

—No fallaré —prometió Porter-White.

—A partir de ahora —prosiguió Cástor—, camina mirando el suelo y con tu mejor expresión de inocencia. Si la carta de Glenn dice lo que creemos, me ocuparé personalmente de protegerte. Pero esta será la última vez. ¿Entendido?

—Entendido —contestó Porter-White con rapidez y alivio.

—Ahora vete.

Se bajó del coche y cerró la portezuela con cuidado. En el silencio del habitáculo, se exacerbaban el sonido de la respiración congestionada del fumador, los gritos de los apostadores, los rugidos moribundos del oso y los ladridos desgañitados de los perros.

—Este disfruta liquidando cristianos —comentó Pólux tras cerciorarse de que Porter-White se alejara—. Nada lo detiene.

—Es como las bestias —acordó Cástor—. Actúa sin pensar.

—Llegará el día en que querrá eliminarnos también a nosotros —profetizó Pólux—. No aceptará ser nuestro lacayo para siempre.

—Estoy de acuerdo. Pero nos anticiparemos. Como has podido comprobar, no es tan listo como se vende. Y ahora se encuentra metido en un gran problema.

—En cuanto a eliminar a Manon…

—Basta, no seas necio —lo interrumpió Cástor—. No hay alternativa. Acéptalo. En algo tiene razón Porter-White: ni nosotros ni él somos santos, tú menos que nadie, que eres la mente detrás de esta conjura. Sabías que nos ensuciaríamos las manos. Ahora no te eches atrás a causa de unos escrúpulos ridículos.

—Tú no comprendes. No estoy echándome atrás. Estoy tratando de decirte que el momento de Manon Neville no ha llegado aún.

Fuera del carruaje, una sombra se deslizó con el sigilo de un gato, y ni siquiera el atento cochero se percató. Caminó detrás de Porter-White hasta confundirse en la muchedumbre que ahora apostaba por la pelea entre una cobra y una comadreja.

* * *

Manon y Aldonza llegaron a Blackraven Hall alrededor de las ocho. Respondían a la invitación de Isabella Blackraven, que había enviado una esquela por la tarde donde les solicitaba que cenaran con ellos. *Hablaremos de Alex*, había aclarado.

Las recibió Anne-Rose, la segunda de los Blackraven, que parecía hacer honor a su apellido con su cabellera larga y negra como el ala de un cuervo. Esa noche, la llevaba recogida en un modesto rodete de acuerdo con las reglas impuestas a las mujeres casadas, pero Manon recordaba la admiración que le había despertado años atrás, cuando la soltería le consentía peinarla con más libertad.

—Luces muy pálida —señaló Anne-Rose—. Hermosa como siempre, pero muy pálida.

—No he dormido bien últimamente —se justificó y, en un acto impulsivo, se inclinó para susurrarle—: Oh, Rosie, a veces creo que voy a enloquecer del miedo y de la angustia.

—Lo sé, pero tengamos fe en que Alex saldrá airoso de esta situación. Él siempre sale airoso de los desafíos que le lanza la vida.

Manon asintió mientras se secaba las lágrimas con el pañuelo que Aldonza le había pasado subrepticiamente. Isabella y Quiao, la protegida de los duques de Guermeaux, mitad china, mitad inglesa, se presentaron en el vestíbulo para saludarlas.

—Mis tíos Sebastian y Rafaela llegaron hoy por la mañana —susurró Isabella—. Se enteraron de lo de Alex por los periódicos. Viajaron por mar. Cenarán con nosotros.

Sebastian y Rafaela de Lacy, condes de Grossvenor, y parientes de los Blackraven por el lado de miss Melody, residían en la propiedad ancestral de la familia en Irlanda. Viajaban a Londres una o dos veces por año, y para Manon era siempre una alegría encontrarlos. En esas circunstancias, agradecía la presencia del conde, un hombre de gran poder e influencia, recientemente declarado miembro de la Orden de San Patricio, la orden de caballería más importante entre los nobles irlandeses.

Lo primero que notó al entrar en el salón fue que la condesa de Grossvenor, de unos cuarenta años, estaba encinta. Aunque se cubría con un bellísimo chal de lana de vicuña en un rosa pálido, la barriga descollaba sin remedio.

—Seis meses, más o menos —calculó Aldonza en un susurro.

Rafaela de Lacy le recordaba a miss Melody, no en el aspecto físico —eran distintas—, sino en la absoluta carencia de vanidad y en una indiferencia absoluta por los protocolos y las reglas de la sociedad. No solo se había presentado en estado interesante, sino que había asistido con sus hijos, todos pequeños, y con su hermana Mimita, que si bien era una mujer, se comportaba como una niña. De rasgos poco armoniosos, Mimita poseía una dulzura y una delicadeza que la volvían entrañable. Le inspiraba ternura, quizá porque le recordaba a su primo Timothy, un niño eterno él también. «Eterno y adorable», pensó, y lo echó de menos. Lo vería en menos de una semana, pues Aldonza, Thibault y ella lo visitarían el viernes siguiente en el hospicio en el que los Neville lo habían encerrado para ocultar la vergüenza que significaba la existencia de un miembro al que se consideraba defectuoso.

—¡Manon querida! ¡Aldonza! Como siempre, es un placer verlas —las saludó Rafaela en español—, incluso en esta circunstancia tan penosa —agregó.

Se tomaron de las manos y se besaron en ambas mejillas, otro rompimiento de las reglas, que habría hecho abrir grandes los ojos a sus primas y a sus tías, pensó Manon.

Prosiguieron los saludos. Se dirigieron primero a Mimita, que hablaba poco y mal. Aldonza poseía una habilidad extraordinaria para comprenderla, por lo que la mujer se había aficionado a ella. Su predilección indiscutida, no obstante, era por su cuñado Atiemo, como lo llamaba, empleando el nombre que el excéntrico conde de Grossvenor había adoptado en América del Sur: Artemio.

«Artemio Furia», repitió Manon cuando Sebastian de Lacy entró en su campo visual. Sin duda, las tierras que lo habían visto nacer más de cincuenta años atrás le habían impreso una pátina salvaje que ni el traje confeccionado en Saville Row ni su belleza nórdica conseguían velar. Muy alto, poseía un andar peculiar, que ella asociaba a su habilidad para montar. Lo hacía con la cabeza medio echada hacia delante y las piernas muy estevadas. Nada resumía con mayor contundencia la naturaleza montaraz del conde de Grossvenor que el parche que le cubría la ausencia del ojo izquierdo.

Sebastian de Lacy se hallaba de pie junto a la chimenea con su hijo menor Patrick, de tres años, en brazos; lo flanqueaban Emerald, de doce, y Horatio, la miniatura de su padre, de siete. Emerald se mantenía pegada al conde de Grossvenor en la actitud de quien establece el imperio sobre algo. La estudiaba con esos extraordinarios ojos turquesa, similares a los de su primo Alexander; lo hacía como aquilatando si ella representaba un riesgo para sí y para los que amaba. «Será una gran beldad», pronosticó Manon, y le sonrió. La niña le respondió igualmente y se aproximó a saludarla.

—¿Has traído las castañuelas? —le preguntó en perfecto español.

La asombró que recordase el instrumento de percusión que había tocado frente a los De Lacy pocas veces y tiempo atrás.

—No esta noche. Si lo deseas, puedo enseñarte mientras permanezcas en Londres.

—Gracias —respondió con un aspecto dócil que enmascaraba un genio decidido y tan salvaje como el del padre. «Y como el de su prima Isabella», pensó Manon. De hecho, se las habría tenido por hermanas, las dos con esa exuberante cabellera rojiza que parecía dotarlas de un espíritu indomable.

—¿Sabes si las castañuelas le gustan a Arthur? —inquirió la niña.

—Diría que sí —respondió Manon tras un instante de perplejidad—. Siempre me aplaude con entusiasmo cuando termino de interpretar alguna pieza. ¿Por qué lo preguntas?

—Porque solo aprenderé a tocarlas si a él le gustan —contestó tranquila y segura.

Miora, Rafaela y dos institutrices condujeron a los niños —Donald y Edward, hijos de Anne-Rose y Edward Jago, Binita y Dárika, hijas del segundo matrimonio de Jacob Trewartha, Obadiah, protegido de Alexander, Rao Sai, compañero de viaje de Sri Sananda, y los tres hijos de los condes de Grossvenor— al segundo piso, a la sala de juegos y estudio, donde se había dispuesto una mesa para que cenasen. No bien regresaron Miora y Rafaela, el grupo se dirigió al comedor; eran dieciséis. Manon ocupó un lugar entre Quiao y su abuela Aldonza. Paseó la mirada por los comensales y percibió el desánimo que flotaba en el ambiente. Se esforzaban por mostrarse esperanzados, quizá guiados por la máxima de Anne-Rose, que Alexander era invencible. Pero su ausencia provocaba un dolor insoportable.

Observó a Estevanico, que, como hermano mayor de los Blackraven, ocupaba la cabecera. Dialogaba en voz baja con Sebastian de Lacy, sentado a su derecha. Los hermanos Jago —Edward, esposo de Anne-Rose, el periodista Goran y el pastor Trevik— comentaban acerca del suicidio de Trevor Glenn. Los cirujanos Rafael y Jimmy Walsh despotricaban contra el rechazo del juez Blansfield al pedido presentado en el tribunal por parte de Arthur, Edward y Ernest Ruffus, los abogados de Alexander, para la realización de una segunda autopsia. Isabella, en un aparte, le refería los detalles del terrible asunto a su tía Rafaela, que la escuchaba con una mueca afligida y gran atención.

No había una persona en torno a esa mesa que le inspirase desconfianza, exactamente lo opuesto a lo que ocurría en Burlington Hall. Se preguntó por su padre, al que no veía desde la mañana. Sabía por Nora que se había marchado con Porter-White. Aldonza y ella dejaron Burlington Hall faltando veinte minutos para las ocho, y su padre aún no había regresado.

—¡Es insólito que mi sobrino lleve una semana en Newgate! —se mosqueó el conde de Grossvenor—. Insólito e inaceptable.

—Tío —intervino Arthur—, la prueba en su contra era muy poderosa. Glenn lo situaba saliendo de la casa de Trewartha a la hora del asesinato. Las fuertes discusiones entre Alex y Trewartha, que eran la comidilla del momento, no ayudan en absoluto a disipar la duda. Una tuvo lugar en el gimnasio de White's, frente a todos. Era imposible que la justicia mirase hacia otro lado.

—¡La justicia mira tantas veces hacia otro lado! —se mofó De Lacy—. Y con situaciones mucho más concretas que las que acabas de detallar. Aquí están en juego otras cuestiones, cuestiones políticas y económicas —puntualizó—. Con Melbourne como ministro del Interior, no me sorprende que Alex esté todavía encerrado.

Se abrió la puerta del comedor, y un paje anunció la llegada de Sri Sananda. El sabio indio entró con su paso cansino y una sonrisa apacible. Los caballeros se pusieron de pie. Anne-Rose salió a recibirlo en su rol de anfitriona y lo condujo al sitio que le tenía reservado.

—Pido disculpas por mi demora —dijo en un inglés de fuerte acento, pero fluido.

Manon lo contemplaba con la fascinación hipnótica en la que caía en su presencia. A juzgar por las expresiones de los condes de Grossvenor, ellos también percibían la extraordinaria paz que transmitía ese anciano delgado y desgarbado, cubierto por un manto blanco.

Se realizaron las presentaciones. Arthur explicó algo que dejó perpleja a Manon: la noche anterior, Sri Sananda se había hospedado en la misma posada en la que Trevor Glenn se había suicidado.

—Si pudimos actuar rápidamente y evitar que la carta desapareciera o que se alterara la escena del suicidio fue gracias a él —añadió, y le dedicó una mirada agradecida—. Apenas supo lo del suicidio, nos envió un aviso con uno de los mozos de la posada. Lo recibimos alrededor de las dos de la mañana. Enseguida nos pusimos en movimiento.

—Gracias, Sananda —dijo Manon, visiblemente conmovida, y el anciano dirigió su mirada compasiva hacia ella.

—¿Qué hacías allí? —se interesó Trevik Jago con la confianza nacida después de años de amistad con el anciano.

—Ayer concurrí al entierro de Jacob Trewartha. Trevor me necesitaba.

Algunas expresiones revelaron la sorpresa que significó que Sananda hubiese viajado hasta Hackney para acompañar al que tanto daño estaba causándole a Alexander y a la familia Blackraven.

—Me alegro de que lo hayas hecho, querido Sananda —expresó Miora para salvar el momento—. Si no te hubieses encontrado allí, ¡vaya a saber dónde habría terminado esa carta!

—¿Por qué dudan de cuál hubiese sido el destino de la carta? —quiso saber Rafaela.

—Sospechamos que hay agentes de Scotland Yard que traman en contra de Alex —explicó Edward Jago—. Dado que el suicidio se relaciona directamente con el caso de la muerte de Trewartha, tarde o temprano, la comisaría de Hackney habría enviado la carta del suicida a la sede en Londres, y allí… Bueno, las cosas no se manejan con gran claridad.

Arthur y Estevanico cruzaron una mirada. Los dos evocaban la revelación que les había hecho Jonathan Wild seis días atrás, la madrugada del 3 de noviembre: el agente Onslow Murray era primo hermano de Lucius Murray, el asistente de Julian Porter-White.

—¿Se sabe qué dice la carta? —preguntó Sebastian de Lacy.

—Aún no se nos reveló el contenido —respondió Arthur—, pero pronto lo sabremos. La carta llegó al tribunal en Old Bailey esta tarde.

—¿Quién es el juez? —se interesó el conde.

—Sir Theodore Blansfield. ¿Lo conoces? —De Lacy dijo que no—. Ha demostrado una dureza y una intransigencia inauditas.

—¿Dudas de su honestidad? —preguntó Isabella sin ningún prurito—. Dímelo —exigió al ver dudar a su hermano, que siempre se mostraba cauto al momento de referirse a la reputación de otra persona.

—Digamos que en este asunto de Alex *todo* me hace dudar, Ella.

Manon bajó la vista. La mortificaba la certeza de que su adorado Alexander era el chivo expiatorio de las vilezas y de las ambiciones de Porter-White. Lo había colocado en el centro de una lucha ambiciosa y desmedida, y, pese a que no había sido su intención, el daño estaba hecho. Estudió el plato que acababan de servirle y vio el delicioso bistec y las papas asadas y las puntas de espárragos cubiertos por una tentadora salsa holandesa, y pensó en la comida que Alexander habría ingerido en ese nuevo día de encierro.

—¿En qué piensas, Manon? —quiso saber Sananda.

—Me preguntó que estará cenando Alexander.

—No te preocupes por eso. No le falta nada —intentó animarla Estevanico.

—Todavía tiene de las conservas que tú y tu abuela le llevaron el jueves —apuntó Arthur, bien intencionado.

—Come, querida —la instó Miora—. Estás muy pálida. La carne te hará bien, pondrá color a tus mejillas.

La trataban con una gentileza y una consideración que no merecía; ella era la culpable de las desgracias caídas sobre Alexander, no solo la prisión, sino también el ataque sufrido en la casa de la viuda de Carrington, en el que casi había perdido la vida. Se le anudó la garganta y los ojos se le enturbiaron. No quería llorar en la mesa, no quería hacer un papelón delante de los condes de Grossvenor. La juzgarían de floja y sentimental.

—Manon —dijo Sananda.

Alzó la mirada que hasta hacía un instante había intentado ocultar tenazmente para disimular su indisposición. Sananda la llamó por su nombre y ella se sintió reconfortada.

—Alexander saldrá libre muy pronto. La carta de Trevor lo exonera.

A la afirmación inesperada del sabio le siguieron exclamaciones y preguntas formuladas con ánimo exaltado y palabras atropelladas.

—¿Cómo lo sabes, Sananda? —preguntó Anne-Rose—. ¿Pudiste leerla?

—No, querida, no la leí. Pero conocí a Trevor muy bien y sé que hizo la cosa justa antes de partir.

* * *

Después del postre, los hombres, con excepción de Sri Sananda, se dirigieron al salón de billar. Las mujeres y el sabio indio se trasladaron a la salita de la duquesa, donde los aguardaban un fuego vivaz en la chimenea y una tetera recién preparada. Anne-Rose se dispuso a servir el té. Rafaela se sentó junto a Manon.

—Rosie y Ella me contaron que Alex y tú se han comprometido. Sé que no es público aún —se apresuró a aclarar—. Espero que no las juzgues de indiscretas.

Manon sonrió con el ánimo abatido.

—Después del espectáculo que he dado en la mesa, creo que su merced lo hubiese adivinado igualmente —dijo, y, pese a que llamaba por el nombre de pila a la condesa de Grossvenor, cuando hablaban en español, no se atrevía a tutearla.

—*Ex abundantia cordis os loquitur* —dijo la condesa en latín, y le provocó una súbita e inesperada risita.

—Sí, en mi corazón abunda un sentimiento muy profundo por Alexander.

—Ah, Manon —dijo, y le tomó la mano—, no creo que exista nadie más apropiado para Alex que tú.

—Gracias, Rafaela —farfulló.

Después se preguntaría si se había tratado de la mirada franca de la condesa o de la tibia suavidad de su mano lo que la había impulsado a barbotar sin ton ni son:

—Es por mi culpa si Alexander está en prisión, por mi cuñado, que quiere controlar la Casa Neville y no permitirá que me una a él. Además pretende fundar una explotación minera en la Confederación Argentina, pero los Blackraven tienen una autorización del gobernador de La Rioja para hacerlo y... Oh, qué gran enredo —suspiró, y se cubrió la frente con la mano.

Cayó un silencio entre ellas. Manon apretó los labios para sofocar las ganas de llorar. ¿Qué estaba sucediéndole? Ella era fuerte, decidida y, de acuerdo con la enseñanza de su tío Charles-Maurice, siempre conservaba la sangre fría. ¿Por qué la asaltaban esa debilidad y esa desazón?

—¿Sabes cómo Artemio perdió el ojo izquierdo? —Atónita, Manon negó con la cabeza—. Mi primo hermano le pegó un tiro.

—¡Oh!

—Y lo hizo, entre otras cosas, para separarme de él porque quería apoderarse de las propiedades de mi familia. Por su culpa, Artemio nos creyó muertas, a Mimita y a mí. Estuvimos separados nueve años. Conoció a nuestro segundo hijo, Sebastián, cuando tenía ocho. Al primero lo perdí antes de que naciese, y también por culpa de mi primo hermano.

—Santo cielo —masculló Manon.

—Sebastián murió poco tiempo después de conocer a su padre y fue por culpa de un primo suyo, William de Lacy se llamaba, que intentó asesinar a Artemio, también por ambición, y en cambio ocasionó la muerte de mi pequeño y adorado Sebastián.

La condesa interrumpió el relato. Manon advirtió que le temblaba el mentón y que se le empañaban los magníficos ojos verdes. Incapaz de articular palabra, le sujetó la otra mano. Se miraron, las facciones de la otra desdibujadas a causa de las lágrimas, las manos unidas en un apretón de una vehemencia inconsciente.

Rafaela carraspeó, aflojó la sujeción y le dedicó una sonrisa débil.

—Ya ves, querida Manon, lo sé todo acerca de parientes ambiciosos e inescrupulosos. Pero también conozco la fuerza indestructible del amor. Confía en él, en el amor que existe entre Alex y tú.

Manon asintió. Solo bastaba ver a los condes de Grossvenor para comprender que se amaban de un modo incondicional, del modo en que ella amaba a Alexander Blackraven. La condesa la instaba a confiar en el amor, solo que desconocía el peso que acarreaba desde hacía años y que solo había compartido con su abuela Aldonza: Alexander, en realidad, amaba a otra.

* * *

Los hombres bebían oporto e intentaban distraerse jugando al billar.

—Mañana solicitaré una audiencia con el rey —declaró Sebastian de Lacy—. En principio, la carta de Glenn exonera a Alex, pero prefiero hablar con Guillermo lo antes posible para que intervenga. Si Melbourne está impidiendo su liberación como sospecho, pondrá palos en la rueda. Si de mí depende, ese esclavista y absolutista tendrá los días contados en Downing Street. —Dirigió su único ojo hacia Goran Jago—. Ni una palabra de esto en la prensa —le advirtió.

—No, milord —prometió el popular periodista—. Pero si me permite, sería un honor entrevistarlo un día de estos, cuando se merced lo juzgue conveniente. Su lucha a favor de la eliminación de las leyes de cereales es un tema que interesa a nuestros lectores.

—Debería interesar a todos los británicos —sentenció De Lacy—. Tarde o temprano, el pan faltará en los hogares, sean estos ricos o pobres, si se sostiene esta ridícula política de impedir que el grano de otros países entre en el Reino Unido. Debido a la escasez creada a propósito, el trigo está alcanzando precios elevadísimos jamás vistos, la gente pobre muere de hambre, mientras que los terratenientes, inútiles parásitos, se llenan los bolsillos y los estómagos hasta reventar.

—La presión de los terratenientes en el Parlamento es fuertísima —comentó Arthur—. Hemos tratado de abolir esas malditas leyes una y otra vez. Es imposible —admitió.

—Por supuesto que lo es —acordó De Lacy—. Los terratenientes reparten sus guineas a tente bonete entre tus colegas, querido Arthur, y compran la votación que desean. Es sabido que en el Parlamento todo tiene un precio. Supongo que lo mismo ocurre con el opio. ¿Has logrado algo en ese sentido?

—Nada hasta el momento.

—No quiero ser pesimista —aseguró el conde de Grossvenor—, pero lo veo muy difícil. Los traficantes de opio son aún más ricos que los terratenientes, en especial Matheson y Jardine. Comprarán el Parlamento, si es necesario. —Agitó la cabeza en un gesto derrotista—. Sin duda, los Blackraven y los De Lacy sabemos cómo ganarnos la inquina de los grupos de poder. Esclavistas, terratenientes, traficantes de opio... ¿Quién falta? —preguntó con una sonrisa irónica.

—Puedes sumarle a los Neville —señaló Estevanico antes de golpear la bola blanca con el taco.

—¿Los Neville? ¿Percy Neville, nuestro banquero? —quiso confirmar. Estevanico asintió—. ¿Qué ocurre con él? Tu padre y Percy son grandes amigos.

—No es directamente con él —precisó—, pero creemos que su yerno, Julian Porter-White, está detrás de la conjura que acabó con Alex en Newgate.

—Quizá sí se convierta en nuestro enemigo directo si se empecina en la explotación minera del cerro Famatina —añadió Arthur.

—¿El Famatina? ¿El cerro ubicado en La Rioja? —quiso confirmar De Lacy.

Hablaron largamente acerca de la explotación minera que enfrentaba a las dos familias, los Neville y los Blackraven, incluso le contaron acerca del asesinato del geólogo Francis Turner. Goran sacó el tema de la muerte de la princesa Ramabai, segunda esposa de Jacob Trewartha, amigo de Porter-White, y las conjeturas e hipótesis no tuvieron fin.

—Es una madeja inextricable —concluyó el conde de Grossvenor—. Solo les digo esto: si está en juego la posibilidad de dar con una veta rica en oro, tendrán que mirar sobre sus hombros desde ahora y en adelante. Y no confiar ni en sus sombras —acotó, y paseó su único ojo sobre los presentes—. ¿Y qué hay con Manon? Me quedó claro que esta noche compartía la mesa con nosotros no solo en calidad de mejor amiga de Ella.

—Está comprometida con Alex —admitió Arthur—, solo que el asunto no se ha hecho público aún.

—Una veta de oro cuenta con el poder para dar al traste con un compromiso matrimonial —profetizó Sebastian de Lacy.

—Manon no rompería el compromiso con Alex ni por todo el oro del mundo —declaró Estevanico, y los demás lo apoyaron con asentimientos.

—Pues bien —dijo De Lacy, y elevó su copa de oporto—, brindemos por el amor, que es más poderoso que todo el oro del mundo.

—¡Salud! —exclamaron los demás con sus copas en alto.

* * *

Manon y su abuela Aldonza regresaron a Burlington Hall cerca de la medianoche. El paje que hacía la guardia nocturna las guio iluminándoles el camino con un candelabro. Al llegar a la cima de la escalera, los tres se detuvieron súbitamente al sonido de una puerta que se abría proveniente del final del corredor. Se trataba de Alba Porter-White, que abandonaba la habitación de sir Percival. La divisaron claramente gracias a la luz de la palmatoria que usaba para guiarse. La mujer no se percató de que la habían descubierto. Se alejó deprisa en la dirección contraria. Su bata de merino blanca flameaba detrás de ella, y fue lo último que vieron antes de que la oscuridad del pasillo la devorase.

Aldonza reaccionó primero y apretó el codo de Manon para que reemprendiese la marcha. Ninguno comentó nada y avanzaron por el corredor en silencio. Al llegar a la puerta del dormitorio de Manon, Aldonza se dirigió al sirviente:

—Paddy, acompáñame a la cocina. —A su nieta le indicó en español—: Regreso en un momento. Te prepararé una valeriana. De otro modo, te será imposible dormir.

Manon asintió, todavía aturdida. Entró, y en lugar de hallar a Catrin, su ayuda de cámara, se topó con su hermana Cassandra, que, sentada en el tocador, se contemplaba en el espejo con una expresión triste.

—¡Cassie! ¿Qué haces aquí?

Cassandra se levantó de la butaca y se desplazó a paso acucioso en su dirección. Manon la veía aproximarse en bata y con los papillotes que le rebotaban en la cabeza. Se abrazaron. La mayor se echó a llorar.

—Julian no ha vuelto a casa —le confesó al oído con una voz entrecortada por los sollozos y los espasmos—. Ni siquiera vino a cenar.

Caminaron abrazadas hasta un grupo de canapés cercano a la contraventana. Cassandra lloraba sin consuelo. Manon la ayudó a sentarse; ella lo hizo a su lado. Le sujetó las manos heladas y húmedas. «Qué noche interminable», lamentó al tiempo que extraía un pañuelo de su escarcela y se lo entregaba a su hermana.

Cassandra se secó los ojos y sonrió con aire avergonzado.

—Despedí a Catrin. Le dije que yo te ayudaría a desvestirte. Discúlpame.

—No tienes por qué disculparte.

—Necesité venir a refugiarme aquí —le confió—. En ninguna parte de la casa encontraba alivio. Aquí sentí tu presencia y tu fuerza. ¿Crees que Julian tiene una amante? —preguntó sin darse respiro.

—No lo sé.

Aldonza regresó con el té de valeriana y se lo entregó a Manon.

—Iré por otro para ti, Cassie —dijo tras echarle un vistazo.

Regresó unos minutos más tarde. Cassandra bebía la infusión destinada a Manon. Se la veía más compuesta. Aldonza le entregó la taza a su nieta y se sentó frente a las jóvenes.

—Ese malparido te ha hecho llorar otra vez, ¿verdad? —disparó la anciana.

—Creo que tiene una amante —expresó Cassandra con la voz gangosa.

—¡Hombres! —se quejó Aldonza, y Manon conjeturó que estaría evocando a su esposo, un tramoyista del teatro donde Aldonza se desempeñaba como costurera, que la había abandonado cuando su hija Dorotea tenía tres años para correr detrás de una actriz. Nunca había vuelto a verlo.

—¿Qué voy a hacer? Tendría que confirmar si realmente tiene otra mujer —Cassandra se respondió a sí misma.

—Supongamos que descubrieses que *no* tiene una amante —propuso Manon—, ¿cambiaría en algo la situación? —Cassandra frunció el entrecejo, confundida—. Sabrías que no tiene otra mujer, pero deberías seguir soportando las ausencias y la indiferencia.

—No, no —la contradijo su hermana—. Si supiese que tiene a otra, le exigiría que la dejase y que se comportara como un buen esposo.

—Y si descubrieses que no tiene a otra, ¿qué harías? —la acicateó Manon. Cassandra guardó silencio—. Exígeselo ahora mismo. Amenázalo con el divorcio. Él sabe que tenemos los medios para forzarlo a que presente la demanda ante el Parlamento.

Cassandra alzó las cejas y separó los labios en una mueca entre azorada y asustada.

—Jamás podría divorciarme de Julian. Es el padre de William —resolvió—. Además, no soportaría el escándalo. No soy fuerte como tú, Manon.

—Estás imaginando las sandeces que dirían tía Charlotte y tía Louisa en lugar de pensar en la amargura que tu esposo te hace padecer.

Cassandra asintió, vencida. Analizaron los pros y los contras de enfrentar a Porter-White. Con el transcurso de los minutos, y viendo tan ciega a su hermana, a Manon se le hacía difícil refrenar las ganas de exponerle la verdadera naturaleza del gusano que había desposado.

Cassandra se secó las lágrimas y se sopló la nariz.

—¿Cómo les ha ido en Blackraven Hall? —preguntó—. Deben de estar todos muy preocupados por la suerte de Alexander.

Manon le permitió a su abuela que respondiese. De pronto, ella sintió el cansancio en cada miembro y en cada articulación del cuerpo; también experimentó hartazgo.

Cassandra se puso de pie. Aldonza y Manon la imitaron.

—Gracias —dijo, y les sonrió con timidez—. ¿Qué sería de mí sin ustedes? Date vuelta —ordenó a Manon—, te desharé el lazo del corsé.

—Yo me ocupo —indicó Aldonza—. Tú vuelve a tu dormitorio e intenta dormir.

Abuela y nieta quedaron a solas. Manon se desplomó en un canapé y se sujetó la cabeza. Le latían las sienes y una náusea ligera le bailoteaba en la boca del estómago. Comenzaba a fastidiarla la constricción del corsé.

—¿Sabías lo de papá y Alba? —la interrogó desde esa posición.

—Lo sospechaba. Pero ahora no te preocupes por ellos. Tu pensamiento y tu desvelo le pertenecen a Alexander.

—Deseo ir al dormitorio de papá y golpearlo. ¿Cómo ha podido enamorarse de esa mujer?

—Es hermosa y está a la mano —razonó Aldonza—, y tu padre no es de hierro.

—Hoy por la mañana estaba decidida a sacarle el expediente de la deuda de Glenn a punta de pistola —confesó Manon—. Estaba dispuesta a dispararle —añadió con un tono neutro, al que su abuela respondió con silencio y un gesto flemático—. A la luz de lo que acabo de descubrir, me asusta sentir el deseo de ir a su habitación y dispararle.

—Ah, los Neville —suspiró la anciana—. Despiertan en una los sentimientos más oscuros.

—¿Crees que sería capaz de ir y dispararle?

—No, no lo creo —afirmó Aldonza, y Manon asintió, poco convencida.

—¿La Serpiente estará detrás de esto? —se preguntó—. Quiero decir, ¿habrá convencido a Alba para que seduzca a papá? De ese modo seguiría enredándolo en sus turbios manejos. Un matrimonio entre papá y Alba le otorgaría una baza enorme. Es sabido el ascendente que algunas mujeres tienen sobre sus maridos.

No obtuvo respuesta. Se irguió en el canapé y alzó la mirada: su abuela fijaba la vista en la nada, abstraída de la realidad.

—¿Abuela?

—Discúlpame, cariño. Me he quedado pensando en tu pregunta, si fue la Serpiente la que le ordenó a Alba seducir a tu padre. El instinto me dice que no.

—¿Por qué?

—Ese es el problema con el instinto: nunca da explicaciones.

Capítulo III

Al día siguiente, Manon abrió los ojos y se acordó de todo, de que Alexander seguía en prisión, de que su padre tenía un amorío con Alba Porter-White, de que su cuñado avanzaba en la conjura para controlar la Casa Neville, de que Cassandra sufría a causa del desamor de su esposo, de que su familia estaba llena de secretos y de rencores, y deseó dormirse de nuevo.

Al ser domingo, Catrin se presentó un rato más tarde de lo habitual. Antes de que descorriese las cortinas, Manon le ordenó que se retirase.

—¿No quiere que encienda el fuego, señorita Manon? Hace frío aquí.

—No —respondió, tajante.

Catrin se marchó tras una corta y rápida reverencia. Manon se giró en la cama y se puso de costado. No toleraba la comodidad del colchón ni la de la almohada porque imaginaba a Alexander yaciendo en el camastro duro de Newgate. No toleraba la calidez de su dormitorio porque lo imaginaba padeciendo el frío de la celda. Ni siquiera se había perfumado últimamente porque recordaba los olores nauseabundos de Newgate, que Alexander soportaba a diario.

No la sorprendió que su abuela entrase pocos minutos después de la salida de Catrin. Aldonza apartó las cortinas sin prestar atención a las quejas de Manon. Se aproximó a la cama y le acunó la mejilla. Manon le cubrió la mano con la de ella y cerró los ojos. Se sentía segura si su abuela estaba a su lado, y hacía casi tolerable la traición de sir Percival.

—Tu padre quiere que te reúnas con él para desayunar —anunció la mujer—. Se preocupó muchísimo cuando Catrin le dijo que no bajarías.

—No estoy de ánimo para fingir delante de él ni de Alba. Hoy no.

—Estás deprimida y cansada después de dormir mal tantas noches. Te hará bien un baño. Después desayunarás. Te haré traer una bandeja con huevos y morcillas. Tu desánimo también se debe a que no comes.

—Abuela… —intentó quejarse.

—Chitón, Manon —se impuso la anciana, y la hizo reír débilmente, porque era una rima que su madre Dorotea había inventado y que las divertía—. Harás lo que te digo, y punto.

Tras el baño y la comida, se sintió mejor. Igualmente, permanecería en su dormitorio. Se sentó frente a la chimenea para secarse el cabello. Por momentos se dejaba hipnotizar por la danza de las llamas; en otros volvía la mirada hacia al jardín de Burlington Hall, que asomaba a través de la ventana. No importaba que el riguroso otoño londinense lo hubiese desprovisto de colores; seguía brindando un magnífico espectáculo. Catrin se desplazaba, silenciosa, por la habitación para poner orden y hacer la cama. Sus movimientos medidos y el susurro del guardapiés al rozar el suelo la serenaban. La muchacha tomó una raja del morillo y la arrojó al fuego, propiciando una lluvia de chispas, que quedaron retenidas en el chispero y que languidecieron hasta desaparecer. El aroma resinoso de la madera se intensificó e inundó la estancia. Manon cerró los ojos y le permitió a su doncella que la peinase.

Un rato más tarde, se sentó en su tocador dispuesta a cumplir la promesa que le había hecho a su tía Anne-Sofie, la esposa de su tío Leonard: escribirle a su hermano Archibald y anunciarle que Jacob Trewartha había sido asesinado; esperaba que él se ocupase de anunciárselo a su esposa Alexandrina.

Archie, hermano mío queridísimo, escribió, y se detuvo, acobardada. ¿Le revelaría que Alexander Blackraven estaba en prisión señalado como el perpetrador del delito? ¿Alexandrina lo creería capaz de haber asesinado a su padre, el hombre que se había erigido como un muro infranqueable entre ellos?

Se sobresaltó cuando llamaron a la puerta; estaba tensa y asustadiza. Era Catrin; traía una esquela de la duquesa de Dino, sobrina política y amante del embajador francés, Charles-Maurice de Talleyrand. Las invitaba, a ella y a su abuela Aldonza, a almorzar. *Tu tío Charles-Maurice y yo malamente contenemos las ansias por hablar contigo acerca de las novedades publicadas hoy en los periódicos*, decía, y Manon supo que se refería al suicidio de Trevor Glenn.

Manon escribió la aceptación al convite y le entregó el billete a Catrin, que abandonó deprisa la habitación para regresárselo al mensajero de la embajada francesa. Pocos minutos más tarde, volvieron a llamar a la puerta. Manon, que había creído que se trataba de Catrin, se incomodó al ver que era su padre. Entró con el periódico *The Times* en la mano. Manon lo notó inquieto. Le permitió que la besase en la frente, mientras se decía que con los mismos labios había besado a Alba la noche anterior.

—Ha ocurrido algo inesperado —anunció sir Percival—. Trevor Glenn se ha pegado un tiro.

—Lo sé —admitió Manon—. Arthur y Estevanico lo supieron ayer, muy temprano. Te busqué para contártelo pero me fue imposible hallarte. Nora me dijo que habías salido.

—Una salida del todo infructuosa —se lamentó—. Ahora entiendo por qué. Salí a buscar a Trevor Glenn dispuesto a ofrecerle la cancelación de la deuda si se retractaba de su acusación contra Alex.

—Oh —se desconcertó Manon, y enseguida añadió, ácida—: No sé cómo habrías hecho para cancelar sus pagarés cuando tu yerno hizo desaparecer el expediente.

—¡Hija! —se enfadó sir Percival—. Estos celos por tu cuñado tienen que terminar.

—¡Celos! —se exasperó Manon, y se puso de pie—. No son celos, papá, sino desprecio. ¿Soy la única que logra ver la basura que es realmente ese hijo de mala madre?

—¡Manon, no seas vulgar! ¿Tengo que recordarte que estás hablando del esposo de tu hermana, del padre del sobrino al que adoras?

—Lo detesto por tantas cosas —arremetió Manon, sin acobardarse ante la expresión endurecida de su padre—, pero especialmente por ignorar a Cassie y a Willy, por hacer sufrir atrozmente a mi hermana.

—Tu hermana siempre ha sido en extremo malcriada y exige una atención que es imposible brindarle sin descuidar otros asuntos.

—¡Santo cielo! —exclamó Manon y, aunque intentó elaborar un discurso inteligente para rebatir la afirmación de Neville, se quedó sin palabras.

Se contemplaron fijamente, en un mutismo antagónico.

—Para tu información —aclaró sir Percival tras la densa pausa—, el gusano hijo de mala madre, como llamas a Julian, ayer dejó de lado sus actividades y se dedicó a buscar el expediente de la deuda de Glenn. Lo halló mal archivado bajo la letra «T» en lugar de la «G». Por eso no podías dar con él. Vino enseguida y me lo entregó, incluso me acompañó en la búsqueda de Glenn.

Manon rio con mofa.

—¡Porque sabía que se había suicidado y nada le importaba de la deuda!

—¡Estás desvariando, Manon! —La palabra que empleó, «desvariando», la golpeó con dureza—. La noticia acaba de publicarse —le recordó mientras sacudía el periódico en el aire.

—¿Qué dice el artículo acerca de la carta? Se sabe que Glenn dejó una carta —explicó.

—Es cierto —concedió el banquero—. Goran Jago asegura que el juez Blansfield todavía no ha revelado su contenido. De igual modo, Jago especula que en la carta Glenn exonera a Alexander. Espero que esto te haga feliz.

—Coincido con Goran —acordó—, es probable que exonere a Alexander y también que apunte a Porter-White como el instigador de la acusación.

—¡Ahora te has pasado de la raya, Manon! —se exasperó sir Percival—. ¿Por qué Julian se involucraría en un juego tan sucio?

—Para eliminar a Alexander, ¿tan difícil es de comprender?

Neville elevó los ojos al cielo en un gesto de hastío antes de abandonar el dormitorio.

* * *

En la embajada francesa, se encontró con que Sri Sananda también compartiría la mesa del príncipe de Talleyrand. La visión del sabio indio bastó para embriagarla de una alegría inexplicable. Se recogió apenas el vestido y caminó deprisa hacia él, fija la vista en los ojos mansos del anciano, que se había puesto de pie al verlas entrar y que las esperaba con una sonrisa. Se inclinó ante él e hizo lo que le había visto hacer al pastor Trevik Jago en varias ocasiones: le tomó la mano derecha, se la besó y luego descansó la frente en ella, solo un segundo, que bastó para apaciguarle los latidos irregulares del corazón. Tal vez esperaba que Sri Sananda repitiese que Alexander recuperaría pronto la libertad; le habría creído cualquier cosa que le dijese. El hombre se limitó a palmearle la mejilla y la obligó a incorporarse.

Durante el almuerzo, Dorothée de Courland, duquesa de Dino, le contó, entusiasmada, que, pese a ser domingo, se vivía una gran agitación en los salones londinenses después de que la ciudad se despertase con la noticia del suicidio de Trevor Glenn. Aun en el servicio dominical en la catedral de Saint Paul nadie había hecho caso al sermón del obispo, ocupados como estaban en intercambiar opiniones acerca del giro inesperado que había dado el caso de Alexander Blackraven.

Manon, que temía que se murmurase que en realidad lo habían asesinado y que los dedos se alzaran para apuntar al entorno del conde de Stoneville, interrogó a su amiga Dorothée sin hacer la pregunta de manera directa. Su tío Charles-Maurice, que la observaba con sus atentos ojos azules, intervino:

—Si quieres saber si están insinuando que pudo tratarse de asesinato, quiero que te quedes tranquila porque no. No hay duda al respecto: Trevor Glenn se quitó la vida, ¿verdad, querido amigo? —dijo el aristócrata francés en dirección a Sri Sananda, que asintió.

—El tabernero y su ayudante subieron enseguida después de oír el disparo —explicó el indio—. Vinieron a despertarme porque sabían que nos conocíamos.

—¿Tú no oíste el disparo? —se extrañó Talleyrand—. Hace un momento me contaste que pernoctabas en la habitación contigua.

—Tengo el sueño muy profundo —se justificó el sabio.

—¿Qué ocurrió después, Sri Sananda? —se interesó la duquesa de Dino.

—Fui a la habitación de Trevor y, al ver la confusión que reinaba allí, le indiqué al tabernero que mandase a alguno de sus empleados a buscar al comisario de Hackney. Por mi parte envié un mensaje a Blackraven Hall para advertir a Arthur de la situación. Había visto la carta junto al cadáver de Trevor y enseguida comprendí la importancia que tenía. No me moví de su lado hasta que llegó el comisario, que tardó bastante porque hubo que ir a buscarlo a Homerton, un pueblo vecino. Arthur y Edward llegaron poco después y levantaron un acta, que firmaron el tabernero y uno de sus empleados, donde se dejaba constancia de la existencia de la carta dirigida al señor juez, pues eso había escrito Trevor por fuera después de plegar las páginas: «Señor juez» —remarcó.

Manon lo escuchaba, fascinada, asombrada también de la coherencia y la precisión del relato de un hombre que ella tenía por un ser etéreo y desapegado de las mezquindades del mundo y que en esa instancia se mostraba expeditivo y con los pies en la tierra. Intuía que le deberían la libertad de Alexander. Su cariño y agradecimiento por el sabio no conocían límite.

—¿Qué crees que haya escrito Glenn en la carta, querido amigo? —lo interpeló el embajador francés—. Su contenido aún no ha sido revelado a la prensa.

—La verdad —respondió Sananda y se llevó a la boca una porción del *risotto ai funghi* que el cocinero romano de su tío Charles-Maurice había preparado en consideración a una extraña costumbre del sabio indio: no comía ningún tipo de carne.

—Manon querida —dijo Talleyrand—, anoche Dorothée y yo participamos de una velada en casa de lady Emily.

—¿La condesa Cowper, la hermana de lord Melbourne? —quiso precisar.

—La misma —confirmó su tío—. No creo que se haya tocado otro tema excepto el de Alexander.

—Oh, sí, querida —confirmó la duquesa de Dino—, fue la comidilla de la velada. La propia Emily abogó por Alexander con el mayor de los ahíncos. Creo que a su hermano y al primer ministro Grey no les quedará otra alternativa que intervenir.

—Han debido hacerlo días atrás —fue la dura respuesta de Manon—, apenas esa mendaz acusación cayó sobre él. —Se cubrió la frente, cansada de la tensión y de los sentimientos de rabia que la asaltaban—. Pero bueno —suspiró—, aunque tarde, su intervención será bienvenida.

La duquesa de Dino cambió de tema. Hablaron del hospital para pobres cuya construcción estaban financiando ellas y otras damas, entre las cuales contaba lady Emily, como parte de las obras benéficas de la Asociación de Amigos Hospitalarios que Manon había fundado meses atrás. Sri Sananda se interesó y le pidió que lo llevase a conocer la obra en su próxima visita.

Después de la comida, y mientras bebían café y té y saboreaban unos deliciosos *petits fours glacés*, Talleyrand se interesó por lo que definió como la «extraordinaria gesta» de Sri Sananda, que, habiendo nacido para convertirse en el riquísimo marajá de Bengala, había renunciado para dedicarse a una vida de contemplación y de servicio al prójimo.

—Se suponía que yo también habría dedicado mi vida a la contemplación y al servicio al prójimo cuando era un sacerdote católico —admitió el aristócrata francés—, pero bastó poco para que me diese cuenta de que no había nacido para eso, sino para gozar de los placeres terrenales —dijo, y se rio de su propia desfachatez.

—Creo que fuiste mucho más útil al mundo siendo un hábil político que un mediocre sacerdote —afirmó Manon—. Gracias a ti, a tu diplomacia, a tu capacidad conciliatoria, a tu asombrosa habilidad para comprender las posiciones de las distintas partes, reinó la paz en momentos en que de otro modo habría estallado la guerra.

Conmovido, el príncipe de Talleyrand le sonrió con ojos arrasados y asintió en un gesto de silencioso agradecimiento, pues no habría podido hablar.

—Ah, Manon —exclamó la duquesa de Dino—, solo una como tú posee la agudeza y el dominio de la lengua para describir a tu tío con la precisión con que lo has hecho.

Talleyrand se aclaró la garganta y, con acento bromista, expresó:

—Querida Dorothée, toma nota de las palabras de la Formidable Manon, pues quiero esa frase escrita en mi lápida. Será el mejor de los epitafios.

Poco después, se marcharon. Manon ofreció conducir a Sri Sananda hasta Grosvenor Place, la casa de Alexander, donde se hospedaba desde hacía unas semanas. El sabio indio le pidió que lo llevase a Blackraven Hall, lo que resultó muy conveniente pues ella misma había planeado visitar la casa de los duques de Guermeaux; no soportaba la ansiedad por saber si había novedades. Además, deseaba ver a Obadiah, al que había notado triste la noche anterior.

—Teme que Alexander muera colgado en Newgate —le reveló Sri Sananda faltando poco para llegar—. Lo repite continuamente.

—Su padrastro murió colgado en Newgate después de haber asesinado a su madre —le refirió Manon.

—Comprendo —susurró el indio.

En Blackraven Hall, Isabella y Anne-Rose le contaron que los hombres de la familia habían salido muy temprano y que, siendo casi las seis de la tarde, aún no regresaban.

—Tío Sebastian fue con ellos —informó Isabella—. Prometió mover cielo y tierra para lograr que el juez revele el contenido de la carta y decrete la libertad de Alex. «No pasará una noche más en ese hueco infernal», eso dijo tío Sebastian. ¡Oh, Manon, que Dios se apiade de nosotros y nos devuelva a Alex!

—Que así sea, amiga querida —deseó.

Para distraerse, subió al segundo piso y se dirigió a la sala de juegos. Apenas abrió la puerta, Obadiah corrió a sus brazos. Manon le besó la coronilla.

—¡Emmie dice que el capitán Alex saldrá hoy en libertad! —exclamó al tiempo que miraba a la niña con ojos esperanzados en busca de una confirmación.

—Escuché cuando papá se lo decía a mamá —aseguró Emerald de Lacy—. Arthur es el mejor abogado de Londres. Él lo sacará de prisión —añadió, muy seria.

—No dudo de que dentro de poco lo tendremos entre nosotros —respondió con vaguedad para evitar alimentar ilusiones vanas—. Ahora me gustaría que me mostrasen lo que han aprendido últimamente con la señora Walker.

Se aproximó a la mesa con el niño todavía aferrado a su cintura. Binita y Dárika enseguida abrieron sus cartapacios y le mostraron los avances en lengua inglesa y en aritmética. Las hermanas poseían una caligrafía muy parecida y regular, y así se los señaló. Las huérfanas intercambiaron una mirada cómplice y sonrieron. Obadiah y Rao Sai también querían pavonearse de sus avances, pese a que sus cuadernos no eran tan pulcros ni prolijos como los de Binita y Dárika. Obadiah, sin embargo, demostraba una habilidad extraordinaria para el diseño, y como prueba servían los trazos de un caballo y de un perro, que la dejaron boquiabierta. Se percató de que estaba distrayéndose con los niños, incluso por momentos conseguía olvidar su calvario.

La puerta del salón se abrió súbitamente. Un paje, que a duras penas contenía la sonrisa y la agitación, le indicó que la requerían abajo.

—El conde de Stoneville acaba de llegar —anunció.

El corazón le estalló en el pecho y, como consecuencia, la asaltó un ligero vértigo. Se puso de pie aferrándose al borde de la mesa, ajena al escándalo de gritos y exclamaciones provocado por los niños, que vaciaron el salón seguidos por las dos institutrices, que corrían detrás de ellos exigiéndoles compostura. Manon se recogió el ruedo del vestido y voló escaleras abajo.

En su avance hacia el vestíbulo nada oía, ensordecida por los latidos frenéticos de su corazón. Se detuvo al pie de la escalera, impactada por el gentío que se había congregado para recibir al conde de Stoneville; incluso los sirvientes habían abandonado sus tareas para darle la bienvenida. Divisó a Thibault y meditó que no habría sonreído tanto si se hubiese encontrado frente a su venerado general Bonaparte.

Se mordió los labios para evitar que le temblasen. La dominaba una emoción indescriptible. Alexander se destacaba como un faro, imponente, sólido, luminoso, magnífico con su barba de varios días y su cabello desordenado. Lo veía sonreír, devolver las muestras de afecto con una incomodidad notoria y responder a las preguntas que le lanzaban todos al mismo tiempo, y ella solo podía pensar en el instante en que la descubriría allí, apartada. Le temía a ese primer cruce de miradas. ¿La contemplaría con la devoción con que había contemplado a Alexandrina Trewartha en la caverna de Penzance? Se le nubló la visión y percibió cálidos los ojos. La embargó un sentimiento peculiar, mezcla de orgullo y amor infinito, pero también de ajenidad. ¿Llegaría el día en que lo sentiría realmente suyo?

—¡Manon, acércate! —la llamó Isabella.

Al sonido de su nombre, vio que Alexander alzaba la vista y la buscaba entre sus familiares. Se pasó un pañuelo por los ojos, carraspeó y descendió los dos últimos escalones.

La divisó alejada en el pie de la escalera, visiblemente conmovida. El descubrimiento le causó una alegría inefable, pues, mientras saludaba a sus hermanos, sobrinos y primos, solo pensaba en darse un baño e ir a verla a Burlington Hall. Manon avanzaba hacia él, y su familia y sus amigos formaban un corro para dejarla pasar. Se aproximaba, y resultaba obvio que no notaba el silencio en el que había quedado sumido el vestíbulo ni las muecas expectantes de quienes los rodeaban. Ella solo tenía ojos para él. Estaba más delgada y muy pálida. Sus días en prisión le habían impreso una huella, como si los hubiese pasado con él. «La que ha sufrido de manera atroz es Manon», le había susurrado Estevanico en el coche, apenas salido de Newgate. Convencido de que se trataba de otra de las argucias de su hermano, defensor empedernido de Manon Neville, en ese instante comprendía que no había exagerado.

Manon se detuvo frente a él e hizo la reverencia de rigor.

—Milord —lo saludó con voz rara.

Guardaba el protocolo dada la presencia de los sirvientes, del abogado Ernest Ruffus y de su amigo Samuel Bronstein y, sin embargo, resultaba obvia la emoción que la dominaba.

—Señorita Manon —respondió, divertido, y le sonrió abiertamente.

El sentimiento de alegría que le proporcionó lo trivial del saludo lo tomó por sorpresa. Después de haber padecido la sordidez de un sitio como Newgate, había creído perdida la capacidad para la ligereza de ánimo que Manon le devolvía con tanta naturalidad por el hecho de plantarse frente a él y simular que se encontraban en un baile de Almack's.

Oyó que su hermana Anne-Rose y Miora invitaban a los amigos y a los parientes a tomar un refrigerio en el salón de la duquesa. El grupo fue disgregándose, excepto por Obadiah, que seguía tomado de su mano sin intenciones de soltarla, lo que, extrañamente, no lo fastidiaba, a él, que era famoso en su familia por rehuir el contacto físico —su madre lo acusaba de «cimarrón» desde la niñez— y por rechazar cualquier clase de sentimentalismo. Lo emocionaba que el niño lo hubiese echado de menos; le gustaba el sentido de responsabilidad que ese huérfano le inspiraba, pero también le gustaba sentir que el pequeño lo necesitaba.

—¡Obby, ven acá! —lo llamó Isabella.

—¡No! —se negó con el gesto enfurruñado; para mayor seguridad, se aferró a Alexander con las dos manitas—. Capitán Alex, si quieres besar a la señorita Manon, hazlo. A mí no me molesta. Yo siempre veía en el puerto a las chicas besar a los marineros.

Manon se ruborizó y sumió la boca para atajar la risa. Alexander se impacientó de repente y comenzó a experimentar el incontrolable deseo de permanecer a solas con ella. A punto de ordenarle a Obadiah que se marchase, Manon intervino.

—Obby, cariño, ¿quieres buscar tus dibujos? Me encantaría mostrárselos a Alexander. Estoy muy orgullosa de tu habilidad para diseñar.

—¡Sí, ya los traigo! —se entusiasmó y se alejó corriendo hacia la escalera.

Manon lo siguió con la vista; Alexander, en cambio, la fijó en ella. Manon se volvió hacia él. Sus miradas se encontraron en el vestíbulo vacío.

—Me siento sucio.

—¿Crees que me importa? ¿Crees que lo he notado en este momento tan feliz?

—¿Qué hacías allí, apartada? ¿Por qué no te acercabas?

—Me pareció que tu familia tenía más derecho que yo.

—Tú tienes más derecho sobre mí que nadie.

La mirada que le destinaba y las palabras que acababa de dirigirle le causaron una dicha incontenible y borraron los escrúpulos que la atormentaban cuando estaba lejos de él.

—Han sufrido tanto —dijo de todos modos.

—¿Tú no?

—¡Muchísimo! —susurró con voz emocionada antes de sujetarse a su cuello y abrazarse a él incapaz de seguir fingiendo compostura.

Y fue ella la que se apoderó de su boca y la que, con un descaro sorprendente, lo obligó a abrirse y a dejarla entrar. Lo notaba renuente, quizá porque lo incomodaba la falta de aseo, o porque su familia estaba cerca. Bastó que le susurrase que lo amaba para que Alexander la sujetase por la cintura y tomase el control. La obligó a retroceder, y ella lo hizo sin darse cuenta, los dos unidos por las bocas. Manon percibió la dureza de la pared en la espalda. Alexander la empujaba con la pelvis y le hacía sentir la excitación que crecía bajo la bragueta del pantalón. Lo sujetó por las mandíbulas y profundizó el beso. Le gustaba la aspereza de su barba; ese símbolo de su masculinidad, que le raspaba el rostro y las palmas de las manos, exacerbaba su condición de mujer.

Se desató algo indescriptible entre ellos, una ansiedad por el otro que se manifestaba en el modo casi brutal con que mantenían conectados sus labios y entrelazaban sus lenguas. No había lugar para nada excepto la búsqueda frenética para apaciguar el deseo que los consumía. No oían las risas provenientes de la sala de la duquesa ni el tintineo de la vajilla, tampoco el carillón del gran reloj del vestíbulo, que indicaba que eran las siete. Manon y Alexander continuaban moviendo sus cabezas hacia uno y otro lado en un intento infructuoso por saciar lo que solo se calmaría si terminaban en la cama. Alexander le cubrió los pechos y Manon abrió los ojos con delicadeza. La impresionó descubrir que un negro encendido había devorado la tonalidad turquesa de los de Alexander. La asustaba y la atraía con la misma eficacia la exigencia con que la observaban. Tenía la impresión de que le leían la mente.

—Te amo tanto —dijo Manon, y Alexander dejó caer los párpados y descansó su frente en la de ella.

Guardaron silencio, todavía agitados por la potencia del beso.

—Ahí está regresando Obby —susurró Manon—. Por favor, préstale atención.

—Lo haré.

Se apartaron antes de que el niño irrumpiera en el vestíbulo. Manon enfrió las manos en la columna de mármol y se cubrió el rostro en un intento por disminuir el rubor. Los labios le latían, lo mismo que un punto en la entrepierna. Excitada y conmovida como estaba, igualmente halló la compostura para señalarle a Alexander los trazos notables de los diseños. Alexander, de acuerdo con lo prometido, se mostró asombrado y alabó al niño con generosas palabras.

—¿No crees, Manon, que deberíamos contratar a un maestro que le enseñase todas las técnicas de dibujo y pintura? Obby podría llegar a ser un artista de renombre, como Gainsborough.

—¿Quién es ese, capitán Alex?

—Gainsborough —repitió lentamente—. Es uno de mis pintores favoritos. En la cámara de oficiales del *Leviatán* hay una marina pintada por él. ¿No la recuerdas?

—¿Qué es una marina?

—Un paisaje en el mar. También pintó un retrato de mi abuelo.

—¡Quiero verlo! —se entusiasmó el niño.

—Lo has visto, en el comedor principal de Grosvenor Place —le recordó, y así fueron avanzando hacia la sala de la duquesa, donde los aguardaba el resto de la familia.

* * *

La reunión duró poco en consideración al cansancio del conde de Stoneville. Manon y Aldonza fueron las primeras en retirarse. Alexander las escoltó hasta el carruaje, que las aguardaba en la puerta principal, sobre Birdcage Walk. Aldonza se despidió y subió al coche asistida por Thibault Belloc, que enseguida se alejó hacia la zona del pescante. Alexander y Manon se miraron a los ojos pero no se tocaron.

—¿Pasarás la noche aquí, en Blackraven Hall?

—Sí.

—Estoy tan feliz de que esta pesadilla haya acabado tan bien.

—Igualmente yo —aseguró Alexander, y, aunque su expresión se mostraba apacible, él pensó: «No ha terminado en absoluto».

—Hasta mañana —lo saludó, e hizo una genuflexión por el bien de las apariencias.

—Hasta mañana —contestó Alexander, y le sujetó la mano para ayudarla a subir.

Cerró la portezuela y se aproximó a Belloc.

—Thibault, sé que no es necesario pedirte esto, pero lo haré igual: quiero que estés muy atento a Manon. Mi liberación no es el fin de nada. Es más, tal vez sea el inicio.

—Lo sé, milord. Mi atención es toda para mi niña Manon.

—Gracias, amigo mío —respondió Alexander, y una sonrisa iluminó las toscas facciones del gascón—. Tus botellas de pacharán son milagrosas —agregó—. Ahora comprendo por qué te mantuvieron con vida durante la guerra. Fueron una gran compañía en la prisión.

—Gracias, milord, gracias —balbuceó el hombre, conmovido.

Una hora más tarde, después de un baño y de una muda de ropa limpia que Ludovic, el valet del conde de Stoneville, había traído desde su mansión en Grosvenor Place, Alexander se relajó en un sillón de la sala de billar. Sorbía una copa de Lacryma Christi, el insuperable vino tinto napolitano, que su tío, el rey Fernando de las Dos Sicilias, les había enviado de regalo por haber transportado el oro de la Casa Neville sin contratiempos.

Hablaban los Jago, en especial Edward y Goran, y sus hermanos Arthur y Estevanico, y siempre de lo mismo: el caso, como lo apodaban. Al igual que él, Samuel Bronstein guardaba silencio y saboreaba el vino. Su tío Sebastian jugaba al billar con una puntería envidiable para uno que contaba con un solo ojo. Alexander se puso de pie y se le acercó.

—Sé que tuviste una audiencia con el rey esta mañana en Saint James. Por mí —añadió.

De Lacy se incorporó tras el tiro y asintió.

—Me la concedió de inmediato. Eso demuestra lo inquieto que lo tenía este asunto. Le teme a tu padre. Claro, por mucho que deseaba intervenir, no podía. Sabes cuánto se cuidan los monarcas ingleses de interferir. Podrá llamarse corte de la Corona —dijo con ironía—, pero lo cierto es que la Corona se abstiene de entrometerse en los asuntos de la justicia y de los parlamentarios. El recuerdo de la decapitación de Carlos I sigue presente aun después de casi dos siglos.

—Gracias por haber ido a verlo —retomó Alexander—. Pero ¿con qué lo convenciste para que interviniese? Sospecho que no fue suficiente con el temor que mi padre le inspira.

—No subestimes el poder del *cuervo negro* —bromeó De Lacy. Más serio, añadió—: Le di a entender que tanto tu padre como yo podríamos prestarle el dinero que siempre está necesitando desesperadamente y que los Neville ya no quieren entregarle.

—Sé que obligaron al juez Blansfield a ocuparse del tema, pese a que hoy es domingo —dijo Alexander—. Entiendo que lo sacaron de la cama —comentó con sarcasmo, y fingió que el asunto lo divertía—. Sí —dijo, la sobriedad recuperada—, si no hubieses intervenido y visitado hoy al rey, seguiría en Newgate.

—Sé que le negó una audiencia a Arthur apenas te apresaron —afirmó el conde de Grossvenor mientras se inclinaba para volver a tirar—, seguramente aconsejado por Melbourne. —Se irguió y miró fijamente a su sobrino con el ojo derecho—. No se la habría negado a Neville, al que le debe hasta el alma. A la luz de lo que nos enteramos anoche, que estás comprometido con su hija, ¿por qué no movió un dedo por ti? A tu padre le caerá muy mal esta inacción por parte de un amigo que cuenta con los recursos para actuar.

—Sir Percival no sabe que estamos comprometidos —lo defendió Alexander. Ante la expresión asombrada de De Lacy, explicó—: Así lo quiso Manon.

—Yo creo que ya lo sabe —intervino Goran Jago.

—Como te comentamos anoche —terció Estevanico—, hay un asunto delicado entre nosotros y los Neville.

—Sí, sí, el asunto de la minera —desestimó el conde de Grossvenor—. Me importa un ardite la minera y lo que sea. Neville debería haber actuado, y no porque tú eres el prometido de su hija, sino porque eres el hijo de su amigo. Nada justifica su pasividad en este asunto —sentenció con la severidad que le conocían—. Aquí estaba en juego el gaznate de Alex.

—¿Se ha sabido el contenido de la carta? —preguntó Samuel Bronstein—. Dado que Alex está libre, podemos asumir que Glenn lo exoneró antes de morir.

—O tal vez insistió en apuntarlo como el asesino, el muy hijo de puta —se mosqueó Arthur—, y Alex está libre solo por los auspicios del rey. En ese caso sería conveniente que la carta desapareciera y que nunca se diese a conocer el contenido.

—Supongamos que en la carta lo exonera —insistió el investigador—. La pregunta que cabe es: ¿escribió algo más?

—Tengo un informante en Old Bailey —anunció Goran Jago, atrayendo la atención de los demás—. Un ujier —especificó—. Le prometí una buena recompensa si me revelaba el contenido de la carta.

—Tarde o temprano, tendrá que ser parte del expediente del caso —señaló Edward Jago—. Allí nos enteraremos, Arthur, Ernest y yo, como los abogados de Alex.

—A menos que, por arte de magia —apuntó Arthur—, la carta desaparezca, como suelen desaparecer las pruebas en Old Bailey.

Poco a poco, los hombres fueron retirándose. Alexander acompañó hasta la puerta a su amigo Samuel Bronstein.

—¿Verás a Dani Mendoza mañana?

—Es probable —contestó Bronstein.

—Pídele que fije una entrevista con Wild. Me gustaría reunirme con él cuanto antes.

—Así lo haré. Pero ¿por qué no vienes mañana a practicar un poco y se lo pides tú mismo? Sé que lo alegrará verte. De paso, golpearemos un poco la bolsa de arena.

—Lo intentaré. ¿Cómo va el negocio? —se interesó Blackraven.

—El de investigador privado no muy bien —admitió—. Sobrevivo gracias a las cobranzas de deudas. Benditas sean las personas que piden dinero y no lo devuelven —declaró, risueño.

—Si necesitas, ya sabes —declaró Alexander, y Bronstein asintió.

—Lo sé, Alex. Gracias.

* * *

Alexander leía en su antigua cama. Para conciliar el sueño, había recurrido a uno de los libros preferidos de la infancia, *Ivanhoe*. Llamaron a la puerta. Era su hermano Estevanico, que se presentó en salto de cama.

—No puedes dormir —afirmó Alexander.

—No —admitió.

Le indicó que se sentase en un sillón junto al fuego moribundo. Le arrojó un tronco y lo atizó. Las llamas cobraron vida. Se ajustó el cinturón de la bata y se sentó frente a su hermano mayor. Compartieron un momento en silencio, abstraídos en el bailoteo del fuego.

—¿Cómo están las cosas en la barraca?

—Finlay Walker estuvo ocupándose —informó Estevanico—. A mí me quedaba poco tiempo. Igualmente, he ido todos los días, solo para comprobar que Walker tenía las cosas bajo control. Ha sido una suerte que lo diesen de baja en la Marina. Es una de esas personas en las que puedes delegar y sabes que harán todo bien.

—Su mujer también está desempeñándose de modo admirable como maestra de los niños —comentó Alexander—. Me asombraron los diseños de Obby.

—Sí, son notables —acordó Estevanico, y guardó silencio, que rompió poco después para preguntar—: ¿Tú cómo estás?

—Ahora bien. Pero por mucho que nuestro dinero logró mejorar las condiciones en ese infierno, es una experiencia que no le deseo a nadie.

—La de tener a un ser querido en prisión es también una experiencia que no le deseo a nadie. —Alexander apartó la vista del fuego y la clavó en su hermano. Se limitó a asentir—. Manon ha padecido como nadie —acotó Estevanico—. A la angustia propia causada por la situación se le sumaba la culpa. Ella no duda de que tras este embrollo está Julian Porter-White. No he dejado de darles vueltas al asunto y hasta he llegado a concluir que fue él quien asesinó a Trewartha.

Alexander apoyó los codos en los brazos del sillón y unió las manos como en plegaria.

—He recordado con frecuencia a Alexandrina mientras estuve en Newgate. Me pregunto si creerá que he asesinado a su padre.

—¿Te molestaría que lo creyese?

—Sí. Sigue importándome —concluyó con una expresión de derrota.

—Manon jamás dudó de tu inocencia.

—Manon desconoce mi historia con Alexandrina. No sabe que tenía motivos para detestar a Trewartha y, por ende, para matarlo.

—Aunque lo supiese, no te creería capaz —se plantó Estevanico.

—No puedes saberlo con certeza. —Tras un silencio, declaró—: En varias ocasiones me vi tentado de responder su carta, la que Alexandrina me envió desde Macao.

—¿Y qué planeabas escribirle? —quiso saber Estevanico.

—Que iría por ella, tal como me lo pide.

—¿Lo harás? ¿Irás por ella?

Alexander negó con un movimiento de cabeza. Estevanico se inclinó en el sillón y lo aferró por el hombro.

—Alex, tú no la amas. Como te dije tiempo atrás, estás aferrado a la imagen que conservas de ella. Ahora amas a Manon, pero no terminas de aceptarlo, no sé por qué. Tal vez porque han quedado cuestiones inconclusas entre Alexandrina y tú. Sí, queda algo inconcluso —afirmó repentinamente—: curar la herida que Alexandrina le causó a tu orgullo cuando prefirió casarse con Archie.

—Su padre la obligó —la excusó Alexander.

—No te engañes, Alex, por favor. Eres demasiado inteligente para creerte lo que acabas de decir. ¿Qué ocurriría si, como consecuencia de todo este embrollo, las familias Neville y Guermeaux se enemistasen? ¿Crees que Manon te abandonaría?

—No lo creo, no.

Estevanico se puso de pie y se ajustó el cinto en torno al salto de cama.

—Si albergas estos pensamientos con respecto a Alexandrina, tendrías que ser honesto con Manon y romper el compromiso. Ella no se merece tu duplicidad. —Alexander alzó la vista y fulminó a su hermano con ojos coléricos, que no lo amilanaron—. ¿Qué? —lo increpó—. Dime lo que sea. ¡No te contengas! ¡Quítate la máscara y dímelo!

—¡Odio esta duplicidad! —confesó, enfurecido, y se cubrió el rostro en un gesto exasperado—. La detesto porque siento que traiciono a Manon. No podría dejarla, no podría romper el compromiso, ya no —admitió, desanimado.

—¿Por qué no? —lo provocó Estevanico—. Gracias a su prudencia, no se ha convertido en un asunto oficial. No dañarías su reputación, si es eso lo que te preocupa.

Alexander se puso de pie con un movimiento inesperado. Aferró el atizador y removió los troncos incandescentes, que provocaron una tormenta de chispas. Devolvió el instrumento al soporte y apoyó el antebrazo en la repisa de la chimenea. Se quedó mirando el fuego embravecido.

—No es su reputación lo que me preocupa, lo que me vuelve aún más egoísta e infame —se lamentó.

—Entonces, ¿de qué se trata? —lo animó a hablar Estevanico.

—Es como si se hubiese metido dentro de mí. La pienso de continuo. Durante estos días infernales en Newgate, bastaba imaginar su rostro para recobrar el buen ánimo. Tú me dices que debería dejarla y no me avergüenza confesarte que a mí se me hiela la sangre al pensar que podría perderla.

—La amas, tal como te lo he dicho un rato antes. La amas locamente, el único modo en que tú sabes amar.

—Después del fiasco con Drina, me había jurado no volver a perder el control con otra mujer.

—Pues bien —dijo Estevanico con acento ligero—, de algo ha servido todo esto: le has demostrado al género humano que ese propósito, el de mantenerse inerte a los sentimientos, es de imposible consecución, pues si tú, uno de los hombres más duros y determinados que conozco, no lo logró, nadie lo logrará.

—Tú lo has logrado —objetó Alexander, y suscitó una expresión asombrada en su hermano—. Hablo de Quiao. La mantienes lejos de ti pese a estar enamorado de ella.

La expresión de Estevanico pasó de la sorpresa a la dureza en un instante.

—Hay otras cuestiones que se interponen, tú lo sabes bien.

—Solo sé que eres bueno dando consejos. Te fastidia recibirlos.

—Puede ser.

Estevanico giró y caminó en dirección a la puerta. Se volvió hacia Alexander con la mano en el picaporte.

—Acepta este último consejo de alguien que te quiere sin condiciones: serías un idiota si dejases a Manon por Alexandrina Trewartha.

—No lo haré, hermano —susurró Alexander después de que la puerta se cerrase—. ¿Cómo podría?

* * *

Estevanico caminó por el pasillo iluminado gracias a los apliques en los que todavía se consumían las últimas velas. Si había concurrido a la habitación de su hermano buscando charlar un rato y serenarse para conciliar el sueño, había fracasado. Alexander había mencionado a Quiao, su talón de Aquiles. «Mi adorado talón de Aquiles», se permitió reconocer. La sonrisa se le desvaneció enseguida; se trataba de un imposible. Catorce años menor que él —o eso estimaba, puesto que no sabía exactamente cuándo había nacido—, Quiao era la joya preciada de su madre, a la que por nada en el mundo concedería en matrimonio a uno de piel oscura como él, por mucho que se apellidase Blackraven. Su orgullo chino no se lo consentiría, sin mencionar que ya la había prometido en matrimonio al recio marino Yang Shuchang, mano derecha de Jason Walsh, padre de Quiao y célebre pirata inglés, que dominaba el peligroso mar de la China desde hacía décadas y que respetaba a pocas personas. Roger Blackraven era parte del selecto grupo. Por tal razón le había encomendado la educación de sus hijos James y Quiao, que habían pasado a formar parte de la familia Blackraven casi diez años atrás.

Quiao tenía apenas doce cuando la conoció. Casi de la misma edad que Isabella, le dedicaba un trato más bien distante, rayano en la indiferencia, por la simple razón que se lo pasaba embarcado y trabajando. No se había detenido a analizarla; era tan callada que pasaba inadvertida. Anne-Rose, con la que siempre había tenido un vínculo de profunda confianza, lo fastidiaba asegurándole que Quiao estaba enamorada de él. Se lo tomaba a broma y no le prestaba atención.

La indiferencia se convirtió en una decida admiración cuando, hacia fines de enero de 1831, Alexander y él regresaron del viaje que los había mantenido lejos de la familia por casi un año. Quiao, que acababa de cumplir dieciocho, no era la niña que recordaba. La vio descender la escalera de Blackraven Hall y en un primer instante no la reconoció. Conservaba su aire de figurilla de porcelana y, sin embargo, una alteración la había dotado de un porte de mujer atractiva, incluso seductora en su marcada timidez. No tan alta como Isabella, era igualmente esbelta y se conducía con donosidad. La piel de Quiao poseía una cualidad de diáfana untuosidad. Al imaginar el contraste con la oscura de él, se excitó. Aún evocaba la emoción de aquel primer día y cuánto había añorado acariciar la suavidad de su rostro.

Consciente de su posición, jamás habría osado tocarla, pero ella, que lo buscaba y lo provocaba con sutilezas, había hecho imposible el cometido. Tenaz y decidida, no lo dejó en paz hasta conseguir arrancarle un primer beso. En cada ocasión que habían vuelto a repetir la extraordinaria experiencia, el convencimiento de que la hija de Jason Walsh y de la mítica pirata Liu Tao era una gema de extraordinario valor fuera del alcance de un pardo sin origen como él se convertía en el escudo tras el que se protegía del amor que crecía sin ninguna posibilidad de destruirlo.

Lo aterraban los juegos de seducción en los que Quiao se embarcaba con una imprudencia peligrosa. Yacer con ella y desvirgarla habría sido lo mismo que destruirla, pues su madre, que, se decía, había practicado la prostitución antes de casarse con Jason Walsh, había jurado por sus muertos entregársela impoluta a su futuro yerno Yang Shuchang. Jamás cometería el error de tomar a la ligera el juramento de un chino.

Pasar largos períodos en alta mar lo salvaba de la tentación, pero lo sumían en una tristeza innegable: la echaba de menos. Él, que siempre había sido feliz formando parte del clan Blackraven, de pronto descubría, gracias a las atenciones inesperadas de esa joven, cuánto le gustaba que lo hiciese sentir único al mostrarle una Quiao que nadie conocía, la joven que todos creían tímida y que él sabía osada y determinada a conquistarlo.

«Conquistarme», se burló a unos pasos de su dormitorio. «Si estoy rendido a sus pies», admitió antes de entrar.

Había dejado un candelabro encendido, por eso la avistó de pie junto a la chimenea; estiraba las manos hacia el fuego buscando calentarlas.

Quiao se giró repentinamente al oír el chirrido de la puerta. Corrió hacia él. No bastaron las argumentaciones sensatas y, como si tuviese plena libertad para amarla, la encerró en un abrazo que le devolvía las ganas de vivir en cada oportunidad en que se repetía.

—¡Amor mío! —exclamó Quiao—. ¡Qué feliz estoy de que Alex haya vuelto a casa! Feliz por él —aclaró— y feliz por ti, porque sé cuánto quieres a tus hermanos, en especial a él. No soportaba verte tan preocupado.

Se besaron con las violentas ansias que, Estevanico sospechaba, no se habrían extinguido ni siquiera tras haber hecho el amor. Siguió besándola y acariciándole los pequeños pechos a través de la seda de la bata. Se impuso desviar los pensamientos hacia su amante, la marquesa de Queensberry, con la que mantenía una relación desde hacía más de dos años y que al día siguiente se mostraría más que dispuesta a calmar el ardor que Quiao encendía con inocente temeridad.

Claudine de Bouvier, marquesa de Queensberry, lo había sometido a una furtiva, pero tenaz persecución hasta tenerlo en su cama de la mansión de Belgravia, que no compartía con su esposo, pues el marqués, treinta y cuatro años mayor que ella, prefería la vida apacible de la finca en Kent. Con el tiempo y la confianza adquirida tras decenas de noches desmesuradas, la aristócrata le explicó que era su condición de africano lo que la había atraído después de que una prima, hija de un antiguo gobernador de Bahamas, le revelase que los de su raza estaban marcadamente mejor dotados que los hombres blancos y que poseían una fogosidad sin par. Saciada y confirmada la curiosidad de la marquesa, todavía seguían encontrándose cada vez que él estaba en Londres pues, según le había confesado la mujer, la había arruinado para cualquier otro amorío. «Todos son como niños en comparación a ti, Nico», le repetía al oído mientras lo albergaba en su interior.

Pese a que Claudine constituía un pensamiento agradable, bastaron pocos segundos para verificar su ineficacia: el recurso no servía para aplacar el deseo que Quiao desataba. Se apartó de ella y se alejó hacia el bargueño donde guardaba unas botellas con bebidas espiritosas. Quiao fue tras él y le rodeó la cintura por detrás mientras él se servía una medida de *bourbon*. Le gustaba que apoyase la mejilla en su espalda y que se quedase allí, quieta. Bebió lentamente el fuerte licor con Quiao pegada a él; lo juzgó un momento perfecto.

—Cuando regrese tío Roger —la oyó susurrar—, quiero que le anuncies nuestro compromiso.

Estevanico dejó caer los párpados. Aflojó lentamente los dedos en torno al vaso de cristal, que había ceñido cruelmente en un acto mecánico. Lo devolvió al mueble y se giró con cuidado. Tomó a Quiao por los brazos y la separó de él.

—Sabes que no es posible. Tú estás prometida a otro.

—¡No me casaré con Yang Shuchang! Prefiero morir a ser su mujer.

Dio media vuelta, dispuesta a marcharse. Estevanico la retuvo aferrándola por la muñeca y devolviéndola al cobijo de sus brazos.

—Siempre estás desviviéndote por tus hermanos, por su felicidad, ¿y qué hay de ti? ¿Qué hay de mí?

—Una vez mi madre me dijo: «Cariño, no es tu responsabilidad hacer felices a tus hermanos. Sé que los amas, pero cada uno debe encontrar su camino. Soltar a los que amamos es doloroso, pero impostergable».

—Tía Melody es la mujer más sabia que conozco.

—Sí, lo es, pero, aun sabiendo que tiene razón, solo quiero hacer feliz a mi familia. Y si provoco un conflicto con tus padres tomándote como mi esposa, le generaré un gran problema a mi familia.

—¿Por qué? ¿Qué problema?

Estevanico guardó silencio. No le revelaría la cuestión de la exportación de plata para China, ni la importancia clave que adoptaba la flota de Jason Walsh en el asunto. Oyó suspirar a Quiao, resignada a su silencio y a su hermetismo.

—Tu familia quiere que seas feliz —declaró con un timbre en la voz que evidenciaba cansancio, también irritación—. Tío Roger y tía Melody no serían las personas que conozco si considerasen más importante un negocio que la felicidad de su hijo. —Se miraron a los ojos, y Estevanico sintió que la joven lo estudiaba. La vio alzar las cejas lentamente, en el gesto del que vive una epifanía—. Eres tú quien no se cree merecedor de la felicidad —afirmó, y retrocedió, imponiendo una distancia insoportable—. Llevas el apellido de tío Roger, eres su hijo, pero todavía te sientes en deuda con él, y por eso prefieres sacrificarte, sacrificar nuestro amor —recalcó las palabras alzando un poco el tono de voz—, por esa deuda que nunca acabarás de pagar.

—Quiao…

—¡No digas nada! —le ordenó, y alzó la mano—. Ahora comprendo que aunque yo no estuviese prometida a Yang, tú no me aceptarías simplemente porque te has condenado a la infelicidad. Estevanico, el niño sin origen, sin pasado, sin nada, no tendrá tampoco un futuro porque no merece ser feliz.

Se le formó un nudo en la garganta. La figura de blanco delante de él se tornó difusa. El dolor causado por las palabras de Quiao lo habían dejado mudo, aterrado y aterido como aquel niño al que apodaban Rata y que una noche Roger Blackraven encontró llorando en una caballeriza de Río de Janeiro después de haber recibido la enésima paliza. Quería estirar las manos y aferrar a Quiao para evitar que se le escapase. Sus brazos no se movían, continuaban inertes a los costados de su cuerpo. La seguía con ojos acuosos y desesperados mientras la veía retroceder hacia la puerta.

—Mereces ser feliz, Estevanico —la escuchó afirmar—. Estoy dispuesta a todo para que lo seas, incluso a enfrentar la ira de mi madre. Pero no puedo lograrlo contigo en contra. Tal vez algún día comprendas que nadie merece ser más feliz que tú. Pero de seguro será demasiado tarde —agregó con la voz entrecortada antes de huir de su dormitorio.

Capítulo IV

Al día siguiente, y sintiéndose feliz con la liberación de Alexander, Manon bajó a desayunar. Con suerte, Alba Porter-White no compartiría la mesa a esa hora tan temprana. No tuvo suerte. La mujer, sentada junto a Masino Aldobrandini, se sumaba a la algarabía general suscitada por la noticia que ocupaba las primeras páginas de *The Times* y del *Morning Chronicle*, que su padre tenía desplegados a los costados de la vajilla: el conde de Stoneville había recuperado la libertad.

Manon comió callada, con el gesto adusto, como si el tema no le concerniese. Sir Percival leía en voz alta ciertos párrafos y le lanzaba miradas elocuentes.

—Aquí dice que el juez Blansfield dispuso —e hizo una inflexión en la voz para dotarla de solemnidad—: otorgar la inmediata libertad al señor Alexander Blackraven, conde de Stoneville, exonerado de toda culpa y sospecha por no haber cometido el delito. ¡Qué excelente noticia! —exclamó, y volvió a mirar en dirección de Manon—. Hija, veo que no te sorprende. Está claro que ya lo sabías.

—Lo supe anoche en Blackraven Hall —explicó mientras se ocupaba de alimentar a su sobrino Willy.

Sir Percival continuó leyendo con entusiasmo. El dato más importante, el contenido de la carta de Trevor Glenn, seguía manteniéndose en secreto.

Anne-Sofie tampoco participaba de la conversación. Se llevaba minúsculas porciones de comida a la boca y mantenía la vista perdida. Su aspecto desmejorado persistía, y ni siquiera el nuevo tónico recetado por un reputado médico surtía efecto. Le pediría al cirujano Dennis Fitzroy que la visitase.

Manon se repasó la boca con la servilleta y se puso de pie. Anne-Sofie, tras solicitar la autorización de su cuñado Percival, hizo lo mismo. La acompañó hasta el vestíbulo.

—¿Has escrito la carta para el querido Archie? —le preguntó con ansiedad.

—Sí, tía —la tranquilizó Manon—. Hoy mismo la despacharé en alguno de los clíperes que transportan correo. Creo haber leído en el calendario de la British Assurance que este jueves zarpa uno hacia Cantón. Con suerte, en tres meses la carta llegará a manos de Archie.

—Gracias, querida. Pobre Drina cuando se entere de la muerte de su padre —susurró con la vista al suelo.

—Tía, le pediré al cirujano Fitzroy…

—¿El muchacho que se hará cargo del hospital para pobres?

—El mismo. Le pediré que venga a verte. Sigues inapetente y pálida. —Manon le aferró las manos y las notó heladas y huesudas—. Se trata de esa mujer, ¿verdad? La monja Mavis Pike. Sigue atormentándote. —Anne-Sofie la miró con una tristeza infinita, la que le causaba la extorsión a la que la sometía Mavis Pike, que le exigía dinero para no revelar que era su medio hermana, producto del devaneo de su padre con una sirvienta irlandesa—. Deja que diga lo que quiera —la instó con tono enérgico—. ¿Por qué te importaría? No fue tu culpa. Tú no tienes por qué…

—Querida Manon —la interrumpió con suavidad, y se inclinó para besarle la mejilla, acto que la sorprendió—, eres la única que se preocupa por mí.

—Porque te estimo. No puedo verte así. ¿Recibirás a Fitzroy cuando venga a verte? —Anne-Sofie asintió con una sonrisa condescendiente—. ¿Y dejarás de preocuparte por que la verdad salga a la luz? Eres una Neville ahora.

—¿Lo soy, querida?

—Lo eres —respondió Manon de inmediato, y por primera vez se preguntó si la tristeza de Anne-Sofie se debía a que su esposo prefiriese yacer con hombres en lugar de hacerlo con ella.

Recordó, entonces, uno de los cuentos del *Decamerón*, el décimo, si la memoria la asistía, el de Pietro da Vincioli, un sodomita igual que su tío Leonard. La esposa, a diferencia de Anne-Sofie, no se quedaba en la casa a languidecer y buscaba placer en jóvenes amantes. Decidió desempolvar su ejemplar de la obra maestra de Boccaccio y regalárselo a su pobre tía. Quizá los relatos del escritor florentino la inspirarían y se buscaría un amante.

* * *

Alexander pasó la mañana y las primeras horas de la tarde en la barraca del puerto. Los temas se habían acumulado durante esos días de ausencia, y si bien entre Finlay Walker y el jefe de los contables, el señor Paterson, habían mantenido el negocio en funcionamiento, existían asuntos para los que carecían de la autoridad o del conocimiento para decidir.

Le bastó la primera hora para volver a familiarizarse con los problemas de la compañía como si no hubiese existido esa macabra pausa. Cada tanto, se encontraba recordando los días oscuros de Newgate, y, como su mente asociaba ese sitio con los pensamientos recurrentes de Alexandrina Trewartha, era su rostro el que volvía a ver, las líneas de su desesperada carta las que releía y la angustia por su pérdida la que revivía. Pero también había evocado a Manon constantemente. «¡Qué feliz sería si pudiese quedarme aquí contigo!», había declarado la noche en que descendió al infierno para compartir su suerte. «Sé que en la prisión de Fleet a las familias se les concede vivir con los deudores, si así lo desean. ¿Sabes si aquí es lo mismo?», le había preguntado con unos ojos anhelantes y francos que, desde ese instante y hasta que lo liberaron, se convirtieron en la luz que lo rescataba de la negrura más apabullante en la que caía fácilmente. Le infundía una ternura que él jamás creyó posible experimentar en un sitio deshumanizado como Newgate.

—¿Por qué te sonríes? —inquirió Estevanico al entrar en el despacho—. ¿Estás acordándote de tus pecados?

Alexander se irguió en la butaca y lo observó.

—¿Qué te sucede? No traes buena cara.

—No he dormido bien anoche —admitió el mayor de los Blackraven.

—¿Qué te preocupa?

—Nada, en realidad —contestó con sorna—. Solo saber quién busca destruir a mi hermano. Y van tres.

Alexander se puso de pie, se cubrió con el largo gabán negro, se calzó los guantes y la chistera y aferró el estoque.

—Vamos —dijo—, nos vendrá bien despejarnos. Han sido días muy duros para todos.

Repartió unas órdenes entre los amanuenses y los tenedores de libros antes de partir. Dirigieron sus monturas hacia el noroeste de la ciudad, a la zona de Farringdon, más específicamente a Hatton Garden, la famosa calle donde se congregaban las joyerías y las casas de empeño.

—Vamos a lo del señor Wicks —anunció Alexander.

—¿El orífice de mamá? —se extrañó Estevanico.

—Quiero encargarle el anillo para Manon.

—Hasta anoche seguías pensando en Alexandrina.

—Nunca dejaré de pensar en ella —se sinceró Alexander—. Fue demasiado importante para mí.

En lo del señor Wicks, eligió un anillo de oro con un gran rubí circundado de diamantes y también seis pares de pendientes cuyas gemas cubrían una gama de colores que, pensó Alexander, permitirían a Manon combinarlos con cualquier vestido. La selección incluía zafiros, amatistas, topacios, esmeraldas, rubíes y diamantes. Abandonaron la joyería muy animados.

—No soy un experto en joyas —admitió Estevanico—, pero un anillo de compromiso con un rubí es poco convencional.

—Como lo es Manon —alegó Alexander—. Mañana le solicitaré a sir Percival que me reciba y le pediré formalmente la mano de su hija, como planeaba hacer la noche después del teatro, cuando todo se torció.

—¿Sin el anillo? Wicks lo tendrá listo a fines de esta semana. ¿Por qué no esperas?

—No —respondió, categórico, con un ceño que le convertía las gruesas cejas en una única línea negra—. Se lo entregaré delante de nuestras familias, cuando papá y mamá hayan regresado de Madrid. Pero ya quiero hablar con sir Percival y acabar con el secreto al que ella me ató más de dos meses atrás, nunca entenderé por qué.

—¡Mira! —Estevanico se inclinó en la montura para susurrarle con acento apremiante—: Allí está Porter-White.

Salía del establecimiento de un famoso maestro relojero con un reloj de leontina en la mano, al que estudiaba con notable concentración; dedujeron que acababa de adquirirlo o bien había ido a retirarlo tras una reparación o una limpieza. Lo vieron subir a un coche de alquiler y decidieron seguirlo. Como habían creído que se dirigiría a la City, se sorprendieron cuando la calesa lo hizo en sentido contrario. Se detuvo frente al ingreso del hotel Durrants. Recordaron que allí se hospedaba el comisionado de Juan Manuel de Rosas, el tal Antonino Reyes. Porter-White entró. Alexander y Estevanico entregaron sus monturas al mozo del hotel y lo siguieron. Ocuparon una mesa del salón ubicado a unas yardas de la recepción. Porter-White, tras anunciarse con el conserje, hizo otro tanto, pero se sentó en un lugar más visible, lejos de ellos. Al camarero le pidieron dos cafés.

—La viva imagen de un hombre sin preocupaciones —comentó Estevanico con sarcasmo—. O es un gran simulador o no le teme al contenido de la carta de Glenn. Confieso que cuando Manon lo señaló como el cerebro tras la conjura dudé, pero luego Wild nos dijo que Onslow Murray, el *bobby* que casualmente conocía al indio que te atacó en lo de la viuda de Carrington, es primo hermano del asistente de Porter-White. Entonces el asunto empezó a tomar otro cariz. Según Wild, fue Onslow Murray quien le sugirió al inspector Holden Brown revisar el palco de Drury Lane donde tú habías estado. Parece ser que pensaban encontrar algo allí.

—Un cuchillo ensangrentado —apuntó Alexander, y Estevanico alzó las cejas, asombrado—. Me lo reveló Manon la noche en que me visitó en Newgate. No la culpes. Sé que juraron guardar el secreto, pero la presioné.

—Hizo bien en contártelo. De ese modo apreciarás la mujer que tienes a tu lado. Encontró el cuchillo ensangrentado junto a tu butaca en el teatro y no dudó de tu inocencia —señaló.

—Sé muy bien la mujer que tengo a mi lado —afirmó Alexander, un poco enfadado.

—Tu situación habría sido prácticamente insalvable si hubiesen dado con el cuchillo que encontró Manon. Y no sé si la carta habría logrado exonerarte…

Estevanico se interrumpió cuando un hombre bien vestido se aproximó a la mesa de Porter-White. Este se puso de pie y lo invitó a sentarse. Algo en las facciones del recién llegado y en su modo de vestir delataban que era un extranjero.

—Debe de ser el tal Reyes —masculló Estevanico.

—Y esa la carta para Rosas donde Porter-White le comunica cómo está el asunto del Famatina —dedujo Alexander al ver que se la entregaba con gran ceremonia.

—Si Reyes sale en el próximo clíper rumbo a Sudamérica —calculó Estevanico—, en poco más de un mes Rosas tendrá la carta en su poder.

—Escribí a tío Tommy tiempo atrás, advirtiéndole —dijo Alexander, preocupado—. Otra cuestión que debemos resolver es la de Braulio Costa. Todavía sigue escondido en Manchester.

—Si, como supongo, Reyes partirá muy pronto, otro tanto debería hacer Costa. Es importante que Quiroga sepa los detalles, aunque me habría gustado que papá hablase con él —se lamentó Estevanico.

Permanecieron unos minutos más en el café de Durrants, hasta que Porter-White y Antonino Reyes se despidieron. Un cuarto de hora más tarde, entraron en la academia de boxeo de Daniel Mendoza, donde se encontraron con Samuel Bronstein. Tras practicar en el ring, los tres tomaron un baño turco. Sentados sobre los bancos de mármol y envueltos en el aromático vapor, conversaron acerca de los hechos de los últimos días.

—Queremos que sigas a Porter-White —pidió Alexander a Bronstein.

—Lo hice en dos oportunidades en el pasado, comisionado por la señorita Manon, y no logré descubrir nada, salvo que visitaba la casa de la viuda de Carrington, que iba a menudo al Garden of Venus…

—¿El burdel de Bury Street? —lo interrumpió Estevanico

El investigador privado cerró los párpados en señal de asentimiento.

—Va seguido allí, a jugar a los naipes y a estar con una prostituta que se hace llamar Lillydoo. También le gusta apostar en las peleas de animales en Hockley-in-the-Hole.

—Habla mucho de él que lo complazca ver cómo se destrozan los animales —declaró Estevanico.

—Era muy amigo de Trewartha —prosiguió Bronstein—, o al menos eso parecía, porque se reunían casi a diario en la London. Siempre los acompañaban Trevor Glenn y Lucius Murray, el asistente de Porter-White. —El investigador elevó los brazos en un gesto de rendición—. Pero salvo esos *pecadillos* típicos de los señorones londinenses, no se le puede reprochar nada. Ahora bien —dijo, y apoyó los codos en las rodillas y se inclinó buscando una posición más intimista—, no me resultaría extraño que estuviese detrás de la conspiración que te condujo a Newgate, Alex.

—¿Crees que él asesinó a Trewartha? —inquirió Estevanico.

—Si me preguntas si lo creo capaz, la respuesta es sí. Lo tengo por uno que no se detiene ante nada para lograr su cometido. Eso no significa que lo haya asesinado.

—Supongamos que lo hubiese hecho —conjeturó Alexander—, ¿cuál habría sido el motivo?

Samuel Bronstein se encogió de hombros.

—¿Trewartha sabía algo con lo que podía extorsionarlo? —preguntó con acento retórico—. Amenazar a un tipo sin escrúpulos como Porter-White es decididamente peligroso. Es de esos que se rigen por el principio que dicta que la mejor defensa es el ataque.

Alexander asintió con un semblante tranquilo que enmascaraba el miedo que le había disparado las pulsaciones. Imaginar a Manon tan cerca de uno como Porter-White le había endurecido las entrañas. Se puso de pie, sobresaltando a su hermano y a su amigo. Lo acometía una repentina ansiedad por concurrir a Burlington Hall y comprobar que Manon estuviese bien. Se trataba de un comportamiento ridículo, lo sabía, pero no tenía intenciones de controlarlo, aun cuando fuese en contra de su naturaleza cauta.

—Tengo un compromiso —anunció, y Estevanico le destinó una mirada ceñuda.

Se vistió deprisa, lo que marcó el paso a los otros dos, que lo imitaron y estuvieron listos también en pocos minutos. Daniel Mendoza los invitó a cenar en la taberna del gimnasio, pero Alexander declinó. El antiguo boxeador se aproximó para hablarle en voz baja.

—Alex, ya le envié aviso a Wild de que deseas encontrarlo. Apenas reciba la respuesta, te avisaré.

—Gracias, Dani —masculló, y se calzó la chistera.

—¿Quieres decirme qué diablos te pasa? —lo encaró Estevanico cuando Alexander apuró el caballo y lo obligó a ir medio al galope en una zona todavía atestada de gente.

—Quiero comprobar que Manon esté bien. Lo sé, lo sé —admitió con timbre impaciente cuando su hermano lo miró con extrañeza—, estoy actuando como un lunático, pero hablar de ese tipo, Porter-White, me llenó de recelo. Quiero recordarle que trabe la puerta de su dormitorio y que no…

—Alex —lo interrumpió Estevanico—, entiendo tu temor. Pero debes admitir que su abuela y Belloc la cuidan muy bien. Me parece imprudente que te presentes a esta hora. —Consultó el reloj de leontina—. Son pasadas las siete. ¿Con qué excusa llamarás a su puerta? Es de lo más irregular presentarte sin una invitación, fuera del día y del horario de visita.

—Me importa un cuerno —se empacó Alexander y taloneó la montura para acelerar el trote.

—No se te ocurra pedir la mano de Manon sin antes advertirla —lo apremió Estevanico una vez que consiguió alcanzarlo.

No obtuvo respuesta.

* * *

Se había tratado de una jornada de trabajo ajetreada. A primera hora, y tras pedirle a Nora que expidiese la carta para su hermano Archibald, se ocupó, junto con el responsable de la cartera de créditos, de analizar la solicitud presentada días atrás por el sombrerero Harris para la adquisición de uno de los codiciados locales ubicados en el Royal Exchange, a escasas yardas de la Casa Neville. Al cabo de un par de horas de estudio y de la evaluación de la cartera de títulos y de acciones del señor Harris, ordenó al funcionario que preparase la respuesta en papel con el membrete de la Neville & Sons comunicándole el otorgamiento del préstamo, el plazo concedido y la tasa de interés, que ella había mejorado un poco.

A continuación se ocupó de estudiar la rentabilidad de un potencial negocio de cobro de peajes, para el cual el fideicomiso responsable les había solicitado un crédito. Convocó a su oficina a Benjamin Godspeed, quien, como matemático y actuario a cargo de la British Assurance, la compañía de seguros de la Neville & Sons, la ayudó a establecer las variables que debía analizar. Concluyeron que determinar el número aproximado de carruajes y de carretas que circulaban por el camino que conducía a la ciudad de Bath, y que se iniciaba en Londres, en la Puerta de Hyde Park, constituiría la base del estudio.

—Destinaré a dos de mis funcionarios para que, durante los próximos días, se instalen en la puerta de Hyde Park y cuenten los vehículos que pasan a diario. Si el instinto no me falla —dijo el actuario—, el número que declara la Kensington Turnpike Trust está inflado.

—Como lo sospechaba —aseguró Manon.

A eso de las tres de la tarde, asistió a la bolsa acompañada por Ignaz Bauer y Ross Chichister. Se percató de que el salón se había convertido en un mentidero donde el «caso Blackraven» estaba en boca de todos. A las exclamaciones caóticas de los agentes, que compraban y vendías bonos y acciones, el nombre del conde de Stoneville se pronunciaba con frecuencia.

Su estadía en la bolsa duró poco. Se limitó a intercambiar opiniones con algunos agentes, que le preguntaron por la compañía minera de su cuñado, y a conversar con Adrian Baring acerca de las novedades en materia del arte; Sotheby's acababa de publicar su nuevo catálogo.

Regresó a Burlington Hall pasadas las seis, cansada y con deseos de darse un baño y de meterse en la cama. Le pediría a su padre que la excusase; no cenaría con el resto de la familia; comería algo ligero en su dormitorio. Le resultaba intolerable la idea de compartir la mesa con los hermanos Porter-White y con el huésped napolitano Fernando de Ávalos.

Se encontraba muy tranquila echada en el diván junto a la chimenea releyendo los cuentos más entretenidos del *Decamerón*, bañada y a la espera del bocadillo que le traería Catrin, cuando la joven entró a las corridas, agitada y con el gesto tenso.

—¡Señorita Manon, sir Percival la requiere abajo! —informó a las apuradas—. ¡Ahora mismo, señorita! —insistió, y le quitó el libro de las manos—. ¡El conde de Stoneville acaba de llegar!

Se puso de pie de un salto y, sin pérdida de tiempo, indicó a la joven qué vestido se pondría y qué tocado debía hacerle. Estuvo lista en un cuarto de hora, y, aunque Catrin no había contado con el tiempo suficiente para lucirse con uno de sus esmerados peinados, a Manon la conformó lo que vio en el espejo. Llevaba el vestido de sarga roja, copia fiel del de su antepasada, la banquera portuguesa Gracia Nasi, y, por supuesto, los aretes de coral, regalo de Alexander.

Entró en el salón y, pese a que estaba toda la familia reunida, solo tuvo ojos para él, que se puso de pie enseguida, lo mismo que el resto de los hombres. Entonces, vio a Estevanico junto a Alexander, tan distintos el uno del otro y tan claramente hermanos. La felicidad la desbordaba, y el corazón, que se hacía sentir en el pecho pero también en el cuello, en el estómago, en las sienes, reflejaba su dicha batiendo, enloquecido. Se le había secado la boca, por lo que dudó de la calidad de su voz. Para colmo de males, se había ruborizado, y lo detestaba.

Hizo una reverencia frente a los hermanos Blackraven sin pronunciar palabra, segura de que habría emitido una especie de chillido. Cruzó una mirada fugaz con Alexander. La contempló con una severidad que la confundió. Volvieron a sentarse. Manon ocupó el canapé junto a su abuela Aldonza. Sir Percival tomó la palabra para mencionar el asunto de la liberación de Alexander; desplegaba una alegría que Manon juzgaba falsa; intentaba esconder la culpa que sentía por no haber intervenido. El resto seguía con atención las respuestas y los comentarios del conde de Stoneville. Manon paseó la mirada por cada uno de ellos: su abuelo Alistair, sus tíos Leonard y Anne-Sofie, su tutor Tommaso Aldobrandini, su hermana Cassandra, el napolitano Fernando de Ávalos y finalmente los hermanos Porter-White. Alba bordaba y, de tanto en tanto, despegaba la vista del bastidor y la detenía en el joven conde; resultaba claro que lo deseaba. No podía culparla; Alexander componía una visión extraordinaria con el rostro carente de barba y la ancha frente despejada, pues se había llevado la cabellera hacia atrás con la ayuda del macasar, que le arrancaba destellos de un negro casi azulado. Sus cejas, uno de los rasgos más notables de sus facciones, tan negras y pobladas, y sus espesas pestañas realzaban el brillo turquesa de los ojos. Su belleza habría impresionado al más indiferente.

La actitud de Porter-White era harina de otro costal, y ella, que conocía su verdadera naturaleza, entrevió la frustración que le causaba tener delante de él al triunfante conde de Stoneville. Debía de resultarle intolerable que sir Percival le destinase una atención privilegiada y que lo tratase con deferencia, lo mismo que le permitiese a un pardo como Estevanico que tomase asiento en la sala.

Alexander admitía que se había precipitado. Aparecerse de modo intempestivo en Burlington Hall, sin previo aviso, lo tenía maniatado; le resultaría difícil apartar a Manon y asegurarse de que siguiera sus instrucciones. No solía actuar sin un plan y, sin embargo, allí estaba, elucubrando la manera de obtener unos minutos a solas con ella. Se dijo que cortaría por lo sano y hablaría con Neville del compromiso. Estevanico le había aconsejado que no lo hiciese sin prevenir a Manon, pero él no retrocedería.

—Se quedarán a cenar —resolvió sir Percival.

Cassandra se puso de pie y tiró del cordel para convocar al mayordomo; seguramente le ordenaría que agregase dos sitios en la mesa. Minutos más tarde, el grupo se trasladaba al comedor. Alexander aprovechó para dirigirse a Manon en voz baja.

—Tras la cena, le solicitaré a tu padre hablar en privado. Le pediré tu mano. —Al verla vacilar y palidecer, se enojó, pero controló el mal genio—. Hoy le he encargado al joyero de mi familia el anillo de compromiso. Rubíes y diamantes —dijo, con timbre desafiante.

—Debe de ser bellísimo —susurró Manon, muy emocionada—. Mis piedras favoritas.

—No te noto convencida —la acicateó—. No pareces contenta con la noticia.

—Me ha tomado por sorpresa —admitió—. Tan solo ayer recuperaste la libertad.

—Estoy retomando la situación en el punto en que me interrumpieron vilmente la noche del 2 de noviembre. De todos modos, vuelvo a preguntarte: ¿quieres aún ser mi esposa?

Manon soltó una risita motivada por el enojo de Alexander, que profundizó el ceño y entrecerró los ojos.

—Sí, quiero.

Estevanico, a pocos palmos, carraspeó. Sir Alistair se aproximaba. Ofreció el brazo a su nieta y sonrió a Alexander. Los cuatro cerraron el cortejo.

* * *

Los hombres se pusieron de pie cuando Cassandra anunció que las mujeres se retirarían a la sala para continuar con sus labores. Alexander siguió a Manon con la mirada. ¿Qué le ocultaba?, se preguntó. ¿Por qué lo había obligado a guardar silencio acerca del compromiso? No terminaba de creerse su razón, la de evitar convertirse en el cotilleo de la sociedad mientras se concedían un tiempo para conocerse. Otra, en su lugar, lo habría ventilado a los cuatro vientos sin importarle los cotilleos, ni la prensa, ni conocerse, ni nada. Quizá lo que más lo atraía de ella era ese interior complejo y misterioso que él entreveía, pero que no conseguía desentrañar, y que se ocultaba tras una pátina de muchacha simple y sin grandes complicaciones. «Es compleja y con un mundo interior rico, fascinante. Nunca me aburriré a su lado», resolvió mientras evocaba las palabras de su abuela, que había presagiado lo mismo tiempo atrás.

—Sir Percival —dijo antes de que el banquero volviera a sentarse—, ¿me concede un momento en privado, por favor?

—Por supuesto, Alex, por supuesto —respondió el hombre, medio desconcertado—. Caballeros —se dirigió a los demás—, vayan gozando de estos habanos estupendos y de este madeira de primera calidad. Regresaremos en breve.

Se marcharon seguidos por miradas atónitas y un mutismo cargado de expectación. Alexander caminó hacia la puerta sin mirar a nadie, más allá de que percibía los sentimientos y las intenciones de cada uno: la benevolencia de sir Alistair, de Leonard Neville y de Masino Aldobrandini, la rabia de Fernando de Ávalos y, el más potente, el odio de Porter-White.

Se encerraron en la biblioteca, un poco fría pues el fuego casi se había apagado en la chimenea. El paje que les abrió la puerta avivó las llamas y les sirvió una copa de coñac. Alexander la alzó imitando al banquero. Sorbieron la bebida espiritosa.

—Tú me dirás, muchacho —lo invitó el anfitrión cuando el sirviente se hubo marchado.

—Sir Percival, no es mi costumbre andarme con rodeos, por lo que iré al punto. En los últimos dos meses, he tenido la fortuna de conocer más profundamente a su hija Manon, lo que me ha llevado a admirarla como a pocas personas.

—Ah, sí —acordó Neville—, mi Manon es única.

—Lo es, y yo sería muy afortunado si usted me concediese su mano.

Sir Percival sonrió y depositó la copa en una pequeña mesa.

—Amo a mis tres hijos, Alexander, pero Manon es la luz de mis ojos. No es una joven común ni corriente, pero considero que tú tampoco lo eres. Tus intereses no son los mismos de los muchachos de tu edad, esto es, las mujeres, la caza y los caballos. Prácticamente diriges el negocio familiar y lo haces con gran éxito, lo que me lleva a admirarte. Existe solo un detalle que me preocupa. —Alexander se incorporó en el sillón y destinó al banquero un gesto ceñudo y exigente—. Tranquilo, muchacho; jamás te negaría la mano de mi hija, solo que me gustaría plantearte un aspecto que me preocupa. Tú viajas a menudo y lo haces durante largas temporadas. No deseo que Manon sufra tu ausencia ni de soledad. Es sensible y muy apegada a sus afectos.

—Desde el día en que Manon sea mi esposa, se convertirá en mi prioridad, sir Percival. Hacerla feliz será lo más importante para mí. Si mis largos viajes atentan contra esto, entonces acabarán, a menos que ella desee acompañarme. De todos modos —dijo, y ablandó el timbre de la voz—, viajar como hasta ahora perderá el encanto si debo mantenerme lejos de ella.

La sonrisa franca de Neville le comunicó que había acertado con la respuesta. Su futuro suegro se puso de pie. Alexander lo imitó deprisa. Se dieron la mano.

—Me has hecho muy feliz hoy, Alex. Sé que serás un esposo dedicado y fiel para mi adorada Manon.

—Lo seré, sir Percival.

—En cuanto a la dote…

Alexander alzó la mano al tiempo que movió la cabeza para negar.

—No aceptaré ninguna dote, sir Percival.

Neville sonrió con aire paciente.

—Ahora regresemos con los demás —propuso—. Mañana me gustaría almorzar contigo en White's para abordar algunas cuestiones importantes.

—Allí estaré.

—Te guste o no, querido Alex, el dinero formará parte de vuestro matrimonio lo mismo que el sentimiento.

* * *

Lo sorprendía lo contento que estaba después de haber obtenido la bendición de sir Percival. Regresaban a lomo de caballo por las silenciosas y frías calles de Londres. Estevanico se detendría en Grosvenor Place para tomar una copa y enterarse de los detalles de la conversación con sir Percival.

Entraron por la zona de las caballerizas, y Robert, el mayordomo, salió a recibirlos. Les anunció que su hermano Arthur y otros lo aguardaban en el despacho. Siendo pasadas las diez y media de la noche, se preocupó.

—¿Y Obby?

—Duerme, milord, aunque le costó a Ludovic convencerlo. Quería esperarlo despierto para enseñarle uno de sus diseños. Realmente notable, si se me permite opinar. El diseño, me refiero.

—¿Qué ha dibujado? —se interesó Alexander mientras se quitaba los guantes y la chistera y se los entregaba.

—A usted y a la señorita Neville, milord.

Estevanico soltó una corta carcajada. Alexander ladeó la boca en una mueca complacida.

—Llévanos un poco de café, ¿quieres, Robert? Y luego retírate a descansar.

—Gracias, milord.

En el despacho se encontraron con Arthur, con los tres hermanos Jago —Edward, Goran y el pastor Trevik—, los cirujanos Rafael y James Walsh y con Sri Sananda.

—Buenas noches —saludó Alexander—. ¿A qué debo el honor?

—Te echábamos de menos después de tantos desvelos que nos causó tu ausencia —dijo Arthur con acento bromista—. Decidimos cortar por lo sano y visitarte. Como no estabas, cenamos la exquisita comida preparada por Janette y nos dispusimos a esperarte. En eso estábamos. ¿Dónde cenaron ustedes dos? —preguntó, y sacudió el índice entre Alexander y Estevanico.

—En Burlington Hall —respondió el mayor de los Blackraven, lo que suscitó murmuraciones y gestos risueños—. Nuestro querido Alex ha pedido formalmente la mano de Manon a sir Percival y le ha sido concedida.

Hubo exclamaciones, silbidos y festejos. Robert entró con el servicio de café y, al enterarse de la buena nueva, destinó una sonrisa a su joven amo que pocos le conocían.

—Enhorabuena, milord —dijo, y se inclinó con respeto.

—Gracias, Robert. Ahora ve a descansar. Yo serviré el café.

—Gracias, milord.

Sri Sananda, el único que había permanecido quieto y callado, recibió la taza de manos de Alexander, que se detuvo cuando el sabio lo miró con fijeza, una fijeza en la que no se adivinaba rigor, ni intensidad, sino una sublime paz. Alexander, extrañamente cautivado por esos ojos oscuros, hizo algo que rara vez hacía: le pidió su opinión.

—Sananda, ¿qué te parece mi decisión?

—Que la has tomado por la razón justa, solo que tú aún no lo has descubierto.

Capítulo V

Nada opacaba la alegría que significaba ser la prometida del conde de Stoneville, ni las miradas envidiosas que le destinaba su tía Charlotte, ni el semblante triste de su prima Marie, eterna enamorada de Alexander, ni las especulaciones que se tejían en torno a la alianza entre los Guermeaux y los Neville, ni los diseños caricaturescos de ella y de su prometido que adornaban los periódicos y que hacían reír a la sociedad londinense. Desde el lunes por la noche, desde que su padre se presentó en el salón y les anunció que el conde de Stoneville le había pedido su mano y que él había aceptado, vivía en una dicha continua que no había previsto, temerosa como había estado de la opinión pública.

La había sorprendido la sonrisa que iluminaba el semblante de Alexander mientras su padre comunicaba la noticia a la familia. Parecía satisfecho con la decisión tomada, y solo bastó que sus miradas se cruzaran y que él, en un acto impensable, le guiñase un ojo para confirmar la suposición.

El miércoles fue a almorzar a la embajada francesa para contarles a su tío Charles-Maurice y a la duquesa de Dino lo poco que sabía, pues sir Percival no había querido revelarle los contenidos de las conversaciones, ni la sostenida con Alexander la noche del lunes ni la del almuerzo del martes en White's.

—¿El conde no te ha desvelado nada, querida? —la presionó la duquesa.

—No he vuelto a verlo. No hace otra cosa que trabajar en la barraca. Lo veré mañana. Es su natalicio —agregó—. Anne-Rose está organizando una velada en Blackraven Hall solo para los más íntimos y me ha pedido que los invite.

—Iremos encantados —accedió la duquesa de Dino.

Como acostumbraban tras la comida, Manon y el príncipe de Talleyrand salieron a recorrer el jardín aprovechando que se trataba de un mediodía soleado.

—Estoy tan feliz que ni siquiera la vista descolorida del jardín me aflige —comentó, y el embajador le palmeó la mano que descansaba en su antebrazo.

—Y Dorothée y yo estamos felices por ti, cariño. El conde de Stoneville será un magnífico esposo, lo sé.

Manon, que valoraba la opinión del príncipe como pocas, se debatió entre referirle lo que sabía de Alexander y de Alexandrina Trewartha o callar. A punto de confesárselo, Talleyrand le preguntó:

—¿Has sabido algo acerca del suicidio de Trevor Glenn? En la prensa se ha especulado sobre el contenido de la carta —apuntó el diplomático—, pero nunca se publicó el texto. El juez lo ha mantenido secreto. Y por supuesto no se ha descubierto quién asesinó a Jacob Trewartha. —Involuntariamente, Manon apretó la mano en el brazo de su tío—. ¿Qué ocurre, cariño? Dímelo.

—Estoy segura de que fue Porter-White. No tengo forma de probarlo. Es el instinto el que me lo dicta.

Avanzaron por el jardín hasta llegar a los asientos dispuestos bajo un roble. Manon ayudó a Talleyrand a sentarse.

—He pensado mucho en esta cuestión, en especial en tu cuñado y en sus ambiciones, y si bien lo considero un tipo calculador y hábil, a mí también el instinto me dicta que no actúa solo. Se mueve con tanta impunidad porque se sabe protegido. Ya sé que en el pasado hablamos de esto y que tú me dijiste que lo crees capaz de cualquier plan macabro. Solo te pido que estés atenta.

Decidida a que nada opacase el período más feliz de su existencia, Manon se propuso meditar en otro momento acerca de los escrúpulos del príncipe; en el presente solo quería gozar de su dichosa situación, la que tiempo atrás había juzgado un sueño irrealizable. Igualmente, se inclinó, le dio un beso en la mejilla y le aseguró:

—Estaré atenta, te lo prometo.

* * *

Ludovic lo ayudó a ponerse la levita del frac, le enderezó la pajarita blanca, le pasó un cepillo para eliminar las pelusas y le entregó la botella de perfume, que Alexander aplicó con generosidad. El carruaje que lo conduciría a Blackraven Hall para celebrar su natalicio estaba esperándolo en la puerta de la mansión. Se percató de que estaba ansioso. Anhelaba volver a ver Manon después de esos días sin noticias desde el anuncio del compromiso.

El traqueteo del coche lo serenó, y su mente se apaciguó. Obadiah, muy elegante en su abrigo confeccionado a medida, iba sentado frente a él, inusualmente tranquilo; había descorrido la cortinilla y pegaba la nariz al frío cristal para observar la noche londinense. Incluso la presencia del huérfano completaba el cuadro armonioso en el que se había convertido su vida. Lo asombraba sentirse tan feliz pese a todo, pese al encarcelamiento injusto, a las intrigas que se tejían como la tela de una araña, a las luchas y a los conflictos sin fin; él estaba muy bien. De nuevo: todo se debía a ella, a su Gloriana, como había comenzado a llamarla desde hacía algún tiempo. Amaba su segundo nombre; la describía mejor que el primero. Quería que permaneciese un secreto, que solo él lo emplease para llamarla de ese modo.

Un aspecto de la velada lo inquietaba: la presencia de Julian Porter-White. Se habían visto en la obligación de invitarlo por el bien de Cassandra, su futura cuñada, a la que Manon quería entrañablemente. Torció la boca en una sonrisa velada y rozó la caja delgada y larga que descansaba sobre el asiento junto a él. Ya deseaba entregarle su presente.

En el vestíbulo de Blackraven Hall, Colton, el mayordomo, le anunció, mientras le recibía el redingote, la chistera y el chal de seda, que sus hermanos y sus amigos lo aguardaban en el despacho del señor duque.

—Colton, lleva esto al salón de mi madre, ¿quieres? —Le tendió la caja—. Ponlo sobre su *secrétaire*.

—Enseguida, milord.

Obby corrió a reunirse con los hijos del conde de Grossvenor y los demás niños de la casa. Él, por su parte, se evadió hacia el despacho; después saludaría a los invitados. Entró con una sonrisa, que se le desvaneció al encontrarse con las expresiones taciturnas de sus hermanos y de sus amigos; aun la de Sri Sananda, usualmente apacible, desvelaba cierta inquietud.

—*Auguri* —lo saludó Arthur cayendo en el modismo italiano de su abuela Isabella.

Se dieron un abrazo. Los demás hicieron lo mismo, pero las caras largas seguían.

—¿Qué sucede?

—Alex —tomó la palabra Estevanico—, Goran tiene algo importante que referirte.

Alexander volvió la mirada hacia su amigo y elevó las cejas en un gesto que lo invitaba a hablar.

—Mi fuente en Old Bailey… ¿Recuerdas? El ujier del que les hablé la noche de tu liberación. —Blackraven asintió, ceñudo—. Hoy por la madrugada me citó para mostrarme la carta de Trevor Glenn, la que escribió antes de pegarse un tiro. La robó por unas horas del despacho del juez Blansfield, para enseñármela. Para eso eran las dos libras que te pedí, Alex, para sobornar al ujier y no para comprar opio. He terminado para siempre con esa mierda.

—¿Y? —lo apremió Alexander—. ¿Leíste la carta?

—Oh, sí —contestó Goran—. La tuve en mis manos, la leí. A ti te exonera de culpa y cargo. —Tras una pausa en la que el periodista lo miró fijamente, añadió—: Apunta a Porter-White. Fue él quien lo extorsionó para que te acusase. Allí lo explica todo.

La sospecha siempre había existido y, sin embargo, jamás imaginó que la confirmación lo golpearía tan duramente, y el único motivo era Manon, lo que significaría para ella.

—¿Confías en ese ujier? —inquirió.

—Absolutamente. Hace años que es mi fuente en Old Bailey y ni una vez me ha pasado información errónea.

—¿Qué probabilidades hay de que Glenn haya mentido? —siguió interrogándolo.

—Ninguna —habló por primera vez Sri Sananda.

Alexander paseó la mirada por sus hermanos y sus amigos.

—Ni una palabra de esto a nadie. Ni una palabra de esto a Manon.

—Alex —dijo Goran—, mi artículo ya está escrito y entregado. Lo publicarán en la primera página de *The Times* mañana. Solo he querido advertirte. Siento mucho que sea justamente hoy, en el día de tu natalicio.

—Insisto —reiteró Alexander—, ni una palabra a Manon ni a nadie. Esta noche quiero celebrar con ella en paz.

* * *

Estaba tan feliz que ni siquiera la presencia de los hermanos Porter-White en el reducido espacio del habitáculo del carruaje bastaba para afligirla. Cassandra hablaba incesantemente acerca del armado del ajuar. Desde el lunes por la noche, desde que su padre les había anunciado el compromiso, compartía su alegría y trazaba planes para la boda.

—Deberíamos comprar encaje de Bruselas para el vestido de bodas —propuso— y una sarga de Lyon; son las más bonitas. ¡Mejor una fina raja de Florencia! No debemos olvidar ordenar un par de trajes de montar. Los mandaremos confeccionar en terciopelo de Venencia...

—Cassandra —la interrumpió su esposo—, no has dejado de parlotear desde que salimos de Burlington Hall. Calla, por favor, que se me parte la cabeza.

—Oh —fingió preocuparse Manon—, en ese caso, ¿no sería mejor que regresases a casa y que te retirases a dormir temprano? Un festejo es lo menos aconsejable para una jaqueca.

—Ni siquiera una jaqueca me impedirá celebrar este, tu momento de triunfo, querida cuñada.

Se miraron con fijeza, él con una sonrisa burlona; ella seria. En esa batalla silenciosa, Manon claudicó en primer lugar, asqueada de la mueca de Porter-White.

Reinició la conversación con Cassandra afectando buen ánimo. En Blackraven Hall, se encontraron con gran cantidad de carruajes, que formaban fila delante del ingreso principal. Varios pajes ayudaban a Colton, el mayordomo, a recibir a los invitados. La reunión de algunos íntimos organizada por Anne-Rose en realidad contaba con unas cincuenta personas.

La complicidad de Isabella le había permitido planificar una entrega íntima de regalos en la salita de la duquesa, a la que nadie accedería esa noche. Se escabulló tras haber intercambiado una mirada elocuente con su amiga en el vestíbulo. Se encontró con la sala iluminada, incluso habían encendido el fuego. Los regalos se hallaban expuestos en un sitio visible. Oyó el taconeo de las botas de Alexander, y el corazón se le alzó en el pecho. Se apretó las manos. Quería impresionarlo con los presentes; no había sido fácil elegir algo cuando él lo tenía todo.

Alexander entró y sonrió al ubicarla en el otro extremo del salón. Cerró tras de sí y avanzó hacia ella. Manon hizo otro tanto. Se encontraron a mitad de camino y se fundieron en un abrazo. Alexander le buscó los labios, y el beso se desató en un apasionado silencio.

—Que seas feliz en tu día, amor mío —susurró Manon, y Alexander respondió con un nuevo beso, que ella cortó, impaciente—. Ven, quiero entregarte mis presentes.

Se apartó y levantó la mano para señalar dos óleos que Isabella se había ocupado de disponer en los atriles que Colton halló en el ático y que mandó desempolvar. Manon estudiaba la reacción de Alexander. Empezaba a conocerlo; si bien era más bien parco, en ese instante resultaba clara su emoción.

—La mezquita de los Tulipanes —determinó antes de dirigir la mirada al cuadro de la derecha—. El Cuerno de Oro —puntualizó. Durante unos segundos, Alexander alternó su atención entre uno y otro paisaje—. Qué magníficas representaciones —masculló más para sí.

Manon entrelazó los dedos con los de él, que los cerró en un acto mecánico, pero no se volvió hacia ella, absorto como estaba en la contemplación de los cuadros. En voz baja para no romper el encanto, Manon dijo:

—El de la mezquita de los Tulipanes pertenece a un pintor veneciano del siglo XVIII. El Cuerno de Oro es un cuadro raro de Thomas Phillips, porque él mayormente pinta retratos. He encargado otro, pero requerirá de unos días. Te lo entregaré más adelante.

Alexander la contempló en silencio, no con severidad, aunque sí serio, más bien desconcertado. Parecía estudiarla.

—Nada me hubiese hecho más feliz que esto que me has dado. —Alzó la mano y le pasó el dorso de los dedos por la mejilla—. Gracias.

—Apenas supe de tu preferencia por Constantinopla, le pedí a tío Leo y a Masino que buscasen paisajes de esa ciudad. Qué feliz me hace que te hayan gustado.

—¿Cuál es tu favorito? —quiso saber Alexander.

Manon respondió sin dudar:

—El Cuerno de Oro. ¿Es verdad que luce de ese modo al atardecer?

Se trataba de un estuario en forma de cuerno ubicado en el ingreso del Bósforo, que adquiría una luminosidad esplendente por la acción del sol; quizá de allí su denominación «de oro».

—Sí —respondió Alexander, y la sujetó por la cintura para atraerla a él—, Phillips ha sabido reflejar la escena perfectamente. Si este es tu favorito, lo mandaré colgar en mi dormitorio, que algún día será el nuestro. —Rio y la besó en el cuello al ver que se ruborizaba—. Gracias —le repitió al oído—. Un día conocerás conmigo esos lugares.

—No veo la hora de que llegue ese día.

—Hablando de días, quiero que fijemos el de nuestra boda.

Enseguida percibió que Manon adoptaba la actitud de semanas atrás, cuando le exigía ocultar lo del compromiso.

—Lo fijaremos cuando regreses de China —respondió, y lo dejó sin palabras—. De ese modo, Cassie y yo tendremos tiempo de prepararlo todo —se justificó, pero Alexander adivinó en el gesto nervioso y en los ojos que lo esquivaban que no se trataba de una cuestión relacionada con los preparativos de la boda.

Eligió callar; no iniciaría una discusión en el día de su natalicio, menos aún cuando, tras el festejo, planeaba revelarle lo de la publicación en *The Times*. Asintió con severidad. Manon le acarició la mejilla y lo besó en los labios.

El grupo de niños, liderado por Obadiah, irrumpió en la sala de la duquesa. Alexander, con Manon entre sus brazos, echó un vistazo al niño, que, sin necesidad de una indicación, arreó fuera a los demás y cerró tras de sí. Un instante después, se oyeron dos golpes prudentes.

—Adelante —invitó Alexander, y el grupo entró de modo ordenado.

A Manon le resultaron encantadores, todos con las mejores galas para honrar a su tío Alexander, o a su primo, en el caso de los hijos del conde de Grossvenor. Se les había concedido la inusual dispensa de participar de la celebración hasta después del concierto, en el que Manon tocaría las castañuelas. Estaban emocionados y un poco alterados.

—Capitán Alex —tomó la palabra Obadiah—, Rosie manda decir que te espera en el salón. Está por iniciar el concierto.

—Gracias. Estaremos allí enseguida.

Los niños se marcharon. Alexander la sujetó por la cintura y la condujo hasta el *secrétaire* de su madre, donde Colton había depositado la caja delgada y larga forrada en tafilete azul. La abrió y le presentó el contenido.

—¡Cielo santo! —exclamó, admirada, y pasó los dedos enguantados por los seis pares de pendientes, a los que juzgó de una exquisita confección y de un colorido estupendo.

—Para que puedas combinarlos con todos tus vestidos —explicó Alexander—. No falta ninguna tonalidad, creo.

—¡Oh, Alexander! ¡Qué estupendo regalo! ¡Gracias, gracias! —Tomó la caja y admiró las joyas con una expresión entre asombrada y embelesada—. Qué colores magníficos —la escuchó murmurar—. Me hacen pensar en un arco iris.

—Vamos a la fiesta —propuso, e intentó retirarle la caja para guardarla en el *secrétaire* de su madre.

—Espera —dijo Manon, mientras se quitaba los pendientes con los que había llegado a Blackraven Hall y recogía uno de los nuevos, con zafiros, que le iba a su vestido de encaje genovés azul Francia—. ¿Qué tal lucen? —dijo, y movió la cabeza hacia uno y otro lado para enseñárselos.

—Perfectos —afirmó Alexander.

Al poner pie en el salón, Manon percibió en el murmullo incesante de los invitados una energía intrigante y tensa. No dudó de que se debía a la noticia que circulaba desde tempranas horas de la tarde y que había provocado la caída del precio de los bonos ingleses faltando una hora para el cierre de la bolsa: dos ministros habían renunciado debido a las irreconciliables divergencias que provocaba la cuestión de Irlanda en el seno del gobierno. La llegada a Londres de Sebastian de Lacy, conde de Grossvenor, ya estaba provocando serias consecuencias.

Resuelta a pasarlo bien, feliz con el inesperado regalo de Alexander, dichosa por haberlo sorprendido con los óleos de Constantinopla, se instó a olvidarse de todo, incluso de la presencia de los indeseables. La velada transcurrió de acuerdo con lo previsto, salvo en dos ocasiones, que lograron perturbarla, la primera, un encontronazo con su tío David. Creyó que se aproximaba para ofrecerle el brazo y de ese modo entrar juntos en el comedor. Le sonrió. Enseguida se desengañó cuando Neville le habló con aliento que olía a alcohol.

—Yo no tengo deseos de sonreír, Manon, cuando pienso en mis tres hijas sin una buena dote. En cambio tú, siendo escandalosamente rica, un día te convertirás en la duquesa de Guermeaux. Unos tanto y otros tan poco. La vida no es justa.

—¿La vida no es justa o tú te equivocaste al administrar mal la sede de París en contra de los consejos de papá? —No aguardó una respuesta y enseguida expresó—: Quédate tranquilo, querido tío David, a mis primas jamás les faltará nada, si yo estoy viva para impedirlo —agregó con deliberada entonación.

—Gracias, pero mis hijas no dependerán de tu caridad. La Casa Neville no le pertenece *solo* a Percival. Es de los cuatro hijos de mi padre. Daniel, Leonard y yo fuimos estafados.

El segundo mal rato lo padeció en la habitación del primer piso que Anne-Rose había destinado para las mujeres. Manon estaba por entrar cuando se detuvo de golpe: Harriet Thynne, Baring de soltera, marquesa de Bath, estaba saliendo. Su presencia en la celebración por el natalicio de Alexander no la sorprendía; era íntima amiga de Anne-Rose y también de Alexander.

Manon realizó una reverencia y masculló un saludo, incómoda, pues sabía que la mujer la detestaba después de que ella rehusase desposar tiempo atrás a su hermano, también llamado Alexander. El joven se había embarcado en la Marina tras su rechazo y muerto en altamar.

—Ahora entiendo por qué no te bastaba con nuestro querido Alex —la atacó la marquesa sin responder a su saludo ni a su genuflexión—. Tenías planeado convertirte en la gran duquesa de Guermeaux. Siempre te juzgué fría y calculadora. Veo que no me he equivocado —añadió con acento despectivo.

La marquesa de Bath se recogió el ruedo del vestido y se alejó. Manon, que habría deseado explicarle que amaba a Alexander desde el instante en que él le había tendido la mano en el barranco, cuando aún no sabía quién era, se quedó callada, entumecida por el odio que trasuntaban los ojos de la mujer.

* * *

La celebración languidecía; algunos invitados se habían retirado, otros se despedían. Alexander aprovechó que Manon se había apartado y estudiaba dos grandes jarrones chinos dispuestos en el vestíbulo para arrastrarla por la cintura hasta la salita de la duquesa. Se sentó en un sofá y la obligó a hacerlo sobre sus piernas. La besó y le acarició la curva de los senos. Manon, entregada, lo sujetaba por las sienes y gemía dentro de su boca.

—Fue sublime tu interpretación con las castañuelas —la lisonjeó mientras le mordisqueaba el filo de la mandíbula; se detuvo repentinamente al recordar lo delicada que era su piel—. Todos se mostraron impresionados con tu destreza. Talleyrand no cesaba de aplaudir y de gritar: «*Formidable!*», no sé si para referirse a ti o a tu ejecución.

—Yo solo tocaba para ti —confesó Manon.

—Tu abuela y tú siguen yendo a visitar a Timmy, ¿verdad?

—Claro —respondió, asombrada por la pregunta—. Iremos mañana viernes.

—Me gustaría acompañarte. Hace tiempo que no lo veo. Artie también desea venir. ¿Qué opinas?

Manon sonrió, no una sonrisa recatada y de compromiso, sino una abierta, que le reveló la dentadura de dientes pequeños, parejos y bien cuidados. La sonrisa le encendió la mirada; sus ojos brillaron con una intensidad que él pocas veces le había visto, que pocas situaciones le despertaban. No cabía duda de que el bienestar de su primo Timothy era de capital importancia para ella.

—Opino que nunca lo habré visto tan feliz como mañana.

Alexander le sujetó las manos y se las besó, no solo en el dorso, sino en las palmas y en las muñecas, donde sobresalían delgadas y azuladas venas. Apoyó la frente sobre el puño que formaban y allí descansó, con los ojos cerrados.

—¿Qué ocurre? —se inquietó Manon—. Estás muy cansado, ¿verdad? —Alexander alzó la cabeza, y su mirada la traspasó con la precisión de un filo. Se irguió, nerviosa—. ¿Qué sucede? Dímelo.

—Mañana *The Times* publicará el contenido de la carta de Trevor Glenn. —Le partió el alma verla asentir con los ojos muy abiertos, los labios separados y una expresión asustada—. Fue Porter-White quien extorsionó a Glenn para que me señalase como el asesino.

La reacción de Manon lo tomó por sorpresa. Tras empalidecer súbitamente, se puso de pie de un salto con la intención de escapar de la habitación. Alexander la atrapó antes de que llegase a la puerta. La ciñó contra su pecho y le siseó cuando ella luchó por liberarse.

—Tranquila, tranquila —intentó serenarla—. ¿Dónde pretendes ir?

—Quiero arrancarle los ojos, increparlo, desenmascararlo. Matarlo —añadió; se le quebró la voz y lloró sin fuerza—. Oh, Alexander, cuánto dolor te ha causado ese mal nacido. No puedo soportarlo. ¡Y por mi culpa!

Alexander la sujetó por los delgados hombros. Como ella insistía en mantener la vista baja, la obligó a que lo mirase aferrándole la barbilla y levantándole el rostro con delicada firmeza. Le pasó la punta del índice por los pómulos para limpiarle las lágrimas.

—*Nada*, ¿me entiendes? *Nada* de esto es tu culpa.

—Goran es el autor del artículo, ¿verdad? —Alexander asintió con la mirada alerta—. ¿Ha podido leer la carta? —Alexander volvió a asentir—. ¿En ella Glenn te exonera? —Un tercer asentimiento mudo—. ¿Cuándo te has enterado de la publicación del artículo? —lo interrogó con voz débil.

—Apenas llegué a Blackraven Hall, a eso de las siete.

Los ojos se le anegaron rápidamente y las lágrimas volvieron a mojarle las mejillas pálidas.

—Tuviste que soportarlo bajo tu techo, en el día de tu natalicio. ¡Oh, Alexander, qué injusto es todo esto!

Se abrazaron. Manon descansó en su hombro y se mordió el labio al oírlo decir:

—¿Crees que lo hubiese expulsado sabiendo cuánto habría mortificado a tu hermana y, por tanto, cuánto habrías sufrido tú?

Manon estrechó el abrazo y cayó en un mutismo obligado; no habría sido capaz de articular un sonido. Deseaba recuperar la compostura. Se apartó poco después.

—Perdóname, me creerás una desquiciada. No entiendo por qué me he comportado de este modo si siempre he sabido que ha sido él. Quizá guardaba la vana esperanza de que no lo fuese, por el bien de Cassie y de Willy. —Alexander le entregó un pañuelo y Manon esbozó una mueca triste—. Siempre acabo llorando a causa de ese hombre despreciable y tú, prestándome un pañuelo.

—Un honor para mí, Formidable Señorita Manon —dijo Alexander, y su sonrisa le arrancó una risita ahogada—. Mi entera colección de pañuelos se encuentra a sus pies, al igual que yo.

Manon, que había estado estudiando el bordado con las iniciales de Alexander, alzó el rostro y se quedó mirándolo.

—Dime qué piensas —la alentó Blackraven.

—Intento armar el mapa de esta intriga, intento encajar las piezas de esta máquina diabólica puesta en funcionamiento por la Serpiente. Intento predecir las consecuencias —se desanimó—, qué dirá mi padre, qué dirá el tuyo. Pienso en nuestras familias. Temo que se produzca un rompimiento.

—Aquella tarde, en la Casa Neville, cuando me reprochaste haberle contado a tu padre acerca del acuerdo minero con La Rioja —evocó Alexander—, te expliqué que lo había hecho para salvaguardar la amistad entre nuestras familias. ¿Recuerdas lo que tú me dijiste? —Manon se quedó quieta y muda—. Me dijiste: «Mi amor por ti no entiende de fisuras entre familias ni de asuntos de dinero. Mi amor por ti es incondicional. Lo que siento por ti es eterno». Esas fueron, más o menos, tus palabras. ¿Sostienes todavía lo que afirmaste aquel día?

Manon lo sujetó por las mandíbulas y lo miró fijamente antes de pronunciar:

—Te amo, Alexander, cada día más. Mi amor por ti no entiende de fisuras entre familias. Mi amor por ti es incondicional y eterno —añadió a viva voz.

* * *

No había regresado a Burlington Hall. Desde la fiesta en Blackraven Hall se había dirigido al Garden of Venus. No tenía ganas de soportar los reclamos de Cassandra, que últimamente había tomado la costumbre de meterse en su habitación para reprocharle su indiferencia y que no cumpliese con los deberes de esposo. Estaba seguro de que Manon le llenaba la cabeza y le daba ínfulas; de otro modo, la sumisa Cassandra no se habría atrevido a enfrentarlo. A veces lo sofocaba el deseo de rodearle el cuello con las manos y apretar hasta robarle el último hilo de aire. No habría precisado de ningún sicario; él la habría asesinado con gusto, salvo por el hecho de que, sin Cassandra, la sustanciosa renta que percibía habría dejado de existir; la cláusula en el contrato matrimonial lo estipulaba claramente. Sabía que Manon era la artífice de esa disposición que lo ataba de pies y manos. A ella también la habría asesinado con inmenso placer.

Se quitó el brazo de Lillydoo, que le cruzaba el pecho, y salió de la cama. Se aseó rápidamente el cuello y las axilas con el agua perfumada que encontró en la jofaina y se vistió deprisa. En la planta baja lo recibió el aroma intenso de las esencias orientales que la madama quemaba incesantemente para disfrazar cualquier rastro de mal olor. La mujer, todavía en bata pero con expresión despierta, le cobró la tarifa y le deseó un buen día. Se calzó la chistera y la inclinó sobre la frente para ocultar su identidad. Salir del burdel más elegante de Londres a las ocho de la mañana no era una hazaña de la que un hombre casado se jactaba.

Bury Street, por fortuna, aún dormía, y no se avistaban transeúntes de interés ni coches con escudos en las proximidades, solo unas mujeres repartiendo ropa lavada y unas carretas con verduras, que volvían del mercado en Covent Garden. Caminó las tres manzanas que lo separaban de White's, donde planeaba desayunar.

Bastó entrar en el club de caballeros para percibir una atmósfera enrarecida. Quienes lo cruzaban le lanzaban miradas endurecidas y no respondían a su saludo. Se ubicó en una mesa apartada y ordenó café y huevos con hongos. A punto de solicitarle el periódico al camarero, calló al avistar a Patrick O'Brian, el rico irlandés, dueño de una mina de oro en Australia, que se aproximaba con *The Times* en la mano y una sonrisa. Lo invitó a sentarse a su mesa.

—Lo miran torcido por esto —explicó el irlandés, y le entregó el periódico.

«Yerno de sir Percival Neville responsable de la falsa acusación contra el conde de Stoneville». Un frío gélido le endureció las tripas y una sequedad súbita le entumeció el interior de la boca. Lo primero que le vino a la mente fue la promesa de sus jefes: que se ocuparían de protegerlo. Se puso de pie, olvidado del desayuno y del irlandés, dispuesto a… ¿A qué? No sabía cómo proceder. Lo primero que se le ocurrió fue huir.

—Tome asiento, señor Porter-White —le indicó O'Brian en voz baja—. No escape como un despavorido. Si lo hace, darán por cierto que usted urdió la falsa acusación contra Blackraven. Beba un poco de café —lo instó el hombre cuando el camarero depositó la taza frente a él—. Beba —insistió.

Lo hizo, sorbió un trago de la amarga bebida. Observó por encima del filo de la taza a O'Brian. ¿Por qué lo trataba con cordialidad? Se lo preguntó.

—Porque a mí no me interesan sus asuntos con el conde de Stoneville —respondió, pragmático y directo—. Usted a mí me interesa como hombre de negocios y miembro de la Neville & Sons.

—Dudo mucho que siga siendo un hombre de negocios si esa patraña —dijo con ira, y apuntó el periódico— arruina mi reputación.

—No lo permita, entonces.

—Pero ¿cómo? —inquirió Porter-White entre curioso y desesperado.

—Vaya ahora mismo a consultar a un abogado. Necesita de alguien que lo defienda y que actúe rápidamente. ¿Conoce a un buen jurista? Puedo ofrecerle uno.

—Conozco uno —respondió—, pero igualmente le agradezco el ofrecimiento.

—Coma —lo instó el irlandés—. Necesita tener la mente clara, y con hambre, creáme, no es posible razonar.

Porter-White se llevó a la boca un poco del revuelto con hongos, que habría desechado y que terminó devorando.

—¿Por qué cree que lo acusan en *The Times* de estar detrás de la conjura?

Aprovechó que tenía la boca llena para concederse unos instantes y reflexionar. ¿Hasta qué punto podía confiar en ese hombre? Tal vez había llegado el momento propicio para hablarle del negocio de la mina en el Famatina.

—Los intereses de la Casa Neville están en conflicto con los de la casa de Guermeaux.

—He oído voces al respecto —admitió O'Brian.

—La Casa Neville ha obtenido el derecho de explotación de una mina de oro en Sudamérica. Los Guermeaux sostienen que ese derecho les corresponde a ellos.

A la mención de «mina de oro», los ojos del irlandés vibraron de codicia, tal como había esperado.

—No he tenido oportunidad de ver quién firma el artículo, pero me juego la cabeza a que ha sido Goran Jago.

—Lo es —confirmó el irlandés con un gesto de asombro.

—Trabaja para los Guermeaux. Es amigo de Alexander Blackraven.

O'Brian lo condujo en su carruaje hasta el bufete del abogado Edmond Monro, incluso lo aguardó en la sala de espera mientras él discernía con el jurista qué estrategia seguir. Decidieron actuar rápidamente: se presentaría de inmediato ante el juez Blansfield como muestra de su inocencia y de su buena voluntad. El irlandés los llevó hasta Old Bailey, donde se despidió con la promesa de invitarlo a cenar a Trinity Court, su residencia en Mayfair.

Sir Theodore Blansfield atendía otra causa, por lo que tuvieron que esperar más de una hora en la antesala de su despacho. El juez, de unos sesenta años, apareció con la toga negra y la peluca blanca y rizada sobre la coronilla, que entregó a su asistente, que la colocó en un soporte y dentro de una caja. No se percató de los dos hombres que lo aguardaban. El empleado se los señaló mientras lo ayudaba a deshacerse de la túnica. Blansfield se giró con aire impaciente y apurado.

—Ah, usted, señor Porter-White. Menudo jaleo se ha armado a causa de ese artículo en *The Times* —masculló, irritado—. Pasen, pasen.

La audiencia con el juez duró poco más de media hora. Blansfield confirmó que Trevor Glenn acusaba a Porter-White. Sin embargo, había decidido declarar improcedente esa porción de la carta después de que el inspector Holden Brown le informó que el dueño de la posada en Hackney donde se había hospedado el suicida Glenn, un hombre sin antecedentes penales y respetado en la comunidad, aseguraba que Glenn se emborrachaba de continuo y que, durante las borracheras, despotricaba contra Julian Porter-White. El motivo de la inquina: Porter-White no había aceptado renovarle el préstamo que mantenía con la Casa Neville, situación que lo colocaba a las puertas de la prisión de Fleet. En reiteradas ocasiones el tabernero lo había escuchado jurar venganza.

—Por esta razón —explicó el juez— no le di crédito a la supuesta confesión de Glenn.

—Excelencia —tomó la palabra Monro—, disculpe que le pregunte, pero de seguro la prensa traerá esta cuestión a la luz: ¿por qué aceptar una parte del contenido de la carta de Glenn, esto es, la inocencia de Blackraven, y rechazar la que apunta a mi defendido?

—*Iura novit curia* —replicó en latín, irritado.

—Claro, claro —balbuceó Monro, incómodo—, el juez conoce de derecho —tradujo—. Pero sabemos cómo es la prensa londinense y el poder que tiene.

—Un terrible mal de estos tiempos, créame, señor Monro —despotricó el magistrado—. Pero para mí, que soy quien administra la justicia de la Corona inglesa, la parte de la carta que exonera al conde de Stoneville es atendible puesto que Glenn no tenía asuntos en disputa con Blackraven. En cambio, había claramente una circunstancia que lo enfrentaba al señor Porter-White. —Le clavó una mirada de ojos saltones, que asomaban bajo unas cejas pobladas, grises y muy apretadas—. Ahora bien, usted se estará preguntando por qué Glenn en primer lugar acusó a Blackraven. —Monro asintió y el juez alzó los brazos en un gesto de ignorancia—. ¡Vaya usted a saber! Tal vez alguno de los innumerables enemigos de esa potente familia le pagó para que lo hiciera. El hombre, agobiado por su conciencia, se suicidó, pero antes lo exoneró.

—Y si me permite preguntarle, excelencia —persistió Monro, y no se amilanó ante la mueca impaciente del juez—, ¿qué se sabe del asesinato de Jacob Trewartha? Temo que lo publicado hoy despertará suspicacias.

—Eso dependerá —respondió el juez.

—¿De qué, excelencia?

—De si su cliente cuenta con una coartada para el momento de la muerte de Trewartha.

—Verá, excelencia, ese es el problema: según recuerdo haber leído en la prensa, nunca logró determinarse con certeza la hora de la muerte. Se cree que fue asesinado entre las tres y las siete de la tarde.

Porter-White colocó una mano con delicadeza en el antebrazo de Monro y asintió con los ojos cerrados.

—El día de la muerte de mi querido amigo Jacob, el sábado 2 de noviembre —dijo con la voz cargada de emotividad—, trabajé hasta el cierre de la bolsa en la Casa Neville y luego cumplí con algunos recados en compañía de mi asistente, el señor Lucius Murray. Estuvimos juntos hasta casi la función en Drury Lane, a la que asistí con mi esposa.

—Señor Porter-White, le pediré al inspector Brown que entreviste a su asistente y que corrobore esta declaración —puntualizó el juez—. Estoy seguro de que no tendremos ningún inconveniente para alejar las sospechas que los periodistas intentarán endilgarle con el único objetivo de vender más ejemplares de sus pasquines alborotadores.

—Gracias, excelencia.

Era tan endeble y tan forzada la conclusión de Blansfield que Porter White temió la reacción de la parte contraria; no la dejarían pasar. Por otro lado, en la resolución del asunto percibía la intervención de sus jefes, que habían prometido protegerlo y habían cumplido; aún lo tenían de la mano.

Salió de Old Bailey sintiéndose más tranquilo. Se despidió de Edmond Monro y se subió a una calesa de alquiler. Se relajó en el asiento y cerró los ojos. Su mente no cesaba de repasar los eventos. Tuvo la certeza de que la oportuna declaración del dueño de la taberna en Hackney era obra del dinero de sus jefes, y se cuestionó qué tan fiable era el hombre. Suspiró y alzó los párpados. Como fuese, por el momento estaba a salvo. No, se recordó, no lo estaba. Lo primero que haría al llegar al banco sería acordar con Lucius Murray un discurso común acerca de los supuestos recados que realizaron juntos el sábado 2 de noviembre por la tarde. Una vez resuelta la cuestión, le tocaría la parte más difícil: enfrentar a sir Percival. «Y a Manon», se dijo, y de nuevo le vinieron ganas de estrangularla. Cerró los ojos y se excitó al imaginarla moribunda bajo su cuerpo mientras él le apretaba el grácil y pálido cuello hasta quebrarlo.

* * *

Su abuela Aldonza, Obadiah, Rao Sai y ella iban en el carruaje conducido por Thibault. Alexander, Arthur e Isabella marchaban en sus monturas junto al vehículo. Se dirigían hacia el norte, a la zona de Clerkenwell, al hospicio donde vivía recluido su primo hermano Timothy Neville. Manon, todavía conmocionada por el disgusto padecido en el banco pocas horas antes, se mantenía tensa en el asiento, la mirada fija en la calle, ajena al diálogo de los niños con su abuela e indiferente a la magnífica jornada que les había tocado, soleada y, aunque fría, no rigurosa.

Esa mañana, como de costumbre, había pasado por la *nursery* a saludar a su sobrino Williams. Jane, la niñera, se sorprendió de que no se lo llevase con ella a desayunar. «Voy con prisa», se había excusado. Su padre descubrió el artículo de Goran Jago en el instante en que ella entraba en el comedor. Manon temió que sufriera un ataque de apoplejía, como el abuelo Alistair meses atrás, y se arrepintió de no haberlo prevenido la noche anterior.

Neville mandó llamar a Porter-White, que se levantaba más tarde, pero Alba intervino para informar que «el querido Julián» había salido muy temprano «para ocuparse de unos asuntos». Manon sabía que lo encubría; resultaba probable que «el querido Julián» ni siquiera hubiese pasado la noche en Burlington Hall. Por fortuna, Cassandra dormía.

Tampoco estaba en la Casa Neville cuando llegaron poco antes de las ocho de la mañana. La sede del banco se convirtió en un hervidero de chismes susurrados en tanto la noticia iba propagándose. A la preocupación por la caída del precio de los bonos ingleses del día anterior, su padre le sumaba la angustia por desconocer el paradero de su yerno. Tres empleados, entre ellos Lucius Murray, habían sido desafectados de sus tareas y enviados a buscarlo a los sitios que solía frecuentar. Manon temía que Porter-White se hubiese fugado, pero, como se había prometido no interferir ni opinar, guardó silencio.

Cassandra, en lágrimas y desesperada, irrumpió en el despacho cerca de las once de la mañana junto con su cuñada Alba, visiblemente afligida, si bien compuesta. Cassandra se echó a los brazos de Manon y, entre espasmos y sollozos, le imploró que no creyese lo que ese traidor de Goran Jago había escrito.

—No juzgas al pobre Julian capaz de algo tan vil, ¿verdad? —la presionó antes de sufrir un pequeño desvanecimiento.

La condujeron a un sillón, donde la solícita Alba Porter-White le pasó sales aromáticas, que la espabilaron enseguida. Siguió llorando, hasta que Neville perdió la paciencia y la mandó callar. Poco más tarde, Cassandra se convirtió en una leona embravecida cuando Goran Jago se presentó en el banco y, tras solicitar una entrevista con Porter-White, fue conducido al despacho de sir Percival. Manon no salía de su asombro al verla agraviar al periodista con una resolución que jamás había empleado por nada ni por nadie; si hasta parecía que recurriría a los golpes. Manon convocó a Nora, que, junto con Alba, se llevó a su hermana para darle una infusión de valeriana.

La conversación entre Jago y su padre no fue afable ni agradable. El periodista aseguraba conocer de buena fuente el texto de la carta. Más tarde que temprano, y en vistas de cómo estaban desenvolviéndose los hechos, el juez Blansfield se vería en la obligación de hacerla pública.

—Ahí verá usted, sir Percival, que mi fuente no se equivoca —lo desafió el periodista.

—Tal vez su fuente diga la verdad —concedió el banquero— y que ese sea el texto de la carta de Glenn. Otra cuestión será creer lo que allí manifiesta.

—Si creemos en la exoneración del conde de Stoneville —razonó Jago—, ¿por qué no creer en la culpabilidad de Porter-White?

—¡Porque mi yerno es una persona cabal y noble —comenzó a exasperarse Neville— y Glenn un suicida que no merece respeto!

—Hay muchas cuestiones turbias en torno a su yerno, sir Percival.

Neville, que detestaba a Goran Jago porque era uno de los periodistas más incisivos a la hora de referirse a los «verdaderos dueños del mundo», como definía a los banqueros, lo echó con cajas destempladas. Manon, mortificada, lo acompañó hasta la salida e intentó disculpar lo inexcusable. Antes de regresar al primer piso, Belloc, que permanecía la mayor parte de la jornada en una pequeña oficina junto a la entrada, salió para hablarle.

—Porter-White llegó hace cinco minutos. —El gascón extrajo su reloj de bolsillo, un presente de Manon, y, tras consultarlo, añadió—: Eran apenas pasadas las doce y media. Lo vi subir devorándose los escalones.

Manon asintió sin ánimo, en parte asombrada por la apatía que la dominaba. Recordaba la reacción de la noche anterior. En ese instante, y quizá bajo la influencia de la desesperación de su hermana, solo experimentaba un gran deseo de encontrarse lejos de allí y de las intrigas que se tejían en torno a la Casa Neville.

—¿Cómo está Cassie? —se interesó Belloc.

—Mal. Nora está asistiéndola.

Manon subió y se dirigió al despacho de su cuñado. La antesala, donde se encontraba el escritorio de Lucius Murray, estaba vacía, y la puerta de la oficina de Porter-White cerrada. Se aproximó con miedo y apoyó la oreja. Escuchó voces; resultaba imposible comprender qué decían; esos dos complotaban en voz baja. Regresó al despacho que compartía con su padre. Cassandra, más compuesta, hablaba con su cuñada Alba, que intentaba consolarla. Manon decidió no advertirlos de que Porter-White estaba en el banco. Su aparición la desilusionaba; había fantaseado con su fuga.

Un cuarto de hora más tarde, Porter-White se presentó en el despacho. Cassandra soltó un alarido y corrió a sus brazos, que la recibieron con tierno afecto. Manon, asqueada, apartó la vista y, al hacerlo, pilló la mirada cómplice que compartían su padre y Alba. Supo, entonces, que sir Percival defendería a su yerno contra viento y marea.

—Julian, estábamos preocupados por ti —intervino sir Percival—. No sabíamos dónde te encontrabas.

—Con mi abogado, el señor Edmond Monro —respondió, muy sereno.

«Edmond Monro», repitió Manon, y se acordó de la abultada factura que habían encontrado en su despacho tiempo atrás. Recordó también que era hermano de James Monro, el corrupto administrador de Bedlam, el hospicio para lunáticos.

—Fuimos a ver al juez, a sir Theodore Blansfield —aclaró con la pomposidad que ella despreciaba.

—¡Oh, has ido a ver al juez! —se asombró Cassandra—. ¿Qué te ha dicho, cariño?

—No tengo nada que ocultar, querida. Me presenté para demostrar mi inocencia en este nefasto asunto. Sir Theodore ha desestimado la acusación de Glenn.

—Lo publicado hoy en *The Times* es cierto, entonces —dijo sir Percival.

—Lo es —confirmó Porter-White—, pero, como les comentaba, sir Theodore lo ha desestimado porque era sabido que Glenn me detestaba por no haber accedido a renovarle el préstamo contraído con nosotros meses atrás.

—¡Qué alegría tan grande! —exclamó Cassandra, y hundió el rostro húmedo en el cuello de su esposo.

También Alba compartía la felicidad, lo mismo su padre, que se aproximó, sonriente, para palmearlo en la espalda.

—Pero no ha desestimado la parte en la que confiesa la inocencia de Alexander —señaló Manon, y las sonrisas se desvanecieron.

—Tanto tu prometido como yo, querida Manon, hemos sido víctimas de ese tipejo —señaló Porter-White, retorciendo el sentido del comentario, evadiéndose como la serpiente resbaladiza que era.

—¡Pero ya está todo aclarado! —intentó conciliar Cassandra, y la miró con ojos implorantes.

A punto de agregar que faltaba dilucidar quién había asesinado a Jacob Trewartha, volvió a concentrarse en la mirada de su hermana. El amor que le profesaba le ató la lengua.

* * *

Su abuela le tocó la mano y la sobresaltó.

—Ahora, cuando veas a Timmy, recuperarás el buen ánimo —presagió en español para evitar que los niños comprendieran. Manon, como toda respuesta, le destinó una mirada desesperada—. ¿Qué ocurre, cariño?

—Siento que traiciono al hombre al que amo —dijo, también en español—. Hoy, cuando tuve frente a mí a la Serpiente, habría debido atacarlo y exponerlo. Sé muchas cosas de él. No lo hice.

—Estás siendo muy dura contigo misma —le reprochó Aldonza—. ¿Cómo habrías podido con Cassie presente? No habrías sido capaz de romperle el corazón —concluyó.

Llegaron al hospicio poco después. Apenas descendió del carruaje asistida por Thibault, Manon se encontró con la mirada de Alexander, que la observaba, ceñudo, mientras le entregaba las riendas a un mozo de las caballerizas. Se aproximó a paso rápido.

—¿Qué ocurre?

—Se siente en culpa por no haberle saltado a la yugular a la Serpiente hoy en el banco —explicó Aldonza, en español—. Cassie estaba allí —la justificó.

Alexander le sujetó la mano y se la llevó a los labios. Alzó la vista para clavarla en la de ella mientras se la besaba.

—Mi bella Gloriana —susurró—. Tu devoción por tu hermana te hace aún más grande a mis ojos. Y esos aretes son más perfectos si tú los llevas puestos.

Había elegido los de esmeraldas para combinar con un bata de cotilla de tafeta de seda verde. La luminosidad de las gemas se realzaba con la tonalidad del vestido.

Entró en el hospicio del brazo de Alexander, prerrogativa adquirida tras haber hecho público su compromiso. Aldonza había tenido razón, como siempre: visitar a Timmy bastó para restablecerle la fe en la humanidad. Verlo, además, dichoso con la presencia de tanta gente que lo amaba terminó de cerrar la herida infligida la noche anterior. Lo que duró la visita, Timothy prácticamente se lo pasó jugando al críquet con Arthur y con el señor Rodhes, su entrenador, aunque también les mostró los nuevos parterres con plantas «de frío» y no se privó de coquetear con Isabella, a la que conocía de nombre y a la que veía por primera vez, intentando, sin éxito, acertar con el balero, regalo de Thibault.

—Alex —dijo al momento de la despedida, y a Manon una vez más la enterneció cómo lo pronunciaba, «Alez»—, cuando seas el esposo de mi prima, ¿podría vivir con ustedes?

La pregunta, tan inesperada, se clavó como un golpe en el pecho de Manon. Aldonza y Thibault se retiraron, emocionados. Manon, con los ojos llenos de lágrimas, se mordió la cara interna de la mejilla para reprimir las ganas de llorar. En un acto mecánico, cerró con fuerza excesiva la mano en el antebrazo de Alexander, que se la cubrió en el acto de calmarla.

—Te lo prometo, Timmy. Cuando Manon y yo nos casemos, vendremos a buscarte y te llevaremos a vivir con nosotros.

Timothy achinó sus pequeños y rasgados ojos al concederles una sonrisa. Dio un salto y abrazó a Blackraven, que lo estrechó con un afecto que sorprendió a Manon, pues había notado que evitaba el contacto físico, aun con sus sobrinos. Timothy poseía esa magia, la de ablandar los temperamentos más duros. «Excepto el de la familia Neville», pensó con amarga decepción.

Capítulo VI

Al día siguiente, a la caída del sol, los tres hermanos Blackraven se reunieron con Samuel Bronstein en la academia de boxeo de Daniel Mendoza. Tras una hora de práctica, en la que rieron y bromearon en un esfuerzo por olvidar los problemas, acabaron sentados en los bancos de mármol del baño turco. Alexander, que disfrutaba de ese momento, no participaba del diálogo, aunque lo seguía con atención. Estevanico interrogaba a Bronstein; quería saber si, desde el encargo solicitado seis días atrás, había obtenido alguna información suculenta acerca de Porter-White.

—Nos hemos turnado con dos de mis hombres —informó el investigador— y lo hemos seguido las veinticuatro horas del día. Salvo lo que ya les comenté anteriormente, esto es, sus visitas al burdel Garden of Venus y poco más, no hay nada digno de mención. Si es inteligente, como supongo, marchará por una línea muy recta desde ahora y por un buen tiempo. El escándalo que significó que su nombre se asociase al injusto encarcelamiento de Alex no es broma, y muchos están formulando preguntas.

—¿Qué tipo de preguntas? —se interesó Arthur.

—Sobre la imparcialidad del juez Blansfield —respondió Bronstein—. Por esta razón, y como no quiero hacerles gastar dinero en vano, prefiero detener el seguimiento.

—Continúalo —pidió Estevanico—. Además, queremos que reinicies el seguimiento a Antonino Reyes. No repares en gastos. Es importante para nosotros saber qué hace.

—Creemos que pronto se embarcará hacia Buenos Aires —advirtió Arthur—. ¿Podrías averiguar en qué nave y cuándo lo hará?

Bronstein asintió y emitió un suspiro.

—Este es el caso más complejo, laberíntico y difícil con el que me ha tocado lidiar en más de quince años de oficio —afirmó—. Nada parece resolverse ni explicarse.

Guardaron silencio durante un rato, lo que acentuó la serenidad en ese ambiente brumoso y aromático.

—Estás callado, Alex —señaló Bronstein, y Arthur comentó, risueño:

—Está pensando en Manon.

—Hoy, siguiendo a su cuñado —comentó el investigador—, la vi en la bolsa.

Alexander alzó la vista, de pronto alerta.

—¿Belloc estaba con ella?

—Belloc, Chichister y Bauer —acotó Bronstein—. Los tres, cual ángeles custodios, caminaban tras ella. A la salida, se topó con un hombre mayor, uno que tiene una sombrerería en Cornhill Street. Le sujetó las manos y se las besó. Parecía venerar a una diosa. Sé que su negocio se ha vuelto pujante gracias a que tu prometida compra sus capotas y sus guantes allí. Dado que todas quieren imitarla, las ventas del sombrerero han aumentado.

—La Formidable Señorita Manon —masculló Arthur con una sonrisa ufana.

Cenaron en la cantina en compañía del propietario, Daniel Mendoza, que se retiró un momento para atender un asunto en la barra. Regresó con una mueca grave. Se dirigió a Alexander.

—¿Has visto el niño que acaba de salir? —Blackraven asintió—. Traía un mensaje de Jonathan Wild para ti. Dice que no se ha olvidado de tu pedido, pero que tiene entre manos un asunto complicado. Apenas lo haya resuelto, se encontrarán.

* * *

No había bastado el artículo del periodista Benjamin Disraeli publicado el día anterior en *The Courier* para contrarrestar la pluma insidiosa de Goran Jago. Los miembros de White's, los agentes de la bolsa y los clientes de la Casa Neville seguían mirándolo torcido. La sospecha de que él había orquestado la conjura que había terminado con el conde de Stoneville tras las rejas lo perseguía como una nube negra, una nube que amenazaba con reventar y convertirse en una tormenta destructiva. Esa mañana, en la primera página de *The Times* se leía: «*¿Quién mató a Jacob Trewartha?*». Aunque Goran Jago admitía que el señor Porter-White contaba con una coartada para el día del asesinato provista por su secretario Lucius Murray, sembraba la duda con una serie de finos razonamientos, y hasta mencionaba la muerte jamás resuelta del geólogo Francis Turner.

El único que le tendía una mano en esas gravosas circunstancias, más allá de que lo hacía porque avizoraba la posibilidad de concretar buenos negocios, era el irlandés Patrick O'Brian. De hecho, estaba dirigiéndose a Trinity Court, su mansión recién remozada en Arlington Street, respondiendo a una invitación para cenar. Lo acompañaba Cassandra, a la que había vuelto a acercarse y a tratar amorosamente pese a la repugnancia que le inspiraba; no se encontraba en posición de despreciar a ningún aliado, por más insignificante que fuese. Carente del poderío de Manon, su esposa igualmente podía convertirse en una influencia sobre sir Percival, que no solo estaba preocupado, sino distante, incluso de mal genio. Tal vez lo inquietaba la reacción del duque de Guermeaux una vez que regresase de España.

Su situación se volvía cada vez más precaria, incluso frente a sus jefes, que estaban enojados con él por lo que llamaban «un trabajo chapucero». Tenía que recuperar la confianza perdida y juzgaba que el mejor modo de conseguirlo era llevando a buen puerto lo de la compañía minera, la Río de la Plata Mining & Co., desechada por sir Percival para ahorrarse conflictos con Roger Blackraven. Habría podido lanzarse él solo a recaudar fondos para iniciar la explotación, aun a riesgo de enfurecer a su suegro y de no convencer a Rosas, que exigía a la Casa Neville como aliada. Pero era demasiado realista para negar que, con la reputación dañada, no habría vendido una sola acción de la Río de la Plata Mining & Co. En esa instancia, Patrick O'Brian se presentaba como el áncora de salvación.

A la cena en lo de O'Brian no le faltaba nada para ser considerada de categoría, excepto por la compañía; los invitados estaban muy por debajo de su rango social. Cassandra, orgullosa de su filiación a la dinastía Neville, frunció la nariz mientras le presentaban a los demás comensales, simples funcionarios de la compañía de O'Brian y sus esposas. A decir verdad, él no era mucho más que esos empleados y esos oficinistas, detalle que su mujer pasaba por alto. ¡Qué idiota era!

Dado que durante la comida O'Brian lo ubicó a su derecha, conversaron con cierta intimidad. Aprovechó para agradecerle su asistencia la mañana en que se publicó el contenido de la carta de Glenn; la calma que le había infundido y sus recomendaciones impidieron que cometiese un error. Le habló del cerro Famatina, de sus tesoros minerales, de las ricas vetas que producían hasta veinte onzas de metal por cajón de cincuenta quintales de piedra, de la diversidad de las menas, de la variedad de los afloramientos y de la accesibilidad del terreno, que contaba con agua, madera y pasturas.

—¿Cuál es la trampa, Julian? —disparó O'Brian, que lo tuteaba a sugerencia del propio Porter-White.

—¿La trampa?

O'Brian rio por lo bajo con ironía.

—¿Por qué ofrecerme este tesoro a mí y no a la Casa Neville?

Porter-White suspiró antes de decidirse por la verdad: existía un conflicto de intereses con los Blackraven, apoyados por el general Juan Facundo Quiroga, hombre fuerte de La Rioja. Él, en cambio, contaba con la venia del brigadier general Juan Manuel de Rosas, el hombre más poderoso de la Confederación Argentina. Sir Percival no quería problemas con el duque de Guermeaux, principal cliente de la Casa Neville.

—Te agradezco la sinceridad, Julian —dijo el irlandés—. Mira, conmigo podrías llegar a hacerte muy rico; solo exijo una cosa a mis socios: honestidad.

—¿Crees que sea factible la explotación del Famatina?

—¿Nunca antes se intentó? —quiso saber O'Brian.

—Sí, a principios de la década pasada. No se llegó a nada a causa de los conflictos políticos.

—Que, por lo que me cuentas, siguen tan convulsionados como a principios de los veinte. —La expresión afligida de Porter-White lo llevó a soltar una risotada, que atrajo las miradas de los comensales—. ¡Cambia la cara, amigo mío! Si no me amedrentó el desierto australiano, menos lo harán unos politicastros sudamericanos. —El irlandés cobró una repentina sobriedad—. Respondiendo a tu pregunta, sí, creo que podríamos explotar el Famatina y volvernos muy ricos, si son certeros los estudios mineralógicos con que cuentas. Pero mis intereses son variados y me gustaría también ocuparme de otras cuestiones tan promisorias como el oro y la plata, para lo que precisaría del apoyo de la Casa Neville, que es la más reputada en la plaza.

—¿Cuáles intereses? —quiso saber Porter-White, disimulando el recelo.

—Como te comenté fugazmente tiempo atrás, ferrocarriles para Australia y una fábrica de locomotoras.

Porter-White, que había descubierto el potencial de los trenes gracias a un informe escrito por Manon, asintió. Si conseguía involucrar a su suegro en un negocio que le proporcionase buenas ganancias a la Casa Neville, recuperaría el terreno perdido culpa de la carta del imbécil de Glenn.

—Te espero mañana en mis oficinas en Gilbert Place —dijo O'Brian—. Allí te mostraré mis planes y tú me enseñarás la documentación que avala la riqueza del cerro... ¿Cómo has dicho que se llama?

—Famatina —repitió Porter-White lentamente—. Claro que sí, iré mañana —aceptó de buen grado, más allá de que sabía que se trataba de una muestra de poder el hacerlo concurrir a la sede de su compañía—. Dime, Patrick...

—Paddy —lo interrumpió el irlandés—. Los amigos me llaman Paddy.

Porter-White asintió con una sonrisa.

—Dime, Paddy, tú que eres un experto en estas cosas, ¿cuándo crees que se podría comenzar con la explotación?

—Si confirmo las expectativas que me has suscitado —dijo, sonriendo—, podríamos iniciar la explotación una vez que reunamos las dos cosas fundamentales.

—¿Cuáles son? —preguntó Porter-White, incapaz de ocultar la ansiedad.

—La maquinaria y, sobre todo, los mineros. Ellos son, en realidad, el secreto del éxito junto con la riqueza de la tierra. Con esto reunido, podremos cruzar el Atlántico y lanzarnos a la aventura.

—¿No usaremos mineros del lugar? —se decepcionó.

O'Brian sonrió con condescendencia.

—Te apostaría una suma elevada a que allá no encontrarás un nativo capaz de distinguir una piedra de un cascote de barro. La minería es un arte, Julian, un arte difícil y peligroso. Precisas de gentes muy capaces.

—¿Dónde hallaremos personas tan capacitadas dispuestas a cruzar el Atlántico? —se desmoralizó.

—El minero es una criatura muy peculiar, Julian. Saben que ellos van a la montaña y no la montaña a ellos. Todo dependerá del acuerdo que les ofrezcamos.

—¿Y dónde los contrataremos? —volvió a preguntar.

—Encontraremos los mejores mineros de Europa, ya verás. Son los de Cornualles y los del condado de Meath, en Irlanda, mi tierra —añadió con orgullo.

* * *

El pequeño William lloriqueaba y no aceptaba las gachas con miel que Manon le ofrecía. Tal vez le había contagiado el mal humor, reflexionó. Había discutido con su padre la noche anterior. Por lo visto, sir Percival tampoco olvidaba el altercado, pues desayunaba con la cara metida en el periódico y no hacía comentarios como solía, ni siquiera festejaba los intentos de Alba por elevar los espíritus. La discusión se había desatado al escucharlo proponer, tan campante, la organización de una velada en Burlington Hall para celebrar el compromiso con Alexander. Simplemente la sacó de sus casillas. Aun su abuelo, el más entusiasta por anunciar la alianza con la casa de Guermeaux, le remarcó la insensatez de la propuesta.

—Percy, hijo —le habló con paciencia—, a menos que decidas expulsar a Julian de casa por esa noche, no puedes pretender imponerle al conde de Stoneville su presencia en el festejo por su compromiso con Manon.

—Quedó muy claro que Julian fue víctima de ese maquinador de Glenn —se empecinó el banquero.

—Nadie lo cree, papá, excepto tú y Cassie, lo cual es lógico, porque está ciega de amor por esa serpiente.

Le indicó a Jane que se llevase a William; estaba claro que no se encontraba a gusto con ella esa mañana. Su tía Anne-Sofie tampoco tenía buen semblante. El cirujano Dennis Fitzroy, que la había visitado el día anterior, había prescripto un tónico para abrirle el apetito y una dieta muy variada.

Como de costumbre, su tía y su abuela la acompañaron al vestíbulo.

—Hoy mandaré a uno de los cadetes del banco por el tónico que recomendó el señor Fitzroy, tía.

—Gracias, querida. Sé que hoy no tengo buena cara —admitió, y se cubrió las mejillas—. Anoche no pegué ojo después de leer la carta de Drina. Llegó ayer por la mañana.

La mención del nombre del antiguo amor de Alexander jamás pasaba inadvertida.

—¿Malas noticias? —quiso saber Aldonza.

—Más quejas que malas noticias —admitió la mujer—. No soporta Macao. Quiere regresar. Lleva muy mal el embarazo.

Apenas llegada al banco, Nora le contó que había ocurrido una desgracia: un pescador había encontrado a orillas del Támesis, bajo el puente de Blackfriars, el cadáver del primo del señor Murray, un tal Onslow Murray, agente de Scotland Yard.

—Mire, señorita, está en la primera página del periódico. —Le tendió el ejemplar de *The Times* y Manon lo tomó—. Allí dice que lo torturaron.

—No sabía que el señor Murray tuviese un primo en Scotland Yard. Ahora leeré el artículo con calma. ¿Has visto al señor Murray hoy?

—No, señorita.

Después del cierre del banco, Manon le pidió a Thibault que la condujese a Blackraven Hall. Esperaba encontrar a Alexander allí; le había enviado una nota a la barraca avisándole que iría a la casa de sus padres para dar la primera lección de castañuelas a Emerald de Lacy; no había obtenido respuesta.

A eso de las cinco, Alexander no se encontraba en Blackraven Hall. La desilusión le duró unos segundos, hasta que los niños irrumpieron en tropel en el vestíbulo para saludarla. La condesa de Grossvenor, también de visita, comenzó a batir las palmas para poner orden y consiguió acallarlos. Manon habría preferido que siguiesen saltando en torno a ella y hablando a porfía.

* * *

Alexander avistó el carruaje de los Neville frente a Blackraven Hall y decidió pasar primero por la cocina, donde hallaría a Thibault Belloc.

—¡Milord! —se sorprendió el gascón; depositó la taza de café sobre la mesa y se puso de pie.

—¿Cómo estás, Thibault?

—Bien, milord. Gracias por preguntar.

—¿Y las cosas en Burlington Hall?

Belloc torció la boca y frunció el entrecejo.

—Tensas, milord.

Alexander asintió.

—¿Podríamos contar esta noche con el honor de tu compañía?

—Por supuesto, milord. Usted solo diga dónde y a qué hora, y allí estaré.

—Pasaremos a buscarte a eso de las diez, si para ti es conveniente.

—Lo es, milord.

—Al igual que la vez anterior, ve armado, por favor.

Colton le indicó que sus hermanas, la condesa de Grossvenor y su prometida se hallaban en la sala de juegos y estudio. Le entregó el abrigo, los guantes y la chistera y subió la escalera hasta el segundo piso saltando de dos en dos los escalones, ansioso por encontrar a Manon. No la veía desde el domingo, desde el paseo por los Jardines de Vauxhall, donde poco habían conversado, con los niños fastidiando entre los pies. Era miércoles, ni siquiera habían transcurrido tres días, y a él le parecía una eternidad.

A pocos pasos del salón, lo alcanzó el sonido inconfundible de las castañuelas. Se acordó de las lecciones para Emerald. Abrió lentamente, para no interrumpir la práctica y para verla tocar; era un deleite cuando se concentraba y hacía bailotear las manos con tanta gracia y delicadeza. La pieza acabó, y Obadiah, al verlo asomado, lo delató. Manon movió rápidamente el rostro hacia él. Le habría gustado sorprenderla a cada hora solo para verla encenderse de esa manera.

Se saludaron con formalidad, él inclinando la cabeza con las manos a la espalda, ella con una reverencia, mientras intercambiaban miradas y sonrisas cómplices. Emerald quiso mostrarle lo poco que había aprendido en su primera lección de castañuelas y Obadiah el diseño que había hecho del caballo de Alexander. Él fingió interesarse hasta que su tía Rafaela indicó que debían asearse antes de cenar. Isabella, Manon y él marcharon a la planta baja, para reunirse con los demás.

—Te quedas a cenar, ¿verdad? —la invitó Isabella—. Por favor —suplicó.

—No he dicho nada en casa —se excusó Manon—. Será mejor que regrese. Mi abuela se preocupará; le prometí que estaría de regreso para la hora de la cena.

—Ella —intervino Alexander—, por favor, pídele a Colton que le avise a Thibault que Manon está por partir.

Se quedaron solos en el vestíbulo, situación que Alexander había anhelado desde el domingo en los Jardines de Vauxhall. La sujetó por la cintura y la besó deprisa.

—No veía la hora de verte —admitió ella.

—¿Tanto echas de menos mis besos?

—Siempre, solo que hoy quería verte por algo que, de seguro, ya sabes. Lo habrás leído en el periódico.

—No he leído el periódico hoy. Llegaron dos clíperes y un bergantín. Nico y yo no hemos hecho otra cosa que trabajar.

—Entiendo. Asesinaron a Onslow Murray, el primo de…

—Sé quién es —dijo Alexander, de pronto serio—. Es un agente de Scotland Yard, primo del asistente de Porter-White.

—¿Cómo sabes de él? —se sorprendió Manon.

—Fue uno de los que me arrestó en Drury Lane —comentó vagamente.

—El artículo asegura que lo torturaron antes de asesinarlo. Tal vez sean solo fabulaciones —admitió Manon—, pero tengo la intuición de que su muerte se relaciona con este laberíntico asunto.

—Tal vez —masculló Alexander, y un presentimiento fue cobrando forma en su interior—. Gracias por contármelo. No podemos dejar nada al azar.

* * *

Una bruma pringosa y maloliente se elevaba desde el Támesis e invadía la Escalera Pelícano, que los conducía a la taberna The Prospect of Whitby. Los escalones de madera iban desapareciendo lentamente a medida que los cubría la marea. Detrás, amarrado a un noray de madera cubierto de líquenes y de musgo, quedaba el esquife que los había conducido rápida y secretamente hasta uno de los sitios más peligrosos de Londres.

Alexander, cubierto por un gabán largo y negro, con el cuello alzado que le cubría hasta la mitad del rostro, encabezaba la pequeña partida. Alcanzaron la parte superior de la escalera con las botas humedecidas. La taberna, que se jactaba de hallarse sobre la orilla del río desde 1520, estaba iluminada y en funcionamiento a esa hora de la noche. Alexander abrió la pesada puerta de roble y se preparó para recibir la emanación de olores punzantes. Le tomó un par de segundos habituarse al ambiente mal iluminado y al denso humo. Aferró con intención el estoque y mantuvo la otra mano lista para empuñar la pistola calzada en la cintura. Daniel Mendoza y Samuel Bronstein abandonaron la mesa que ocupaban y se aproximaron. Mascullaron pocas palabras antes de conducirlos, como de costumbre, al piso superior por una escalera tan estrecha que obligó a Alexander a mantener el estoque pegado a su pierna.

Al igual que la vez anterior, entraron en una habitación bien iluminada y con escaso amoblado, cuyo mal olor, que se filtraba por la ventana entreabierta, pertenecía al Támesis y no a los tres hombres que la ocupaban: Jonathan Wild y sus dos matones de confianza. Wild leía el periódico sentado a la mesa. Se puso de pie y, al sonreír, desveló los dientes de oro.

—Milord —pronunció con respeto en dirección a Alexander.

—Gracias por aceptar reunirte con nosotros, Jonathan —dijo Blackraven a modo de saludo—. Y gracias por haber hecho posible que mi estadía en Newgate no fuese un infierno.

—Newgate es siempre Newgate, milord, aun con las condiciones mejoradas.

El criminal señaló la única silla libre y aguardó a que Alexander se sentase para volver a ocupar la de él. Con un movimiento de la cabeza, le indicó a uno de sus hombres que repartiese los jarros de peltre con cerveza. El primero fue para Alexander, que lo levantó en el gesto de brindar. Wild lo imitó. A continuación, dio un trago largo del líquido espeso y tibio.

—Pedí verte porque quería agradecerte personalmente la ayuda que les brindaste a mis hermanos mientras yo estuve preso. Pero también te he convocado para hacerte algunas preguntas.

Extrajo un pequeño talego del interior de su gabán y lo depositó sobre la mesa a modo de estímulo. El tintineo que desprendió evidenció el contenido: monedas.

—Antes, milord, yo le haré una pregunta a su señoría: ¿ha tenido oportunidad de leer el periódico hoy?

—No, me fue imposible.

—Eh, sí —sonrió Wild—, la llegada de tres de sus barcos implica mucho trabajo, ¿no es así, milord?

—Sí, así es.

—Usted es de los pocos aristócratas ingleses que se ganan el dinero trabajando, a pesar de que podría pasarse el día sin hacer nada. Mis respetos por eso, milord —dijo, y Alexander inclinó la cabeza en un gesto de cortesía—. Como no lo leyó, le contaré que hoy se publicó en los principales periódicos la noticia del asesinato de un agente de Scotland Yard. Un viejo conocido —añadió, y alternó miradas con Bronstein, Arthur y Estevanico—: el señor Onslow Murray, que, con un poco de suerte, ya arde en el infierno.

Alexander recordó el comentario de Manon y se cuidó de desvelar la sorpresa.

—Gracias a ti, sabemos algunas cosas de él —señaló Estevanico—, como que es… que *era* el primo del asistente de Porter-White y que, a una sugerencia suya, el inspector Holden Brown mandó revisar el palco de Drury Lane donde había estado Alex la noche del asesinato de Trewartha.

—Exacto —concedió Wild—. El querido Onslow y yo nos conocimos recientemente y tuvimos oportunidad de pasar tiempo juntos. —Un silencio entre incrédulo y pasmoso se apoderó de la habitación—. Y pese a ser un hijo de puta, literalmente hablando, me hizo un servicio: respondió a varias de mis preguntas. Se mostró locuaz, el buen Onslow. Me contó cosas interesantes.

A ninguno de los presentes se le escapó que Jonathan Wild, aunque de manera velada, acababa de confesarles ser el autor del asesinato de un agente de Scotland Yard. Alexander recordó lo que Manon le había referido: Onslow Murray había sido torturado.

—¿Quieres contarnos qué cosas, Jonathan? —preguntó Arthur con acento respetuoso.

—Claro que sí, Artie, claro que sí. Me contó, por ejemplo, que fue su primo Lucius Murray el que visitó aquella mañana de finales de junio, junto con Trevor Glenn, al geólogo Francis Turner.

A la mención de su querido amigo, Alexander cerró los puños sobre la mesa y apretó los dientes, provocando un juego en los músculos de las mandíbulas que no pasó inadvertido a Wild.

—¿Te dijo quién mató a Francis? —preguntó con la voz ronca a causa de la ira.

—No lo sabía, y créame, milord, no lo sabía. Si lo hubiese sabido, me lo habría dicho. Soy muy persuasivo cuando me lo propongo. Solo sabía que habían visitado al geólogo para convencerlo de desistir de presentar en el Parlamento el informe adverso acerca de una mina en Sudamérica.

—¿Le preguntaste cómo se había enterado su primo de que el informe era adverso?

—Claro, milord, se lo pregunté. Mis interrogatorios son exhaustivos. Pero no lo sabía.

—¿Qué hay con el anuncio en *The Courier*? —se interesó Bronstein—. El que se publicó para conseguir un sicario que liquidase a Alexander.

—¡Ah, ese es un asunto complicado! —exclamó—. Él, como hijo de una puta y de un tahúr, conocía algunos códigos secretos de nuestro mundo y le sugirió a su primo Lucius publicar el anuncio. Como nadie lo respondía… En esto, confieso, la culpa es mía, que no autorizaba a que se lo respondiese. Como nadie respondía el anuncio —retomó—, Onslow decidió convencer a un indio, pensionista de la pocilga en la que vivía, a que lo hiciese y de ese modo repartirse las ganancias, que eran suculentas. El muy idiota creyó que el indio y sus amigos no fallarían, y que nadie podría señalar su nacionalidad. De otro modo, no lo habría hecho. Por esa razón, todas las miradas se dirigieron a Jacob Trewartha, que pasó más de dos décadas en la India. De hecho, algunos de esos indios habían llegado con él y estaban a su servicio. —Wild fijó sus ojos pequeños y vivaces en los inescrutables de Alexander—: Milord, estará preguntándose quién le ordenó a Lucius Murray publicar aquellos dos anuncios, el primero a principios de julio y el segundo a principios de septiembre.

—Lo imagino, pero me gustaría que me lo confirmases, Jonathan.

—El cuñado de su muy digna prometida. El señor Porter-White.

—¿Te dijo Onslow Murray por qué? —quiso saber Estevanico.

—¿No es evidente? Para evitar la unión de las dos casas, la de Neville y la de Guermeaux. Se ve que tenía otros planes para su cuñada.

—¿Cuáles? —preguntó Alexander.

—Casarla con Trewartha y, cuando este se ganó el escarnio público, casarla con un noble napolitano. El buen Onslow desconocía su nombre.

—Fernando de Ávalos —concedió Alexander con toda la intención.

—Gracias por el dato, milord.

—Sin embargo, hay algo que no comprendo —señaló, y el criminal se incorporó en la silla, alerta—. El primer anuncio de principios de julio dio como resultado el ataque que sufrí el 14 de julio por la noche, en el puerto. En aquella época, Manon y yo no estábamos comprometidos.

Wild se encogió de hombros e hizo un rictus con la boca.

—Eso fue lo que me contó Onslow, milord.

Alexander apoyó el codo en la mesa y se cubrió el mentón con la mano enguantada en una actitud meditabunda. Repasaba los hechos de los últimos meses para evitar que algo se le escapase.

—Tenemos que suponer, entonces —sostuvo tras esos segundos de reflexión—, que la muerte de la princesa Ramabai era para dejarle el camino libre a Trewartha con Manon.

—Exacto —confirmó Wild—. Pero solo sirvió para hundirlo cada vez más. Y el mismo fin buscaron cuando atentaron contra usted por segunda vez, en lo de esa pobre viuda, que en paz descanse.

—Jonathan —tomó la palabra Arthur—, ¿te dijo Murray quién asesinó a Jacob Trewartha?

—Me juró que no lo sabía, pero en esta habitación somos todos hombres inteligentes. Creo que la respuesta se cae de madura.

—Si te refieres a Porter-White —intervino Estevanico—, ¿por qué lo habría hecho? Eran amigos. Tal vez llegó a la casa de Trewartha y, encontrándolo muerto, asesinado —subrayó—, vio la oportunidad para endilgárselo a Alex y quitarlo de en medio.

—No creo que Porter-White tenga amigos —afirmó Wild—. Y si los tuviese, no dudaría en liquidarlos por el bien de una causa. Y su causa vale millones de libras.

—¿Qué sabes de Porter-White, Jonathan? —inquirió Alexander.

El hombre frunció la boca y negó con la cabeza.

—Poco y nada, a decir verdad, milord. Es de la misma tierra de vuestra madre, la señora duquesa. Llegó aquí en el 24, o por esas fechas. Trabajó en la banca de los Baring antes de hacerlo en la de vuestro futuro suegro. No sé mucho más.

—¿Te dijo Murray si Porter-White trabaja solo o bajo las órdenes de alguien?

—Se lo pregunté. Como le dije, mis interrogatorios son exhaustivos. Me aseguró que no lo sabía. —Tras un silencio en el que se midieron con ojos fieros, Wild dijo con expresión sobria, la traza irónica abandonada—: Casi al final de nuestra conversación, Murray me aseguró que Porter-White no se detendrá ante nada en su objetivo por hacerse de la Casa Neville.

—Señor Wild —intervino Belloc por primera vez—, ¿cree que la vida de mi niña Manon esté en peligro?

—Oh, sí que lo creo, querido Thibault.

A la declaración del criminal, le siguió un mutismo pesaroso.

—Milord —retomó Wild—, Onslow no sabía si Porter-White trabaja solo o si responde a las órdenes de alguien. Pero sospecho que quien lo sabe es su primo, Lucius. ¿Quiere que lo interrogue, milord? —inquirió con aire inocente.

—No —contestó Alexander, y se puso de pie.

—No se sienta mal por el triste destino del querido Onslow, milord. Además de sus turbios negocios con Porter-White, era un procurador.

—¿Procurador? —repitió Alexander, desorientado.

—Procuraba niños. Solo Dios sabe por qué algunos ricachones los prefieren en lugar de una buena fémina. ¡Ah, lo he sorprendido! Debería preguntarle a su protegido Obadiah. Johnny, su mejor amigo, habría sabido de qué estoy hablando.

—Johnny murió el invierno pasado —apuntó Alexander, todavía perplejo—. Lo atropelló un carruaje.

Wild soltó una risotada.

—Ese no fue un accidente, milord. Lo asesinaron porque, según entiendo, había amenazado con denunciarlos. No creo que hubiese logrado nada, el pobre Johnny, porque estamos hablando de personas importantes, de esas que bailan en Almack's, se sientan en los escaños de Westminster y presentan a sus hijas en la corte de Saint James, pero no podían dejar el cabo suelto. Es comprensible —añadió con sorna.

—¿Sabes quién mandó asesinarlo? —se interesó Arthur.

—No, querido Artie. No tengo nada que ver con esos asuntos, ni quiero tenerlo. Soy el jefe del inframundo, no un maldito pervertido. No me meto con los niños, los dejo en paz. Toda la paz que se puede esperar en un infierno como este —acotó con timbre sombrío.

Alexander recogió el talego de la mesa y se lo entregó.

—Gracias, Jonathan —dijo, y le tendió la mano, gesto que tomó por sorpresa al bandido, que la estrechó tras ese instante de estupefacción.

—A su servicio, milord. Antes de despedirnos, permítame que lo felicite por su compromiso con la señorita Neville.

—Gracias, Jonathan.

—¡Qué jovencita! —exclamó, con real admiración—. Aquella noche, en Newgate, se negó a cubrirse la nariz con un pañuelo perfumado antes de entrar. Todavía recuerdo lo que me dijo: «Si mi prometido tiene que padecer este hedor cada día, así lo haré también yo». Ni una vez la vi fruncir la nariz, ni una vez la oí quejarse. Menudos cojones.

Alexander experimentó una opresión en la garganta y una calidez en los ojos. Carraspeó.

—Gracias, Jonathan —volvió a decir, aunque su voz sonó rara.

* * *

Más tarde se ocuparía de analizar, pieza por pieza, la valiosísima información provista por Wild. En ese instante, solo deseaba una cosa: ver a Manon. La afirmación del criminal, que la vida de Manon corría peligro, no era una novedad, y, sin embargo, escuchárselo decir a una de las personas más informadas de Londres lo enfrentó a una sensación que detestaba: la vulnerabilidad.

Estevanico y él remaban. El esquife se deslizaba por las aguas mansas del Támesis sin emitir sonido, ni siquiera se oía el chirrido del remo en el escálamo, al que habían envuelto con un trapo. Alcanzaron el malecón correspondiente al puente de Chelsea, donde los aguardaba un carruaje. Dos sombras se aproximaron con sigilosa prontitud: Howard, el cochero, empleado de Blackraven Hall, y un marinero del *Leviatán*, que llevaría de regreso el esquife a la Piscina de Londres. Alexander le arrojó un chelín, que el hombre atrapó en el aire. Lo mismo le entregó al cochero, que los había servido hasta tan entrada la noche; eran casi las doce.

Antes de subir al carruaje, aferró a Belloc por el hombro.

—Thibault, necesito ver a Manon.

—Claro, milord. ¿Cuándo?

—Ahora. —Sostuvo la mirada desconcertada que le devolvió el gascón—. Sé lo irregular del pedido, pero te confieso que la charla con Wild me dejó inquieto.

—Lo entiendo, milord.

—No pretendo despertarla, solo verla, comprobar que está bien.

—Sí, milord, como usted ordene.

* * *

Manon se despertó y, antes de abrir los ojos, percibió una fragancia familiar, que no pertenecía a ese sitio. Asustada, alzó los párpados repentinamente. Una tenue y cálida luminosidad invadía su dormitorio. Sentado junto a ella, en el borde de la cama, reconoció a Alexander. Se incorporó con un envión y se aferró a él. El frío de su abrigo le penetró la muselina del camisón. Se le erizó la piel y sufrió un temblor. Alexander la estrechó con más fuerza contra su cuerpo.

—¡Qué hermoso despertar!

—No era mi intención despertarte —le susurró—. Solo verte dormir. Lo hacías con tanta paz. Soy un egoísta porque estoy feliz de que te hayas despertado.

—¿Ha sucedido algo? ¿Todos están bien? —se inquietó.

—Sí, sí, todos están bien. No ha ocurrido nada malo.

—¿Qué haces aquí?

—Thibault y yo nos reunimos con Wild esta noche.

—¿Jonathan Wild?

—El mismo. Tras la reunión, le dije a Thibault que necesitaba verte.

Manon le encerró la cara fría entre sus manos tibias y lo contempló con fijeza; lo estudiaba.

—¿Qué te dijo Wild para inquietarte tanto?

—Nada, nada —mintió—. Fuimos a darle dinero. Se lo debía después de la ayuda que me brindó en Newgate y por la visita que concretó para ti. —La besó en la punta de la nariz y en los labios, en un gesto rápido, casual, porque no deseaba excitarse en esas circunstancias; Belloc esperaba fuera con lógica impaciencia—. Me alegró ver que cierras la puerta con llave. Usé la de Thibault para entrar. Me dijo que la otra copia la tiene tu abuela.

—Sí, quédate tranquilo.

—Me quedaré tranquilo cuando esa ventana —se giró y la señaló a sus espaldas— sea reforzada. Lo hablaré con Thibault. Además, al descorrer un poco la cortina y observar el exterior, me pareció ver que, justo debajo, hay una espaldera.

—Sí. En verano está cubierta de hiedra.

—Le pediré a Thibault que la haga quitar.

—Si eso te deja tranquilo…

—Sí, eso me deja tranquilo. También hemos hablado de cambiar el cerraje de tu puerta y colocar uno más sofisticado. Parece ser que Thibault entiende de esas cosas.

—Viene de una familia de cerrajeros.

Alexander sonrió. Experimentaba una alegría simple, plena, pura, aunque irracional, si se tenían en cuenta lo irregular de su visita y la aprensión que le había instilado la charla con Wild. Volvió a besarla, de nuevo con la intención de que se tratase de un intercambio rápido, solo que ella soltó un suspiro, lo sujetó por la base de la cabeza y lo pegó a sus labios mullidos. La resolución se desvaneció, y el beso empezó a descarriarse. Obligó a Manon a recostarse, y él casi terminó echado sobre ella. Lo incómodo de la posición —no quería subir las botas embarradas a la cama— lo ayudó a recobrar el buen juicio. Agitado, la besó en la frente y se incorporó. Ella lucía adorable con la redecilla del cabello torcida, los pómulos sonrojados y los labios hinchados y brillantes de saliva; *su* saliva.

—Te hará feliz saber que el *Creole* está listo —comentó con un ánimo ligero que no sentía, al tiempo que se ubicaba de modo tal que el gabán le disimulase la erección—. Mandaré traerlo la semana que viene. Podríamos probarlo navegando hasta el estuario del Támesis. ¿Qué opinas?

—¡Oh, sí, sí! Nada me haría más feliz. Imagino lo emocionada que está Ella. Ya lo sabe, ¿verdad? No me lo comentó hoy, cuando fui a darle la lección de castañuelas a Emmie.

—No lo sabe aún. No tuve tiempo de contárselo. —Alexander se puso de pie—. Tengo que irme. No te levantes —la instó, pero Manon apartó las mantas y salió de la cama.

A la pobre luz de la vela que ardía en el tocador, el género del camisón se tornó de una transparencia reveladora. Alexander la seguía con ojos hambrientos mientras Manon se dirigía al diván y recogía la bata que allí se encontraba. Concentrado en la figura de su prometida, se sobresaltó al sonido de dos golpes suaves en la puerta. Incapaz de contenerse, aun con el apremio que los urgía, le rodeó la cintura y la pegó a su cuerpo. Descalza, era notablemente más baja que él, pese a ser alta. Sin el corsé, la percibió sutil y cálida entre sus manos. La obligó a ponerse en puntas de pie para robarle otro beso.

—Quizá decida quedarme aquí después de todo y propiciar un escándalo y obligar a tu padre a apurar la boda. Me sentiría más tranquilo si estuvieses cada noche en mi cama. —La observó con una mirada crítica y la vio dudar; comprendió que no sabía qué decirle—. Lo sé, lo sé, fijaremos la fecha después de mi regreso de China.

Manon volvió a elevarse sobre sus pies para atraparle los labios entre los dientes antes de besarlos con un ardor que le hizo casi imposible la retirada.

—Te amo, amor mío, te amo —la escuchó decir, y una emoción portentosa se apoderó de él.

Un nuevo golpe en la puerta, esta vez más insistente, lo devolvió a la comprometida realidad. Caminaron abrazados hasta la puerta.

—Gracias por haberlo traído, Thibaudot.

—De nada, mi niña. Regresa a la cama. Yo echaré llave.

Alexander mantuvo la mirada en la de su prometida hasta que la puerta cerrada los separó. La sensación de pérdida que siguió lo tomó por sorpresa.

—Vamos —indicó a Belloc en un susurro apremiante.

Caminaron por el corredor sumido en una oscuridad apenas despejada por la luz de las palmatorias. El quejido de unos goznes los alertó de que alguien deambulaba a esa hora extemporánea, casi las dos de la mañana. Soplaron las velas al unísono y se escondieron tras un bargueño. Alba Porter-White, cubierta por una bata blanca y con un candelabro en la mano, pasó a pocas pulgadas de ellos sin percatarse de su presencia.

Belloc volvió a encender las velas con el yesquero.

—Aquel es el dormitorio de sir Percival —dijo el hombre mientras señalaba la puerta por la que acababa de salir la hermana de Porter-White. Alexander y el gascón se contemplaron en silencio—. Así están las cosas en esta casa, milord, patas arriba, si me permite la vulgaridad.

—Te la permito, querido amigo. ¿Cómo no voy a permitírtela si es la verdad?

* * *

El viernes por la mañana, Nora entró en el despacho de Manon y le entregó una carta; era de su hermano Archibald. A pesar de la ansiedad por leerla, aprovechó para interrogar a la muchacha.

—¿Ha regresado el señor Murray?

—No, señorita. Sigue ausente.

—¿Qué voces corren entre los empleados acerca del asesinato de su primo?

Nora se inclinó para hablarle en voz baja.

—Se dicen muchas cosas, ninguna buena, señorita. Si bien era un agente de policía, no era un hombre honesto, eso se dice. Tampoco Lucius Murray nos inspira confianza —añadió, y se quedó mirándola, temerosa de haber cruzado una línea.

—Lo sé, Nora. Mantenme informada, por favor.

—Así lo haré, señorita.

—Qué bonita cofia de puntilla traes hoy —señaló Manon, sorprendida; debía de ser costosa.

—Oh —sonrió Nora, y la tocó en el acto de acomodarla—. Me la ha regalado el señor Patrick O'Brian, un nuevo cliente. En agradecimiento por unas galletas de jengibre que le entregué días atrás. Su cuñado, el señor Porter-White, me indicó que le hiciese un paquete con las galletas y que se las regalase —se apresuró a aclarar con acento nervioso—. ¿Cree que he hecho mal en aceptar la cofia, señorita Manon?

—Creo que has hecho bien en aceptarla; es muy bonita. Puedes retirarte, Nora.

Rompió el sello de lacre y leyó la carta de Archibald, muy similar a la recibida a principios de agosto, una retahíla de quejas y de lamentos, aunque con un tinte desesperado ausente en la anterior. El último párrafo la sumió en la angustia.

Quiero que vengas a Macao. Sé que no estoy pidiéndote algo fácil, por el contrario. Pero es por Drina que te lo pido. Temo por ella. La veo cada día más desdichada en este clima endemoniado. Sé que tú, con tu serena predisposición y tu sensatez, serás capaz de hacer por ella lo que a mí me resulta imposible. Además, podrás ayudarla con el niño cuando nazca. Ven, hermana queridísima, ven y ayúdame.

Tu hermano que te adora y te necesita,

ARCHIE N.

Hurgó en su escarcela hasta dar con un pañuelo para secarse los ojos y, al hacerlo, se topó con el otro que siempre la acompañaba, el de Alexander, ya casi sin rastros de perfume. Lo observó con la vista nublada. Alexandrina no se resignaba a su vida junto a un hombre al que no amaba. Seguía enamorada de Alexander Blackraven, Manon estaba tan segura de ello como de que el sol saldría al día siguiente. ¿Complacería a su hermano y viajaría a Macao para ocuparse de su cuñada y de su sobrino neonato? La idea la seducía y la aterraba al mismo tiempo. La seducía porque, además de volver a ver Archie y de conocer a su primogénito o primogénita, vigilaría el comportamiento de su cuñada durante la estadía de Alexander en China. La aterraba porque no deseaba descubrir que él seguía loco por ella.

No viajaría, decidió, y se convenció de que habría resultado descabellado marcharse y dejar la Casa Neville en manos de Porter-White. En su fuero íntimo sabía que no viajaría porque había ganado el terror a enfrentar la verdad.

* * *

El viernes al mediodía, tras una práctica de esgrima en el gimnasio de White's, Estevanico, Alexander, Arthur y Samuel Bronstein almorzaron en el refinado comedor del club para caballeros. Entre bocado y bocado, comentaban el encuentro en la taberna The Prospect of Whitby.

—Lucius Murray se ha marchado de Londres —anunció Bronstein—. Uno de mis hombres lo vio subir a un coche con el ataúd de su primo. Según pudo averiguar, partía hacia el norte, a la ciudad de New Castle. Parece ser que allí vive la madre del muerto.

—La prostituta de Garden of Venus —señaló Arthur.

—Haría bien en no regresar —masculló Alexander—. Creo que Wild ha puesto sus ojos en él.

—Nos vendría de perlas que también los pusiese en esa sanguijuela de Porter-White —declaró Bronstein.

—Hablando del diablo... —susurró Estevanico, y los demás siguieron la línea de su mirada.

Porter-White y sir Percival cruzaban el recinto del club con aire satisfecho y despreocupado, lo que causó un malestar a Alexander y a sus hermanos; incluso Samuel Bronstein endureció la expresión.

—Maldito —masculló Estevanico—. Se lo pasa tan campante gracias a ese corrupto del juez Blansfield, que lo exoneró solo porque un tabernero de mala muerte dice que Glenn juró venganza. Qué podrido está todo.

—Y tu suegro, querido Alex —apuntó el investigador privado—, se pasea con él en público, demostrando que lo respalda y que lo apoya.

Alexander, la mirada fija en sir Percival, percibía cómo el rencor fluía en su sangre y le teñía de negro el corazón, el alma, los pensamientos, todo. De los demonios que lo habitaban, el rencor era su bestia más feroz y siempre luchaba contra ella para mantenerla a raya. Como un acto de cortesía, correspondía que fuese hasta donde se encontraba su futuro suegro y lo saludase; le resultó imposible. Se quedó quieto en la silla, los ojos inmóviles.

—¿Quién es ese? —preguntó al ver a un tipo alto, cercano a los cincuenta, de cabello rubio y piel curtida, que se dirigía con genuina simpatía a sir Percival y a su yerno.

Se destacaba no solo por la cicatriz que le surcaba el rostro sino porque era el único dispuesto a saludar a Porter-White; el resto de los miembros del club mantenía la mirada en los platos y lo evitaba.

—Su nombre es Patrick O'Brian —respondió Samuel Bronstein.

—¿Un irlandés miembro de White's? —se sorprendió Arthur—. Estamos cayendo bajo —añadió con sarcasmo.

—Irlandés, sí, pero dueño de unas minas de oro en Australia —explicó el investigador— y cuenta con la amistad de sir James Stirling.

—¿El gobernador de Australia? —quiso confirmar Arthur, y Bronstein asintió antes de proseguir.

—Acaba de abrir una oficina en Gilbert Place, donde Porter-White ha ido a visitarlo en dos ocasiones. Se ve que tienen negocios en común —añadió con intención.

Los cuatro se pusieron de pie al ver que sir Percival se aproximaba con una sonrisa. Nadie se la devolvió excepto Alexander. Lo saludaron con cortesía, pero no correspondieron a su afabilidad.

—Artie, muchacho —dijo Neville—, hacía tiempo que no te veía por aquí.

—El Parlamento no me deja espacio para el entretenimiento —contestó con frialdad, lo que contrastaba con su consuetudinaria simpatía.

—El discurso por el pago de las indemnizaciones a los dueños de esclavos de las colonias lo ha mantenido ocupado —intervino Alexander, incómodo.

—Y sacarte a ti de la cárcel —apuntó Arthur, y un silencio cayó entre los presentes.

Neville carraspeó antes de expresar:

—Por fortuna la justicia prevaleció y Alex está libre. ¿Cuándo crees que se sostendrá la votación por lo de la autorización para la emisión de dinero por parte de la Casa Neville? —inquirió deprisa con el claro objetivo de obviar el otro tema—. Sé que ya han tenido lugar dos sesiones para discutir la cuestión.

Arthur cruzó una mirada con su hermano Alexander, que juntó las cejas en una mueca severa.

—Aún no se ha fijado la fecha —respondió, no tan mordaz—. Las presiones de otros banqueros para evitar la votación son tremendas —comentó.

—Lo sé —admitió Neville—, en especial la de Baring Brothers.

Por la tarde, Alexander se sorprendió al ver que su futuro suegro se presentaba en la barraca del puerto. Salió a recibirlo. Un cadete ya se ocupaba de retirarle el abrigo y la chistera. Alexander ordenó el servicio de té antes de invitar a Neville a su despacho. Se ubicaron en los desgastados pero cómodos sillones ubicados en torno a la salamandra.

—Alex, muchacho —comenzó su futuro suegro después de que el empleado le sirviera una taza de té y se retirase—, no creas que me pasó inadvertido el encono de tus hermanos hacia mí hoy al mediodía, en White's. Sé que se debe a que me vieron en compañía de Julian. Verás…

—Sir Percival —lo interrumpió Alexander—, no tiene que darme explicaciones. No corresponde, no las necesito. Entiendo la posición difícil en la que se encuentra.

—Muy difícil, muchacho, muy difícil. Estoy entre mis dos hijas. —Calló abruptamente. Sorbió un poco de té—. La verdad es que creo en la inocencia de mi yerno —declaró, y Alexander evocó a Alba Porter-White abandonando la habitación de su suegro por la madrugada—. Sé que fue tan víctima de las maquinaciones de Glenn como lo fuiste tú.

Neville se explayó en una teoría que señalaba a Trevor Glenn como el único culpable de las desgracias ocurridas. Alexander lo escuchaba con paciencia pensando en Manon. Por momentos lo invadía el impulso de quitarle la venda de los ojos y revelarle la conversación que había sostenido con Jonathan Wild dos días atrás, pero se reprimía pues no acostumbraba actuar sin analizar ni planificar los movimientos. La naturaleza compleja, turbia y delicada del asunto imponía la mayor de las prudencias.

—Tú sabes —retomó Neville—, porque te lo comenté en nuestro almuerzo en White's, que la Casa Neville será para Manon. Es un secreto que pocos conocen. Me sobran los dedos de una mano para contar las personas al tanto de este delicado asunto. Siempre creí, y lo creo aún —remarcó con ahínco—, que Manon necesitará un hombre dentro del banco, un hombre fuerte que conozca el oficio de banquero del derecho y del revés. Ese hombre es Porter-White.

—No es lo que Manon opina —rebatió Alexander.

—Lo sé, muchacho. Manon nunca lo aceptó. La nublan los celos.

—No creo que se trate de celos. Manon duda de la honestidad de Porter-White.

—¡Mi hija se equivoca, Alex! —aseguró con aire afligido—. Tienen dos modos de trabajar muy distintos; opuestos, diría. Pero justamente por esa misma razón podrían llevar adelante el banco con éxito el día en que yo ya no esté. —Se produjo un silencio. Los hombres se miraron—. Alex, necesito, por el bien de mi familia, que me ayudes a restablecer la paz entre Manon y Julian. Solo tú, con la influencia que tienes sobre ella…

—Sir Percival —volvió a frenarlo Blackraven—, está pidiéndome un imposible. Como le dije un momento antes, comprendo la delicada situación en la que se encuentra, pero no seré yo quien convenza a Manon de aceptar a una persona por la que yo no siento ninguna confianza.

Sir Percival asintió mientras depositaba la taza sobre la mesa y se ponía de pie.

—Gracias por tu sinceridad, querido Alex. ¿Puedo contar con tu discreción acerca de esta conversación que acabamos de sostener?

—Puede contar con ella —afirmó Alexander, y respondió con otra inclinación de cabeza a la de sir Percival.

* * *

Lo habían citado a las once de la noche de ese viernes en el sitio de siempre, en Hockley-in-the-Hole. Se bajó de la calesa de alquiler y miró hacia ambos lados para confirmar que nadie lo siguiese. Patrick O'Brian le había abierto los ojos: estaban rastreándolo. Días atrás, apenas atravesó el umbral de su oficina en Gilbert Place, el irlandés le señaló un hombre de mediana edad que simulaba leer el periódico en la acera de enfrente.

—Es la tercera vez que lo veo —afirmó—. Las dos ocasiones anteriores coinciden con tus visitas. Está siguiéndote. Alguien lo ha contratado para conocer tus movimientos.

«¡Mierda!», habría deseado bramar. Ojalá Trevor Glenn se pudriese en el infierno por haberlo colocado en el ojo de la tormenta. Haber perdido la invisibilidad significaba haber perdido la libertad. ¿Quién deseaba conocer sus movimientos? ¿Sus jefes, que ya no le tenían confianza? ¿Manon, que buscaba una excusa para desprestigiarlo con sir Percival? ¿Blackraven, como parte de un plan para vengarse? ¿O los asesinos de Onslow Murray, vaya uno a saber por qué? Se formulaba los interrogantes desde hacía días; no acertaba con la respuesta.

Después de asegurarse de que el cochero lo esperaría, se puso en marcha con el rostro enfundado, en parte por el aire gélido que cortaba la piel y en parte para ocultar su identidad; conocía a varios de los apostadores reunidos unas yardas más allá. Alcanzó el carruaje que se confundía con la oscuridad. El cochero lo aguardaba junto a la portezuela. Como de costumbre, lo palpó de armas y le indicó que subiera. Lo recibió el aroma intenso y punzante del cigarro de uno de sus jefes.

—Buenas noches —saludó; ninguno respondió.

—¿Qué tienes que ver tú con la muerte de Onslow Murray? —se ofuscó Cástor, y su voz ronca de fumador impenitente inundó el habitáculo—. Esta tarde, *The Courier* mencionó que era primo de tu asistente. Es como si estuvieses metido en todos los escándalos e intrigas de Londres. Lo que menos necesitamos es atraer una atención indeseada.

—No tengo nada que ver, lo juro —se apresuró a aclarar—. Según su primo Lucius, se trató de un ajuste de cuentas.

—¿Podemos seguir confiando en ti, Julian? —lo cuestionó Pólux con un acento amigable, que no lo engañaba—. He planeado esto durante años. No permitiré que errores de juicio de alguien poco comprometido como tú echen mi plan por tierra.

—¡Siempre les he demostrado la más absoluta fidelidad! Es injusto que duden de mí ahora.

—Tendrás que deshacerte de Lucius Murray —impuso Cástor.

—No es sensato. Sabe demasiado —se alteró Porter-White.

—Estamos hablando de que lo elimines —aclaró Pólux—, como hiciste con el geólogo.

—Sería un desperdicio —intentó convencerlos—. No es fácil dar con gente inteligente, inescrupulosa y de confianza. Lucius Murray reúne las tres condiciones. Quiero que siga trabajando para mí. Pero coincido con ustedes en que debe desaparecer de escena por un tiempo —concedió—. Tengo una idea.

—Te escuchamos —accedió Pólux.

—Ha aparecido un posible inversor para la explotación del Famatina.

—¿No estaba perdido ese asunto?

—No si nos anticipamos a los Blackraven. El nombre del inversor es O'Brian, Patrick O'Brian.

—Irlandés —masculló Cástor con desprecio.

—Irlandés, sí —concedió Porter-White—, pero muy rico. Dueño de una mina de oro en Australia. —Hizo una pausa deliberada y se percató de que había captado la atención de sus jefes—. O'Brian está dispuesto a invertir en la explotación a cambio de que, con mi apoyo y mi intervención, la Casa Neville lo apoye en otros negocios. Es un tipo de buen carácter y fácil de tratar. Se ha aficionado a mí.

—No se puede confiar en un irlandés —declaró Cástor.

—No se puede confiar en nadie —rebatió Porter-White—. El secreto radica en tomar los recaudos necesarios.

Le siguió un intercambio de comentarios bisbiseados entre sus jefes.

—¿Cuál sería el plan de este tal O'Brian?

—Él estaría dispuesto a financiar una parte de la explotación, incluso a encontrar los mineros que viajarían al Río de la Plata. Para eso, O'Brian y yo consideramos que sería mejor enviar a un agente a Buenos Aires que se ocupase de preparar el terreno y de verificar las condiciones políticas. He pensado que mi asistente Murray sería el indicado. Podría embarcarse con el comisionado de Rosas, con Antonino Reyes —aclaró—, que está por regresar a Buenos Aires en los próximos días.

—¿Qué porcentaje del capital se obtendría gracias a cotizar las acciones de la Río de la Plata Mining & Co. en la bolsa? —quiso saber Pólux.

—Eso dependerá de qué porcentaje de la inversión estén dispuestos a aportar ustedes —indicó Porter-White.

—Yo cuento con muy poco, y lo sabes —le recordó Pólux.

—En cuanto a mí —intervino Cástor—, lo decidiré una vez que Murray nos envíe sus noticias del Río de la Plata.

—Muy bien —dijo Porter-White.

Tras despedirse, abandonó el carruaje. Le ordenó a su cochero que lo llevase al inicio de Edgware Road, la ruta principal hacia el norte de Inglaterra. Media hora más tarde, entró en una de las tantas posadas que se alineaban en el concurrido camino. Avistó a Lucius Murray sentado a una mesa ubicada en un apartado rincón. El joven se alegró de verlo. La pérdida de su primo le había impreso una mueca de angustia en el rostro; estaba demacrado, desaliñado y con ojeras.

—No te muestres por la City, Lucius —le advirtió—. Hoy tu nombre se asoció al de Onslow en un artículo publicado en *The Courier*.

—Lo sé, aunque lo de *The Courier* es lo que menos me preocupa —admitió—. Quienes asesinaron a Onslow podrían estar detrás de mí. Es esto lo que me quita el sueño.

—¿Quiénes lo asesinaron? ¿Lo sabes?

Lucius Murray negó con la cabeza y bebió de un tirón el resto de la cerveza.

—Onslow tenía las manos puestas en muchos platos —admitió—, ninguno muy limpio que digamos.

—¿Qué hiciste con su cuerpo?

—Lo envié a New Castle, a la casa de su madre. Si alguien sigue al carro fúnebre, se llevará una sorpresa en la próxima posta, porque yo me evadí en Islington y me vine para aquí.

—Pues ahora marcharás al Río de la Plata —anunció Porter-White, y vio cómo los ojos medio inyectados y ebrios de Murray se abrían en franco asombro—. Escucha bien lo que voy a decirte.

—Soy todo oídos —contestó Murray.

Capítulo VII

La semana comenzó con una buena noticia: los duques de Guermeaux estaban de regreso de su viaje a Madrid. El clíper *Black Dart* había recalado al amanecer del lunes en la Piscina de Londres. Manon recién los vio el miércoles, cuando se presentó en Blackraven Hall para darle la lección de castañuelas a Emerald de Lacy, que se había convertido, junto con su hermano Horatio, en alumna de Margaret Walker.

Estaba nerviosa. ¿Cómo habrían reaccionado los duques ante la noticia que señalaba a Porter-White como el responsable del encarcelamiento de su hijo? Sus temores se desvanecieron cuando miss Melody y doña Isabella di Bravante, la madre del duque, en un acto de gran deferencia, abandonaron la sala y salieron a recibirla. Melody le tendió las manos, que Manon aferró con profunda emoción. La duquesa la besó en ambas mejillas.

—¡Qué feliz me ha hecho Alex al decirme que tu padre aprobó vuestro compromiso! ¡Qué feliz me hace saber que serás su esposa, querida Manon!

—Serás la compañera perfecta para mi nieto —decretó doña Isabella, y le acarició el borde de la cara mirándola fijamente.

El duque, que se presentó un rato más tarde, también le manifestó su contento aunque con muestras más medidas y con una expresión más bien parca, juzgó Manon. Resultaba claro que Roger Blackraven estaba enojado con su futuro consuegro, y no podía culparlo. Que su padre continuase apañando a la Serpiente era inaceptable.

Supo que, pese al intempestivo regreso como consecuencia de la noticia del arresto de su primogénito, los duques habían pasado más de veinte días entre la corte de Aranjuez, en Madrid, y la de La Granja, en Segovia, donde la regente María Cristina prefería pasar sus días, a resguardo de los ataques de su cuñado Carlos María Isidro y de sus secuaces, que pretendían arrebatarle el trono a su hija, la pequeña Isabel.

—Mi sobrina María Cristina estaba muy agradecida con Roger —comentó doña Isabella—. Se sentía protegida a su lado. *Quel vigliaco di mio nipote Carlos María è un demone* —masculló, sin darse cuenta de que había caído en su lengua madre, el italiano, a lo que Manon respondió de igual modo.

—*Come lo sono tutti gli assolutisti, donna Isabella.*

La anciana se percató del cambio y, tras mirarla con ojos aguzados, se echó a reír.

—Oh, Manon, eres formidable, como afirma mi querido Charles-Maurice. No recordaba que hablases el italiano.

—Mi tutor es italiano —señaló, y la mujer se cubrió la frente con la mano.

—¡Pero claro! ¿Cómo olvidar al gran Masino Aldobrandini? La memoria está fallándome. ¡Qué desgracia! En cuanto a Masino, no he conocido persona más culta y, créeme, Manon, he conocido a tanta gente en mi vida. ¿Qué sabes de su familia? Aldobrandini era un apellido de rancio abolengo en Florencia. Mi padre los mencionaba a menudo.

—No sé mucho, en realidad. Sé que Masino nació en Turín.

Siguieron hablando de la nobleza florentina y de la dinastía saboyana. A Manon la cautivaron los relatos de doña Isabella. Era una fuente inagotable de anécdotas con escenarios tan variados como Nápoles, Palermo, Madrid y Versalles.

Las buenas nuevas continuaron cuando Alexander le envió un billete el viernes por la mañana avisándole que esperaban de un momento a otro la llegada desde Liverpool del *Creole*, el clíper que formaría parte de la flota de correos de la Neville & Sons y que Isabella Blackraven capitanearía. Lo probarían el domingo navegándolo hasta el estuario del Támesis. *Además de tu padre, tus tíos Leonard y Anne-Sofie y Tommaso Aldobrandini, formarán parte del pasaje el príncipe de Talleyrand y la duquesa de Dino. Los he invitado porque sé que te hará feliz su compañía*, escribió casi al final del billete.

Manon lo escondió en el instante en que su padre entraba en el despacho con cara larga. No la sorprendía su mal genio; la noche anterior, la votación en la Cámara de los Comunes para la aprobación de la emisión de papel moneda había resultado adversa. Intentó distraerlo al comentarle:

—Sé que Alex te ha avisado del viaje inaugural del *Creole*.

—¡Es mi barco y no puedo invitar ni a mi hija ni a mi yerno! ¡Ni a Alba! —acotó, furibundo, lo que dejó muda a Manon—. Y anoche fue ese artero de Arthur Blackraven el que urdió los hilos para que la Cámara de los Comunes me negase la autorización para emitir papel moneda.

Manon se puso de pie y, en una actitud belicosa, apoyó las manos en el escritorio e inclinó el torso hacia delante.

—¿Qué pretendes, papá? Su hermano mayor terminó en Newgate gracias a *tu yerno*, que urdió los hilos para destruirlo.

Sir Percival se llevó las manos a la cabeza y soltó un bufido.

—¡Basta con esa cantilena, Manon! Un miembro del Parlamento tiene que velar por los intereses del reino y no usar el escaño para luchar sus batallas personales.

Manon se echó a reír.

—Eres infantil si en verdad crees que los parlamentarios no emplean los escaños para sus propios intereses. El reino no es la prioridad de nadie, ni tuya ni de nadie.

Sir Percival se limitó a asentir con un gesto grave. Arrancó de mal modo el redingote y la chistera del perchero y se marchó sin saludar ni indicar dónde iba. Manon se quedó quieta, de pie tras su escritorio, contemplando la puerta cerrada.

* * *

Arthur Wellesley, duque de Wellington, había invitado a almorzar al duque de Guermeaux al restaurante de White's. Quería que le contase cómo estaba la situación en España. Blackraven se presentó con sus tres hijos varones, que pretendían dedicar un par de horas a la esgrima antes de regresar a sus tareas y que, por insistencia del héroe de Waterloo, acabaron desistiendo de su propósito y sentándose a la mesa con los dos mayores. Ocupaban la destinada a Wellington, que nadie se habría atrevido a usar ni siquiera en su ausencia.

—El clima es tenso, Arthur —declaró Blackraven—, y peligroso —añadió—. Temo por la vida de María Cristina y de sus hijas. Mi primo Carlos María no acepta la derogación de la ley sálica y por tanto no admite que sea una mujer la que ocupe el trono.

—Uno de nuestros mejores monarcas fue una mujer —señaló Alexander, mientras pensaba en Manon y en su admiración por la reina Isabel—. A veces las mujeres cuentan con la dosis justa de fortaleza y de diplomacia, de la que los hombres carecemos.

—Estimo, querido Roger —dijo Wellington con una sonrisa ladeada y la mirada fija en el conde de Stoneville—, que Alex, mientras habla, no piensa en nuestra reina Isabel sino en mi formidable ahijada, la señorita Manon.

Todos rieron, incluso Alexander. La risa se le congeló al ver que su futuro suegro acababa de tomar asiento unas mesas más allá; solo. Tenía mala cara, y Alexander conjeturó enseguida el porqué. Se puso de pie.

—Con permiso, su gracia —se dirigió al duque de Wellington—. Si me excusa, iré a saludar a sir Percival.

—¡Por Júpiter, muchacho! Invítalo a comer con nosotros. ¿Qué hace allí todo solo?

Sir Percival vaciló un instante al ver la mesa que le señalaba su futuro yerno, de seguro intimidado por la mirada de ojos celados que le destinaba Roger Blackraven; no auguraba nada bueno. Sin otra opción, aceptó. La charla se reinició en el mismo tono afable. El tema de la Corona española y del movimiento carlista, como se apodaba a los seguidores del príncipe Carlos María Isidro, acaparaba las atenciones. La conversación derivó en el *Creole*, recién llegado del astillero de Liverpool. Alexander mencionó el viaje inaugural que realizarían el domingo y el duque de Wellington terminó sumándose a los pasajeros.

Después del almuerzo se trasladaron a uno de los tantos salones a beber una copa de madeira o de oporto, según el gusto. Un cuarto de hora más tarde, Wellington reprimió un bostezo, y otro, y otro más, hasta que se puso de pie, lo que el resto imitó sin demora.

—Me retiro a descansar, queridos amigos. Nada como una refrescante siesta de media hora —aseguró, y se marchó a la habitación que la gerencia de White's mantenía siempre para él, y en la que transcurría más tiempo que en su casa de Harley Street, para evitar la compañía de su esposa Catherine, con la que nunca se había llevado bien.

Se quedaron solos, y el ambiente cambió enseguida. Sir Percival, que ya había tomado dos vasos de madeira, además de vino durante la comida, pidió un tercero.

—Nunca bebes tanto, Percy —señaló Roger—. ¿Qué sucede? ¿Necesitas coraje para afrontar ciertos temas? Ya has tomado suficiente, estimo.

—Padre, por favor —terció Arthur, y solo recibió un vistazo rápido y feroz por parte del duque, que lo hizo suspirar y repantigarse en el sillón, con aire de derrota.

—Percy —retomó Blackraven—, es tiempo de que me expliques por qué tu yerno, el tal Porter-White, continúa trabajando en la Casa Neville, cuando nuestras familias mantienen negocios muy delicados a los que él tiene acceso y a los que, claramente, podría dañar, incluso destruir.

Neville, de pronto alerta y muy erecto en el sofá, se aclaró la garganta antes de defenderse.

—Roger, si te refieres al asunto de la carta del suicida Glenn, eso quedó aclarado…

—Por lo que he podido averiguar desde mi regreso —lo interrumpió Blackraven—, solo tú lo consideras aclarado y cerrado. Te aseguro que la mayoría sostiene que él estuvo detrás de la patraña que terminó con Alex en Newgate.

—¿Por qué el juez Blansfield habría desestimado la carta, entonces? —contraatacó Neville.

Blackraven negó varias veces con la cabeza y sonrió con sarcasmo.

—Estoy seguro de que, si hiciese investigar al juez Blansfield, no hallaría nada bueno. Sus conclusiones son tan forzadas que bastaría poco para rebatirlas. Pero he decidido dejar ese asunto por la paz. Igualmente, el problema persiste. ¿Y sabes cuál es el problema aquí, querido amigo? De confianza. Hemos perdido la confianza en la Casa Neville, y todo por culpa de tu yerno.

Sir Percival se puso de pie intempestivamente y con cara de ofendido. Alexander fue el único en imitarlo.

—Por favor —le pidió en un tono conciliador—, concédanos un momento más. Es importante —añadió, y le señaló el sillón.

Neville asintió con un único y brusco movimiento y regresó a su asiento. Bebió el madeira de un trago.

—Percy —retomó Roger—, tú y yo somos hombres de negocios, ergo, somos hombres prácticos. No discutamos posiciones, sino intereses.

—¿Cuál es tu interés, Roger? —espetó Neville de mal modo.

—Salvaguardar los negocios que mi familia tiene con la Casa Neville de la posible mala influencia de tu yerno. Creemos que fue él quien meses atrás filtró la información de nuestro acuerdo con Daoguang para exportar lingotes de plata, algo que ahora implicará redoblar la seguridad y pagar elevadas pólizas de seguro cuando nuestros barcos zarpen para Cantón en unas semanas.

—¿Cómo sabes que fue él quien filtró la información? Pudo haber sido uno de los tuyos.

—No fue mi gente —afirmó Blackraven con un imperio que Neville no se atrevió a cuestionar—. Tampoco fue la otra persona en la Casa Neville al tanto del asunto, es decir, Manon, por quien pondría las manos en el fuego.

—¡Por Julian yo también las pondría!

—Y te quemarías, viejo amigo —lo previno Roger—. Pero insisto: hablemos de intereses. ¿Quieres la aprobación de la ley que te permita lo que tanto deseas, emitir papel moneda? —Rápidamente Neville volvió el rostro hacia Arthur, que le devolvió una mirada neutra desde su cómoda posición—. ¿Quieres la renovación de la licencia para explotar las minas de azogue de Almadén?

—¿De qué estás hablando? ¿Qué sabes tú de eso?

—La concertaste con mi primo Fernando en el año 13. Duración: veinte años. Se venció el 15 de octubre pasado.

—Estoy en negociaciones con el embajador español para obtener la renovación —se apresuró a aclarar sir Percival.

—Juan de Vial quedó fuera de las negociaciones desde que mi sobrina María Cristina firmó un documento días antes de mi salida de España mediante el cual me nombra como su representante y fiduciario en este asunto. Lo tengo en casa, te lo mostraré con gusto cuando desees. De seguro De Vial ya recibió la carta de mi sobrina en la que le pide que se abstenga de participar en esta cuestión desde ahora y en adelante. —Se contemplaron con seriedad en un tenso mutismo—. ¿Quieres que mi sobrina María Cristina pague los bonos de las Cortes tal como prometió? Mi influencia sobre ella es tal que podría convencerla de lo contrario. Y sé que sería un duro golpe para ti, porque corren voces de que tu yerno adquirió una gran cantidad.

—¿Qué mierda quieres, Roger?

—A tu yerno a varias millas de Londres.

Neville dirigió la mirada hacia Alexander.

—¿Tú no tienes nada que decir de esta flagrante extorsión?

—A mí solo me interesa el bienestar de mi prometida. Quiero a Porter-White lo más lejos posible de ella.

—Que tu padre quiera a Julian lejos de la Casa Neville puedo entenderlo —concedió sir Percival—. Pero no entiendo tu interés, Alexander. ¿Qué tiene que ver el bienestar de mi hija con la presencia de Julian en Londres?

—Lo quiero lejos de ella —insistió—. No me fío de sus intenciones, usted ya lo sabe porque se lo confesé días atrás.

—¿O tal vez lo necesitas lejos para apoderarte de la Casa Neville el día en que yo ya no esté?

—¡Percy! —se ofuscó Roger—. Alex no…

—Padre, por favor —intervino Alexander, y alzó la mano para acallarlo. Padre e hijo se midieron en un cruce de miradas similares, duras e imperiosas, hasta que Roger asintió a disgusto y volvió a echarse en el sillón—. Sir Percival, usted lo sabe mejor que nadie: cuando le pedí la mano de Manon, no tenía idea de que sería ella la única heredera de la Casa Neville —mintió, pues lo sabía desde que Roger se lo había mencionado tiempo atrás.

—¡Te pedí la máxima discreción! —se quejó el banquero mientras lanzaba vistazos difidentes a Roger, a Arthur y a Estevanico.

—Confiaría mi vida a las personas que están aquí hoy con nosotros. Le doy mi palabra de que lo que acabo de decir no saldrá jamás de sus bocas. —Aguardó una respuesta de sir Percival, que se limitó a asentir con cara de fastidio—. No tengo ninguna intención de inmiscuirme en la administración de la Casa Neville, a menos que Manon me lo pidiese, lo que haría solo para ayudarla, porque la actividad bancaria no reviste ningún interés para mí. Por lo tanto, dejaré muy en claro, aquí y ahora, que si quiero lejos a Porter-White es porque sospecho que él sí intenta apoderarse de la Casa Neville y que, para hacerlo, sería capaz de echar mano de cualquier recurso. *Cualquiera* —subrayó, y guardó un silencio deliberado.

—¡Pero qué sandeces! —se impacientó el banquero—. ¿De dónde sacas estas ideas tan descabelladas? ¿Qué tratas de decirme? Cualquier recurso —repitió, bufando—. ¡Habla claro!

—Sir Percival —dijo Alexander con acento impaciente—, cuento con información fidedigna que me lleva a pensar que su yerno ha estado detrás de muchos de los asuntos turbios y graves ocurridos en los últimos tiempos y para los cuales no hay respuestas. ¿En verdad desea que le revele lo que sé?

Neville se quedó mirándolo con ojos asombrados y con un brillo desesperado, hasta que rompió el contacto, soltó un suspiro y se puso de pie. Los otros cuatro hicieron lo mismo.

—Roger —dijo el banquero—, si para ti es conveniente, mañana sábado, tras el cierre de la bolsa, me presentaré en Blackraven Hall para acordar la renovación de la explotación de las minas de azogue. —Blackraven prestó su consentimiento con una bajada de párpados—. En cuanto al asunto de la ley para emitir papel moneda —Neville dirigió la mirada hacia Arthur—, ¿cuándo podrías recibirme para discutir la cuestión?

—Mañana mismo —respondió el parlamentario—, tras la reunión con mi padre.

—Bien. —Sonrió con cierta mofa antes de preguntar—: ¿La regente María Cristina te confirmó la explotación de las minas de plata en Paracale?

—Sí —contestó Roger, serio aunque para nada hostil—, negocio en el que planeo proponerte una sociedad, lo mismo que en la explotación del Famatina. Después de todo, pronto seremos miembros de la misma familia.

Neville asintió con una sonrisa melancólica y aire deprimido.

—Dame un par de semanas para resolver la cuestión de Julian.

—Dos semanas —refrendó el duque de Guermeaux y le tendió la mano—. Si resuelves esto, Percy, aquí paz y después gloria.

Neville se limitó a asentir con severidad antes de retirarse. El duque de Guermeaux y sus tres hijos lo observaron alejarse.

—No hay peor ciego que el que no quiere ver —mascullo Roger.

—¿Por qué lo defiende incluso contra la evidencia? —se preguntó Estevanico.

—Para él nada es tan evidente como lo es para nosotros —razonó Arthur.

—Lo ha destinado para que ayude a Manon a dirigir el banco —comentó Alexander—, me lo confió días atrás. Creo, además, que le ha tomado sincero cariño.

* * *

Verlo al mando del *Creole* estaba convirtiéndose en una experiencia fascinante. Manon no lograba apartar sus ojos de él. Alexander, magnífico con el bicornio que ella le había regalado, se hallaba en el castillo de popa flanqueado por su hermana Isabella y por cuatro de sus oficiales: Olaf Ferguson y Sven Olsen, que pasarían a formar parte de la tripulación del *Creole*, el que los reemplazaría en el *Leviatán*, el teniente Finlay Walker —seguían confiriéndole el grado que la Marina le había arrebatado ignominiosa e injustamente— y Al-Saffah.

La admiraba la complejidad de la empresa, desde el uso de una jerga inentendible hasta la conducción de la marinería, sin olvidar el empleo del conocimiento náutico dependiendo los caprichos de la naturaleza y la habilidad para atender varias cuestiones de diversa índole al mismo tiempo. Un barco, pensó, era un pequeño mundo en el que ningún aspecto se dejaba al azar; en caso contrario, el precio a pagar habría sido elevadísimo.

—Magnífica visión, ¿verdad? —susurró Margaret, esposa del teniente Walker y maestra de los niños—. La primera vez que vi a Finlay fue en ese mismo sitio, el castillo de popa del barco que mi padre y yo estábamos por abordar en Calais. No podía dejar de mirarlo.

—Como habrás notado —apuntó Manon con timbre risueño—, yo tampoco consigo apartar mis ojos de Alexander.

—Es comprensible, querida Manon —concedió la joven, también con risa en la voz—. Es el más guapo de Londres. Y de varias ciudades más, me atrevería a afirmar.

—Tu teniente Walker es muy bien parecido, Madge.

—Oh, mi opinión es completamente sesgada. Estoy muy enamorada de él.

Después del trayecto en el cual el *Creole* fue remolcado hasta abandonar la Piscina de Londres, Alexander emitió unas órdenes, repetidas a la tripulación por el primer oficial Ferguson. Una vez que verificó su cumplimiento, adquirió cierta libertad para entretener a los pasajeros. Se encontraba en el alcázar reunido con sus familiares; también lo acompañaban Sri Sananda, el príncipe de Talleyrand, la duquesa de Dino y el duque de Wellington. Parecía a gusto y extrañamente locuaz, lo que la llevó a pensar que ese mundo, el de las embarcaciones y el del mar, conformaba su ambiente natural.

Los niños se divertían haciendo sonar la campana.

—Ven —la invitó Margaret—. Veamos qué nombre le han puesto a la campana.

—¿Lleva nombre? —se extrañó Manon.

—Así parece. Finlay dice que es el alma de la nave, porque, además de marcar el paso de las horas, indica el inicio y el final de los turnos de trabajo.

La campana de bronce bruñido y de unas quince pulgadas de alto se hallaba cerca del castillo de popa, arrizada a un mástil y junto a un reloj de arena colocado dentro de una caja de madera abierta por delante.

—Un grumete debe dar vuelta el reloj de arena cada media hora —indicó Margaret— y hacer sonar la campana. Es una labor tediosa, pero de capital importancia. Los ocho campanazos indican el fin de un turno y el comienzo del otro.

Se inclinaron para estudiarla. Además del nombre del barco, la campana tenía otra inscripción entrecomillada: «Gloriana».

—Qué bello nombre —murmuró Margaret—. ¿Por qué la habrán bautizado Gloriana?

Manon, emocionada y ruborizada, guardó silencio. Emerald de Lacy le pidió las castañuelas y se puso a sonarlas con poca maestría pero con tanta pasión que atrajo la atención de los adultos. Manon la observaba y sabía que la niña solo tocaba para su primo Arthur. Le recordó a ella misma, un par de años mayor, cuando hacía de todo para llamar la atención de Alexander, sin ningún resultado.

Obadiah propuso al capitán Alex entonar las estrofas de *Rule, Britannia*! Se les unieron con gran espíritu patriótico el duque de Wellington, sus dos hijos y el resto de los varones Blackraven. Ni un instante había transcurrido desde el final del himno naval inglés que el príncipe de Talleyrand respondió con las primeras estrofas de *La marsellesa* en una especie de duelo canoro improvisado. Manon, la duquesa de Dino, Thibault Belloc y Aldobrandini lo acompañaron y acabaron por componer una lograda interpretación de la balada patriótica, que estaba de nuevo de moda porque el rey Luis Felipe solía entonarla desde el balcón de su palacio.

Emocionado, Belloc comenzó a cantar *Veillons au salut de l'Empire*, la marcha preferida del ejército del emperador Napoleón, y enseguida Talleyrand lo imitó. Aldobrandini indicó con un gesto que no la conocía, lo mismo la duquesa de Dino. Manon se les sumó al grito de «*liberté, liberté*!» y siguió cantando tomada del brazo de su adorado Thibaudot hasta el final, en una armonía y en una sincronía que parecía el resultado de varias horas de ensayo y no de un impulso antojadizo.

Alexander la observaba cantar en un francés de exquisita pronunciación y se preguntó si se sentiría francesa o inglesa. ¿Tal vez española? Sus miradas se cruzaron, y ella le sonrió con una alegría que lo despojó de la máscara que siempre lo acompañaba. Le respondió de igual modo, con una sonrisa generosa, reflejo del buen momento que estaban compartiendo. Lo tranquilizaba comprobar que estaba divirtiéndose, sobre todo después de que la deserción de sir Percival y de su hermana Cassandra la hubiese mortificado al punto de embarcarse esa mañana con un desánimo evidente para él, no para los demás, pues era una hábil simuladora. No sabía qué le había provocado más pena, si la tristeza de Manon o sus esfuerzos por ocultarla.

Con Finlay Walker y Al-Saffah ocupándose del timón, los dos primeros oficiales, Ferguson y Olsen, se aparecieron con sus violines y ejecutaron unas divertidas y rápidas melodías suecas.

—Señorita Manon —dijo Olsen—, ¿nos acompañaría con las castañuelas mientras tocamos el *Fandango* de Boccherini?

—El capitán Alex asegura que es una de sus piezas favoritas —comentó Ferguson.

—Sí, lo es —confirmó ella—. Y será un placer acompañarlos con las castañuelas.

—¡Baila, Manon! —le pidió Aldonza, y ella, con las mejillas como la grana, sacudió varias veces la cabeza para negar.

—¡Baila, querida! —la alentó doña Isabella.

—¡Sí, baila, Formidable Manon! —le pidió su tío Charles-Maurice, a cuya petición se les unieron Obadiah, Rao Sai y los hijos mayores del conde de Grossvenor.

Masino Aldobrandini, por su lado, soliviantaba los ánimos al hablar de la eximia *bailaora* de flamenco que era su querida Manon; así la llamaba, *bailaora*, en la típica jerga andaluza.

No bailaba desde hacía meses. Lo había hecho a principios de ese año, para el cumpleaños de su padre, que se lo había pedido, seguramente para evocar a su difunta esposa Dorotea. Se acordó también de que esa mañana le había causado un profundo dolor al negarse a participar del viaje inaugural del *Creole*. El recuerdo amenazó con precipitarla de nuevo en la tristeza. Asintió con un gesto austero, lo que causó la algarabía entre el pasaje, que aplaudió vivamente.

Dirigió la mirada hacia Alexander, quizá para comprobar si aprobaba su osadía, y lo encontró con los ojos fijos en ella, serio, inescrutable. Le sostuvo la mirada con intención mientras se quitaba los guantes; intentaba trasmitirle que bailaría solo para él, y tal vez lo consiguió porque una sonrisa le despuntó en las comisuras.

Los violinistas demostraron una vez más su maestría al interpretar los primeros acordes de *Fandango*; incluso Sven Olsen hizo las partes de la guitarra abandonando el arco y rasgueando las cuerdas con los dedos. El momento de las castañuelas se aproximaba, y Manon percibía cómo la ansiedad y el nerviosismo aumentaban y le oprimían el pecho. La potencia, que iba acumulándose, explotó y la dotó de un vigor excepcional, que descargó en un zapateo virtuoso y rapidísimo, que nadie veía dado el largo del vestido, pero que intuían cuando el eco de sus taconeos al golpear las cuadernas de la cubierta se imponía al ulular del viento y a los graznidos de las gaviotas.

En el baile del flamenco, todo se involucraba, así se lo había enseñado Dorotea, incluso el rostro, pero lo primordial era mantener el equilibrio en una posición erguida y estética. Giraba y giraba con los brazos en alto, levantaba apenas las piernas, ejecutaba cruces y cortes con los pies, los sacudía contra el suelo, mientras las manos, inquietas, arrancaban ese sonido tan peculiar a las castañuelas. En cada giro lo buscaba a él, que la seguía con una concentración halagadora. En cada giro pensaba: «¿Me miras como la mirabas a ella aquella tarde en la caverna?».

La música y la danza terminaron con una nota definitiva, y los aplausos, los vivas y los bravos alcanzaron cada rincón de la cubierta del *Creole* y viajaron hasta las orillas del Támesis, atrayendo las miradas de los pescadores y de la gente que por allí transitaba. El público rodeó a los músicos y a la bailarina para congratularlos, y las muestras de admiración y de cariño se prolongaron.

Alexander, apartado, decidió: «Algún día le pediré que baile desnuda para mí». Caminó hacia el grupo y se abrió paso hasta llegar a su prometida, que, todavía agitada, aceptaba los elogios del príncipe de Talleyrand. La encontró exquisita con los bucles que escapaban a las presillas y los pómulos arrebolados.

—Manon —la llamó, y, dado que raramente pronunciaba su nombre, captó su atención enseguida—, has estado magnífica —la elogió.

—*Superbe!* —corroboró el embajador francés.

—Gracias —murmuró la joven.

Alexander se quitó el bicornio, que calzó bajo el brazo, tomó la mano desnuda de su prometida y se la besó.

* * *

El día soleado les permitió almorzar en cubierta un bufé de carnes frías y bocadillos que todos engullían con gran disfrute. Para combatir el frío, bebían té y café, que los hombres enriquecían con bebidas espiritosas.

Manon necesitaba usar el retrete, por lo que se dirigió al camarote del capitán, el que se convertiría en el reino de Isabella Blackraven cuando por fin capitanease el *Creole* a su retorno de China. Subió los pocos escalones que conducían al castillo de popa, lo atravesó a paso rápido, saludando con una inclinación de cabeza al timonel y al teniente Walker, y cruzó el umbral de la cámara de oficiales, una especie de antesala del camarote. Todo lucía impecable y nuevo. Entró. Descubrió el retrete detrás de un cortinado.

Regresó a la cámara de oficiales minutos más tarde. Se detuvo abruptamente: Isabella y el cirujano James Walsh se enzarzaban en un beso tan apasionado que los había privado del sentido de la audición; no la habían oído entrar. Manon escuchó las voces de Alexander y de Estevanico, que se aproximaban por el castillo de popa. Cerró la puerta del camarote con un portazo deliberado.

—Disculpen —barbotó—. Ella, tus hermanos están viniendo hacia aquí.

Isabella se acomodó los mechones que se le habían soltado y se cubrió la boca en el acto infructuoso de aplacar la rojez. Más allá de eso, no se la veía nerviosa. Walsh, en cambio, daba la impresión de querer saltar al río por la claraboya. Manon le destinó una sonrisa en el intento por reconfortarlo. El cirujano se la devolvió y, aunque era forzada, la juzgó hermosa. James Walsh era realmente guapo.

Alexander y Estevanico entraron envueltos en una conversación animada que se interrumpió al encontrarlos en la cámara de oficiales. Enseguida captaron la situación. Destinaron un vistazo deliberado a Isabella, que se encogió de hombros. Walsh se había puesto pálido.

—Ella iba a mostrarnos las cubiertas inferiores y la bodega —mintió Manon—. ¿Vamos?

—No —intervino Alexander—. Necesito hablar contigo. —Manon asintió—. Yo te llevaré después a ver los pañoles y la bodega —agregó con un acento menos brusco—. Ella —dijo sin volverse hacia su hermana—, papá está buscándote.

Los dejaron solos. Se contemplaron en silencio. Una sonrisa socarrona fue elevando las comisuras de Alexander.

—No sabía que bailases flamenco.

—Jamás lo hago en público. Solo frente a mi familia.

—Yo seré tu familia pronto.

—Sí.

—Y bailarás para mí —afirmó, y se aproximó a paso lento.

—Siempre que me lo pidas, lo haré.

—Desnuda —la provocó, y se detuvo a unas pulgadas de distancia.

—Si eso te complace —concedió ella.

Lo enterneció que le respondiese con entereza pese a estar escandalizada y ruborizada. Amó su valentía y su carencia de artificios y de falsos escrúpulos morales.

—Eso me complacería, sí. Enormemente —añadió antes de aferrarle el delicado talle, atraerla hacia él y devorarle los labios.

—Gracias por haber llamado Gloriana a la campana —susurró Manon con la voz entrecortada mientras él le besaba el cuello, que ella le exponía en generosa entrega.

—De nada.

—¿De qué querías hablarme?

—Solo quería tenerte un momento para mí. Además, deseo darte algo.

Habría deseado entregarle el anillo de compromiso en una celebración con las dos familias. En vista de cómo estaban las cosas con sir Percival, se había decidido por hacerlo en un momento íntimo, solo ellos dos. A decir verdad, le resultaba mejor, más acorde con su temperamento.

Extrajo del interior de su largo gabán negro una pequeña cajita. Se contemplaron a los ojos en un mutismo acentuado por el graznido de las gaviotas y por las voces provenientes de la cubierta. Alexander levantó la tapa y le presentó el anillo de compromiso, que arrancó a Manon una exclamación aprobatoria. En una base romboidal más bien chata para facilitar el uso del guante de rigor, se destacaba un gran rubí facetado en una talla cojín, circundado por brillantes de diversos tamaños. La joya, de una confección prodigiosa, solo le inspiraba elogios. Si bien Alexander le había advertido que contenía un rubí, no se había esperado uno tan grande. Le dio un beso rápido antes de quitarse el guante de la mano izquierda y presentársela. Alexander se lo deslizó en el anular con una facilidad sorprendente si se tenía en cuenta que había calculado la medida a ojo. Se quedó observando el conjunto que componían la joya en la mano pálida y de dedos largos y delgados.

—Te queda muy bien —murmuró—. Tienes una mano hermosa —dijo, y se la besó.

—Y tú tienes un gusto irreprochable —afirmó, mientras estudiaba la sortija desde distintos ángulos.

Alexander, en cambio, la observaba a ella.

—¿Te sientes inglesa o francesa? —preguntó repentinamente—. Hoy, mientras cantabas esas tonadas en francés, me lo pregunté —añadió.

Manon solo tardó un instante en afirmar:

—Me siento tuya.

La emocionó ser testigo del impacto que le causó su respuesta. Empezaba a conocerlo, y sabía que su seriedad no siempre reflejaba enojo o preocupación; en ciertos casos era el mecanismo al que echaba mano para reprimir y controlar un sentimiento que lo perturbaba por lo intenso. Ese era uno de esos casos. Rio, dichosa, y le echó los brazos al cuello. Lo besó antes de remarcar:

—Ni francesa ni inglesa. Soy Manon, la alejandrina —dijo, con actitud traviesa, que con el paso de los segundos mutó en una seria y comprometida—. Te amo, Alexander Blackraven. Inmensamente. Para siempre —añadió, y besó el anillo en el acto de sellar un juramento.

La máscara se resquebrajaba, la contención se perdía, el control se desvanecía, ella lo veía con claridad, pero él seguía firme, callado, los ojos brillantes inmóviles en los suyos. Lo vio asentir con un movimiento rígido mientras los músculos de las mandíbulas se le contraían y se le relajaban en un juego inútil por ahogar el dolor que le provocaba ser incapaz de corresponderla con las mismas palabras. Lo abrazó desbordada de amor y de compasión.

* * *

Estevanico abandonó la cama de la marquesa de Queensberry y, en puntas de pie, recogió la ropa regada en el suelo. Se vistió en la recámara contigua sin hacer ruido. Salió a la calle. Consultó el reloj: las seis y cuarto de la mañana. Faltaba más de una hora para la salida del sol. Avanzó por las calles de Belgravia iluminadas por los modernos faroles a gas. Amaba ese momento, el nacimiento de la jornada, aun en invierno. Lo dotaba de una energía irrefrenable. Ese día, sin embargo, se sentía vacío. Triste, admitió a regañadientes.

El día anterior, durante el viaje inaugural del *Creole*, Quiao lo había ignorado. En cambio, se había mostrado muy amigable con Charles, el menor del duque de Wellington, que la contemplaba con ojos apreciativos, algo comprensible dada la belleza exótica de sus rasgos y la dulzura de su carácter. Se acordó, además, de que Charles la había invitado a bailar en los dos últimos bailes en Almack's. Resultaba improbable que su padre, al que apodaban el duque de hierro, celebrase la unión de su hijo con una mestiza, mitad china, mitad inglesa. La situación, sin embargo, lo tenía a mal traer y lo enfrentaba a una realidad: cómo haría para soportar las imágenes de su adorada Quiao como esposa de Yang Shuchang.

Al llegar a Blackraven Hall, ingresó por las caballerizas para evitar cruzarse con sus padres, que eran madrugadores. Lo delató Sansón III, que lo olfateó y salió a recibirlo. Pocos minutos más tarde, mientras se ajustaba el cinto de la bata, llamaron a la puerta de su dormitorio. Era su madre. Detrás de ella entró una de las sirvientas con el desayuno.

—Doreen, dile a Colton que mi hijo se dará un baño, que lo disponga todo —ordenó la duquesa mientras se ocupaba de colgar en un armario la chaqueta que Estevanico había arrojado a la cama.

—Sí, su gracia —respondió la muchacha y se retiró tras depositar la bandeja sobre una pequeña mesa próxima a la chimenea.

—¿Cómo estás, cariño? —preguntó Melody, y Estevanico se inclinó para recibir su beso en la frente, una costumbre que venía desde que él tenía… ¿Cuántos años tenía cuando su padre lo conoció en Río de Janeiro? ¿Siete, ocho? Su aspecto era el de uno de cinco a causa de la desnutrición. Como fuese, no lo sabía con certeza, por lo que, en rigor, desconocía cuál era su edad. Asumían que era de 1797 y su fecha de cumpleaños el 13 de mayo, día en que el duque de Guermeaux lo había comprado a don Elsio, el tabernero. Se trataba de una construcción artificial creada para darle un marco referencial a su vida.

—Me daré un baño y me iré al puerto —anunció, evitando la pregunta de Melody—. Estamos esperando el bergantín que llegará hoy con el ron de la hacienda de tía Amy.

—¿Y tú cómo estás? —insistió su madre, y lo retuvo aferrándole el rostro.

Se miraron a los ojos. Para responder, Estevanico los dejó caer.

—Bien. Siempre estoy bien.

—Anoche, y a pesar de haber pasado un día tan lindo a bordo del *Creole*, encontré a Quiao llorando en su dormitorio —anunció Melody.

—¿Llorando? —se inquietó—. ¿Ocurrió algo?

—Nada grave, cariño —lo tranquilizó Melody, y le indicó con la mano que se sentase y comenzase a desayunar—. Nada grave —repitió—, solo que es muy infeliz porque dice que tú no la amas.

Estevanico se alejó en dirección a la ventana para darle la espalda a Melody. Nunca había tocado el tema de Quiao con nadie, ni siquiera con Alexander; con él lo había hecho tangencialmente. La situación lo ponía incómodo, lo avergonzaba. Ahora que lo pensaba con detenimiento, sí había existido una ocasión en la que había abordado el asunto: con Manon Neville durante el primer baile de la temporada en Almack's. Y, si bien en un principio negó lo que ella le señalaba con una naturalidad pasmosa, acabó por abrirse y confesarle la verdad.

Melody se aproximó y le sujetó la mano. Se la besó. Estevanico sintió un tirón en la garganta. La visión de Birdcage Walk se tornó borrosa.

—Nico, cariño, ¿crees que tu padre y yo no hemos advertido las miradas que se lanzan últimamente o cómo te pones cuando la ves entrar en una habitación?

Estevanico rio por lo bajo.

—Y yo que me creía el rey de la simulación, aun mejor que Alex.

—Con los demás, puede ser —concedió Melody—. Con tus padres, no. Te conocemos demasiado.

—No saben nada de mí —declaró con un timbre endurecido, y volvió a poner distancia—. Soy un pobre huérfano, sin origen, sin nada.

—Eres nuestro hijo adorado —afirmó Melody con acento grave—. Y aunque no sé quiénes te dieron la vida, se lo agradezco, porque trajeron al mundo a una de las mejores personas que he conocido en mis casi cincuenta años. Tú me honras llamándome madre.

Las lágrimas caían libremente y bañaban el rostro oscuro de Estevanico. Él, sin embargo, se mantenía quieto, erecto, el rostro tenso, los labios apretados. Melody volvió a tomarle la mano y se la pegó a la mejilla.

—Nico, amor mío, que nada te importe excepto el ahora. Excepto el amor de Quiao.

—La amo, la amo más que a mi vida —confesó con una nota desesperada en la voz—, pero ¿cómo presentarme ante sus padres y pedir su mano si no soy nadie?

Melody sonrió al escucharlo confesar su amor por la joven china. Lo condujo hasta un sillón apostado junto a la chimenea y lo obligó a tomar asiento. Ella lo hizo frente a él.

—Tú eres el hijo del duque de Guermeaux, pero ¿qué importa de quién eres hijo? Tú eres tú, Estevanico Blackraven, magnífico ser, honesto, trabajador, sólido, respetable y un gran navegante —acotó con una nota divertida—, algo que Jason Walsh sabrá apreciar.

—Él sí. Su esposa no.

—Tao es una mujer tremenda, lo sé, pero ¿no estás dispuesto a luchar por Quiao? Ella me confesó anoche que viajará a China en el próximo convoy para enfrentar a su madre y romper el compromiso con Yang Shuchang.

—El acuerdo que papá firmó con el emperador Daoguang depende, en gran parte, de la flota de Jason Walsh para transportar el metal y los productos a los puertos del norte. Todo podría perderse si yo ocasionase una grieta entre nuestras familias.

—¿Es cierto lo que me dijiste hace unos minutos, que la amas más que a tu vida?

—Sí, es cierto.

—¿Qué estarías dispuesto a hacer por Quiao?

—Todo, cualquier cosa. Mantenerme lejos para no dañarla, hasta eso estoy dispuesto a hacer por ella.

—Pero entonces —dijo Melody, y levantó el brazo para acunarle la mejilla—, mi adorado Nico se quedaría con el corazón roto y una vez más se sacrificaría por los demás sin exigir nada a cambio.

Estevanico le aferró la mano y lloró sobre ella. La impresionó su quebranto. Rara vez lo había visto llorar; de adulto, jamás. Se puso de pie y lo abrazó. Estevanico le rodeó la cintura y hundió el rostro en su vientre. El llanto recrudeció. Melody percibía los alaridos que ese hombre hecho y derecho sofocaba en la sarga de su vestido; le llegaban a las entrañas. Décadas de angustia e incertidumbre encontraban una salida y se precipitaban fuera con el impulso de un volcán en erupción.

Poco a poco, llegó la calma, para los dos, porque Melody también había llorado atravesada por el dolor de su hijo adoptivo. Se puso en cuclillas y le secó la cara con la servilleta que manoteó de la bandeja del desayuno. Se miraron y se sonrieron con mentones aún temblorosos.

—¿Sabes lo que me dijo papá el día en que me encontró en Río de Janeiro? —Melody, incapaz de hablar, negó con la cabeza—. Mi esposa es un ángel y será para ti lo más cercano a una madre. ¡Cuánta razón tenía!

* * *

Roger Blackraven, seguido por Somar, entró en la barraca del puerto, y los empleados, como dóciles alumnos frente al dómine, se pusieron de pie y lo saludaron con reverencia. En el despacho, los aguardaban Estevanico, Alexander, Arthur y su yerno Edward Jago. Tras los saludos, Blackraven fue enseguida al punto.

—Acabamos de almorzar en The Swan con Braulio Costa —anunció—. Llegó ayer de Manchester, muy entusiasmado con la tela impermeabilizada con gutapercha. Asegura que es el futuro.

—Según Samuel Bronstein, Antonino Reyes sigue en el Durrants —informó Estevanico—. ¿Dónde se aloja Costa? ¿Ahí mismo, en The Swan? —inquirió.

—Allí mismo —confirmó Blackraven—. ¿Creen que sea necesario poner un guardia?

Los cuatro jóvenes intercambiaron miradas.

—Eliminar a Costa no serviría de nada —opinó Jago—. El asunto ya está muy avanzado y es de conocimiento público.

—¿Qué te ha parecido Costa? —quiso saber Estevanico.

—El de siempre: ambicioso e intrigante —puntualizó Roger—. Pero es un hombre de negocios con los pies en la tierra. Me ha asegurado que el acuerdo que nos ofrece es legal. El del tal Reyes no. Hoy, después de la charla con Costa, comprendí que el fin último de esta explotación es la creación de una casa de la moneda en La Rioja. Quiroga ambiciona acuñar el dinero de la Confederación, una estrategia que habla de lo inteligente que es, porque lo dotará de un poder inconmensurable.

—Rosas, si es como lo describen, no lo consentirá —conjeturó Arthur.

—Claro que no, muchacho —acordó Somar—. Roger, aquello es lo mismo de siempre: una gran olla de grillos. ¿Estás seguro de que quieres meterte en ese infierno? —cuestionó al duque de Guermeaux con la familiaridad que pocos habrían empleado para dirigirse a él.

—Nunca se rechaza una mina de metales preciosos —sentenció Roger—. Pero es cierto, tenemos mucho en el plato —admitió— y es preciso organizarnos para llevar adelante los distintos proyectos sin perder el control. Ahora la prioridad la tiene el convoy con los lingotes de plata para China. Yo viajaré con ustedes —dijo, despertando sonrisas en Alexander y en Estevanico—. Los acompañaré en el *Black Dart* hasta las Filipinas. Quiero ocuparme de poner en funcionamiento las minas de Paracale. —Dirigió la mirada hacia Alexander—: Entiendo que, tras la llegada de Costa a Londres, le hablaste a Percy de la explotación del Famatina para proteger tu relación con Manon. Comprendo tu decisión, pero de seguro Porter-White ya le avisó a Rosas. Esto pone en peligro a tu tío Tommy.

—Lo tuvimos en cuenta —aseguró Alexander—. Le escribí advirtiéndole.

—Ni una palabra de esto a tu madre. Enviaré de inmediato el *Black Hawk* para que proteja a tu tío y a su familia. Rosas es capaz de cualquier cosa con tal de lograr su voluntad. —Se dirigió a Arthur para preguntarle—: ¿Has avanzado en tus negociaciones con los parlamentarios por la ley de emisión de papel moneda para la Casa Neville?

La conversación se extendió hasta bien entrada la tarde, porque no solo establecieron la estrategia para revertir la votación en la Cámara de los Comunes; también se dedicaron a planear el viaje a China. Se decidió que zarparían en tres semanas, con la marea alta del 22 de diciembre.

Alexander, que siempre experimentaba una gran emoción frente a las largas travesías, se sorprendió al sentir una alarmante pesadumbre. No quería alejarse de Manon.

Capítulo VIII

Desde hacía unos días, Manon se dirigía a su padre con pie de plomo; tenía un humor endiablado. El miércoles a media mañana lo encontró haciendo unos extraños cálculos y se inclinó a su lado, mostrándose interesada.

—Estoy determinando la cantidad de papel moneda que emitiremos —anunció sir Percival.

A Manon le tomó pocos segundos comprender que el proyecto de ley obtendría el voto favorable después de todo. Al analizar las anotaciones de su padre, comprendió también que el monto emitido superaría las reservas de oro de la Casa Neville. Expresó ambas conclusiones a viva voz.

—He llegado a un acuerdo con Blackraven —masculló su padre sin mirarla, por lo que Manon no se atrevió a profundizar—. La ley se aprobará en la próxima votación —añadió a regañadientes.

—¿Por qué emitirás más papel moneda del oro que poseemos? —insistió tras un silencio en el que sir Percival había retomado los cálculos.

Neville se deslizó los quevedos hasta la punta de la nariz y la miró fijamente, sin la animosidad de esos días.

—Hija, si limitas el circulante de un país a las reservas de un metal precioso en extremo escaso es como si le colocases un corsé a la economía: jamás se expandirá y su crecimiento alcanzará rápidamente un techo.

Manon, que había leído todo lo referido a la emisión de papel moneda, conocía las dos posturas, la de los bullionistas y la de los antibullionistas, siendo los primeros un grupo de estudiosos favorables a mantener un estricto control entre el papel moneda circulante y las reservas auríferas.

—Los bullionistas sostienen que es conveniente mantener la convertibilidad del papel moneda en oro para evitar el aumento de los precios —alegó.

—Un poco de aumento de los precios es síntoma de crecimiento —replicó Neville—. Es eso o una economía estancada, con gran cantidad de pobres —dictaminó.

—¿Qué ocurriría si viniesen todos nuestros clientes, al mismo tiempo —remarcó—, a pedir que les convirtiésemos su papel moneda en oro?

—En eso se basa el sistema —manifestó Neville con la sombra de una sonrisa—, en que no vendrán todos juntos. Si lo hicieran, quebraríamos. El gran John Law dijo: «Llegará el día en que se olvidarán de que este papel representa oro».

—John Law, como ministro de Finanzas de Luis XV, no tuvo un buen final —evocó Manon.

—Eso no significa que su teoría no fuese brillante —rebatió Neville—. Al igual que la vida, la economía también se abre camino naturalmente guiada por la ambición humana. Si no le damos mayor flujo de dinero ahora, tarde o temprano, las ansias de expansión y de crecimiento lo exigirán, y otros intentarán satisfacer al mercado con lo que necesita, y los Neville habremos perdido una oportunidad única. En cambio, si nos anticipamos a esa necesidad natural, será la Casa Neville la que proveerá el dinero, y eso consolidará nuestra posición y nuestro poder.

—¿Nuestra posición y nuestro poder no son ya lo suficientemente fuertes y estables?

—Nunca te duermas en los laureles, Manon, pues siempre habrá alguien que planeará arrebatártelos. —La mueca de Manon, que reflejaba su desazón, debió de enternecer a sir Percival—. Cariño —dijo, volviendo a la forma afectuosa de siempre—, no quiero que te preocupes por esto. Confía en tu padre. La emisión de papel moneda de la Casa Neville será un éxito, no solo porque contamos con un prestigio sin precedentes, sino porque la haremos muy popular al fraccionarla en notas bancarias de bajas denominaciones; todos, incluso los menos pudientes, tendrán acceso a él.

Nora interrumpió la conversación anunciando la llegada de Isabella Blackraven. Manon se alarmó; rara vez la visitaba en la Casa Neville;

la última vez había sido para avisarle que Alexander yacía en la cama, con una puñalada en el costado derecho. La recibió en la salita de la planta baja. Se calmó apenas la vio; le brillaban los ojos azules y sonreía sin causa aparente. Tras ordenarle a Nora que les trajese el servicio del té y unos bocadillos —aprovecharían para almorzar juntas dada la hora—, le exigió que le revelase el secreto que custodiaba tras esa sonrisa bribona.

—¡Oh, Manon! —exclamó, y le aferró las manos—. ¡Ayer Dada aprobó mi compromiso con James! ¡James y yo vamos a casarnos!

La desbordó una oleada de dicha. Después de haber sido testigo del beso apasionado entre su amiga y el cirujano chino, la alegraba saber que no seguirían escondiéndose. Le pidió detalles.

—Lo más difícil fue convencer a James —admitió Isabella—. Él no quería solicitar mi mano. Se siente menos, ya sabes. Lo puse entre la espada y la pared. O le pedía a Dada mi mano o nunca más volvería a dirigirle la palabra.

—Oh, Ella, qué cruel.

—No quedaba otra alternativa, querida Manon, créeme. Es terco como un mulo y orgulloso como un pavo real. —Sonrió con picardía—. Pero me ama tanto como para vencer el miedo y enfrentar a Dada. Igualmente, elegí un momento en que mamá estuviese presente. Sabía que ella lo convencería en caso de que Dada se opusiera; es la única que le tuerce la voluntad.

—¿James se presentó solo a hablar con tu padre?

—Oh, no, no, nos presentamos juntos. De la mano. ¡Si hubieses visto la cara de Dada cuando nos vio entrar! ¡Y lo que me dijo!

—¿Qué te dijo?

—«Hija, ¿contigo nunca nada puede ser como se espera?».

Las amigas festejaron el comentario del duque de Guermeaux entre risas.

—¿Y tú qué le respondiste?

—Le dije: «Nunca, Dada. Después de todo, soy tu hija».

—Buena respuesta —aprobó Manon—. Sigue contándome —pidió, ansiosa.

—Debo admitir —retomó la joven Blackraven— que James me sorprendió porque no se dejó intimidar. Le dijo a Dada con mucho aplomo: «Tío Roger, te quiero y te respeto tanto como a mi padre, y solo espero no contrariarte ni ofenderte al decirte que amo a tu hija Isabella y que sería muy feliz si me concedieses su mano». ¡Oh, Manon, qué orgullosa me sentí de él!

—Venía practicando el discurso desde hacía tiempo —conjeturó Manon—. ¿Qué dijo tu padre?

—Nada en un principio. Me miró con fijeza, luego a mamá, que sonreía y nos miraba con ganas de abrazarnos. Se puso de pie y caminó hacia nosotros. James no retrocedió ni una pulgada y le sostuvo la mirada, que no es fácil de sostener, te lo aseguro.

—¿Y? —se impacientó Manon—. ¿Qué dijo?

—Sabes cómo es Dada: no tiene pelos en la lengua y te obliga a enfrentar los asuntos sin suavizarlos. Me dijo: «Ella, ¿eres consciente de que, una vez que te unas a Jimmy, quedarás excluida de la mayoría de los círculos sociales londinenses?».

—¡Oh, qué directo! —se sorprendió Manon—. ¿Qué le respondiste?

—Que era consciente y que no me importaba. Le dije también que solo apreciaba tu amistad, y que tú jamás me excluirás a causa del origen de James.

—¡Por supuesto que no! —afirmó Manon, y la abrazó en un impulso más propio de la joven Blackraven que de ella misma.

—Dada le lanzó un vistazo intimidatorio a James y volvió a arremeter. Dijo: «Ella, si hoy Jimmy participa de los bailes en Almack's es porque yo exijo a las patrocinadoras un billete para él. Pero no ostento ningún poder para convencerlas de que te inviten a sus hogares. Quedarás tan marginada como Margaret Cavendish».

—¿Tú qué le respondiste?

—Que igualmente me marginarán una vez que me convierta en la capitana del *Creole* a mi regreso de China.

—Inteligente respuesta —reconoció Manon.

—Es la verdad, querida amiga. Y me importa un cuerno si me marginan. Solo me interesa tu amistad.

—¡La tienes! —Manon le aferró las manos—. Siempre la tendrás, querida mía. Estoy tan feliz por ti. ¿Cómo está James? Exultante, imagino.

Isabella torció la boca.

—El discurso de Dada no resultó tan inocuo en él como en mí. Le pesa ser la causa del escarnio al que me someterá nuestra sociedad. Llegará a aceptarlo —añadió con el espíritu optimista que la caracterizaba—. Y seremos tan felices como Dada y mamá.

—Te aseguro que hay una persona en nuestra sociedad que estará feliz con el anuncio —susurró Manon con un fingido aire de intriga—. Me refiero a mi tía Charlotte. Te culpa, ¿sabes? Según ella, mis tres primas siguen solteras porque tú tienes a la mayoría de los jóvenes solteros de Londres esperando a que te decidas con cuál te quedarás.

Nora las encontró riéndose. Depositó la bandeja en la mesa delante de los sillones y les sirvió el té antes de retirarse. Las amigas siguieron conversando mientras comían los bocadillos. Comentaron acerca del éxito del viaje inaugural del *Creole*, y, si bien para Manon encerraba una triste memoria, intentó compartir el entusiasmo de su amiga enseñándole el anillo de compromiso. Aún le dolía que su padre y su hermana se hubiesen negado a participar. «Sin mi esposo, no iré a ningún lado», se había plantado Cassandra el domingo por la mañana antes de retirarse y dejarla sola y aturdida. Desde entonces se preguntaba qué había sido de la Cassandra deshecha en llanto que unas noches antes se había lamentado porque su esposo no le tocaba un cabello desde el nacimiento de William. ¿Dónde había quedado la joven que sospechaba la existencia de una amante? Ahora lo defendía a capa y espada. Conociendo a la Serpiente, no tenía duda de que había reanudado la intimidad para manipular a Cassandra.

Un comentario de Isabella la devolvió a la realidad: se había fijado la fecha del viaje a China para el 22 de diciembre. La noticia la sumió en una profunda desazón. Se sentía víctima de sus propias decisiones y ya no juzgaba tan razonable posponer el matrimonio hasta el regreso de Alexander de aquella lejana tierra, que encerraba el peligro más letal para su incipiente relación: Alexandrina Trewartha.

El hecho de que Alexandrina estuviese casada y fuese la madre del hijo de Archibald —estimaba que ya había nacido— no se erigiría como un impedimento suficiente para evitar que Alexander y ella reanudasen su desgraciada historia de amor, sobre todo ahora que Jacob Trewartha, el escollo del pasado, había cesado de existir. Estaba convencida de que si Alexander le hubiese tendido la mano y pedido que volviese a él, Alexandrina habría abandonado a su esposo y a su pequeño hijo para seguirlo, del mismo modo que no dudaba de que si Alexandrina le hubiese suplicado a Alexander que la rescatase de un matrimonio sin amor, él lo habría hecho, olvidándose de su compromiso.

—Ey —susurró Isabella—, ¿qué ocurre? Te has puesto pálida cuando te he dicho lo de la fecha del viaje. Si tanto te angustia separarte de Alex, ¿por qué no viajas con nosotros? Conocerías a tu nuevo sobrino. Además estoy segura de que Archie se pondría rabioso de dicha al verte llegar a Macao.

«Archie», repitió Manon para sus adentros, y repasó con el pensamiento las líneas de su última y desesperada carta.

—No puedo —admitió con la voz débil—. No puedo irme y dejar a Porter-White enseñoreado en la Casa Neville. Es muy riesgoso.

—Está tu padre —le recordó Isabella.

—Mi padre lo apoya ciegamente. —Forzó una sonrisa para cambiar de tema—. ¿Quieres acompañarme a lo del sombrerero Harris? Acaba de abrir un negocio en el Royal Exchange y me ha invitado a que lo visite. Me vendría bien salir y distraerme.

Fueron caminando; el famoso edificio de oficinas y comercios se hallaba a pocas yardas de la Casa Neville. Thibault Belloc marchaba detrás de ellas, atento a los transeúntes y con las manos listas para empuñar la pistola y el puñal ocultos bajo el abrigo, que llevaba abierto a propósito, pese a la fría jornada.

Los hijos, la esposa y, en especial, el señor Harris la recibieron con el ceremonial destinado a una reina. Al presentarles a su amiga, la hija del duque de Guermeaux, la familia de sombrereros se alborotó. El señor Harris no acababa de ofrecerle cumplidos y de agradecerle por haberse dignado a visitar su humilde local, más allá de que estaba emplazado en uno de los sitios más lujosos de Londres y del suntuoso decorado.

—Su señora madre, la gran duquesa de Guermeaux, nos benefició con su visita el lunes —comentó el señor Harris— y nos encargó dos pares de capotas para cada una de sus *protégées*, unas niñas encantadoras.

—Binita y Dárika —dijo Isabella en dirección a Manon.

Les mostraron el negocio, incluso el sótano donde habían instalado el taller. A Manon la asombraron las magnitudes de la bodega, que duplicaban las del local, que ya era bastante espacioso. Se quedaron un buen rato observando a los artesanos confeccionar los sombreros, embelesadas por la habilidad y la maestría que desplegaban. Se fueron casi a las tres —Manon tenía prisa por acudir a la bolsa—, después de haber comprado cada una un tocado de plumas, el de Manon en tonalidades que iban desde el rojo, pasaban por el naranja y acababan en el fucsia, y el de Isabella en una escala cromática de azules, que, en opinión del señor Harris, realzaba el color de sus ojos.

* * *

Manon regresó de la bolsa preocupada; su padre no había asistido, y ni Ross Chichister ni Ignaz Bauer le daban razones de su ausencia. Al cruzar el umbral de la Casa Neville se topó con Nora, que le informó que sir Percival se encontraba en su despacho.

—¿Qué sabes del señor Murray? —aprovechó Manon para preguntarle.

Desde el anuncio de la muerte de su primo Onslow Murray, ocurrida dos semanas atrás, no habían vuelto a verlo.

—Se murmura que se ha ido, señorita Manon —le confió la muchacha en voz baja.

—¿Quieres decir que no regresará a trabajar al banco? —se extrañó.

—Así parece.

—Gracias, Nora —dijo mientras disimulaba la satisfacción que la noticia le procuraba.

Subió la escalera con ánimo resuelto. Antes de llegar a la cima, la sobresaltó un portazo. Su cuñado acababa de salir del despacho de su padre con el gesto desencajado. Cruzaba el espacio que lo separaba de su oficina cuando la avistó. Se aproximó con una lentitud deliberada, la vista fija en ella. Sus ojos oscuros la dominaron. Apostada en el último peldaño, apretó el puño en el pasamano. «No le temas», se instó. «No se atreverá a hacerte daño frente a tantos empleados y clientes», se dio coraje.

—Tú y tu prometido me las pagarán —susurró Porter-White—. Es un juramento —agregó antes de alejarse hacia su oficina.

Manon se apresuró a entrar en el despacho de sir Percival. Le temblaban las manos y tenía la garganta seca. Sin quitarse los guantes, se sirvió un poco de agua. Su padre, echado en el sofá, se sujetaba la cabeza con las manos.

—Papá, ¿qué ocurre? ¿Por qué Porter-White ha dado un portazo?

—Porque, sucumbiendo a una extorsión de tu futuro suegro —dijo Neville sin animosidad, más bien con aire vencido—, he debido pedirle a Julian que abandone esta sede. La semana que viene se trasladará a la de París.

* * *

Julian Porter-White salió de la Casa Neville y caminó por las calles de la City sin destino. Lo consumía una ira que solo se calmaría el día en que por fin acabase con su cuñada y su prometido. Se detuvo delante del ingreso de la catedral de Saint Paul y elevó la vista hacia la majestuosa cúpula. Se recortaba contra el cielo oscuro del atardecer otoñal. Siempre le causaba placer contemplarla. Le alimentaba el hambre que lo acuciaba desde pequeño, hambre de éxito, de poder, de riqueza; hambre de destrucción. Habiendo nacido en un villorrio como Buenos Aires y sufrido el desprecio de un padre despótico, había transitado un largo camino hasta alcanzar la posición que ostentaba en la Casa Neville, posición que se desmoronaba: sir Percival lo enviaba al exilio.

Detuvo una calesa de alquiler y le indicó que lo condujese a Bury Street. Era temprano para solicitar los servicios de Lillydoo. La madama le cobró un poco más de lo habitual; la chica estaba durmiendo, y despertarla a las apuradas implicaba un extra. Se bebió dos copitas de ajenjo mientras aguardaba a que su prostituta favorita se alistase. La leyenda aseguraba que se trataba de un afrodisíaco potentísimo y peligroso, que ya se había cobrado la vida de varios incautos. Por el momento, a él solo se la había mejorado.

Subió la escalera ciego de excitación. A Lillydoo la atraían los juegos perversos y riesgosos que a él tanto complacían. La muchacha disfrutaba especialmente cuando le apretaba el cuello hasta cortarle la respiración, lo que la conducía a un orgasmo de proporciones inauditas. Esa tarde, mientras se impulsaba con violencia entre las piernas de la joven, era a Manon a la que veía debajo de él. Apretaba y apretaba el delgado cuello de su cuñada en una mezcla incontrolable de deseo y odio. El rostro de Manon adquiría una tonalidad purpúrea; sus ojos inyectados daban la impresión de saltar fuera de las cuencas; los labios se le habían contraído en dos líneas azuladas. Seguiría apretando, la muerte no tardaría en llegar, se alentó, loco de lujuria y sed de venganza.

Terminó en el suelo cuando Lillydoo consiguió sacárselo de encima. La joven tosió como una tísica hasta acabar inspirando afanosamente entre estertores y jadeos. Lo echó de la habitación y, mientras lo hacía, le arrojaba las prendas, que acabaron regadas en el corredor. El trato de la madama no fue muy distinto; le prohibió regresar.

Abatido, medio ebrio e insatisfecho, caminó pocas manzanas antes de detenerse frente a Trinity Court, la residencia de su amigo Patrick O'Brian en Arlington Street. Debían de ser las siete de la tarde. Sonó la campana. El mayordomo lo hizo entrar y, tras recibirle el abrigo y la chistera, lo ubicó en una sala en la que un fuego seductor rugía en la chimenea.

—¡Julian, qué sorpresa! —exclamó su anfitrión desde el umbral.

Iba vestido con una bata de costosa confección y tenía una pipa en la mano.

—Disculpa que haya venido sin previo aviso, Paddy.

—¡Qué cara traes! —se desconcertó O'Brian.

—Mi suegro me ha expulsado de la Casa Neville. Me manda al exilio a París. Y todo para calmar la ira de su socio, el duque de Guermeaux.

O'Brian tomó una deliberada inspiración y asintió.

—Poderoso enemigo —masculló, y le indicó un canapé delante del fuego—. Toma —dijo un momento más tarde y le entregó una copa de coñac.

—Estoy acabado —se lamentó Porter-White.

—Es, en nuestro momento más oscuro, cuando debemos concentrarnos para ver la luz —declaró O'Brian; enseguida añadió—: Al menos eso aseguraba Aristóteles.

Porter-White lo observó sobre el filo de la copa y una vez más confirmó que no era un zafio e inculto minero; todo lo contrario.

—Los desvelos de tantos años echados por la borda culpa de esa maldita de mi cuñada —se lamentó Porter-White—. La mataría con mis propias manos —masculló con los dientes apretados. Un carraspeo de O'Brian lo obligó a alzar la vista. El irlandés sonreía, incómodo—. Es una forma de decir —se apresuró a aclarar.

—Por supuesto, por supuesto. Entiendo la emoción violenta que te domina, querido Julian. Lo importante ahora es calmarse y analizar la cuestión con la mente fría. Si quieres recuperar tu posición en la Casa Neville tienes que acumular poder.

—¿Cómo? —inquirió Porter-White con un timbre desesperado.

—El cerro Famatina, él te dotará del poder necesario —afirmó O'Brian—. Y como dice el viejo refrán, no hay mal que por bien no venga. Considero que tu traslado a la sede de París es más provechoso de lo que sospechas. Te habría sido muy difícil lanzar la cotización de las acciones de la Río de la Plata Mining & Co. en la bolsa londinense, con todos los ojos puestos sobre ti. En cambio, en la de París, tendrás más libertad.

—Entonces, ¿sigues interesado en colaborar en esa explotación? —se animó Porter-White.

—¡Claro que sí! Una mina de oro y de plata siempre me interesa, donde sea que se encuentre.

* * *

Manon no deseaba regresar a Burlington Hall y enfrentarse a la fría indiferencia de Cassandra, que había llegado a impedirle ver a su sobrino William. Le temía a su reacción cuando se enterase de que su esposo partiría a París la semana siguiente como consecuencia de un castigo impuesto para calmar la ira del duque de Guermeaux.

Después del cierre del banco, le pidió a Thibault que la condujese al atelier de un joven pintor cercano a la catedral de Saint Paul, al que le había encargado el otro cuadro para Alexander, el que le había prometido el día de su natalicio. El joven artista, que había vivido en Marruecos, la esperaba con una obra estupenda: la escena de un harén. Resultaba imponente, no solo por el tamaño del lienzo —sesenta pulgadas de ancho por cuarenta de alto—, sino también por la selección de los óleos coloridos y brillantes y por el realismo de la estampa, en la que una docena de mujeres compartían el baño en una piscina techada, rodeada de columnas jónicas. Pagó, gustosa, las dieciocho guineas, mientras Belloc se ocupaba de acomodar la pintura en el habitáculo del carruaje.

—Llévame a Grosvenor Place, Thibaudot.

El cochero, tras una mirada de párpados entornados, asintió. Su disposición era tal que no le importó si alguien veía el coche con el escudo de la Casa Neville detenido frente a la mansión ancestral de los Guermeaux. Descendió con ínfulas, movida por un hartazgo y una repugnancia de las intrigas y de las bajezas humanas. Se sentía más allá de los mandatos sociales, de las exigencias, de los caprichos, aun del enojo de su padre y de la actitud ofendida de Cassandra, dos de las personas que más amaba.

Se decepcionó cuando Robert, el mayordomo, le informó que el conde no se encontraba. El pastor Trevik Jago, Sri Sananda, los niños —Obadiah y Rao Sai— y el lebrel escocés Mackenzie se presentaron en el vestíbulo atraídos por su voz. Obadiah y Mackenzie corrieron a recibirla. Manon besó y abrazó al niño y acarició el pelaje greñudo del animal. Obadiah, mientras daba saltitos en torno a ella, le pidió que se quedase a cenar. Manon cruzó un vistazo con el sabio indio y aceptó enseguida.

Thibault entró con el cuadro y generó un gran interés. Por indicación de Manon, Robert lo llevó al despacho del conde y lo apoyó sobre una pequeña mesa y contra la pared. Apenas entrase, Alexander lo vería.

—¿Robert?

—¿Sí, señorita?

—¿Sabes si el señor conde cenará fuera?

—Lamentablemente cenará fuera, sí.

—¿Podrías enviar un mensaje a Burlington Hall? Escribiré el billete en un instante.

—Por supuesto —dijo el mayordomo, y le señaló el escritorio—. Ahí tiene todo lo que precisa.

Casi al final de la cena, y mientras Sri Sananda recordaba la visita de días atrás a la obra en construcción del futuro hospital para pobres, Robert se inclinó y le habló a Manon al oído.

—Mi señor pide verla, señorita Manon. Acaba de llegar y la espera en su despacho.

Manon asintió intentando ocultar la agitación que la había tomado por asalto. Con fingida parsimonia, tomó la servilleta que le descansaba en el regazo y se repasó la boca. Se puso de pie lentamente, gesto que todos, aun los niños, imitaron. Se excusó y abandonó el comedor tras el mayordomo, con las manos tomadas como si rezase y la respiración un poco irregular, por mucho que luchase por volverla al ritmo normal.

Robert cerró tras ella. Pestañeó buscando acostumbrarse a la penumbra de la amplia habitación, apenas iluminada por el fuego de la chimenea.

—Aquí estoy —anunció Alexander, y emergió de las sombras más profundas.

Los dos se pusieron en movimiento y se encontraron a mitad de camino en un beso desaforado. Resultaba claro que él acababa de entrar de la calle; tenía la cara y las ropas frías.

—¡Qué magnífica sorpresa! —susurró Alexander sobre sus labios—. Llegar a casa y enterarme de que estás aquí.

—Obby me invitó a cenar. Estás muy elegante —señaló Manon.

—Vengo de cenar con sir James Graham.

—¿Con el primer lord del Almirantazgo? —se sorprendió Manon, y se preguntó qué asuntos tendría su prometido con la máxima autoridad de la Marina británica.

—El mismo. —Volvió a besarla, y ella a olvidarse de su curiosidad—. ¿A qué debo el honor de tu visita?

—Vine a traerte el cuadro prometido —dijo, y lo señaló.

Alexander encendió un candelabro de varias velas y, reteniéndola por la cintura, se movió hacia la mesa sobre la que descansaba el óleo. Lo estudiaba con esa mirada de párpados celados que, a un tiempo, la inquietaba y la fascinaba. ¿Qué estaría pensando?, se preguntó. ¿Qué memorias le inspiraría la escena del harén? ¿Habría conocido a una mujer en Constantinopla a la que todavía evocaba?

—Es soberbio. ¿Quién es el artista?

—Es un pintor joven, de la zona de Cheapside. John Lewis se llama. Ha vivido en Marruecos.

—Con razón —concedió Alexander, y se volvió hacia ella—. Gracias. Este también lo colgaré en nuestro dormitorio.

—¿Te gustaría que algún día me vistiese con esa especie de hopalanda transparente y bailase flamenco y tocase las castañuelas para ti? —le preguntó.

Alexander la aferró por la nuca y le besó el cuello. Su barba incipiente le provocó un cosquilleo intolerable. Se removió entre risas. Él intensificó el roce, y ella, los intentos por escapar de su abrazo implacable. Terminaron riendo a carcajadas, hasta que fueron calmándose, y el ánimo juguetón dio paso a uno cargado de un deseo que parecía expresado a gritos cuando en realidad los rodeaba un silencio en el que solo se oían sus respiraciones agitadas y el crujido de los leños en la chimenea. Volvieron a besarse con ese desenfreno que parecía imposible dominar. Alexander la arrastró al sofá, donde se dejó caer antes de sentarla sobre sus piernas. Manon se daba cuenta de que la situación se desmadraba y que ella no contaba con la voluntad para detenerse. Solo quería que Alexander siguiese besándola con esa impudicia, que su lengua la penetrase hasta alcanzar la profundidad de su boca, que sus manos le acunasen los senos y le rozasen los pezones, que... No sabía qué se necesitaba para calmar el fuego que la devoraba. Sentía una excitación desesperada que no se apaciguaba con lo que Alexander le hacía; resultaba poco. Quería más.

Oyó un ladrido y, al recordar el mal hábito de Obadiah de precipitarse dentro de las habitaciones sin llamar, intentó incorporarse —ya estaba casi por completo recostada sobre el sofá— y ejerció un poco de presión en el pecho de Alexander, que se sobresaltó, como si lo hubiese despertado de un sueño profundo.

—Discúlpame —masculló él mientras la ayudaba a erguirse—. Discúlpame —reiteró.

—No me pidas disculpas —dijo Manon mientras se acomodaba el peinado y con el rabillo del ojo le descubría la protuberancia que le abultaba la portañuela del pantalón—. Te detuve porque me pareció oír a Mackenzie. Y si él está cerca, Obby también. —Como le pareció que Alexander seguía mortificado, lo aferró por las mandíbulas y lo obligó a mirarla—. Detesto la hipocresía, Alexander. Lo que estábamos compartiendo fue la experiencia más fascinante que recuerdo. Te detuve porque no quiero que Obby...

La acalló con un beso duro, breve; a ella le pareció dulce y apasionado.

—Lo sé —dijo en un susurro vehemente—, sé que no hay una fibra hipócrita en todo tu ser. Gracias por el cuadro. Es estupendo. Me alegra que lo hayas traído tú misma y que hayas aceptado quedarte a cenar. Te he echado de menos estos días.

—Hoy, cuando entré aquí, sentí que llegaba a casa —dijo, y se avergonzó, pues en realidad, había pensando en voz alta, quizá alentada por la confesión de él.

La sonrisa de Alexander la impulsó a sonreír.

—Creo que es lo más lindo que me has dicho desde que nos conocemos.

—Vine porque necesitaba verte. Lo del cuadro era una excusa. Necesitaba que me abrazaras. Cuando lo haces, siento que nada importa, que todo está bien.

Alexander la estrechó contra su cuerpo.

—¿Ha ocurrido algo malo? —inquirió, preocupado.

—Mi padre ha despedido a Porter-White de la sede de Londres. Lo envía a la de París. Dice que lo ha hecho por un pedido de tu padre.

A punto de revelarle que su cuñado la había amenazado, calló. Temía que Alexander lo retase a duelo, no porque dudase de quién habría salido victorioso, sino para evitar que su prometido se metiese en un nuevo lío por su culpa.

—Lo sé —admitió Alexander, y Manon se apartó para mirarlo a la cara—. Yo estaba allí el día en que nuestros padres hablaron. Sir Percival la llamó una flagrante extorsión. Temí que se retractase y que me prohibiera volver a verte.

—¡Jamás habría acatado su orden!

—Lo sé, lo sé —dijo él con tono apaciguador.

La estudió, admirado de la untuosidad de su piel, arrebolada a causa de los besos que se habían dado. Al percibir que el deseo regresaba, se puso de pie y se alejó hacia la arquimesa donde guardaba las bebidas espiritosas.

—La noticia del distanciamiento de Porter-White me alegra —se sinceró—. Sé que echarás de menos a tu hermana y a tu sobrino, pero yo dormiré más tranquilo sabiendo que él no puede hacerte daño.

Bebió de un trago la medida de coñac. Oyó que Manon abandonaba el sofá. Se quedó quieto mientras la escuchaba aproximarse. Dejó caer los párpados, consecuencia del placer que lo invadió cuando ella le rodeó el torso por detrás y apoyó la mejilla en su espalda. Abrió los ojos y se quedó mirando sus manos. Manon las había apoyado, abiertas, sobre sus pectorales. Le observó el anillo de compromiso, el único que usaba. Una calma inesperada y bienvenida descendió sobre él. Aflojó la presión en las mandíbulas y la mano en torno al vaso.

—Ella me dijo hoy que determinaron la fecha del viaje a China. Partirán el 22 de diciembre —añadió tras un silencio que Alexander no se mostraba proclive a quebrar—. Le temo a ese día —admitió en un susurro.

—Ven conmigo, entonces —propuso Alexander, y en el tono brusco que empleó, Manon entrevió el fastidio que le causaba que ella se empecinase en postergar la boda.

Alexander se giró para enfrentarla. La miró con una fijeza que no pretendía ser dura sino inquisitiva. Quería descubrir qué pensamientos le ocupaban la mente. Desde un principio, Manon Neville se había presentado como un enigma que él anhelaba desentrañar. Observarla con tanto detenimiento solo estaba sirviendo para aumentar la desazón que había experimentado dos días atrás, después de que su padre decidiese la fecha de la partida, y que se volvía intolerable al imaginarse los meses lejos de ella.

Percibió que se debatía, que estaba meditando la posibilidad de acompañarlo. Lleno de esperanza, con un sentimiento de alegría triunfal, se lanzó a presionarla.

—Porter-White estará lejos de la Casa Neville, algo que te preocupaba hasta ayer.

Era cierto, el gran escollo que había representado la Serpiente hasta el día anterior había desaparecido pocas horas antes.

—Volverás a ver a Archie —apuntó Blackraven—. Sé que lo echas de menos.

También era cierto, lo echaba muchísimo de menos, más aún después de su última carta, en la que la llamaba con un grito desesperado.

«Y tú volverás a ver a Drina», le habría dicho si el pánico más puro y poderoso que conocía no le hubiese sellado los labios. ¿Deseaba que lo acompañase como un recurso para dominar la tentación de enredarse con una mujer casada, nada más ni nada menos que la cuñada de su prometida y la esposa de un amigo?

—El arte chino es milenario y de una belleza que quita el aliento. —Intentaba manipularla con hipérboles tan ajenas a su carácter, que Manon, pese a todo, profirió una risita—. Hablo en serio —simuló ofenderse Alexander—. Podrás dedicarte a comprar todo lo que te apetezca para ampliar la colección Neville y también para decorar nuestra casa. Le pediré a Howqua, un amigo de mi padre, que concierte entrevistas con expertos...

Manon lo obligó a callar al apoyarle delicadamente los dedos sobre los labios. Él se los besó y alzó las cejas con una ligereza casi infantil, ansioso por una respuesta. La enterneció aún más que con sus hipérboles.

—Déjame pensarlo. Solo un par de días —le pidió, y él asintió.

* * *

Estevanico entró en la biblioteca a propósito; Colton le había informado que Quiao se encontraba allí. Sola. Abrió sin hacer ruido; deseaba admirarla sin que ella se supiese observada. Sabía que le gustaba apoltronarse en un rincón en el extremo opuesto al ingreso, en el asiento de la ventana que daba al jardín de Blackraven Hall, y leer las novelas de su autora favorita, Ann Radcliffe. Lo hacía con una abstracción desconcertante. Él, que no encontraba ningún placer en la lectura de historias de ficción, había leído *Los misterios de Udolfo*, la obra más famosa de Radcliffe, solo para descubrir qué hallaba de fascinante en sus páginas. Se suponía que el relato debía atemorizarlo y mantenerlo en vilo. A él lo había aburrido y por momentos le había arrancado bufidos descreídos y risotadas burlonas. Prefería las obras que versaban sobre navegación y las biografías. En ese momento estaba leyendo una de Aníbal Barca después de escuchar a Manon hablar de él.

Resultaba claro que no compartían el gusto en materia literaria, un indicio más que desnudaba sus diferencias. En el aspecto físico radicaba quizá la distinción más notable. Él era alto y de contextura robusta; ella, de altura media y menuda. Él tenía la piel oscura; ella, muy diáfana. Él poseía facciones duras, para nada regulares, más bien toscas; ella, como había escuchado decir una vez, evocaba una figulina de porcelana. Sus mundos y sus orígenes también se hallaban enfrentados. Y, sin embargo, él la amaba loca y desesperadamente. Desde la conversación con su madre días atrás, los razonamientos y la entereza de espíritu, que lo habían ayudado a mantenerse lejos de Quiao, perdían vigor. Una alegría desconocida lo embargaba solo con permitirse imaginar una vida con ella.

Carraspeó. Quiao alzó la vista. Se miraron a través del espacio de la biblioteca. Solo se oían el tictac del reloj y el sonido de los cascos de los caballos y del traqueteo de los carruajes sobre los adoquines de Birdcage Walk. Quiao cortó el contacto visual, se puso de pie y se acomodó los pliegues de la falda con una calma deliberada. Avanzó hacia el ingreso dispuesta a abandonar la biblioteca. Persistía en su indiferencia. Estevanico le salió al paso y la sujetó por el codo. Quiao sacudió el brazo. Estevanico la soltó. Se miraron a los ojos. La dulce y mansa Quiao mostraba un rasgo del espíritu combativo de su madre Liu Tao.

—No te vayas —le suplicó—. Hablemos.

—¿De qué? —lo increpó—. ¿Volverás a decirme un montón de tonterías para no herir mi orgullo?

—¿De qué hablas?

—De que en realidad tu amor por mí es insignificante, si es que podemos llamarlo amor. Te gusto, sí, pero nada más. Tu dolor y tu deuda con los Blackraven componen la fuerza que mueve tu vida. En cambio, lo que siento por ti es lo que mueve la mía. —Se encogió de hombros—. No importa, he experimentado decepciones en el pasado. Sabré sobreponerme. Y quédate tranquilo: no volveré a molestarte.

Se recogió el ruedo del vestido, una vez más decidida a abandonar la biblioteca. Estevanico la sujetó por la cintura y cayó sobre su boca con una mezcla de exasperación y de excitación. Oyó el ruido del libro al dar con el suelo de madera y enseguida sintió las manos de Quiao en torno a su cuello. Se besaron con la misma destemplanza y sorpresa de aquel primer beso tres años atrás, el que se habían dado en el bosque que rodeaba Hartland Park, cuando ella le pidió que la acompañase a juntar piñas para el decorado navideño.

—¿Por qué me haces esto? —susurró Quiao—. Si no estás dispuesto a convertirte en mi esposo, no vuelvas a besarme. De este modo es difícil cumplir con mi propósito de olvidarte.

—No permitiré que me olvides. —Estevanico la sujetó por los brazos y apretó ligeramente—. ¡Mírame! —le exigió cuando ella apartó el rostro—. Mírame —volvió a pedirle con voz suave—. ¿Eres consciente de lo que significaría unirte a mí? ¿Sabes que sufrirías desprecios, lo mismo nuestros hijos? Y no olvidemos a tu madre. Tendrías que luchar contra su oposición, que sería tenaz, tremenda.

Quiao frunció el entrecejo y ladeó el rostro. Una sonrisa le despuntó en las comisuras.

—¿Qué tratas de decirme? ¿Que me quieres como esposa?

Estevanico la abrazó y apoyó la mejilla en su cabeza.

—Claro que te quiero como mi mujer. No hay nada que anhele más. Quiero que seas mi compañera para siempre.

—¡Oh, Nico! ¡Amor mío! ¡Qué feliz me haces! ¡El pecho me explota de dicha! ¡Vamos a contárselo a todos! ¡Tía Melody estará feliz!

—Primero permíteme hablar con mi padre. —Ante la mueca desilusionada de Quiao, se apresuró a agregar—: Hay cuestiones delicadas en este momento que no puedo soslayar. No sería sensato ni responsable de mi parte.

Quiao se puso en puntas de pie y lo besó.

—Y yo te admiro por ser tan sensato y responsable. Pero júrame que, más allá de lo que te diga tío Roger, no te echarás atrás, que serás mi esposo pese a todo.

—Lo seré —prometió Estevanico.

—¡Júramelo! —exigió Quiao.

—Lo juro.

* * *

El viernes 6 de diciembre por la tarde Thibault Belloc se presentó en la barraca del puerto. Alexander, que se encontraba reunido con Bryan Donkin, el proveedor de alimentos enlatados, dejó la cuestión en manos de Estevanico y abandonó el despacho con una aprensión que le oprimía el pecho. Al verlo avanzar, Belloc se quitó la chistera e inclinó la cabeza. La sonrisa se le borró cuando Alexander, sin responder al saludo, lo interrogó en francés para evitar que los empleados comprendiesen:

—¿Con quién has dejado a Manon?

—Con vuestra familia, milord, en Blackraven Hall.

Alexander lo contempló en silencio antes de asentir con un movimiento brusco, quizá avergonzado.

—Perdóname, Thibault. Debió de ser insultante para ti que dudase de tu responsabilidad para con mi prometida. Es que han ocurrido tantas cosas —se justificó—. No sabía que Manon planease visitar hoy, viernes, a mi familia.

—El miércoles no pudo darle la lección de castañuelas a la señorita de Lacy. Lo está haciendo en este momento.

Alexander aferró al gascón por el hombro, lo que evidenció la diferencia de estatura entre el conde, que medía seis pies y medio, y el chofer de la Casa Neville, que no alcanzaba los seis. De igual modo, Belloc poseía una contextura maciza que inspiraba respeto.

—Perdóname, amigo mío —repitió, esa vez en inglés, lo que provocó que varios de los amanuenses y de los contables alzasen las cejas e intercambiasen miradas pasmadas.

No era común que el conde de Stoneville pidiese perdón ni que llamase «amigo» a nadie, menos que menos a un sirviente.

—No tengo nada que perdonarle, milord. He traído la partida de pacharán que me ha solicitado.

—Vamos —dijo—. Te daré una mano para bajarla.

Alexander arrancó el abrigo del perchero y abandonó las oficinas. Le vendría bien despejarse de las frenéticas actividades propias de una empresa de la envergadura que afrontaría en quince días, cuando se hiciese a la mar para recorrer medio mundo. Además, apreciaba la compañía de Belloc; era una fuente invaluable de información de Manon.

—Creo que tendrías que abrir tu propia fábrica de pacharán, Thibault —sugirió mientras descargaba uno de los cajones de madera—. Sería un éxito.

—Podría darle la receta y dedicarse usted a fabricarlo, milord —propuso el chofer.

—¿No te gustaría tener tu propia fábrica? Yo te prestaría gustoso el dinero.

—Me siento honrado con su oferta, milord, pero la declino. Abrir una fábrica de pacharán significaría separarme de mi niña, y eso sería la muerte en vida para mí. Hace muchos años comprendí que nací para protegerla.

Alexander, conmovido por la respuesta, se limitó a asentir. Un instante después, cuando supo que la voz no lo avergonzaría, dijo:

—Para mi gran tranquilidad, tú estás siempre a su lado, querido Thibault.

—Ahora podremos estar un poco más tranquilos, milord, pues desde la semana que viene el señor Porter-White trabajará en la sede de París.

—Así he oído.

—También lo dejará tranquilo saber que cambié la cerradura de su puerta, la del dormitorio de Manon —aclaró innecesariamente—, e hice quitar la espaldera. Reforcé el herraje de la ventana también.

—Gracias, amigo mío. Gracias. ¿Fue suficiente el dinero que te di?

—Sí, milord. Más que suficiente. Lo que sobró lo destiné a la compra de botellas de gres para envasar el pacharán. —Estiró el brazo y apoyó la mano en el costado de una de las cajas estibadas en la baca del carruaje.

No bien apilaron las cuatro cajas en el despacho, Alexander insistió en liquidar el pago del pacharán, que siempre era motivo de tira y afloje, pues Belloc pretendía que se tratase de un obsequio. La amenaza de Alexander, que no volvería a solicitarle la bebida que tan buenos resultados estaba dándoles entre la marinería, lo convencía de tomar las generosas guineas que Alexander le tendía. Esa tarde no fue la excepción; a regañadientes, el gascón aceptó el dinero y, con más ánimo, el ofrecimiento de una taza de café. Se les unió Estevanico, que había acompañado a la salida al señor Donkin. A Belloc lo sorprendió enterarse de que en la flota Blackraven empleaban comida enlatada desde hacía un tiempo; no sabía siquiera que existiese tal cosa. Estevanico le entregó una con leche condensada.

—¿Condensada? —repitió el gascón para corroborar que hubiese captado bien la palabra en inglés, mientras giraba el extraño artilugio entre sus manos.

—Es leche cocinada a altas temperaturas con azúcar. Su volumen se reduce y se torna espesa y dulce. Puede llegar a durar años si la lata está bien sellada.

Belloc abrió grandes los ojos, azorado.

—De todos modos —intervino Alexander—, la peste de los marineros, la que la ciencia llama escorbuto, sigue siendo motivo de preocupación. Hacemos de todo para evitar que nuestros hombres y los pasajeros enfermen a causa de este mal. Y te aseguro que los alimentos enlatados no son una solución. Para combatir el escorbuto necesitamos alimentos frescos, todo un desafío si navegas durante tres meses sin tocar puerto.

Siguieron conversando acerca del escorbuto, hasta que Estevanico se ausentó para atender un problema en el *Constellation*.

—¿Cómo están las cosas en el banco, Thibault? Imagino que la salida de Porter-White habrá causado un revuelo.

—La partida de Porter-White y la desaparición de su secretario, esa sanguijuela de Lucius Murray. Desde la muerte de su primo, el tal Onslow, no hemos vuelto a saber de él. Dicen que se ha marchado al norte. Yo no me lo creo, milord. Ahí hay gato encerrado.

—¿Qué sospechas tienes? —se interesó Alexander.

—Creo que se esconde porque teme correr la misma suerte de su primo. Ojalá este haya sido el fin de ese tipejo —dijo, y se puso de pie—, pero el instinto me dice, milord, que volveremos a saber de él. —Introdujo la mano dentro de la chaqueta y extrajo un billete sellado con lacre—. De mi niña para usted, milord.

Alexander lo tomó con ansiedad mal disimulada.

—¿Debes llevar la respuesta?

—Mi niña no me indicó nada al respecto, milord.

—La leeré igualmente antes de que te marches, por las dudas.

Rompió el sello y desplegó la cuartilla.

Querido capitán Alex:

¿Cree usted que habría espacio para tres pasajeros más en su magnífico clíper, el Leviatán*? ¿Para Thibault, para mi abuela y para mí, vuestra prometida? Lo saludo con amor.*

Su Gloriana

La alegría causada por esas pocas líneas debió de ser manifiesta, pues Belloc comentó:

—Me complace que sean buenas noticias, milord.

—Lo son, querido amigo, lo son. La respuesta para mi prometida es sí. Solo eso, Thibault: un simple y llano sí —reiteró.

* * *

Había postergado el encuentro, pero ya no le quedaba opción: enfrentaría a sus jefes antes de que la noticia de su traslado a la sede de París les llegase por otro medio. Cada vez que formulaba pretextos para aplazar un asunto, volvía a escuchar las palabras de su padre: «Siempre buscas excusas para no hacer lo que debes». Aunque era doloroso, el recuerdo lo obligaba a ponerse en movimiento.

Los había citado ese sábado por la noche aprovechando que el público de Hockley-in-the-Hole aumentaba considerablemente. Le serviría para confundirse y perderse, pues todavía estaban siguiéndolo. Llegó en la berlina de uno de sus amigos de juerga, que enseguida se mezclaron con la muchedumbre congregada en torno al espacio donde se destrozaban dos perros. Él aprovechó para evadirse hacia el carruaje ubicado un poco más allá, en la penumbra que las fogatas no conseguían iluminar.

El cochero procedió al control de rutina y le permitió subir. La escena, invariable, se repetía, solo que en esa oportunidad él tenía más miedo que de costumbre.

—¿Por qué no empleaste el normal canal de comunicación? —exigió saber Cástor con un timbre enronquecido a causa del alcohol y del humo—. El Garden of Venus.

—Fui expulsado —respondió sin más y enseguida declaró—: sir Percival ha decidido enviarme a la sede de París.

—¿Cómo? —se asombró Cástor.

—¿De qué estás hablando? —lo interpeló el Pólux.

—Fue el precio que tuvo que pagar por una extorsión del duque de Guermeaux.

—Mierda. Esto en verdad no lo esperábamos, Julian.

—Es el resultado de una concatenación de lamentables errores de juicio cometidos durante este último tiempo —declaró Pólux con un acento engañosamente suave—. Agitaste demasiado el avispero, Julian.

—Tenía que hacer lo imposible para separar a mi cuñada del conde de Stoneville —se exasperó—. Esa unión abominable será nuestra perdición.

—Nuestra —repitió Pólux, y le imprimió un tinte burlón a su voz—. ¿Qué otra información puedes brindarnos?

—Creo que sir Percival todavía alberga la esperanza de que le aprueben la ley para la emisión de papel moneda. El viernes, después de que todos se marcharon del banco, me introduje en su despacho con la copia de la llave que hice tiempo atrás y estuve hurgando entre sus papeles. Ha estado realizando cálculos para determinar la base de la emisión.

—De seguro fue una de las concesiones que obtuvo de Guermeaux a cambio de tu alejamiento de la Casa Neville —conjeturó Cástor—. Su hijo Arthur conseguirá que le aprueben la ley en la Cámara de los Comunes. El propio Guermeaux se ocupará de la de los Lores, donde campa a sus anchas. ¿Qué más puedes decirnos?

—Han fijado la fecha del viaje a China para…

—Zarpan el 22 de diciembre —lo interrumpió Pólux—. Manon viajará en el *Leviatán*, el clíper del conde de Stoneville.

—¡Oh! —se sorprendió Porter-White, pues no lo sabía.

—¿No se desposarán primero? —se extrañó Cástor—. Manon y el conde —aclaró.

—No —replicó Pólux, cortante—. ¿Cuándo partes a París?

—El miércoles —contestó Porter-White.

—Pues buen viaje —dijo Pólux con indiferencia.

—¿Cómo? —se inquietó Porter-White—. ¿Me dejan ir así como así? ¿No me darán instrucciones? El asunto de la mina del Famatina está marchando bien gracias al apoyo de Patrick O'Brian.

—No avanzaremos en ese asunto hasta que tu secretario Murray nos mande noticias desde el Río de la Plata —estableció Cástor—. Ya he perdido demasiado dinero en este negocio malhadado.

—O'Brian me ha sugerido algo ingenioso —se apresuró a comentar Porter-White mientras intentaba disimular la perturbación que le causaba sentir que sus jefes estaban dejándolo fuera—. Desde la bolsa de París será más fácil lanzar la venta de las acciones de la Río de la Plata Mining & Co.

—De seguro allí conseguirás el financiamiento —concedió Cástor—, pero explotar la mina será harina de otro costal.

—Por ese motivo estoy enviando a Lucius Murray a Buenos Aires, ustedes ya lo saben. Se embarcará con Antonino Reyes apenas zarpe un barco hacia esas costas.

—No en uno de la Blackraven Shipping, por favor —indicó Pólux con refinada ironía, y Cástor emitió una risita congestionada.

—Claro que no —respondió Porter-White de mal modo—. Además, le advertí que se disfrazase, que se ocultara bien, pues es probable que estén siguiéndolo. Me dijo que ya lo había previsto. Es muy inteligente —añadió, lo que hizo emitir sonidos incrédulos a sus jefes—. Los mantendré informados de los avances —prometió, y solo cuando obtuvo su aquiescencia, abandonó el coche.

El habitáculo se sumió en un mutismo incómodo y tenso.

—Me invade una sensación de calamidad inminente —confesó Pólux.

—Sabes que no hay alternativa —razonó Cástor—. Se ha hecho lo imposible para impedir la unión entre Manon y Stoneville.

—Se ha cometido un error tras otro, eso es lo que se ha hecho —objetó Pólux—, y por lo tanto los resultados son los que son.

—Concedido, pero ahora nos toca enfrentar la realidad: esa unión no puede llevarse a cabo. Hemos tenido una suerte inmensa.

—¿Suerte? —repitió el otro con incredulidad.

—Me refiero al hecho de que la boda no se llevará a cabo antes del viaje —explicó Cástor—. No podemos desaprovechar la oportunidad. Esa boda desbarataría nuestros planes. No podríamos contra el poder de los Guermeaux.

—Entonces, ¿a qué juegas incitando a ese idiota de Porter-White para que les arrebate la mina en el Río de la Plata? ¿Tú también quieres terminar despedazado por el león?

—Jamás sabrán que estamos detrás de la explotación de la mina. Pero nuestro problema acuciante ahora no es la mina, sino el matrimonio entre Manon y el conde de Stoneville. Ella debe morir. Ya lo hemos hablado —se impacientó Cástor—. No me hagas repetirte de nuevo lo imperioso que es el asunto.

El silencio volvió a reinar entre ellos, pesado, embarazoso, roto de pronto por el chasquido del yesquero de Cástor, que lo empleó para encender el cigarro y que al otro ocasionó un erizamiento.

—¿Cómo lo llevarías a cabo? —preguntó por fin Pólux en señal de aceptación.

—Se hará en China.

—¿En China?

—Exacto —corroboró Cástor—. Lejos de aquí para que las sospechas ni siquiera nos rocen. Mi corresponsal en China me mantiene bien informado. Existe una sociedad secreta, la Sociedad Tríada la llaman. El nombre en chino no lo recuerdo. Fue fundada para derrocar a la dinastía Qing y devolver al trono a la Ming. Se financian atemorizando a la población. Cada prostituta, cada comerciante, cada terrateniente, cada campesino, todos —subrayó—, pagan, en mayor o en menor medida, para evitar morir o ser mutilados.

—Lidiar con gentes tan despiadadas es un arma de doble filo.

—Lo es —acordó Cástor—, pero esta es el arma perfecta. Se convertirán en los enemigos naturales de los Guermeaux cuando sepan que sus barcos arriban a Cantón cargados de lingotes de plata para salvar a Daoguang, el emperador de la dinastía que aborrecen. Debes admitir que le debemos esta información secreta a Porter-White. Sin él, jamás nos habríamos enterado del acuerdo entre la casa de Guermeaux y el emperador chino.

—¿Cómo piensas entrar en contacto con esos asesinos?

—A través de ti, que te embarcarás próximamente a China —dijo, y rio al oír la exclamación ahogada de Pólux.

Capítulo IX

Era un tiempo dulce y a la vez amargo. La expectativa por el viaje que realizaría en el *Leviatán* se opacaba cuando recordaba que allí, en la otra punta del globo, se encontraba Alexandrina Trewartha. Fiel a su temperamento, que la obligaba a enfrentar la verdad de las cosas, se cuestionaba si la determinación de viajar se relacionaba con la necesidad de ayudar a su hermano Archibald o la de vigilar los pasos de su prometido y los de su cuñada. Tal vez deseaba volver a verlos juntos, en el mismo espacio, para comprobar si la pasión que habían compartido seguía viva. Le bastaría con presenciar un cruce de miradas, se convenció.

La relación con Cassandra también era fuente de tristeza. La culpaba por el traslado a París, y cada conversación que iniciaban terminaba en una pelea. Manon intentó disuadirla de que fuese tras Porter-White; quería que permaneciera en Londres, bajo la protección de su padre. Cassandra se negó a oír razones y siguió preparando el viaje. Cruzaría el canal de la Mancha con su cuñada Alba pocos días antes de que el *Leviatán* se hiciese a la mar. Vivirían con «el pobre Julian» en la casa en la que Manon había nacido, en la *rue* de Rivoli, a pocas manzanas de la *rue* Quincampoix, donde se erigía la sede de la Casa Neville.

Intentó también que Cassandra aceptase las señas de su amiga Rosine Blanchet, a la que no veía desde los trece años, pero con quien mantenía una fluida correspondencia.

—Rosine habla inglés, Cassie —trató de convencerla—. Podrás recurrir a ella por cualquier cuestión que se presente.

—Te lo agradezco —replicó con el aire ofendido que empleaba por esos días—, pero si se presentase un problema, recurriría a mi esposo o a Alba. No necesito de tus amistades.

Manon le entregó a Jane, la niñera del pequeño William, las señas de Rosine Blanchet y una carta de presentación.

—Ante cualquier problema, acude a mi amiga Rosine Blanchet —ordenó.

—¿Qué tipo de problema, señorita Manon? —se inquietó la mujer.

—El tipo de problema en el que mi hermana no pueda contar con su esposo porque él encarna el problema mismo —dijo, y se quedó mirándola con fijeza.

Jane se limitó a asentir. Recibió la carta y el domicilio apuntado en un papel. Se resistió, pero terminó aceptando cinco guineas que, Manon le indicó, emplearía solo en caso de tener que organizar un regreso anticipado e intempestivo a Londres.

Su padre también era motivo de aflicción. Se preguntaba si su mala cara se debía al alejamiento de Porter-White o al de Alba. Según su abuela Aldonza, la mujer había expresado el deseo de permanecer en Londres; su hermano se opuso, y lo hizo con tanta vehemencia que la cuestión se transformó en una acerba discusión; los gritos alcanzaron el ala opuesta de Burlington Hall.

Quizá el mal genio de su padre se debía a su viaje a China. Tras la promesa realizada a Alexander, que meditaría la posibilidad de acompañarlo, Manon tanteó el terreno para conocer la opinión de su padre. Sir Percival le lanzó una mirada entre enojada y turbada y se declaró contrario a la idea con una tenacidad infranqueable. «No puedo prescindir de ti» se convirtió en la cantilena que repitió cada vez que ella intentó abordar la cuestión. Al día siguiente, viernes 6 de diciembre, mientras Thibault los conducía a la Casa Neville temprano por la mañana, Manon decidió emplear el as en la manga y le habló de la última carta de Archibald, en la que su hermano le suplicaba que viajase a Macao. Por fortuna, Alan Chichister, tío de Ross y comisionista afincado en China, amigo de los Neville de vieja data, le había escrito a sir Percival para comunicarle su preocupación en relación con Archie. Su padre extrajo la carta del interior del redingote y se la tendió en silencio. Manon descorrió la cortinilla y aproximó la carta a la luz para leer.

Lo veo tan desdichado, escribía Chichister, *que me sentí en la obligación de contártelo, querido amigo. No muestra interés por el trabajo y ha tenido problemas con los miembros del Cohong, ¡aun con el bueno de Howqua!*, añadía con una claridad que no admitía exégesis equivocadas.

De una conversación sostenida con Ross Chichister meses atrás, Manon recordaba que el Cohong era el gremio que reunía a los trece mercaderes chinos autorizados por el emperador a comerciar con los extranjeros en la ciudad de Cantón. Howqua era el más importante.

Manon bajó la carta y alzó la vista hasta encontrar la expresión preocupada de sir Percival.

—Déjame ir, papá —volvió a suplicarle—. Me siento culpable. Yo te convencí para que le dieses esa oportunidad. Quería que Archie te demostrase que él también podía llegar a ser un buen banquero.

—Te equivocaste —afirmó Neville—. Tu hermano solo sirve para la juerga, la caza y los caballos, para nada más. Es así, hay que aceptarlo.

—Déjame ir —presionó Manon—. Me ocuparé de resolver los problemas en la sede que Archie abrió en Cantón…

—Tú no podrías siquiera asomar la nariz en Cantón —la detuvo su padre—. Las mujeres extranjeras tienen prohibido el ingreso en Cantón.

—Me ocuparé solo de Archie, entonces. Él me necesita. Me necesita —reiteró, y se quedó callada, la mirada fija en la de sir Percival, que se la devolvía con una gravedad que, poco a poco, fue desvaneciéndose.

—Irás —accedió. Manon lo abrazó y lo besó en ambas mejillas—. Irás —repitió el banquero con severidad y sin devolver las muestras de afecto—, pero permanecerás en Macao solo el tiempo suficiente para disponer el regreso de tu hermano y de su familia. No más de un par de meses, Manon. ¿He sido claro? Un par de meses.

Días más tarde su padre le anunció que había encontrado una salida para la organización de la sede en Cantón.

—Ross Chichister viajará contigo —le comunicó sir Percival—. Me lo pidió ayer y he aceptado. Desea volver a ver a su tío. Él se ocupará de poner las cosas en orden.

* * *

Estevanico aprovechó que sus dos hermanos y su padre se hallaban en el despacho de la barraca para confesarles su deseo de contraer matrimonio con Quiao Walsh. Arthur y Alexander, cada uno en su estilo, celebraron la buena noticia. Se pusieron de pie y lo felicitaron, el más joven con un abrazo y comentarios ocurrentes; el otro con un apretón de manos silencioso y una sonrisa que solo se adivinaba.

Roger Blackraven, todavía sentado al escritorio, observaba la escena. Estevanico se plantó delante de él y le sostuvo la mirada, la que siempre encontraba increíblemente similar a la de Alexander, celada, intensa, insondable cuando nada quería revelar, a veces insoportable por el imperio que comunicaba. En esa ocasión, se la sostuvo. Roger le indicó que volviese a tomar asiento.

—Sé que mi matrimonio con Quiao pone en riesgo… —Se detuvo cuando el duque de Guermeaux alzó la mano.

—Tu madre me reveló días atrás que has amado a Quiao desde hace un largo tiempo, pero que has reprimido el sentimiento por temor a perjudicar los negocios que tenemos con sus padres.

—¿De veras, Nico? —se extrañó Arthur.

—No se trata solo de eso —admitió—. Soy mayor que ella. Le llevo catorce años.

—¿Qué insinúas? —se ofendió el duque—. Es la misma diferencia de edad que existe entre tu madre y yo. —Estevanico sacudió la cabeza y sonrió con aire nostálgico—. ¿Qué te causa tanta gracia?

—Manon me advirtió que no mencionase la diferencia de edad, no frente a ti.

—¿Manon sabe que estás enamorado de Quiao? —se asombró Alexander.

—Lo intuyó —respondió Estevanico—. Me lo insinuó durante el baile en Almack's y, aunque intenté negarlo, me confrontó con la evidencia.

—He ahí una mujer perceptiva —comentó Arthur con una sonrisa ufana—. Buena elección, Alex, tú, que no te das cuenta de nada.

—Tu hermano se da cuenta de todo —afirmó Blackraven.

«No me di cuenta de que Alexandrina planeaba dejarme», pensó.

—Volvamos al tema en cuestión —exigió el duque, y dirigió su atención a Estevanico en una clara invitación a que hablase.

—En verdad —se sinceró—, le temo a la reacción de Liu Tao. Ella tiene otros planes para su hija.

—¿Qué dice Quiao de su madre? —se interesó Arthur—. Sospecho que le teme.

—Está dispuesta a enfrentarla —confesó Estevanico, y sus hermanos imprimieron sorpresa a sus gestos, pues tenían a Quiao por una muchacha sumisa y conocían el espíritu aguerrido de la pirata Liu Tao.

—Eso demuestra la profundidad de su amor por ti —sentenció Roger—. ¿Cuán profundo es *tu* amor, Nico?

—Tan profundo como el que tú sientes por nuestra madre.

Aunque Roger Blackraven se quedó quieto en la butaca, para ninguno de sus tres hijos varones pasó inadvertido que la respuesta lo había conmovido. Se aclaró la garganta antes de expresar:

—Entonces, no existirá escollo que no consigan sortear —afirmó, y se puso de pie.

Alexander siguió con emoción el abrazo que se dieron su padre y su hermano mayor. Al mismo tiempo meditaba que habría añorado poseer la seguridad de Estevanico. ¿Era amor lo que sentía por Manon Neville? Lo que ella le inspiraba era distinto de lo que había experimentado por Alexandrina, pero, claro, él mismo no era aquel mozalbete excitable e incrédulo.

—Escribiré una carta para Jason y otra para Tao —dispuso Blackraven—. Los visitarán en su casa de Lin Tin, y será Alex, en mi representación, el que pedirá la mano de Quiao por ti, Nico. Después, Alex entregará mis cartas. Y solo restará ver cómo reaccionan.

—Papá, lamento haber complicado las cosas —masculló Estevanico.

Blackraven sacudió la mano en el aire en el ademán de desestimar la cuestión.

—Se habrían complicado igualmente. No olvides que tu hermana está empecinada en casarse con Jimmy.

—¿Crees que Liu Tao también se opondrá a la unión de ellos? —se inquietó Arthur.

—Con Tao nunca se sabe. Contaba con la habilidad de Jimmy como cirujano para su flota. Pero Jimmy no me preocupa. Nunca le ha tenido miedo a su madre.

—¡Te lo tenía a ti! —bromeó Arthur—. Ella estuvo contándome.

—Ya ven, todos le tememos a algo.

—Tú no le temes a nada, viejo —lo lisonjeó su hijo menor.

—Te equivocas. Cuando se ama tanto como yo amo a mi familia, los temores no tienen fin.

—Pero, entonces, sabes ocultarlos bien.

Blackraven torció la boca en franco desacuerdo.

—En realidad, llega una instancia en la que comprendes que amor y temor no son excluyentes, sino las dos caras de una misma moneda. Entonces, dejas de luchar contra el temor y lo aceptas, porque si temes es porque amas.

* * *

Manon habría deseado que Alexander la acompañase ese segundo viernes de diciembre al hospicio de su primo Timothy. Su presencia habría bastado para calmarlo cuando le comunicase que no volverían a verse en varios meses. Pero su prometido estaba muy ocupado preparando la travesía y no tenía tiempo. Igualmente, se había acordado de Timothy y le enviaba un regalo, que ella le entregaría: un juego de pequeñas herramientas para jardinería.

Manon, que llevaba el paquete en el regazo, iba nerviosa. Su abuela, sentada frente a ella en el carruaje, la observaba con ojos oscuros e inquisitivos.

—¿En qué piensas, tesoro?

—En que, si estuviese casada con Alexander, podría llevarme a Timmy conmigo.

—¿Por qué no lo haces? —la acicateó su abuela—. ¡Llévatelo! Aunque sigas soltera —añadió.

—Porque hacerlo como la condesa de Stoneville sería muy distinto que hacerlo como la simple Manon.

—Te equivocas —objetó la anciana—. Tu fuerza, tu determinación y tu valentía provienen de tu corazón, no de la unión con Alexander, por mucho que me guste que sea tu esposo.

Manon torció la boca en una mueca cargada de incredulidad. Era una egoísta, se convenció. No había aceptado casarse por orgullo, porque primero quería verlos juntos, a Alexander y a Alexandrina, la pareja perfecta. Quería observarlos mientras se contemplaban, se medían, se hablaban, para después decidir.

Si hubiese dejado de lado el orgullo, los celos y el resentimiento, estaría casada y se atrevería a sacar a su primo del hospicio en Clerkenwell, sabiéndose protegida por el poderío de los Blackraven.

El entusiasmo que significó para Timothy recibir tantos regalos, en especial el de «Alez», se esfumó cuando Manon le confesó que en menos de diez días se marcharían los tres, ella, Thibaudot y la abuela Aldonza. Manon se asustó de la violenta rabia que se apoderó de su primo, que acabó en un llanto amargo, que eligió llorar en brazos de Thibault y no en los de ella, lo que la lastimó profundamente.

Los enfermeros le propusieron suministrarle una dosis de láudano para calmarlo. Manon se negó con firmeza y decidió quedarse hasta que Timothy cenara y se durmiese; temía que le dieran opio a sus espaldas.

Sentada junto a su cama, le cantó una canción de cuna en español que solía cantarle su madre y, mientras lo hacía, sonreía al ver el esfuerzo de su primo por mantener los párpados levantados. Se inclinó para besarlo en la frente.

—¿Volverás pronto? —quiso saber Timothy.

—Volveré —prometió Manon— y, cuando lo haga, te llevaré a vivir conmigo y con Alexander.

—¿Me lo prometes? Alex me lo prometió —le recordó.

—Sí, te lo prometo.

Al director del hospicio le advirtió que enviaría a un comisionado con el pago mensual, el señor Samuel Bronstein, al que debían permitirle ver a Timothy en cada ocasión que se presentase.

Al día siguiente, después del cierre de la bolsa, Belloc la llevó a la oficina del investigador privado en Bloomsbury Square. El hombre se alegró al verla. Fue expeditiva y le reveló el gran secreto de la familia Neville. A continuación le entregó un talego con ochenta guineas, una cifra más que generosa, que no solo serviría para cubrir el costo mensual del asilo, detalló, sino también sus gastos y sus honorarios.

—Quiero que vaya a verlo todas las semanas, señor Bronstein. Y que lleve con usted al cirujano Dennis Fitzroy, que ya está enterado de este servicio que requiero de él.

—¿Por qué debe acompañarme el señor Fitzroy? —se desorientó el investigador.

—Quiero que certifique que no están dándole opio.

Bronstein asintió con expresión seria. Aceptó la comisión y la bolsa con dinero.

* * *

La noche antes a la partida, Manon cenó en la embajada de Francia. Alexander Blackraven también ocupaba un sitio a la mesa, a la izquierda del príncipe de Talleyrand y frente a su prometida.

La observaba conversar animadamente con Pauline, la hija de trece años de Dorothée de Courland, duquesa de Dino, y, según afirmaban los cotilleos, del anfitrión. Manon, que le había llevado un regalo porque en menos de una semana cumpliría los catorce —una cajita primorosa llena de utensilios para pintar acuarelas—, le explicaba el origen de algunos de los pigmentos para preparar los colores, como el añil, el índigo y el glasto, resultantes de macerar en agua los tallos y las hojas de ciertas plantas.

—Milord —se dirigió la duquesa de Dino al conde de Stoneville—, nos ha comentado Manon que en vuestra hacienda en la isla de Sumatra se producen estos magníficos colores.

—Así es, su gracia —respondió Alexander—. Allí cultivamos tres especies. La más importante es la *Isatis tinctoria*, la que llaman glasto —aclaró—. Es muy usada en China con fines medicinales. Casi toda nuestra producción termina en el mercado de Cantón.

—¿Qué males tratan los chinos con el glasto? —se interesó el príncipe de Talleyrand, siempre atento a una cura que le aliviase el dolor en las piernas.

—Infecciones en la garganta, gripe, incluso sarampión, paperas y escarlatina. Mi amigo, el cirujano James Walsh, afirma que es eficaz para acabar con la erisipela y el carbunco.

—Tu amigo y futuro cuñado —añadió Manon con una sonrisa satisfecha, lo que causó el interés de los anfitriones, que se lanzaron a preguntar acerca del nuevo escándalo que sacudía Londres: el compromiso de la hija menor del duque de Guermeaux con un chino.

—El jueves participé de una velada en Whitehall —comentó el príncipe de Talleyrand— y tuve la oportunidad de conversar con el primer lord del Almirantazgo. Me dijo que lord William Napier formará parte del pasaje del *Leviatán*.

Manon interrumpió la conversación con Pauline y prestó atención, atraída por el comentario de su tío Charles-Maurice.

—Así es —confirmó Alexander—. Sir William, su esposa y dos de sus hijas viajarán en mi barco. Fue un pedido expreso de sir James.

«Sir James Graham, primer lord del Almirantazgo», se recordó Manon, y acabó por comprender el motivo de la cena a la que había asistido Alexander más de dos semanas atrás.

—Entiendo que lord Palmerston ha nombrado a Napier jefe de la Superintendencia de Comercio en Cantón —indicó el embajador francés, y Alexander asintió antes de explicar:

—Su nombramiento es una de las consecuencias del fin del monopolio de la Compañía de las Indias Orientales en China, que hacía de intermediaria entre los dos gobiernos. Ahora esa función estará a cargo del jefe de la Superintendencia de Comercio.

—Encuentro peculiar que siendo sir William Napier un antiguo miembro de la Marina de su majestad no viaje en uno de sus buques —se extrañó Talleyrand.

—Los buques de guerra extranjeros tienen prohibido entrar en Cantón —explicó Alexander.

—No dudo de que la cuestión de los buques de guerra sea de capital importancia en esta decisión —concedió el embajador con expresión sibilina—, pero creo que lo es aún más arribar a Cantón bajo los auspicios del futuro duque de Guermeaux. Es sabido que tu padre, querido Alexander, es más influyente en la corte del emperador chino de lo que jamás lo será el rey Guillermo. Este no es un detalle menor —razonó Talleyrand.

—Es cierto —concedió Alexander—, mi padre es amigo del emperador Daoguang. Eso, sin embargo, no es garantía de nada. He tratado de explicárselo a Napier en las ocasiones en que nos hemos encontrado en estas últimas semanas: el hecho de que Palmerston haya creado una Superintendencia de Comercio no implica que los chinos la aceptarán ni que reconocerán su autoridad. Asumir esto constituiría un grave error —acotó con timbre severo.

—Oh —mascullό el diplomático francés, y aguzó los ojos—. ¿Esperas problemas, querido muchacho?

Alexander asintió.

—Lamentablemente mis compatriotas y, me atrevería a decir, todos los europeos, subestiman a los chinos. Son un pueblo milenario, complejo y orgulloso.

—Y sir William Napier es un pomposo y un pedante que se manejará en Cantón con la sutileza de un elefante en un bazar —pronosticó el príncipe de Talleyrand.

—Mucho me temo que sí, su alteza —acordó Alexander.

La duquesa de Dino, para nada interesada en las relaciones diplomáticas entre Inglaterra y China, interrogó a Manon acerca de la última adquisición en la subasta de Sotheby's, donde le había ganado la puja a Adrian Baring por un cuadro de Brueghel el Viejo. Se decía que había pagado una cifra escandalosa, lo que le había merecido una mención en los principales diarios londinenses.

—Hacía tiempo que Masino y tío Leo iban tras la pista de un cuadro o de un grabado de alguno de la familia Brueghel —relató Manon—. Que nos hayamos hecho con una obra del fundador de la dinastía fue un golpe de suerte. Tío Charles-Maurice, ¿sabías que Masino y tío Leo viajarán conmigo a China?

—No, cariño, no lo sabía. ¿Negocios o placer?

—Un poco de los dos. Masino siempre ha añorado conocer el Lejano Oriente desde pequeño, desde que leyó *Il Milione* —aclaró.

—Ah, el fascinante relato de los viajes de Marco Polo —evocó el francés.

—Pero también lo harán para incursionar en el arte chino. Estamos interesados en las piezas de cerámica y de porcelana de la dinastía Ming.

—Querida Aldonza —se dirigió la duquesa de Dino a la abuela de Manon—, imagino que ya tienen todo dispuesto para tan larga travesía.

—Todo listo —confirmó la anciana—. Y como atravesaremos diversas regiones del globo, hemos empacado ropas para todos los climas.

—¿Sufres de mal de mar, querida? —se interesó la duquesa.

—Un poco, sí —admitió la sevillana—. Lamentablemente no tengo el férreo estómago de mi nieta.

—¿No sufres de mal de mar? —Alexander interrogó a Manon con un gesto entre admirativo e incrédulo.

—No —contestó ella, y le dedicó una sonrisa tímida.

—Ni un poco, Alexander —refrendó Aldonza—. Recuerdo en una ocasión, navegábamos hacia las islas Sorlingas, y se desató una gran tormenta. Percival, Thibault y yo caímos víctimas del mal de mar. Mi nieta nos asistió a los tres en esas instancias tan penosas como si nada sucediese.

—Notable —farfulló Alexander más para sí.

—¿Dónde se encuentran las islas Sorlingas? —quiso saber Pauline.

—A unas cuarenta millas hacia el suroeste de Cornualles —respondió Alexander—. Se las puede avistar de viaje hacia España.

—Una vez las vi a través de un catalejo —comentó Talleyrand—. Creí que estaban deshabitadas.

—Hay una pequeña comunidad —afirmó Manon—. Papá compró una propiedad allí años atrás. En la isla de Tresco —puntualizó—, la más grande del archipiélago. Una casa estilo isabelino rodeada por un primoroso jardín.

—Oh —se sorprendió el francés—, no lo sabía.

—Solo Thibault, mi abuela y yo lo sabemos —dijo Manon en un tono medido.

Alexander notó que su prometida intercambiaba una mirada cargada de significado con el embajador. Sintió celos de que se entendiesen sin necesidad de palabras. Celos irracionales, se recriminó, y que aumentaron cuando Talleyrand recogió de la mesa la mano izquierda de su prometida y la besó en un gesto paternal, lo admitía, y que igualmente puso a prueba el dominio de sus emociones, destreza para la que demostraba una gran habilidad —al menos eso afirmaban su madre y Estevanico, que le reprochaban que ocultase los sentimientos— y que en esa instancia amenazaba con irse al garete.

—Cariño —dijo Talleyrand—, Dorothée y yo queríamos que supieses que es probable que no nos encuentres en Londres a tu regreso de China.

«Lo quiere profundamente», se convenció Alexander al observar la turbulenta alteración que surcó el rostro de Manon, y, aunque le brillaron los ojos, le preguntó con bastante entereza:

—¿Echas de menos París?

El príncipe de Talleyrand negó con la cabeza y sonrió con gesto benevolente.

—Sabes que dentro de unas semanas cumpliré ochenta años. ¿No es hora de retirarme? Mis piernas me dan cada vez más fastidio. Tal vez me convenga una temporada en Valençay.

—Te aburrirás en aquel enorme castillo —profetizó Manon, y repentinamente entrecerró los ojos en la actitud de quien intenta resolver un misterio—. No preciso que me expliques nada, tío Charles-Maurice. Esto es obra del canciller Palmerston, ¿verdad? —Talleyrand asintió con una bajada de párpados—. ¿Cómo se atreve a tratarte como lo hace, como si fueses un embajador más? Eres el único en toda Europa que comprende cabalmente a los ingleses, el único que sabe cómo lidiar con sus estratagemas.

—Tal vez porque los conozco demasiado es que Palmerston me quiere lejos, cariño. No me ha resultado difícil descubrir cuáles son sus «estratagemas», como tú las llamas, para las antiguas colonias españolas.

—¿Cuáles, su alteza, si se me permite preguntar? —intervino Alexander.

—Dominarlas financiera y económicamente, ya que militarmente no les fue posible allá por 1806. Créeme, querido Alexander, es la forma de dominio más eficaz que existe y una en la que tus compatriotas son expertos. Los banqueros Baring, por ejemplo, tienen las garras bien clavadas en el Río de la Plata, la tierra de tu madre.

* * *

Al día siguiente dos carruajes con el escudo de la Casa Neville y una carreta con baúles llegaron al puerto alrededor de las siete de la tarde, cuando la noche y el frío ya habían ahuyentado a los londinenses de las calles. Los muelles, en cambio, parecían tan vivos como a las diez de la mañana, con una actividad frenética en la que la carga de los cuatro buques y el ir y venir de los marineros y de los empleados de la Blackraven Shipping & Shipyard se apreciaban claramente a la luz de un centenar de antorchas dispuestas en soportes estratégicamente ubicados. Manon también notó la presencia de varios hombres fortachones y con expresiones alertas, que con la apariencia de no hacer nada, vigilaban el entorno. No era de extrañar, se dijo, con las toneladas de lingotes de plata que el convoy transportaría a Cantón.

Un empleado muy solícito se acercó para escoltarlos a la barraca, donde los esperaba una estancia bien calefaccionada y un copioso bufé. Thibault y Catrin se alejaron con otro funcionario hacia la carreta para ocuparse del equipaje. Manon lanzaba vistazos hacia uno y otro lado tratando de identificar a Alexander entre el gentío, sin éxito.

Solo aceptó un té con leche; tenía el estómago cerrado a causa de la expectativa por el viaje, pero también por su padre y por su abuelo Alistair, a los que notaba muy decaídos. A la partida de Cassandra y de Willy —y de Alba, se recordó— ocurrida la semana anterior se sumaba la de ella. Sir Percival parecía haberse olvidado del enojo por la forzada expulsión de Porter-White. Se mostraba tan cariñoso y complaciente como antes.

Su tía Anne-Sofie no lucía mucho mejor. Había sido imposible convencerla para que viajase con ellos. En una ocasión en la que había cruzado el canal de la Mancha, Anne-Sofie había creído perecer a causa del mal de mar; se había jurado evitar ese padecimiento en el futuro. «En estas circunstancias, mi cuerpo no lo resistiría», adujo, y, aunque Manon no dijo nada, acordó con ella. El tónico recetado por el cirujano Dennis Fitzroy no había revertido el desmejoramiento.

—Ven, tía —la conminó—, toma asiento. ¿Quieres otra taza de té? ¿Algo para comer?

—No, querida, gracias. Cuánto lamento que Leonard y Masino no viajen contigo en el *Leviatán*.

—No había sitio. El último camarote fue destinado a Ross Chichister. Pero estarán muy bien en el *Constellation* —se apresuró a afirmar Manon—. Isabella me ha dicho que es tan lujoso y cómodo como el *Leviatán*.

Manon se puso de pie al avistar a la duquesa de Guermeaux, que entraba en la barraca seguida por gran parte de la familia y por Sri Sananda, que regresaría a la India en el *Black Dart*, capitaneado por el duque de Guermeaux. El clíper desviaría su curso para conducir al sabio y a su pequeño compañero de viaje, Rao Sai, hasta el puerto de Calcuta.

Apenas la avistó, Melody le dedicó una sonrisa radiante y caminó hacia ella.

—¡Qué hermosa estás, querida Manon! —la lisonjeó.

Si bien desestimó el cumplido, Manon se alegró; se había preparado con esmero para despertar la admiración de Alexander. Estrenaba un traje que su abuela le había confeccionado a gran velocidad para ese día. De raja de Florencia en una tonalidad burdeos, debía su belleza a las florecillas en seda amarilla que Aldonza había cosido a lo largo del escote y en las mangas *beret*, y que le habían permitido a Manon combinarlo con los pendientes de topacios, regalo de Alexander.

Obadiah, Rao Sai, Binita y Dárika, seguidos por Mackenzie, se aproximaron a la carrera sorteando pasajeros, escritorios, funcionarios y bultos.

—El capitán Alex ya sabe que estás aquí, señorita Manon —informó Obadiah—. Dice que ya viene.

—Gracias, cariño —respondió, y lo sujetó del mentón para mirarlo a los ojos.

Sabía que estaba triste por la partida de su amigo Rao Sai, que no había aceptado la invitación de la duquesa de Guermeaux para quedarse a vivir con ellos, y ni siquiera el hecho de que Binita y Dárika, sus grandes amigas, se lo pidiesen consiguió moverlo de la decisión. A otros, la determinación del niño les habría resultado descabellada y no habrían comprendido que rechazara una vida de lujos y de oportunidades junto a una de las familias más ilustres de Inglaterra para volver a un país sumergido en la injusticia y en la miseria. El secreto radicaba en Sri Sananda; Rao Sai no quería separarse de él. Manon lo comprendía; ella misma habría deseado que el sabio jamás los abandonase.

Besó a Obadiah en la frente y le sonrió al decirle:

—No estés triste, cariño. Visitaremos a Rao Sai y a Sri Sananda en su casa de Patna. Y ahora ve y dile a Alexander que no se preocupe por mí, que estoy muy bien atendida y entretenida.

Lo observó alejarse, sorprendida de que en tan poco tiempo ese niño se hubiese convertido en alguien tan importante para ella. Quiao, sentada a su lado, comentó en voz baja:

—El miércoles pasado, mientras le dabas su lección de castañuelas a Emmie, Obby me dijo que te pareces a su madre.

—Lo sé. También se lo ha dicho a Alexander. Estás preciosa —afirmó en un impulso, pues en verdad Quiao estaba muy bonita.

—Gracias, querida Manon —susurró, y le dedicó una sonrisa arrebolada.

Quiao, que viajaría en el *Leviatán* para proteger su reputación, lo más lejos posible del capitán del *Constellation*, se convertiría en su gran compañera de viaje. En las últimas semanas, desde el anuncio del compromiso con Estevanico, había comenzado a despegarse de las faldas de su tía Melody y adoptado una actitud más abierta y comunicativa.

Manon volvió a expresar lo bonita que la encontraba en el instante en que Estevanico se les unió en la barraca. Resultaba paradójico que, siendo tan diferentes, tan opuestos, conformasen una de las parejas más atractivas que Manon recordaba. No conseguía apartar sus ojos de ellos; por esa razón no advirtió cuando Alexander entró. Él la sorprendió al hablarle desde atrás, inclinado en su oído.

—Me distraes con tu belleza —la acusó, y la cálida humedad de su aliento le provocó un erizamiento que le involucró aun la piel del rostro.

—No era mi intención, capitán —dijo con un timbre de fingida inocencia.

Se contemplaron a los ojos, absortos en un mutismo que el barullo reinante no conseguía alterar. A pesar de estar en pie desde el alba ocupándose de la carga de los clíperes que componían el convoy, no lucía cansado; por el contrario. «Ama el mar, ama lo que hace», se convenció Manon, y debió luchar contra el deseo de besarlo.

Sir Percival y sir Alistair irrumpieron en la escena.

—Alex —dijo tras un saludo afectuoso, como en los viejos tiempos—, te entrego mi tesoro más preciado, mi adorada hija Manon. Cuídala, muchacho, cuídala porque de eso depende mi vida.

—Y la mía, señor —afirmó Alexander sin un rastro de ironía ni de broma.

—Bien, bien —farfulló el banquero.

Sir Alistair, aferrado a la mano de su nieta, guardaba un silencio sospechoso. Solo bastaba un vistazo para comprobar el esfuerzo que hacía para disimular, sin éxito, las ganas de llorar.

Los barcos zarparían alrededor de la medianoche, momento en que se esperaba la marea alta. A eso de las nueve y media se ordenó a los pasajeros que comenzaran el embarque. Sir Percival apartó a Manon hacia un rincón de la barraca en busca de un poco de intimidad y la abrazó.

—Vuelve a mí, tesoro mío —le susurró con la voz gangosa—. Vuelve a mí, sana y salva.

—Así lo haré. Volveré con Archie y con tu nieto. Y seremos de nuevo felices —prometió.

* * *

A pocos pasos de la plancha que la conduciría a la nave que se convertiría en su hogar durante los próximos tres meses, Manon sintió la necesidad de volverse. Unas yardas más allá se encontraba Sri Sananda; la miraba con la mansedumbre de costumbre, al tiempo que con insistencia. A pesar de que se habían despedido en la barraca, deshizo el camino y se aproximó, con Thibault junto a ella.

—¿Necesitas algo, querido Sananda?

—Solo quiero pedirte que siempre recuerdes lo que dijo el gran poeta persa Rumi.

—Lo conozco —dijo Manon—. En realidad, he leído acerca de sus seguidores, los derviches de Turquía —precisó; los había conocido mientras estudiaba la historia del Imperio otomano con Aldobrandini—. Pero no he leído sus obras —admitió.

—Yalal ad-Din Muhammad Rumi, ese es su nombre completo —precisó el sabio—. Y ahora escucha su gran frase y recuérdala siempre: «La herida es la grieta por donde penetra la luz». —El sabio unió las manos en el gesto de orar, se inclinó con respeto y dijo—: Namasté, querida Manon. Ha sido un honor conocerte.

Manon, confundida por las palabras del sabio y por su sentido, musitó un «gracias» y un saludo y lo observó alejarse hacia la zona del muelle donde se hallaba el *Black Dart*.

—Vamos —dijo Belloc, y se encaminaron hacia la plancha.

Alexander y sus oficiales de puente —Olaf Ferguson, Sven Olsen, Al-Saffah y Finlay Walker—, formados junto a la borda, elegantes con sus gabanes de paño azul guarnecidos con alamares dorados, les dieron la bienvenida. No pudo detenerse a hablar con su prometido

—el resto del pasaje aguardaba detrás de ellos—; igualmente, notó que usaba el bicornio que le había regalado, el de sus iniciales bordadas y entrelazadas.

Un paje los guio hasta el camarote en la primera cubierta. El muchacho, que no debía de tener más de quince años, se presentó —se llamaba Godfrey Holt— y les anunció que, por órdenes del capitán Alex, estaría a su servicio lo que durase el viaje.

En el camarote se encontraron con Catrin, que ya se ocupaba de desempacar y que intercambió unas palabras con Godfrey para pedirle agua dulce. Manon se quedó boquiabierta no solo por el lujo sino porque era más espacioso de lo que había previsto. Además de las dos literas, una encima de la otra, y de un armario, contaba con una pequeña mesa redonda, dos sillas y un tocador de caoba coronado por una cornucopia rodeada por cuatro lámparas de aceite con pantallas de alabastro. Detrás de un biombo laqueado de negro con diseños chinos en colores pastel, descubrió un lavabo, dos orinales y una tina para baños de asiento.

El camarote era acogedor, con sus paneles de nogal bruñido y suave, que refulgían a la luz de las lámparas. Había varias escarpias de bronce rematadas en cabezas de león, donde Catrin colgó los abrigos y las capotas. Manon apoyó la oreja sobre uno de los paneles, el que las separaba del camarote de sus vecinas, las hijas de lord Napier, y no escuchó nada. Hizo otro tanto con el panel que correspondía al camarote de Quiao, y también se encontró con un silencio absoluto, lo que confirmó su sospecha: aquellos no eran simples divisorios construidos con tablas de chilla, sino gruesas placas de madera noble.

El paje Godfrey Holt regresó con un balde con agua y, a una indicación de Catrin, lo depositó tras el biombo. La muchacha llenó el aguamanil y asistió a su señora, que deseaba lavarse las manos. Manon tomó el jabón de Alepo, que llevaba impreso el escudo de los Guermeaux, y le dio lástima pensar que acabaría por borrarse. La toalla, que colgaba del soporte del lavabo, también tenía bordado el escudo y el nombre de la compañía, Blackraven Shipping & Shipyard. Se quedó contemplando el diseño y experimentó orgullo: algún día ella también pertenecería al clan de los Blackraven, esa familia a la que admiraba desde que los había conocido la tarde del 5 de mayo de 1827. Visto a la distancia, le parecía mentira que Dios le hubiese concedido su deseo más anhelado.

Llamaron a la puerta. Como había creído que se trataba de Godfrey, se emocionó al oír la voz profunda y masculina de Alexander, que pedía por ella. Colgó la toalla, se pasó las manos por la cara y se acomodó el tocado. Se asomó tras el biombo. Alexander siguió conversando con Aldonza pero con los ojos en ella.

—¿Están cómodas? —preguntó con una ansiedad mal disimulada.

—Es perfecto, simplemente perfecto —aseguró Manon, y se le habría echado al cuello si Catrin no hubiese estado allí, terminando de desempacar.

—¿Quieren acompañarme a cubierta? —Alexander dirigió la invitación a Aldonza.

—Ve tú, cariño —indicó la mujer—. Yo estoy muy cansada. Me prepararé para ir a dormir.

—Abrígate —indicó Alexander—. Está muy frío.

Catrin la ayudó a ponerse la mantilla de lana de merino y, sobre esta, la gruesa capa de cachemira beige con cuello de marta cibelina. Se calzó los guantes de fino baldés forrados con piel de conejo y se ató las cintas de la capota. Alexander le ofreció el brazo y salieron. Caminaron unos pasos por el angosto corredor, unos pocos antes de que él la arrastrase dentro de un recinto oscuro y, con habilidad, le echase el sombrero hacia atrás y se apoderase de su boca. A ciegas, Manon respondió con la pasión que había ido en aumento con cada minuto transcurrido desde que había llegado al puerto.

—Cuánto deseaba besarte —admitió Alexander.

—Seguro que no tanto como yo —bromeó ella, y lo oyó reír por lo bajo—. Qué hermoso es tu barco, amor mío. —Y al decirlo, la asaltó un pensamiento, una convicción en realidad, que vivió como una revelación: acababa de darse cuenta de la enorme responsabilidad que implicaba comandarlo y guiarlo hasta su destino—. Te amo —susurró con vehemencia—, te amo como no he amado jamás a nadie. Estoy tan orgullosa de ti.

—Gracias —lo escuchó responder en la oscuridad, y no necesitó verlo para imaginar la tensión en su rostro y la incomodidad en su mirada, reflejo de la devastadora lucha que se libraba en él.

—¿Vamos a cubierta? —le propuso en un tono ligero, y él masculló un sí.

Apenas emergieron, y los oficiales avistaron al capitán, le consultaron varias cuestiones, la más imperiosa era la del remolque, uno para cada barco del convoy, que los guiarían unas millas fuera del puerto de Londres.

—Isabella —ordenó Alexander—, lanza la estacha cuando la tripulación del remolque esté pronta para recibirla. No quiero el rezón en el agua —advirtió—. Podría enredarse y ocasionarnos una demora.

—Sí, capitán, sí —replicó la muchacha.

Manon se asombró al notar que no había un atisbo de risa ni de broma en su amiga; estaba tomándose muy en serio la prueba exigida por el duque de Guermeaux como condición para capitanear el *Creole*. La observó alejarse hacia la proa. Sus largas y delgadas piernas enfundadas en un pantalón negro daban largos pasos a un ritmo rápido y decidido marcado por el sonido que producían los tacos de sus botas sobre las cuadernas de la cubierta.

A paso más lento, ellos también caminaron hacia la proa. Al pasar por el combés, Manon advirtió las jaulas con animales —cerdos, corderos, cabras y gallinas—, que les proveerían carne fresca, leche y huevos, y una más pequeña con dos civetas, que se liberaban con cierta frecuencia para que mantuviesen limpio el barco de roedores. Alexander le dijo que en la última cubierta, la anterior a la bodega, llevaban dos vacas.

Alcanzaron la zona del cabrestante, que, pese a la proximidad de la partida, seguía recogiendo bultos y toneles del muelle para hacerlos descender hasta vientre del barco, la bodega, donde la actividad seguía siendo intensa.

—¡Campbell! —exclamó Alexander, y un hombre de unos cuarenta años, que controlaba el descenso de la carga, caminó hacia ellos con un andar tambaleante, como el de un rengo.

—¡Capitán! Señorita —añadió con voz suavizada y, tras quitarse la boina, inclinó la cabeza.

—Manon, te presento al contramaestre y sobrecargo del *Leviatán*, el señor Augustus Campbell. Campbell, la señorita Manon Neville, mi prometida.

—A su servicio, señorita Neville. La tripulación del *Leviatán* está feliz de contarla entre su pasaje. Estamos seguros de que su presencia es un buen augurio para este viaje.

—Gracias, señor Campbell.

—Campbell —tomó la palabra Alexander con aire impaciente—, ¿por qué no se ha terminado con la carga?

—Se trabó el pescante, capitán —dijo el hombre, y Manon notó que bajaba la vista ante la expresión inclemente de Alexander. Ella misma le habría temido, concluyó.

—¿No le ordené a Baros días atrás que lo aceitase? —preguntó en un modo retórico, empleando una voz baja que de ninguna manera ocultaba su dureza; Campbell no contestó—. ¿Se ajustó el cronómetro con los de los demás barcos?

—Sí, capitán, sí.

—¿Cargaron los fuegos falsos? Llegaron ayer a última hora.

—Sí, capitán, sí.

Alexander asintió antes de ordenar:

—Dígale a Apolo Baros que lo veré en la cámara de oficiales en una hora. Y quiero la carga completada en diez minutos.

—Sí, capitán, sí.

Reiniciaron la caminata hacia el castillo de proa. Manon lo hacía en silencio, un poco abrumada por la cantidad de detalles que componían la vida de ese universo flotante. Cualquier cabo suelto habría traído serias consecuencias.

—¿Qué es el fuego falso?

—Una señal luminosa que usamos de noche para enviar mensajes, a veces para engañar al enemigo —contestó Alexander, todavía enojado por la demora en la carga—. El compuesto produce una llama azul que se quema durante algunos minutos dentro de un tubo de madera.

—¿Cómo funciona el cabrestante? —continuó preguntando, y Alexander sonrió con indulgencia pese al enojo; lo halagaba y lo enternecía su interés.

—En la bodega hay una máquina a vapor. De allí toma la fuerza para levantar los grandes pesos.

—¿Cuánto pesa el *Leviatán*?

—Mil ochocientas cincuenta y nueve toneladas en lastre, que quiere decir cuando navega sin carga.

—¡Qué portento! —susurró Manon—. ¿Cómo es posible que algo tan pesado surque los mares a las altas velocidades que lo hace? —se interrogó.

Alexander la tomó de la mano para guiarla por los escalones que conducían al castillo de proa. Desde allí, extendió el brazo en el gesto de enseñarle el barco.

—Mira sus líneas —le pidió—. El secreto de la velocidad de un clíper se asienta en dos cosas, pero en especial en su diseño, que debe presentar líneas muy afiladas y austeras, con amuras muy angostas, y los mástiles más elevados que los de otras naves. Esto propicia que sus detractores aseguren que le quita estabilidad.

—¿Se la quita? —se interesó Manon.

—Se compensa inclinando los mástiles hacia atrás, hacia la popa. ¿Ves?

—Sí, notable —murmuró ella, embelesada.

—Y también manteniendo un control severo del lastre y del peso de la carga.

—¿Y lo segundo? Dijiste que el secreto se asienta en dos cosas —le recordó.

—Lo segundo es su velamen, que es enorme. Aún no hemos izado ninguna de las velas, pero cuando lo hagamos, verás qué espectáculo soberbio componen desplegadas al viento.

Manon sonrió, complacida al verlo hablar con tanta pasión.

—Amas lo que haces.

—Sí —aceptó él, tajante, aunque no severo—. Existe un tercer secreto.

—¿Cuál?

—Navegar con el mayor uso de trapo posible, día y noche, con buen tiempo o con mal tiempo, no importa, las velas deben batirse contra el viento sin descanso —aseguró, y se quedó callado, contemplando el *Leviatán* desde aquella posición elevada de la proa.

Manon, en cambio, lo contemplaba a él, digno capitán de esa nave espléndida, reflejo del poderío y de la destreza de su dueño. Su orgullo y su amor por ese hombre crecían conforme pasaban los minutos. Si bien había imaginado que compartir su reino le habría procurado satisfacción, la realidad estaba superando las expectativas.

Obadiah y Mackenzie corrían por la cubierta hacia ellos. El niño sonreía y exclamaba sus nombres.

—Qué dicha verlo tan contento —susurró Manon—. Estaba triste por la partida de Rao Sai.

—Sé por Ludovic que anoche se durmió llorando —comentó Blackraven.

—Pobre tesoro mío —dijo Manon un momento antes de recibirlo en sus brazos.

Uno de los marineros, que trepaba por las perchas del mástil mayor, llamó la atención de Manon. Una vez apostado en la cofa, izó una bandera. Se trataba del gallardete que distinguía al *Leviatán* como la nave insignia del convoy. Pese a que las antorchas no bastaban para iluminar la punta del mástil, la luna llena le permitió ver el color rojo del estandarte y el dragón dorado en medio. Manon dedujo que representaba al monstruo marino bíblico con cuyo nombre se había bautizado al clíper.

—¿Por qué lo has llamado *Leviatán*?

—Cuando era niño, como Obby —puntualizó, y bajó la vista para mirarlo—, mi abuelo me contó la historia del Leviatán de la Biblia en una ocasión en que vimos un cuadro en un museo. La imagen me dejó petrificado de miedo. Durante varios días pensé en ella con un temor ingobernable. —Se encogió de hombros y sonrió con una mueca avergonzada—. No sé por qué lo llamé así.

—Tal vez se deba a que necesitas tener todo bajo control —conjeturó Manon—, en especial aquello que te provoca temor.

Alexander se volvió hacia ella y se quedó callado, mirándola. La contemplaba con curiosidad, como si delante de él tuviese un enigma que descifrar.

—El capitán Alex no le tiene miedo a nada —discrepó Obadiah—. ¿Verdad que no le temes a nada, capitán Alex?

—Obby —respondió Manon—, ¿qué mérito habría en no temerle a nada? De ese modo, sería muy fácil ser valiente. El verdadero valiente es aquel que, teniendo un miedo atroz, lo enfrenta y lo vence, como Heracles.

—¿Quién es Heracles?

—Mi héroe griego favorito —respondió Manon, y lo tomó de la mano—. Te contaré su historia, pero ahora vamos, te llevaré a dormir. Ya es tarde y Ludovic debe de estar buscándote por todo el barco.

Alexander los vio distanciarse a través de la cubierta y los siguió con la mirada aun cuando, ya próximos al castillo de popa, la oscuridad los transformó en dos siluetas borrosas.

—¡Capitán! ¡Mire, capitán! —exclamaron varias voces al unísono y señalaron hacia arriba.

Ahogó una exclamación ante el fenómeno del que su padre le había hablado, pero que él nunca había presenciado: el fuego de San Telmo, una luminiscencia entre verdosa y violácea que parecía emerger de las puntas de los mástiles, provocada por los campos eléctricos que se formaban durante las tormentas. Lo notable, reflexionó Alexander, era que se trataba de una noche apacible y despejada, sin nubes ni amenaza de lluvia. Lanzó un rápido vistazo hacia los otros barcos y notó que en ninguno se reproducía el portentoso efecto.

Varios oficiales y marineros lo rodearon para observar desde esa posición privilegiada el extraño y magnífico evento de luces y rayos, que la gente de mar consideraba una señal de buen agüero. Comentaban y reían, complacidos.

—Se lo dije, capitán Alex —alzó la voz Augustus Campbell para imponerse a los demás—, le dije que su prometida traería fortuna a esta nave.

Capítulo X

Habían zarpado de la Piscina de Londres cinco días atrás. Sven Olsen, siempre muy agradecido con ella por la deferencia con que trataba y asesoraba a su esposa cada vez que iba a la Casa Neville, se había pronunciado su cicerone y la entretenía relatándole anécdotas y desvelándole las complicaciones de la navegación de un clíper, un oficio notoriamente difícil.

—El arte de la navegación es un secreto bien custodiado, señorita Manon —le había dicho al otro día de la partida, mientras navegaban por un borrascoso canal de la Mancha—. Pocos entre la oficialidad deben conocer los misterios de la conducción de la nave. De lo contrario, la marinería podría amotinarse, eliminar al comandante y conducir el barco hacia rumbos ignotos.

Le explicó que navegaban en conserva, una técnica destinada a protegerse de la piratería y que se apoyaba en el uso de convoyes; cuanto más numerosa fuese la partida, más improbable el riesgo de un ataque. Además del *Leviatán* y del *Constellation*, componían la partida los clíperes *Black Dart*, capitaneado por el duque de Guermeaux, el *Lucky Wind*, al mando de un tal Richard Abbot, y el *Stella Maris*, cuyo capitán era lord Bernard Mathews, un antiguo comodoro de la Marina, de los mejores oficiales con que contaba la Blackraven Shipping & Shipyard.

—El buque insignia es el *Leviatán* —siguió explicándole Olsen—, esto quiere decir que todas las naves responden a las órdenes del capitán Alex.

Se había establecido una especie de rutina: por las mañanas, después de desayunar en el camarote, Manon subía a cubierta y pasaba un rato con Sven Olsen. Aldonza prefería quedarse recostada en la cómoda litera y esperar a que el estómago se le aquietase después de beber una infusión de jengibre.

Le gustaba encontrar a la marinería y a los oficiales ocupados en sus actividades; algunos limpiaban las jaulas de los animales, otros rasqueteaban las cuadernas, que siempre parecían brillar, otros lustraban la campana y las piezas del bronce del coronamiento, mientras el velero Dimas Burgos se ocupaba de reparar alguna vela, como la gavia, rasgada durante la tormenta en el canal de la Mancha. El carpintero Bogdán Súbotiv, un cosaco tártaro cincuentón y de mirada terrible, ajustaba una de las cabillas del timón; el guarnicionero Ratana, de origen tailandés, cosía las cintas de cuero que ajustaban los cobertores impermeables de los esquifes; y el señalero Jean-Patrice Roux, exhúsar del ejército napoleónico, le explicaba a Isabella el importante oficio de enviar mensajes a los otros barcos del convoy mediante señales realizadas con banderines o empleando el heliógrafo.

No tenían tiempo para holgazanear y se mantenían activos hasta que las ocho campanadas les indicaban el fin del turno. Manon disfrutaba especialmente ese momento, cuando veía descender a los marineros por las perchas de los mástiles a toda prisa, en una demostración de notable destreza, y saltar a cubierta con una sonrisa. Parecían felices llevando esa vida, y supo después por Olsen que un puesto en los barcos de la Blackraven Shipping & Shipyard se codiciaba por la excelente paga y las justas condiciones de trabajo.

Poco a poco, iba conociéndolos a todos y familiarizándose con sus nombres y con sus oficios. Invariablemente, cuando ella aparecía, se quitaban los sombreros y las gorras y la saludaban con gran deferencia.

—Quieren ganarse tu favor como un modo para asegurarse el de Alex —había declarado Quiao la tarde anterior, mientras daban un paseo por cubierta—. A mí ni siquiera me prestan atención.

—Te la prestarían si estuvieses recorriendo la cubierta del *Constellation* —afirmó Manon, lo que provocó que su amiga desviase la mirada hacia la lejanía, donde se avistaban las velas desplegadas del barco capitaneado por Estevanico.

Ese viernes 27 de diciembre, corría un viento tibio y fuerte en el castillo de popa mientras Olsen le ofrecía el catalejo para que columbrase la isla de Madeira. Se había atado el bonete con un fuerte nudo para evitar que se le volase y había desistido del parasol por temor a que las ráfagas se lo arrebatasen.

Movió el catalejo hasta ubicar a Alexander en el combés; conversaba con el teniente Finlay Walker, y en su rostro, cubierto por una corta barba, predominaba una expresión ceñuda, consecuencia de la responsabilidad que implicaba ser el capitán del *Leviatán* y el jefe del convoy. Desde la partida, habían transcurrido poco tiempo juntos, nunca a solas, ni siquiera el día de Navidad.

—Parece otra persona —pensó Manon en voz alta—. Lejano, inaccesible.

Olsen, que encendía la pipa, siguió la línea visual de Manon. Aspiró el aromático tabaco y asintió.

—El capitán Alex es uno de los comandantes más responsables y comprometidos a los que me ha tocado servir, señorita Manon. Está en manos seguras, se lo garantizo. El capitán Black hizo de él y del capitán Nico grandes navegantes.

—¿Cree que haya algo que lo preocupe especialmente, señor Olsen? Lo noto muy serio —volvió a remarcar.

—No se lo tome como algo personal, señorita Manon. El capitán Alex adopta esa actitud apenas zarpa. Cabe aclarar que tampoco se caracteriza por ser el alma de la fiesta cuando está en tierra —apuntó con acento bromista, y Manon le destinó una sonrisa a modo de asentimiento—. Al mando de su clíper, se vuelve más introvertido, más exigente, aunque siempre es justo y magnánimo. ¿Quiere que le muestre el largo recorrido que nos espera? Los mapas están desplegados en el cuarto de derrota.

—¡Me encantaría, señor Olsen!

De camino hacia la popa, el oficial sueco se detuvo para enfrentar a un joven grumete, bajo y corpulento, que, apoyado sobre la borda, contemplaba el horizonte.

—¡Sweeney! —lo llamó con un vozarrón implacable, y el chico se giró súbitamente; se arrancó la boina y bajó la vista—. Imagino que si estás aquí, haciendo nada, es porque has terminado de arreglar la brazola que te indiqué. Si veo que sigue filtrando el agua, te someteré a bolina.

Las abultadas mejillas del grumete se encendieron y las cejas le treparon en la frente en un gesto de alarma. Se cuadró, saludó a Manon con una inclinación de cabeza y se escabulló por la escotilla hacia las cubiertas inferiores. Olsen rio con su extraña pipa calzada en el costado de la boca.

—Ese Sweeney es un halacuerdas, pero bien predispuesto —comentó.

—¿Qué significa someter a bolina, señor Olsen?

—En navegación, bolina significa varias cosas. En este caso, se trata de la aplicación de un castigo físico.

—¿Se aplican castigos físicos a la tripulación? —se inquietó Manon.

—¡Oh, no! De hecho, en ningún barco de la flota Blackraven se admiten los castigos físicos. Lo dije solo para asustar al golfillo. El capitán jamás ha castigado a nadie. No lo necesita. Le basta una de sus miradas para imponer su voluntad. En eso sí que se parece a su padre, que nos manejaba a todos con los ojos.

—¿Cómo se sanciona a quienes incumplen las órdenes? —se interesó Manon.

—Las faltas menores se pagan con el aumento de la carga de trabajo, sobre todo con tareas desagradables, como bombear el agua de la sentina o limpiar los corrales o los beques. Las más graves (indisciplina, ebriedad, apuestas, falta de higiene, vagancia) —enumeró— se pagan muy caro: desembarcando en el primer puerto en el que fondeamos. Se cuidan de cometer estas faltas porque saben que no encontrarán mejores condiciones de trabajo ni de salario como en los navíos del capitán Black. De su gracia, el duque de Guermeaux —aclaró deprisa por temor a que ella lo considerase una falta de respeto.

—Sé que lo llaman capitán Black, así como llaman capitán Alex a Alexander —dijo Manon para excusarlo.

—Nunca dieron importancia a sus títulos —expresó Olsen con actitud confiada—, al menos no dentro del barco. Aquí —propinó un taconazo sobre las tablas de la cubierta— son uno más de la tripulación. No, uno más no, porque todos sabemos que el capitán Black es el mejor de todos.

—Es un príncipe —acotó Manon—, *primus inter pares*. «Primero entre iguales» —tradujo.

—¡Exacto! —se entusiasmó el oficial—. Sus hijos también.

Entraron por la escotilla cercana al castillo de popa y descendieron por la estrecha y empinada escalera hasta la primera cubierta, justo debajo de la cámara de oficiales, donde se hallaba el cuarto de derrota.

—No puedo dejar de observar su pipa, señor Olsen —confesó Manon—. Nunca había visto una con esa tapa que parece una rejilla.

—Es obligación fumar pipa con tapa, señorita Manon, para evitar que una chispa o un poco de tabaco encendido vuele y provoque un incendio —explicó el oficial—. Nada es más temible que el fuego en un barco construido enteramente de madera, que además posee una santabárbara repleta de pólvora para los cañones.

La sala, llamada cuarto de derrota, porque, según le explicó el sueco, la derrota era el rumbo del barco, presentaba el mismo lujo sobrio del resto del *Leviatán*. Además de una gran mesa, donde habían desplegado una carta de marear, el recinto se caracterizaba por contar con varios armarios vidriados que contenían mapas enrollados, mamotretos, cuadernos y utensilios de navegación, que Olsen le enumeró: sextante, círculo acimutal, taxímetro, cuadrante de Davis, ballestilla, compás y nocturlabio. Todo atraía la atención de Manon, por todo preguntaba y quería saber, un poco por su innata curiosidad, pero también porque anhelaba aprender y ser parte del mundo de Alexander.

Se inclinaron sobre el mapa desplegado sobre la mesa, y Olsen, con su dedo índice grueso y ajado, le fue trazando el derrotero que completarían en alrededor de cien días.

—En pocas horas dejaremos a nuestras espaldas la isla de Madeira —anunció el oficial, y la señaló en el pliego—. Después nos aproximaremos a las Canarias y unos días más tarde pasaremos por las Rocas de San Pablo, muy cerca del ecuador. —Alzó la vista y aclaró—: Un buen recorrido para un clíper entre Londres y la línea, como llamamos al ecuador, es de veintiún días, habiendo recorrido más o menos tres mil trescientas millas náuticas.

—¿Cree que cumpliremos el plazo, señor Olsen?

—Oh, sí —respondió el sueco, confiado y sonriente—. Creo que cubriremos el trayecto en un tiempo menor del usual. El viento está acompañándonos. Como dice Campbell, su presencia en el *Leviatán* nos ha traído suerte. Pero la gran muestra de fortuna la veremos aquí, justamente en el ecuador, donde podríamos quedar atrapados en las calmas ecuatoriales. Allí los vientos alisios suelen desaparecer. Superado este punto —dijo, y prosiguió con la descripción de la curva en su recorrido hacia el sur—, navegaremos hasta pasar cerca del cabo de Buena Esperanza, o cabo de las Tormentas, como lo llamó el navegante Bartolomeu Dias en el siglo XV, hasta que el rey Juan II de Portugal lo rebautizó con su nombre actual para evitar los malos augurios y el temor de los marineros. A partir de allí correremos a lo largo de los Rugientes Cuarenta —declaró con expresión satisfecha—. Y si conozco al capitán Alex, descenderá hasta los Aullantes Cincuenta.

—¿Rugientes Cuarenta? —repitió Manon, desconcertada—. ¿Aullantes Cincuenta?

—Aquí —dijo el oficial y apoyó el índice sobre un punto al sur de África—, donde intersecan el paralelo de cuarenta grados con el meridiano de Greenwich, nuestro querido *Leviatán* podrá estirar sus piernas y correr a toda velocidad. Superaremos los veinte nudos. Es el momento más emocionante y peligroso del viaje. Lo verá usted misma.

—¿Por qué peligroso?

—Por los fuertísimos vientos, los rugientes vientos —remarcó—, y por los icebergs, que podrían destruir el *Leviatán* como si se tratase de un barquito de juguete, sobre todo en el paralelo cincuenta. Los que llevamos décadas en el mar decimos que bajo el paralelo cuarenta no hay ley, pero bajo el paralelo cincuenta ¡no hay dios! —remató con una carcajada.

—¡Santo cielo! —farfulló Manon.

—No se inquiete, señorita. No creo que exista un capitán más competente para atravesar los Rugientes Cuarenta que el capitán Alex. Se lo pasa de guardia, sobre todo de noche. Nosotros decimos que posee ojos nictálopes, como los de un gato, porque parece ver en la oscuridad tanto como a la luz del día.

—Conque poseo ojos de gato, ¿eh, Olsen?

Manon y el oficial se volvieron súbitamente. Alexander, apoyado en el marco de la puerta, los brazos cruzados en el pecho y la pierna derecha flexionada delante de la izquierda, los observaba con una expresión divertida.

—Capitán Alex, estaba contándole a tu magnífica prometida…

—Formidable, Olsen. Formidable. Así la apodan en Londres. La Formidable Señorita Manon —dijo, y ladeó la boca en una sonrisa al notar el sonrojo que teñía rápidamente las mejillas de Manon.

—No le preste atención, señor Olsen. Solo un tío mío me llama así, y le aseguro que su opinión es en extremo sesgada.

Olsen siguió refiriéndole al capitán lo que estaba explicándole a su prometida. Alexander se quitó el bicornio, lo calzó bajo el brazo y terminó de entrar. Caminó sin apuro, con un aire relajado que Manon no le había visto jamás, menos aún durante esos primeros días de navegación. Los ojos de ese turquesa desconcertante, a los que sus hombres les adjudicaban poderes sobrenaturales, fijos en ella, la mantenían atada, ajena a la perorata del oficial.

—Olsen —lo interrumpió Blackraven—, ¿no tenías que echarle una mano a Abasi con la revisión de los toneles con las coles antiescorbúticas y las berzas?

—¿Yo? —se desorientó y, movido por un rápido vistazo de Blackraven, se llevó la mano a la frente y exclamó—: ¡Es cierto! También tengo que agregar jugo de limón al grog. ¿Sabe, señorita Manon? No es una tarea difícil, pero prefiero ocuparme yo mismo porque...

—Olsen, Abasi está esperándote.

El hombre se cuadró con un gesto histriónico, que hizo reír a Manon, y se marchó canturreando una canción en sueco. Alexander y Manon se miraron con picardía, se sonrieron, se desearon. Manon acortó la distancia que los separaba con dos pasos presurosos y lo abrazó. Alexander le rodeó la cintura y la pegó a su cuerpo con un anhelo tan turbador como asombroso e inesperado. La miró a los ojos, todo vestigio de picardía y de complicidad perdido. Admitió, entonces, que le gustaba tenerla allí, en su reino, en su amado *Leviatán*. Y si de admisiones se trataba, evocó aquella noche en la prisión de Newgate, cuando le bastó verla descender a ese pozo ciego decidida a compartir su suerte para comprender que la vida había vuelto a tener sentido gracias a ella. Siguió observándola y repasando lo vivido en esos casi cuatro meses juntos, desde la noche del 3 de septiembre en el Covent Garden, cuando compartieron el primer beso en la antesala de un palco, y su armadura comenzó a resquebrajarse. No supo si se debió a haberla encontrado en el cuarto de derrota, tan inocentemente seductora en su interés por comprender lo que Olsen le explicaba, siempre interesada en todo lo que estuviese relacionado con él, o quizá se debía a que había llegado el momento de afrontar la realidad, como fuese, pero en ese instante, con Manon Neville entre sus brazos, su mirada sincera y bondadosa atenta a él, se permitió admitir que la amaba, y que la amaba como no había amado antes, porque habiendo combatido como un necio el sentimiento, había sobrevivido a todo, y pese a todo. Terminó por comprender el críptico comentario de Sri Sananda, cuando le dijo que había decidido desposar a Manon por la razón justa, solo que aún no lo había descubierto. En realidad, no se había permitido descubrirlo por cobarde.

—¿Están cómodas, tu abuela y tú?

—Muy cómodas. Godfrey se desvive por atendernos.

—¿Está mejor tu abuela?

—Sí. El té de jengibre le asienta el estómago.

—¿Te aburres todo el día?

—¡Al contrario! —exclamó con una expresión escandalizada, y lo hizo reír—. No tengo un momento libre. —Lo besó en los labios y le habló con la boca casi pegada a la de él, sintiendo el roce agradable de su barba perfumada—. Estoy enamorada de su estupenda nave, capitán Alex. Quiero saber todo acerca de ella. Quiero aprender —declaró.

Compartieron un beso en el que Alexander celebraba la sinceridad liberadora que se había concedido. Las cadenas de aquel amor contrariado con Alexandrina Trewartha se habían cortado por fin, y él volvía a pronunciar la frase que había expresado de niño y que había hecho reír a sus padres: «Yo soy el viento», les había dicho. Y volvía a repetirla, allí, con la Formidable Manon pegada a él. Así de libre se sentía.

Manon cortó el beso al oír voces que se aproximaban. Alexander alzó los párpados, contrariado.

—Ven —dijo él—. Acompáñame. Tengo que darle cuerda al reloj.

Salieron del cuarto de derrota y caminaron por el estrecho pasillo, ella a la zaga de Alexander, que extendía el brazo hacia atrás para sostenerle la mano. Entraron en un recinto con varios instrumentos, entre ellos un reloj de unas doce pulgadas de diámetro, elevado sobre una peana de madera y protegido por una cúpula de cristal. Al observarlo con atención, Manon se percató de que se hallaba extrañamente suspendido, sujeto a un anillo de metal. Alexander introdujo la llave en un herraje de bronce y levantó la cúpula.

—Solo Ferguson y yo tenemos la llave para abrir la caja y dar cuerda al reloj —explicó—. Es una tarea de capital importancia. Sin la hora, estaríamos perdidos.

—¿Cómo es eso? —preguntó Manon, de inmediato intrigada por la afirmación.

—Antiguamente los navegantes podían calcular la latitud que les permitía saber si estaban en el hemisferio norte o sur, y lo hacían midiendo el ángulo que formaba la sombra del sol al mediodía. Pero no tenían forma de medir la longitud geográfica, es decir, en qué posición se hallaban respecto del meridiano de Greenwich. Esto se resolvió el día en que pudieron embarcar un reloj cuyo movimiento no se alterase con los vaivenes del barco. Esta —dijo, y señaló el reloj— es la hora en Londres. Cada día comparamos la diferencia de horas que existe entre Londres y el punto en el cual el sol alcanza su posición más alta en el cielo. El ritual del mediodía, lo llamamos. Cada hora de diferencia implica un movimiento hacia la derecha o la izquierda de quince grados. De ese modo sabemos en qué longitud nos hallamos.

—¡Qué ingenioso! —se maravilló Manon—. ¿Qué es eso? —preguntó con el índice apuntando el anillo sobre el que flotaba el reloj.

—Una suspensión cardán. Lo aísla de los rolados y de los cabeceos del barco.

Alexander se aproximó a un artilugio colgado en la pared, una especie de tubo transparente y delgado pegado a una base de madera con indicadores numéricos. Lo observó con detenimiento.

—¿Qué mide?

—La presión atmosférica. Es un barómetro de mercurio —aclaró—. La columna de mercurio indica la presión y de este modo podemos prever los cambios en el clima. Con una columna de treinta pulgadas como indica en este momento, tendremos buen tiempo.

—Me complace saberlo —bromeó Manon.

—Me complace que estés aquí —dijo él en cambio, y se quedó mirándola, serio, callado.

Manon se quitó el guante de encaje, ligero para esas latitudes, y le acarició el rostro barbudo.

—Gracias por decírmelo. Me complace estar aquí y ser parte de este mundo que amas.

—Ven, vamos a tomar limonada.

Emergieron en la cubierta y se encaminaron hacia la popa. Manon avistó a Thibault Belloc que conversaba con Tariq Babić, el oficial a cargo de la artillería y del armamento del *Leviatán* y también el alguacil de la nave, responsable de la disciplina entre los marineros.

—Se ve que Thibault encontró un nuevo amigo —apuntó Manon.

—No me extraña —comentó Alexander—. Tariq era un artillero como él. Ex jenízaro.

—¡Oh! —se sorprendió Manon.

—Lo conocí durante mi estadía en Constantinopla —añadió Alexander—. Es bosnio. Sus padres lo entregaron para ponerlo al servicio del sultán cuando tenía apenas cinco años.

—He leído sobre el sistema de reclutamiento que empleaban los otomanos en los Balcanes —comentó Manon—. Era obligatorio. Sin embargo, muchos padres ofrecían a sus hijos convencidos de que sería lo mejor para ellos. Parece ser que formar parte de los jenízaros era una de las formas para acceder a las posiciones de poder.

—Tú no lo habrías hecho —afirmó Alexander, la vista dura y fija al frente.

—No —acordó ella—, pero hay que contemplar las circunstancias.

—No existen circunstancias que podrían inducirme a entregar un hijo —expresó con el tono endurecido—. ¿Las hay para ti? —la desafió, y giró un momento la cara para lanzarle un vistazo tremendo.

—No si la razón fuese que mi hijo se convirtiese en un hombre de poder.

Subieron al castillo de popa y entraron en la cámara de oficiales. Obadiah, que tomaba sus lecciones con Margaret Walker, saltó de la silla y corrió hacia Manon.

—Cariño, la señora Walker no te ha autorizado a abandonar tu sitio —le señaló mientras le despejaba la frente de un mechón rubio y rizado.

—Está bien, Manon —terció la joven maestra—. Acabamos de terminar. Estábamos por ir a cubierta a dibujar. Obby está haciendo grandes progresos.

—¡Llegaré a ser tan bueno como Gainsborough! —afirmó, mientras apuntaba la marina que sobresalía en la decoración de la sala.

Manon cubrió la cabeza del niño con un sombrero de ala ancha para protegerlo del sol y le ajustó el barboquejo bajo el mentón. Le besó la punta de la nariz. Obadiah le devolvió una sonrisa exagerada con algunos huecos, producto de los dientes de leche perdidos. Decidieron tomar la limonada en cubierta. Alexander ordenó a unos pajes que dispusieran sillas en el alcázar para las señoras. A otro ordenó que trajese la bebida.

Allí se les unieron lady Napier y sus dos hijas, Georgiana y Eleanor. Era la primera vez que abandonaban los camarotes, donde se habían recluido a causa del mal de mar. Estaban muy agradecidas con Manon, que las había visitado y les había sugerido la ingesta de una infusión de jengibre. Manon misma, asistida por Catrin, se las había dado de beber a cucharadas, pues la sirvienta de lady Napier también guardaba reposo, víctima de la misma afección.

Se les unió Quiao, y solo por el hecho de que Manon, futura condesa de Stoneville, le brindó un trato notablemente gentil y deferente, las Napier se dignaron a dirigirle la palabra. También miraban con ojos entre incrédulos y reprobatorios a la hija menor del duque de Guermeaux, vestida como hombre y con un pañuelo negro a la corsaria en la cabeza que provocaba un contraste casi escandaloso con la larga y gruesa trenza pelirroja que asomaba por debajo. Iba y venía, cumpliendo órdenes del teniente Finlay Walker, el oficial de turno en ese momento; ignoraba a las mujeres que bebían limonada recién preparada y que comentaban sobre los padecimientos sufridos durante los primeros días de navegación.

Llegó Aldonza y, después de entregarle el parasol a su nieta, ocupó una silla junto a ella. James Walsh y Ross Chichister emergieron por la escotilla y, al ver la alegre reunión en el alcázar, se encaminaron hacia allí atraídos como insectos a la luz. Aldonza rechazó el ofrecimiento de la limonada, lo que provocó un gesto reprobatorio del cirujano chino.

—Es necesario beber la limonada diariamente, señora Aldonza —declaró, y, tras aferrar el vaso de manos del paje, se lo entregó a la anciana—, al menos hasta que duren los limones en la bodega —añadió—. Es por su bien, para protegerla del escorbuto.

—¿Qué es eso, señor Walsh? —preguntó Georgiana Napier.

—Una enfermedad, señorita. La produce la carencia de una sustancia vital para nuestro cuerpo contenida en ciertos vegetales frescos, sobre todo los cítricos.

—¿Cuáles son los síntomas? —preguntó lady Napier con aire pedante, aunque vencida por la curiosidad.

—Sangran las encías, se aflojan los dientes, salen forúnculos. Se sufre de temblores, de cansancio y de melancolía. —James Walsh prosiguió pese a las expresiones horrorizadas de las mujeres Napier—. Las cicatrices, por muy viejas que sean, parecen disolverse y las heridas se reabren; los huesos rotos vuelven a romperse.

—¡Santo cielo! —exclamó lady Napier, y agitó el abanico.

—¿Causa la muerte? —se atrevió a preguntar Georgiana.

—Si no se ingieren los alimentos adecuados —explicó el cirujano Walsh—, sí.

Hubo exclamaciones y muecas asustadas.

—¿Con qué se reemplazarán los limones una vez que se hayan acabado? —preguntó Aldonza, muy dueña de sí.

—¡No se preocupe usted, gentil señora! —se oyó el vozarrón de Olsen, que acababa de salir por la escotilla—. Acabo de controlar los toneles con las coles antiescorbúticas, que nos mantendrán en excelente salud.

—No me gusta la col —se quejó Eleanor.

—Podrá reemplazarlo con otros vegetales —la animó James Walsh—. Mantenemos viveros con berros y mastuerzos y germinamos grano para comer el brote.

—No te olvides del ajo de oso, Jimmy —le recordó el oficial sueco—. Y sobre todo la coclearia, a la que, no por nada, se la llama la hierba del escorbuto. Cuenta con una gran ventaja.

—¿Cuál? —quiso saber Manon, extasiada con la información que estaba recibiendo.

—Podemos regarla con agua de mar. Llegados al cabo de Buena Esperanza —prosiguió el hombre—, recogeremos las algas gigantes que allí proliferan y las serviremos condimentadas con alioli. Por orden del capitán Alex, se deberá comer una porción por día, les guste a los marineros y a los pasajeros o no —dijo, y, aunque sonreía, le lanzó una mirada a Eleanor.

—¿Dónde están esos viveros, señor Olsen? —preguntó Quiao.

—Bajo el combés, señorita Walsh, bajo el enrejado de madera, donde reciben sol y el agua de la lluvia, si tenemos la suerte de que llueva —concluyó, y dirigió la vista hacia el horizonte.

El marinero ubicado en la cofa del palo mayor dio la voz de alerta para anunciar el avistamiento de un banco de bonitos. Debía de tratarse de un pez muy preciado, pensó Manon, pues enseguida Alexander autorizó que se echasen las redes al mar. Olsen expresó que tal vez tuviesen suerte y, pese a la velocidad que llevaba el clíper, consiguieran hacerse con unos cuantos ejemplares. Lo expresó y se quitó la boina, se rozó la cabeza y, al hacerlo, masculló: «Toco madera», lo que hizo reír a Manon.

—Somos muy supersticiosos los hombres de mar, señorita Manon. Verá, cuando se vive en contacto tan directo con el poder de la naturaleza y se ven las cosas extrañas que nos toca ver —alzó las manos y las cejas en una mueca de rendición—, ¿qué podemos hacer excepto aceptar que todo es un gran misterio? No todo tiene una explicación —añadió a modo de excusa.

—Diría que casi nada la tiene, señor Olsen —acordó Manon.

* * *

Alexander, que bebía la limonada desde su puesto junto al timón, alejado en el castillo de popa, la observaba departir con las Napier y con los demás pasajeros, y se convencía, guiado por un criterio objetivo e imparcial, que Manon Neville era superior desde todo punto de vista. Amaba su humilde superioridad y su gentil corazón; amaba su inteligencia y su innata curiosidad; amaba su atenta observancia de las necesidades ajenas; amaba verla cuidar y proteger a Obadiah, como en ese instante en que lo obligaba a terminar la limonada; amaba que aceptase a sus excéntricos amigos, a quienes las Napier no les habrían dirigido una palabra si ella no hubiese dado el ejemplo contrario; amaba que fuese distinta, ella misma una excéntrica. «La amas locamente, el único modo en que tú sabes amar», le había dicho Estevanico, que, como siempre, tenía razón.

La había descuidado durante esos primeros días de navegación, concentrado en la infinidad de detalles que comportaba guiar un convoy de esas proporciones en una derrota tan exigente. Lo remediaría; se apoyaría más en sus oficiales y se concedería lo que en el pasado le habría resultado imposible: un poco de tiempo libre para disfrutar del viaje con su futura esposa. «Futura esposa», repitió, sorprendido de la naturalidad con que lo había expresado, un título que solo había estado dispuesto a concederle a Alexandrina Trewartha.

Y resultó asombroso —si hubiese sido supersticioso como los primos Ferguson y Olsen lo habría juzgado un designio divino—, pero en el instante en que un rayo de sol perforó una nube y lo encandiló, una comprensión sin origen ni lógica le permitió hallarle el sentido a la dolorosa deserción de su primer amor. Todavía turbado por tan inesperada revelación, se hizo sombra con la mano y descubrió que Manon, que hasta un momento antes departía con los demás pasajeros, en ese instante mantenía la mirada fija en él, una mirada de ojos aguzados, atentos, alertas, como si hubiese percibido la profunda perturbación que lo dominaba.

El práctico Renzo Pigafetta, genovés y habilísimo navegante, a cargo del timón, lo miró de reojo y sonrió con ironía.

—Capitán Alex, creo que es cierto lo que afirma Campbell: tu prometida le traerá suerte al *Leviatán*. En la singladura de hoy, ya hemos ganado unas cuantas millas gracias a este inusual viento.

—Creo que hoy me encuentro de una extraña disposición, Renzo, porque, siendo un incrédulo por naturaleza, me dan ganas de acordar contigo: mi prometida es el amuleto de la suerte de este barco.

Renzo Pigafetta se echó a reír.

¿Cómo no se había dado cuenta antes de que había sido necesaria la ruptura con Alexandrina para que él pudiese gozar en ese presente glorioso del amor de Manon Neville? Lo juzgaba tan lógico, tan evidente, que le resultaba inentendible que le hubiese llevado tanto tiempo comprenderlo.

* * *

Almorzaban en su camarote los tres, Aldonza, Thibault y ella; a veces los acompañaba Obadiah. El paje Godfrey traía la bandeja con la comida y Catrin les servía. En ese quinto día de navegación lo hicieron solas porque Belloc estaba invitado a compartir el rancho con el alguacil Tariq Babić y el niño no quería perderse la recogida de la red. El paje, cuando volvió con una ración de agua dulce y para retirar la vajilla, les contó, muy entusiasmado, que habían atrapado varias libras de bonitos, «como nunca antes», aclaró y se atrevió a mirar a Manon a los ojos. Habría una celebración en el *Leviatán* para festejar la abundante pesca.

Aldonza se recostó en la litera para dormir la siesta. Catrin dispuso los utensilios y el bacín con agua dulce y Manon se sentó frente al tocador para higienizarse la boca con sus polvos de bicarbonato de sodio y un cepillo especial de cerda que hacía traer de París, porque en Londres no se conseguía fácilmente. A su pedido, la joven ayuda de cámara le cambió el peinado; le sujetó la pesada cabellera y confeccionó un elaborado recogido, más propicio para los calores de la tarde. Se aplicó en los labios un ungüento coloreado con cochinilla, y Catrin le roció una generosa cantidad del perfume Creed que tanto atraía a Alexander, y que debía su potencia a uno de sus ingredientes, el ámbar gris, según le había explicado el mismo señor Creed, cliente de la Neville & Sons.

Manon no quería perder más tiempo. Sabía que encontraría a Alexander en el castillo de popa porque él cubría el turno que iba desde las doce del mediodía hasta las cuatro de la tarde. Como no era su intención distraerlo, recogió el libro que estaba leyendo por esos días. Catrin la acompañó con el parasol en la mano; lo abrió apenas emergieron por la escotilla y se expusieron al sol de la siesta, que golpeaba la cubierta sin clemencia.

Alexander no se hallaba en el castillo de popa. Lo avistó cerca de la borda, por estribor, a la altura del mastelero mayor. Observaba con el catalejo hacia el *Black Dart*, el barco capitaneado por su padre. Debían de estar intercambiando mensajes, pues cada tanto Alexander pronunciaba una orden al señalero, Jean-Patrice Roux, que operaba el extraño instrumento llamado heliógrafo, y que se servía de la luz del sol.

Lo vio girarse de pronto hacia ella, como si la hubiese oído, algo imposible pues ella no había pronunciado una palabra y, aunque lo hubiese hecho, el sonido del viento, que era ensordecedor, habría amortiguado su voz. Le echó un vistazo rápido, casi impaciente, y regresó a su observación a través del catalejo. Ella se quedó quieta, la vista fija en él, inquieta en la seguridad de que lo había fastidiado de algún modo. Se instó a ponerse a resguardo bajo el toldo que extendían a esa hora en el castillo de proa. Los segundos pasaban, y ella seguía allí, en medio del alcázar, contemplándolo. Lo vio cerrar el adminículo telescópico con un golpe seco, regresar al castillo de popa y dar unas indicaciones al timonel. Lo esperó, tensa, mientras lo observaba descender los escalones hasta la cubierta y aproximarse a paso tranquilo y con una mueca que, ella sabía, ocultaba una sonrisa. Se inclinó para saludarla con la formalidad que imponían las circunstancias.

—Supe que estabas aquí porque una ráfaga de viento trajo hasta mí tu perfume —susurró—. El mismo con el que embebes mi pañuelo —añadió, y la humedad de su aliento se le arremolinó en torno a la oreja y le causó un escalofrío placentero.

—Es muy intenso, ¿verdad? —dijo Manon, emocionada y con los latidos acelerados—. Me dijeron que se debe a uno de sus componentes, el ámbar gris.

—Ven —dijo Alexander, y le ofreció el brazo, que ella aceptó enseguida—. No estés aquí, al rayo del sol. El parasol no basta. Tu piel no está acostumbrada a tanta intensidad.

Manon lo miró con el rabillo del ojo. La de él, en las partes que la barba no protegía, estaba adoptando una atractiva tonalidad cobriza que le exacerbaba el extraordinario color de los iris. Había visto cómo lo apreciaban lady Napier y sus hijas.

Alexander la acompañó hasta el cenador improvisado en el castillo de proa. Bajó la cabeza para atravesar el toldo y le indicó una de las sillas dispuestas en semicírculo; a Catrin le señaló otra. Él no ocupó ninguna y salió fuera para estar más cómodo.

—¿Sabes cómo se obtiene el ámbar gris? —le preguntó.

—No —respondió Manon—. Ni siquiera sé qué es.

—Es una especie de roca de color grisáceo que se forma en el intestino de los cachalotes. —Al notar la perplejidad de Manon, añadió—: Es un cetáceo, similar a la ballena. Son cazados por esto. Una libra de ámbar gris puede llegar a cotizarse en cien libras.

—¡Oh! —exclamaron Manon y Catrin al unísono.

—También los cazan para extraerle el espermaceti; también lo llaman blanco de ballena —prosiguió Alexander—. Es una sustancia grasosa con muchos usos, también codiciada, aunque no tanto como el ámbar gris.

Manon experimentó una gran compasión por el cachalote; se sintió banal y necia.

—No volveré a comprar perfumes que contengan ámbar gris.

Alexander le destinó una sonrisa expansiva, que la tomó por sorpresa. Se quedó mirándolo, de nuevo hechizada por su atractivo. Catrin, que cosía unos calcetines, había detenido la labor para admirarlo. No supo qué la fastidió, si la sensación de inferioridad o los celos; o las dos cosas. Y después de cinco días en los que no había pensado en Alexandrina, el rostro de su cuñada, poseedor de una perfección comparable a la de Alexander, apareció frente a ella. A veces le costaba recordar las facciones de su amada madre Dorotea. ¡Ojalá hubiese conseguido borrar con la misma facilidad las de su rival!

Se les unieron Margaret Walker, Obadiah y Mackenzie. Manon les contó acerca de los cachalotes, y el niño expresó su deseo de ver uno para dibujarlo. Poco después, mientras Alexander describía el cetáceo, apareció Quiao, que se sentó junto a Manon. Aprovechando la llegada de tan nutrido grupo, Alexander ofreció una disculpa y regresó al castillo de popa, en el otro extremo del barco. Se detuvo para saludar a lady Napier y a sus hijas, todas sonrisas y bajadas de párpados.

—Tendrás que acostumbrarte y aceptar que es de una belleza desconcertante —susurró Quiao—. No puede evitar lo que provoca.

Manon asintió con aire vencido. Las Napier ocuparon sus sillas y declararon su aburrimiento con expresiones de hastío. Manon propuso leerles en voz alta el primer volumen de uno de sus libros favoritos, *Vida y opiniones del caballero Tristram Shandy*, de Laurence Sterne.

—No sé cuántas veces lo he leído —confesó Manon—. Es tan ágil y ocurrente.

—¿Es su lectura apropiada para dos jovencitas? —objetó lady Napier—. Esos libros suelen contener anécdotas insolentes.

«Insolentes eran las miradas que vuestras hijas le lanzaban a mi prometido, señora», pensó Manon al tiempo que aseguraba que se trataba de una lectura divertida y picaresca, pero en absoluto vulgar. Las Napier accedieron sin real entusiasmo, pero bastaron pocas páginas para que cambiaran de parecer. A la genialidad de la historia se sumaba la entonación con que Manon leía, por lo que las anécdotas relatadas por el señor Shandy sonaban más ocurrentes y divertidas. Así transcurrieron la tarde; incluso allí mismo se les sirvió el té. Se retiraron a eso de las seis, cuando ya casi había anochecido. Lo hicieron con reluctancia, pues se había tratado de una tarde placentera, pero también con cierta urgencia: esa noche el capitán las esperaba para cenar en la cámara de oficiales y querían acicalarse con esmero.

* * *

—¡Excelente cena, milord! —exclamó lord Napier antes de llevarse el último trozo de bonito a la boca.

Alexander agradeció el cumplido. La fortuna los había tocado con su caprichosa mano, y la red había emergido cargada de los deliciosos peces. La marinería y los demás oficiales —los que esa noche no tenían la fortuna de comer en la cámara de oficiales—, estarían dándose una panzada en el rancho y en sus camarotes. A la mesa del capitán, además de bonito asado con verduras, se agregaron otros manjares como guiso de ostras, salchichas ahumadas y repollo hervido con panceta, acompañado con vino blanco y champán enfriado en agua de mar. Ludovic, asistido por un paje, sirvió el postre —pastel de manzanas y frutas en compota— y el oporto.

—¡Magnífico oporto, capitán! —aseguró Ross Chichister, y alzó la pequeña copa de cristal, otra de las suntuosidades típicas de la flota Blackraven.

—Por sugerencia de James —comentó Levan Abasi, el tonelero del *Leviatán*, y señaló al cirujano del barco—, le agregamos jugo de saúco. Eso le da ese gusto tan peculiar.

Chichister abrió grandes los ojos, asombrado. Manon, al notar que los Napier lanzaban vistazos esquivos a James Walsh, enseguida mostró interés en el motivo de una mezcla tan inusual y entabló una conversación con el cirujano chino acerca de las propiedades del saúco.

Alexander, callado en la cabecera, sorbía su oporto y seguía con atención el diálogo, consciente de que su prometida lo había iniciado para contrarrestar el comportamiento afectado de los Napier. No lo sorprendió que el florentino Lapo Innocenti, un cuarentón apuesto y seductor, hábil con las mujeres y también con los números, que desde hacía años trabajaba para la Blackraven Shipping & Shipyard, cinco en el *Leviatán* como veedor, encargado de las cuentas y de la relación de gastos y de mercancías del barco, la involucrase en una charla; se lo había pasado mirándola. Manon, ajena al interés del veedor, le preguntó acerca del origen de su apellido, Innocenti, y si, como ella suponía, era florentino. La respuesta afirmativa dio lugar a una conversación sobre las maravillas que custodiaba la milenaria ciudad de Florencia. Sin remedio, acabaron mencionando al florentino más famoso, Dante Alighieri, y a su *Divina comedia*, lo que trajo a colación una polémica acerca de la lucha entre güelfos y gibelinos, que llevó a Georgiana Napier a preguntar quiénes eran. Alexander le destinó una sonrisa rápida a lord Napier cuando este, frente a la ignorancia de su hija, elevó los ojos al cielo. En realidad, Alexander estaba pensando: «Masino Aldobrandini la educó magistralmente».

Le estudió la delgada y pálida columna del cuello, expuesta a causa del recogido, y le observó el lunar, el que había llamado su atención aquella tarde en Green Park, cuando, pese a conocerla desde hacía años, la descubrió en su índole de mujer. Siguió recorriéndola y se detuvo en la delicada curva que el cuello formaba con la mandíbula, que se movía con lentitud, fuese mientras hablaba o mientras masticaba el pastel de manzana, que parecía disfrutar. Deseó besarla en ese punto tibio y perfumado, donde el cuello y la mandíbula se encontraban, y también detrás de la oreja, y después lamerle el lunar y succionarlo hasta marcarle la piel.

Llevaba los pendientes de amatista que combinaban con el vaporoso vestido de muselina violeta. Pese a los cuidados, el sol le había acariciado los pómulos y el puente de la nariz, concediéndole un sugestivo rubor. Detuvo el escrutinio en sus labios mientras ella les contaba a los comensales acerca de un antepasado de su familia, un condotiero romano, Erasmo Lanza di Trabia, que había forjado una gran fortuna luchando al frente de sus mercenarios para los Estados Pontificios, para La Serenísima y también para la ciudad de Florencia, donde murió acuchillado a traición mientras se dirigía al palacio Pitti para reunirse con Cosme de Médici. Su boca, pequeña, regordeta y de un rojo brillante, o el relato, no sabía qué, mantenía a los invitados —oficiales y pasajeros por igual— callados y absortos. En cuanto a él, era su boca, sin duda, aunque admitía que se expresaba con una pasión tan contagiosa que lo obligaba a no perder una palabra. Lord Napier se inclinó, buscando intimidad, se quitó el habano de la boca y apuntó en un susurro:

—Ni su señoría ni sus invitados se aburrirán jamás, milord. Gran anfitriona, su prometida —añadió.

Alexander acordó con un asentimiento y una sonrisa apenas esbozada. Prosiguió con el examen. El ancho escote del vestido, que se extendía casi hasta el filo del hombro, justo donde nacía el brazo, le concedía la visión de sus marcadas clavículas. Sobre la depresión en la base del cuello descansaba un dije de oro, ovalado, de una pulgada y media de alto, con el grabado del escudo de los Neville pintado con esmaltes rojo y blanco, los colores de su familia. «Está orgullosa de sus orígenes», concluyó. El escote, que en un primer vistazo confería la impresión de ser profundo, no lo era, y una cenefa de puntilla blanca con delicados moños en satén lila cubría lo que, de otro modo, habría dejado al descubierto el nacimiento de sus senos. De las mangas cortas, esas abullonadas que tanto gustaban a su madre y que tenían un nombre peculiar —no lo recordaba—, asomaban los delgados brazos, los codos puntiagudos y las delicadas muñecas, las dos adornadas, la izquierda con pulseras de oro; de perlas la derecha. Experimentó un fiero orgullo al descubrir que llevaba un único anillo en el anular de la mano izquierda, el de compromiso, exótico con el rubí, casi insolente; algunos lo habrían calificado de vulgar. Su Gloriana lo usaba con un garbo único, quizá porque lo llevaba sin pretensiones, porque la hacía feliz mostrar el símbolo de su alianza.

Se la imaginó desnuda, en su camarote, bailando flamenco y tocando las castañuelas. «¿Te gustaría que algún día me vistiese con esa especie de hopalanda transparente y bailase flamenco y tocase las castañuelas para ti?», le había propuesto. Se acomodó en la silla, incómodo por haberse excitado en esas circunstancias. Alzó apenas la ceja para llamar a Ludovic con el objetivo de distraerse y bajar la erección. El ayuda de cámara se aproximó y se inclinó para escuchar su consulta. Alexander le preguntó por Obadiah.

—Duerme, milord.

—¿Se fue a dormir malhumorado?

—Sí, milord. Está acostumbrado a hacer sus comidas con vuestra prometida —lo justificó el hombre—. No le gusta comer solo.

Alexander asintió y masculló un agradecimiento. Enseguida volvió la vista hacia Manon al oírla comentar:

—Señor Pigafetta, vuestro apellido tiene raíces profundas en la historia. ¿Es usted descendiente del famoso Antonio de Pigafetta, el veneciano que se embarcó con Magallanes?

El práctico genovés le imprimió un gesto de sorpresa a su rostro.

—Es la primera vez —dijo— que alguien me habla del escribano de la nao *Trinidad*. En cuanto a su pregunta, señorita Manon, mi abuelo, un hombre de mar también, aseguraba que sí, que somos sus descendientes, pero nunca he visto el árbol genealógico de mi familia para comprobarlo.

—Es un apellido tan peculiar que me atrevo a afirmar que usted debe de descender del gran Antonio de Pigafetta —infirió Manon—. Sin sus escritos, hoy no sabríamos nada de aquel mítico viaje. Pocas veces he leído una relación más descarnada, cruel y sincera como la que escribió su antepasado, señor Pigafetta.

—¿Qué ocurrió en ese viaje, Manon? —quiso saber Eleanor Napier.

El sonido de las ocho campanadas le impidió responder. Cuatro de los oficiales que asistían a la velada ofrecida por el capitán se pusieron de pie para retirarse; su turno de guardia, el que iniciaba a las doce de la noche, acababa de comenzar. Saludaron y se retiraron. Manon, que notaba cansado a Alexander, le lanzó un vistazo a Aldonza, que asintió con flema antes de ponerse de pie y comunicar que ella y su nieta también se retirarían a descansar, lo que obligó a los demás comensales a hacer lo mismo. Manon, que temía que lord Napier, bastante desconsiderado, se demorase para seguir bebiendo y fumando, se tranquilizó al verlo caminar detrás de lady Napier y de sus hijas.

Alexander anunció que los acompañaría a la cubierta. Ofreció el brazo a Aldonza. Avanzaron con lentitud para alejarse del resto y también para disfrutar del aire fresco y con aroma a sal que les acarició los rostros acalorados. El *Leviatán* surcaba el Atlántico como si lo hiciese sobre un lago congelado, por lo que se desplazaban con bastante equilibrio y no a los tumbos. Uno a uno, los pasajeros fueron entrando por la escotilla y descendiendo por la escalera a la cubierta inferior, donde se hallaban los camarotes. Manon, la última, hizo una genuflexión y, al levantar la mirada, descubrió la expresión juguetona de Alexander.

—Excelente velada, capitán Alex. Deliciosa la comida y muy amena la compañía.

Alexander le rodeó la cintura y la pegó a su cuerpo, sin importarle la presencia de los oficiales ni de los marineros, que iban y venían, cumpliendo con sus tareas. Avergonzada, Manon miró hacia uno y otro lado. Alexander le robó un beso fugaz.

—No te preocupes —la tranquilizó—, ninguno se atreverá a mirar hacia este lado. Su discreción está garantizada. —Se inclinó y le besó el punto que había estudiado con detenimiento durante la cena, el que se escondía tras la oreja, y luego le lamió el lunar—. En cuanto a la velada, tú fuiste el alma de mi mesa esta noche —le susurró—, como lo serás de todas las noches de mi vida.

* * *

A partir de la tercera semana de navegación, Manon y Quiao comenzaron a visitar diariamente el pañol del cirujano, ubicado en el tercer sollado, bajo la línea de flotación, donde también se hallaba, además del alojamiento de la marinería, la santabárbara. Se la protegía sumergiéndola en el mar para evitar que los cañonazos de las naves enemigas la golpeasen y causaran una catástrofe. Se protegían con igual celo al cirujano y a su instrumental.

La primera vez que Manon entró en el aposento de James Walsh quedó boquiabierta ante la variedad de frascos y de utensilios propios de su oficio, todos prolijamente acomodados en un armario vidriado. Al acercarse, notó que estaban atados con cuerdas de cuero, llamados rizos, o calzados en estructuras de madera fijadas a los estantes para evitar que se cayeran en caso de atravesar una tormenta. Había una biblioteca repleta de libros. Sin embargo, lo que atrajo su atención fue el microscopio, que, según le contó el cirujano, le había regalado su tío Roger cuando comenzó a estudiar.

—Rafael y yo estamos convencidos de que los pequeños organismos, invisibles al ojo humano y que invaden una herida, son los responsables de la pudrición, y no las miasmas —afirmó—. En la escuela de cirugía, en el hospital St. Thomas —aclaró—, se reían de nuestras teorías. Se ríen todavía. Por supuesto, *The Lancet* jamás accedió a publicar nuestros escritos.

—Pero ni a ti ni a Rafael jamás se les han infectado las heridas de vuestros pacientes —intervino Quiao con una devoción que asombró a Manon—. Ni una vez —acotó, entre orgullosa y enojada—. Eso debería valer de algo, ¿verdad?

—¿Cómo son esos pequeños organismos? —se interesó Manon, y desde ese día, cada tanto Jimmy Walsh la invitaba a observar a través de la poderosa lente, una experiencia que Manon reputaba fascinante.

Se encontraban allí una calurosa tarde de enero, dos días después del exitoso cruce de «la línea», como llamaban al ecuador, cuando oyeron gritos y voces elevadas. Un instante después un grupo irrumpió en el pañol del cirujano; cargaban a un grumete, el tal Sweeney, al que Olsen había reprendido por holgazanear. Lo traían entre varios, pues era bastante pesado. El herido lanzaba clamores tan agudos que acababan adoptando un timbre femenino. Manon descubrió el motivo que los provocaba y comprendió el pánico que el joven grumete estaba experimentando: tenía el muslo derecho abierto como un libro; se trataba de una herida espeluznante.

Quiao soltó una exclamación y se tambaleó. Manon la sostuvo y la condujo hasta una silla, donde le aventó aire con el abanico. Desde allí, observaba las maniobras del cirujano y de los marineros, que estaban depositando a Sweeney sobre la mesa, y repetía con la mente las palabras de su tío Charles-Maurice: «*Maintenir le sang froid*». De pronto fue consciente de que la visión de la herida no la perturbaba, como tampoco lo había hecho la de su primo Timothy al romperse el hueso meses atrás.

—¡Perderé la pierna! ¡Perderé la pierna! —repetía el chico.

—No perderás nada —intentó calmarlo James Walsh.

Una vez que el joven quedó acomodado sobre la mesa, los marineros retrocedieron y se congregaron bajo el marco de la puerta. Lanzaban vistazos aprensivos mientras el cirujano estudiaba la herida. James Walsh preguntó con qué se había lastimado. El carpintero del *Leviatán*, Bogdán Súbotiv, dio un paso al frente.

—Se dio de lleno con el filo de mi azuela —explicó, y añadió con acento enojado—: Es un arrebatado. Torpe para usar las herramientas —acotó.

—Alguno de ustedes deberá asistirme —anunció Walsh al tiempo que se lavaba las manos con un líquido que vertía de uno de los frascos que ocupaban el armario.

Ninguno de los marineros se ofreció. Manon dijo:

—Yo lo haré, Jimmy.

El cirujano la miró con el entrecejo fruncido y una expresión contrariada. Aunque asintió, resultaba evidente que no estaba convencido. Le entregó un mandil blanco. Manon se quitó los guantes y el bonete y se cubrió con el largo delantal. Walsh le indicó que abriese las manos sobre el aguamanil y le vertió el mismo líquido para que se las lavase, lo que Manon hizo de modo concienzudo. A continuación, ordenó agua hirviendo. Uno de los marineros corrió a la cocina.

—Has tenido una suerte increíble, muchacho —proclamó James Walsh mientras exploraba la herida—. Aunque es un corte muy profundo, no te ha tocado los tendones ni la femoral.

—Eso es porque la señorita Manon le trae suerte al *Leviatán* y a su tripulación —aseguró un marinero—. Es lo que dice el oficial Campbell —aclaró con aire compungido, creyendo que se había propasado.

James Walsh obligó a Sweeney a respirar a través de un trapo embebido en la misma sustancia que él y Rafael habían empleado para adormecer a Timothy. «Gas hilarante», recordó Manon. El grumete se durmió minutos después. La primera tarea de Manon consistió en sostener la lupa mientras Walsh revisaba entre las capas de carne y, tras embeber la sangre encharcada, retiraba astillas que debían de haber estado en el filo de la azuela y pedazos de calicó del pantalón. Llegó el agua hirviendo, y Walsh, con órdenes escuetas, le indicó a Quiao que echase unas hojas de té dentro de la jofaina. La segunda tarea de Manon consistió en verter el té recién preparado en la herida que el cirujano mantenía abierta. Él iba dirigiéndola y ella lo hacía con cuidado por temor a quemarlo. Pese a estar dormido, Sweeney sacudía la cabeza y emitía débiles lamentos.

—En China lavamos las heridas con té —explicó Walsh—. Rafael y yo creemos que mata los pequeños organismos de los que te he hablado.

Acabada la limpieza, el cirujano comenzó a suturar el profundo y extendido tajo. En esa instancia, la tarea de Manon consistió en mantener comprimidos los costados de la pierna. Notó que Walsh cosía desde abajo, uniendo las capas de los músculos violentamente separados y cauterizando con un hierro caliente las pequeñas venas y los vasos, a los que mantenía provisoriamente estrangulados con unas extrañas tijeras. Tras cerrar una capa de carne, Walsh vertía una sustancia oleosa y aromática, para después reanudar la sutura de la capa superior. El paciente seguía emitiendo débiles quejidos.

—¿Quieres que le cubra la nariz con el trapo embebido en el gas hilarante? —propuso Manon.

Walsh, sin alzar la vista de la labor, negó con la cabeza.

—Una dosis excesiva podría ser fatal —alegó.

—¿Cómo le quitarás esos puntos, Jimmy? —se interesó—. Al cerrar la herida por completo, quedarán allí debajo.

—No los quitaré —explicó el cirujano—. Pasarán a formar parte de la carne de sus músculos. Este hilo está hecho de tripa de cerdo; se reabsorberá sin problema. Si no suturo de este modo, reconstruyendo las fibras musculares, podría quedar cojo o con la pierna inutilizada.

Manon se sobresaltó al oír el vozarrón del primer oficial de puente, Olaf Ferguson.

—¿Qué hacen todos ahí? ¡Si no son de ayuda para el señor Walsh, vuelvan a sus tareas! ¡Vamos!

El umbral se vació en un instante, excepto por el carpintero Bogdán Súbotiv, que era parte de la oficialidad. Detrás de Ferguson, entró Alexander, callado y con el entrecejo fruncido. El ceño le desapareció en un gesto de asombro al toparse con su prometida. Walsh alternó una mirada entre su amigo y Manon Neville y siguió suturando.

—Alex —dijo, siempre con la vista en su trabajo—, ninguno quería echarme una mano. Manon se ofreció.

Alexander estudió las manos de su prometida, pálidas y con los dedos ensangrentados, que comprimían la pierna desnuda del grumete Sweeney, y sufrió un instante de estupor. Alzó los ojos, cuyos párpados se celaban aún más cuando estaba contrariado, y los clavó en los de ella, que le devolvieron la mirada desafiante que él conocía. Un mechón de ese rubio cobrizo tan peculiar se le había desprendido del peinado y le caía sobre la frente, lo que debía de estar fastidiándola. Se aproximó y se lo quitó.

—Gracias —farfulló Manon.

—De nada. Bogdán —lo convocó sin apartar la vista de ella—, una palabra contigo fuera, por favor.

—Sí, Alex.

En el corredor, Alexander y Ferguson escucharon la versión de lo ocurrido.

—¿Cómo es posible que se haya abierto la pierna de ese modo? —se desconcertó el primer oficial.

—Se le escapó la azuela. Le dio de lleno en el muslo —justificó el carpintero.

—¿Qué hacía Sweeney con una azuela? —preguntó Blackraven con tono medido.

El carpintero del *Leviatán*, que lo conocía, supo que estaba furioso.

—Me pediste que lo convirtiera en mi aprendiz.

—Sweeney es bastante torpe —terció Ferguson, y enseguida hizo un gesto avergonzado cuando el capitán le lanzó una mirada admonitoria.

—¿Le das a un aprendiz una herramienta tan peligrosa, que requiere una gran maestría?

—Te pido disculpas, Alex —barbotó el carpintero—, y te pido disculpas también si, por mi cobardía, tu prometida debió asistir a Jimmy. ¡Es que deberías haber visto esa herida! Bastó que la viese de reojo para sentir deseos de vomitar —admitió—. No habría sido de ninguna ayuda, te lo aseguro. En cambio, la señorita Manon no se inmutó. ¡Qué coraje! No le tembló el pulso.

Dentro, James Walsh terminaba la sutura. Manon admiró las pequeñas puntadas, prolijas y constantes. Walsh le pidió a Quiao que le alcanzase un frasco cuya etiqueta rezaba «creosota». Al abrirlo, la sustancia despidió un olor punzante, aunque no desagradable. La untó a lo largo de la sutura hasta cubrirla por completo. Era de color negro y de aspecto espeso y oleoso.

—¿Qué es esto, Jimmy? —se intrigó Manon.

—Creosota. Se obtiene del alquitrán. Lo usan en los barcos para evitar que se pudra la madera. Con Rafael la usamos para evitar la pudrición de la carne. También vertí grandes cantidades de aceite de tomillo y de orégano dentro de la herida, lo mismo que usé con Alex cuando lo apuñalaron —comentó mientras abría un pequeño arcón del que extrajo unos esparadrapos—. Quiao, ayuda a Manon a levantar la pierna de Sweeney. Ven —insistió al percibir la reluctancia de su hermana—, ya no verás nada. He cubierto la herida por completo.

Elevaron la pierna de Sweeney y James Walsh la vendó. Sacó unas férulas de un cajón con el propósito de inmovilizar la rodilla; el muslo debía mantenerse quieto al menos durante un par de semanas. Alexander y Ferguson regresaron y reemplazaron a Manon y a Quiao. Mantuvieron elevada la pierna del grumete para que Walsh terminara con el vendaje.

—¿Crees que salvará la pierna? —se consternó Ferguson.

—Si no se infecta, sí.

—A ti nunca se te infecta una herida —insistió Quiao.

Manon, que se quitaba el mandil, sufrió un ligero mareo. Alexander, que la seguía con ojos atentos, se lanzó sobre ella y la sostuvo por la cintura. La notó muy pálida, los labios blanquecinos y sin su brillo natural. El barco no estaba moviéndose bruscamente, solo el vaivén normal, por lo que dedujo que el vértigo era consecuencia de la tensión vivida.

—Acompáñame, te sentará una taza de té —masculló con un timbre neutro que enmascaraba el enojo.

—Manon —la llamó James Walsh y se detuvo frente a ella—. Gracias. Creo que un colega no me habría asistido mejor que tú. Gracias —reiteró.

—De nada, Jimmy.

—Admiro tu sangre fría y tu valentía. No es común.

Manon le destinó una sonrisa desfalleciente.

—No me siento muy valiente ahora.

—Vamos —insistió Alexander, y la obligó a avanzar sujetándola por la cintura—. Ferguson —lo llamó, y el oficial se apresuró a caminar a su lado—, ocúpate de Sweeney. No quiero que esté solo un instante. Tú personalmente me reportarás de su evolución.

—Sí, capitán, sí —respondió el sueco y regresó al pañol del cirujano.

Ya debía de haberse corrido la voz acerca de la participación de la señorita Manon en la cirugía del joven grumete pues, al verla avanzar por los puentes, sostenida por el capitán Alex, se detenían a su paso, se quitaban las gorras e inclinaban la cabeza como si se tratase del rey Guillermo.

Al entrar en la cámara de oficiales, sorprendieron a Obadiah y a Margaret Walker, que se pusieron de pie en un acto instintivo al notarla indispuesta. El niño corrió hacia ella, pero Alexander, quizá para mantenerlo a distancia, le ordenó que fuese a la cocina y pidiese el servicio de té para el capitán y sus invitados.

Manon expresó el deseo de lavarse las manos, todavía manchadas con sangre seca. Alexander la guio dentro de su camarote, al que accedía por primera vez. Con una decoración sobria y masculina, era solo un poco más grande que el de ella y muy luminoso gracias a la ventana del lado de babor con cristal repartido. Junto a la litera había un catre, que era para Obadiah. Alexander tiró de un cordel, y Ludovic entró por una puerta que ella no había notado en el otro extremo del recinto.

—Ludo, mi prometida desea lavarse las manos.

—Sí, milord.

El sirviente abrió la puerta de la recámara y la invitó a pasar. Lo primero que percibió fue el exquisito perfume. Admiró el mueble con tocador y cornucopia, cuya madera de caoba brillaba a la acción de la abundante luz que ingresaba por una claraboya. Ludovic le indicó el lavabo de hermosa porcelana blanca con unas decoraciones en azul y le entregó una pastilla de jabón de Alepo. Le vertió el agua de la jofaina y Manon procedió a lavarse con afán. El hombre le ofreció un cepillo para las uñas, que Manon aceptó, y mientras se higienizaba, lanzaba vistazos disimulados en torno a ella. Había una bañera, no una de asiento, como la que ellas tenían tras el biombo, sino de cuerpo entero.

—Huele muy bien aquí, Ludovic —comentó mientras recibía el paño que el hombre le tendía para secarse.

—Es aroma a benjuí, señorita. Estoy quemando papel de Armenia —dijo, y señaló el pebetero de plata medio escondido bajo el lavabo.

Manon avistó, por el resquicio de una cortina, un asiento muy peculiar, con tapa; supo que era lo que llamaban beque —lo había visto también en el compartimiento que ocupaba Thibault— y que servía como un orinal muy sofisticado.

Se estremeció de placer al comprender que estaba en el corazón mismo de la intimidad de Alexander, la que algún día compartiría con ella. Demoraba el secado de las manos para ganar tiempo y estudiar lo poco que había a la vista. Añoraba abrir cada cajón, husmear como una niña, conocer cada objeto de su amado, no perderse de nada.

Se contempló en el espejo y notó la palidez de sus mejillas. Se acomodó los mechones sueltos, sin obtener grandes resultados, y volvió al camarote. Alexander detuvo el ir y venir y le dedicó una sonrisa, que ella notó fugaz y crispada.

—¿Cómo te sientes?

—Mejor. Mucho mejor —recalcó para tranquilizarlo.

Se aproximó a una cómoda a los pies de la litera, atraída por los elementos allí dispuestos. Por un lado, la avergonzaba su curiosidad; por el otro, no podía evitarla. Levantó la tapa de una caja de cuero y observó el peine de carey, la tijera para cortar las uñas, la lima para pulirlas y una navaja y una brocha para rasurar, que él no usaba desde que habían zarpado. Alexander, a su lado, le permitía husmear y, aunque no veía su expresión, percibía que no lo fastidiaba. Recogió una petaca de plata muy primorosa. La destapó y olfateó el contenido. Frunció la nariz cuando al aroma punzante y agradable del whisky le colmó las fosas nasales. Había una leyenda grababa en uno de sus lados: «*Para que me recuerdes en las frías noches de los Rugientes Cuarenta. Samantha*». Se le aceleró el pulso y dirigió la mirada hacia Alexander, que se la devolvió con una mueca parsimoniosa, como si le dijese: «La curiosidad mató al gato».

—Disculpa —barbotó sin saber bien por qué se excusaba y repuso la petaca en su sitio—. No he debido fisgonear entre tus cosas. No pude resistirme.

—No tienes por qué disculparte —respondió él con una voz notablemente grave—. Todo lo mío es tuyo. Regresemos a la cámara de oficiales.

La tomó por la cintura y la condujo fuera. La obligó a sentarse en el sofá capitoné de cuero verde inglés. Obadiah, que ya estaba de regreso, se sentó junto a ella.

—Estoy mejor, cariño —dijo con voz lánguida.

La frustraba esa debilidad que la acometía y que la había sorprendido una vez terminada la cirugía. No poseía tanta sangre fría como había creído. Quiao relataba lo ocurrido a Obadiah y a Margaret, que la escuchaban con expresiones atónitas. El paje entró con el té y se dedicó a servirlo. Alexander la ayudó a incorporarse un poco y él mismo le entregó la taza. Tenía razón: le sentó al estómago. Llegaron Aldonza y Thibault, alertados de lo ocurrido, y la cámara de oficiales pareció llenarse, para gran irritación de Alexander, que anhelaba un momento a solas con su prometida. Minutos más tarde, su deseo se volvió aún más inalcanzable cuando se les unió James Walsh, que volvió a agradecer a Manon por el servicio prestado. A Alexander, que lo miraba con cara de pocos amigos, le explicó:

—Alex, comprende, no había tiempo que perder. Necesitaba que alguien me echase una mano, no podía esperar. El tejido se necrosa rápidamente en este clima húmedo y caluroso.

—Lo que comprendo es que necesitas un asistente —declaró, mientras, de pie junto al sofá, sorbía su té.

—No para todo —replicó Walsh—. Para esta cirugía, sí. Además, tú lo sabes: es difícil conseguir buenos cirujanos dispuestos a embarcarse.

—En la prisión de Fleet te sería fácil encontrar uno, capitán Alex —sugirió Obadiah—. Le ofreces pagar la deuda a cambio de que trabaje en tu barco y lo tendrás embarcado en un santiamén.

El comentario del niño, aunque inteligente, hizo reír a los adultos. Manon, que lo tenía sentado junto a ella, lo abrazó y lo besó en la frente. Alexander observó a esos dos, que de un modo subrepticio, casi inexplicable, se habían convertido en las personas más importantes de su vida, y sintió que la inquietud que lo había dominado al encontrar a Manon en el pañol del cirujano se desvanecía y un orgullo como pocas veces había experimentado se apoderaba de su ánimo y lo cambiaba por completo. No podía dejar de mirarla, de pronto consciente del coraje que debía de haber precisado para llevar a cabo una hazaña que había acobardado a hombres gallardos como Bogdán Súbotiv y los marineros.

Fue en esa instancia que terminó de comprender por qué un hombre de la talla de Charles-Maurice de Talleyrand-Périgord, príncipe de Benevento, la había apodado la Formidable Señorita Manon.

Capítulo XI

Le gustaba, si el tiempo lo permitía, quedarse largo rato acodada en la regala de la borda, a veces a babor, a veces a estribor, contemplando el mar, las crestas espumosas de las olas, las nubes, que adoptaban unas tonalidades rosas y naranjas increíbles. A veces concentraba la atención en las otras naves del convoy, que en ocasiones desaparecían de la línea del horizonte para reaparecer horas más tarde. La fascinaba el salto de los peces voladores que acompañaban el avance del clíper, y soltó una exclamación dichosa la primera vez que vio un delfín. Olsen la corrigió y le dijo que era una marsopa.

—Es más pequeña y le falta el hocico pronunciado —le explicó mientras le pasaba el catalejo para que la viese.

Pero lo que más le gustaba observar era a su prometido, que, inconsciente de ser admirado y estudiado, se encontraba en el castillo de popa, junto al timonel, impartiendo órdenes, las que el oficial de puente repetía a la marinería sirviéndose de un megáfono. Alexander conducía la nave por el océano Atlántico, y esa certeza la llenaba de orgullo.

Era delgado y, sin embargo, lucía fuerte debido a sus hombros cargados. Las largas piernas y su modo de caminar le corroboraban la certeza de que era ágil y flexible y alentaban la fantasía en la que lo veía trepado en las perchas de los mástiles desplegando las velas mientras el *Leviatán* luchaba contra una tormenta en alta mar. Se desplazaba por la cubierta seguro, silencioso, ligero, a gusto con su cuerpo.

Una tarde se llevó un susto al verlo montado en el bauprés, convertido en una especie de mascarón de proa, aferrado al grueso estay de trinquete. Contemplaba el horizonte mientras el *Leviatán* cortaba las aguas a varios nudos de velocidad. Un paso en falso y habría caído al mar. Lo observó en silencio y con el aliento congelado. No se atrevía a llamarlo por temor a distraerlo y ser la responsable de que trastabillase.

—Su padre también lo hacía —le comentó Olsen.

—¿Por qué se posiciona allí? ¿Qué está mirando?

—Nada en particular —admitió el oficial sueco—. Creo que lo hace simplemente por el gusto de hacerlo, por la sensación de libertad que le otorga.

Lo vio retroceder en el bauprés con una agilidad notable y saltar en cubierta, y, aunque le sonrió e intentó ocultarle el miedo, él la miró a los ojos y lo descubrió. Recibió el bicornio de manos de algún marinero, se lo calzó y le devolvió la sonrisa con un gesto comprensivo, y ella, que no quería mostrarse medrosa ni insegura, bajó la vista y farfulló una excusa.

—A mí madre también la inquietaba cuando mi padre lo hacía —le confesó en la segunda oportunidad en que Manon lo halló subido al bauprés y él volvió a leerle la angustia en la expresión.

—¿Puedo intentarlo? —le pidió igualmente.

—No —fue la tajante respuesta.

—Me gustaría ver lo que tú ves cuando te encuentras allí.

—Es demasiado peligroso —admitió, y dado que Manon alzó una ceja y ladeó la boca con ironía, acotó—: Necesitarías otras prendas y otro calzado.

Salvo cuando trepaba al bauprés o, más raramente, a la cofa, siempre usaba el bicornio que ella le había regalado. Pese a las limitaciones de agua dulce, jamás se lo veía desalineado, ni siquiera después de varias semanas de navegación sin rasurarse, una costumbre que adoptaba cuando estaba en alta mar. Le parecía hermoso en cualquier circunstancia, pero con esa barba renegrida y espesa, que Ludovic le recortaba para mantenerla prolija, lo encontraba arrebatador.

Una tarde a finales de enero, Manon paseaba bajo la protección del parasol por cubierta en compañía de Quiao Walsh. Estaba ansiosa por avistar la isla de Tristán de Acuña, que el señor Olsen había prometido permitirle observar a través del catalejo. La isla se hallaba casi a la misma altura del cabo de Buena Esperanza, que marcaría el punto de la curva en la que iniciarían el descenso hacia el paralelo de los cuarenta grados, e incluso hasta el de los cincuenta, si el pronóstico del sueco se cumplía. A partir de allí, los clíperes del convoy, en lugar de navegar en forma paralela como hasta el momento, lo harían en fila, con el *Leviatán* al frente para asegurar una derrota libre de icebergs. «Durante los días en los Rugientes Cuarenta», le había explicado Olsen, «el capitán Alex se ocupará de la guardia nocturna. Solo se fía de sí mismo para atravesar la oscuridad en medio de tantos peligros. Y nosotros le estamos agradecidos», acotó con una sobriedad inusual. Manon había decidido que lo acompañaría durante esas penosas y heladas vigilias en el corazón de la noche. Sabía que se opondría, pero ella podía ser muy terca si se lo proponía; su abuela y Thibaudot siempre se lo reprochaban.

Manon y Quiao se aproximaron al castillo de popa, donde Alexander cumplía su turno, asistido por el oficial de puente Finlay Walker. Desde la toldilla, elevado sobre la cubierta, él la vio avanzar y le guiñó un ojo, lo que le provocó un escozor placentero y le arrebató las mejillas. ¿Cuándo dejaría de sonrojarse con cada gesto de su prometido?

Alexander alzó la vista hacia el cataviento, sujeto a un asta móvil, que se ubicaba siempre a barlovento, y murmuró algo al teniente Walker, que informó:

—Viento de bolina, capitán. Favorable —acotó—. De unos doce nudos.

—Démosle más trapo —ordenó Alexander—. Despliegue de la vela balón para aprovecharlo. Agregar alas al juanete de proa y a la cangreja.

Finlay Walker, evidentemente complacido con las directivas del capitán, respondió:

—¡Sí, capitán, sí! ¡Le pondremos alas al *Leviatán*! —Tras lo cual replicó las órdenes con una voz potente, que provocó una repentina movilización entre la marinería.

Isabella, de turno a esa hora, subió los escalones que conducían al castillo de popa a la carrera y, como si fuese una más de la tripulación, solicitó permiso al capitán para hablarle. Alexander asintió con la misma seriedad que destinaba a todos, oficiales y marineros. Manon la admiró, tan segura y hermosa con el atuendo masculino y negro, que paradójicamente exacerbaba su feminidad al destacarle la figura. «Se viste igual que la capitana Black Cat», le había confiado Sven Olsen, «su tía Amy Bodrugan», aclaró ante el ceño de Manon, que no la conocía, pero que había oído hablar de la famosa compañera de aventuras del capitán Black. «Será una magnífica navegante igual que la querida Amy», había acotado el hombre mientras la hermana del capitán le enseñaba a Obadiah el tiro con arco en su escaso tiempo libre.

Manon la contemplaba mientras conversaba con Alexander, y el orgullo y el cariño que sentía por Isabella Blackraven la hicieron sonreír bajo la sombra del parasol. Su amiga no había flaqueado ni se había distraído una vez en los treinta y seis días que llevaban de navegación, pese a que su hermano le exigía más que al resto. Prácticamente no habían transcurrido tiempo juntas porque Isabella rara vez estaba de brazos cruzados. No la oía quejarse y en las ocasiones en las que le preguntaba como marchaba todo, Isabella invariablemente respondía: «¡Mejor imposible!». La vio alejarse hacia el heliógrafo, pues Alexander le había pedido que enviase un mensaje a los demás barcos del convoy.

A eso de las tres y media, Obadiah salió de la cámara de oficiales, cruzó el castillo de popa a la carrera con Mackenzie por detrás, soltó un «¡Hola, capitán Alex!» sin detenerse y bajó deprisa los escalones hasta la cubierta para arrojarse a los brazos de Manon, que lo aguardaban abiertos. Nada la hacía más feliz que Obadiah le concediese un trato preferencial; donde ella estuviese, él se ubicaba a su lado. Margaret Walker caminaba detrás de su pupilo con una sonrisa benevolente. Al pasar cerca de su esposo, el teniente Walker, le destinó una mirada cargada de significado. Prosiguió el descenso por la escalera sin detenerse ni interrumpirlo en su tarea.

—¡Hoy aprendí la tabla del dos! —anunció Obadiah, orgulloso—. ¿Verdad, señora Walker, que la aprendí muy bien? ¿Te la digo, señorita Manon? ¿Te la digo?

—¡Obby! —lo convocó Alexander—. Ven aquí.

Tomado de la mano de Manon, corrió hasta el castillo de popa. Manon le seguía los pasos veloces y reía.

—¿Quieres que te diga la tabla del dos, capitán Alex?

—Dila —consintió Blackraven, y el niño la recitó sin falla—. Muy bien. Estás haciendo grandes progresos.

—Notables progresos —refrendó Margaret, que había seguido a su pupilo hasta el timón y que ahora se ubicaba junto a su esposo.

—Obby, ¿te gustaría conducir el *Leviatán*? —ofreció Alexander, y sumió los labios, que desaparecieron bajo la espesa barba negra, para reprimir la risotada que le provocó el gesto desmesurado del niño.

—¿De veras, capitán Alex? ¿Puedo sujetar el timón?

Renzo Pigafetta, cuyo turno siempre coincidía con el de Blackraven, le hizo una seña con la cabeza para que se acercase. Obadiah, de pronto intimidado, alternó vistazos entre Alexander y Manon.

—Ve, cariño —lo alentó ella.

El niño se colocó delante de la gran rueda de madera, más alta que él, y la observó con una actitud humilde. Manon ocultó la risa al notarlo tan apaciguado. Alexander se posicionó detrás de él y le ordenó:

—Sujeta las cabillas con las dos manos.

Se las señaló, y Obadiah cerró las manitas sobre los rayos del timón. Enseguida sintió el tirón que provocaba la fuerza del barco al propulsarse. Antes de que las retirase, asustado, Blackraven se las cubrió con las de él y se las apretó con moderada firmeza.

—De esta manera mi padre me enseñó a navegar cuando era más pequeño que tú —comentó Alexander, y Manon sintió una fuerte emoción al imaginar el niño que había sido, vivaz, alegre y confiado—. Mantén el barco en su curso. ¿Sientes el viento en la nuca? —Obadiah, todavía amedrentado, masculló que sí—. Mantenlo en esa dirección y no dejes que el viento te acaricie la mejilla derecha. No le permitas al *Leviatán* que se levante mucho, de lo contrario el viento se embolsará sorpresivamente del lado contrario de la vela del trinquete y provocará que el barco se detenga o disminuya la velocidad. —Después de unos segundos en silencio, Alexander lo interrogó—: ¿Sientes cómo el *Leviatán* lucha y tira hacia delante? ¿Escuchas el sonido de las jarcias, el aleteo de las velas?

—¡Sí, capitán, sí! —contestó Obadiah, imitando a los oficiales y a la marinería—. ¡Es muy fácil navegar!

—No lo sería tanto si te encontrases en medio de una tormenta —lo provocó Pigafetta.

Manon deseó que el práctico genovés hubiese mantenido la boca cerrada. La asoló una honda pena al ver la expresión contenta de Obadiah desaparecer y convertirse en una desconcertada y seria.

—Obby, a tu edad, Alexander tampoco habría podido conducir el barco durante una tormenta —lo confortó.

—Claro que no habría podido —confirmó el aludido con una mirada enigmática clavada en los ojos de Manon—. Cuando tenía tu edad, le temía a las tormentas en alta mar.

—¿De veras, capitán Alex? —El niño echó la cabeza hacia atrás para verlo asentir.

—Sí, de veras. ¿Sabes qué me decía mi padre, entonces?

—¿Qué te decía?

—El mar en calma no sirve de nada al aprendiz de marinero. Es probable que mañana por la mañana tengamos tormenta —pronosticó.

Manon siguió la línea visual de Alexander, que escudriñaba el horizonte. Allí notaba algo que a ella se le escapaba, un misterio que lo alertaba de posibles chubascos. La idea le resultó alentadora. En las semanas que llevaban en alta mar, habían tenido fuertes lluvias en cuatro ocasiones. Los marineros de turno, sin perder un instante, habían dispuesto una veintena de pequeños barriles entre el alcázar y el combés para que se llenasen con el precioso elemento, lo que permitió a Godfrey presentarse con una ración extra de agua dulce, y a ella y a su abuela Aldonza darse un baño de asiento y lavarse el cabello.

—Será una tormenta moderada —acotó Alexander—. Tú estarás aquí conmigo en el timón y juntos la sortearemos. ¿Qué dices?

—¡Sí, capitán, sí! —se entusiasmó el niño.

—Esto es —dijo Alexander— si la señora Walker te autoriza.

La joven maestra respondió que sí y el niño festejó con saltitos y al grito de *huzzah*, lo que atrajo a lady Napier y a sus hijas, que emergían por la escotilla como solían hacer a esa hora para compartir un momento de lectura con Manon mientras tomaban el té servido bajo el cenador del castillo de proa.

Se aproximó Augustus Campbell con su andar renqueante. Tras saludar a las damas, se dirigió al capitán:

—Soltaré las civetas en cubierta.

Manon y Quiao intercambiaron una mirada cargada de risa al recordar la primera ocasión en que el contramaestre del *Leviatán*, responsable, entre otras cuestiones, de mantener limpio el barco, había liberado las dos civetas para cazar roedores, y las mujeres Napier habían sufrido un ataque de nervios.

—Ay, capitán —comenzó a lamentarse lady Napier.

—Campbell, permite que las señoras se retiren al castillo de proa antes de soltarlas.

—Sí, capitán.

—Ve con Manon, Obby —ordenó Alexander—. Le devolveremos el timón a Renzo.

—Mañana nos veremos durante la tormenta, ¿eh, Obby? —dijo el práctico, y le guiñó un ojo.

El niño lo miró con escepticismo y no le respondió. Aferró la mano que Manon le tendía y se alejó con ella hacia el otro extremo del barco. Las Napier lo hacían delante de ellos y a paso urgido. Se acomodaron en las sillas bajo el toldo, donde los aguardaba Aldonza tras su siesta. Una vez que todos se ubicaron, incluido el cirujano James Walsh y Ross Chichister, que acababan de presentarse en cubierta, cerraron la pequeña cancela, que impediría a los animalillos meterse entre los pies.

—¿Cómo está Sweeney? —Manon se interesó por el grumete accidentado diecisiete días atrás.

—Muy bien —respondió el cirujano—, aunque todavía en reposo. Fue una herida monstruosa —añadió en una inusual muestra de vehemencia.

—Herida monstruosa que no se infectó gracias a tu maestría —acotó Quiao, y elevó la voz para que las Napier, que conversaban con Aldonza, la oyesen—. En manos de otro cirujano, Sweeney habría perdido la pierna.

—Señor Walsh —lo llamó lady Napier con timbre pomposo—, he notado que en los últimos dos días no nos han servido limonada. Estoy preocupada.

—Los limones se acabaron, señora —confirmó el cirujano—, pero, como le comenté tiempo atrás, los reemplazaremos con otros vegetales que nos mantendrán en salud. Desde que trabajo en el *Leviatán*, jamás he visto a una persona sufrir de escorbuto. En unos días alcanzaremos la zona del cabo de Buena Esperanza, donde recogeremos unas algas muy beneficiosas en este sentido.

—¡Mira, señorita Manon! —exclamó Obadiah—. ¡Mira! ¡Ella está trepando a la cofa!

Manon, Quiao, Ross Chichister y James Walsh abandonaron la protección del toldo para verla mejor. Las Napier, que permanecieron en sus sitios para evitar a las civetas, bufaban y mascullaban la contrariedad que les inspiraba la proeza de Isabella Blackraven, que, a ojos menos severos, ofrecía un espectáculo que despertaba la admiración, incluso la de los marineros y los oficiales. Parecía un gato negro, flexible, ligero y rapidísimo, mientras se aferraba a las cuerdas y a las perchas y trepaba varios pies de altura. La trenza roja le oscilaba sobre la espalda, lo único de su cabellera que dejaba a la vista; el resto lo cubría el pañuelo negro a la corsario. Manon experimentó un instante de aprensión al imaginar que su amiga daba un traspié y resbalaba. Dirigió la vista hacia la popa, intrigada por estudiar la expresión de Alexander. Se preguntó si sentiría orgullo o miedo. No pudo saberlo; estaba demasiado lejos.

Volvieron al reparo del toldo una vez que Isabella alcanzó la cofa, donde se quedaría por un buen rato, encargada de los avistamientos.

—¡Qué agilidad! —comentó Chichister.

—«No vestirá la mujer traje de hombre, ni el hombre vestirá ropa de mujer —recitó lady Napier con entonación jaculatoria—, porque abominación es a Jehová tu Dios cualquiera que esto hace». Deuteronomio, capítulo 22, versículo 5 —puntualizó con la mirada hacia delante como si no esperase ni desease obtener una réplica.

—Gracias, lady Napier —dijo Manon; días atrás se había enterado de que la mujer era hija de un pastor—. Fue el texto bíblico al que echaron mano los inquisidores para condenar a Juana de Arco a la hoguera —señaló a continuación con fingida inocencia.

—Oh —se desorientó la gran señora.

—Desde pequeña he admirado a la Pucelle, a Juana —aclaró ante las muecas confundidas de Eleanor y de Georgiana—. Conozco su vida en profundidad. Como los inquisidores ingleses no consiguieron hacerla caer en ninguna de las trampas que le tendieron, y por tanto no podían condenarla por hereje, emplearon ese texto que acaba usted de citar tan graciosamente para sentenciarla a muerte. Antes le ofrecieron prendas de mujer. Le dijeron: «Si te quitas las ropas de hombre que llevas y te pones este vestido, no te condenaremos a muerte».

—¿Juana qué contestó? —se interesaron al unísono las hermanas Napier.

—Que no lo haría.

—¡Oh, no! —se espantó Georgiana.

—¿Por qué? —exigió saber Eleanor.

—Porque Juana aseguraba que había sido Dios el que le había ordenado que se vistiese de esa guisa, y ella no podía contradecirlo.

—Había cierta lógica en el pedido divino —intervino Chichister, fingiendo solemnidad—. Le habría resultado imposible vestir armadura y realizar las proezas que Dios le había ordenado sin las prendas apropiadas.

—Nuestros trajes y vestidos son muy hermosos —dijo Manon, mientras se acariciaba el brial de muselina en una clara tonalidad amarilla—, pero muy incómodos para trabajar. A la querida Ella le sería imposible cumplir con sus tareas, lo mismo que a la Pucelle.

—No comprendo la obstinación de esa muchacha —barbotó lady Napier—, hija de una de las familias más antiguas de Inglaterra, por convertirse en un marinero. Es reprensible. Abominable —remató usando la palabra de la citación bíblica.

—Ama la vida en alta mar —la defendió James Walsh, visiblemente orgulloso.

—Isabella lo adjudica a haber nacido en medio del Atlántico —añadió Quiao, risueña, lo que de nuevo arrancó murmuraciones asombradas a las hermanas Napier.

—¡Avistamiento a estribor! —exclamó Isabella desde la cofa y se ayudó ahuecando las manos en torno a la boca para proporcionarle potencia a su voz.

De nuevo, abandonaron el refugio del cenador para observarla. Se hicieron sombra con la mano y alzaron la mirada hacia la plataforma en el palo mayor. Isabella, con el catalejo calzado en el ojo derecho, columbraba en la dirección señalada, por el lado derecho del *Leviatán*.

—¡La isla de Tristán de Acuña! —vociferó.

Sven Olsen, tal como le había prometido, se aproximó al castillo de proa, invitó a Manon a bajar a la cubierta y la acompañó a la borda de estribor, donde le prestó el catalejo para que observara el archipiélago que constituía un nuevo mojón en su largo viaje.

* * *

Esa noche volvieron a cenar en la cámara de oficiales con el capitán Alex y cuatro miembros de la tripulación, entre ellos Augustus Campbell, el contramaestre y sobrecargo del *Leviatán*, que, entre bocado y bocado, relataba su participación en la batalla de Trafalgar cuando era un niño, en el buque insignia de la flota, el *Victory*, al mando del propio Horatio Nelson. Manon lo alentaba con preguntas, tan absorta en el relato que se olvidaba del exquisito cordero a la cerveza que se le enfriaba en el plato. Alexander se lo recordaba rozándole apenas la mano.

—¿Por qué la Marina inglesa requiere de niños tan pequeños? —preguntó sin esconder su contrariedad.

—Me embarqué siendo más o menos de la edad de Obadiah —confirmó el contramaestre—. Verá, señorita Manon, la Marina inglesa, y la de cualquier país, precisa de niños para que lleven y traigan la pólvora desde la santabárbara hasta las cubiertas donde se encuentran los cañones.

—¿Por qué? —insistió, y el escocés le explicó que el pasadizo para acceder al depósito donde se guardaban la pólvora y las municiones era en extremo angosto para disminuir las posibilidades de que, en caso de incendio, las llamas alcanzasen la santabárbara e hicieran explotar el barco.

—Solo un niño puede transitar por allí cómodamente —remató el hombre, y la sonrisa se le fue apagando y la mirada perdiéndosele en la marina de Gainsborough—. Pese a los años, todavía no puedo olvidar el olor de la pólvora mezclado con el ferroso de la sangre que cubría las cuadernas; se habían vuelto resbaladizas. El agua de los imbornales corría roja y casi espesa.

Alexander carraspeó al percatarse de las expresiones contrariadas de las mujeres Napier y lanzó un vistazo admonitorio a Campbell.

—Disculpe, capitán —masculló el hombre, contrito.

Alexander notó que Manon no parecía afectada, por el contrario, observaba al escocés con ganas de retomar el interrogatorio, por eso no lo sorprendió que, al terminar la cena, y mientras abandonaban la cámara de oficiales y salían al castillo de popa, Manon caminase junto a Campbell y siguiese preguntándole. Se excusó con lord Napier, que le pedía subrepticiamente que, al llegar a Cantón, concertase una entrevista con Howqua, y avanzó a paso veloz en dirección a su prometida y al oficial.

—Muchos vomitaban, lo que aportaba al mal olor y a la suciedad general —estaba describiendo el escocés cuando Alexander los alcanzó en cubierta—. Nosotros, los niños, íbamos y veníamos con los barrilitos de metal donde cargábamos las bolsitas con pólvora almacenadas en la santabárbara. Costaba respirar a causa del humo. La garganta se me había vuelto áspera y me quemaba. Fue en Trafalgar donde conocí al capitán Black —dijo de repente, más animado—. Había puesto a disposición del almirante Nelson tres de sus barcos, pero, como fue invitado a abordar el buque *Victory*, la nave insignia de la flota, donde se encontraba Nelson, vivió la batalla desde el corazón mismo del mando inglés. El capitán Black me tomó cariño después de que ese día perdiera la pantorrilla derecha, incluida la rodilla.

—¡Oh! —exclamó Manon, incapaz de retener la sorpresa, pues había creído que el hombre tan solo rengueaba; no habría imaginado que le faltaba una pierna.

Campbell soltó una risotada mientras golpeaba con el puño la pata de palo cubierta por el pantalón y el zapato.

—El capitán Black me compró la pierna postiza y me tuvo a su servicio desde entonces. Es una gran persona. Todos los de su descendencia lo son —añadió, y sonrió en dirección a Alexander, que los acompañaba en silencio, las manos tomadas a la espalda y la vista al suelo.

—Los Blackraven son las mejores personas que conozco, señor Campbell —declaró Manon.

Alexander alzó el rostro repentinamente y se encontró con la mirada devota de su prometida.

—Creo que el capitán opina lo mismo de su merced, señorita.

—Así es, Campbell —habló este por primera vez, y Manon vivió un arrebato de emoción pese a la simplicidad de la respuesta.

Alexander le rozó la mano. Manon le sujetó la suya y se la apretó, desbordada por el amor y la felicidad que experimentaba al tenerlo a su lado. Campbell se quitó el sombrero para despedirse, agradeció la compañía y la invitación a cenar y se evadió por la escotilla.

—Ven —dijo Alexander, y caminaron hasta la borda para admirar el sendero plateado que la luna casi llena dibujaba sobre el Atlántico.

Manon contemplaba el horizonte con una mirada de pronto melancólica. Alexander le estudiaba el perfil.

—¿En qué piensas?

—En Cassie. Hoy, 27 de enero, es su cumpleaños. La echo de menos —admitió—. A Willy también.

Alexander se inclinó, la besó en la sien y allí permaneció, inspirando su perfume exquisito. Siempre olía bien. Incluso con el agua dulce estrictamente racionada, su Gloriana siempre estaba fresca y limpia.

—No creo que tu hermana siga enojada contigo. ¿Cómo podría? —susurró.

—Está muy enamorada de la Serpiente. Es el padre de su hijo. Es lógico que lo defienda.

Un mutismo se instaló entre ellos. Con un movimiento sutil y encubierto, Alexander cargó el peso de su cuerpo sobre el de Manon y le rodeó la cintura por detrás hasta descansar las manos en su vientre. Manon se sujetó a la borda y dejó caer los párpados, excitada. Un escozor la recorrió cuando Alexander le susurró al oído:

—Sé que le diste una lección de historia y de teología hoy a lady Napier. Jimmy nos lo contó a Ella y a mí. Nos hizo reír.

Manon sonrió, todavía con los ojos cerrados. La enterneció que él intentase distraerla y hacerle olvidar la disputa con su hermana.

—Fue una arrogancia de mi parte, lo sé. Trato de controlarme, pero no puedo evitarlo. Es tan fácil sorprenderla y dominarla. Además, no tolero que hable mal de Ella.

—Isabella es consciente de que será objeto del desprecio de personas como lady Napier. No le importa. Para ella solo cuenta ser la capitana del *Creole*.

—Quiao asegura que su pasión por el mar se debe a que nació en medio del Atlántico.

—Tal vez —susurró Alexander, y se quedó callado.

Manon giró entre sus brazos para enfrentarlo. Se quitó los guantes, que enganchó en el cinto de gro de su vestido, y le acunó las mejillas. La admiró la suavidad de la barba espesa y bien recortada. Hundió los dedos hasta tocarle la piel y comenzó a practicarle un masaje en las mandíbulas tensas. Alexander bajó los párpados y emitió un gemido de placer.

—¿Recuerdas el día en que nació Isabella?

Alexander se demoró en responder.

—Sí —dijo, y abrió los ojos—. ¿Cómo olvidarlo? Nadie se lo esperaba. Nació antes de tiempo.

—Oh, no lo sabía —se asombró Manon.

—Faltaban varias semanas. Nos dirigíamos a La Isabella, nuestra hacienda en Antigua. Mis padres creyeron que nacería allí, igual que Rosie. Pero mamá comenzó a sufrir unos dolores muy fuertes el 29 de marzo. El 30 nació Isabella. Eran tan pequeña —evocó, y volvió a callarse y a cerrar los ojos.

—Tú eras apenas un niño —apuntó Manon y descendió para masajearle la nuca—. Es extraño que lo recuerdes con tanta claridad.

—Tenía poco más de seis años, pero lo recuerdo como si estuviese aconteciendo en este instante. Nunca había visto a mi padre tan preocupado. No, preocupado no. La palabra es «angustiado». Desde mi visión de niño, mi padre era un héroe indestructible. Verlo de ese modo me conmocionó. Nunca he vuelto a verlo así.

—¿Y tu madre?

—Quedó muy débil. Tardó días en dejar la cama. Mi padre no se apartaba de su lado. Trinaghanta se ocupaba de Ella. La instaló en una caja de madera que hizo colgar del techo. Debajo colocó un brasero.

—¡Oh! Qué extraño.

—Sí, extraño en verdad. Me ponía en puntas de pie y me asomaba para verla con miedo, pero también con fascinación, y allí estaba, tan minúscula, tan blanca que parecía de nieve, con el pelo rojísimo. Componía una visión extraña. Trinaghanta la sacaba cada tanto y le untaba un aceite tibio en el pecho. Decía que no tenía maduros los pulmones. Sabia nuestra Trinaghanta.

—Qué mujer extraordinaria —murmuró Manon.

—Sí. Salvó a Ella, no tengo duda. Durante semanas estuve convencido de que moriría. Todas las mañanas corría al camarote de mis padres, abría la puerta y preguntaba: «¿Se murió?». —Manon emitió una risita nacida de la ternura—. Ese pensamiento me acompaña hasta ahora, creo —confesó Alexander—. Isabella siempre me provoca los sentimientos más extremos.

—Isabella a *todos* nos inspira sentimientos extremos. Es su naturaleza, un espíritu libre, que no conoce de reglas ni de nada; solo de libertad.

Alexander asintió con un aire ausente y la mirada perdida en la noche del océano. En el mutismo que siguió, Manon se concentró en el sonido del oleaje que golpeaba el casco del *Leviatán* y el del viento que inflaba el velamen, completamente extendido y que conformaba el espectáculo que Alexander le había prometido antes de zarpar.

—Nunca había hablado con nadie del nacimiento de Ella.

—¿Qué fue lo que más te impresionó de aquella experiencia?

—La angustia de mi padre —reiteró con una seguridad incontestable—. No la comprendí sino hasta años después.

—¿La angustia por la posible pérdida del ser amado? —quiso puntualizar Manon.

—Sí —contestó Alexander, y volvió a fijar la vista en el horizonte.

«Está pensando en Alexandrina», se convenció Manon.

* * *

Después de lavarse y de quitarse la sal, en especial la adherida a la cara y a la barba, Alexander se secó con fricciones enérgicas para entrar en calor, e hizo otro tanto con el fiel Mackenzie. Se cambió con las ropas secas que le entregó Ludovic y, antes de sentarse a la mesa de la cámara de oficiales, se ocupó de darle agua dulce al lebrel. Ubicó el bacín cerca de un brasero para que el perro entrase en calor. Él estiró los pies enfundados en un par de calcetines de lana con la misma intención; los tenía helados.

Su valet ya había dispuesto los avíos de escribir y un marinero le había traído el cuaderno de bitácora. Abrió y cerró los dedos de las manos, todavía entumecidos. Remojó la péñola de oca en el tintero y asentó la fecha y la ubicación en la página correspondiente con una caligrafía maltrecha que obedecía a los cabeceos que el *Leviatán* daba a causa del fuerte viento. *Lunes 3 de febrero de 1834*, escribió. A continuación anotó las coordenadas de acuerdo con los cálculos que había realizado unas horas antes, después de que Olsen determinase con el sextante que eran las doce del mediodía en el punto en que se encontraban y tras haber comprobado que la hora en Greenwich en ese instante eran las once y treinta nueve minutos: 43° 24' S 5° 15' E.

El día anterior habían alcanzado los Rugientes Cuarenta y seguían descendiendo con el fin de tocar el paralelo de los cincuenta grados y aprovechar los vientos que allí corrían hacia el este a más de treinta nudos, una maniobra que muchos navegantes habrían juzgado descabellada, pero que él se sentía seguro de emprender. A primeras horas de la tarde, sin embargo, el barómetro, tras caer abruptamente —algo habitual en esas latitudes—, les había advertido de la inminente tormenta, que se había desatado poco después y que había complicado el derrotero.

—Gracias, Ludo —mascullló cuando el valet depositó junto al cuaderno una taza de café humeante y unos bizcochos, y en el suelo, junto al brasero, la escudilla con el guiso para Mackenzie.

Sorbió el fuerte y caliente brebaje y lo sintió descender por la garganta áspera a causa del agua salada que había tragado cada vez que vociferaba las órdenes para conducir el clíper a través de las olas de varios pies de altura y las ráfagas de viento embravecido.

Al sonido de las ocho campanas, que ponía fin al primer turno de la tarde, el oficial Ferguson convocó a todas las manos a cubierta para hacer frente a la borrasca. Se presentó la marinería al completo, excepto el grumete Jack Sweeney, que continúa convaleciente por su herida en la pierna derecha. La tormenta ha amainado. Continúan los fuertes vientos cercanos a los treinta nudos. El termómetro registra una temperatura por debajo de los 46° F. Se reportan daños a la vela cangreja y a un mástil. Pasada la borrasca, he avistado al Black Dart *y al* Constellation, *pero aún no aparecen el* Lucky Wind *ni el* Stella Maris. *No se verifican heridos entre la tripulación ni otras pérdidas excepto las más arriba detalladas. No he recibido noticias de problemas entre los pasajeros, aunque estimo que la mayoría ha sufrido de mal de mar.*

«La mayoría, excepto Manon», se dijo. Cerró los ojos, se repantigó en la silla, llevó la cabeza hacia atrás y se la sostuvo con las manos entrelazadas. De la costumbre desarrollada durante los días en Newgate, reprodujo en su mente los acordes de una de las piezas musicales favoritas de Manon —una de Corelli, no recordaba el nombre— y rememoró aquella noche en Almack's cuando, tras haber discutido —él estaba celoso por la atención que su prometida recibía de Fernando de Ávalos—, habían bailado el vals.

La puerta de la cámara de oficiales se abrió repentinamente. Alexander se incorporó en la silla. Mackenzie, que dormía después de haber comido, alzó la cabeza. Se puso de pie deprisa; se trataba de Manon. Iba cubierta con un dominó y se había echado la capucha sobre la cabeza para protegerse de la lluvia, que aún persistía, y de las olas embravecidas, que salpicaban la cubierta. Aunque el barco se tambaleaba, ella no lucía descompuesta, ni siquiera mareada. Se retiró la capucha y se asombró de encontrarlo allí. Se miraron en el espacio del recinto. Seguía enojada. La noche anterior le había prohibido que lo acompañase durante la guardia nocturna y ella lo había acusado de considerarla un estorbo inútil y una incapaz.

—No te considero ni inútil ni incapaz —barbotó siguiendo la línea del recuerdo—, todo lo contrario. Solo busco protegerte.

Manon relajó la expresión y suspiró.

—Lo sé —admitió con acento conciliador.

Avanzó hacia él; Alexander hacia ella. Se abrazaron en silencio. Manon le sujetó el rostro y le buscó los labios, todavía fríos, resecos y salobres. Se besaron con una pasión ingobernable, sin la prudencia que habría exigido la situación; Ludovic o cualquier oficial o marinero habría podido irrumpir.

La orden vociferada por el teniente Finlay Walker, que retumbó incluso en la cámara de oficiales, obligó a Alexander a adoptar un comportamiento más sobrio. Cortó el beso y, aunque se instó a apartar las manos de la cintura de Manon, no reunió la voluntad. Se quedó mirándola; ella fijaba sus ojos en los de él. «Creo que quiere demostrarle algo al mundo, no sé qué», había declarado en una ocasión Samuel Bronstein al referirse a Manon.

—¿Qué quieres demostrarme sacrificándote a mi lado cada noche mientras surcamos estas latitudes tan rigurosas? —inquirió siguiendo la línea del pensamiento.

—Que estoy dispuesta a todo por ti. Anoche no pegué ojo imaginándote allí, en el puente de mando, padeciendo frío y soledad.

—Es mi trabajo. Además, me protejo del frío con prendas especiales y no estoy solo. Me acompañan el timonel, Mackenzie y el resto que está de guardia. Tú no cuentas con la vestimenta adecuada. —Le pasó el índice por la mejilla y una vez más lo maravilló la tersura de su piel—. El frío te agrietaría y te irritaría el rostro —vaticinó.

—¿Es por eso que te dejas crecer la barba?

Alexander asintió y le dio un beso en la frente. Para cambiar de tema, preguntó, más animado:

—Tu cara de sorpresa me dio a entender que no esperabas encontrarme aquí. Estimo que buscabas a Ludo.

—Vengo por una muda para Obby. Vomitó y se ensució, pobre ángel, creo que más por miedo a la borrasca que por el mal de mar.

Alexander tiró de un cordel y el valet se presentó un momento después.

—Ludo, prepara una muda para Obby, por favor, y… —Se volvió hacia Manon—: ¿Está en tu camarote ahora?

—Sí, con Catrin y con mi abuela.

—Lleva la muda al camarote de mi prometida, ¿quieres?

—Sí, milord.

La condujo por la cintura hasta el sofá de cuero verde. Manon profirió una risa al verlo sin zapatos.

—Es la primera vez que veo tus pies descalzos —comentó, divertida.

—Los tengo helados —admitió.

Manon lo obligó a sentarse en el sofá. Alexander alzó las cejas, asombrado, cuando Manon volvió a tirar del cordel para convocar a su valet y ocupó un canapé frente a él.

—Ludovic, antes de que lleves la muda a Obby, ¿podrías traerme un ungüento o algún afeite para friegas, por favor?

—Por supuesto, señorita —respondió el sirviente, y volvió sobre sus pasos.

—¿Qué estás planeando?

—Hacerte unos masajes en los pies para que circule la sangre. Jimmy y Rafael nos enseñaron a mi abuela y a mí a hacérselos a Timmy cuando se rompió la pierna.

Alexander negó varias veces con la cabeza y se puso de pie. Manon abandonó el canapé y se le plantó delante. Le puso las manos sobre el pecho.

—Vuelve al sofá y relájate. —La desafió con una mirada de ojos exigentes—. Has estado toda la noche en pie y acabas de luchar contra la tormenta. Permíteme que te compense por tanta fatiga. —Dado que él seguía mirándola, serio, inaccesible, argumentó—: Sé que no te concedes fácilmente una licencia ni un placer, pero ¿no crees que te lo mereces después de habernos guiado fuera de la tormenta? Eres mi héroe —dijo, y batió las pestañas rápidamente y con ánimo bromista—. Mi Heracles.

Alexander soltó una carcajada y la sorprendió aferrándola por el rostro y plantándole un beso rápido, que terminó por volverse lento y exhaustivo. Ludovic, de regreso con la ropa para el niño y el ungüento, carraspeó. Manon, con un marcado arrebol, recibió el pote con el ungüento y un gran paño de algodón.

—Gracias, Ludovic.

El hombre se limitó a inclinar la cabeza antes de evadirse hacia el castillo de popa. Manon volvió a ocupar el canapé, se cubrió el brial con el paño y le indicó a Alexander que subiese la pierna izquierda. Se frotó las manos para calentarlas antes de quitarle el grueso calcetín de lana y proceder al masaje. En un principio, Alexander, medio incorporado, observaba con ojos atentos, quizá desconfiados, mientras Manon le aplicaba el potingue con aroma alcanforado. Bastó un par de minutos para que los masajes deliberados y firmes, aunque gentiles, lo sedujesen y lo obligasen a recostarse, a echar la cabeza hacia atrás y a aflojarse. Se quedó dormido poco después.

Manon sonrió al oírlo roncar levemente y lo contempló en esa actitud apacible y entregada, tan poco usual en él, y el amor que crecía y crecía en su corazón se expandió hasta provocarle un regocijo incontrolable. Apretó los párpados cuando sintió que la garganta se le anudaba y que los ojos se le entibiaban al calor de las lágrimas. ¿Por qué sentía deseos de llorar? ¿Era el miedo a Alexandrina, que cada día estaba más cerca de ellos?

Alexander se despertó con mansedumbre mientras ella le cubría el pie derecho con el calcetín tras haber completado el masaje. Le sonrió mientras se incorporaba lentamente. Ella se inclinó y le besó el pie antes de que él lo bajase.

—Dormí profundamente y soñé que bailábamos en el salón de Grosvenor Place, los dos solos. —Se puso de pie y le tendió la mano. Manon la aceptó con una expresión cómplice y exclamó cuando Alexander la atrajo con firmeza y comenzó a girar en la reducida cámara de oficiales—. Bailábamos esa pieza de Corelli que tanto te gusta.

—¿El *Concerto grosso número 10*? —Alexander, sonriendo y girando, se encogió de hombros—. Amo el cuarto movimiento, *il corrente vivace* —puntualizó Manon.

«Y yo te amo a ti», pensó, y se preguntó qué le impedía confesárselo. En cambio, quiso saber:

—¿Qué fue de mi rival Fernando de Ávalos? —Manon, desorientada, frunció el entrecejo—. Estoy acordándome de aquella noche en Almack's, cuando discutimos a causa de él.

—Por fortuna, dejó Londres pocos días antes de que la Serpiente se fuese a París. La señora Beaver, una clienta del banco muy rica, lo invitó a su casa de campo en Dorset y él aceptó. La señora tiene tres hijas casaderas con dotes muy apetecibles y un gran deseo de emparentar con la aristocracia, aunque provenga de otros reinos. Espero que hagan buenos negocios —apostilló con ironía, y Alexander rio—. Yo también quiero hacerte una pregunta.

—Adelante, hazla —dijo, preocupado por el gesto grave de Manon.

—¿Cómo están tus pies?

Alexander profirió una carcajada. Así los encontraron Ferguson y Olsen, riendo y girando al son de una tonada imaginaria. Los bailarines detuvieron la danza abruptamente. Los oficiales se quitaron los bicornios y sonrieron, entre avergonzados y divertidos.

—Señores —anunció Manon—, los dejo con su capitán. Buenas tardes.

—Manon —la llamó Alexander antes de que cerrase la puerta.

Se volvió y él la alcanzó en el umbral. Se inclinó para susurrarle:

—Esta noche iré a buscarte a tu camarote después de la cena para que me acompañes durante la guardia nocturna.

—¿De veras? —se entusiasmó, y Alexander asintió con una expresión ceñuda, quizá porque dudaba del buen juicio de la propuesta.

—Te quiero bien abrigada, con el rostro cubierto. Y nada de perfumes ni afeites. Confundirías el olfato de Mackenzie.

—Sí, capitán, sí —respondió ella, dichosa, y le arrancó una sonrisa.

* * *

Alexander y Manon se hallaban de pie junto a la amura de la proa. Varios marineros especializados en las guardias nocturnas columbraban el horizonte en busca de potenciales peligros y dos lo hacían desde la cofa en el mástil mayor. La cubierta se mantenía sumida en la oscuridad para proteger el equilibrio de la visión nocturna de los ojos habituados a la escasa luz, en especial los del capitán Alex, célebres por su capacidad para detectar formas y perfiles donde nadie veía nada. Solo se habían encendido dos farolas, una cuyo cristal rojo indicaba el babor de la nave y otra con el cristal verde para señalar el estribor. Al-Saffah, el tercer oficial de puente, permanecía en la popa, junto al timonel, atento a las órdenes que el capitán le enviaba con un marinero, que se desplazaba desde la proa con un fanal cubierto por un trapo. Mackenzie, sentado sobre los cuartos traseros junto a su dueño, alzaba el hocico de tanto en tanto y venteaba para detectar el aroma del hielo.

Manon, a la derecha de Alexander, se arrebujaba en el gabán de Thibault y observaba de soslayo a su prometido, que se lo pasaba en silencio, estudiando la insondable inmensidad del océano Índico. Él también iba bien abrigado con un paletó *shearling*, especialmente diseñado para esas noches gélidas; llevaba la cabeza cubierta por una gorra de lana, aunque mantenía las orejas fuera, para percibir con nitidez los sonidos.

El clíper bajaba poco a poco hacia el paralelo de cincuenta grados. El oleaje se encrespaba y los vientos se embravecían para hacer honor al mote que los calificaba de rugientes, incluso de aulladores. El *Leviatán* cabeceaba, aunque por el momento lo hacía con una cadencia que les permitía estar en pie sin necesidad de aferrarse a nada.

—¿Cómo es posible que veas en esta oscuridad? —preguntó Manon en voz alta para ganarle al clamor del viento.

Alexander apartó el catalejo y se volvió hacia ella para contestarle:

—Es un telescopio especial, para visión nocturna.

Se lo pasó. Manon tardó unos segundos, más de los que empleaba con el normal, hasta ajustar la imagen; una vez que lo hizo, soltó una exclamación, que hizo reír a Alexander.

—Estás viendo todo patas arriba.

—¿Por qué? —quiso saber Manon con el ojo todavía en la montura del catalejo.

—La imagen te llega al revés porque faltan las lentes que le permiten revertir la inversión. Mayor es la cantidad de lentes de un telescopio, mayor la pérdida de luz. Y por la noche lo último que deseamos es perder luz, ¿verdad? Por esta razón tampoco encendemos los fanales en cubierta —explicó.

—No comprendo cómo eres capaz de ver con este aparato —admitió Manon mientras se lo devolvía—. Me ha mareado un poco.

—Mi cerebro está acostumbrado —argumentó Alexander—. Corrige inmediatamente la imagen.

Volvieron a caer en un cómodo mutismo, cada tanto interrumpido por una orden impartida o por la recepción de un mensaje o de un comentario. Alexander solicitó que se midiese la velocidad del barco. Manon se aproximó a los dos marineros que se ocuparían empleando lo que Olsen llamaba corredera de barquilla, una cuerda de cañamazo adujada en una ruleta, con un nudo cada ocho brazas y un trozo de madera y plomo en el extremo final.

Alexander se distrajo un instante para contemplar a Manon, atenta a los que medían la velocidad del *Leviatán*. ¿Su avidez por conocer los secretos de la navegación era propia de su naturaleza, cualquiera fuese el tema, o se debía a que era la actividad que a él apasionaba?

—O'Seamus lanzará la soga al mar —le explicó cerca del oído— y la hará correr mientras Reardon mide el tiempo con la ampolleta, que es de treinta segundos. A medida que la soga corra, O'Seamus irá contando los nudos que pasarán por su mano.

Alexander la vio asentir con la vista fija en la labor de los marineros, absorta y atractiva, pese a la gorra de lana bien encasquetada sobre la frente y el tosco abrigo de Belloc, que le masculinizaba la silueta. La deseó igualmente, y se concedió esos segundos de distracción porque observarla era fuente de enorme placer.

La arena terminó de deslizarse dentro del receptáculo inferior, y el marinero Reardon avisó que habían transcurrido los treinta segundos. O'Seamus exclamó:

—¡Veintitrés nudos, capitán Alex!

Manon, deleitada por el resultado, se volvió y le dedicó una sonrisa satisfecha. Alexander profirió una carcajada, no tanto por la excelente velocidad, sino porque ella estaba allí, con él, compartiendo su suerte y sus logros, y porque lo miraba con esos grandes ojos en los que era tan fácil adivinar que lo amaba y que lo admiraba. Al ver al serio capitán Alex reír en esas circunstancias, la tripulación intercambió vistazos cómplices y ensayó muecas cargadas de complicidad.

Mackenzie soltó un ladrido, y sobresaltó a Manon. El lebrel alzó la cabeza como en el acto de ventear y comenzó a aullar. Alexander, que sorbía el café que Manon acababa de servirle, le devolvió el jarro y se calzó el catalejo en el ojo derecho. Había inquietud entre la marinería.

—¿Avistan algo desde la cofa? —consultó Alexander, y el hombre a su servicio repitió la pregunta sirviéndose del megáfono.

—Nada, capitán —informó el marinero pese a que todos habían escuchado la respuesta desde lo alto del mástil mayor.

Alexander sabía que su perro no se equivocaba. Aguzó la mirada y paseó el catalejo de estribo a babor, de babor a estribor, deteniéndose unos segundos en la proa. No era fácil detectar un iceberg en medio de las crestas espumosas de las olas. Hasta que divisó una silueta fantasmal a unos grados por el lado derecho del clíper, apenas recortada en la sombría noche de luna menguante.

—Allí está —mascullló, triunfal—. ¡Virar fuerte a babor! —exclamó a voz en cuello.

El barco cobró vida repentinamente. Los campanazos, que lucharon contra el barullo de la tripulación y el rugido del mar, alertaron del peligro a la tripulación del *Leviatán* y a la del barco más próximo. Para mayor seguridad, un marinero sopló el cuerno empleado en los casos de niebla, en tanto el señalero Jean-Patrice Roux trepaba rápidamente a la cofa, de pronto iluminada, y comunicaba al resto del convoy las órdenes del capitán empleando banderines.

Para no estorbar a la marinería, Manon se ubicó en un sitio apartado junto a la amura de estribor y observó a Alexander, que vociferaba órdenes a diestro y siniestro, empleando la jerga náutica que ella se empeñaba en aprender, sin éxito.

—¡Timón a orza de avante! ¡Soltar las escotas de los foques! ¡Pasar la cangreja a barlovento! ¡Cargar la mayor!

Olsen y los demás oficiales, con cara de dormidos y vestidos a las apuradas, se sumaron a la guardia y se ocuparon de las diversas tareas indicadas por el capitán. Olsen, al avistarla en ese rincón, se tocó el sombrero de esa manera tan peculiar, con el nudillo del índice, y le sonrió, lo que la tranquilizó. Una media hora más tarde, cuando la situación parecía bajo control, el oficial sueco se aproximó y la saludó con una inclinación de cabeza.

—Ya hemos dejado atrás el dichoso iceberg.

—¿Y los demás barcos, señor Olsen?

—Todos viraron a tiempo. Era enorme —masculló, y de pronto Manon percibió la preocupación del hombre, que se quitó la gorra para rascarse la coronilla—. Poner la mayor distancia posible es el mejor remedio. Nunca se sabe qué masa de hielo ocultan esos monstruos bajo el agua. Podrían abrir en canal la obra viva del *Leviatán* con una de sus afiladas puntas heladas sumergidas en el mar. —Volvió la mirada hacia ella y le sonrió, de nuevo con aire distendido—. Primera noche de guardia junto al capitán Alex y le toca vivir tanto ajetreo, señorita Manon. Como dice Campbell, usted la trae fortuna al *Leviatán* y, con él, a todo el convoy.

Poco a poco, el barco fue recobrando la serenidad. Alexander sujetó por las orejas a su lebrel y le dirigió unas palabras de encomio. Manon también lo acarició y terminó por abrazar su enorme cabeza, enternecida por los ojos lánguidos y los gañidos que Mackenzie le destinó, que desentonaban con su alzada.

—Mackey, deja de coquetearle —bromeó Alexander.

—Deberíamos premiarlo —sugirió ella—. ¿Una comida especial, tal vez?

—Sí, le daremos una de sus comidas favoritas, no te preocupes. ¿Y para el capitán? —preguntó como al pasar, y se llevó el catalejo al ojo—. ¿Nada para él, que te sacó del peligro?

Manon, dichosa, se puso en puntas de pie y le susurró al oído:

—Para mi capitán, todo.

Se contemplaron con fijeza. Los ojos de Alexander la afectaron profundamente, ya que, oscurecidos, sin una brizna del color turquesa que ella tanto amaba, esos benditos ojos que habían avistado el iceberg aun antes que el marinero en la cofa, esos ojos de gato, como los apodaba el señor Olsen, parecían desnudarla y leer cada uno de sus pensamientos. Ella, en cambio, no conseguía trasponer el muro que levantaban.

«¿Alguna vez llegaré a saber exactamente lo que está pensando?», se preguntó. Alzó la mano para acariciarle la mandíbula barbuda. Él se inclinó y, como una sombra furtiva, la besó en los labios.

—Te amo —dijo ella, pero los vientos aulladores arrastraron sus palabras y él no alcanzó a oírlas.

Capítulo XII

Julian Porter-White atravesó el umbral de la sede de la Casa Neville en la *rue* Quincampoix con el desánimo que experimentaba desde hacía tres meses, desde su llegada en calidad de exiliado a principios de diciembre. No había tardado en correrse la voz de que *le grand patron*, como llamaban a sir Percival, lo había expulsado de la City para aplacar la ira de uno de los clientes más importantes del banco. Aunque se trataba de una exigencia hablar en inglés, los empleados usaban el francés para conversar entre ellos, por lo que ni siquiera se escondían para criticarlo. La humillación y la ira crecían, y él solo hallaba consuelo en la venganza que algún día llevaría a cabo.

Mantenía una correspondencia fluida con su amigo Patrick O'Brian, con el que seguía planeando la explotación del cerro Famatina, aunque su intercambio epistolar parecía la secuencia de una historia de ficción y no verdaderos planes. Así y todo, era el único amigo que le quedaba.

Ese lunes 3 de marzo, cumpleaños de su hermana Alba, al entrar en su oficina, se encontró con una carta redireccionada desde la casa matriz en la City; era de Lucius Murray, la primera desde su huida al Río de la Plata. Ni siquiera se quitó el redingote. Partió el sello de lacre y desplegó las cuartillas. La misiva databa del 17 de enero. Sin duda, su secretario había conseguido expedirla en alguno de los tantos clíperes que cubrían en poco más de un mes la ruta entre Buenos Aires e Inglaterra.

Leyó con avidez las líneas en las que le contaba que él y el señor Antonino Reyes habían llegado a Buenos Aires la mañana del 5 de enero. Se quejaba solapadamente de la pobreza de la ciudad al mencionar que, debido a la falta de hoteles decentes, se había visto obligado a alquilar una pieza en la casa de una familia ubicada a pocas cuadras de la plaza principal, *a la que algunos llaman Mayor, otros de la Victoria y otros de Mayo, a saber cuál es su verdadero nombre*, remataba. «¡Como si no lo supiese!», se mosqueó Porter-White, y siguió devorando los párrafos a la espera de la información que tanto anhelaba conocer. El siguiente párrafo lo desanimó: *Reyes no me ha presentado aún al señor Juan Manuel de Rosas pues este sigue en la campaña, a varias leguas de Buenos Aires. Parece ser que estuvo peleando contra los indios de estas tierras para ganarles una mayor porción de tierras. Mientras espero su regreso, me he presentado en el Buenos Ayres Commercial Rooms, un club que reúne a los residentes ingleses en el Río de la Plata. Su fundador y presidente, el señor Lowe, enseguida admitió mi membrecía apenas acabó de leer vuestra carta. Me llaman el agente de la Neville & Sons, y yo no hago nada para sacarlos del error.*

Porter-White detuvo la lectura y se quedó pensando en la insensatez de hacerse pasar por el agente de la banca cuando la Casa Neville tenía un comisionado en Buenos Aires. Prosiguió la lectura. *Aquí todo es un gran desmadre. En octubre hubo una especie de guerra civil cuando se enfrentaron dos bandos del mismo partido, el federal. Una facción, llamada apostólica, fiel a Rosas, derrotó a la cismática, compuesta por algunos federales que proponen un futuro conciliador y más republicano. El gobernador, de la facción cismática y de nombre Balcarce, tuvo que renunciar. Aunque parezca increíble, fue la mujer de Rosas, una tal doña Encarnación, la que encabezó la conjura y la que dirigió las fuerzas apostólicas, que aplastaron a las enemigas. La llaman la heroína de la Federación y sus enemigos la tienen por una arpía implacable. Dicen que está dotada con más agallas que el marido y que envía a los bravucones apostólicos a las casas de sus enemigos para amedrentarlos de la peor forma, incluso a las de los amigos, cuando algo no la complace, lo que ocurre con frecuencia. Reyes me ha prometido que me la presentará. No sé si me entusiasma la idea de conocerla* —Porter-White lanzó una risotada— *salvo por el hecho de que el señor Juan Facundo Quiroga es un asiduo visitante de su casa, lo que me ofrecería una excelente oportunidad para entrar en tratos con este caballero y averiguar cómo está el asunto del Famatina.*

Lo que vino a continuación, le borró la sonrisa. *Se murmura en el Buenos Ayres Commercial Rooms que don Juan Manuel, como se lo conoce, ha expresado en cartas enviadas desde la campaña a sus correligionarios y a su mujer que está muy cansado y desilusionado y que pretende abandonar el país. Cuando le pregunté a Reyes si estas habladurías tenían algún asidero, se encogió de hombros y nada dijo. El señor Lowe, que además de presidir el club, es el director del diario* The British Packet, *las desestimó y afirmó que se trata de un típico comportamiento de Rosas, que, con amenazas encubiertas, pretende asustar a la ciudadanía y de ese modo manipular al Parlamento —aquí lo llaman Asamblea de Representantes— para que le conceda plenos poderes en su ejercicio de la gobernación. Sin embargo, es por otra razón más preocupante que hoy me siento a escribir la presente. El asunto es el que sigue: desde hace unos días han corrido voces que afirman que las grandes potencias europeas, en especial España, traman formar un imperio entre la Confederación Argentina, la Banda Oriental, Chile y Bolivia, con un rey de la casa borbónica.* Porter-White masculló un insulto y apretó la cuartilla sin percatarse de que estaba por romperla. Siguió leyendo en una creciente agitación. *Se murmura que la idea es ofrecerle el trono a don Carlos, el hermano del difunto Fernando VII, para que deje tranquila a la regente María Cristina y a la pequeña reina Isabel. Del lado del Río de la Plata, estarían a favor de este plan vuestro conocido, el señor Rivadavia, y algunos unitarios, enemigos acérrimos de los federales.*

Porter-White cerró el puño y convirtió la carta en un bollo, que arrojó contra la pared. Soltó un insulto en español. Veía la mano de Blackraven en esa estratagema. Sin duda, era una movida magistral. Su parentesco con los Borbones lo ubicaría en una posición más que beneficiosa a la hora de obtener el permiso para la explotación del Famatina si don Carlos se erigía como el rey de la América del Sur.

Las horas de ese día se arrastraban con una pesadez exasperante. Incapaz de seguir soportando la atmósfera irrespirable de la oficina, arrancó el abrigo del perchero y, sin avisar que se marchaba, huyó a la calle. Se dirigió al edificio de la bolsa, a pocas yardas de la sede de la Casa Neville. Antes de entrar, un niño en harapos y con el rostro sucio le tendió un billete y huyó antes de que lo interrogase. Buscó un rincón en el caótico ambiente de la bolsa para leer la esquela. Se sorprendió gratamente al ver que se trataba de uno de sus jefes, que lo convocaba para un encuentro en el famoso burdel de madame Fleur, en el número 6 de la *rue* des Moulins. El entusiasmo inicial se desvaneció al imaginar de qué modo impactarían en su jefe, ya bastante desilusionado, las noticas recién llegadas de Buenos Aires, que Rosas planeaba irse de Buenos Aires y que un grupo conspiraba para imponer un rey Borbón a la Confederación Argentina.

* * *

Cassandra se enojó cuando, después de cenar, les anunció que se marchaba: tenía un compromiso impostergable. Lamentaba hacerlo en el día del cumpleaños de Alba, sobre todo porque no había tenido oportunidad de entregarle el costoso regalo que le había comprado: una gargantilla de perlas. Pretendía hacerse perdonar; su hermana seguía resentida con él por haberla arrancado de Londres, donde se sentía a gusto y tenía amistades. En París, se quejaba, no podía comunicarse con nadie y se había encaprichado en que no aprendería el francés. La reconciliación con su hermana quedaría para más tarde. La prioridad la tenía la convocatoria de su jefe, que había cruzado el canal de la Mancha para verlo. Convencido de que, dados los fracasos de los últimos tiempos y el alejamiento de Londres, sus jefes le habían retirado la confianza en su plan para apoderarse de la Casa Neville, el billete recibido por la tarde constituía una esperanza.

Caminó las pocas manzanas que separaban su casa en la *rue* de Rivoli del famoso burdel, al que nunca había visitado. La austera fachada de la casa en el número 6 de la *rue* des Moulins no se condecía con el lujo exuberante que halló en el interior. Apenas anunció su nombre, lo condujeron a un salón privado, donde su jefe, al que llamaba Cástor, reía con una prostituta medio desnuda sobre las rodillas. Al verlo detenido en el umbral, el hombre despidió a la joven, que pasó a su lado despidiendo una empalagosa fragancia, y lo convocó con un ademán de la mano, en la que sostenía el cigarro. Lo invitó a sentarse en el silloncito delante de él. Se miraron a los ojos con expresiones graves.

—Tienes mal aspecto —declaró su jefe—. Estos tres meses en París te han avejentado.

—No estoy aquí por voluntad propia —se justificó Porter-White con un timbre impaciente—. ¿Y Pólux?

—De camino a China.

—¡Oh! —se asombró—. ¿A China? ¿Para qué?

—Para ocuparse de Manon —respondió su jefe y se llevó el habano a la boca.

—¿Qué significa «ocuparse de Manon»? —quiso precisar.

—Digamos que tu cuñada morirá joven y en tierras lejanas.

Una sonrisa iluminó el semblante de Porter-White y arrancó una risotada a Cástor.

—¿Y qué hay con Alexander Blackraven?

—Si Manon deja de existir, él ya no es nuestro problema.

—Sí que lo es. Él y su familia pretenden explotar el cerro Famatina.

—Exacto, él y *su familia*. No podemos eliminar a todos —razonó su jefe y enseguida ablandó el gesto—. Quédate tranquilo. El mismo grupo que se ocupará de Manon a pedido nuestro se encargará del conde de Stoneville, y con mucho gusto, sin necesidad siquiera de mencionárselo. —Ante la expresión desorientada de Porter-White, el hombre aclaró—: Existe una sociedad secreta en China, la Sociedad Tríada la llaman. Estuvieron detrás de la rebelión del Loto Blanco, ocurrida a fines del siglo pasado. Su objetivo es derrocar a la dinastía Qing y devolver al trono a la dinastía Ming.

—Los Blackraven son amigos de los Qing —recordó Porter-White.

—Bravo, Julian. No tengo que explicarte nada.

—¿Cómo hará Pólux para entrar en contacto con esta sociedad? Dices que es secreta.

—No será fácil —admitió Cástor—. Llevará tiempo, pero mi corresponsal en Cantón hará las gestiones necesarias. Con dinero, querido Julian, se consigue cualquier cosa —afirmó tras una larga aspiración del cigarro.

—No quiero quedar fuera del plan —barbotó deprisa y con aire compungido.

—Debes admitir que tu actuación en Londres fue lamentable —matizó su jefe con una expresión cargada de cinismo. Alzó la mano cuando Porter-White amagó con rebatir su afirmación—. No he venido a París para hablar del pasado, sino del futuro. ¿Cómo marcha el asunto de la explotación del cerro en el Río de la Plata?

Porter-White soltó un suspiro, desazonado. Las noticias que llegaban de la Confederación Argentina no eran buenas, admitió, y se explayó al detallarle lo que su secretario Lucius Murray, instalado en Buenos Aires desde hacía tres meses, le había contado.

—No son buenas en verdad —convino Cástor—. Pero tenemos que avanzar con ese proyecto.

Lo sorprendió la premura que demostraba por el Famatina cuando en el pasado se había comportado con cautela, incluso con suspicacia.

—¿A qué se debe el repentino interés? —se atrevió a preguntar.

—La Casa Neville está ganando una preponderancia y un poderío inadmisibles desde que comenzó con la emisión de papel moneda. Está siendo un éxito —admitió con evidente desagrado—. Según dicen, el éxito se debe a que emite papel en cifras de baja denominación. Y hay más: aún no se ha hecho público, pero se corre la voz de que le concederán la explotación de la Royal Mint. Siendo la Casa Neville la mayor acreedora del rey Guillermo, no me sorprendería.

Finalmente sir Percival se haría de la concesión para acuñar la moneda del reino, y con eso su poder no tendría límite, caviló Porter-White. Pocos meses atrás, su suegro le habría confiado la noticia. En las presentes circunstancias, ni siquiera le escribía una carta para preguntarle cómo estaba. Pensó en la culpable de su caída. Por fortuna, no volvería de China y, tras su muerte, él podría regresar a Londres.

—No solo acuñará moneda —prosiguió Cástor—, sino que controlará gran parte del ingreso de metales preciosos en el país. Si es cierto que Blackraven le ofreció una participación, debemos impedir que eche mano de esa mina en Sudamérica. Si aumenta sus existencias de oro y, con eso, la emisión de papel moneda, será más poderoso que los Hanover y los Guermeaux juntos.

—¿Qué propones?

—Como te dije antes, retomar el proyecto para fundar la compañía minera en el Río de la Plata. ¿Qué hay de ese socio del que nos hablaste, el tal O'Brian?

—Sigo en contacto con él —aseguró Porter-White—. Su idea era la de obtener financiamiento en la bolsa de París, donde mi nombre no es conocido. Tengo los papeles y los documentos que me dejó Antonino Reyes. Con eso podremos convencer a los inversores de que se trata de una empresa segura. ¿Tú cuánto podrías aportar?

—No más de cinco mil libras.

—Con esa suma solo cubriremos los primeros gastos, el traslado de los mineros y poco más —calculó.

—¿Cuánto ofrece invertir O'Brian?

—No me lo ha dicho —admitió Porter-White, lo que arrancó un bufido a su jefe—. Pero su intervención en esta empresa es importante por otra razón —se apresuró a aclarar—. Él es dueño de una mina, conoce el paño, y sobre todo conoce dónde hacerse de los mineros. Sin ellos, la empresa sería imposible, aunque contásemos con el capital.

—Pues bien —lo instó su jefe—, ponte manos a la obra. Aprovecharemos que los Blackraven han dejado Inglaterra por varios meses para movernos. El tiempo está de nuestra parte, Julian, pero no es infinito. Por el contrario, es más bien escaso, por lo que te pido: no lo desperdicies.

—No lo haré —afirmó, mientras evocaba lo que Patrick O'Brian le había dicho acerca del símbolo que representaba a su compañía minera, un reloj de bolsillo: «El tiempo es lo único que el oro no puede comprar».

* * *

Desde que habían iniciado la navegación por el paralelo de cincuenta grados algunas costumbres habían cambiado en el *Leviatán*. Los vientos implacables, el frío y la aguanieve, que castigaban los rostros como diminutas dagas heladas, los mantenían confinados la mayor parte del tiempo en sus camarotes. Para aplacar el tedio, Alexander había autorizado que los pasajeros se reuniesen por la tarde en la cámara de oficiales, una vez que Obadiah y la señora Walker hubiesen terminado la lección. Allí repetían la rutina que el clima bonancible del Atlántico les había permitido disfrutar en el castillo de proa: tomaban el té y escuchaban la lectura de Manon, mientras las mujeres bordaban y cosían. Por esos días les leía *La vida de Samuel Johnson*, de James Boswell, que los mantenía cautivados y que propiciaba largas conversaciones.

Alexander se había valido de su rol de anfitriona para justificar el empecinamiento en negarle la autorización para que lo acompañase durante las noches de vigilia mientras surcaban el corredor de los Aulladores Cincuenta. «Necesitas descansar y estar fresca para entretener a las mujeres Napier», había alegado. «Ese es un gran servicio que le prestas al *Leviatán*», había añadido. Manon sabía que en las pocas oportunidades en que le había permitido formar parte de la guardia nocturna se había asegurado de que el clima fuese sereno dentro de lo esperable en esas inhóspitas aguas. Ella atesoraba cada instante transcurrido a su lado durante la experiencia única que significaba surcar esos peligrosos mares. Tenía la impresión de que a él le gustaba su compañía silenciosa y solícita, aunque solo fuese para servirle café y poco más.

Esa noche del 3 de marzo Manon percibió un cambio en el viento; lo notaba menos riguroso, menos frío.

—Hemos comenzado el ascenso hacia paralelos más cálidos —le explicó Alexander—. No la verás debido a la oscuridad de la noche, pero en un par de horas pasaremos cerca de la isla de San Pablo, en el paralelo de treinta y ocho grados.

—¿Está habitada?

Alexander negó con un movimiento de la cabeza.

—Ocasionalmente la habitan cazadores de focas, para hacerse de sus pieles. Cerca del mediodía —retomó—, avistaremos la de Ámsterdam, en el paralelo treinta y siete. En ese punto, nos despediremos del *Black Dart*, que seguirá subiendo hasta la India para llevar a Sri Sananda a Bengala.

—Será extraño no verlos en el horizonte —se lamentó Manon—. ¿Cuándo volveremos a reunirnos con ellos?

—Todo dependerá de cuánto les lleve la estadía en las Filipinas —contestó Alexander.

* * *

Desde hacía algunos días, las Napier se quejaban de hartazgo; no veían la hora de llegar a China. Manon habría seguido navegando eternamente junto a Alexander. Era feliz compartiendo su mundo flotante plagado de misterios, gobernado por un vocabulario muy peculiar, que, con el avance del *Leviatán*, iba incorporando y utilizando. Habían inventado un juego con Obadiah en el que se desafiaban a recordar el significado de las palabras «marineras», como las apodaban; una vez que acertaban con el sentido del término, el segundo reto era aplicarlo en una frase. Los premios para el niño variaban e iban desde peniques hasta los bombones que Aldonza había hecho para Archie y que ya se habían resignado a consumir durante el viaje.

El derrotero por los Aulladores Cincuenta había sido exitoso, al menos eso aseguraba Olsen, que se mostraba satisfecho al declarar que habían recorrido más de cuatrocientas treinta millas náuticas durante las semanas en las que los vientos los habían aturdido y el frío entumecido los miembros.

—¡Singladura! —le soltó Manon a Obadiah.

El niño revoloteó los bonitos ojos celestes hacia uno y otro lado, en busca de ayuda, hasta que Alexander, apostado junto al timón, se desplazó unas pulgadas hacia el costado y se lo sopló en un susurro. Manon fingió no haber visto nada.

—Distancia recorrida en un día.

—¡Bravo! —exclamó el práctico Renzo Pigafetta, al mando del gobernalle.

—¿Y la frase? —lo instó Manon y, como vio que el niño se inquietaba y se avergonzaba, le sugirió—: ¿Qué opinas de «la singladura del *Leviatán* fue de más de cuatrocientas millas náuticas»?

—¡Muy bien, señorita Manon! ¿Y qué opinas de «hubo una tormenta durante la singladura»?

—¡Excelente, Obby! ¡Qué inteligente eres! —proclamó, y lo abrazó y lo besó en los carrillos.

Obadiah se pasó la manga de la chaqueta por la cara, lo que arrancó una risotada a Alexander.

—¿Te limpias mis besos, Obby? —simuló ofenderse Manon.

—Sí —contestó sin rodeos—. ¿Tú también te los limpias, capitán Alex?

Se alzó un coro de carcajadas entre los oficiales y los marineros que estaban cerca. Las Napier, que emergían por la escotilla, miraron con gestos curiosos y confundidos al grupo que reía. Su llegada a la cubierta señaló la hora de la tertulia en el castillo de proa, costumbre recuperada en esas latitudes cercanas al ecuador y más benignas.

—¿Vamos? —dijo Quiao, y se tomó del brazo de Manon.

Las mujeres, con Obadiah y Mackenzie trotando delante de ellas, avanzaron por la cubierta hacia la proa, donde un grumete aprestaba unas sillas y una pequeña mesa con patas plegables para el servicio del té. Manon siguió la línea visual de Quiao, que sonreía. Allí, en el pasamano, al costado del combés, apoyados en la regala de la borda en una actitud distendida, aunque con aire intimista, conversaban Isabella Blackraven y James Walsh.

—¡Qué hermosa pareja hacen! —comentó Manon en voz baja para que lady Napier no la oyese.

—Estoy pensando en que Alex será el primero de los hermanos Blackraven en casarse de acuerdo con los mandatos de la sociedad inglesa. Tú, querida Manon, eres una candidata intachable.

—Tú, Jimmy y Eddy Jago también lo son —expresó con fervor.

Quiao profirió una risita al tiempo que negaba con la cabeza.

—Ni siquiera Eddy, que es inglés, está libre de culpa. No sé si lo sabes, pero hubo un gran escándalo cuando se anunció su compromiso con Rosie.

—No lo sabía —admitió Manon—. Vivía en París en aquella época. Pero cuéntame —la instó, ávida por conocer los secretos de los Guermeaux.

—Los hermanos Jago y los Blackraven se conocen desde pequeños, desde que el pastor Donald Jago les enseñaba sus primeras letras.

—Sí, eso lo sabía.

—Rosie se enamoró de Eddy cuando eran muy jóvenes, ella de apenas trece años y él de dieciséis. Pero tío Roger y tía Melody consideraban que Rosie no había tenido oportunidad de socializar lo suficiente y que necesitaba conocer otros candidatos. Rosie, siendo de un carácter dócil, aceptó ser presentada en sociedad, pero su corazón ya había decidido: sería Eddy o no sería nadie.

—¿Los duques no aprobaban a Eddy?

—¡Oh, sí! Lo querían mucho. Eddy ya había comenzado a estudiar Jurisprudencia en Oxford, bajo los auspicios de tío Roger, claro está. El pastor Donald no habría podido costear la matrícula.

—¿Qué sucedió con Rosie? —se interesó Manon.

—Como imaginarás, siendo la beldad que es y con esa disposición tan dulce que posee, su primera temporada en Londres fue un éxito. Se decía, medio en broma, medio en serio, que nunca una debutante había recibido tantas propuestas matrimoniales en tan corto lapso de tiempo. Se lo pasaba de tertulia en tertulia, de baile en baile, de cena en cena. No había una noche en que no saliese con tío Roger y con tía Melody.

—¿Alguno de los jóvenes que conoció durante su primera temporada la hizo vacilar?

—Ni uno —respondió Quiao con un orgullo apasionado—. A escondidas, se carteaba con Eddy. Las cartas venían a mi nombre, por lo que el mayordomo asumía que eran de mis padres o de mi hermano James, que durante una temporada estudió en Edimburgo.

—¡Qué afortunados Rosie y Eddy, que contaban con tu complicidad!

—Pobre Eddy —dijo Quiao con timbre melancólico—. Deben de haber sido los meses más atormentados de su vida, imaginándose a Rosie rodeada de jóvenes y ricos aristócratas, mientras él se hallaba recluido en Oxford, y su amor era puesto a prueba.

—Prueba que sorteó, airoso —declaró Manon experimentando un sentimiento de triunfo como si ella fuese la protagonista de la historia.

—Por fin, tío Roger y tía Melody se convencieron de que el amor de Rosie por Eddy era sincero y profundo. Esa Navidad, invitaron a Eddy a Blackraven Hall y durante el almuerzo del 25 de diciembre anunciaron el compromiso. ¡Fue una de las Navidades más felices de las que tengo memoria!

—¿De qué año? ¿Te acuerdas? —la interrogó Manon, y aunque Quiao entrecerró los ojos e hizo un ceño, intrigada, quizá, por lo curioso de la pregunta, respondió:

—Fue la Navidad del 25. Rosie acababa de cumplir diecisiete años.

—¿Estaba Alexander presente?

—Sí. Había comenzado a estudiar Ingeniería en Cambridge y viajó a Londres durante la pausa invernal.

—¿Recuerdas cuál era su disposición? ¿Se lo veía contento?

—Sí —respondió la joven, y volvió a aguzar los ojos rasgados—. ¿Por qué lo preguntas?

—He oído decir que era muy alegre y vivaz, un poco como Artie.

—Bueno, sí —titubeó la joven china—, era más jovial que ahora, pero no diría que como Artie. Incluso en aquella época era serio. Aunque…

—¿Aunque qué? —la apremió Manon.

—Aunque es cierto que desde la muerte de su gracia, me refiero a lord Alexander, el anterior duque, Alex se ha vuelto medio huraño. Un poco resentido —acotó en un susurro.

—¿Resentido?

—Resentido consigo mismo —precisó—. Alex adoraba al anterior duque. Y el duque a él. Era, sin duda, su nieto favorito. Era cariñoso con todos, aun con Jimmy y conmigo, pero con Alex… —Hizo un gesto de admiración—. Era la luz de sus ojos. Tía Melody me dijo una vez que el anterior duque veneraba a Alex porque se había convertido en el puente entre tío Roger y él. La existencia de Alex había propiciado un reencuentro entre el padre y el hijo. Parece ser que tío Roger y lord Alexander no estaban en los mejores términos.

—Algo había escuchado al respecto —admitió Manon.

—Cuando lord Alexander enfermó a finales del 29, Alex partió en un viaje imprevisto al continente.

—¿Sabes cuál era el motivo del viaje? —la interrogó Manon, sabiendo que cometía una indiscreción, pero a esa altura, la tenía sin cuidado evidenciar que la curiosidad estaba devorándola.

—Nunca lo supe. Tal vez mis tíos lo sepan. Cuestión que, cuando regresó a fines de enero del 30, el anterior duque había muerto pidiendo por él. Creo que enterarse de esto lo devastó. No ha vuelto a ser el mismo.

Manon miró hacia delante, la vista anegada y la garganta anudada. Quiao, que percibió el quebranto que la dominaba, le apretó ligeramente el antebrazo.

—Desde que está contigo, querida Manon, ha vuelto a ser el Alex que todos recordamos —intentó confortarla—. Creo que tú estás ayudándolo a cerrar la herida que se abrió al enterarse de la muerte de su abuelo.

Manon, incapaz de articular una palabra, asintió y fingió una sonrisa. Por dentro, su corazón lloraba lágrimas de sangre. Ella conocía la razón del viaje intempestivo: Alexander había ido tras Alexandrina al enterarse de su partida a Suiza para concurrir a una escuela de acabado. Se había dispuesto que, cuando regresase, se anunciaría el compromiso, ya acordado, con su hermano Archibald. Sentía en su carne, en sus huesos, en su estómago, en sus pulmones, el dolor lacerante experimentado por su adorado Alexander ante la desaparición de Alexandrina.

No llegó a sentarse bajo el toldo en el castillo de popa. Se excusó, adujo un repentino malestar, y, tras entregar el libro de turno —*Persuasión*, de Jane Austen— a Eleanor Napier, se alejó velozmente por la cubierta. Aldonza, que conversaba con Ross Chichister, la vio partir y se puso de pie. La siguió con la mirada. Quiao le susurró una explicación al oído. La anciana se disculpó con los demás pasajeros y marchó detrás de su nieta.

Manon se evadió por la escotilla sin atreverse a dirigir la vista hacia el castillo de popa donde se encontraba su prometido; no habría soportado cruzar una mirada con él en esa instancia de tanta perturbación. Bajó deprisa las estrechas y empinadas escaleras y caminó, balanceándose, hasta el camarote. La ahogaban los deseos reprimidos de llorar. Lo peor era la impotencia, pues sabiendo tanto acerca de él y amándolo como lo amaba, carecía de la capacidad para sanarlo. Pero había algo peor aún: la certeza de que la única que contaba con esa capacidad, la de cerrar la herida en el corazón de Alexander, se hallaba cada vez más cerca de ellos, en la isla de Macao.

* * *

Alexander la vio pasar deprisa y descender a la cubierta inferior sin siquiera lanzar un vistazo en su dirección. Lo asaltó un mal presentimiento, que se pronunció cuando doña Aldonza, con una expresión preocupada, siguió los pasos de la nieta. Avistó al paje Godfrey Holt y lo llamó. El joven corrió a ponerse a disposición del capitán. Se quitó la gorra y se cuadró.

—Ve al camarote de mi prometida y ofrécele a la señora Aldonza llevarles el té allí.

—Sí, capitán, sí.

Veinte minutos más tarde, Holt compareció en el castillo de popa y le aseguró que había cumplido la orden y llevado la bandeja con el servicio de té al camarote de la señorita Manon. Alexander, que no quería rebajarse y preguntarle si la había notado mal, se limitó a asentir con un gesto hosco.

Sonaron los ocho campanazos que ponían fin a su turno. Impaciente, le hizo algunos comentarios al teniente Walker, que lo relevaría, y se marchó. En lugar de evadirse hacia la cámara de oficiales, donde lo esperaban su café y sus bizcochos, y donde escribiría el cuaderno de bitácora, como hacía cada día, bajó a la cubierta inferior y se dirigió, devorando las yardas, al camarote de Manon. Se detuvo frente a la puerta cerrada. No se oían voces. Dudó. ¿Y si descansaban? Llamó, incapaz de controlar la ansiedad.

* * *

Llamaron a la puerta. Manon, recostada en la litera, pensó que se trataba de Catrin. Medio se incorporó y enseguida volvió a fingir que dormía al oír la voz de Alexander. Como siempre, en consideración a su abuela, él habló en español. Le fascinaba escucharlo hablar en español; lo hacía con un acento encantador, más marcado cuando pronunciaba la t y la r, pero siempre con el timbre profundo y grave de su voz, que exaltaba la masculinidad que a ella atraía tanto y que la hacía fantasear con él de noche.

Después de haberle contado a su abuela la verdadera naturaleza de su malestar y de haber llorado en su regazo, se sintió un poco mejor, aunque quedó debilitada y con dolor de cabeza. Aldonza la ayudó a desvestirse y a subir a la litera para reposar. Dormitaba cuando Alexander llamó a la puerta. Estaba preocupado, dijo, y quería saber si Manon se encontraba bien. Su abuela, con una habilidad encomiable, le dio a entender que le había bajado la regla y que estaba durmiendo. «¡Qué hábil mentirosa es!», se maravilló, y sonrió a su pesar. Igualmente, se lo agradecía. No quería preocuparlo, pero tampoco hablar con él en esa circunstancia.

Al día siguiente, y pese a tener ganas de seguir echada en la litera sintiendo lástima y también un poco de rabia, se obligó a subir a la cubierta. Se trataba de una jornada cálida y de cielo despejado; Alexander habría sospechado si no la hubiese visto aparecer. La actividad del barco le dio ánimo. Se aproximó al combés, donde mantenían las jaulas con los animales; se quedó a ver cómo los alimentaban. Otro grumete enrollaba los coyes y los guardaba en la batayola. Bogdán Súbotiv, el carpintero del *Leviatán*, y su ayudante realizaban unas reparaciones en las cuadernas. Lapo Innocenti, que conversaba con Augustus Campbell acerca del inventario de los alimentos enlatados, interrumpió la charla con el contramaestre y le salió al encuentro. Se quitó el sombrero y se inclinó con galantería para saludarla. La acompañó hasta la proa, donde sacó el tema de Florencia, su ciudad natal, porque sabía que Manon deseaba conocerla, hasta que Levan Abasi, el tonelero, lo interrumpió para informarle del consumo de las coles escorbúticas, que se registraba con gran celo en los libros del barco. Innocenti lanzó un vistazo antipático a su compañero, pero se despidió de Manon para ocuparse de sus obligaciones.

Ella prosiguió la caminata por cubierta. Se detuvo al llegar a la proa y se quedó mirando el bauprés, el palo grueso, casi paralelo al mar, que, como una espada, parecía indicarle el camino al *Leviatán*. Estaba pensando en Alexander, imaginándoselo allí de pie, como solía hacer de tanto en tanto, cuando una sombra se proyectó delante de ella. Alexander estaba a su lado; el objeto de sus cavilaciones y de sus sentimientos más poderosos, se había colocado junto a ella con actitud sigilosa, como si temiese asustarla o sobresaltarla.

—¿Cómo te sientes? —le preguntó con las manos en la espalda y mirando al frente.

—Mejor, gracias.

—¿Has dormido bien?

—Sí, muy bien. ¿Cómo estás tú?

Se volvió para mirarla y fijó los ojos en los de ella antes de responder:

—Yo estoy bien si tú estás bien. ¿Qué haces aquí sola? ¿En qué pensabas?

—Te imaginaba subido al bauprés.

—Sé que te causa inquietud cuando lo hago.

—No dejes de hacerlo por mí, te lo suplico. Odiaría coartar tu libertad.

—Tú eres liberadora.

No se atrevió a indagar de qué modo ella lo liberaba ni de qué. Dijo en cambio:

—Me preguntaba por qué te gusta subir ahí.

Alexander bajó el rostro para esconder una sonrisa.

—Cuando era niño, me trepaba para imitar a mi padre. Lo admiraba cada vez que lo hacía. En realidad, tenía prohibido intentarlo. —Rio por lo bajo, con una nota melancólica—. Trinaghanta siempre se quejaba; decía que era necesario prohibirme algo para que yo me empecinase en hacerlo.

Manon rio.

—¿Entonces? —lo urgió—. También te empecinaste en romper la orden de no trepar al bauprés, estimo.

—Por supuesto —afirmó con una expresión ufana que la hizo reír de nuevo—. Pero también lo hice porque me daba miedo.

—Te empeñas en hacer lo que te da miedo —razonó Manon, mientras recordaba la anécdota del monstruo bíblico, el Leviatán. Alexander, con la vista en el horizonte, asintió—. ¿Y? —volvió a urgirlo—. ¿Qué ocurrió?

—Me subí al bauprés cuando nadie me veía.

—¿Tenías miedo?

—Muchísimo. Estaba paralizado. El primero que me vio fue Shackle, un marinero que está con mi padre desde los primeros tiempos. Después me contó que no se atrevió a subir él mismo al bauprés por temor a asustarme y a ocasionar mi caída. Regresó pocos minutos después con mis padres.

—Imagino el terror que habrán experimentado al verte subido allí. ¿Cuántos años tenías?

—Ocho, nueve, no más. Mi padre me habló con mucha calma, como si la cosa revistiese absoluta normalidad. Me dijo que me sujetase bien al estay del trinquete porque el viento era muy fuerte y podía voltearme. Yo le grité: «¡Yo soy el viento!», y, pese a la situación, lo hice reír.

—¿Cómo terminó la aventura?

—Mi padre me alcanzó, me sujetó por detrás y ahí nos quedamos un buen rato, mirando el horizonte y hablando tranquilamente como si yo no hubiese desobedecido su orden. Antes de descender me dijo: «Desde ahora y en adelante, cuando quieras subir al bauprés, avísame y lo haremos juntos. No quiero que tu madre se inquiete».

—¿Qué te llevó a exclamar «¡yo soy el viento!»?

Alexander guardó silencio mientras escrutaba el océano que se abría delante de ellos.

—Había vencido el miedo y me sentía poderoso —dijo tras esa corta pausa—. El miedo se disolvía allí arriba, con el abismo bajo mis pies y el viento en el rostro. Es una sensación que busco repetir cada vez que trepo al bauprés.

—Llamaste «yo soy el viento» a la campana del *Leviatán* —apuntó Manon, mientras evocaba la ocasión en que sir Percival le había dicho la misma exacta frase.

—Ya —confirmó Alexander—. Navegar es lo que amo hacer —dijo de pronto, y se volvió para mirarla con esos ojos celados y exigentes, misteriosos y reservados, que ella comenzaba a entender.

—¡Qué fortuna que seas el hijo de un eximio marinero! —exclamó, y le sujetó la mano con disimulo.

Alexander entrelazó los dedos con los de ella y la miró con fijeza, como si buscase comunicarle algo sin palabras.

—Has tenido una buena y bendecida vida, amor mío —susurró, emocionada.

—Sí, pero nunca como ahora. —Alexander sonrió al notar que, con el rubor que le trepaba por las mejillas, recuperaba la tonalidad saludable—. Volví a soñar que bailábamos en el salón de Grosvenor Place el concierto de Corelli. —Devolvió la vista hacia el horizonte antes de afirmar, complacido—: Es un buen sueño.

* * *

Habían superado el tormentoso estrecho de la Sonda, que separaba las islas de Java y de Sumatra. Se dirigían hacia el mar de la China Meridional. Faltando pocos días para llegar a la isla de Macao, el primer puerto que tocarían tras casi cien días de navegación, la expectativa y la ansiedad invadían los ánimos de la tripulación y de los pasajeros por igual.

En las primeras horas de la tarde del miércoles 19 de marzo, Alexander estudió el cielo y detectó una formación de nimbos hacia el sur, que presagiaba una tormenta apoteósica, probablemente un tifón, los famosos huracanes del mar de la China. Solicitó a Olaf Ferguson que le comunicase la lectura del barómetro. El primer oficial bajó a la cubierta inferior y regresó poco después. Confirmó la sospecha: el barómetro había comenzado a caer ominosamente. Por su parte, el anemómetro, que hasta el momento había marcado un viento regular de ocho nudos, registraba el aumento y giraba rápidamente.

El *Leviatán* y los demás barcos del convoy, diseñados para la velocidad, podían desplegar todo el velamen aun con vientos muy fuertes; por esa razón se construían con mástiles robustos de teca de más de cuarenta pulgadas de diámetro y con jarcias más gruesas de lo normal, fabricadas con fibras de coco y de once pulgadas y media. Alexander alzó la vista y observó las velas que ya percibían la agresividad del viento y se inflaban para impulsar el barco a una velocidad superior a los diez nudos, que no bastaría para sacarlos de la tormenta que se avecinaba. Sin remedio, les caería encima en poco más de una hora, calculó Alexander.

Se calzó el catalejo y lo dirigió hacia la proa. Allí se encontraban los pasajeros, absortos en la lectura de Manon. La vio despegar la vista del libro y mirar en torno; había percibido que la temperatura caía y que el cielo se oscurecía.

—Olaf —dijo Alexander, con el catalejo todavía apuntando hacia la proa—, que se alerte al resto del convoy que deberán arrizar las escandalosas, la gavia, la mesana y todas las alas.

El sueco lo miró en abierta confusión antes de mascullar su asentimiento. Había creído que el capitán Alex mantendría el velamen desplegado. La inesperada orden pasó de boca en boca. La tripulación y la marinería, sorprendidos de que el capitán se hubiese vuelto precavido y estuviese dispuesto a aminorar la velocidad, concluyeron que se debía a la presencia de su prometida. «No quiere arriesgar su vida», repetían, pues era la primera vez desde que trabajaban bajo sus órdenes que ordenaba plegar las velas a causa de una tormenta. Como mucho, y para compensar la popa tan fina del *Leviatán*, mandaba reducir un poco el trapo de la mesana, en especial para evitar embarcar agua.

Tras impartir otras órdenes, Alexander descendió del castillo de popa y caminó hacia la proa. Se advertía el movimiento usual y frenético entre la marinería previo a una borrasca; cada uno sabía qué hacer. Se afianzaban los esquifes, se protegía la batayola con un hule, se cubría el combés con una tabla y se la fijaba con doble tranca. En las cubiertas inferiores, se estarían asegurando los cañones a las cureñas y sujetando todo aquello que, de otro modo, habría volado por el aire.

Se detuvo en el pasamano, del lado de estribor, al avistar a Thibault Belloc, que, como siempre, echaba una mano a la tripulación; en ese momento, ayudaba a Levan Abasi, el tonelero del barco, a ajustar unos barriles para evitar que la violencia de la tormenta los echara por la borda. Esperó a que el gascón terminase para llamar su atención.

—Una palabra contigo, Thibault, por favor.

—Sí, milord —contestó, y se acercó, solícito, con la gorra entre las manos.

—La tormenta llegará más o menos en una hora —anunció— y será muy violenta. —La boca del hombre se entreabrió y la mirada se le llenó de duda y de miedo—. Nada que no hayamos superado en otros viajes —lo alentó Alexander—, pero no te mentiré: el *Leviatán* se sacudirá más que en las borrascas que hemos atravesado.

—¿Más que en la que sufrimos cerca del cabo de Buena Esperanza?

Alexander bajó los párpados a modo de asentimiento y Belloc masculló algo en su dialecto, un insulto o quizá una súplica.

—Quiero que te instales en el camarote de Manon hasta que todo haya acabado.

—Así lo haré, milord, pero le aseguro que mi niña permanecerá en pie y lúcida cuando la señora Aldonza y yo ya no sirvamos para nada.

—Lo sé —dijo Alexander, sonriente—, pero estaré más tranquilo si tú permaneces con ella. Enviaré a Obby a su camarote también. Necesito liberar a Ludovic de esa responsabilidad para que le dé una mano a Jimmy, por si se presentasen heridos entre los marineros.

Se despidieron. Alexander continuó su avance hacia el castillo de proa. Al verlo aproximarse, Manon detuvo la lectura y lo contempló con un ceño; era extraño verlo abandonar su sitio junto al gobernalle.

—Buenas tardes —saludó Alexander con simpatía, y paseó la mirada por los pasajeros; estaban todos, aun lord Napier—. Lamento interrumpir la tertulia, pero, como habrán notado —señaló el cielo hacia el sur, donde las nubes se tornaban cada vez más oscuras—, nos enfrentaremos a una tormenta. Apreciaría si se retirasen a sus camarotes y aguardasen allí hasta que terminase. —Se alzó un murmullo quejumbroso—. Les recomiendo guardar sus utensilios personales y ajustar los baúles con las cintas de cuero que hallarán en los camarotes.

—Milord —preguntó Napier—, ¿se espera que sea muy fuerte?

—En estas latitudes siempre es sensato esperar que lo sea, lord Napier —respondió Alexander, y le tendió la mano a su prometida para asistirla en el descenso de los escalones del castillo de proa.

Se demoraron detrás de los demás pasajeros, que caminaban deprisa por la cubierta hacia la escotilla. Obadiah iba de la mano de Manon, por lo que Alexander bajó la voz para decirle:

—Será muy fuerte.

—Oh —musitó ella y siguió caminando con naturalidad, más allá de que el pánico le había alterado la respiración.

Se lo imaginó a merced de las olas, que invadirían el *Leviatán* y que arrasarían con todo a su paso, y del viento, que los sacudiría como si se tratase de dados en las manos de un dios gigantesco y enojado, y se preguntó de dónde obtendría la templanza para soportar las horas de espera.

—Quiero que te quedes tranquila y que te ocupes de Obby.

—Por supuesto —aseguró con la voz más compuesta que consiguió emitir—. Cuenta con ello.

Los acompañó hasta la cubierta inferior. Le indicó a Obadiah que entrase en el camarote de Manon. Se quedaron a solas en el angosto corredor. Alexander le ciñó la cintura con manos ansiosas, que contradecían el aire de serenidad que intentaba transmitir. La atrajo hacia él. Se miraron en la lobreguez acentuada por la escasa luz que penetraba por la escotilla. Manon le acunó el rostro barbudo y lo besó.

—Cuídate, te lo imploro —le pidió sin apartar la boca de la suya.

Alexander le aprisionó el labio inferior entre los dientes y se lo succionó. Se apoderó de su boca y se la penetró con una pasión demoledora, exigente, misteriosa dado el imperio que ejercía sobre ella, sobre su cuerpo, sobre su voluntad. Le respondió con el mismo ardor, aunque ya no le bastaba; el fuego que Alexander encendía en ella la devoraba, y los besos no servían para extinguirlo.

Un carraspeo los sobresaltó. Quiao emergió de las penumbras del corredor con una expresión acongojada.

—¡Perdón! —exclamó con un timbre angustioso—. No me habría atrevido a interrumpirlos, pero… ¡Oh, Alex! Estoy tan preocupada por Nico. Sé que nos enfrentamos a un tifón. Me crie en estas aguas y conozco los indicios.

—Lo es —concedió Alexander—, no tiene sentido negarlo, no a ti.

—Temo por Nico, por el *Constellation.*

—Nico tiene más experiencia que yo al mando de una nave —le recordó—. Es un eximio navegante, lo sabes. Tu padre siempre lo dice.

—Desearía estar con él en este momento —declaró la joven china.

Manon le tendió la mano y Quiao la sujetó de inmediato.

—Quédate en nuestro camarote —le propuso—. Nos daremos ánimo la una a la otra.

—¡Oh, sí! ¡Gracias, Manon!

* * *

La tarde se había transformado repentinamente en noche. La temperatura había descendido varios grados. La lluvia arreciaba y dificultaba la visibilidad. El anemómetro giraba a una velocidad alocada; resultaba imposible distinguir las cazoletas del molinete. Grandes muros de agua se cernían sobre la cubierta y la inundaban. Los marineros trabajaban con las bombas de achique sin respiro. El *Leviatán* cabeceaba luchando contra la marejada. El clíper se elevaba sobre las crestas de las olas, donde quedaba suspendido, como asomado al abismo, antes de ser arrastrado al valle tumultuoso que se formaba entre el oleaje.

Alexander, cubierto con su gabán confeccionado en la flexible tela barnizada con gutapercha, flanqueado por sus cuatro oficiales de puente, se quitaba el agua de los ojos para dirigir la lucha del *Leviatán* contra el mar embravecido. Vociferaba las órdenes desde el castillo de popa. Le ardía la garganta a causa del agua salada que tragaba y al esfuerzo para hacerse oír sobre el rugido del viento y del mar.

Isabella, a la que le había ordenado que se mantuviese a su lado, no tanto para que aprendiese a conducir una nave a través de una tormenta huracanada, sino para no perderla de vista, soltó un grito de advertencia y alzó el índice para señalar una vela que se había soltado y que flameaba, enloquecida.

Alexander determinó que se trataba del juanete de sobremesana. Probablemente un marinero se había olvidado de ajustar el tomador en el puño de escota y la vela se había soltado. El mástil se sacudía y temblaba debido a la violencia con que flameaba la vela. Toda la estructura parecía temblar. El viento enfurecido, la lluvia y las olas que castigaban al barco por babor y estribor dificultaban la evaluación del problema.

—¡Iré a sujetarla! —se ofreció Isabella, pero Alexander la frenó tomándola por el antebrazo.

—¡Lo haré yo!

—¡Pero, capitán! —se opusieron los oficiales.

No les prestó atención y se lanzó hacia la cubierta. No había tiempo que perder; si el palo cedía y se quebraba, la estructura caería al mar y los arrastraría al fondo como un peso muerto. Corrió hacia el palo en problemas. Varios marineros, que habían detectado la vela suelta, gritaban y alertaban del grave problema. Se sorprendieron cuando se encontraron con el capitán en la base del mástil y de pronto enmudecieron al verlo trepar por las jarcias y las perchas con una agilidad extraordinaria.

El pañuelo con que se había sujetado el cabello estaba empapado y ya no absorbía el agua, que le caía sobre la frente y lo enceguecía. Se limpió los ojos con una mano mientras con la otra se sujetaba para no caer al vacío. Tenía que aferrar el cabo al que llamaban tomador, pero este se agitaba rápida y violentamente, y por mucho que se estirase, no conseguía atraparlo.

Isabella soltó un alarido, que se lo tragó la furia del tifón, cuando Alexander resbaló y quedó colgando, él mismo balanceado como una jarcia, a merced de la sevicia del viento. Se columpió con un impulso deliberado e impaciente y cerró las piernas en torno al palo. Se tomó unos segundos para recuperar el aliento antes de ganar una nueva posición sobre las vergas.

Le costó sujetar el tomador y más trabajoso fue alcanzar el juanete de sobremesana, en cuyo extremo se hallaba el puño de escota, una especie de ojal por el que debía insertar la cuerda. La operación se tornó difícil con el agua que le escurría por los ojos y muy peligrosa, dada la altura a la que se encontraba, más de setenta pies.

Confiaba en que sus hombres, avezados lobos de mar, estaban atentos a sus maniobras, pues apenas lograse sujetar la vela, ellos deberían tensar las jarcias. Así lo hicieron, y el grátil quedó firmemente pegado a la verga. El juanete de sobremesana, henchido de viento, causó un efecto violento, y el *Leviatán* pareció dar una coz, impulsado por la fuerza de la vela inflamada. Alexander se sujetó con fuerza y apretó los ojos mientras aguardaba que el corcoveo cesase. Y lo sorprendió que en ese instante en que el corazón le batía, enloquecido, y que las piernas y las manos le temblaban a causa del esfuerzo sobrehumano, se le apareciera el rostro de Manon y que una desconcertante tranquilidad lo envolviese.

Descendió pocos minutos después, agitado y extenuado, los músculos doloridos a causa de la tensión y del esfuerzo. Los marineros, en medio de la tormenta que no amainaba, tambaleándose y tragando agua, celebraron su gesta con vítores y bravos apenas audibles. Se quitaron las gorras e hicieron una venia al capitán Alex, que avanzaba por la cubierta, tambaleándose y sujetándose a lo que pudiese, en su camino hacia el castillo de popa.

Los oficiales lo felicitaron y le propusieron que se retirase a descansar. Alexander negó con la cabeza. A ninguno asombró su negativa; lo conocían y sabían que jamás habría delegado el mando del barco en una circunstancia tan riesgosa como esa. Solo aceptó un cacharro con agua dulce que le entregó Isabella. Sorbió un trago para enjuagar la boca y lo escupió a un costado. Bebió el resto, sin conseguir aplacar el dolor en la garganta. Después habría tiempo para retirarse al camarote, se dijo, donde tomaría algo caliente que le borrase el ardor causado por el salitre del mar, aunque lo que le hubiese gustado en verdad habría sido encontrarse allí con Manon. Que le masajease los pies entumecidos y fríos, esa sí habría sido una buena recompensa.

* * *

Manon abrió la claraboya de su camarote para permitir que entrase el aire fresco tras la tormenta y se llevase el olor a vómito. Se quedó allí, observando el cielo, todavía encapotado y gris. En el mar persistía un oleaje intenso, insignificante en comparación con lo que habían superado menos de un cuarto de hora atrás. Las nubes se abrieron y dieron paso a un rayo de sol moribundo; debían de ser las seis de la tarde. Atajó una exclamación al descubrir que se formaba un arco iris de intensos y definidos colores; nunca había visto algo similar. Se volvió, eufórica, para llamar a Obadiah y se detuvo al recordar que dormía en la litera superior. «Mejor que descanse», se convenció. Había padecido durante el tifón, lo mismo su abuela y Thibaudot. Quiao, habiendo nacido en el barco de su madre y aprendido a caminar sobre las cuadernas de cubierta, no había sufrido ningún malestar físico, aunque sí llorado amargamente, agobiada por la suerte del *Constellation*. Acababa de marcharse, muy deprimida; aún no se avistaba el barco de Estevanico, al menos no desde la reducida visión de la claraboya.

La compadecía, comprendía cabalmente su angustia. Tembló —literalmente tembló— y se le erizó la piel al imaginarse en su posición. Se habría vuelto loca, aterrorizada ante la posibilidad de perder a Alexander. Su pensamiento quedó fijo en esa idea, la de perder a Alexander. El tifón había quedado atrás; su capitán Alex lo había vencido, y, sin embargo, el *Leviatán* avanzaba hacia otra tormenta, quizá la más peligrosa, la que tal vez conseguiría arrebatárselo.

Pensó en Masino Aldobrandini y en su tío Leo, pasajeros del *Constellation*. ¿Estarían aún con vida? Apretó los párpados, asustada ante la tragedia que habría significado perderlos. «*Carpe diem, mia cara* Manon», le aconsejaba su querido tutor cada mañana; que aprovechase el día. Tiempo más tarde, cuando fue un poco mayor, Aldobrandini le desveló el secreto que encerraba la frase. «Goza el presente y olvídate del futuro, que no existe», le había dicho, justamente lo opuesto a lo que estaba haciendo en ese instante.

Se sentó frente al tocador y se estudió en el espejo. Se acomodó el peinado deshecho y se pellizcó los pómulos hasta devolverles una tonalidad saludable. Se perfumó generosamente. Oyó el gañido de Mackenzie, echado a sus pies. Se inclinó en el taburete y le acarició la cabeza. Le rellenó la bacinilla con el agua dulce que Catrin les había traído una vez que la tormenta hubo pasado.

Subió por la escalerilla hasta la litera superior y comprobó que Obadiah durmiese. Lo hacía, y muy tranquilo; su respiración era regular. Se inclinó y lo besó en la frente. El niño dio una inspiración profunda y se giró hacia el otro lado hasta darle la espalda. Al descender, notó que su abuela estaba despierta.

—Salgo un momento —le informó—. Quiero comprobar que Alexander esté bien. —La mujer asintió—. Sigue descansando, abuela.

Se aproximó a Thibault, que dormía en la silla, con los brazos cruzados en el pecho y la cabeza caída sobre un hombro; debía de estar incómodo. Le rozó apenas la mano. El hombre alzó los párpados enseguida.

—Thibaudot, ve a recostarte a tu camarote. Ya todo ha pasado.

—Sí, mi niña —respondió con voz áspera de sueño.

Manon lo ayudó a incorporarse. El hombre la besó en la frente y se marchó arrastrando los pies.

Se cubrió con su capa de merino y abandonó el camarote. Emergió por la escotilla y enseguida percibió el cambio en la cubierta, nada visible ni ostensible, más bien se trataba de algo que vibraba en el aire, una calma fresca, un aroma nuevo, una soledad inusual. Alzó la vista hacia las velas, empapadas y ahítas de viento. La noche caía, inexorable, y las cubría de sombras.

Saludó con una inclinación de cabeza a Al-Saffah y al piloto que se hallaban en el castillo de popa. Se evadió hacia la cámara de oficiales, la que también se encontraba extrañamente vacía. Cruzó el espacio deprisa y llamó a la puerta del camarote del capitán con golpes apenas audibles; si Alexander dormía, no la escucharía.

El corazón le dio un salto al oír el chirrido de las patas de una silla. Al abandonar su camarote, había estado decidida; en ese instante, mientras los pasos se aproximaban, inexorables, hacia ella, la resolución se desvanecía. ¿Qué diría Alexander al verla allí? «*Carpe diem*», se recordó. El futuro, más tenebroso que incierto, podía arrebatárselo, y ella no se perdonaría no haberse entregado a él movida por estúpidos pruritos que jamás habían formado parte de su índole ni de su educación.

Alexander abrió la puerta y alzó las cejas en un gesto de asombro, que enseguida se transformó en alegría cuando su rostro se iluminó con una sonrisa amplia, franca y, sobre todo, inusual. «¡Qué perfecto es!», se asombró Manon, sorprendida y un poco enfadada de que su belleza todavía la maravillase, la admirase, la acongojase. Le echó los brazos al cuello y lo besó. Perdida en las sensaciones que se desataban cada vez que sus bocas entraban en contacto, oyó igualmente que la puerta se cerraba, incluso el chasquido de la falleba, y percibió que él la arrastraba al centro de la estancia.

Lo juzgó auspicioso, quizá un poco turbador, que Manon llamase a su puerta justo en el instante en que él había interrumpido los registros en el cuaderno de bitácora, incapaz de concentrarse a causa de ella. ¡Qué feliz lo había hecho al presentarse en su camarote! Se la veía entera y de buen color. Incluso en medio de un tifón, no había sufrido de mal de mar, su valiente Gloriana. La besaba enloquecido de pasión, embriagado por su perfume y por el ardor con que ella se le entregaba. Le deslizó las manos bajo la capa y se percató de que no llevaba corsé. Le estrechó la delicada cintura y la oyó gemir. Manon se apartó momentáneamente para desabrocharse la capa, que cayó a sus pies. Iba vestida tan solo con una camisa blanca de tafetán de lino y un brial negro y simple, prendas cómodas para afrontar la tormenta apenas superada.

Se miraron a los ojos. En la penumbra del camarote, los de Manon se habían vuelto como de obsidiana y vibraban de excitación. Lo sujetó por las sienes y lo atrajo hacia su boca.

—Hazme el amor —le suplicó. Él la contemplaba con una expresión difícil de descifrar, y la determinación de Manon flaqueó—. ¿No lo deseas? —se afligió.

Como respuesta, Alexander le aferró la mano y la guio hasta la portañuela del pantalón de nanquín azul. Manon abrió grandes los ojos y separó los labios al rozarle la dureza que se alzaba entre sus piernas. Alexander la obligó a cerrar el puño en torno a su pene inflamado de lujuria.

—¿Estás segura? —quiso cerciorarse, y le habló con un acento tan grave, tan imperativo, que de nuevo Manon, al igual que le había sucedido en su camarote un rato antes, tembló, y la piel se le erizó.

—Sí, de nada estoy más segura.

Alexander le cerró las manos en torno al rostro y se quedó observándole la mirada anhelante, estudiándola, buscando una brizna de duda, de recelo, y solo descubrió la expresión decidida y leal de su amada Manon. «Mi amada Manon», repitió, dominado por una emoción tan potente que, no tuvo duda, sería parte de ellos la vida entera. Continuó mirándola fijamente mientras sus manos se ocupaban de desnudarla con intencionada lentitud para brindarle la oportunidad de que se echase atrás. Ella no lo hizo. Lo imitó y comenzó a deshacerle el lazo de la camisa y a desabotonársela. Él terminó quitándosela por la cabeza con un movimiento rápido e impaciente.

Alexander sonrió con benevolencia ante la expresión pasmada de Manon, que le observaba el torso desnudo con una fijeza entrañable. Su disposición cambió cuando ella le acarició el pecho con las dos manos y entrelazó los dedos en el vello espeso y negrísimo que allí crecía. A ciegas, tanteando en la base de su espalda, Alexander le desabotonó el brial y se lo quitó. Manon, aferrada a su hombro, levantó un pie, después el otro. Ella misma se deshizo de la enagua. Quedó desnuda frente a él, excepto por los botines y los calcetines de seda sostenidos por unas jarreteras ajustadas a las rodillas.

Alexander dio un paso hacia atrás para admirarla y le resultó de una perfección que no había imaginado ni esperado. Delgada y esbelta, de igual manera poseía un cuerpo voluptuoso, quizá por la actitud segura con que se lo mostraba. Él sabía que ella era virgen y que esa era la primera vez que compartía semejante intimidad con un hombre; y sin embargo, no caía en remilgos pacatos ni en miedos infundados.

Le observó el triángulo de vello entre las piernas de un castaño muy claro. Poseía unos senos pálidos, pequeños, aunque firmes y suculentos. Los pezones, de un rosa encarnado, le causaron un deseo irrefrenable por succionarlos. Se contuvo. Iría despacio; quería que su primera vez fuese memorable, perfecta. Extendió la mano para acunar el seno izquierdo, que le llenó la palma. La observaba, nunca dejaba de observarla para apreciar cualquier cambio, cualquier señal. Le cubrió el otro, y notó que la mirada se le enturbiaba, que separaba los labios, que tragaba con dificultad. El pecho le subía y le bajaba al ritmo de una respiración acelerada y superficial; estaba muy excitada. Le acarició los pezones con los pulgares, y el efecto fue tremendo: Manon lanzó un jadeo y se tambaleó. La sujetó por la cintura y la pegó a su cuerpo; ella se aferró a sus hombros y le depositó lánguidos besos en el pecho.

Alexander perseveró en las caricias procaces en los senos y las alternó con otras entre las piernas. Manon le clavaba los dedos en la nuca, aferrada a él porque de otro modo habría acabado en el suelo. Amortiguaba los gemidos hincándole los dientes en la carne del hombro.

Resultó fácil arrancarle un orgasmo allí, de pie en medio del camarote, con la misma facilidad con que había obtenido el primero compartido meses antes, en el despacho de la barraca, y tan solo por acariciarle los pechos. La sensualidad y la lujuria de su futura esposa lo tenían pasmado, y las juzgaba casi excesivas; ella lo era: excesivamente apetecible, seductora, peculiar. Formidable. Le depositó un beso casto sobre la frente, y allí mantuvo los labios, estableciendo un marcado contraste con la procacidad con que seguía hurgándola entre las piernas y acicateándole el pezón duro y notablemente suave. Manon jadeaba y se contorsionaba entre sus brazos, sometida a ese estallido constante de placer y de energía vital.

La cargó en brazos y la condujo a su litera de poco más de treinta pulgadas de ancho. Habría deseado que su primera vez fuese en la fastuosa cama de Grosvenor Place, pero no se lamentaba; habría sido capaz de amarla en cualquier parte y circunstancia. Se acuclilló para quitarle los botines; decidió dejarle los calcetines.

Manon, tendida en el pequeño lecho, con los brazos en cruz, que caían por los costados, y con los ojos todavía cerrados, percibía los latidos desenfrenados de su corazón y entre sus piernas. El torrente sanguíneo, que le surcaba por las venas a una velocidad descontrolada, la ensordecía. En ese instante comprendió por qué llamaban la *petite mort* a esa especie de explosión de gozo inexplicable: durante un lapso fugaz había coqueteado con otra dimensión, quizá la de los muertos. Jamás había experimentado una extenuación tan enervante al tiempo que esa sensación de estar viva y asistida por un vigor inefable.

Oyó un golpe, que reconoció como el ruido de la bota de Alexander al caer sobre el entablado de madera. Alzó los párpados con cierta pereza y se incorporó apoyándose sobre los codos. El espectáculo que él le ofrecía, mientras se bajaba el pantalón y los calzones, acabó por espabilarla por completo. Se sentó en la cama y, en un acto inconsciente, fijó la vista en su pene erecto y enorme. No tenía con qué compararlo; era la primera vez que veía uno, a menos que contasen los de las estatuas y las pinturas. Se sentó sobre sus calcañares y siguió observándolo. Alzó el rostro al oír la risa de Alexander.

—Nunca había visto uno —se justificó, avergonzada y ruborizada.

Él, completamente desnudo, magnífico en su cuerpo delgado y fibroso, se aproximó a la orilla de la litera y se lo ofreció para que lo estudiase.

—¿Puedo tocarlo?

—Puedes hacer lo que desees: tocarlo, sobarlo, chuparlo, succionarlo.

—Oh —masculló, y bajó deprisa el rostro para que él no advirtiese su turbación.

Después de tantos años de amorío con Alexandrina, entre ellos no debían de haber existido pruritos ni falsos pudores, lo mismo con la viuda de Carrington, una mujer mundana y con varios amantes. No quería parecerle una inexperta. De todos modos, y movida por una curiosidad insoportable, preguntó:

—¿Chuparlo?

Su abuela no le había referido esa práctica; seguramente la desconocía.

—Sí, chuparlo —respondió él con acento bajo y cavernoso, visiblemente excitado—. Si lo deseas —se apresuró a agregar.

—Claro que lo deseo —declaró, y se incorporó, las rodillas clavadas en el colchón; se abrazó a él—. Lo deseo con todas las fuerzas de mi ser. Deseo que seamos uno solo, tú y yo —le susurró al oído.

Alexander apretó los ojos y cerró las manos en torno a la cintura de Manon con una destemplanza inconsciente. Lo conmovían sus palabras, pero al mismo tiempo percibía cómo los muros que durante años había construido para protegerse se erigían para ponerlo a salvo, solo que era una ilusión, no lo ponían a salvo, sino que lo alejaban de la única mujer que había sido capaz de tocarle el corazón helado y devolverle un poco de humanidad.

—Lo deseo yo también —admitió con un esfuerzo que ella jamás adivinaría y que, de haberlo hecho, le habría brindado una dimensión del amor que le tenía, aunque él no se atreviese a profesárselo—. Tanto —remarcó—. Tócame.

—Prométeme que me dirás si estoy haciéndolo mal.

Alexander rio soltando el aire por la nariz y volvió a besarla en la frente.

—Te lo prometo —afirmó, y se retiró un poco para darle espacio, aunque sin quitar las manos de su cintura.

Manon cerró la mano en torno a ese apéndice largo, demasiado grueso y poco atractivo, y se sobresaltó cuando Alexander sufrió un ligero estremecimiento. Se miraron. Él lo hacía con una fijeza sospechosa, sin pestañeos, y con la respiración algo irregular. Lo apretó, siempre mirándolo a los ojos, y se sintió poderosa al comprender cuánto lo afectaba. Él cerró su mano sobre la de ella con un apremio mal disimulado y comenzó a moverla hacia arriba y hacia abajo, cada vez más rápido, el apretón cada vez más exigente. Era incapaz de apartar la mirada de la de él, que se había vuelto negra y extraña, fascinantemente extraña.

Quizá fue la perturbación de él, siempre tan controlado y serio, quizá se trató de que se consideraba menos que él, lo que fuese, existió un instante en el que se desorientó, una experiencia asombrosa que había sufrido al inicio de su relación, y que en esa instancia la llevaba a preguntarse si de veras era ella la que sostenía el pene erecto de Alexander Blackraven, conde de Stoneville, futuro duque de Guermeaux y amor de su vida. Amor *imposible* de su vida.

Alexander cortó el juego, incapaz de controlar por más tiempo la necesidad de hundirse entre sus piernas y de perderse de una vez en el amor que ella le ofrecía a manos llenas.

—Recuéstate —le ordenó, y le colocó las manos sobre los hombros para guiarla.

Era fácil guiarla; Manon se lo permitía, le obedecía, confiada. Él también subió a la litera y, erguido delante de ella, le indicó que flexionase las rodillas. Siempre atento a su expresión, la acarició. Sonrió, satisfecho; estaba húmeda, viscosa, inflamada, preparada para recibirlo. Se colocó sobre ella, cargando el peso del cuerpo en los antebrazos. Manon le devolvía una mirada adorable por lo expectante y aterrada a un tiempo.

—Te dolerá —advirtió—, pero será un instante.

—No creo que puedas imaginar lo feliz que me haces, aun si me causas dolor.

La besó en los labios con reverencia, sobrecogido por sus palabras. Siempre lograba conmoverlo con lo que le decía, quizá por la franqueza que empleaba.

—Dime todo, no calles nada —le pidió, y ella asintió.

—Te amo, eso es lo más importante, lo que más deseo decirte.

Alexander rio, enternecido por su inocente pasión. Le sujetó la pierna izquierda con firmeza, casi a la altura de la cadera, y la obligó a abrirse un poco. Guio su pene hasta ubicarlo entre los pliegues de su vagina tibia y resbaladiza. Comenzó a penetrarla con cuidado.

Manon echó la cabeza atrás y soltó un largo gemido. Se trataba de la experiencia más fascinante, desconcertante y poderosa que había experimentado en sus veintiún años; nada se le comparaba. Se apremió a abrir los ojos, a fijarlos en los de él; no quería perderse ninguno de sus gestos. La contemplaba con actitud reconcentrada. Notó que se detenía y que apretaba el ceño. La besó fugazmente en los labios, tras lo cual no se apartó, allí quedó su boca, pegada a la suya.

—Mi Gloriana —susurró antes de hundirse con un envión potente, que arrasó con la virginidad de Manon y que lo colocó profundo en su interior.

En su boca se perdió el alarido de dolor, lo absorbió, como le habría gustado absorber el padecimiento que, sabía, la mantenía rígida bajo su cuerpo. Le besó la frente de pronto sudada y el entrecejo, para que lo relajase, y también la nariz, y los párpados apretadísimos, y, mientras la colmaba de besos, le susurraba palabras de aliento.

—Mi Formidable Manon —repetía—, mi valiente y formidable señorita Manon.

El dolor era monstruoso. Ella no recordaba haber padecido una sensación física tan perturbadora y lacerante. No se atrevía a respirar por temor a que la puntada que acababa de atravesarla desde la entrepierna y hasta la coronilla se replicase; no lo habría tolerado.

—Respira, Manon —la alentó Alexander—. Si no respiras, si no intentas aflojarte, es peor.

Aunque le daba miedo seguir su consejo, lo hizo, como siempre, para no defraudarlo. Tomó unas cortas inspiraciones primero y comprobó que era cierto, el padecimiento cedía, aunque el latido punzante no menguaba.

—Aflójate —le pidió Alexander—. Poco a poco, ve aflojando las piernas.

Alexander giró la cabeza hacia la derecha y le besó la mano, que se aferraba a su hombro con una fuerza excesiva. Hizo lo mismo con la otra. Manon despegó uno a uno los dedos y descubrió las marcas de sus uñas en la piel de Alexander.

—Perdóname —mascullo.

—¿Tú me pides perdón a mí? —Manon asintió con un gesto compungido, que le inspiró una sonrisa—. Intenta relajarte —volvió a sugerirle.

—¿Crees que mancharé la sábana? —se preocupó al percibir el líquido que le escurría por las piernas—. No quisiera que Ludovic lo viese.

—No lo verá. Guardaré la sábana con tu sangre para siempre.

Manon le dedicó una sonrisa tan magnífica que Alexander se quedó quieto, serio, inexpresivo y, al mismo tiempo, profundamente conmovido, pero sobre todo sumido en una desconcertante incredulidad. ¿Cómo era posible que en aquella adolescente, que había rescatado de un barranco tantos años atrás y a la que no había vuelto a dirigir un pensamiento, hubiese residido el secreto de su felicidad? ¿Bajo qué extraño designio Manon Neville se había convertido en el amor de su vida, en el centro de su existencia?

—Acaba de ocurrir lo que más he deseado desde que me rescataste en el barranco —la oyó decir—: convertirme en tu mujer y tú en mi hombre.

¿Acaso le leía la mente? La besó con el ardor que había mantenido a raya, ya sin la voluntad para seguir fingiendo control y mesura. Manon se abrazó a él y le respondió con una disposición adorable, como si el sufrimiento de minutos atrás no hubiese ocurrido. Lo sorprendió que alzase las piernas y que se las ajustase en torno a la cintura. Retomó el movimiento, lento al principio, cada vez más intenso y veloz a medida que se perdía en el deseo y en la pasión que, desde un principio, había caracterizado su relación, desde aquel primer beso en un antepalco del Covent Garden.

Había un conocimiento innato, una sabiduría primigenia, un instinto que la habitaban y que iban guiándola a través de esa experiencia sublime. La había imaginado tantas veces, pero comprendía que nada la habría preparado para la profundidad a la que se enfrentaba, lo definitivo de la intimidad que estaba compartiendo con el hombre al que amaba, lo sagrado del rito que celebraban. Aferrada a Alexander, ahogada de dicha y de placer, lo recibió dentro de ella, lo acogió en sus entrañas, dominada por una inconcebible mezcla de sentimiento puro y de lujuria desatada, de santidad y de concupiscencia.

El dolor se diluía al calor de los embistes de Alexander, la perplejidad daba paso al gozo físico. Él ya no la besaba; se había incorporado, sostenido por los brazos, para imprimirle más vigor a los embates entre sus piernas, quizá violencia. Apretaba los ojos y profería roncos gemidos, mientras sacudía la pelvis contra la suya. Fue inesperado; había creído que, transida de dolor un momento antes, no habría vuelto a experimentar la *petite mort*. Pero la sintió crecer, y ella también aceleró el vaivén de su cadera en una danza lúbrica. Alexander lo percibió y levantó los párpados. Se contemplaron fijamente, ni un instante sus ojos se separaron durante esos momentos finales antes de que una fuerza sublime la obligase a curvar la espalda y a llevar la cabeza hacia atrás.

Alexander rio al verla transida de placer. Le colocó la boca en el cuello, que ella le exponía mientras el orgasmo la surcaba y la hacía temblar. Percibió en los labios su pulso descontrolado y las vibraciones de su garganta, y en los glúteos, la presión de sus talones, que se le clavaban en un intento adorable y procaz por arrastrarlo aún más dentro de ella. Su propio alivio resultó devastador, insospechado, dadas las circunstancias. Su torso cobró rigidez, los tendones del cuello sobresalieron, los músculos de los brazos se tensaron y el rostro se le contorsionó en una mueca de dolor, mientras se vaciaba dentro de ella y ninguna barrera contenía su semen.

—¡Santo cielo! —exclamó con los dientes apretados, y se desplomó sobre ella.

Se apartó enseguida para no abrumarla con su peso y se colocó de costado en el pequeño espacio de la litera. Los dos respiraban con jadeos irregulares. Manon alzó los párpados lentamente. Se miraron. Alexander le apartó un mechón de la frente. Manon le acunó la mandíbula, le hundió los dedos en la barba. Le sonrió.

—Eres el amor de mi vida —dijo.

Alexander cerró los ojos y tomó una inspiración profunda. Colocó la mano sobre el triángulo de rizos cobrizos de Manon y le deslizó los dedos entre los labios de la vulva. Los retiró, manchados con sangre. Volvieron a mirarse con fijeza y en silencio.

—Quédate aquí —le ordenó antes de abandonar la litera.

Manon se colocó de costado para obtener una buena visión de su cuerpo. Lo observó desplazarse; lo hacía con seguridad, tranquilo en su completa desnudez. Era como lo había imaginado: perfecto, delgado, las piernas largas y muy velludas, la espalda ancha, los hombros muy rectos, los glúteos respingados y firmes.

Alexander vertió agua en la jofaina y extrajo un paño del cajón de la cómoda, la misma donde ella había descubierto la petaca, regalo de Samantha Carrington; ya no estaba allí; Ludovic debía de haberla guardado para evitar que saliese despedida a causa del tifón.

Alexander se echó el paño al hombro y aferró la palangana. Manon le observó el pene saciado y los testículos que colgaban entre una mata de vello negrísimo mientras él avanzaba hacia la litera. Su expresión debió de traicionar su admiración porque Alexander rio por lo bajo antes de depositar el recipiente en el suelo y hundir el paño en el agua.

La trató con delicadeza al separarle las piernas antes de proceder a lavarle la sangre. Manon, sorprendida de su propia comodidad y de su desvergüenza, lo observaba hacer con la cabeza echada hacia el costado, entregada, serena en una confianza absoluta. Estiró la mano y le acarició el rostro; él se la besó. Resultaba extraordinaria la paz que los rodeaba después de la excitación y de la lujuria que habían compartido. Se oían el murmullo del oleaje al golpear el casco del *Leviatán*, el del viento arremolinado en las velas y las ocasionales órdenes vociferadas a los marineros. El aroma ferroso de su sangre se mezclaba con otro, uno desconocido, que, supuso, habían producido sus cuerpos al amarse.

Sí, había paz, se convenció Manon, pero él no se abría por completo; seguía agazapado tras la armadura. Había gozado, sí, pero su mirada había vuelto a cubrirse de sombras melancólicas. ¿Estaría pensando en ella, en Alexandrina? ¿Estaría comparándolas? ¿Estaría evocando sus encuentros furtivos en la caverna?

—¿En qué piensas?

Alexander estrujó el trapo, y el agua rojiza cayó dentro de la jofaina con un sonido agradable.

—Me preguntaba a qué se debió este regalo. —Alzó la vista, le sonrió—. Creí que deseabas esperar hasta después de la boda.

—¿Habrías preferido esperar hasta después de la boda? —se inquietó Manon.

—¡No! —exclamó, sonriente—. Esta ha sido la mejor sorpresa, el mejor regalo. —Volvió a acostarse junto a ella y la besó en los labios—. Solo me preguntaba qué sucedió hoy, por qué hoy. Te vi tan decidida, allí, de pie en la puerta.

—Fue la tormenta —admitió—, y también Quiao, que lloraba temiendo por el destino de Estevanico. Pensé que si moríamos hoy, tú y yo nunca habríamos tenido la oportunidad de hacer el amor. La sola idea me devastó.

Alexander descansó la cabeza en la almohada y se cubrió la frente con la mano.

—Al menos para algo sirvió este inoportuno tifón —dijo, y Manon se echó a reír.

Capítulo XIII

Aunque la primera vez había sido perfecta, Manon se escabulló mortificada del camarote de Alexander, y lo hizo empleando la puerta por la que había visto ingresar a Ludovic en una oportunidad. Comunicaba con una antecámara; esta a su vez conducía a una escalera, que desembocaba en la cubierta inferior, donde se encontraban los camarotes de los pasajeros. Se marchó al anochecer; Alexander dormía profundamente. Lo hacía boca abajo, completamente desnudo; un brazo le colgaba fuera de la litera. Se vistió con actitud sigilosa y, mientras lo hacía, lo observó, y fue en esa instancia en la que, repasando los detalles, comprendió que, si bien le había parecido perfecto, faltaba algo esencial: la entrega absoluta de Alexander.

«Tú sabías que amaba a otra cuando aceptaste comprometerte con él», se recordó sin piedad. Caminó deprisa hacia su camarote, intentando controlar las lágrimas, con la garganta anudada y esperando no cruzarse con nadie.

Encontró a su abuela sentada a la mesa sorbiendo una infusión de jengibre. Aldonza alzó la vista y la detuvo en la turbada de su nieta; le bastaron pocos segundos para comprender lo ocurrido. La mujer se llevó el índice a la boca para pedirle silencio.

—Obby sigue durmiendo —musitó—. Salgamos —le propuso.

Se pasearon del brazo por la cubierta, sorteando algunos charcos, consecuencia de la tormenta, que brillaban a la luz de los faroles. Inspiraron la brisa fresca de la noche, cargada de aroma a sal. Manon se sintió mejor después de confiarle a su abuela la experiencia extraordinaria que acababa de vivir y de confesarle sus inquietudes.

—No hagas de esto una cuestión de orgullo herido —le aconsejó Aldonza—, es de necios. No corresponde que estés ofendida por el hecho de que él no te haya profesado su amor. Hay hombres que no saben hablar de amor.

—Yo lo escuché aquella tarde, en la caverna en Penzance, hablarle de amor a Alexandrina, y con un entusiasmo que, de solo recordarlo, me quita el aliento.

—Si crees que no podrás soportar que Alexandrina se interponga entre ustedes la vida entera, estás a tiempo de romper el compromiso.

—Oh, abuela, estás siendo cruel.

—Estoy siendo realista.

Al otro día, decidió guardar las distancias de Alexander, no a causa del orgullo herido, como decía su abuela, sino porque se creía incapaz de ocultarle la congoja; él la habría adivinado de un vistazo. La sorprendió en el cuarto de derrota a eso de las diez de la mañana, mientras Sven Olsen le mostraba en un mapa dónde se encontraba la isla de Macao, dónde la de Lin Tin y dónde la ciudad de Cantón.

—Está bien, Sven —lo interrumpió Alexander—, yo le explicaré a mi prometida el recorrido. Gracias.

El oficial se cuadró y se retiró. Manon se quedó quieta, junto a la mesa, y lo observó avanzar. Alexander, que llevaba el bicornio bajo el brazo, lo depositó sobre el mapa extendido antes de recogerla por la cintura y besarla, y lo hizo con tal devoción que le aniquiló la tristeza. Le echó los brazos al cuello y le respondió con el amor que ni los recelos ni Alexandrina Trewartha habrían conseguido extinguir.

—Anoche te escapaste —le reclamó, mientras le daba suaves mordiscos al labio inferior y al filo de su mandíbula—. Me desperté y estaba solo.

—Temía que entrasen Obby o Ludovic —se justificó—. Era tarde.

Alexander se apartó para dirigirle una mirada seria.

—¿Cómo te sientes? ¿Estás aún dolorida?

—No, en absoluto.

Su abuela le había preparado un baño de asiento con té de malva, que había obrado maravillas y que le había permitido dormir sin el punzante latido entre las piernas. Alexander le dedicó una sonrisa y ella admitió que, aunque fuese sensato, jamás hallaría la convicción para dejarlo.

Le permitió que le besase el cuello y se lo facilitó apartando el cabello y ofreciéndoselo. Alexander descendió arrastrando los labios hasta la curva que formaba con el hombro. Le tiró la manga hacia abajo. Le desnudó primero el hombro, un seno después, exuberante sobre el borde del corsé. Deslizó la prenda un poco hacia abajo, hasta que emergió el pezón; lo atrapó entre los dientes y lo succionó a través del sutil algodón de la enagua. Manon se aferró a su nuca y apretó los labios para atajar el gemido, el que habría proferido si no hubiese sido consciente de las voces y de los ruidos que los circundaban. Deslizó la mano hasta rozar la erección de Alexander, cuya reacción la puso nerviosa, porque se sacudió y soltó una respiración enronquecida, sin consideración al lugar ni al riesgo que corrían. Y, sin embargo, lo sujetó con firmeza a través del nanquín del pantalón y lo masajeó como él le había enseñado la noche anterior solo para escucharlo gemir, enloquecido de deseo.

—Ven a mi camarote esta noche —le pidió con la voz torturada—. Por favor.

—¿Y Obby?

—Le pediré a Jimmy que lo invite al suyo.

—¿Querrá ir? —dudó Manon.

—Le gusta ir porque Jimmy le enseña a mirar a través del microscopio.

Alexander le sujetó la cara con una mano hasta que los labios le sobresalieron en el acto de lanzar un beso. Se los mordió, se los devoró con un beso procaz, como ella no recordaba que hubiesen compartido. No se trataba tanto del beso en sí, sino del genio que lo dominaba. Lo notaba ansioso, impaciente, preocupado tal vez.

—¿Vendrás? —insistió con timbre suplicante y se retiró apenas para mirarla—. Sé que algo ocurrió ayer. Lo vi en tus ojos. ¿Estabas muy dolorida y no me lo decías? —Manon negó con la cabeza y le dedicó una sonrisa nerviosa—. ¿Qué fue?

—Nada. Estaba feliz —afirmó, sabiendo que no mentía porque en verdad lo había estado la mayor parte del tiempo—. Quizá percibiste mi inseguridad, quizá te diste cuenta de que temía no haberte complacido. Soy muy inexperta.

Alexander sonrió con paciencia y ternura, y ella intuyó que estaba experimentando alivio, como si hubiese temido algo peor.

—Ven esta noche a mi camarote y permíteme demostrarte cuán complacido estoy.

Se apartaron súbitamente al oír, muy cercana, la voz de Dimas Burgos, el velero, atareadísimo esa mañana después de que la tormenta del día anterior ocasionara varios rasgones en las velas. Manon se subió las mangas y se cubrió los senos en el segundo previo a que el hombre entrase en el cuarto de derrota. Burgos se quitó la gorra y se disculpó; necesitaba realizarle unas consultas al capitán. Manon, para ocultar los labios enrojecidos y el arrebato de las mejillas, simuló interesarse en el mapa.

El velero se retiró, y Manon se empecinó en proseguir con el análisis del mapa. Alexander se ubicó detrás de ella, le rodeó la cintura y le colocó las manos sobre el vientre, donde el día anterior le había depositado su semilla, pensó Manon. Donde quizá su hijo o su hija ya se encontrase anidando.

Alexander le besó el costado del cuello y le masajeó los senos. Le apoyó la pelvis sobre el trasero y ejerció presión contra el borde de la mesa. Lo sentía refregar la erección, oía el frufrú de los géneros al rozarse. La halagaba su genio insaciable, inquieto y exigente. Era otro Alexander. Un nudo se había desatado el día anterior, y él parecía haber cobrado un nuevo ímpetu.

—¿Vendrás?

—Sabes que sí —respondió, abatida por la brutal necesidad de sentirlo dentro de ella una vez más, de ser feliz todo lo que el destino le permitiese antes de llegar a Macao.

Como si le hubiese leído el pensamiento, Alexander apoyó el dedo sobre la isla y lo arrastró unas pulgadas hacia arriba, hasta detenerlo en la ciudad de Cantón.

—Todavía no sé cómo haré para dejarte en Macao y proseguir el viaje sin ti.

Manon apretó los ojos y se mordió el labio, dichosa. Esas pocas palabras significaban tanto como una profesión de amor.

—¿Cuánto tiempo te llevará tu viaje hacia el norte?

—Un par de meses, si todo sale bien.

—Estaré esperándote —dijo, a sabiendas de que transgredía la orden de sir Percival.

—Gracias —susurró él.

* * *

Manon empleó la escalera posterior que comunicaba con la antecámara para deslizarse dentro del camarote de Alexander. Debía de estar atento a su llegada, porque abrió sin que ella tuviese oportunidad de llamar. Le pasó una mano por la cintura para atraerla hacia él y con la otra trabó la puerta a sus espaldas. Se besaron, y de nuevo percibió esa procacidad impaciente ajena en los besos compartidos antes de su primera vez. La desembarazó de la capa y, sin que mediasen palabras, comenzó a desvestirla, no con la delicadeza empleada la noche anterior, sino con un apuro y una mirada que manifestaban su determinación. Alentada, le deshizo el lazo de la camisa y le desabrochó los tres botones de la cartera. Alexander alzó los brazos y se la quitó con tirones impacientes. Acabaron desnudos en cuestión de un instante. De pronto también a ella la dominaba la prisa por acogerlo entre sus piernas, por repetir el placer, aunque, sospechaba, habría de nuevo una cuota de dolor.

Alexander se instó a dominarse. Que ella se mostrase tan dispuesta, sin remilgos y sin miedos, no significaba que pudiese tratarla como a una mujer avezada en las artes amatorias. Le pidió que se sentase en el borde de la litera, y ella obedeció sin preguntas, con la confianza que lo enloquecía. Se acuclilló para quitarle las últimas prendas: los botines y los calcetines. Le besó las rodillas y alzó la vista para mirarla a los ojos.

—Eres perfecta.

—Tú también.

La obligó a recostarse y a separar las rodillas. Notó que se las había perfumado, lo mismo el monte de Venus, y juzgó adorable ese detalle, que se hubiese preparado para él. Hundió el rostro entre sus piernas y la oyó gemir y removerse, entre escandalizada y agobiada de excitación. Le cerró las manos en la cabeza mientras él le succionaba el centro del placer hasta arrancarle un orgasmo, y otro, y otro. Quedó debilitada y mojada. La acomodó con cuidado sobre la litera y no perdió tiempo: se deslizó dentro de ella con un embiste rápido y certero. La sintió estremecerse en un sacudón convulso. El jadeo de dolor que profirió se le clavó en pecho. Le cubrió la boca con la de él porque, al igual que la noche anterior, quería absorber su dolor.

Manon le sujetó la cabeza y lo penetró con la lengua, y Alexander sonrió, dichoso de que compartieran esa pasión sin frenos, sin inhibiciones. Sabía que si le hubiese propuesto concretar sus fantasías más oscuras y secretas, ella lo habría acompañado en el juego, gustosa. Conservarían siempre esa libertad en la cama y se complacerían mutuamente; serían felices. «Me haces tan feliz», le habría susurrado, y por alguna arcana razón lo calló. Siguió besándola e impulsándose dentro de ella, incapaz de aminorar la urgencia con que su pelvis le golpeaba la entrepierna. Ella parecía tan compenetrada como él, aferrada a su torso, las piernas ajustadas alrededor de su cintura. Lo volvía loco la manera en que su cadera le salía al encuentro; habían encontrado un ritmo perfectamente concertado.

Presintiendo que pronto la azotaría un nuevo orgasmo, Alexander se incorporó para observarla en la absoluta inconsciencia del acto: la boca entreabierta, la respiración agitada, los párpados apretados, los pómulos ruborizados. Lo tomó por sorpresa cuando Manon le aferró los glúteos con manos desesperadas y le hundió los dedos en la carne para pegarla a ella, al centro del placer, para refregarse contra él. La vio acabar en un alivio ruidoso y escandaloso, que le arrancó una risotada de júbilo. La vagina de Manon se tensó en torno a su miembro, y pocos segundos después él también gozó de un orgasmo tan brutal que parecía no acabar; su pelvis seguía impulsándose en cortos y fieros embates, y su semilla fluyendo dentro de Manon. Lo tenían pasmados dos cuestiones: la potencia de los orgasmos y que no hubiese siquiera pensado en cuidarse empleando un preservativo, pese a que siempre viajaba con ellos; la posibilidad de dejarla encinta no lo fastidiaba; por el contrario, la idea le gustaba.

Se colocó de costado para brindarle más espacio en la litera. Se sostuvo la cabeza con la mano y se dedicó a contemplarla. Seguían los dos muy agitados, ella con los ojos cerrados. Tras unos segundos de silencio, comenzó a impacientarse y terminó por admitir que quería oírla hablar; lo deleitaba cuando le susurraba palabras de amor. ¿Por qué estaba tan callada?

—Mírame —le exigió, y la vio abrir los ojos con lánguida disposición—. Dime algo.

—Algo —se burló ella.

Le mordió el hombro para castigarla y le hizo cosquillas en el vientre. Manon se sacudió, entre carcajadas, e intentó detenerle las manos, sin éxito. Alexander le atrapó el lóbulo de la oreja con los dientes y le susurró:

—Dime esas cosas que me dices que me hacen sentir importante.

—¿Estás buscando que te diga que eres el hombre más apuesto que existe y que tu barba tan tupida solo sirve para acentuar tu belleza?

—No está mal —dijo él con una mueca risueña—. Pero es un comentario demasiado trivial para alguien tan profundo y culto como tú. Me refería a cosas que me hacen sentir importante *para ti*.

Manon se puso de costado, y Alexander se tensó cuando, en un movimiento inofensivo, ella acomodó el trasero contra su miembro, que enseguida respondió al estímulo. Lo sintió crecer entre sus glúteos. Se empecinó en el silencio mientras observaba el camarote, que no había tenido oportunidad de analizar al entrar; Alexander prácticamente le había saltado encima. Notó la tenue iluminación que proyectaban las cuatro lámparas de aceite de la cornucopia, cuyas tulipas de alabastro proyectaban un resplandor cálido, que se propagaba gracias al espejo y que le arrancaba destellos cobrizos al suelo de madera lustrada.

—¿Y? —se impacientó Alexander.

—¿Te acuerdas del día en que me rescataste del barranco en Hartland Park?

—Cómo olvidarlo —mascullé él, y siguió acariciándole el hombro, el trapecio y el cuello con los labios.

—Podríamos decir que, desde ese día, te convertiste en la única persona que, cuando se presenta frente a mí, me deja sin aliento, y no hablo en un sentido figurado.

—Habrán existido otros que te hayan gustado —la sonsacó Alexander, y rio al oír que Manon lanzaba un bufido exasperado—. ¿El bueno de Georgie, tal vez? ¿El gran humanista Des Fitzroy? ¿Qué hay con el hermano del príncipe elector de Hesse-Kassel? Oí decir que se lo consideraba muy apuesto con su uniforme cubierto de condecoraciones.

—Admiro y respeto a Georgie, al señor Fitzroy y al príncipe George Carl. Tú eres otra cosa.

—¿Qué? —la presionó él.

Manon volvió a caer en el mutismo, reacia a seguir exponiéndose sin obtener nada a cambio. Prosiguió con el escrutinio del camarote. En la mesa se había dispuesto una botella de cristal tallado muy bonita; contenía oporto, o quizá madeira, o algún otro vino generoso; ella no sabía distinguirlos. Además de dos copas, había un plato con un trozo de *plum pudding*, que, él sabía, era su debilidad. Se aferraría a esos detalles, se instó, los detalles con los que él le expresaba su preocupación, su interés, su dedicación.

—¿Aquel tapiz representa una escena de la batalla de Gaugamela? —preguntó, apenas sus ojos cayeron en la magnífica pieza que no había apreciado en las ocasiones anteriores.

—Sí —respondió él, asombrado—. ¿Cómo lo sabes?

—He visto muchas, y esa es típica. Alejandro Magno es uno de mis héroes favoritos. Con Masino, hemos estudiado su vida en profundidad, todo lo profundo que se puede estudiar a alguien que vivió en el siglo IV antes de Cristo —aclaró—. Lo admiro. Junto con Aníbal Barca, fueron los estrategas más brillantes de la historia. Thibaudot se enojaría si escuchase que no sumo a Napoleón Bonaparte, que también lo era.

—Ese tapiz perteneció a mi abuelo —dijo Alexander, y enseguida Manon se percató del cambio en su voz—. Es un tapiz muy costoso, muy antiguo, de Flandes. Era especial para él, no tanto por su valor monetario, sino porque, al igual que tú, admiraba al macedonio, como lo llamaba. —Rio por lo bajo, pero se trató de una risa cargada de nostalgia—. Afirmaba que los Guermeaux descendíamos de él. De allí nuestro nombre, Alexander.

—¿Es cierto?

—No —se apresuró a asegurar—. O tal vez sí. ¿Quién puede decirlo? Además, ¿qué importancia tiene? Lo colgué en mi camarote después de su muerte. Es como si él estuviese conmigo, como si me acompañase en mis travesías. Un pensamiento ridículo, lo sé.

—No, no —susurró Manon.

Aferró la mano de Alexander que descansaba sobre su vientre y se la besó. La pegó a su mejilla y cerró los ojos, de pronto entristecida al imaginar su angustia cuando, al regresar del continente, se enteró de que su abuelo había fallecido pidiendo por él.

—Lo amabas, ¿verdad?

—Sí, tanto.

—Entonces, él está siempre contigo —afirmó Manon—, como lo está mi madre, siempre junto a mí.

Alexander le pegó los labios al hombro, incapaz de besarlo pues tenía la boca tensa a causa de la emoción que lo dominaba. Y guardó silencio por la misma razón, porque se sabía incapaz de articular un sonido sin delatar el quebranto en la voz.

—Hablando de mi madre —dijo Manon, e intentó sonar alegre—, traje las castañuelas para tocarlas y bailar desnuda para ti. ¿Crees que las escuchará la guardia en el castillo de popa?

Como le sucedía cuando las emociones eran demasiado intensas y lo alcanzaban en zonas prohibidas del corazón, se quedó tenso y callado. Habría debido confesarle que lo asustaba amarla tanto porque conocía la herida que un sentimiento de tal magnitud podía infligir. Habría debido agradecerle porque, como nadie, lo rescataba de los oscuros pensamientos en los que solía caer, sobre todo los vinculados a la muerte de su abuelo. Habría debido ser otro, uno sin tantas heridas, rencores ni recelos.

—No —contestó por fin—, no las escuchará.

Pero cuando Manon hizo el intento de abandonar la litera, él se lo impidió. Deslizó la mano hasta acunarle un seno y le arrancó gemidos al masajearle el pezón, que se volvió duro entre sus dedos. Ella hizo lo mismo, llevó la mano hacia atrás, la introdujo entre sus cuerpos y le aferró el pene erecto. Alexander, excitado e impaciente, le sujetó la pierna y la colocó sobre su cadera para obligarla a abrirse a él.

—Oh —se sorprendió Manon al comprender su intención—. ¿Es posible en esta posición?

—En esta y en tantas otras que planeo enseñarte —aseguró él con voz afanosa, mientras se acomodaba para penetrarla.

Alexander se deslizó dentro de Manon lentamente, pese al apremio que lo dominaba, pero sabía que se trataba de una posición en la que la sensibilidad de la mujer se exacerbaba, en especial de una desvirgada el día anterior. En efecto, Manon soltó un grito en el que se mezclaron el último vestigio de padecimiento y un placer inefable. Siguió gimiendo y jadeando mientras, en una respuesta instintiva, le refregaba el trasero contra la pelvis; buscaba ese punto que la haría gozar otra vez.

Él, un poco incorporado, observaba los perfiles de sus cuerpos perfectamente calzados, el pequeño trasero de ella metido en la curva que formaban sus caderas. Lo tenía fascinado su piel delicada, untuosa, sin vello, blanquísima, y el tremendo contraste con la suya, velluda y fibrosa. Manon, que se movía con vaivenes cada vez más crecientes, había echado el brazo hacia atrás y, sin darse cuenta, se aferraba a su cabello en la necesidad de contar con un punto de apoyo donde aplicar una fuerza cada vez mayor al coito. No tardó en aliviarse, y le bastó verla y sentirla gozar con abandono para explotar dentro de ella.

Fueron recuperándose poco a poco. Ella abrió el puño y le soltó el cabello; él despegó la mano de su seno, donde le había impreso marcas rojizas, que se convertirían en cardenales, no tenía duda.

—Dios bendito —la oyó musitar, todavía agitada—. Esta posición es especial —afirmó, y Alexander rio—. Quiero que me las enseñes a todas.

—Lo haré —dijo él, risueño, y le besó el hombro.

—¿Dónde las has aprendido?

—Muchas son el fruto de mi imaginación —dijo, sin vanidad, y causó la risa de Manon.

Unos minutos más tarde, ya recuperados, tuvieron hambre y sed. Comieron la torta de ciruelas y bebieron el madeira sentados a la mesa, él completamente desnudo debido al calor de la noche; ella cubierta solo por la camisola de delgado liencillo.

Sintiéndose pletórica de energía después del festín, Manon volvió a desnudarse y bailó el flamenco para él. Con cada giro y golpeteo de las castañuelas, veía el pene de Alexander alzarse ante sus ojos. Reía, divertida, feliz, y lo provocaba acercándose y retrayéndose, poniéndose fuera de su alcance cuando él intentaba aferrarla. Hasta que acabó con su paciencia: Alexander saltó sobre ella, le ciñó la cintura y la arrastró a la silla, donde la obligó a sentarse a horcajadas sobre sus piernas. Se miraron fijamente mientras él se sujetaba el pene y la guiaba para que se deslizase sobre él. Manon resbaló hasta devorarlo por completo. Ahogada de placer, dolorida y sensible, echó la cabeza hacia atrás y un gemido se le atascó en la garganta. Alexander le succionó un pezón, luego el otro, y así, una y otra vez, hasta volverla loca de deseo y de excitación. Se mostró implacable al sujetarla por las piernas y obligarla a moverse para satisfacer la lujuria que ella misma había desatado al bailar desnuda para él.

—Esta es otra posición que quería enseñarte —dijo antes de besarle el cuello, donde percibió el tamborileo de su pulso desmadrado y unos segundos más tarde, las vibraciones causadas por los gemidos que Manon profirió, transida de placer.

—Tú lo eres todo para mí. —Por fin la oyó decir con un encantador acento entrecortado y al borde de otro orgasmo.

La amaba, visceralmente la amaba, y que Dios se apiadase de él.

* * *

Se amaban por la noche. Manon se sentía cómoda en la actuación pasiva que había adoptado. Si no hubiese sido por él, que conspiraba para tenerla en su cama, ella no habría movido un dedo para propiciar el encuentro. Alexander envió tres noches consecutivas a Obadiah a dormir al compartimiento de James Walsh, al de su valet Ludovic y al de Thibault Belloc. Cuando la cuestión empezó a levantar sospechas, le indicó a Manon que se encontrasen en el cuadro de derrota, que rara vez se empleaba durante las guardias nocturnas. De ese modo, Alexander le enseñó que la cama —la litera en esas circunstancias— era solo uno de los tantos sitios donde un hombre y una mujer podían copular. Lo hicieron sobre la mesa, donde ella se desplegaba y se abría como los mapas durante el día; lo hicieron en la silla; y tantas veces de pie, desde atrás, por delante, apoyada ella en la mesa, a veces en el respaldo de la silla, o simplemente contra la pared. Alexander le enseñó a que lo recibiera en su boca, y, aunque no le resultaba cómodo siendo su miembro demasiado grande, repetía la experiencia solo para verlo entregarse, tan confiado, y alcanzar niveles de gozo remarcables. Tal vez lo que la maravillaba de la felación —así llamaba Alexander a esa práctica— era que, mostrándose él tan lejano y perdido en su propio placer, se mantenía atento a ella, a no dejarse llevar, por temor a lastimarla.

El ánimo insaciable de Alexander compensaba la falta de una profesión de amor. La fascinaba verlo ocuparse de los arreglos para que nada pusiera en riesgo el encuentro nocturno. La halagaba su impaciencia mientras la desvestía en silencio, con manos hábiles y veloces. Se deleitaba después del acto, cuando, saciados el uno del otro, conversaban en voz baja de cualquier tema, siempre surgía algo interesante para contar, hasta que cualquier insignificancia —una palabra, un comentario, un movimiento, un roce— encendía el fuego entre ellos, y todo volvía a comenzar.

Durante el día se lanzaban vistazos elocuentes, conscientes de que estaban pensando lo mismo, recordando las delicias compartidas la noche anterior. Sí, poco a poco la herida sanaba, aunque Alexander siguiese callando y ocultándose. Callaba las emociones y los pensamientos más arcanos, aun en esos momentos de intimidad en los que ella se ofrecía desnuda en cuerpo y alma. Su alma, él seguía custodiándola.

* * *

La tarde del jueves 27 de marzo, Alexander salió de la cámara de oficiales, cruzó el castillo de popa y caminó hacia la proa. Buscaba a Thibault Belloc; lo encontró conversando con Augustus Campbell y con Al-Saffah, que se cuadraron y se alejaron cuando el capitán se detuvo y expresó su deseo de cruzar unas palabras con el gascón.

—Si todo marcha bien, querido Thibault, en dos días tomaremos puerto en Macao —informó, y el hombre alzó las cejas, sorprendido.

—Si mis cálculos no fallan, milord, habrán sido noventa y siete días de travesía; tres menos de lo esperado.

—Hemos sido afortunados.

—Eso me decían Campbell y Al-Saffah. Después de haber superado sin pérdidas el tifón, aseguran que hemos sido muy afortunados. Campbell sostiene que la suerte la trajo Manon.

Alexander asintió con una sonrisa condescendiente, pero no intentó ocultar el orgullo que le producía que su tripulación tuviese en tan alta estima a la que sería su esposa.

—Caminemos, Thibault, ¿quieres? —propuso para alejarse del grupo de marineros que se aproximaban para alimentar a los animales enjaulados cerca del combés.

Corría una brisa cálida y húmeda, aunque no bochornosa. Se detuvieron a unos pasos del castillo de popa y se apoyaron sobre la regala a babor. A cierta distancia se avistaban el *Constellation*, el *Lucky Wind* y el *Stella Maris*.

—Y también hemos sido afortunados de que ningún barco del convoy se perdiera durante el tifón —comentó Belloc.

—Los tres están capitaneados por los mejores hombres de mar que conozco después de mi padre —comentó Alexander con la vista perdida en el horizonte.

—Milord, Al-Saffah me confesó que su señoría se mostró muy cauto durante la tormenta, y que se trató de un comportamiento inusual. Dice que lo hizo por mi niña, para evitar ponerla en peligro. Gracias, milord —masculló, medio avergonzado; temía ofenderlo.

—Lo hice también por mí, querido Thibault —admitió Alexander, y se volvió para mirarlo—. Perderla es una idea que me resulta intolerable.

—Lo comprendo, milord —dijo Belloc—. No sabe cuánto lo comprendo.

—Quería hablar contigo justamente de ella. Será muy duro dejarla en Macao y seguir mi viaje, pero no tengo alternativa.

—Lo sé, milord.

—No quiero que bajes la guardia ni por un instante creyendo que, por estar a miles de millas de casa, Manon está fuera de peligro.

—No lo haré, milord.

—He decidido desembarcar al grumete Jack Sweeney en Macao y ponerlo bajo tus órdenes.

—Oh —se asombró Belloc; enseguida agregó—: Jackie es un buen muchacho.

—Es un buen muchacho y un mal marinero —afirmó Alexander con una expresión benévola—. Me he enterado de que admira a Manon desde que asistió a Jimmy durante la sutura de su pierna.

—Oh, sí —confirmó el gascón—. La admira muchísimo.

—Su padre era uno de nuestros arrendatarios en Cornualles. Murió el año pasado. Un eximio granjero. Su viuda, sola y con cinco hijos, quedó bajo el ala de mi madre. Creímos que lo mejor sería convertir a Jackie, el segundo de sus hijos, en un marinero; la paga es muy buena. Pero está claro que no está cortado para esta vida. En cambio, sé que es muy bueno con los animales, algo lógico habiéndose criado en una granja. Una vez recuperado de su herida, le ordené que se encargase del cuidado de las vacas y de los caballos, y está haciendo un buen trabajo. Se lo ve contento. Hoy le comunicaré que se quedará en Macao a tus órdenes. Podría conducir el carruaje de Manon mientras tú vas atento en el pescante —sugirió.

—Excelente idea, milord.

—Dejaré a Sweeney armado. Es un hábil cazador, como lo son la mayoría de los granjeros, y maneja muy bien las armas de fuego, sobre todo la escopeta. —Alexander fijó la vista en la del gascón antes de expresar—: Thibaut, querido amigo, sé que eres más que suficiente para cuidar a Manon, pero solo sabiendo que cuentas con alguien de confianza que te asista podré irme tranquilo.

—Lo entiendo perfectamente, milord.

* * *

Manon sentía cada basta del colchón y no hallaba posición en el pequeño espacio de la litera de Alexander. Tenía la piel sudada y pegajosa. Se incorporó sobre el codo y se sostuvo la cabeza con la mano. Lo observó dormir junto a ella, confiado y sereno, y se preguntó qué pensamientos custodiaba y que jamás le revelaría. No se atrevía a tocarlo por temor a despertarlo. Necesitaba descansar; se exigía demasiado, no solo en el trabajo, sino en las noches de amor desenfrenado que compartían desde la del tifón. En cada encuentro lo poseía el espíritu de un amante voraz, implacable, desvergonzado, tan distinto de la disposición que desplegaba en sociedad; le revelaba un Alexander creativo, divertido, a veces reconcentrado, con la mirada seria fija en la suya mientras se impulsaba entre sus piernas hasta tocarle las entrañas. Cuando parecía que el fuego que lo consumía se había extinguido, se reavivaba súbitamente, y bastaba muy poco para que la llama que le ardía en los ojos y que ella había aprendido a reconocer cobrase vivacidad de nuevo.

Se movió con cuidado para salir de la litera. Se recogió el cabello y lo ajustó con la presilla que había quedado abandonada en el suelo en el apuro por desvestirse. Se cubrió con una delgada mantilla de lino y se dirigió a la ventana del lado de babor. La abrió. Inspiró el aroma del mar y cerró los ojos, mientras la brisa le secaba el sudor del cuello y pequeñas gotas del oleaje le refrescaban la piel. Levantó lentamente los párpados. En la noche con luna llena se avistaban los contornos de una de las naves del convoy, probablemente el *Lucky Wind*. Faltaban horas para llegar, poco más de veinticuatro. Alexander le había explicado que atracarían en Macao al día siguiente, sábado 29 de marzo, alrededor del mediodía. El convoy permanecería allí poco tiempo, el necesario para desembarcar los pasajeros y algunas pocas mercancías, pues la mayor parte del cargamento —hilados, tinturas, maderas nobles, cueros, carbonato de sodio, sales de Seidlitz, látex y otros tantos productos de las haciendas de los Blackraven— estaba destinada a Cantón, centro del comercio chino con Occidente. En cuanto a los lingotes de plata, Manon sabía que los transportarían al norte, a la zona prohibida, escoltados por la flota de los padres de los hermanos Walsh.

Manon oyó ruido a sus espaldas y sonrió con la vista perdida en la noche. Se quedó quieta, acodada en la ventana. Alexander actuó con sigilo y se aproximó a ella sin arrancarle un chirrido al entablado del suelo. Manon se volvió apenas sobre su hombro. Alto y atlético, imponente aun con el pelo ensortijado, fascinante con el mechón que le caía sobre los ojos pesados de sueño y seguro en su arrogante comodidad al caminar, Alexander le destinó una sonrisa mientras se aproximaba con el miembro erecto, que clamaba por aliviar su necesidad en ella.

Se volvió rápidamente para ocultarle la turbación que le había provocado sin intención, sin percatarse de que blandía su belleza con una inocencia peligrosa. Estaba convencida de que el efecto que ella ejercía sobre él no podía compararse con el que él le inspiraba a ella, y sabía que se trataba de un pensamiento vano y superficial desear que él la considerase tan hermosa como a Alexandrina, y, sin embargo, habría sido de necios negar que añoraba que le susurrase cuánto lo afectaba verla allí, semidesnuda. ¿No le bastaba con lo que compartían cada noche, con la destemplanza con que la esperaba, la desvestía y la penetraba? Y no debía olvidar que él le había dicho: «Eres perfecta». ¿Se lo había dicho para compensarla por las tantas ocasiones en que ella le había expresado cuánto la atraía o porque realmente la consideraba perfecta a sus ojos?

Dejó caer los párpados cuando Alexander la despojó de la mantilla, que quedó a sus pies, allí, entre los dos, y la cubrió con su cuerpo tibio. Le rodeó el vientre con las manos y le besó el costado del cuello.

—¿No podías dormir?

—Me lleno de vitalidad cada vez que hacemos el amor, como si, al vaciarte dentro de mí, me entregases también tu vigor —respondió Manon.

Alexander detuvo las caricias y se quedó quieto, afectado por sus palabras, las más eróticas que recordaba, se convenció. Desde que habían iniciado su relación, lo asombraba con sus declaraciones y, desde que habían comenzado a amarse, lo provocaba con sus comentarios acerca del sexo; lo hacía con una libertad y una sinceridad que él no había compartido con ninguna mujer, ni siquiera con Alexandrina.

Le acarició el triángulo de suave vello y descendió hasta hallar el clítoris de Manon, todavía inflamado y caliente después de la cópula disoluta que habían compartido apenas la vio entrar en su camarote. Se lo tocó, y Manon echó la cabeza hacia atrás y gimió a la noche. Nadie la oiría; sus jadeos se disolverían en el canto eterno de las olas y del viento. No habría soportado compartirlos con otros oídos. Era tan fácil hacerla gritar de placer.

Sus gemidos no cesaban, se multiplicaban, mientras él seguía frotándola entre las piernas y haciéndole rodar un pezón con los dedos. La obligó a colocarse en puntas de pie y a elevar el trasero. Se apartó un instante para apreciarlo. Los glúteos pequeños, de una blancura notable, resplandecían en la penumbra del camarote. Se los imaginó enrojecidos a causa de sus mordiscos y de sus cachetes. Los acarició con pasadas lentas y deliberadas; su mano subía y bajaba dibujando el contorno respingón y mullido, y al mismo tiempo no cesaba de torturarle los pezones con maestría. Concentró su atención en Manon; lo fascinaba verla tan entregada a sus juegos y tan perdida en el mundo de placer y de lujuria que él le proporcionaba. En realidad, lo hacía sentir poderoso, cuando más suya la sentía; el resto del tiempo, la compartía con demasiadas personas.

Se chupó varias veces el dedo mayor antes de insertárselo en el ano lentamente; al mismo tiempo la penetró en la vagina con el mayor de la otra mano. Manon se sacudió contra su cuerpo y se elevó aún más en las puntas de los pies. Se sujetó al marco de la ventana y pareció cobrar una sobriedad instantánea.

—¡No! Por favor, no —se opuso.

Alexander detuvo el movimiento de sus dedos y le habló al oído:

—¿Confías en mí? —Manon asintió con un movimiento austero de la cabeza—. Entonces, relájate y déjame hacer. —Le besó el filo de la mandíbula—. Quiero darte placer, *todo* el placer, en esta última noche juntos, para que no me olvides. Relájate —insistió.

Manon volvió a asentir con un gesto tenso; temía moverse y percibir con escandalosa precisión el dedo que Alexander le había insertado en ese sitio tan humillante y vergonzante. Su abuela tampoco le había referido esa práctica. De todas a las que Alexander la había sometido, esa era, por lejos, la más escandalosa, la más antinatural, y estaba segura de que debía de considerarse pecaminosa, incluso ilegal. Y, sin embargo, era Alexander el que estaba poseyéndola de esa manera, su adorado Alexander Blackraven, y ella habría hecho cualquier cosa que él le ordenase.

—Así es, muy bien —la alentó al notar que se aflojaba—. Confía en mí.

Poco a poco, Alexander retomó el movimiento de los dedos. Cuando logró deshacerse de los prejuicios, del miedo y de la vergüenza, y se permitió gozar, Manon comprendió la habilidad con que lo hacía, la deliberada cadencia con que entraba y salía, la armonía entre las velocidades, la coordinación con la que se hundía cada vez un poco más en su ano y en su vagina.

En un acto reflejo, Manon comenzó a rotar la cadera buscando un placer que se insinuaba y que se le escabullía. Él la alentaba, que siguiera meneándose, le decía, que siguiera refregándose contra su erección, que estaba volviéndolo loco. Hasta que perdió contacto con su voz cuando los dos puntos que él, tan experto, había inflamado en su interior se unieron dentro de ella y explotaron, y la descarga de placer le aflojó las piernas y le hizo perder el contacto con la realidad, un segundo, a lo sumo dos, y, cuando volvió en sí, creyó oírle decir que ella lo hacía feliz, pero quizá se había tratado de su imaginación.

—¿Crees que cualquiera conoce el secreto para proporcionarte este placer tan intenso?

—No lo sé. Solo sé que a ningún otro se lo consentiría —musitó, débil, caída sobre la ventana, y emitió un jadeo desfallecido cuando él se introdujo dentro de ella.

Alexander se detuvo, cerró los ojos con fervorosa actitud, contuvo la respiración, apretó las mandíbulas; intentaba reprimir el deseo de eyacular; se encontraba demasiado excitado, y la vagina de Manon, tibia, resbaladiza y ajustada, le dificultaba el control. Lo intentó un momento más tarde y, como deseaba que acabasen juntos, volvió a sobarle el clítoris, que aún latía y se inflamaba con los rastros del último alivio.

Manon profirió un gemido que más tenía de queja, de lamento y de descontento que de placer, pero él, implacable, continuó. Poco después, volvió a sacudirse y a vibrar en un orgasmo descomunal. Alexander no tardó en seguirla y, tal como ella había dicho, se vació en sus entrañas con el exceso que lo tenía desconcertado desde la primera vez. «Me lleno de vitalidad cada vez que hacemos el amor, como si, al vaciarte dentro de mí, me entregases tu vigor», evocó, todavía conmovido, y siguió impulsándose dentro de ella con embestidas cortas, intermitentes y violentas.

Todavía agitado, casi sin aliento, le ordenó:

—Dime que me amas.

—¿Es importante para ti saberlo?

—Sí —respondió exasperado, quizá ofendido—. Lo es todo para mí. *Todo*. Dímelo.

—Te amo, Alexander.

—¿Por qué? —quiso saber, y resultó contrastante la voz que empleó, apaciguada, casi humilde y suplicante.

—Desde que te conocí aquel día en el barranco, tu recuerdo nunca ha abandonado mi corazón. Pero no sé por qué. No conozco la razón por la cual eres tan especial para mí.

—Mi recuerdo nunca abandonará tu corazón.

—No, no lo hará, amor mío, no mientras viva.

Alexander cerró los ojos, de pronto atemorizado. Habría preferido que Manon no pronunciara esas palabras en la víspera de la llegada a Macao, faltando tan poco para la separación. «Estoy volviéndome supersticioso como mi tripulación», se lamentó.

* * *

Echaría de menos su camarote, pensó Manon, mientras observaba los baúles abiertos donde Catrin y su abuela iban acomodando la ropa y los efectos personales. En pocas horas atracarían en el puerto de Macao y debían tener listo el equipaje. La irritaban el despliegue de ropa y el caos; no quería llegar a destino. Una imagen la aterraba: el instante en que Alexander y Alexandrina volviesen a encontrarse frente a frente y a cruzar una mirada.

—Faltan dos enaguas y una camisola de Manon, Catrin —reclamó Aldonza—. Las tengo contadas —subrayó—. Tienen que aparecer —declaró con timbre amenazante.

Debido al racionamiento de agua, era sabido que se presentarían pocas oportunidades para lavar la ropa, por lo que se empacaba una cantidad importante de prendas íntimas de recambio. Aldonza había destinado una libreta en la que anotaba diariamente el uso, cuántas seguían sucias y cuántas se habían lavado gracias a una oportuna lluvia. Catrin abandonó del camarote para buscarlas; quizá las había olvidado en su compartimiento. Aldonza lanzó un vistazo a su nieta.

—Es probable que se encuentren en el camarote de Alexander —sugirió, y Manon, que no soportaba el confinamiento, aprovechó para salir con la excusa de buscar las prendas.

Había un intenso movimiento en el barco dada la inminencia de la llegada y tanto la tripulación como los pasajeros experimentaban una alegría y un bullicio que la crispaban. La acompañaban un peso en el corazón y un cosquilleo desagradable en el estómago mientras se escabullía por la escalera que guiaba a la antecámara del camarote de Alexander. Apenas cruzó el umbral y entró, se quedó quieta; solo movía los ojos. Reinaba el orden y no quedaban rastros de la noche de sexo que allí había tenido lugar. Paseó la mirada en cada sitio donde se habían amado, hasta que la detuvo en la ventana, escenario del más procaz de sus encuentros, fuente del más grande placer, el más significativo también; había presentido un desasosiego en Alexander ausente en las ocasiones anteriores. Al caminar, todavía percibía los rastros de sus dedos dentro de ella, de su carne enterrada en la suya, de su semilla alojada en su interior.

Voces en la cámara de oficiales la impulsaron a ponerse en movimiento. Se encaminó hacia la cómoda y abrió el primer cajón. Aunque la tentaba detenerse a estudiar y oler cada una de las prendas de Alexander, se impuso concentrarse en la búsqueda. Si allí encontraba la camisola y las enaguas, ¿qué habría deducido Ludovic? Lo lógico, concluyó con ánimo práctico, y se encogió de hombros.

Introdujo la mano en el fondo del segundo cajón y tanteó algo duro. La curiosidad pudo con la sensatez y lo extrajo. Se trataba de una miniatura y habría bastado un vistazo para saber a quién representaba: Alexandrina Trewartha. Le sobrevino un ligero mareo; se sujetó al mueble y cerró los ojos. Percibió el vaivén del barco, que, por primera vez en casi cien días, le provocó una náusea. «Sé valiente y abre los ojos». Lo hizo. La pequeña pintura le arrancó un sollozo. Así de hermosa y de perfecta era su cuñada. Apreció el marco de pan de oro en forma de hojas de laurel. Atada al retrato con un cordel, había una carta. Le tembló la mano cuando tiró de la cinta y deshizo el nudo. «No la leas», se ordenó. «Te destruirá», profetizó.

Desplegó las hojas y reconoció la caligrafía de Alexandrina, que había visto en las cartas dirigidas a su tía Anne-Sofie. No conseguía leerla; el temblor de las manos le impedía enfocar las palabras. Cerró los ojos y tomó una profunda inspiración. Se le habían disparado las pulsaciones; tenía la boca seca. Aspiró con impaciencia, casi con violencia, y alzó los párpados. Apretó los dedos en el papel y se obligó a controlarse.

La carta estaba fechada en Macao, el 20 de abril de 1833, casi un año atrás. ¿Cuándo la habría recibido Alexander? ¿Antes o después de pedirle que se casara con él? Al leer el encabezado, «Mi adorado Alex», supo que los siguientes párrafos la destrozarían, tal como le había advertido el instinto. Estaba a tiempo de plegarla y de dejarla donde la había encontrado. No lo hizo. La leyó.

Mi adorado Alex, no me detendré en fórmulas de cortesía; no son necesarias entre tú y yo. Te escribo con un solo fin: decirte que te amo como el primer día y que me arrepiento de no haber huido contigo cuando me lo propusiste. ¡Cómo desearía volver el tiempo atrás y hacer las cosas de otro modo! Ojalá la vida me diese la oportunidad de ser valiente y de atreverme a contradecir la orden de mi padre, que me obligaba a desposar a Archibald por ser un Neville.

«¡Oh, Archie!», exclamó Manon para sus adentros.

Las penas que estoy sufriendo jamás bastarán para expiar la culpa que siento por no haber seguido los dictados de mi corazón, que solo me hablaba de ti. Si me lo pidieses ahora, lo dejaría todo y me marcharía contigo, sin mirar atrás, sin considerar el escándalo ni la furia de mi padre, confiada en lo que tú siempre me prometías: que me protegerías de todo mal.

—¡Santo cielo! —farfulló con voz temblorosa, y la náusea se volvió casi insoportable.

De todos modos, siguió leyendo.

Me avergüenza decirte que estoy encinta. El hijo de Archie nacerá hacia finales de noviembre. Sé que no podré apartarlo de su padre, que querrá tenerlo junto a él para prepararlo como el próximo vizconde de Falmouth; es lo justo. No dudo de que su tía Manon, tan aficionada a Archie, y dispuesta a permanecer soltera, se ocupará, gustosa, de su educación, lo que me complacería pues es una joven responsable, cultísima y de un gran corazón.

Manon profirió una carcajada pesada de llanto. Era peor de lo que había imaginado.

Oyó la voz de Alexander; hablaba con Ludovic en la cámara de oficiales. Se apresuró a plegar la carta y a atar el cordel en torno a la miniatura. Una tarea tan simple estaba resultándole casi imposible con los dedos fríos y torpes como los tenía. El temblor en las manos no cesaba. Lo consiguió, aunque no se detuvo a observar si lo había hecho correctamente; quizá el ojo atento de Alexander detectaría que había sido manipulada. «¡Qué me importa!», se dijo, rabiosa de celos, de odio, de tristeza. «¡Ojalá descubra que la he leído!».

Se escabulló sin mirar atrás, deseosa de abandonar el barco y la vida de Alexander para siempre. ¡Que se quedase con su querida Alexandrina! Corrió a los tumbos hasta su camarote e irrumpió dentro. Su abuela y Catrin se sobresaltaron.

—Aparecieron las prendas —dijo Catrin con actitud prudente al notarla tan descompuesta—. Estaban… ¿Se siente bien, señorita Manon?

—¿Qué ocurre, Manon? —se inquietó su abuela—. Catrin, ve a pedirle a Godfrey que nos traiga un poco de té.

La muchacha cerró tras de sí. Manon se echó boca abajo en la litera de su abuela y se puso a llorar, aunque más que llorar profería alaridos que la almohada no conseguía absorber por completo. Aldonza se sentó en el borde y la recogió entre sus brazos. Manon se aferró a ella con desesperación y siguió llorando en su pecho. Entre espasmos, sollozos y agitaciones, explicó a su abuela el motivo del quebranto. No sabía si su relato era coherente; solo sabía que, como siempre, su abuela la comprendería.

Llegó Godfrey con el té. Manon se puso de pie y se alejó hacia la claraboya para darle la espalda. Aldonza los despidió a los dos, al grumete y a Catrin.

—Después terminaremos de empacar —le indicó, y la muchacha, lanzando vistazos suspicaces hacia su joven patrona, se retiró.

La sedaba el tintineo de la loza mientras su abuela servía el té. Se volvió para verla verter la humeante infusión en la taza de porcelana china. Se aproximó a la mesa con pies pesados y se dejó caer en la silla. Miró en torno a ella y recordó la ilusión y la alegría que había experimentado el día en que se había embarcado. Cada detalle del camarote la complacía y le despertaba la admiración. Ahora solo ansiaba abandonarlo y huir.

Sorbió el té dulce y con un chorrito de leche. Alzó la mirada por encima de la taza y se encontró con los ojos atentos de su abuela.

—Ha venido a buscarla —susurró.

—No digas tonterías —rebatió Aldonza—. Si razonases lo que acabas de decir, te darías cuenta de que no tiene sentido. Pero la emoción violenta que te domina te impide razonar.

«*Maintenir le sang froid*», evocó, y se propuso recuperar la calma.

—¿Por qué conserva la carta y la miniatura? Viajan con él como una especie de amuleto —añadió con desprecio.

—Tal vez planea devolverle ambas cosas, la carta y el retrato —infirió la anciana.

—Lo cual implica propiciar un encuentro —alegó.

—¿Tan vil lo crees para engañarte como supones que lo ha hecho? —La pregunta turbó a Manon; se quedó callada, la vista clavada en el té—. Alexander ha sido contigo un modelo de caballerosidad. A nadie ha pasado inadvertido que solo tiene ojos para ti, que todas sus atenciones se dirigen a ti, que le importas más que nadie. ¿Sabes lo que me contó hoy Thibault? Que la tripulación está muy sorprendida por el modo en que manejó el barco durante la última tormenta, esa que casi nos condujo a mejor vida a todos.

—¿A qué te refieres?

—Según Thibault, la tripulación del *Leviatán* asegura que, en otras circunstancias, Alexander se habría mostrado mucho más temerario e imprudente y que habría aprovechado los vientos embravecidos para desplegar todo el velamen y de ese modo ganar una velocidad que a su vez le habría consentido ganar más tiempo.

—¿Y no lo hizo? —musitó Manon con la voz gangosa.

—No, no lo hizo porque implicaba una gran dosis de peligro y él había decidido no correr ningún riesgo. Lo hizo por ti, Manon. Por ti. —Aldonza arrastró la mano hasta aferrar la de su nieta—. Le dijo a Thibault que se había mostrado cauto por ti, pero también por él. «Perderla es una idea que me resulta intolerable», eso asegura Thibault que le dijo ayer.

—¡Oh, abuela! —exclamó—. ¿Qué haré?

—Nada —resolvió la anciana—. O mejor dicho, confiar en él. Vuelvo a preguntarte: ¿lo crees tan vil?

«Ne vile velis», se dijo. La leyenda inscripta en el escudo familiar bien podría haber pertenecido a los Guermeaux, que por cierto habrían sido más fieles a su propósito que los Neville.

—No —admitió en un hilo de voz—, no lo creo vil en absoluto.

Capítulo XIV

Alexander le indicó a Jean-Patrice Roux, el señalero del *Leviatán*, que solicitara al capitán del puerto de Macao permiso para atracar a ocho cables. Alzó la vista hacia el cataviento para verificar la dirección. Ordenó a Renzo Pigafetta, a cargo del timón, la maniobra necesaria para posicionar la proa del *Leviatán* al viento. Comprobó que un marinero se hallase junto a la gatera, listo para operar la mordaza, y que otro ocupase un lugar en la amura, a la altura de la serviola, el grueso palo donde se sujetaba el ancla. Además de sus tres oficiales, Isabella se encontraba junto a él; quería que aprendiera las maniobras de la atracada.

En otro sector, Augustus Campbell y su gente disponían las guindalezas necesarias para proceder al alijo de la carga y del equipaje de los pasajeros. Varias lorchas se aproximaban a gran velocidad para competir en el ofrecimiento de sus servicios de transporte de mercancías y de personas. La oficina que la Blackraven Shipping & Shipyard mantenía en Macao, advertida de la llegada del convoy gracias al telescopio instalado en el techo del edificio, enviaría una balandra para recibirlos.

Apenas obtenida la autorización de la capitanía del puerto, Alexander ordenó que se echase el ancla, indicación que Finlay Walker repitió con la ayuda del megáfono. Dado que sabían, gracias a la bolina, que se hallaban en un sector de unos treinta pies de profundidad, recordó al marinero a cargo de la mordaza que emplease el triple de cadena.

—¡Sí, capitán, sí! —replicó el hombre.

Se oyó la zambullida del ancla, seguido del sonido estruendoso provocado por la gruesa cadena al pasar por la gatera, y todos supieron que el clíper se encontraba asegurado en la bahía. La tripulación se puso en movimiento; cada uno sabía qué tarea le correspondía.

Alexander abandonó el castillo de popa y se dirigió hacia el sector donde Manon se despedía de Margaret Finlay, de Quiao, que seguiría viaje hasta la isla de Lin Tin, y de Obadiah, que se esforzaba por reprimir las ganas de llorar. Ansiaba estar cerca de ella; no la había visto desde la noche anterior, después de compartir horas del mejor sexo, el mejor de su vida. Si se hubiese detenido a pensar, lo habría fastidiado la necesidad casi obsesiva con que avanzaba en su dirección. Estaba muy inquieto, incluso sentía un peso en el pecho y se debía a que se aproximaba el temido momento de la separación. Ella abandonaría el *Leviatán* y no volverían a verse, en el mejor de los casos, hasta dentro de tres meses; la idea se le hacía cada vez más insoportable.

Alexander se detuvo junto al grupo y enseguida se percató de que Manon no estaba bien. Las mejillas arreboladas, los ojos chispeantes y los labios hinchados a causa de sus besos, que componían la última y estupenda visión de ella antes de que se escabullera por la puerta de la antecámara, habían desaparecido. Se la veía pálida y con los ojos inyectados. «Ha llorado», dedujo. «¡Ven conmigo!», le habría suplicado si el viaje que los esperaba fuese menos azaroso, si el riesgo de ser atacados por piratas codiciosos a causa de los lingotes de plata no constituyese una posibilidad casi certera.

—¡Capitán Alex!

Se trataba de Adalberto Ribeiro, jefe de la oficina de la Blackraven Shipping & Shipyard en Macao. Acababa de abordar el *Leviatán*, lo que implicaba que la balandra donde se embarcaría Manon había llegado. El hombre, de unos cincuenta años, que desde hacía treinta vivía en Macao, era un hábil agente, con un gran conocimiento de la cultura china. Se aproximó con una sonrisa tan expansiva que se habría dicho que estaba por encontrarse con sus seres queridos. Exclamó, entusiasmado, cuando Alexander le presentó a su prometida.

—Ribeiro, me complacería que escoltases a mi prometida hasta la casa de su hermano, que se encuentra en la feligresía de Nossa Senhora de Fátima.

—¡Será un placer, milord! Un inmenso placer. Ahora mismo organizaré con Campbell para que carguen su equipaje. He contratado unas lorchas, ¡todas de mi confianza! —se apresuró a asegurar—, que conducirán a tierra firme el resto del pasaje y la carga.

—Por favor, Ribeiro, te pido un tratamiento especial para lord Napier y su familia —solicitó Alexander, y lo señaló con disimulo.

—Descuide, milord. Me haré cargo.

Sin que mediasen palabras, sujetó a Manon por la cintura y la condujo hacia la popa. Se desplazaban por la cubierta en silencio, esquivando bultos y personas. Manon prácticamente corría para mantener el paso acelerado de Alexander. Subieron los escalones hasta el castillo de popa e ingresaron en la cámara de oficiales. Allí se encontraron con Isabella.

—¿Qué tienes? —se preocupó la joven al notar la expresión de Manon.

—Estoy bien. —Sonrió con tristeza—. Un poco deprimida, creo.

Isabella chasqueó la lengua y la abrazó. Manon se mordió el labio para no echarse a llorar y se aferró a su querida amiga.

—El tiempo pasará velozmente —prometió la menor de los Blackraven antes de besarla en ambas mejillas y marcharse.

Alexander la tomó de la mano y la condujo a su camarote. Cerró la puerta y la sujetó por el rostro. La miró en lo profundo de los ojos. Se le aceleraron las pulsaciones al notar que se colmaban de lágrimas. La abrazó, la apretó contra su pecho; él también tenía ganas de llorar. La besó, y percibió en los labios la calidez de sus lágrimas y a continuación el gusto salobre, pero sobre todo notó la falta de respuesta de Manon.

—Cualquier cosa que necesites, cualquiera —recalcó—, puedes contar con Ribeiro. Es de nuestra confianza. Hace años que trabaja para nosotros. —Lo enterneció la manera aniñada en que asintió, rehuyéndolo con la mirada—. No olvides lo que te pedí, que te cuides. No salgas jamás sola, por favor.

—No lo haré —prometió con un timbre nasal que la avergonzó—. ¿Bajarás a tierra?

Manon lo vio dudar, torcer la boca, apartar la vista y supo que estaba pensando en un posible encuentro con Alexandrina.

—Será mejor que no —respondió con menos seguridad de la empleada para darle las recomendaciones—. Quiero partir mañana al alba. Cuanto antes me ocupe de todo, antes estaré de regreso. Está siendo muy duro dejarte.

¿Podía ser tan hábil una persona y ocultar con tanta maestría un enorme secreto?, se preguntó Manon al observarlo a la cara y no encontrar un atisbo de falsedad.

—A Archie le encantaría verte —lo presionó—, sobre todo después de que le diga que nos hemos comprometido.

—Es probable que Archie esté en Cantón, ocupándose de la oficina —alegó—. Lo encontraré allí.

—Está aquí, en Macao. Estoy segura.

—Pues si es así, se pondrá feliz de verte —intentó animarla—. Será una gran sorpresa. —Manon bajó la mirada y asintió, sin ánimo—. Verás que el tiempo pasará rápidamente. —Volvió a acunarle el rostro y le retiró las lágrimas con los pulgares—. Sonríeme, no puedo dejarte ir de este modo.

La voz del oficial Olaf Ferguson tronó en la cámara de los oficiales para llamar al capitán Alex. Alexander elevó los ojos al cielo antes de girar el rostro hacia la puerta y exclamar, con timbre impaciente:

—¡Enseguida voy!

—Vamos —se apresuró Manon.

Alexander la detuvo y la contempló con una expresión exasperada.

—¿Te vas de este modo, sin darme un beso? —Le cerró las manos en la parte superior de los brazos, bajo las axilas, y la atrajo a él con un tirón brusco—. Bésame —le exigió, y se apoderó de sus labios.

Aunque ella habría elegido resistirlo, su cuerpo traicionero se entregó con un ardor ileso, como si el descubrimiento de la carta y de la miniatura, que se hallaban a dos pasos, no la hubiese herido de muerte.

Alexander apartó la boca de la suya y arrastró los labios por su mejilla hasta la oreja.

—Recordaré nuestras noches de magnífico sexo y eso me mantendrá de buen humor hasta que vuelva a verte —aseguró Alexander—. Haz tú lo mismo.

* * *

Contra todo pronóstico, su hermano Archibald y su cuñada Alexandrina se encontraban en el malecón del puerto. Se habían enterado del avistamiento del *Leviatán*. Sabiendo que pertenecía a Alexander Blackraven, se apresuraron a bajar al puerto. Lo que no habían esperado era encontrarse con Manon. Archibald lanzó un grito de alegría cuando la vio descender de la balandra y corrió a recibirla, atropellando al gentío y ganándose insultos en portugués y en chino.

—¡Manon! —exclamó con una sonrisa que ella pocas veces le había visto.

La tomó por la cintura y la hizo dar vueltas en el aire. Manon, riendo pese a lo impropio del recibimiento, se sujetaba la capota y le exigía, entre carcajadas, que la pusiera en tierra. Sabía Dios qué estaría pensando lady Napier del espectáculo.

Archie obedeció, pero siguió abrazándola. Le susurró al oído:

—No sabes lo feliz que me has hecho, hermana queridísima. Ahora que estás aquí, todo irá mejor —añadió, y Manon creyó detectar una nota de llanto en su voz.

Le tocó el turno a Aldonza, a la que Archibald abrazó y dedicó palabras afectuosas.

—¡Thibaudot! —exclamó, cayendo en la forma cariñosa al saludar al gascón—. ¡Felices los ojos que te ven!

—Te hemos echado de menos, querido muchacho —admitió el hombre—. Londres no es la misma sin ti.

A Manon le resultaba tan fácil advertir el nerviosismo de Alexandrina. Se esforzó por saludarlos con simpatía, pese a que los ojos se le disparaban hacia la bahía, donde se encontraba el clíper de su «adorado Alex». Estaba bellísima con ese vestido de vaporosa muselina rosa; jamás se habría dicho que el clima y la sociedad de Macao le sentaban mal. No quedaba rastro del embarazo, y tenía la cintura tan afinada como al momento de la boda.

—Nos informaron de la llegada de un convoy de cuatro clíperes de la Blackraven Shipping & Shipyard —comentó Alexandrina—. ¿En cuál de los clíperes has viajado, Manon?

Para un ignorante, la pregunta habría sonado inocente y sin segundas intenciones.

—Ha viajado en el clíper capitaneado por su prometido, el *Leviatán* —se apresuró a responder Aldonza.

—El *Leviatán* es el barco de Alex —dijo Archibald, desorientado, y Manon asintió con las mejillas arrebatadas.

—Veo que no has recibido mi última carta. Allí te contaba que Alexander Blackraven y yo estamos comprometidos.

—¡Santo cielo! —exclamó su hermano, y se aventó aire con el sombrero en una tonalidad muy clara, casi blanca, apto para esa zona tropical—. ¡Hoy he recibido más sorpresas que en toda mi vida!

—Las sorpresas no han acabado —lo previno Manon—. Todavía no te he dicho que Masino y tío Leo viajaron en el *Constellation*. —Se volvió hacia la bahía y lo señaló—. Supongo que desembarcarán de un momento a otro.

—¿Masino y tío Leo? —se pasmó Archibald—. ¿Qué han venido a hacer aquí?

—Lo de siempre: invertir el dinero de la Casa Neville en arte. Arte chino, en este caso.

No hubo tiempo de ahondar en la cuestión. Manon debió presentar a Ross Chichister —Archie lo conocía, pero Alexandrina no—, a los Napier, al señor Abelardo Ribeiro y a Jack Sweeney, el flamante asistente de Thibault. Lord Napier enseguida se puso a charlar con Archibald, mientras Manon y Alexandrina conversaban con lady Napier y sus hijas.

Ribeiro se alejó con el propósito de contratar un coche de alquiler para los Napier, cuya residencia también se ubicaba en la feligresía de Nossa Senhora de Fátima. Manon se dedicó a observar el entorno tan poco familiar y al mismo tiempo atractivo en su pintoresca estampa. Había un olor peculiar, quizá exacerbado por el calor de las primeras horas de la tarde; no era agradable, tampoco fétido; una mezcla de olor a pescado y al aroma dulzón de las frutas exóticas que se vendían unas yardas más allá y que componían un cuadro espléndido de colores invitantes y formas extrañas.

Admiraba el conjunto de casas y de edificios cercanos al puerto cuando detuvo la vista en Alexandrina, que escudriñaba la bahía haciéndose sombra con la mano.

* * *

Esa noche, Alexander invitó a la oficialidad de los otros barcos del convoy a cenar al *Leviatán*. Sentó a Obadiah junto a él con el propósito de levantarle el ánimo, aunque en honor a la verdad, más que triste, el niño estaba enfadado porque no le había concedido el permiso para quedarse en Macao con la señorita Manon. Se animó un poco cuando lord Bernard Mathews, capitán del *Stella Maris*, al enterarse de que era un hábil dibujante, ofreció pagarle dos chelines por su retrato. El niño fue corriendo al camarote a buscar su cuaderno y una carbonilla y se puso a diseñar mientras el capitán Mathews cenaba. De tanto en tanto, Ludovic le acercaba el tenedor con un trozo de cangrejo, adquirido esa tarde entre los pescadores del puerto, y que el niño comía sin apartar la mirada del objeto de su interés.

El viaje había sido un éxito, por lo que se compartía un ambiente animado y alegre. El tema de la tormenta en el mar de la China dominaba la conversación. Alexander escuchaba, cenaba con parsimonia y guardaba silencio, un comportamiento para nada inusual, solo que Estevanico percibía su inquietud y le lanzaba vistazos desde el otro extremo de la mesa. Alexander se los devolvía con actitud flemática. No le confesaría que lo tenía sorprendido la desolación en la que lo había sumido la partida de Manon. Había supuesto que sería difícil dejarla ir, pero nunca imaginó que tanto. La había seguido con la vista mientras se alejaba en la balandra hacia la costa; ella también lo miraba a él, y no bastó la sombra que el parasol le echaba sobre el rostro para ocultar las lágrimas que le rodaban por las mejillas. Debió conjurar una enorme fuerza de voluntad para abstenerse de ordenar que soltaran un esquife e ir a buscarla; la quería de regreso en el *Leviatán*. La observó a través del catalejo cuando se convirtió en una figura pequeña en el malecón del puerto. No lo negaría: avistar a Alexandrina Trewartha le provocó un salto en el corazón. Hizo cálculos; habían estado juntos por última vez en noviembre de 1829, cuando se encontraron furtivamente en una pensión en Londres para amarse, por lo que hacía poco más de cuatro años que no la veía. Su visión aún lo impactaba. Movió un poco el catalejo y fue testigo de la felicidad de Archibald Neville, que despegó a Manon del suelo y la hizo dar vueltas. ¡Cuánto la amaba! Resultaba paradójico que, siendo medio hermanos, lucieran como los hijos de los mismos padres. Era Cassandra la que no encajaba en la típica estampa de los Neville de cabellos rubios, piel blanquísima, ojos azules y cuerpos altos y delgados.

Allí estaban Manon y Alexandrina, Alexandrina y Manon, la mujer que lo había significado todo para él en el pasado y la que lo significaba todo en el presente. ¿Qué habría experimentado de tener a Alexandrina de nuevo frente a él?

—Alex —Richard Abbot, el capitán del *Lucky Wind*, lo rescató de sus cavilaciones—, me temo que tu plan de zarpar mañana al amanecer no será posible. Las reparaciones en el casco llevarán más tiempo del previsto y precisaremos de una partida de madera con la que no contamos a bordo. Le he pedido a Ribeiro que se ocupe de adquirirla. Ha prometido conseguirla de inmediato, sabe que llevamos prisa.

—Mañana es domingo —recordó lord Mathews—. Dudo de que encuentre el aserradero abierto.

Aunque insultó para sus adentros, Alexander asintió, seguro de que Abbot había examinado él mismo el problema y juzgado correctamente la necesidad de permanecer en el puerto de Macao.

—¿Cuánto estimas que tomará realizar las reparaciones una vez que consigas la madera?

—Dos días, no más —calculó Abbot.

—Enviaré a Bogdán Súbotiv para que le eche una mano a tu gente —decidió Alexander.

Abbot asintió y alzó la copa con madeira en un gesto de reconocimiento. Obadiah proclamó que había terminado el retrato. Se lo mostró a Alexander, que alzó las cejas, asombrado de la precisión de los trazos y del parecido con el original.

—Te felicito —dijo, y le sonrió—. Eres realmente talentoso. —Pasó el retrato para que los demás comensales lo apreciaran.

Obadiah recibía los halagos y las expresiones de admiración con el semblante iluminado y los ojos chispeantes de satisfacción. «Ojalá Manon pudiese verlo en este instante», pensó Alexander. Recibió nuevos encargos. Empezaría con el de Estevanico, que le pidió un retrato de su prometida.

—Si soy tan bueno como dicen —interpuso el niño—, subiré el precio. Nico, el retrato de Quiao te costará tres chelines. ¿Aceptas?

Se elevó una risotada general sobre la mesa y varios celebraron la astucia del niño. Estevanico aceptó. El capitán Alex se puso de pie y, con eso, dio por terminada la tertulia. Acompañó a sus invitados a la cubierta, hasta el portalón abierto a estribor, el lado por el que abordaban y descendían los oficiales; la marinería empleaba una abertura similar a babor. Descendieron por los tojinos clavados en el costado del clíper, que componían una especie de escala, y sujetándose a sendas guindalezas, que servían como barandilla. Estevanico se demoró en la cubierta.

—No te quedará opción y deberás bajar a tierra. Hazlo por Manon —agregó.

—Mañana a primera hora le mandaré aviso a la casa de Archie.

—La vi hoy en el muelle del puerto.

Alexander no precisó que le explicase a quién se refería. Se limitó a asentir con un gesto impenetrable.

—Hacía varios años que no la veías.

—Más de cuatro.

—¿Y? ¿Qué impresión te ha causado?

—¡Ey, Nico! —Rafael, el cirujano del *Constellation*, lo llamó desde la balandra—. Estamos esperándote.

—¡Iré más tarde! Emplearé un esquife del *Leviatán* —aseguró.

Alexander alzó las cejas y torció la boca en un gesto irónico.

—¿Tanto me has echado de menos que no puedes irte sin más?

—¡Ya quisieras! No veo la hora de estar un momento a solas con mi prometida. Tú tuviste a la tuya durante tres meses. Yo tenía que contentarme con mirarla a través del catalejo.

—Está en su camarote, el segundo a la derecha. Dijo que cenaría con Margaret Walker.

—Gracias. No has respondido a mi pregunta. ¿Qué impresión te ha causado verla?

Alexander dirigió la vista hacia el puerto, vibrante de energía aun de noche, cubierto de un resplandor cobrizo producido por las luces de las casas y de los edificios que lo circundaban.

—Muy intensa —admitió, y soltó un suspiro—, a ti no voy a negártelo.

* * *

Cenaban en la residencia que Archibald había comprado apenas arribados a Macao más de dos años atrás. El salón en la planta superior era amplio, de elevado techo a dos aguas, y con una dispendiosa iluminación. Los servían tres chinos —culi los había llamado Alexandrina—

vestidos con una chaqueta recta y pantalón de perneras muy sueltas, ambas prendas en la misma tela de algodón blanco; se cubrían la cabeza con una gorrita negra. De contextura pequeña, mantenían la mirada baja y se movían con un sigilo notorio, como si patinasen en sus zapatillas de lona sobre el suelo de mazaríes.

Archibald, sentado a la cabecera, se mostraba gárrulo en un intento por contrarrestar la actitud de su esposa, que, en el extremo opuesto de una mesa para veinte comensales, guardaba silencio y comía pequeños bocados de un exquisito arroz con bacalao.

Alexandrina se había cambiado para la cena, y a Manon le resultó más hermosa que esa tarde en el puerto. El vestido de nansú, ideal para ese clima caluroso, a rayas verticales blancas y azul pálido, le acentuaba la diminuta cintura y los senos exuberantes, que no contenían leche, pues ya había conocido a la nodriza que se ocupaba de alimentar al pequeño Alistair. La habían peinado con maestría; llevaba la abundante cabellera rubia partida al medio y recogida en la parte posterior de la cabeza, desde donde caía en un copioso racimo de pequeños bucles. Lucía un aderezo de brillantes y zafiros, regalo de Archie tras el nacimiento de su primogénito.

Nadie habría cuestionado su comportamiento apocado y su cara triste; pocas horas antes, su esposo, después de saberlo de labios de Manon, le había comunicado la noticia de la muerte de Jacob Trewartha. Que hubiese muerto apuñalado le provocó un vahído. Aldonza la despabiló pasándole las sales aromáticas bajo la diminuta y agraciada nariz. Manon sintió una profunda compasión por ella. Se sentó a su lado y le sostuvo la mano.

—¿Quién lo asesinó? —preguntó Alexandrina en una voz baja y desfallecida.

—No se sabe —respondió Manon.

Además de Leonard Neville y de Tommaso Aldobrandini, también huéspedes de Archibald, entre los invitados de esa primera cena contaban Ross Chichister y su tío Alan, que, entusiasmado por la llegada del sobrino, que le había traído una gran cantidad de periódicos de Inglaterra, comentó, sin mala intención, que acabarían como Francia, que había guillotinado a la flor y nata de la sociedad, si se consentía que se encarcelara a la más rancia nobleza del reino. Se hallaban en la veranda, donde, tras la cena, sorbían té las mujeres y licores digestivos los hombres. Manon encontraba muy agradable la brisa fresca y aromática que se elevaba desde el jardín y que aplacaba el calor bochornoso.

—¿A qué se refiere el señor Chichister? —musitó Alexandrina.

—No lo sé —mintió Manon, convencida de que hablaba del encarcelamiento del conde de Stoneville.

—¿A qué se refiere, señor Chichister? —preguntó en voz alta—. ¿A quién han encarcelado?

El hombre, cayendo en la cuenta de su indiscreción, carraspeó y sonrió con una mueca forzada.

—Discúlpeme, señora Neville, pero creí que estaba al tanto de que el conde de Stoneville estuvo encarcelado en Newgate. Solo unos pocos días —se apresuró a añadir con la intención de acabar con el tema al darse cuenta del desliz.

Manon observó la reacción de Alexandrina, que, al devolver la taza al plato, causó un tintineo debido al temblor de la mano.

—¿De qué se lo acusaba? —preguntó con un dominio asombroso.

—Eh... —balbuceó el comerciante, y la cara se le encendió.

—Creo que se ha hecho muy tarde —intervino Ross mientras consultaba el reloj de leontina—. Estamos todos cansados después de una jornada intensa como esta. —Se puso de pie; su tío y Archibald lo imitaron—. Gracias por tan magnífica cena y por la hospitalidad, señora Neville.

Tras los saludos de despedida, Archibald escoltó a los Chichister a la puerta.

—Chichister se piensa que soy tonta —masculló Alexandrina, y alzó la mirada para fijarla en la de Manon—. ¿Qué ha intentado ocultarme? ¿Por qué encarcelaron al conde de Stoneville?

—Porque se lo acusaba del asesinato de tu padre —soltó Aldonza, y siguió con el bordado en una batita para el pequeño Alistair.

—¡Abuela! —se enojó Manon.

—Tarde o temprano iba a enterarse —la apoyó Leonard.

—Sí, querida —lo secundó Aldobrandini—. No se puede ocultar el sol con un dedo.

Manon se puso de pie, fue hasta la bandeja con los licores y vertió una medida para su cuñada.

—Bébela —la instó—. Te has puesto muy pálida.

—¿Se culpa a Alexander de la muerte de mi padre? —preguntó con un timbre rasposo tras sorber un trago del licor de nísperos.

—Fueron todas patrañas —afirmó Aldobrandini.

—Una conjura probablemente perpetrada por los enemigos de los Guermeaux —alegó Leonard.

Alexandrina aferró la mano de Manon y le destinó una mirada suplicante.

—¡Cuéntamelo todo!

—¿Tú conoces a Alexander? —preguntó Aldonza, y alzó la vista para clavarla en la desconcertada de Alexandrina—. Lo pregunto porque te has referido a él como Alexander.

Alexandrina soltó la mano de Manon y se restregó las de ella como si tuviese frío.

—No, no —farfulló—. Creo que... Tal vez se ha debido a que he imitado a Manon, que lo llama de ese modo.

—Los Blackraven tienen una propiedad cerca de Penzance —insistió Aldonza—. ¿Nunca lo encontraste?

—Los Blackraven son los más importantes de la región. Todos los conocen —alegó Alexandrina—. Pero tía Anne-Sofie y yo nos movíamos en círculos muy por debajo del de ellos, lo mismo en Londres. Después de que tía Anne-Sofie desposó a tío Leo en el 26 y pasamos a formar parte de la familia Neville —se volvió hacia Manon—, tú me presentaste a Isabella. Pero nunca conocí al resto de la familia.

—Sé que tu padre culpaba al duque de Guermeaux de la muerte de tu tía Victoria —le confesó Manon—. La historia se hizo muy conocida mientras Alexander estuvo en prisión.

—Pero él no asesinó a mi padre, ¿verdad?

—No, no —replicó Manon—. Como acaba de decir Masino, fueron todas patrañas urdidas por Trevor Glenn.

—¡Trevor! —se asombró Alexandrina, como si encontrase la idea absurda.

—Se suicidó después de confesar en una carta que había inculpado injustamente a Alexander —añadió Aldonza, y se ganó una mirada rabiosa de su nieta, a la que respondió con un encogimiento de hombros.

Alexandrina se llevó la mano a la frente y cerró los ojos en un gesto de pesadumbre.

—Ven —la instó Manon, y se puso de pie—. Vamos, te acompaño hasta tu recámara. Sigues muy pálida.

—Hasta mañana, Aldonza —se despidió.

—Hasta mañana —respondió la mujer con una dureza en la voz que le valió una nueva mirada reprobatoria de la nieta.

—Hasta mañana, tío Leo.

—Hasta mañana, cariño —susurró, y la besó en la frente.

—Que tengas buenas noches, Drina —deseó Aldobrandini.

—Gracias, Masino. Tú también.

Se encaminaron hacia la zona de los dormitorios. Manon miraba a su cuñada de reojo y notaba la manera obsesiva en que se restregaba las manos, una conducta en la que caía cuando estaba inquieta.

—Dime la verdad, Manon. ¿Quién asesinó a mi padre?

—Como ya te dije, no se sabe. Trevor Glenn dio a entender en su carta que el esposo de Cassie podría estar involucrado.

—¡Cielo santo! —exclamó, y se detuvo repentinamente.

—Es una larga historia. Te la contaré mañana —prometió Manon—. Ahora quiero que te recuestes y que intentes dormir. Vamos.

Recomenzaron la marcha en un mutismo en el que resonaba la voz lejana de Archibald, que aún conversaba con los Chichister en la planta baja, y el chirrido de los insectos nocturnos y el croar de las ranas, que ingresaban por las contraventanas abiertas.

—Supe que mi tía se mudó a Burlington Hall.

—Así es —ratificó Manon—. Lo hizo poco después de que tú y Archie se marcharon. Se sentía sola, por eso se lo sugerí. Tío Leo se lo pasa viajando, y ella…

—Te adora —la interrumpió Alexandrina, y la miró fugazmente para sonreírle—. Habla de ti en todas sus cartas. Son solo alabanzas.

—Yo también siento un gran cariño por ella —afirmó Manon—. Es tan buena persona.

—Eso dice ella de ti, además de que eres muy inteligente. No me sorprende que uno de la talla de Alexander Blackraven se haya fijado en ti. —Se detuvo delante de una puerta—. Este es mi dormitorio.

Manon se guardó de comentar que no era el de su hermano, además de que se hallaba bastante lejos de la *nursery*, ubicada en el piso de arriba. Conocía la generalizada costumbre entre los ingleses que imponía a los cónyuges dormir en habitaciones separadas. En el caso de Alexandrina y Archibald, sospechaba que no se trataba de un respeto por la tradición.

Alexandrina volvió a sonreírle con ese aire furtivo y triste.

—Me alegra que estés aquí. Tu presencia le hará muy bien a Archie.

—Me alegra haber venido. Tenía deseos de conocer a mi nuevo sobrino. Es adorable.

Alexandrina asintió con una mirada ausente. Colocó la mano en el picaporte, dispuesta a entrar. Dudó. Se volvió hacia Manon.

—Creí que deseabas permanecer soltera. Fue una sorpresa enterarme de que estabas comprometida.

—La vida nos sorprende —declaró Manon, evasiva.

—¿Sir Percival te impuso el compromiso con Alexander Blackraven?

—¡Oh, no, no! —afirmó, vehemente y con una sonrisa—. Creo que lo sorprendí tanto como a ti.

—Entonces, te comprometiste porque estás enamorada de él. —Manon asintió—. ¿Y eres feliz?

—Muy feliz.

Alexandrina volvió a destinarle una sonrisa forzada antes de abrir la puerta.

—Buenas noches, Manon.

—Buenas noches. Que descanses.

* * *

El reloj de pie del corredor anunció que eran las tres de la madrugada. Manon seguía despierta. Daba vueltas en esa cama enorme y ajena, tan distinta de la angosta litera. Su mente saltaba de un tema a otro, no le daba respiro. «Enséñame a dejar de pensar», se dijo, recordando la frase de Romeo Montesco. ¡Qué tarea imposible era acallar los pensamientos! En especial los feroces y los dañinos, como lo eran los que la sumían en ese estado de tristeza, rabia, decepción, desesperación. Por momentos deseaba llorar; en otros, reírse con cinismo; pero sobre todo, tenía ganas de gritar y de insultar.

¿Alexander habría respondido la carta de Alexandrina? Evocó un párrafo, el más perturbador. *Si me lo pidieses ahora, lo dejaría todo y me marcharía contigo, sin mirar atrás, sin considerar el escándalo ni la furia de mi padre, confiada en lo que tú siempre me prometías: que me protegerías de todo mal.* Jacob Trewartha ya no existía; el gran escollo había desaparecido. Ahora existía uno nuevo: Archie. Alexandrina afirmaba que no se acobardaría de nuevo, que estaba dispuesta a abandonar a su esposo y a su bebé. Y Alexander se encontraba cerca, en la bahía del puerto de Macao.

«¿Tan vil lo crees para engañarte como supones que lo ha hecho?». Se aferraba a la sensatez del cuestionamiento de su abuela, que era una mujer práctica; su fe, sin embargo, flaqueaba. El hallazgo en el fondo del cajón, la carta y la miniatura amorosamente atados con un cordel, todavía la trastornaba y borraba los momentos felices compartidos con Alexander, desterraba las palabras que se habían dicho. La precipitaba en un abismo de pesimismo y decepción.

Por otro lado, si él realmente amaba a Alexandrina, ¿no habría correspondido que lo liberase del compromiso para que finalmente fuese feliz con ella? Dio un giro violento y ahogó un alarido en la almohada, y allí se quedó, respirando a través de la tela de la funda, mojándola con las lágrimas y la saliva.

Se incorporó repentinamente y contuvo la respiración para aguzar el oído. El pequeño Alistair lloraba. Saltó de la cama, se calzó con las zapatillas de noche y se cubrió con la bata. Corrió a la *nursery*, que estaba al final del corredor, en su misma planta. Entró en la habitación y apoyó la vela en la cómoda junto a la cuna. Recogió al pequeño y lo besó en el carrillo, que vibraba de llanto. Lloraba porque tenía hambre. Lo acomodó en su regazo y le ofreció el nudillo del pulgar para que succionase, un truco que le había enseñado Jane, la niñera de William, al que echaba mano para engatusarlo mientras le preparaban la papilla. Alistair aceptó el ofrecimiento y succionó con una determinación que le arrancó una risa emocionada. Se quedó mirándolo, tan perfecto y diminuto, y en ese instante supo que lo amaría la vida entera. Quizá, meditó, estaba posando los ojos en el futuro, en el destino de su existencia, pues si Alexandrina y Alexander huían juntos, ella se ocuparía de Alistair con el celo de una madre devota.

Se abrió la puerta; era la nodriza, a la que en China llamaban *amá*. La joven se precipitó dentro, con su hijo prendido al seno. Se detuvo de golpe, sorprendida al encontrar a Manon. Era china, pero hablaba un inglés aceptable.

—Termina con tu hijo —le indicó—. Yo me ocupo de Ally.

Un instante después entró Nuala, la fiel empleada de los Trewartha desde la niñez de Jacob, y que también se había ocupado de la crianza de Alexandrina. Venía a las corridas, atándose la bata y retirándose los mechones blancos que le caían sobre la frente.

—¡Señorita Manon, bendita sea! —exclamó, y le rodeó la cintura para conducirla hasta un canapé—. Tome asiento. —Los ojos, todavía soñolientos, se le ablandaron al contemplar al pequeño—. Mire qué principito tan hermoso tenemos aquí, tesoro de Nuala. ¡Qué bien te encuentras en los brazos de tía Manon! ¿Verdad, tesoro mío?

«Lo quiere como a un nieto», pensó Manon, y se preguntó cuánto sabría acerca del romance entre Alexandrina y Alexander.

* * *

A la mañana siguiente, Manon y Aldonza bajaron a desayunar temprano. En la escalera, al pasar por el primer piso, se les unió Masino Aldobrandini; Leonard, como de costumbre, se levantaría alrededor de las diez. Se sentaron a la mesa, primorosamente arreglada con frutas y flores tropicales, que Manon se inclinó para admirar y oler.

Pocos minutos después, aparecieron Archibald y Alexandrina. Él desplegaba una alegría que, Manon sabía, era fingida. Ella persistía en el desánimo. Conversaban acerca del arte chino, cuando un culi, el que desempeñaba el rol de mayordomo, se detuvo junto a Manon y le presentó una bandejita con un billete. Lo desplegó, convencida de que era de Chichister, con el que había acordado reunirse para analizar la situación de la corresponsalía de la Casa Neville y decidir los siguientes pasos. No consiguió retener una exclamación al ver que se lo enviaba Alexander.

Manon:

Un imprevisto en el Lucky Wind *nos ha impedido partir al alba, de acuerdo con mi plan. Pero tal vez se trate de un golpe de suerte, porque me concederá la oportunidad de volver a verte. Estaré en la casa de Ribeiro desde muy temprano.*

Tuyo,

ALEXANDER

A continuación le detallaba la dirección.

—Se te ha iluminado la expresión —comentó Archibald—. ¿Es Ross quien con sus palabras te pone tan feliz?

—Es de Alexander —dijo, y movió los ojos hacia su cuñada, que siguió comiendo con la vista al plato; las mejillas, sin embargo, se le colorearon.

—¿De Alex? Creí que zarparía al amanecer —se extrañó Archibald.

—Un problema en el *Lucky Wind* les ha impedido partir.

—¡Lo invitaremos a almorzar! ¡A pasar el día con nosotros! —se entusiasmó su hermano—. Hace años que no lo veo.

«¡Oh, no, Archie, no lo invites a tu casa!», le hubiese aconsejado Manon, pero se limitó a sonreír y a asentir.

Una hora más tarde, partieron los tres —Manon, Aldobrandini y Archibald— hacia la zona de la iglesia de Nossa Senhora do Carmo, donde se encontraba la residencia de Abelardo Ribeiro. Conducía el carruaje un empleado de Archie, conocedor de las calles de Macao, pero Thibault Belloc y Jack Sweeney se apretaban junto a él en el pescante. Manon iba callada y, aunque observaba la efervescente ciudad, de un estilo urbanístico rústico que la mantenía cautivada, tan distinto del de París y del de Londres, meditaba acerca de la reacción de Alexandrina, que se había negado a acompañarlos con la excusa de quedarse y disponer el almuerzo para el conde de Stoneville.

* * *

Aunque atendía a lo que Ribeiro le contaba acerca de la situación acuciante de la economía china, Alexander desviaba la mirada hacia la ventana cada vez que oía el traqueteo de un carruaje sobre los adoquines de la calle. Obadiah se puso de pie primero; él lo imitó un segundo después, lo que provocó un respingo al agente, cuando distinguió a Belloc y a Sweeney en el pescante de un coche y a continuación el escudo de los Neville en la portezuela. Salieron a recibirlos.

—Milord —lo saludó Belloc apenas saltó a tierra.

—Thibault. Todo bien, espero —dijo, y lo miró con una intencionada fijeza.

—Sí, milord, todo en orden —afirmó, mientras besaba la coronilla del niño.

El mismo Alexander le tendió la mano a su prometida y la asistió mientras bajaba. Sonrió al verla ruborizarse. Lo complacía que, pese a las noches de sexo compartidas en el *Leviatán*, aún se conmoviese al encontrarlo. Él también estaba emocionado, y habría deseado arrastrarla a un rincón alejado para besarla, quizá para algo más. Obadiah la abrazó como si, en lugar de un día, hubiesen sido meses los transcurridos sin verla. Manon le respondió con la misma exuberancia y le llenó de besos los carrillos.

—¡Te he echado tanto de menos! —afirmó.

—¡Alex, querido amigo! —Archibald lo envolvió en un abrazo, que, Manon notó, Alexander tardó en responder—. ¡Qué alegría verte después de tanto tiempo!

—En verdad, Archie, cuánto tiempo —acordó Alexander—. Te presento a Obadiah Murphy, mi fiel compañero de viaje.

—Lo llamamos Obby —intercedió Manon.

—Obby, es un placer conocerte. En cuanto a ti, Alex, no creo que puedas imaginar la alegría que me dio Manon cuando me contó que está prometida a ti. ¿Cómo hiciste para convencerla de desistir de su idea de permanecer soltera?

—Ah, no fue fácil, te lo aseguro.

—Una vez conquistado —intervino Aldobrandini—, el corazón de mi pupila es el más constante que he conocido.

—Lo sé —respondió Alexander, y destinó una mirada seria a Manon, que se la devolvió, incapaz de apartar los ojos de él, pues le sentaba magníficamente ese traje de montar en lino beige, un diseño ideal para las elevadas temperaturas de esa zona cercana al trópico. Llevaba un sombrero de jipijapa cuya tonalidad marfil contrastaba con el mechón renegrido que le caía sobre la frente; además le realzaba el bronceado del rostro, donde sus ojos brillaban con una particular intensidad. «Alexandrina lo encontrará más guapo que nunca», se convenció.

En pocos minutos acordaron que Alexander y Ribeiro almorzarían en la residencia de los Neville. Enviarían un mensaje a los demás barcos para extender la invitación al resto de la oficialidad, a Isabella, a Quiao y a la señora Walker. Manon seguía con ojos aguzados las reacciones y los gestos de su prometido, que sabía enmascarar los sentimientos tras una expresión neutra. Se pusieron en marcha. Alexander montaba un caballo de Ribeiro. Iban junto al carruaje, empeñados en una conversación fluida. Manon, asomada a la ventanilla, lo estudiaba, decidida a encontrar un indicio de los nervios que debían de dominarlo.

—Tú y Alex componen una pareja estupenda —aseguró Archibald, y la obligó a volver la vista hacia el interior del coche—. Estoy tan feliz de que hayas elegido a un hombre probo como él —dijo, y le besó la mano.

—Gracias, Archie.

—El capitán Alex es el mejor de todos los hombres —declaró Obadiah, sentado junto a ella.

—No puedo estar más de acuerdo contigo, Obby —afirmó Archibald.

A medida que se aproximaban a su destino, las pulsaciones de Manon se elevaban, y una inquietud creciente la hacía sudar. Le temía al encuentro entre su cuñada y su prometido; temía detectar en el intercambio de miradas los restos del amor ferviente que se habían profesado aquella tarde en la caverna de Penzance y que ella recordaba vivamente. Dejó caer los párpados; inspiró y exhaló varias veces hasta detener el golpeteo desbocado de su corazón. Abrió los ojos cuando el carruaje se detuvo.

Alexander la ayudó a descender. Le sonrió al tenderle la mano. Ella la aceptó con un ligero temblor.

—¿Te encuentras bien? —se preocupó él—. Estás un poco pálida y tienes la mano fría.

—Es este calor. No estoy acostumbrada —se justificó.

Caminaron hacia el pórtico, donde Manon avistó a Alexandrina espléndida en su vestido de rayas blancas y azules. Nadie habría permanecido inmune ante su apabullante belleza. Volvió a deprimirse; se sentía fea y fuera de lugar tomada del brazo de Alexander, que avanzaba con la vista clavada en su antiguo amor. «¿Antiguo?», se cuestionó Manon. «¿O más vigente que nunca?».

* * *

Alexandrina Trewartha era la mujer más hermosa que conocía. «Alexandrina Neville», se corrigió. Después de tanto tiempo, volvían a encontrarse en una circunstancia que se convertía en un muro imposible de escalar: ella estaba casada y con un hijo, y él prometido en matrimonio con otra mujer. ¿Qué experimentaba al verla? ¿Qué sentimientos lo dominaban? Emoción e ira, concluyó tras un análisis sincero. Ella lo contemplaba con una mirada elusiva, quizá a causa de la culpa o por lo incómodo del encuentro.

—Querido Alex —dijo Archibald—, te presento a mi adorada esposa, Alexandrina.

—Un gusto conocerla, señora Neville —respondió con un timbre constante y seguro, mientras se quitaba el sombrero e inclinaba la cabeza.

—Milord —mascculló ella, al tiempo que realizaba una genuflexión.

—Gracias por invitarnos a almorzar —añadió, y la miró fijamente.

—Es un placer, milord.

—Le presento a mi protegido: Obadiah Murphy —dijo Alexander.

—Bienvenido, Obadiah.

—Gracias, señora —respondió el niño, y Manon se dio cuenta de que la visión de su cuñada lo había hechizado hasta apocarlo.

—Doña Aldonza —dijo a su vez Alexander, y volvió a inclinar la cabeza en dirección de la mujer—, una alegría verla de nuevo.

—Alexander, lamento el inconveniente que te impidió partir al alba —expresó la anciana, y su nieta, que la conocía profundamente, supo que era un comentario deliberado.

—Un inconveniente bienvenido —aseguró Alexander, y se volvió hacia Manon, aún tomada de su brazo.

A Manon le resultó imposible devolverle la sonrisa. Alexandrina los invitó a entrar. Cruzaron el vestíbulo y subieron a la primera planta. Se acomodaron en una sala contigua al comedor, donde los culis terminaban de aprontar la mesa. Manon percibió que el ambiente se había enrarecido. Todos lo adjudicarían al hecho de que Alexander había sido considerado sospechoso de la muerte de Jacob Trewartha. Por fortuna, Leonard Neville, que les salió al encuentro, saludó con grandes muestras de afecto a Alexander y logró componer los ánimos.

Manon se sentó junto a su prometido con las manos unidas sobre el regazo. «Ya todo ha pasado», se repetía para darse ánimos. «Lo peor ha pasado», intentaba convencerse, mientras oía conversar a los demás sin comprender de qué. Aldonza la observaba con una mirada atenta y ella se la devolvía con ojos brillantes de lágrimas; temía pestañear y que se desbordasen. «¿Qué pretendes que haga, abuela?», intentaba comunicarle. «Puedo sentir que aún se aman».

Su cuñada se desenvolvía bien, con la soltura de una experta anfitriona. La incomodidad inicial se desvanecía ante la cordialidad con que se dirigía al huésped de honor. Tras el impacto del primer momento, Alexandrina había recuperado el buen humor. Se la veía cada vez más contenta, sin el aire deprimido de la noche anterior. El contraste era tan manifiesto que hasta Archibald la miraba con extrañeza.

Llegaron los demás invitados, que Alexander se ocupó de presentar. Manon, atenta como estaba al comportamiento de cada uno, advirtió un gesto de fugaz asombro en la expresión de lord Mathews, el capitán del *Stella Maris*, al ver a Alexandrina. Isabella, por su parte, la saludó con una seriedad que no le era propia, quizá porque la fastidiaba que la anfitriona mostrase una actitud con los de origen inglés —Mathews, Abbot y el teniente Finlay Walker—, y otra con Estevanico, Quiao, James Walsh y Rafael.

Manon comió poco, y los bocados de caballa y de verduras que tragó le cayeron mal. Alexander, en cambio, devoró el exquisito plato, típico de la comida local, y felicitó a la anfitriona por el almuerzo. Después de describir las azarosas circunstancias que el convoy había enfrentado al atravesar el tifón, causando exclamaciones y gestos de consternación en los anfitriones, Aldobrandini torció el curso de la conversación hacia el tema de su interés: la adquisición de arte chino.

—Te estaremos inmensamente agradecidos, Alexander —afirmó Leonard—, si nos presentases al tal Howqua.

—Lo haré, le hablaré de ustedes. Es el jefe del Cohong y una de las personas con mejores conexiones en China. Si alguien puede presentarles honestos comerciantes de arte ese es el viejo Howqua.

—Entiendo que no vive en Macao —intervino Alexandrina en dirección a Alexander, y le entregó una taza de café.

—Gracias —masculló él, y Manon vio que, al recibir la taza de su cuñada, la rozó sin intención.

La surcó un erizamiento, como si la hubiese contagiado la sensación que debían de haber compartido los antiguos amantes con el involuntario roce. Su espíritu se precipitaba, y le recordó al mercurio en el tubo del barómetro, cuando caía en picado para indicar que se aproximaban a una zona tormentosa. Sabía que se dirigía hacia una tormenta de gran magnitud y no tenía idea de qué hacer para evitarla. Su abuela seguía mirándola con ojos cargados de reproche.

—Howqua pasa la mayor parte del tiempo en Cantón —respondió Alexander—, desde allí maneja sus negocios. Pero su casa principal se encuentra en Macao. Aquí vive su familia. Imagino que tuviste oportunidad de conocerlo, Archie.

—Sí, lo he conocido —contestó, tajante, y enseguida se llenó la boca con un trozo de pastel de luna, típico de la repostería china.

Manon, que recordaba lo que Ross Chichister le había contado acerca de las tensas relaciones entre su hermano y el famoso comerciante del Cohong, se aclaró la garganta para intervenir.

—Drina, ¿puedo traer al pequeño Ally? Me gustaría presentárselo a nuestros invitados.

Su cuñada asintió con mala cara.

—Si lo deseas —añadió.

Manon subió hasta la última planta con Obadiah, entusiasmado por conocer al sobrino de la señorita Manon. Regresaron unos minutos más tarde, escoltados por Nuala, que vigilaba al bebé con el celo de una leona. Manon entró con el pequeño en brazos, y los hombres se pusieron de pie. Nuala, detrás de ella, no consiguió retener una exclamación al avistar a Alexander. Él, por su parte, fijó la mirada en la regordeta mujer, y de ese modo Manon obtuvo la respuesta al interrogante de la noche anterior: sí, se conocían; Nuala estaba al tanto del romance entre su niña y Alexander.

* * *

Caminaban por la Praia Grande a esa hora tardía, en la que el sol descendía rápidamente tras el horizonte. Manon cerraba la mano enguantada en su antebrazo con demasiada firmeza y avanzaba con aire triste, mientras seguía con la mirada a Obadiah, que corría a las gaviotas por la playa y que se agachaba para recoger conchillas y caracolillos.

Alexander reflexionaba que, aunque el niño le inspirase sonrisas y exclamaciones cada vez que le presentaba una conchilla especialmente colorida y bonita, Manon estaba deprimida, como lo había estado gran parte del día. Solo cuando apareció con su sobrino en brazos volvió a ser la Manon que él amaba, la de las mejillas ruborizadas y la de los ojos chispeantes. Nuala se llevó al niño pocos minutos más tarde, y Manon se apagó de nuevo.

—¿Te sientes bien? —la preguntó mientras avanzaban por el paseo que bordeaba la playa.

—Me siento un poco extraña —se excusó—. Tal vez se trate del clima tan húmedo.

—No te afectó durante el viaje —señaló él, con el entrecejo fruncido—. Prácticamente no has probado bocado durante el almuerzo, ni a la hora del té.

Manon guardó silencio, gratificada por el hecho de que él estuviese atento a ella pese a la cercanía de su cuñada. Quizá, meditó, habría correspondido que le confesara lo que sabía acerca del romance con Alexandrina y de ese modo quitarse el peso de encima. Afrontar el tema y decir la verdad habría sido liberador. Bastó imaginar el derrotero que podía tomar la conversación para acobardarse.

—Siento un peso en el estómago —admitió.

Alexander se detuvo y la obligó a levantar el rostro colocándole el índice bajo el mentón. Manon lo rehuyó con la mirada. Observó que los demás se alejaban por la playa.

—¿Por qué no me has dicho que te sientes mal? —le reprochó—. Le pediré a Jimmy que te vea.

—No es necesario —aseguró Manon—. Es un malestar pasajero.

—No bebas agua excepto que haya sido hervida.

—¿Por qué? —se extrañó.

—Jimmy asegura que muchas enfermedades se esconden en el agua. Hirviéndola se vuelve inofensiva. Tú haz lo que él dice —ordenó con acento impaciente, quizá autoritario.

Manon vio con el rabillo del ojo que el grupo se había detenido unas yardas más allá con la intención de aguardarlos. Alexandrina los contemplaba abiertamente; incluso desde esa distancia, Manon percibió los celos que la dominaban.

—Vamos. Están esperándonos.

Alexander le impidió avanzar; la sujetó por el brazo. Se miraron a los ojos.

—Te eché de menos anoche —susurró él—. No fue fácil conciliar el sueño sin ti a mi lado —acotó, y le pasó el dorso del índice por la mejilla, que volvió a cobrar vida—. Así me gusta, que te sonrojes para mí.

—No me gusta sonrojarme —confesó—. Parezco una niña tonta.

—Eres una mujer —rebatió Alexander—, *mi* mujer. Me gusta causarte ese efecto.

Manon alzó los ojos al cielo y soltó un suspiro exasperado, que provocó una risotada a Alexander.

—Te aseguro que es el efecto más inofensivo que me causas —le confesó, y volvió hacerlo reír.

—Dime qué otros te causo más ofensivos.

No tuvo tiempo de contestar; el grupo se acercaba a paso rápido.

—Hemos decidido volver —les anunció Archibald—. Drina no quiere dejar tanto tiempo solo al pequeño.

«Sí, claro, no quiere dejarlo tanto tiempo solo», se enfadó Manon. Al cruzar una mirada con su cuñada, se percató de la desolación que la atormentaba. Pese a todo, se compadeció de ella.

En el camino de regreso, Alexander la obligó a aminorar la marcha con el objeto de quedarse unos pasos detrás del resto.

—Podría venir a buscarte más tarde y llevarte al *Leviatán* —le propuso—. Pasaríamos la noche juntos y, antes del amanecer, estarías de regreso. ¿Qué dices?

—Digo que me encantaría —accedió, y la sonrisa que Alexander le dedicó bastó para calmar el dolor de su corazón herido.

Acordaron que regresaría por ella a las diez, cuando la familia se hubiese retirado a descansar; se encontrarían en el pórtico.

—Me las ingeniaré para hacerme con las llaves de la puerta principal —prometió Manon.

* * *

Al amanecer del día siguiente, y después de comprobar que Manon entrase, sana y salva, en la casa de su hermano, Alexander se dirigió a lo de Ribeiro, dispuesto a ocuparse personalmente de la adquisición de la madera; no quería demorar un día más la reparación del *Lucky Wind*. Al consultar la hora, aceptó que era demasiado temprano para llamar a la puerta del agente portugués. Se detuvo en una posada, que abría muy temprano para los pescadores, y ocupó una de las mesas en el exterior. Pidió un café con algo para comer. Le trajeron un colchón de verduras hervidas con un huevo frito encima y una porción de arroz. Lo devoró; estaba delicioso. La noche de sexo con su prometida le había abierto el apetito. Perdió la mirada en el puerto mientras sorbía el café y recordaba las cosas que se habían hecho mutuamente y las que se habían dicho. Ocultó la sonrisa en la taza. Los recuerdos lo colmaban de un vigor inextinguible. La dicha que experimentaba en esa magnífica mañana se debía a la certeza de que el malestar de Manon era consecuencia de la inminente separación y no del clima ni de una posible enfermedad.

Sus comisuras fueron cayendo poco a poco y la sonrisa se le esfumó cuando el rostro de Alexandrina se presentó delante de él. Volverían a verse por la tarde, pues Archibald había decidido dar un sarao para celebrar el compromiso de su hermana con el conde de Stoneville. Invitaría a la pequeña comunidad inglesa de Macao y al recién llegado lord Napier, el jefe de la Superintendencia de Comercio en Cantón.

Se puso de pie dispuesto a marcharse. Le preguntó al camarero cuánto le debía. Introdujo la mano en el bolsillo de la chaqueta para extraer algunas patacas, la moneda de uso corriente en Macao. Sus dedos rozaron un trozo de papel; lo extrajo, lo desplegó. No tenía firma, pero reconoció la caligrafía de Alexandrina. Debió de haberlo introducido el día anterior, mientras se despedían.

Pagó al hombre y se quedó junto a la mesa leyendo el breve mensaje.

Adorado Alex:

Tenemos que hablar de tantas cosas, pero sobre todo de la muerte de mi padre. Encuéntrame mañana por la noche, una vez terminado el sarao. Nuala estará esperándote junto al cancel de ingreso a la propiedad para guiarte.

Te amo.

* * *

Nuala se ocultaba tras la columna del portón que demarcaba el límite de la propiedad. Emergió con pasos vacilantes. Solo se advertía su rostro pálido en la espesa oscuridad; iba cubierta de negro de la cabeza a los pies.

—Milord. Cuánto tiempo ha transcurrido desde la última vez, ¿verdad? —dijo con ese pesado acento irlandés, que ni los años ni las nuevas latitudes la inducían a abandonar.

—Así es —respondió Alexander, y se instó a controlar el mal genio; la pobre anciana no tenía culpa de nada, solo que él quería acabar con el asunto lo antes posible y no estaba para intercambios amables.

Se había pasado el día entero meditando acerca de la sensatez o del desatino de aceptar la convocatoria de su antigua amante, y finalmente se convenció de que lo mejor era enfrentarla, aclarar las dudas que todavía lo atormentaban y ponerle un punto final a su infeliz historia. Quería desembarazarse del peso que significaba Alexandrina Trewartha y empezar a foja limpia con Manon. Alexandrina, además, quería hablar de la muerte de Trewartha y, si bien él no tenía nada que ver con el sórdido asunto, su nombre había estado vinculado con el asesinato, por lo que le debía una explicación.

—Nuala, ¿dónde está tu señora?

—Por aquí —dijo la mujer, y encendió con gran habilidad una antorcha—. Sígame, por favor. —Apuntó el interior de la propiedad, hacia la zona de tupida vegetación del jardín—. Lo conduciré hasta ella, milord —mascculló mientras se adentraban en el terreno a la luz vacilante de la llama—, pero quiero expresar mi desacuerdo. Mi niña es una mujer casada y usted está prometido en matrimonio a la señorita Manon, que se merece todo mi respeto y admiración.

—Nuala, no es mi intención perjudicar al señor Neville ni a mi prometida. Solo he venido a hablar con Drina, para aclarar algunas cuestiones del pasado que nunca comprendí.

—Ah, sí —concedió la mujer con voz agitada mientras avanzaba apartando arbustos y plantas—, no es fácil comprender a mi niña, lo sé. Pero la conozco, y me temo que esta noche ella está más interesada en hablar del presente que del pasado —afirmó.

Llegaron a un claro del jardín. Alexander alzó la vista y descubrió la parte trasera de la gran casona, oscura y sumida en el silencio.

Alexandrina emergió de una glorieta como una aparición del más allá, envuelta en una bata de gasa blanca y con el pelo de ese rubio escandinavo suelto; le caía hasta la cintura. Se le echó al cuello y lo abrazó a pesar de los rezongos de Nuala, que se mantenía cerca con la antorcha en alto. Tras unos segundos de desconcierto, Alexander también la abrazó. Su cuerpo le resultó de una familiaridad desconcertante amoldado al suyo y volvieron a embargarlo las emociones que tanta felicidad le habían proporcionado en el pasado.

—¡Oh, Alex! ¡Qué feliz soy entre tus brazos! —la oyó decir, y sus palabras lo enfadaron, lo ofendieron, le alteraron el ritmo de las pulsaciones.

Se retiró para mirarla a los ojos, consciente de que jamás se cansaría de contemplar su belleza, pero convencido de que entre ellos todo había terminado. Apartó la cara cuando intentó acariciarlo.

—Eres tan hermoso con esta barba espesa. Tan hombre —añadió con ojos codiciosos.

—En tu mensaje me decías que querías hablar de la muerte de tu padre. Aquí estoy. ¿Qué deseas saber?

—Ven —dijo Alexandrina, y le aferró la mano—, vayamos a la glorieta. Allí estaremos más cómodos. Hay asientos —precisó.

Alexander se soltó con un movimiento suave, aunque determinado, y la siguió dentro de la glorieta, donde descubrió un candelabro sobre una mesa baja de jardín, además de una botella con una bebida espiritosa y dos vasos. Nuala permaneció en la entrada con la antorcha.

—Siéntate, por favor.

—No. Solo te concedo pocos minutos. No puedo demorarme. Zarpo al amanecer.

—Lo sé. ¿Recibiste la carta que te envié hace casi un año con lord Mathews? —Alexander asintió—. ¿No pensabas responderme?

—No. Juzgué tu propuesta inadmisible. Insisto: cuento con poco tiempo.

—¡Cuentas con todo el tiempo! Eres el capitán. Además, ¿no crees que nos debemos esta conversación?

—No sé qué creer. Recuerdo lo que creí tiempo atrás: que un día llegarías a ser mi esposa y la madre de mis hijos —expresó con un rencor que lamentaba, pero que era incapaz de controlar—. Tú tomaste otra decisión, seguiste tu camino y me dejaste atrás.

—¿Por esa razón te comprometiste con mi cuñada? ¿Para castigarme?

Aun Nuala soltó un bufido. Alexander reprimió una risa irónica.

—¡Respóndeme! —exigió Alexandrina—. ¿Justo con ella tenías que comprometerte?

—No tengo por qué darte explicaciones. Solo te diré una cosa que quizá tú no sepas: no se decide en las cuestiones del corazón.

Alexandrina se quedó mirándolo con una expresión desorientada. Unos segundos después, se tapó la boca y se echó a reír.

—¿Quieres hacerme creer que estás enamorado de Manon? ¡Por favor! ¿Piensas que soy tonta? ¿Crees que no sé que lo has hecho para vengarte de mí, para darme celos? ¡Está bien! ¡Sé que lo merezco!

—¡Drina! —le exigió Nuala—. Contrólate o te oirán.

Alexander la observaba, más asombrado que enojado. El último velo había caído. Bajo esa nueva luz, ya ni siquiera hermosa la veía. Había osado insinuar que Manon no era capaz de despertar en él los fuertes sentimientos que, en cambio, lo dominaban. Siguió estudiándola. ¿Por esa mujer había abandonado a su abuelo en su lecho de muerte, para correr detrás de ella? La miraba con ojos inquisitivos, que de seguro no ocultarían el rencor que lo dominaba. Ella lo miraba a su vez; aguardaba una respuesta. Sospechaba que estaba convencida de que le diría que aún la amaba, que partiesen juntos, que olvidase a su esposo y al pequeño Alistair. Pero él, que estaba viéndola a través de un nuevo cristal, con el que Estevanico la había visto siempre, sentía de un modo vívido cómo el amor que una vez había sentido por ella se convertía en aborrecimiento.

—¿Por qué me engañaste de ese modo tan ruin? ¿Por qué no me dijiste que te enviarían a una escuela en Suiza para luego casarte con Archie?

Alexandrina se quedó mirándolo con una expresión desorientada, de ojos suplicantes. ¿Acaso había esperado que no le reclamase al abandono y la traición? Rio con ironía y negó repetidas veces con la cabeza mientras la estudiaba, curioso de su reacción. Se retiró con rapidez cuando ella intentó abrazarlo. ¿No pensaba responder la pregunta más importante? La única pregunta que cabía en ese diálogo.

—¿No merezco una respuesta?

—Fueron órdenes de mi padre —barbotó Alexandrina, mientras se restregaba las manos—. No podía decírtelo. No habría soportado verte sufrir.

Alexander soltó una carcajada vacía.

—Nunca me contaste que tu padre hubiese vuelto a casarse en la India —dijo, con intención, e incluso Nuala soltó una exclamación a sus espaldas.

—¿Mi padre, casado en la India? ¡Imposible!

—Contrajo matrimonio con una princesa maratí, sobrina del *peshwa* de Bengala. Ramabai se llamaba.

—¡Con una nativa! —se escandalizó Nuala.

Alexander no se molestó en volverse para ratificar la información. Siguió con interés el comportamiento de Alexandrina.

—Tienes dos hermanas. Binita y Dárika. Son niñas aún.

—¡Dios del cielo! —exclamó la irlandesa.

Alexandrina alzó el rostro repentinamente y le dedicó una mirada endurecida.

—¡Mientes!

—Oh, no miento —aseguró Alexander en un tono burlón—. Ramabai murió el año pasado, el 25 de julio, en extrañas circunstancias. La prensa apuntó a tu padre como el mandante del asesinato.

Alexandrina se desmoronó en la silla de jardín y se cubrió la frente. Sin motivo aparente, Alexander pensó en Manon y la evocó como la recordaba en el día de la muerte de Ramabai, cuando, al llegar a Blackraven Hall, la encontró en el vestíbulo. Se lo había pasado con su madre y sus hermanas, consolando a las pobres Binita y Dárika. Ella, que había perdido a su madre a los trece años, las comprendía mejor que nadie. Dejó caer los párpados y volvió a verla en aquel traje de montar arrugado y deslucido, con el peinado prácticamente deshecho y los ojos cansados y tristes.

La rabia se esfumó. ¿Qué estaba haciendo allí? ¿Por qué se arriesgaba cuando entre él y Alexandrina no quedaba nada, ni siquiera la necesidad de una explicación?

—He venido esta noche para aclararte que no tuve nada que ver con la muerte de tu padre.

Alexandrina se incorporó con ímpetu y le tendió las manos.

—¡Alex, no me importa…!

Alexander la mandó callar y la fulminó con una mirada que jamás había empleado con ella. La vio retraerse con miedo.

—No me interrumpas —le exigió—. No tuve nada que ver con su muerte, ni tengo la menor idea de quién cometió su asesinato. Y ahora escucha bien lo que voy a decirte: esta será la última vez que tú y yo nos encontraremos a solas. Todo entre nosotros terminó hace ya tiempo. Por el amor que una vez te tuve, te deseo que seas feliz con Archie, que es un buen hombre y mi futuro cuñado. Buenas noches —dijo, y se giró decidido a abandonar la glorieta.

—¡No! —exclamó Alexandrina, e intentó correr detrás de él.

Alexander se volvió sobre sus pasos y le sostuvo el índice cerca del rostro. No hubo necesidad de palabras. Alexandrina se desplomó en el asiento y se echó a llorar. Alexander recibió de Nuala la antorcha y salió de la glorieta, dispuesto a encontrar el camino que lo condujese fuera de la propiedad.

* * *

Manon, cansada de dar vueltas en la cama, encendió la bugía y se puso a leer con el fin de conciliar el sueño. Tomó el ejemplar de *El último mohicano*. Pese a que la fascinante historia de las tribus americanas durante la guerra de independencia la mantenía cautivada, se encontraba releyendo una y otra vez el mismo párrafo. La mente se le escapaba para regresar a los hechos ocurridos desde la llegada a Macao. Nada podía reprocharle a Alexander; se había comportado como siempre, amoroso y atento. La noche anterior transcurrida entre sus brazos había sido tan perfecta y mágica como las anteriores. Ella, sin embargo, analizaba la realidad con ojos suspicaces. Ningún gesto de Alexandrina, ninguna palabra o mirada de Alexander, eran inocentes o carecían de significado bajo su escrutinio.

Abandonó el libro y se cubrió la cara con las manos. ¡Ojalá nunca los hubiese visto en esa cueva de la playa de Penzance! Qué feliz habría sido viviendo en la ignorancia. A Aldonza la fastidiaban sus dudas y sus recelos, pero ¿cómo evitarlos?

Oyó el llanto de su sobrino Alistair. No quería ir a él en ese estado de ánimo. Permaneció atenta. El niño seguía llorando y nadie lo calmaba. ¿Dónde estaría Nuala? ¿Y la nodriza? Se echó encima el salto de cama y, arrastrando los pies mientras se calzaba deprisa las pantuflas, se dirigió a la *nursery*. La recibió un golpe de aire frío, que la obligó a cerrarse el escote de la bata y a ajustarse el cinto. Apoyó la vela junto a la cuna, que echó luz sobre el pequeño. Lloraba a gritos, mostrando las encías sin dientes, con los puñitos apretados y la cara contraída. Estaba destapado y solo vestía una batita ligera. Apartó el tul y lo recogió. Soltó una exclamación al percibir que estaba helado. Lo envolvió con su bata y lo ciñó contra su cuerpo tibio. Alistair se calmó enseguida. ¿Dónde estaban Nuala y la nodriza?, volvió a preguntarse, enfurecida. La ventana estaba abierta de par en par y la brisa que ingresaba no era fresca sino decididamente fría. Más allá de que se encontrasen en el trópico, a esa hora la temperatura descendía; después de todo, hacía muy poco que había comenzado la primavera.

Con el pequeño Alistair en brazos, se dirigió a la ventana para cerrarla. Le pareció oír voces. Se asomó. Lo que vio le arrancó un gemido: Alexander y Alexandrina abrazados. Nuala, unos pasos más allá, iluminaba la escena con una antorcha.

Su sobrino se echó a llorar de nuevo. Manon, aturdida, estupefacta, bajó la vista y lo observó. Lo estrechó un poco más para infundirle calor y seguridad. Le pegó los labios a la frente. Lo besó. Alistair se calló como por ensalmo y soltó un suspiro, que hizo sonreír a Manon.

—Estoy yo para ti. Siempre estaré —susurró, y cerró la ventana.

Capítulo XV

Julian Porter-White abandonó la sede de la Casa Neville en París con la misma predisposición de cada día: como si escapase de una prisión. Conociéndose, sabía que no soportaría por mucho más tiempo al director, que lo miraba torcido creyendo que se había propuesto desbancarlo, o a sus colegas, que lo trataban con irreverencia, como si él no fuese el yerno de *le grand patron*.

Aguantar a Cassandra, siempre exigente y caprichosa, también estaba convirtiéndose en un gran desafío. Nada la conformaba, nada era suficiente. A veces la observaba y se deleitaba al fantasear que la estrangulaba. Se contenía porque solo viva Cassandra producía la generosa renta que le permitía asegurar el lujo en el que vivían él y Alba.

Detuvo un coche de alquiler y, antes de subir, le indicó que se dirigiese hacia la plaza de los Vosgos, en el barrio de Le Marais. Allí, frente al famoso parque, en un hotel de lujo, se hospedaba Patrick O'Brian. Había recibido el billete esa mañana; su amigo le anunciaba que acababa de arribar a París y que deseaba invitarlo a cenar esa misma noche. La noticia le había cambiado el humor. Mantenían una fluida correspondencia en la que planeaban el lanzamiento, largamente postergado, de la Río de la Plata Mining & Co. La conversación con su jefe, sostenida exactamente un mes atrás, el 3 de marzo, en el burdel de madame Fleur, lo autorizaba a avanzar con el proyecto. No veía la hora de ponerse manos a la obra, de obtener las riquezas y el poder que el Famatina le concedería con cada onza de oro y de plata.

El coche se detuvo en la plaza de los Vosgos, delante de una acera con pórtico. Entregó al conductor nueve *sous* y cruzó corriendo la calle. Atravesó uno de los arcos del pórtico y avistó enseguida a O'Brian, que leía un periódico sentado a la mesa de un café. El hombre se puso de pie y le sonrió con esa alegría que siempre desplegaba cuando lo veía.

—¡Por fin nos encontramos después de tantos meses! —exclamó, y le señaló la silla frente a él.

—Ni tantos, solo cuatro —puntualizó Porter-White, y suspiró—. Aunque parecen diez años —concedió.

—Las cosas en tu nuevo trabajo no van bien, ¿verdad? *Deux cafés, s'il vous plaît* —le indicó al camarero.

—No sabía que hablases francés.

—¡Hay tantas cosas que no sabes de mí! —proclamó O'Brian en su habitual espíritu jocoso, y rio con ganas—. Estoy contento de que volvamos a vernos para hablar del gran proyecto que tenemos entre manos. Si conseguimos la explotación del Famatina, tu posición frente a tu suegro dará un giro radical. ¿Sabes? La emisión de papel moneda de la Casa Neville está siendo un éxito, y no solo en Londres. Está expandiéndose a otras ciudades, incluso a Edimburgo. Utilizando su red de corresponsales, la Casa Neville ha llevado el papel moneda de baja denominación a todas partes. Mira —dijo, y extrajo del bolsillo interno de su chaqueta dos rectángulos de papel, similares a las letras de cambio que tantas veces habían pasado por sus manos, aunque más pequeños, con unas vistosas viñetas y el escudo de los Neville en el centro. La leyenda «Páguese al portador a la entrega de este billete» se leía claramente al pie y con una graciosa letra de molde.

—¿Tú también los usas? —preguntó, incrédulo, y se puso a estudiar los billetes, uno de dos libras y el otro de una, cortes más pequeños de los que había imaginado.

—¿Por qué no? ¿Quién no los aceptaría? —replicó el minero irlandés—. ¡Es el oro de Neville el que los respalda! Y todos sabemos que la Casa Neville es la que fija el precio del oro y que, pronto, se ocupará de acuñar la moneda. Su poder no conocería límite si, sumado a esto, consiguiese la explotación de una rica mina como la del Famatina. Y esa, querido Julian, tu suegro te la deberá a ti.

—Creo que preferirá rechazar la explotación de la mina a enemistarse con el gran duque de Guermeaux.

—Tu suegro es un hombre de negocios, al igual que lo es el duque de Guermeaux —razonó O'Brian—. Si consigues hacerte con la mina antes que ellos, no les quedará otra que aceptar convertirse en tus asociados.

—Una vez que seamos los dueños de la mina, ¿para que los necesitaríamos? —lo interrogó con soberbia.

—Los necesitaríamos porque nosotros también somos hombres de negocios y conocemos la importancia de contar con dos titanes como tu suegro y Roger Blackraven. Además, si mi intuición no me falla (y no suele fallar), tu mayor aspiración es hacerte con la Casa Neville. ¿O me equivoco? Enemistarte con tu suegro no sería inteligente.

Porter-White se retiró hacia atrás para que el camarero depositara el café sobre la mesa. Lo sorbió en silencio. Observó a O'Brian por encima del borde de la taza. El irlandés le devolvió una mirada sonriente.

—¿Por qué siempre has sido amable conmigo?

—¿Por qué no habría de serlo? —replicó el irlandés—. Desde que nos conocimos, me has asesorado muy bien y, gracias a tus consejos, he obtenido buenas ganancias especulando en la bolsa. Pero, más allá de eso, eres ambicioso, y eso me gusta. Solo con alguien ambicioso se encaran las grandes empresas. Y la explotación del Famatina es, sin duda, una empresa de largo aliento. ¿Has tenido noticias de tu secretario Murray? No, claro que no —se respondió a sí mismo—. Sus últimas noticias las recibiste hace tan solo un mes.

—Lo importante es que el proyecto de crear un reino en Sudamérica, con don Carlos de Borbón como rey, parece haber quedado en la nada. He consultado los periódicos, me refiero a los de España, que llegan a París todas las semanas, y no hay siquiera una mención sobre el asunto.

—¿Y qué hay de ese compatriota del que me hablaste en tu última carta?

—Bernardino Rivadavia —precisó Porter-White—. Está viviendo aquí, en París, desde hace unos meses. Nos hemos reunido la semana pasada. Dice que si bien es cierto que existe un gran consenso sobre la idea de que los pueblos americanos necesitan de una monarquía a cargo de un príncipe europeo, también es sabido que será casi imposible implantarla en aquellas tierras. Me ha dejado más tranquilo. La idea de que un Borbón, emparentado con Blackraven, se hiciese con el trono de Sudamérica habría echado por tierra cualquier empresa en mi país.

—¿Rivadavia sabe algo acerca de cómo están las cosas en el Río de la Plata?

—Sabe tanto como yo. Está decidido a volver a Buenos Aires ahora que Rosas no es gobernador. Su familia vive allá —lo justificó—. De todas maneras, es un error. Rosas sigue manejando el país como lo hace un titiritero con sus muñecos.

—¿Rosas y Rivadavia son enemigos?

—Mortales —dijo Porter-White.

—Por lo tanto, la presencia de Rivadavia en el Río de la Plata de nada nos serviría ahora que Rosas es el hombre poderoso. ¡Pero hablemos de nuestro proyecto! Quiero mostrarte algo —dijo, entusiasmado, y colocó sobre la mesa un cartapacio de cuero que había permanecido en una silla y al que Porter-White no le había prestado atención.

O'Brian lo abrió y extrajo un pliego de papel grueso. Lo depositó delante de él.

—Este será el modelo de la acción de la Río de la Plata Mining & Co., las que comercializaremos aquí, en la bolsa de París. Lo mandé imprimir antes de venir. ¿Qué opinas? —Sin aguardar una respuesta, explicó—: Me basé en el diseño de las acciones que tú me impulsaste a comprar, las de L&M. Claro, el texto mandé escribirlo en francés. Dime, tú que conoces las acciones de las empresas de este bendito país, ¿consideras que está bien redactado?

Porter-White, todavía estupefacto y emocionado, lo sujetó para leerlo. Se detuvo a apreciar el nombre de la compañía estampado en la parte superior con una hermosa y clara tipografía. Lo surcó un erizamiento. *Ceci certifie que* (espacio en blanco) *est le porteur de cent actions du capital social de Río de la Plata Mining & Co. d'une valeur nominale de cent livres*. Alzó la vista, la fijó en la expectante de su futuro socio.

—Está perfecto.

—¡Excelente! Mandaré a imprimir una cantidad que cubra veinte mil libras.

—¡Tanto! —se escandalizó Porter-White—. Todavía no sabemos si conseguiremos la aprobación del gobierno de la Confederación Argentina.

—Tú tienes los documentos que te dejó Antonino Reyes, sin mencionar que Rosas está de nuestra parte —le recordó el irlandés—. Y es él quien maneja las riendas, ¿verdad? ¡Hay que pensar en grande para llegar lejos! —pontificó. Súbitamente se le borró la sonrisa y una inesperada seriedad le alteró las facciones, se las relajó, lo que propició que la cicatriz que le cruzaba el rostro se evidenciase con desagradable nitidez—. Julian, hacen falta testículos para llevar adelante los verdaderos negocios, aquellos que no solo otorgan riquezas sino poder, el poder que ostentan tu suegro o el duque de Guermeaux, y que tú tanto codicias. Dímelo ahora, antes de embarcarnos en esto: ¿tú posees esos testículos? Porque necesito a alguien con las pelotas bien puestas. En caso contrario, seguiremos siendo grandes amigos, pero no socios.

Julian Porter-White entrecerró los ojos y observó al peculiar hombre que tenía frente a él.

—La respuesta a tu anterior pregunta es sí, quiero presidir la Casa Neville. En realidad, quiero apoderarme de ella. La respuesta a tu última pregunta es también sí, tengo las pelotas bien puestas.

—¡Bien! —proclamó O'Brian y, con exuberante histrionismo, golpeó la mesa—. Creo que tenemos que brindar. Aquí hace falta algo más fuerte que el café. *Garçon! Deux bières!*

Siguieron trazando los planes para el lanzamiento de la venta de las acciones en la bolsa de París, actividad que Porter-White llevaría a cabo sirviéndose de agentes y de brókeres independientes para evitar que se sospechase de su participación en el asunto. La publicidad a través de anuncios en los periódicos parisinos y del difundido sistema de opúsculos era el próximo paso a realizar.

—Conozco varias imprentas en París —aseguró Porter-White—, las que usan en la Casa Neville, y sé en qué periódicos contratar la publicidad, cuáles son los de mayor tirada. No son muchos —advirtió—, no es como en Londres.

—Bien, bien. La cosa va tomando color —se entusiasmó O'Brian.

Llegaron las bebidas. Elevaron los jarros de peltre y los entrechocaron.

—¡Por el poder! —exclamó O'Brian.

—¡Por el poder! —refrendó Porter-White, y bebió un largo trago de la cerveza, mucho más potente que la que servían en las tabernas de Londres.

Cerró los ojos, que se le tornaron acuosos bajo los párpados apretados. Carraspeó para suavizar la garganta. Al volver a abrirlos, el irlandés lo miraba fijamente. Alzó de nuevo el jarro y dijo, esa vez con voz prudente:

—Y por la Casa Neville.

—Y por la Casa Neville —repitió O'Brian.

—Paddy, no creo que puedas comprender hasta dónde sería capaz de llegar para apoderarme de la Casa Neville.

—Oh, pero sí que lo comprendo. Serías capaz de cualquier cosa. Y yo necesito que lo logres, querido Julian, que presidas la Casa Neville. Mis planes de expansión para Australia, esos de los que te hablé tiempo atrás (la red de ferrocarriles y la fábrica de locomotoras), necesitan de una banca potente y sólida como la de tu familia política, de lo contrario serán solo sueños. Y a mí no me gusta soñar.

Porter-White consultó su reloj de leontina. Se sobresaltó al comprobar que eran pasadas las siete de la tarde. El tiempo había volado en compañía del irlandés.

—Estupenda pieza de relojería —comentó O'Brian, y se inclinó para estudiarla—. Soy un conocedor —afirmó— y te puedo asegurar que es de fina manufactura. —Porter-White se la ofreció; el hombre la aceptó y la estudió en silencio—. He desarrollado un fanatismo por los relojes —admitió—. Poseo unos cuantos; los colecciono. Me resulta fascinante la precisión con que funcionan, lo confiables que son, si uno no se olvida de darles cuerda, claro está. Es también por esto que elegí un reloj como símbolo de mi compañía minera, porque inspiran fiabilidad. Regalo de tu padre —comentó abruptamente tras leer la dedicatoria grabada en el interior.

—Sí, de mi padre —confirmó Porter-White, y lo guardó en el bolsillo del chaleco.

* * *

La isla de Lin Tin, ubicada en el estuario del río de las Perlas, se hallaba a veinte millas náuticas al noreste de Macao. Se la consideraba el puerto exterior de la ciudad de Cantón, donde las naves extranjeras se detenían para que los oficiales de la aduana inspeccionaran la carga y cobrasen las gabelas antes de seguir viaje. Desde la prohibición que pesaba sobre el opio, Lin Tin se había convertido en el refugio de los traficantes ingleses como también de los chinos que lo comercializaban en el continente. Los mandarines y los empleados de la aduana, corruptos hasta la médula, cobraban elevados sobornos para mirar hacia otro lado mientras las balas de opio entraban en el país.

Nadie habría osado poner en discusión, ni siquiera las autoridades, que el norte de la isla pertenecía al pirata inglés Jason Walsh y a su mítica esposa Liu Tao. Era sabido, incluso en las altas esferas del gobierno, que la flota de Walsh mantenía un delicado equilibrio de fuerzas en el mar que no habría sido sensato alterar. Además, siendo China un país con una extensa costa, y sin una fuerza naval desarrollada e importante, se consideraban a Walsh y a sus barcos, pertrechados y bien armados con cañones provenientes de Europa, los protectores del mar.

El convoy de la Blackraven Shipping & Shipyard acababa de echar anclas en el magnífico puerto natural al norte de la isla. Los oficiales y la marinería se disponían a descender. Alexander observó que tanto Quiao como James habían vuelto a vestir los típicos trajes chinos, incluso James se había rasurado la línea del cabello para ampliarse la frente, como exigía la ley del imperio. Estaban nerviosos, y los comprendía; ambos se disponían a contradecir la voluntad de la madre, Quiao al anunciarle su compromiso con Estevanico, y Jimmy con Ella. Dirigió la mirada hacia su hermana, que se ocupaba, junto con otros marineros, de soltar el esquife que los conduciría a tierra. Por lo visto, no pensaba cambiarse; se presentaría ante sus futuros suegros con el atuendo de pantalón y camisa negros y botas de caña alta; ni siquiera se quitaría el pañuelo a la corsario. «Quizá sea lo mejor», se convenció Alexander. Isabella se presentaría ante Liu Tao en igualdad de condiciones, las dos mujeres de mar.

Cuatro balandras se aproximaron a darles la bienvenida. En la principal, venía Jason Walsh, alto, fornido, de porte juvenil, pese a que había superado los cincuenta, lo que evidenciaba su gran capacidad de supervivencia, habiendo llevado una vida azarosa, plagada de aventuras desde los catorce, cuando cayó en manos de unos piratas en el mar de Joló. Había abandonado las prendas más cómodas que solía vestir y se presentaba en un traje de lino claro y de indiscutido corte inglés. Agitaba el sombrero y les sonreía. Irradiaba una alegría que evidenciaba el amor que profesaba por sus dos únicos hijos, a los que había visto poco en esos años de separación.

Tras haber solicitado el permiso para abordar, Jason Walsh saltó en la cubierta del *Leviatán*, demostrando su buen estado físico, y salió al encuentro de Quiao, que se arrojó a sus brazos. Jimmy se aproximó con actitud vacilante, y su padre estiró la mano para aferrarlo del hombro y ceñirlo contra su pecho. Se trataba de una escena conmovedora, los dos hijos abrazados al padre. Alexander los observaba desde el castillo de popa y reprimía una sonrisa. Pensó en Manon, en el momento del reencuentro. La añoró como no creyó que lo haría, con esa intensidad perturbadora, y tan solo habían transcurrido pocos días desde la separación. Él, un hombre desapegado y racional, que había aprendido a sofocar las molestas consecuencias del amor, caía de nuevo en los viejos vicios. Tal vez había cierta cuota de culpabilidad en la inquietud que sentía. No se había tratado de una decisión juiciosa concurrir a la convocatoria de Alexandrina; lo atormentaba la idea de que había traicionado a Manon, aunque nada hubiese ocurrido. ¿Por qué había aceptado encontrarse como dos amantes furtivos? ¿Solo para confirmarle que nada sabía del asesinato de su padre o porque todavía lo ataba a ella un sentimiento? Las cadenas que supuestamente se habían roto, ¿en realidad seguían tan sólidas como antes? No, se convenció, el sentimiento, que había creído indestructible años atrás, estaba muerto, sepultado tras capas de dolor y de decepción. La familiaridad que experimentó durante esos segundos en que la tuvo entre sus brazos no fue más que eso, la percepción de algo conocido, familiar. Haberla visto, después de todo, le había servido para corroborar que solo deseaba compartir su vida con Manon.

«Manon», susurró en su mente. La había añorado aquella noche, después del encuentro con Alexandrina, y la añoraba en ese instante, en el que habría deseado tenerla a su lado. La pensaba de continuo. Había pensado en ella, apenas regresado al *Leviatán*, mientras quemaba la carta de Alexandrina, que había mantenido oculta en un cajón, atada a la miniatura. La había pensado también al arrojar el pequeño retrato al mar. Lo había contemplado antes de lanzarlo y, aunque era el rostro de

Alexandrina el que el artista había impreso hábilmente en el trozo de madera, él pensaba en su Formidable Señorita Manon.

—¡Alex, querido muchacho! —exclamó Jason Walsh, y se aproximó a saludarlo—. Te veo y veo a tu padre —dijo, y le tendió la mano, que Alexander apretó con firmeza.

—Señor Walsh, mi padre le envía sus recuerdos. Antes de desembarcar, me gustaría cruzar dos palabras con usted.

Jason Walsh asintió. Se desplazaron solos a la cámara de oficiales, donde un grumete les sirvió té y unos canapés de cohombro de mar, que, Alexander sabía, el viejo pirata juzgaría como una muestra de respeto dado lo apreciado y costoso que era el exótico invertebrado marino. El hombre sujetó los palillos con gran habilidad y recogió un canapé. Lo engulló con un gemido.

—Exquisito —murmuró, y se sirvió otro—. Supe que el virrey de Liangguang recibió el regalo que le enviaste desde Macao —declaró con la boca llena—. Sé de buena fuente que lo ha complacido enormemente. —Alexander asintió—. Ha expresado su deseo de verte antes de que partas hacia Pekín. Creo que deberías aceptar su invitación. Ya sabes el gran honor que implica una invitación de esa naturaleza.

—Sobre todo cuando está prohibido que un extranjero entre en contacto con un mandarín —señaló Alexander, y Walsh asintió—. ¿El emperador Daoguang está al tanto de esta invitación?

—No te quepa la menor duda. Y la avala. Los Blackraven se han convertido en una especie de redentores del imperio Celestial. Créeme, Alex, haberles concedido la posibilidad de acceder a otros puertos es algo que yo mismo habría juzgado imposible. Pero yendo a las cuestiones más prácticas del asunto, he dispuesto que mis mejores barcos te escolten hasta el puerto de Tianjin. Aunque tenemos controlada esta parte, un cargamento de plata *sycee* como el que traes tentaría a cualquiera.

—¿Qué voces corren acerca del cargamento?

—Entre mi gente, solo lo saben tres personas: Liu Tao, Shuchang y yo. Pero algunos mandarines encumbrados, los más cercanos al emperador y al virrey, deben de saberlo, por lo que es muy probable que la información se haya filtrado y terminado en los oídos equivocados.

—¿Prevé que seremos atacados?

—Siempre preveo lo peor, igual que tu padre. Por esa razón seguimos respirando después de tantas décadas de llevar esta vida de filibusteros —afirmó con una risotada antes de engullir el último canapé de cohombro.

—Hablando de mi padre. —Alexander extrajo una carta del interior de su chaqueta—. Para usted —dijo, y se la entregó—. Le adelantaré su contenido, que no es fácil de exponer. —Su franqueza provocó que el pirata alzase las cejas—. Se trata de Quiao y de Jimmy.

—¿Qué hay con ellos? —Walsh se incorporó en una actitud defensiva—. Los he visto en gran forma.

—Iré directo al grano. Jimmy desea desposar a mi hermana Isabella y Quiao a Estevanico.

—¡Qué!

—Mi padre ha escrito también una carta para su esposa, explicándole la situación.

—Tao enfurecerá. Ha soñado con este reencuentro. Ya sabes que considera a Shuchang como un hijo; quiere verlo casado con Quiao. Y ya tiene elegida una joven para Jimmy, una de su pueblo —aclaró.

Alexander sabía, porque Jimmy se lo había explicado, que Liu Tao pertenecía al pueblo de los tanka, o gente de los botes. Desde hacía milenios, las familias tanka vivían en botes atados entre ellos, siete u ocho, y rara vez bajaban a tierra. A las mujeres no se les ceñían los pies hasta convertirlos en flores de loto porque esa práctica las habría inutilizado para trabajar, y eran ellas las que soportaban las tareas más pesadas de la comunidad, como lavar la ropa de los barcos extranjeros anclados en el fondeadero de Whampoa, cerca de Cantón, por un puñado de taeles. Eran famosos sus burdeles, llamados «flores flotantes». Liu Tao había trabajado como prostituta en una flor flotante hasta que uno de sus clientes, Jason Walsh, se enamoró de ella y le propuso matrimonio a los quince años.

Sí, se convenció Alexander, no sería fácil enfrentarse a la ira de una mujer moldeada en la lucha y en los peligros desde la infancia. Se volvió al oír el chirrido de los goznes. Quiao y Jimmy permanecieron en el umbral con expresiones ansiosas.

—Ya se lo he dicho —aseguró Alexander.

Jason Walsh se puso de pie. Sus hijos se aproximaron. Se contemplaron en silencio.

—Caerán rayos del cielo —pronosticó el pirata inglés.

* * *

—¡Traidor! ¡Roger Blackraven es un traidor! —vociferó Liu Tao mientras agitaba la carta del duque de Guermeaux, sin importarle que tres de los hijos del traidor, Estevanico, Alexander e Isabella, se encontrasen en la misma habitación—. ¡No le bastó con llevarse a mis hijos por más de diez años! ¡Ahora pretende casarlos con *sus* hijos! ¡Mis preciosos hijos casados con bárbaros!

—Tú estás casada con un bárbaro —le recordó Jason Walsh.

—¡Error que pretendo corregir con mi descendencia!

—Roger no se llevó a tus hijos —aclaró Walsh con paciencia—. Nosotros quisimos que tuviesen una educación inglesa.

—¡Otro grave error! ¡Ahora quieren unirse a dos bárbaros! ¡Sobre mi cadáver, Jason! ¡Sobre mi cadáver! —repitió, y se aproximó a su esposo apuntándolo con el índice.

Alexander no podía excepto que admirarla. Muy joven —apenas superaba los cuarenta—, poseía una belleza exótica y subyugante que sabía emplear tan bien como las armas de fuego y el sable. Si Liu Tao estaba en una habitación, dominaba el espacio, pese a ser menuda y de baja estatura. El pelo negrísimo, lacio y muy largo, servía de marco perfecto para realzar la palidez de su rostro pequeño y ovalado.

—Madre —intervino Jimmy—, no seas dramática.

—¡Silencio, Jimmy! No me dirijas la palabra. Has roto mi corazón. —Paseó la mirada por Isabella; la estudió de pies a cabeza—. ¿Por qué te presentas ante mí ataviada como un hombre?

—¡Madre! —se exasperó Quiao—. ¡Está vestida igual que tú! Ella será la capitana de su propio barco después de este viaje.

—¿Capitana de su propio barco? ¿Y qué sería de mi hijo? ¿Quién lo atendería? ¡Y tú, Quiao, con un mulato! —la acusó—. ¿No te has puesto a pensar de qué color serían mis nietos?

—¡Madre! —volvió a exclamar la joven, y entrelazó los dedos con los de Estevanico, que se mantenía serio, aunque en sus ojos se adivinaba la incomodidad.

—¡Te unirás a Shuchang, como se dispuso desde tu nacimiento! —decretó la mujer, y se colocó junto al muchacho alto, de buena estampa y de ojos exóticos notoriamente rasgados y con largas pestañas, que observaba la escena cruzado de brazos, con las piernas ligeramente separadas y un aire apacible.

Quiao soltó la mano de su prometido y se aproximó a Liu Tao. Se detuvo frente a ella, muy cerca, a un paso. Se dirigió al oficial más importante de la flota de Jason Walsh, al que su madre quería como a un hijo.

—Shuchang, sé que mi padre te admira y confía en ti —afirmó en chino—. Sé que eres un hombre cabal y que serías un buen esposo, pero no te amo.

—¡Qué dices! —se enfureció Liu Tao, y cerró la boca cuando su hija la mandó callar con un gesto de la mano.

—No te amo —reiteró Quiao, siempre en chino— y, si te desposase, jamás podría hacerte feliz. Mi corazón no me pertenece.

Shuchang asintió, se inclinó delante de Liu Tao y abandonó la habitación.

—¡Shuchang! —lo llamó la mujer, dispuesta a seguirlo. Se detuvo, volvió sobre sus pasos, apuntó a su hija con el dedo—. Te casarás con Shuchang así sea lo último que yo haga.

—No —replicó la joven.

Liu Tao profirió un bufido y se retiró con dignidad.

* * *

Apenas pasadas las siete de la mañana, y habiendo atracado antes del amanecer en el fondeadero de Whampoa, en la boca del río de las Perlas, Alexander ingresó en el imponente edificio de ladrillos y granito donde se encontraba la oficina que la Blackraven Shipping & Shipyard poseía en la única ciudad en la que el emperador chino consentía el comercio con los extranjeros: Cantón. Un empleado, un chino con la mitad de la cabeza afeitada, que daba la impresión de poseer una frente que avanzaba hasta la coronilla, hacía cálculos sirviéndose de un ábaco. Separaba los abalorios con sus largas uñas, algunas cubiertas con fundas enjoyadas, una peculiar usanza entre los chinos. La renegrida cabellera terminaba en una delgada trenza que colgaba más allá de la espalda y cuyo uso era obligatorio, con penas severas para aquellos que no se la dejasen crecer. Algunos las llevaban postizas, cosidas a las gorras, bien por una falta irresoluble de cabello o como muestra de descontento. Un grupo cada vez más ruidoso y creciente, devoto de los antiguos emperadores Ming, alzaba la voz contra los Qing, a los que consideraban unos salvajes de la Manchuria, la región inhóspita al norte del país. «Ratas manchurianas» los apodaban e intrigaban para expulsarlos de la Ciudad Prohibida.

«Extraña gente, los chinos», meditó Alexander. Eran en muchos aspectos más civilizados y sabios que los europeos; en otros, seguían anclados en la Edad Media. La tradición y el honor eran de capital importancia, más que en cualquier otra cultura que él hubiese conocido; mostrar debilidad se consideraba el pecado más repugnante. Su padre le había enseñado el difícil arte de tratar con ellos, que implicaba alcanzar una delicada combinación de firmeza y de gentileza. «Si quieres comerciar con los chinos», le había advertido, «debes hacerlo a su manera y bajo sus reglas. De otro modo, no te venderán un clavo, y pese a que aman nuestros lingotes de plata, prefieren perder una gran oportunidad comercial que rebajarse, porque para ellos es más importante el honor y el buen nombre que la ganancia, por muy extraño que te parezca». Su padre también le explicó que, bajo esa traza de personas hospitalarias y corteses, los chinos ocultaban un gran desprecio por los occidentales. Los dominaba una creencia atávica: pertenecían a una raza superior, la más elevada que habitaba la tierra; los demás eran bárbaros, tal como Liu Tao había calificado a Estevanico y a Isabella.

Más allá de la oficina, se avistaba el depósito con retales de seda hasta el techo, cajas con vajillas de porcelana, toneles con azúcar, melaza y ron y, en especial, los valiosos cofres con té Souchong y Hyson; había también productos más delicados, como figurillas de jade y potes con raíces de *ginseng* disecadas. En el sótano se hallaba la bóveda acorazada donde guardaban los lingotes de oro y de plata *sycee*, la preferida por los chinos, que se moldeaba en forma de pequeña barca.

El empleado chino, al descubrir al joven patrón, se puso de pie, se acercó a paso rápido con una sonrisa y practicó el típico saludo conocido como *kowtow*: se arrodilló frente a él y tocó el suelo con la frente tres veces en señal de respeto. Alexander lo habría tomado del brazo y obligado a ponerse de pie, y, sin embargo, se abstuvo. Esa constituía otra de las enseñanzas de su padre: «Déjalos hacer el *kowtow*; es importante para ellos», le había explicado.

—¡Qué alegría verlo, capitán Alex! —proclamó en inglés *pidgin*, el dialecto empleado por los chinos para dirigirse a los extranjeros.

—Lo mismo digo, Qiang. Nico y los demás están disponiendo todo para comenzar con la descarga.

—Aquí estamos esperándolos, señor.

Alexander quería acabar cuanto antes con los asuntos en Cantón y proseguir su viaje hacia el norte para entregar la carga de lingotes de plata en Tianjin. El transporte desde el puerto hasta la capital del imperio, en Pekín, sería responsabilidad del emperador. Con cada minuto que permanecían en su poder aumentaban las probabilidades de que los asaltaran y los pasaran a degüello para arrebatárselos.

Recorrió con Qiang los depósitos y el sótano para comprobar que todo estuviese en orden antes de que comenzaran a llegar las mercancías destinadas a Cantón. Una gran parte, que ya se había trasegado a los barcos de la flota de Jason Walsh, proseguiría el viaje hacia los puertos prohibidos del norte, en especial un gran cargamento de cascarilla, o corteza del quino, y de telas inglesas más aptas para los climas fríos y la elaborada con gutapercha, que, estaba seguro, se la quitarían de las manos.

Permaneció atento durante el proceso de estiba, sabiendo que Estevanico y los demás oficiales hacían otro tanto en el fondeadero para evitar que las cajas desaparecieran en el trayecto hasta el depósito. Los empleados, en su mayoría chinos, pero también de otras nacionalidades, se movían con mayor eficacia y se comportaban con honestidad bajo el peso de la mirada de los patrones.

Terminaron el trabajo muy entrada la tarde, cerca de las seis, cuando la oscuridad comenzaba a cernirse sobre el predio conocido como de las Trece Fábricas, que comprendía una parcela de terreno de doce acres destinada al emplazamiento de las casas, las oficinas y los depósitos de los comerciantes extranjeros. Cruzar los límites del predio y aventurarse por las calles de Cantón habría implicado la prisión, incluso la condena a muerte.

Alexander marchó al piso superior y salió al balcón. Allí le habían dejado una colación, más que bienvenida después de horas de trabajo incesante. Tomó asiento y se distendió con un suspiro. Sorbió el té y clavó la vista en el puerto, un enjambre de mástiles y de jarcias. El vaivén de la brisa del atardecer acarreaba los fétidos olores. Extrajo el pañuelo de Manon, al que ella le había renovado el perfume, y se lo colocó sobre la nariz. Se quedó quieto contemplando el río de las Perlas donde navegaban con tranquila cadencia los sampanes, notorios por su marcada arrufadura tanto por la proa como por la popa y por sus típicas velas de esteras; recorrían las aguas transportando mercaderías. En su singladura, se cruzaban con naves más pequeñas, como las lorchas y los juncos.

Abandonó el cómodo sillón de bambú y se aproximó a la balaustrada. Paseó la mirada por el resto de los edificios o de las fábricas, como se acostumbraba llamarlos, aunque allí nada se fabricase. En el límite del predio, en los malecones del puerto, se erguían los mástiles con las banderas de los principales países involucrados en el comercio con China. Aunque con los colores un poco desleídos, se destacaban la de Gran Bretaña, la de Francia, la sueca y la norteamericana.

Detuvo la vista en el edificio más vistoso, el centro comercial de Howqua, en cuya torre flameaba la insignia amarilla con el dragón de la dinastía Qing. Consultó su reloj de bolsillo; en menos de dos horas, Estevanico y él compartirían una cena con el querido Howqua, en la que también participaría el virrey de Liangguang. Su presencia implicaba una gran deferencia, tal como había expresado Jason Walsh.

Avistó a Estevanico, que cruzaba la plaza en dirección a la oficina. Se saludaron con gestos de mano. Pese al revés que habían significado el rechazo y la furia de Liu Tao, se lo veía animado. De igual modo, Alexander sospechaba que dejar a Quiao en Lin Tin, con Shuchang rondándola día y noche, no le había hecho ninguna gracia. Lo oyó a sus espaldas y se volvió para saludarlo.

—El té está recién hecho —dijo, y señaló la jarra de porcelana—. Están por traer más langostinos.

—Los chinos los comen porque son afrodisíacos —comentó Estevanico y devoró uno—. No sé de qué nos servirán a ti y a mí si nuestras mujeres estarán fuera de nuestro alcance por más de tres meses.

—Nos servirá para aprender a templar nuestros apetitos desmedidos —pontificó Alexander con un fingido timbre jaculatorio, y causó una risotada a Estevanico, que, tras servirse una taza de té, se aproximó a la balaustrada.

Sorbieron en silencio, contemplando el paisaje.

—¿Cuál es la situación en Whampoa? —quiso saber Alexander.

—Descarga completada y nuestros mejores hombres armados hasta los dientes para vigilar el *Leviatán* y el *Constellation* durante la noche.

—¿Obby?

—Estudiando la tabla del ocho, creo. Quédate tranquilo, Ludo no se moverá de su lado hasta que regresemos esta noche a Whampoa.

Alexander asintió y volvió a caer en un cómodo mutismo mientras bebía su té ya tibio.

—¿En qué piensas? —se interesó Estevanico.

—En Manon. En Alexandrina —agregó un segundo después—. No tuve oportunidad de contarte que me convocó con una nota que deslizó en el bolsillo de mi chaqueta. Nos encontramos en el jardín de su casa después del sarao en casa de Archie.

—Alex, no debiste verla. Fue muy arriesgado —le señaló.

—Lo sé. Pero me escribió diciéndome que quería hablar de la muerte de su padre.

—¡Manipuladora! Le importa un ardite la muerte de Trewartha.

—Lo sé, y lo sabía cuando decidí aceptar su pedido. Fue una buena decisión. Necesitaba poner un punto final a lo que había quedado inconcluso entre nosotros.

—Si pusiste un punto final a lo que existió entre ustedes, ¿por qué estás pensando en ella?

—Tengo miedo de que, en un acto de despecho y de rabia, le revele a Manon lo que existió entre nosotros.

Estevanico inhaló profundamente y se reclinó en la balaustrada.

—Te comprendo, yo mismo estoy padeciendo por algo similar. Temo lo que mi *querida* suegra pueda decirle a Quiao para predisponerla en mi contra.

—Quiao jamás se dejaría convencer, ni por su madre ni por nadie.

—Lo mismo te digo yo a ti: ni la rabia ni los celos de Alexandrina podrán con el amor que Manon siente por ti.

Alexander acordó con un asentimiento, aunque el miedo y las dudas prevalecieron.

* * *

—¡Queridos muchachos! —los saludó Howqua—. ¿Cuándo fue que se convirtieron en hombres magníficos? A ti, Alex, te vi por primera vez cuando todavía usabas pañales y Nico te tenía por la mano para evitar que cayeses.

—Tú, en cambio —dijo Estevanico—, nunca cambias. Pareces haberte detenido en aquel primer encuentro, tantos años atrás. ¿Cuál es tu secreto?

—Uno muy simple: mucho trabajo y mucho sexo, para lo cual recomiendo un gran consumo de langostinos y de raíz de ginseng.

Alexander y Estevanico explotaron en una carcajada.

—¡Qué alegría volver a verlos! —exclamó el comerciante con sincero beneplácito.

—Para nosotros también es una alegría, Howqua —aseguró Alexander.

Pese a saber que el nombre de pila del anfitrión era Bingjian, se referían a él por su título de *howqua*, destinado al comerciante más exitoso, el jefe del Cohong, al que se le concedía portar un gorro rojo, símbolo de estatus. Solo el duque de Guermeaux lo llamaba Bingjian. Howqua a su vez lo llamaba Roger.

Después de quitarse los zapatos sin que nadie se los indicara, se calzaron con las zapatillas de seda dispuestas en el ingreso y entraron en una sala donde los sirvientes terminaban de disponer los manjares en una mesa baja; comerían sentados sobre unos escabeles casi al nivel del suelo. Aunque Alexander habría preferido contar con más tiempo para charlar con Howqua, no fue posible; les avisaron que el virrey se aproximaba.

En una demostración de respeto, salieron a recibirlo al vestíbulo. El virrey llegó en una silla de mano acarreada por dos culis. Otra se detuvo pocos segundos más tarde, de la cual descendió el *hoppo*, o jefe de la Aduana. El virrey lucía su traje ceremonial gris y escarlata, lo que hablaba de la importancia que le confería al encuentro con los hijos del duque de Guermeaux. El *hoppo*, también ricamente ataviado con una túnica de seda naranja, embellecida con bordados en hilos de oro, aguardó a que el virrey saludase al anfitrión y a sus huéspedes para acercarse.

Dado que los funcionarios no hablaban el inglés *pidgin*, Howqua oficiaría de traductor. Se ubicaron en torno a la mesa. Los escabeles, cubiertos por almohadones, resultaron notoriamente confortables, pese a que Alexander y Estevanico, con sus largas piernas, precisaron de unos segundos para encontrar la mejor posición.

Como era costumbre de los chinos, el virrey se refirió al pasado, a la época y a las circunstancias en las que había conocido al por entonces conde de Stoneville, allá por 1816, cuando el príncipe regente envió una comitiva a cargo de William Amherst para solicitar al emperador que aceptase una embajada británica en Pekín. El pedido fue denegado, pese a la amistad existente entre Roger Blackraven y el emperador Jiaqing, y todo por la estolidez de Amherst, que se rehusó a efectuar el *kowtow*. Alexander sospechaba que el rechazo nada tenía que ver con la cuestión protocolar, sino con la inveterada costumbre de los chinos de desconfiar de todo aquel que no perteneciese a su nación.

La cena terminó y se sirvió té de jazmín con mostachos franceses. La conversación, pese a la dificultad del idioma, procedía cordialmente. Se tocaban temas generales, para nada espinosos ni conflictivos. El tiempo pasaba y no se abordaba la cuestión de la pésima situación económica del imperio ni la del comercio con Gran Bretaña. Alexander decidió tomar el toro por las astas y se dirigió al virrey para referirle el problema del opio.

—La cuestión del opio se resolvería si China dejase de venderle té a Inglaterra —afirmó—, lo que se lograría si China nos diese las semillas de la planta o los esquejes para cultivarlos en nuestras propiedades en Ceilán y en Sumatra, cuyos climas son propicios.

El virrey intercambió una mirada seria con el *hoppo* antes de responder que los burócratas mandarines jamás lo consentirían.

—Además —prosiguió el funcionario—, China le vende a Inglaterra veinticuatro millones de libras de té por año, una cantidad enorme —remarcó, y Alexander se sorprendió de que llevasen estadísticas tan precisas—. Reemplazar eso con plantas que crezcan en vuestras propiedades, sea en Ceilán o en Sumatra, llevaría años, si no décadas. Y nosotros no podemos esperar décadas para solucionar un problema como el del opio, que está destruyéndonos.

—La única solución es acabar con el comercio ilegal del opio —opinó el *hoppo*, y obtuvo el respaldo del virrey, que asintió.

—Inglaterra jamás lo consentirá —declaró Alexander.

—¿No existe un grupo de ingleses honorables dispuesto a cortar un comercio que viola las leyes del emperador?

—Mi hermano en el Parlamento y otros más trabajan arduamente para lograr que el opio sea declarado ilegal en Inglaterra, pero sabemos que es una lucha con pocas probabilidades de triunfo. Por un lado, está la presión ejercida por el grupo de traficantes, que ha acumulado una riqueza y una preponderancia difíciles de contrastar. Por el otro, está el gran productor de opio, la Compañía de las Indias Orientales, que depende enteramente de las ganancias obtenidas con la venta del opio producido en la India. Su poder es también enorme.

—Sin mencionar —intervino Estevanico— que el gobierno inglés obtiene enormes sumas de dinero en materia de impuestos que les cobra sea a los traficantes que a la Compañía.

—Exacto —refrendó Alexander.

—¿Ni siquiera el duque de Guermeaux puede oponérsele a la Compañía? —preguntó el virrey.

—Ni siquiera —confirmó Alexander—. Los intereses son enormes.

Tuvo deseos de añadir que Inglaterra los nivelaría con el suelo antes de permitir que acabasen con el comercio del opio, pero se abstuvo, consciente de que habría infringido el primer mandato en el trato con los chinos: respetar su honor y su orgullo nacional. En cambio, mencionó la conveniencia de abrir el puerto de Ningbo, no solo al duque de Guermeaux, sino a todos los comerciantes británicos.

—Su ubicación en zonas más frías de China propiciaría el tráfico de nuestras telas de lana, lo que permitiría a su vez disminuir la importancia del opio en la balanza comercial. Porque es el desequilibrio en la balanza comercial lo que preocupa a nuestro rey. Nosotros importamos veinticuatro millones de libras de té al año y no podemos venderles prácticamente nada a ustedes, excepto opio —puntualizó—. También disminuiría el déficit de la balanza si el precio del té disminuyese. Y esto sería posible si, en lugar de embarcarlo en Cantón, lo hiciésemos en Ningbo.

—¿A qué se refiere? —preguntó el *hoppo* con un timbre suspicaz.

—En la actualidad —respondió Alexander—, es preciso transportar el té desde el valle del río Yangtsé hasta Cantón en un recorrido de más setecientas millas, con todos los costos y riesgos que eso implica.

—Es una idea sensata —concedió el virrey—, pero sería rechazada no solo por las autoridades de Cantón, sino por el Cohong —dijo, y usó su pipa de oro para señalar a Howqua—. Ninguno querrá perder la importancia adquirida.

—No solo los comerciantes del Cohong nos opondríamos —intervino Howqua con ánimo defensivo—, también lo haría el gobierno de Pekín, que recauda muchísimo dinero en concepto de impuestos con los que grava a los transportistas de los productos del norte, mayormente té y seda.

Alexander asintió y disimuló el fastidio que le provocaba la ceguera de los funcionarios. Se convenció de que habían llegado a un callejón sin salida. Terminó por aceptar que la cuestión había alcanzado una instancia en la que solo se resolvería con la guerra; era solo cuestión de tiempo.

El virrey y el *hoppo* se despidieron poco después, sin haber mencionado el transporte de los lingotes de plata a Pekín, lo que hablaba de la extrema reserva con que trataban el tema. Alexander y Estevanico también expresaron su intención de marcharse, pero se quedaron a un pedido de Howqua.

—No hemos tenido tiempo de conversar de otras cuestiones más placenteras —se justificó el hombre—. He sabido, querido Alex, que ha llegado a Macao una bella joven inglesa, perteneciente a la Casa Neville, que se convertirá un día en tu esposa. —Desvió la mirada hacia Estevanico—. Y he oído también que nuestro querido Nico, en un gran acto de arrojo, ha decidido desposar a la hija de Liu Tao. ¡Mis muchachos ya son unos hombres, sin duda! —exclamó con una sonrisa.

—Estás muy bien informado, querido Howqua —señaló Estevanico.

—Ah —dijo el hombre—, no puedes llegar donde yo llegué sin una enorme cantidad de información. La cuestión es saber emplearla. —Su sonrisa se desvaneció y se inclinó en la actitud de quien desea secretear—. Sé también que la Hung Mun Tong está al tanto de la llegada de dos barcos cargados de plata para el emperador.

Alexander y Estevanico cruzaron una mirada ceñuda.

—¿Qué es la Hung…?

—Hung Mun Tong —repitió el comerciante chino—. Es una sociedad secreta. El gobierno la considera una banda de delincuentes. Como sea, es una cofradía muy peligrosa. Se la conoce también como la Sociedad Tríada, por las tres armonías.

—¿Qué son las tres armonías? —se interesó Estevanico.

—Paz, dicha y concordia, tres conceptos que provienen de la más antigua tradición china. Solo cuando coexistan esos tres bienes habrá justicia en el mundo, al menos es lo que sostienen los de la Tríada. Por eso se tatúan en la cara interna del antebrazo derecho una flor de loto con tres pétalos dentro de un triángulo.

—¿Qué reclaman? —inquirió Alexander.

—Ellos consideran que, bajo el gobierno de la dinastía Qing, la justicia es imposible. Se han propuesto eliminarlos y restablecer a los Ming en el trono.

—Y nosotros, trayendo lingotes de plata para el emperador, nos hemos convertido, sin saberlo, en sus enemigos —dedujo Estevanico, y Howqua asintió.

—Por eso he querido advertirlos —añadió el chino—. Sé que vuestro padre les ha enseñado a cuidarse las espaldas, pero me permito aconsejarles que redoblen las precauciones mientras se encuentren en mi país.

—Así lo haremos, Howqua —aseguró Alexander.

—Tengo a mi gente trabajando para recabar información. Por el momento, solo me han confirmado que la Tríada está al tanto del embarque de plata. Pero me resultaría muy extraño que no actuasen. ¿Jason Walsh los escoltará con su flota hasta Pekín? —Alexander dijo que sí—. Bien, bien —mascculló el hombre, y volvió a sonreír—.

Alex, les escribiré a mi esposa y a mis hijas y les pediré que inviten a tu prometida a tomar el té. ¿Crees que aceptará?

—Estoy seguro de que Manon aceptará encantada.

—Manon —repitió el chino—. ¡Qué bello nombre!

—En Londres se la conoce como la Formidable Señorita Manon —apuntó Estevanico—, y te aseguro, querido Howqua, que el calificativo la define a la perfección.

—¡Una mujer digna de ti, Alex! —celebró Howqua.

—La cuestión es si yo soy digno de ella —observó Alexander, y provocó que el comerciante chino alzase las cejas, asombrado.

Capítulo XVI

En los días posteriores al sarao, Manon se propuso mantenerse lejos de Alexandrina, y rara vez lo consiguió. Su cuñada, por el contrario, se había propuesto estrechar lazos con ella y la sometía a un asedio. Excepto cuando estaba reunida con los Chichister por las cuestiones de la Casa Neville, Alexandrina siempre la rondaba. Por fin Ross partió hacia Cantón para hacerse cargo de la sede que su hermano Archibald había abierto y prácticamente abandonado pocos meses más tarde, y Manon se quedó sin excusas para ausentarse de la casa, salvo las invitaciones de lady Napier y de sus hijas, en las que Alexandrina estaba incluida.

—Después de todo —le recordó Aldonza—, viniste aquí para ayudar a tu hermano, que a ojos vistas no está bien. Deja de huir.

Intentó concentrar su atención y sus esfuerzos en Archibald, que, en verdad, no estaba bien. Bebía demasiado y se lo pasaba echado en un sillón en la veranda mirando la nada. Convencida de que el ocio era mal consejero, Manon se propuso involucrarlo en los negocios. Una tarde, mientras lo animaba a viajar a Cantón y a reunirse con Ross, su hermano la interrumpió para decirle:

—Sospecho que Drina está enamorada de otro.

Manon percibió una sequedad repentina en la boca. Sorbió un poco de té, se aclaró la garganta, inhaló profundamente, y todo para ganar tiempo y reflexionar qué le respondería.

—Si es cierto lo que afirmas, ¿crees que echándote aquí todo el día y bebiendo hasta acabar bajo la mesa conseguirás hacerle olvidar ese otro supuesto amor? Mírame, Archie. —Los ojos azules de su hermano, tan parecidos a los suyos, se movieron con lentitud para contemplarla sin vitalidad—. ¿En verdad lo crees? Porque puedo afirmarte que estás haciendo lo imposible para alejarla de ti y echarla en brazos del primero que se le cruce.

—Dime tú qué debo hacer.

—Comportarte como un hombre. Un verdadero hombre.

—Uno como Alex —dijo sin ironía, más bien con tristeza.

—¿Por qué dices eso?

—Porque lo tengo por un tipo cabal, el ejemplo que todos deberíamos seguir.

—Alexander es Alexander, no te compares con él ni con nadie. Tú debes buscar la mejor versión de ti mismo. Ve a Cantón, termina tu trabajo allí y regresa para que podamos volver a Londres. Pero con el trabajo terminado y sintiéndote que has cumplido con la palabra que le diste a papá.

—¿Y en Londres qué haré?

—Eso se verá, Archie —se impacientó Manon—. Por ahora, termina con lo que dejaste inconcluso. Ross ha venido a darte una mano, pero él no es el dueño. Tú lo eres.

—Ojalá pudieses venir a Cantón conmigo.

—Ya. Lástima que a las mujeres extranjeras se les prohíbe el ingreso —le recordó innecesariamente—. Ross es una de mis personas de confianza. Habla con él como lo harías conmigo.

Archibald rio con aire melancólico y le sujetó una mano.

—Imposible. Solo existe una Manon. Solo con ella puedo hablar con la franqueza con que lo hago.

—Me refiero a que puedes confiar en él para las cuestiones del negocio. Es sensato y conoce el oficio.

Archibald asintió con aire apático. Sin volverse, con la vista aún en el jardín, le preguntó:

—¿Cómo está Cassie?

—Enojada conmigo. —La respuesta despertó el interés de su hermano, que le destinó una mirada sorprendida—. Es a causa de una oposición de intereses entre los Guermeaux y nuestro *querido* cuñado Porter-White. Te lo explicaba en mi última carta, la que no recibiste.

—Cuéntame —se interesó Archibald, y Manon le expuso de manera resumida la cuestión de la explotación del Famatina.

—¡Qué gran embrollo!

—Donde está Porter-White, hay caos, embrollos y suspicacias —sentenció Manon—. Es una serpiente. Ojalá nunca lo hubieses conocido. Ojalá nunca le hubieses ofrecido un puesto en la Casa Neville. Recuérdame cómo fue que lo conociste —le pidió.

—Me lo presentaron Masino y tío Leo.

—¿Masino y tío Leo? —se sorprendió Manon.

—Para esa época, Julian era un empleado jerarquizado de la Baring Brothers —especificó Archibald—. Y tú sabes que Masino y tío Leo son muy amigos de Adrian Baring. Lo trajo un día que íbamos de caza en Penzance.

—Maldigo ese día —masculló Manon.

Archibald se embarcó con destino a Cantón el miércoles 12 de abril, junto con Leonard y Aldobrandini. Por la tarde, Manon recibió la invitación de Wu Ai, la esposa del famoso Howqua, para tomar el té en su residencia de Macao. Le aseguraba que ella y sus hijas estarían complacidas de recibirla, lo mismo a su abuela y a su cuñada, la señora Neville. Sin duda, estaban muy bien informadas. Respondió enseguida, y el mismo mensajero llevó la esquela aceptando la invitación para el día siguiente.

—Mañana iremos a esta dirección a tomar el té —informó Manon a Thibault y le tendió la esquela apenas recibida—. Es la residencia de los Wu, la familia del jefe del Cohong.

—Sí. Howqua —dijo Belloc con una familiaridad que la dejó perpleja—. Alexander me escribió para advertirme que tal vez su esposa te invitase a su casa. Me dijo que confiara plenamente en ella.

—¿Cómo? ¿Alexander te ha escrito? ¿Cuándo?

—Me escribió desde Cantón. Su carta está fechada el 6 de abril. Yo la recibí el 7.

Manon asintió y abrió la puerta de la *nursery*. Allí se encontró con Aldonza, que le hacía monerías y carantoñas a Alistair mientras Nuala lo bañaba en una artesa de loza. ¡Qué dicha escucharlo reír a carcajadas! Se aproximó a paso rápido, ansiosa por verlo. Era tan parecido a Archie, incluso cuando reía; se le formaban los mismos hoyuelos a los costados de las comisuras.

—Me recuerda a ti —susurró Belloc con los ojos fijos en el niño—. ¿Verdad que sí, señora Aldonza?

—Sí, Thibaudot, a mí también me la recuerda. Claros descendientes de Percy.

Manon besó en la mejilla a Belloc. El hombre le sonrió y le palmeó el rostro con esa torpeza que ella juzgaba entrañable.

—¿Me permitirás leer la carta que te envió Alexander o es muy personal?

—No, no —se apresuró a afirmar el gascón—. Enseguida la traigo.

Aldonza apartó la vista de Alistair y la interrogó con una mirada inquisitiva. Manon se encogió de hombros. Había resultado inútil ocultarle lo del encuentro entre Alexander y Alexandrina. A la mujer le bastó observarla durante el desayuno al día siguiente para advertir que algo iba mal. A Manon no le costó soltar su pena y desahogarse. Lo más increíble era que Aldonza seguía defendiéndolo y justificándolo.

Belloc regresó y le entregó la carta. Manon y su abuela se alejaron hacia la ventana. Aldonza se calzó los quevedos. Manon desplegó la cuartilla con el membrete de la Blackraven Shipping & Shipyard. Leyeron en silencio.

Cantón, 6 de abril de 1834

Estimado Thibault:

Espero que la presente te encuentre bien. Te escribo estas líneas antes de zarpar hacia los puertos del norte para pedirte —y me perdonarás si me muestro insistente— que estés muy atento a la seguridad de Manon y que redobles los cuidados. He sabido de una sociedad secreta, la Hung Mun Tong, también conocida como la Sociedad Tríada, que podría planear hacerle daño para perjudicarme. Sus objetivos políticos van en clara oposición a mis intereses comerciales. Los miembros de esta cofradía llevan tatuado en la cara interna del antebrazo derecho un triángulo y, dentro de este, una flor de loto de tres pétalos. Mantén ojo avizor. Aprovecho para mencionarte que es posible que Manon reciba una invitación de la señora Ai, la esposa de un poderoso comerciante llamado Howqua. Su apellido es Wu. La tradición china dicta que se anteponga el nombre familiar al de pila, por lo tanto, la misiva llegará firmada por Wu Ai. Los Wu son de mi entera confianza, por lo que puedes conducir a Manon hasta su residencia, claro está, si Manon decide aceptar, lo que me complacería, pero esto no se lo menciones a ella; no quiero que se sienta presionada. Cualquier otra invitación trátala con extrema difidencia e intenta disuadirla, por su bien.

A partir de ahora, no creo que tendré manera de comunicarme contigo sino hasta mi regreso a Macao.

Te encargo a Manon, querido amigo. Ella es lo más valioso en mi vida.

Siempre a tu disposición,

ALEXANDER

—Lo más valioso en mi vida —susurró Aldonza con intención.

Manon despegó la vista de las líneas prolijamente escritas y la fijó en el jardín, justo en el sitio donde los había visto abrazarse. La imagen se repetía con una constancia fastidiosa e, incluso después de casi diez días, la sumía en una angustia insoportable.

—Está fechada el 6 de abril —remarcó su abuela—. Tú lo viste con ella el 31 de marzo por la noche. Como verás, una semana más tarde, tú eras lo más valioso para él.

—Se siente responsable por mi seguridad, solo eso —se empecinó.

El rezongo de Aldonza se mezcló con la entrada de Alexandrina en la *nursery*. Manon se volvió para observarla. Su cuñada levantó a Alistair, recién bañado y cambiado. Se la veía muy feliz y hermosa. A veces se instaba a preguntarle qué decisión habían tomado ella y Alexander; tenía derecho a saber, lo mismo Archie. Se callaba, y todo por un simple acto de cobardía.

El pequeño Alistair volvió a carcajear mientras su madre lo besaba, una y otra vez, en los carrillos abultados. Manon sonrió, a su pesar.

* * *

Pocas veces se había sentido tan bien tratada, con tanta deferencia y respeto, al tiempo que sin una traza de obsecuencia, como la tarde en la residencia de los Wu. Y la sorprendía, porque eran personas cuyas costumbres y estilo de vida, ni qué decir el vestuario, eran distintos a todo lo que ella encontraba familiar. La casa misma también lo era, con su techo de madera, cuyos aleros se curvaban hacia arriba en los cuatros extremos, detalle que, supo después, imitaba a las tiendas de campaña. Abierta, iluminada y muy fresca, la hizo sentir a gusto enseguida, apenas cruzó el umbral. La recibió un aroma a sándalo, que invadía las estancias, y que las siguió hasta la enorme sala donde las aguardaban la señora Wu Ai y sus cinco hijas, que rondaban la cuarentena. Cubiertas por vestidos largos y amplios, confeccionados en telas costosas, ricamente ornamentadas, componían un cuadro magnífico de colores brillantes, visos y aguas, lo mismo sus elaborados peinados, embellecidos con joyas y palillos. Manon no podía quitar sus ojos de las seis mujeres Wu mientras se inclinaban y le daban la bienvenida en un inglés más que aceptable; incluso después escuchó a la señora Ai dirigirse en portugués a una de las domésticas. Eran, al igual que la variopinta sociedad de Macao, muy cosmopolitas y estaban informadas de las cuestiones europeas y norteamericanas. Al mismo tiempo, los muebles, los adornos y los símbolos religiosos hablaban de una severa observancia de la tradición china.

El banquete, al que la señora Ai llamó *dim sum*, y que formaba parte de la cocina cantonesa, era un festín para los ojos en la diversidad increíble de platos salados y dulces y también en la primorosa disposición de la mesa, decorada con flores de vivos colores y grandes platos de porcelana sobre los que se habían apilado frutas exóticas. En deferencia a la nacionalidad de las invitadas, no solo se habían preparado algunas delicias de la pastelería inglesa, además de bocadillos de pepino y de salmón, sino que se había descartado la mesa baja para reemplazarla por una alta en consideración a los ampulosos miriñaques.

—Me habría gustado invitar a Alexander —dijo la señora Ai, y se dirigió a Manon—. Hace tiempo que no lo vemos. Mi esposo me escribió después de su encuentro en Cantón y me dijo que está muy bien. Sé que eres su prometida —confesó.

—¿Usted conoce a Alexander? —inquirió Manon, sorprendida por la familiaridad con que pronunciaba su nombre.

La señora asintió con una sonrisa, mientras las hijas se cubrían las bocas para ocultar las risas.

—Lo conocemos desde que tenía tres años. Mis hijas querían jugar con él como si fuese su muñeco.

—Era bello como un muñeco, madre —acotó la mayor—. Nunca habíamos visto ojos de ese color tan…

—¿Turquesa? —ofreció Alexandrina, y las mujeres Wu asintieron.

—Sí, turquesa —refrendó la dueña de casa—. Es un color de ojos que no existe entre nosotros. ¿Más té? —preguntó, y alzó la tetera con una exquisita infusión de té negro y flores de jazmín.

—Sí, gracias —dijo Manon, todavía incómoda y enojada por la referencia de su cuñada a los ojos de Alexander.

Se esforzó por olvidarse de todo y por disfrutar de ese momento tan agradable. Se interesó por conocer las diferentes viandas del *dim sum* y por probarlas a todas. Le gustaron especialmente unos bollos cocinados al vapor, algunos rellenos de mariscos, otros de carne vacuna o de cerdo; había varios de verdura. Decidió que las tartitas de manteca de leche de yak se convertirían en su repostería favorita y lo expresó a viva voz, causando una gran satisfacción a las anfitrionas. La señora Ai mandó prepararle un envoltorio con una docena para que las llevase de regreso a su casa.

—Estoy segura de que a mi hermano le encantarán como a mí. Somos muy golosos —aseguró Manon.

Saboreó también los langostinos fritos y, ya casi sin espacio en el estómago, probó los bocaditos rellenos de una extraña pasta preparada con soja, a la que la señora Ai llamó tofu. La generosidad desplegada en la mesa se extendió también a la amistad que le ofrecían y a los esfuerzos en los que se empeñaban para hacerla sentir cómoda y bienvenida en esa tierra lejana.

A partir de esa tarde, se encontraron con frecuencia, fuese en la residencia de los Wu o en la casa de Archie, y compartían paseos por las distintas feligresías de Macao, caminatas por la Praia Grande y en una ocasión navegaron hasta el estuario del río de las Perlas en un típico barco chino llamado sampán.

La familia Wu vivía la mayor parte del año en Cantón, pero también pasaba una temporada en Macao, la ciudad favorita de la señora Ai.

—El hecho de que sea administrada por los portugueses desde hace tanto tiempo le confiere esa característica única, la de dos culturas tan distintas, como la china y la europea, tan bien amalgamadas —expresó la mujer.

Una mañana a finales de abril se dirigían a la casa de la modista de las Wu. La señora Ai quería regalarle la confección de un *chenyi*, un traje típico de la moda china, amplio y largo, cruzado por el frente, sin nada de escote, con mangas ensanchadas hacia las muñecas y una amplia banda que se ajustaba en torno a la cintura. Manon había admirado el retrato de una antepasada de los Wu en ese vestido y la señora Ai había decidido regalarle uno.

—Alexander te encontrará muy hermosa, ya lo verás. Siempre ha sido un amante de la cultura china. Muy respetuoso de nuestra tradición.

—Estimo que se debe a que ha viajado por todo el mundo desde la más tierna edad —dedujo Manon.

—Creo que es respetuoso, al igual que el resto de su familia, porque carece de la arrogancia propia de los ingleses. Nosotros, los chinos, también somos arrogantes —añadió, y se ocultó tras el abanico para reír.

—Tendría que conocer a los franceses —dijo Manon—. Creo que si de arrogancia se trata, nadie los supera —añadió, consciente de que la señora Ai, cuando hablaba de la arrogancia de los ingleses, pensaba en lady Napier, que se negaba a aceptar las invitaciones de Manon cuando las mujeres de la familia Wu estarían presentes y en una ocasión había rechazado la de la señora Ai.

Le costaba comprender la obtusa mente de la mujer.

—Lady Napier —le había dicho días atrás—, su amistad con la señora Ai podría ayudar en la comisión que el rey le ha encargado a su esposo.

Lord Napier, que había viajado a Cantón pocos días después de la llegada a Macao, seguía sin lograr que el *hoppo* lo recibiese después de casi un mes. No había manera de hacerle comprender que jamás lo recibiría pues le estaba vedado relacionarse con los extranjeros. Ross Chichister, que le escribía casi a diario para ponerla al tanto de los asuntos de la Casa Neville —lo hacía en italiano por las dudas—, le había confesado que los miembros del Cohong y los comerciantes ingleses temían que se produjese un incidente diplomático a causa de la torpeza del funcionario.

—Los chinos no son nuestros amigos, querida Manon —había declarado lady Napier—, ni siquiera son nuestros pares, sino personas primitivas y medievales. No deberías fraternizar con ellos.

—No toman leche de vaca y hacen extraños ruidos mientras comen —apuntó Eleanor.

—Y a las mujeres les deforman los pies desde niñas para que semejen una flor de loto —completó Georgiana con una mueca de repugnancia.

—Sin mencionar que los chinos mantienen a varias concubinas bajo el mismo techo de la esposa —acusó lady Napier.

Manon, que se lo había pasado leyendo acerca de la historia china desde antes de desembarcar en Macao, les habría señalado las tantas proezas e invenciones de un pueblo mucho más antiguo que el inglés. También les habría explicado que las mujeres manchurianas, como las Wu, no practicaban la costumbre del vendaje de los pies y que, al igual que los ingleses y sus amantes, no todos los chinos tenían concubinas; Howqua era uno de ellos. Decidió callar porque, como decía su abuela Aldonza, resultaba imposible vencer la estupidez humana.

Por lo pronto, se sentía más cómoda en compañía de la señora Ai y de sus hijas que de lady Napier y de las suyas. Esa mañana, mientras se dirigían a la modista, la señora Ai le mostró la seda que su esposo le había enviado desde Cantón a su pedido para confeccionar el *chenyi*. Manon la rozaba, asombrada de la suavidad y del intenso color turquesa, sobre el que se habían estampado ramilletes de flores blancas aquí y allá.

—Es de una belleza indescriptible, señora Ai —dijo—. No creo haber poseído nunca un vestido confeccionado con una seda tan perfecta como esta.

—Le pedí a mi esposo que fuese de este color para que te recordase los ojos de Alexander.

—Gracias —murmuró, sobrecogida por la necesidad de contarle todo, lo del amorío de Alexander con su cuñada años atrás y lo que había visto desde la ventana y que le había robado la alegría de vivir.

Se debatió durante unos segundos y perdió la oportunidad, pues la silla de mano se detuvo y los culis se apresuraron a descorrer las cortinillas para ayudarlas a descender. Manon se acomodaba el guardapiés y la señora Ai les daba indicaciones a sus sirvientes cuando se les aproximó un chino. Alto, más bien corpulento, sonreía bajo el sombrero de arroz y se inclinaba una y otra vez mientras avanzaba con las manos ocultas dentro de las amplias mangas de su *changshan*. No alcanzó a hablarles. Thibault Belloc desmontó del caballo de un salto y lo ahuyentó blandiendo la fusta. Jack Sweeney hizo otro tanto y lo apuntó con un revólver. El chino se alejó corriendo.

—¡Thibaudot! —se enfureció Manon—. ¿Por qué lo has tratado de ese modo?

—Lo siento. Es por tu seguridad —argumentó el gascón.

—Tiene razón, querida —intervino la señora Ai, afectada ella también por la escena desagradable—. No podía arriesgarse y permitirle que se nos acercara.

—Tal vez solo quería preguntarnos una nimiedad.

Thibault le destinó un vistazo entre impaciente y enojado y se volvió para felicitar a Sweeney, que había actuado con celeridad. Más tarde, de regreso en la casa de su hermano, Manon volvió a reprocharle.

—No deberías haberte precipitado. Creerán que los rechazamos por el simple hecho de ser chinos.

—Manon, me importa un ardite herir su orgullo —replicó Belloc—. Solo me importa tu seguridad. Alexander me reputaría responsable si algo te ocurriese.

—¡Alexander! —soltó con un timbre despectivo, que provocó una transformación en la expresión del hombre: alzó las cejas, asombrado, y entreabrió los labios, sin saber qué decir.

—Manon —intervino Aldonza con acento imperioso—, Thibaudot actuó correctamente. No seas caprichosa y permite que te proteja.

Por la noche, Manon se cubrió con la bata y salió de su dormitorio. No podía dormir con ese peso en el corazón. Caminó pocos pasos, pues la habitación de Belloc se encontraba en su misma planta. Aunque a Alexandrina la contrarió que Belloc no se instalase en la zona destinada a la servidumbre, Archibald la mandó callar y autorizó al gascón a ubicarse cerca de su hermana.

Llamó a la puerta después de ver un filo de luz que se filtraba por el resquicio.

—¡Mi niña! ¿Ha ocurrido algo?

—Nada, Thibaudot —afirmó con voz compungida—. He venido a pedirte perdón por lo de esta tarde. No debí enojarme contigo. —Belloc le dirigió una sonrisa benévola y la besó en la frente—. Yo no lo estoy. Tú no lo estés conmigo. No soporto ni siquiera pensar que me quieras un poco menos a causa del incidente de hoy.

—Te adoro, y lo sabes, como a la hija que nunca tuve. Y nada me haría amarte menos.

—¿Ni siquiera mi propia estolidez?

—Ni siquiera —ratificó, y le acarició la mejilla—. Alexander se marchó muy preocupado por tu seguridad y me encomendó que cuidase de ti, lo más valioso que tiene en la vida. Es una gran responsabilidad —aseguró—, pero la acepto con gusto porque se trata de ti.

—¿Thibaudot?

—¿Qué, mi niña?

—¿Crees que Alexander me ama o simplemente se siente responsable de mí?

Belloc volvió a contemplarla con el mismo palmario asombro de esa tarde.

—¿Qué ideas están pasando por esta cabecita? —se preguntó, y le tocó la frente con el índice—. Te conozco, Manon, y sé que tienes una vívida imaginación.

—No es imaginación, Thibaudot. Es que…

El llanto del pequeño Alistair inundó el corredor.

—¿Es que? —la animó el gascón.

—Nada. Es como tú dices: mi vívida imaginación. Iré a ocuparme de Ally —dijo, y se marchó.

* * *

Archibald regresó de Cantón para el natalicio de Alexandrina, el 8 de mayo. Volvieron con él, en el mismo barco, Ross Chichister, Aldobrandini y Leonard, los tres satisfechos con sus gestiones comerciales y sus vivencias en las Trece Fábricas. A pedido de su hermano —le había enviado una misiva días antes—, Manon organizó un sarao para celebrar los veinticinco años de su cuñada dos días más tarde, el sábado 10.

Archibald quería agasajarla y cubrirla de honores y de regalos. El más importante, uno que le entregó en privado el día de su regreso y que ella lució durante la celebración, era un aderezo de collar, pendientes y dos pulseras de brillantes, los más grandes y fulgurantes que Manon recordaba. Vio aparecer a su cuñada en el salón, cubierta por la luz que despedían las joyas y su cabello rubio y nimbada por un aura que irradiaba el vestido de gasa y seda blancas, y no logró contener una exclamación, al igual que el resto de los invitados. «Parece un hada, una criatura irreal», se dijo, tironeada por la admiración, los celos y la alegría que le inspiraba Archibald, que sonreía y saludaba a los invitados, orgulloso de la mujer que caminaba a su lado.

Lucían como la pareja perfecta, pero a ella no la engañaban. Sabía que su cuñada, al tiempo que recibía los saludos y sonreía a los invitados, y mientras aceptaba los halagos por la magnífica joya y por el estupendo vestido, pensaba en su primer amor. Porque, ¿cómo olvidar a uno de la talla de Alexander Blackraven? Manon sabía, por experiencia propia, que se trataba de una tarea de imposible consecución, como imposible era no preguntarse si Alexander la habría recordado el día de su natalicio. ¿La pensaría de continuo? ¿Evocaría el encuentro en el jardín?

Se propuso cortar con la tortura mental ocupándose de la marcha del sarao, desde la música que debía interpretar la orquesta que había contratado —un cuarteto de músicos portugueses— hasta el servicio de bebidas mientras esperaban el momento de pasar al comedor para la cena. Se dirigió a la planta baja, donde funcionaba la cocina, para hablar con el ama de llaves, porque era necesario recambiar unas velas de cera de abejas en la araña del salón. Se cruzó con Thibault y con Sweeney; los dos traían mala cara. Desde que le había comunicado lo del sarao, Belloc se quejaba de que les resultaría imposible la vigilancia siendo ellos tan solo dos. Esa noche estaba hecho un basilisco, con tanta gente que iba y que venía, en especial el personal que Manon había contratado para que los ayudase a servir y a limpiar.

—¿Quiénes son todas estas caras nuevas? —inquirió y barrió el espacio con la mano, mientras Manon les daba indicaciones a las jóvenes chinas que se disponían a subir las escaleras con las bandejas cargadas de copas y botellas de *bourbon*, de champán y de vino de arroz.

—Algunas fueron recomendadas por Ribeiro y otras por Alan Chichister. Son personas honestas, Thibaudot. Quiero que estés tranquilo.

—¡Tranquilo! —despotricó, y abandonó la cocina, con Sweeney por detrás.

La velada resultó exitosa y, aunque Archibald terminó con unas copas de más, no se le notaron. Ella, que lo conocía tanto, percibía el efecto del alcohol en la sonrisa permanente, en el tono alto de voz y por momentos disonante y en el ánimo un poco excitable, pero los demás, incluida su esposa, no lo percibían. O simulaban no hacerlo.

Como el número de damas era inferior al de caballeros, Manon bailó con todos los invitados, incluido su tutor, Tommaso Aldobrandini, con el que solo había danzado en el salón de clase y durante su adolescencia para aprender los distintos pasos. Estaba muy elegante esa noche, y así se lo dijo mientras se retiraban hacia la veranda para tomar un poco de aire tras haber bailado las *Danzas alemanas*, de Haydn.

—*Tu sei un fiore* —la lisonjeó el italiano a su vez.

—Mi cuñada es una flor —replicó Manon—, la más hermosa del reino —acotó con una nota cínica.

—Es bellísima, no hay duda al respecto —concedió Aldobrandini—, pero la belleza sin sustento termina por perder el lustre. No supo qué responder cuando uno de los invitados, él mismo un tanto rústico, le preguntó por qué habías bautizado Zenobia y Aurelio a la pareja de cacatúas que tu tío Leonard te trajo de regalo de Cantón.

—Masino, deberías ser más clemente. No todos han tenido un tutor como el mío.

—No todos los tutores han tenido una pupila como tú, querida Manon.

Se les aproximó Leonard Neville y terminaron hablando de los contactos logrados en Cantón, en su mayoría gracias a Howqua. Tenían en vista algunas piezas de arte chino, en especial jarrones de porcelana y pequeñas estatuillas de jade, pórfido y alabastro.

—Hay una del tiempo de Kublai Kan, el nieto de Gengis Kan —se entusiasmó Aldobrandini—. Es un pequeño Buda sentado.

—¡Oh! —exclamó Manon—. ¡Qué deseos de verlo!

—Y no creerás lo que voy a decirte —prosiguió su tutor—: hemos encontrado aquí, en el fin del mundo, una obra del Bosco.

—¡El Bosco! —exclamó Manon—. Son tan pocas las obras del Bosco que llegaron hasta nuestros días… ¿Se trata de un óleo sobre madera o de alguno de sus dibujos?

—Óleo sobre madera —contestó Aldobrandini—. Una adoración del Niño. Pertenece a un comerciante sueco. Lo tiene en su oficina de las Trece Fábricas.

—¿Es realmente un cuadro del Bosco? —receló Manon.

—Si hay alguien que puede determinar si es una obra de la temprana escuela neerlandesa o no, ese es Masino —aclamó Leonard. A continuación preguntó—: ¿Alguna noticia de Alexander?

—Ninguna —respondió, y, la paz que había conseguido al olvidarlo durante esos minutos compartidos con Aldobrandini, se esfumó y volvió a pensar en él.

* * *

El llanto de su sobrino Alistair le invadió el sueño. Alzó los párpados como si la hubiesen despertado con un sacudón y enseguida percibió los contornos de la figura que se erguía sobre ella. La distinguió gracias a que se había olvidado de correr las cortinas, por lo que la luz de la luna invadía su dormitorio.

«Escapa». La voz de Alexander resonó dentro de ella, aunque, a juzgar por la nitidez con que la oyó, habría jurado que se encontraba a su lado en la cama.

Rodó sobre sí misma en el instante en que la figura descargaba un golpe sobre la almohada. Cayó con el peso del cuerpo sobre el brazo izquierdo. Profirió un grito de dolor. Los ojos se le nublaron y sin embargo vio que los pies del intruso se aproximaban velozmente para la atacarla de nuevo. Se deslizó bajo la cama y emergió del otro lado. Debido a una jugarreta de su mente, solo la preocupaba el llanto de Ally y que ni Nuala ni la nodriza lo tranquilizaran, hasta que sus ojos se fijaron en los del intruso y tuvo cabal consciencia de que estaba allí para matarla. La hoja del cuchillo que blandía en la mano derecha fulguró a la luz de la luna y la sumió en un pánico como jamás había experimentado. Gritó con una potencia de la que no se sabía capaz. Gritó el nombre de Belloc mientras retrocedía hacia su tocador; gritó hasta sentir un sabor amargo en la garganta.

El atacante se lanzó dispuesto a hundir el aterrador filo del arma en su carne. Manon, tanteando a sus espaldas, aferró lo primero que rozó y se lo lanzó. Se trataba del tarro de carey donde guardaba el talco. No lo golpeó, pero el recipiente se abrió, y el polvo enceguació al sujeto. Manon aprovechó que el hombre se quejaba y se refregaba los ojos para golpearlo con un candelabro de tres brazos, uno pesado, de bronce.

La recorrió un erizamiento desagradable y percibió una náusea al oír el crujido del cráneo. El hombre soltó un gemido y cayó de rodillas. Manon se instó a golpearlo de nuevo, para dejarlo por tierra, pero la náusea se le acentuó al pensar en volver a descargar el pesado objeto sobre la cabeza del intruso.

La puerta del dormitorio se abrió con violencia y golpeó la pared. Era Thibault Belloc. Detrás de él se precipitó Aldonza y segundos más tarde entró Aldobrandini, que blandía un revólver, un Collier que sir Percival le había regalado tiempo atrás y que lo acompañaba en sus viajes. Manon corrió hacia ellos. Aldonza la recibió en sus brazos. Aldobrandini apuntó al intruso y le descerrajó un tiro en el corazón.

* * *

Alexander se despertó sobresaltado por un campanazo. Había estado soñando con Manon. Los últimos vestigios del sueño se desvanecían. Se esforzaba por retenerlos, pero se le escapaban. Solo persistía una presión en el pecho, un vestigio que revelaba que se había tratado de una pesadilla. Se incorporó en la litera y se sentó en el borde, sujetándose la cabeza. Obadiah dormía en el catre cerca de él.

No lograba deshacerse de la sensación de que Manon estaba corriendo un serio peligro. Se puso de pie, irritado por permitir que ridículos pensamientos lo dominasen. Se trataba de una sugestión, y era lógico que estuviese alterado después del ataque que habían sufrido tres noches atrás. Caminó hacia la ventana y observó el mar a la luz de la luna, las crestas espumosas y las olas agitadas, y pensó: «El mar estaba más tranquilo el jueves pasado, antes del amanecer. Antes del ataque», se recordó.

Pese a que le habría correspondido estar descansando, el jueves pasado, por la madrugada, se hallaba en el castillo de popa junto a los cuatro oficiales de puente: Ferguson, Olsen, Al-Saffah y Walker. Sus ojos de gato, como los apodaba Olsen, intensos en la fijeza con que horadaban la brumosa oscuridad de la noche, buscaban los lineamientos de un enemigo tan letal como las moles de hielo en los mares antárticos. Su instinto le susurraba que esa noche vendrían por él.

El compás de espera, cuyos segundos transcurrían al ritmo de sus fuertes latidos, estaba haciéndose interminable. La razón también lo asistía en la presunción del inminente atraco: a sus enemigos no les quedaban muchas oportunidades; en pocas horas tocarían el puerto de Tianjin, donde descargarían los lingotes de plata. Debían de estar esperándolos en las inmediaciones. «Es lo que yo haría», había razonado después de que Ferguson le informó que, de acuerdo con las condiciones del tiempo, se pronosticaba una densa bruma, típicas del mar de la China Oriental en esa época del año. Era altamente probable que los piratas, conocedores de la región, contasen con la misma información.

Le solicitó a Jean-Patrice Roux, el señalero, que, antes de que la niebla los engullese haciendo imposible establecer contacto visual con los demás barcos del convoy, incluidos los tres de Jason Walsh, los alertase para que se mantuviesen en pie de guerra, lo que implicaba preparar los cañones y alistar las armas, y que todos permanecieran en cubierta. No habría descanso para nadie esa noche.

Al avistar lo que había estado esperando, ordenó sonar la campana, no con los usuales campanazos para indicar el paso de las horas o el cambio de un turno, sino a rebato para alertar del peligro: una flota de barcos piratas que, aprovechando la niebla, se aproximaba a gran velocidad. Se encontraban a una distancia en la que no dejaban alternativa más que presentar pelea.

Pronto resultó evidente que las naves enemigas se cernían exclusivamente sobre el *Leviatán* y el *Constellation*, haciendo caso omiso de los demás clíperes. No solo sabían acerca del embarque de lingotes de plata *sycee*, meditó Alexander, sino cuáles eran las naves del convoy que los transportaban. Estaban muy bien informados.

En pocos minutos, tenían a los barcos enemigos a pocos cables de distancia. Los piratas chinos, empleando las jarcias de sus bergantines, se balancearon sobre la brecha y cayeron en la cubierta con cuchillos entre los dientes y pistolas y sables en los tahalíes. Ensordecían con sus gritos de guerra. Alexander dio la orden de atacar, y los oficiales y la marinería se lanzaron para detener la horda con el mismo espíritu combativo de los filibusteros.

Alertados por los campanazos, los demás barcos acudieron en su auxilio. Jason Walsh, empleando el mismo método del enemigo, aterrizó sobre la cubierta del *Leviatán*, cerca del sitio donde Alexander se debatía con dos chinos blandiendo una espada y un estoque a diestro y siniestro.

—¡Resiste, muchacho! —le gritó en inglés—. ¡Ya estoy contigo! —prometió, y liquidó a dos con sus pistolas antes de acudir en ayuda del joven capitán.

La pelea se extendió por algo más de media hora. La victoria del *Leviatán* se hizo evidente cuando algunos filibusteros se arrojaron por la borda y nadaron en dirección a su bergantín, que había levado ancla y se distanciaba a velocidad constante. Alexander ordenó que atacaran la nave con los cañones. Lo mismo hicieron los demás capitanes, pero, contando con armas de poca potencia, solo treinta libras, pronto las bolas de arrabio y plomo cayeron en el mar.

—¡Alto el fuego! —ordenó Alexander, que no estaba dispuesto a desperdiciar las municiones, y con eso indicó el fin de la contienda.

Los marineros alzaron las armas y vitorearon y celebraron con bravos y los clásicos silbidos. Un poco más allá, se adivinaban los contornos apenas visibles de los demás barcos a través de los últimos restos de bruma y de humo. El viento acarreaba sus gritos, sus vítores y sus risas. Oírlos festejar significó un gran alivio para Alexander, que le exigió a Al-Saffah que le pasase un catalejo de visión nocturna. Caminó deprisa hacia la proa por estribor y se detuvo en la posición donde había avistado por última vez el *Constellation*. Movió el catalejo con ansiedad hasta que lo detuvo en la figura de Estevanico. Se tranquilizó al comprobar que su hermano hacía lo mismo, lo buscaba a él.

Campbell se aproximó con una sonrisa y un corte en la ceja.

—¡Qué gran victoria, capitán Alex! —vociferó—. ¡Que el diablo se lleve a esos truhanes!

—Sin la asistencia del capitán Walsh, no sé si los hubiésemos repelido con tanta facilidad —admitió Alexander—. Hemos sido afortunados al contar con su apoyo.

—Afortunados hemos sido desde que su prometida abordó el barco y desde que el fuego de San Telmo tocó el mástil mayor. Eh, sí —dijo, y se limpió la sangre que le caía sobre el ojo con la manga de la camisa—, muy afortunados.

Siguió el balance de heridos y de muertos. Por fortuna, no había decesos entre los oficiales y los marineros del *Leviatán*, aunque sí algunos heridos de consideración. James Walsh se lo pasó cosiendo tajos, acomodando huesos, tratando contusiones, incluso amputó la mano de uno de los piratas, al que el cosaco Bogdán Súbotiv prácticamente se la había cercenado con una azuela.

Una vez realizado el recuento de los fallecidos, se los arrojó al agua sin consideración. A los demás piratas, heridos e ilesos por igual, se los mantendría esposados en uno de los compartimientos de la cubierta inferior. Los entregarían a las autoridades en el puerto de Tianjin. Tras un juicio sumario, los ejecutarían. En China, se castigaba duramente la piratería.

Al amanecer, y después de haberse lavado y cambiado de ropa, Alexander se sentó a la mesa de la cámara de oficiales dispuesto a registrar los hechos en el cuaderno de bitácora. Recién en esa instancia, cuando escribió la fecha, 8 de mayo, se acordó de que era el natalicio de Alexandrina. Depositó la pluma en el tintero y se alejó hacia la ventana. Los rayos del sol despuntaban en el este y devoraban los últimos vestigios de la bruma. Aún prevalecía el olor punzante de la pólvora.

Alexandrina cumplía veinticinco años, calculó. Se volvió repentinamente cuando se abrió la puerta del camarote, y Obadiah, seguido por Mackenzie, Ludovic y Margaret Walker, corrió en su dirección. Se detuvo frente a él y alzó la vista para dirigirle una mirada chispeante, feliz.

—¿Se murieron todos los piratas?

Alexander le revolvió el cabello y rio.

—No todos. Hemos hecho algunos prisioneros. ¿Qué hicieron Ludo, la señora Walker y tú durante la gresca?

—Ludo me obligó a esconderme dentro del arcón. Él y la señora Walker se sentaron a esperar a los piratas, Ludo con las pistolas, una en cada mano —detalló—. Dice que tiene muy buena puntería.

—La tengo —confirmó el hombre.

Alexander desvió la mirada hacia su fiel valet e inclinó la cabeza en señal de gratitud. Le adicionaría unas cuantas libras al próximo salario.

—Señora Walker —dijo después—, gracias por su templanza y su valentía. Aprovecho para informarle que el teniente Walker está en perfectas condiciones.

—Gracias, milord. ¿Alguna pérdida en nuestra tripulación?

—Ninguna, señora. Estoy esperando los reportes de las otras naves.

—¡Capitán Alex, menos mal que no estaba la señorita Manon! —celebró el niño—. Los piratas podrían habérsela llevado. Ellos se roban a las mujeres bonitas.

—¿Crees que lo habría permitido? —inquirió Alexander con simulada despreocupación.

En realidad, el comentario lo había importunado en ese momento y le había dado vueltas en la cabeza desde entonces. Quizá por esa razón había tenido una pesadilla; su inquietud no se debía al ataque sufrido tres días atrás, sino al inocente comentario de Obadiah. Se refregó el rostro con impaciencia e intentó recordar el sueño que lo había despertado violentamente. Apoyó la frente en el marco de la ventana y cerró los ojos. La misma ventana, evocó, donde la había escandalizado con prácticas comunes en los burdeles de Constantinopla y que le habían provocado un efímero desvanecimiento. Pese al recuerdo estupendo, la inquietud persistía. No podía deshacerse del presentimiento de que Manon corría peligro.

Capítulo XVII

El disparo del Collier de Aldobrandini pareció enmudecer el dormitorio, la casa, el mundo. El eco se repetía en los oídos de Manon, que, todavía aferrada a Aldonza, observaba el hombre caído en el suelo con ojos desorbitados. Su tutor, que aún lo apuntaba con el revólver, lo contemplaba con fijeza. Thibault encendió una palmatoria. Se aproximaron.

—Es el hombre que nos abordó el martes —aseguró Manon—, cuando la señora Ai y yo estábamos por entrar en lo de la modista. Aun con talco en la cara, lo reconozco perfectamente.

Belloc se acuclilló y acercó la palmatoria al rostro del intruso. Se lo limpió con un pañuelo. La luz vacilante de la vela evidenció las facciones y también le arrancó destellos a la mancha viscosa que se expandía en la chaqueta negra, a la altura del corazón.

—Sí, es él —confirmó.

Apoyó la bujía en el suelo para remangarle el brazo derecho. En la cara interna descubrió lo que esperaba encontrar: el tatuaje del triángulo con la flor de loto de tres pétalos. Manon intentó comentar sobre el hallazgo, pero un castañeteo incontrolable se lo impidió. Por fin comprendía que había estado a punto de morir apuñalada. Experimentó frío y un desfallecimiento. Temblaba. Su abuela la sostenía. Estiró una mano insegura y helada y apretó el hombro de su fiel sirviente, que se incorporó de inmediato. Apretó los dientes para evitar que entrechocasen —la fastidiaba el sonido que producían— y le susurró entre balbuceos:

—¿Está muerto?

Belloc asintió.

—Vamos —ordenó Aldonza—. Estás temblando.

—Quiero ver a Ally —exigió Manon.

—Nuala está con él —aseguró su abuela.

—Quiero verlo. Si estoy viva es gracias a él. Me despertó con su llanto justo en el instante en que… —echó un vistazo al cadáver a sus pies—. Justo cuando ese sujeto estaba por clavarme el puñal.

—Santo cielo —masculló Aldonza, y besó su bolsita grisgrís.

* * *

Se armó un gran jaleo en medio de la noche. El valet de Archibald lo hizo reaccionar salpicándolo con un poco de agua. Después del sarao, se había retirado a dormir muy ebrio, y el hombre no conseguía despertarlo. Alexandrina salió al corredor atraída por las voces y las exclamaciones, y sufrió una fuerte impresión al enterarse de lo ocurrido.

Mandaron llamar a las autoridades militares portuguesas, las que custodiaban la isla por orden del gobierno de Pekín. Se presentaron varias horas después, pasadas las diez de la mañana. El capitán a cargo del asunto ordenó que se llevasen el cadáver y se dedicó a interrogar a Manon, a Aldobrandini, al que le confiscaron la pistola Collier, y al servicio doméstico. Belloc dio su versión: el atacante, aprovechando el desconcierto causado por el sarao, se introdujo en la casa, posiblemente haciéndose pasar por uno de los empleados contratados para el festejo, y aguardó hasta que la familia se retiró a descansar para atacar.

—¿Con cuál objeto? —quiso saber el capitán portugués.

—Robo —respondió el gascón, sin dudar.

Ante esa respuesta, Manon interpretó que Thibault no quería ventilar los asuntos relacionados con la secta a la que se había referido Alexander en su carta.

—¿Por qué atacar a la señorita? —se cuestionó el capitán—. Según me informó, estaba durmiendo.

—El llanto de mi sobrino me despertó —explicó Manon, y el hombre, con aire desconfiando, asintió.

—¿Había visto a este hombre con anterioridad? —insistió el portugués—. ¿Tal vez en la calle o rondando la casa?

—No —respondió Belloc en su lugar.

Por la tarde, fueron a visitarla la señora Ai y sus hijas. Estaban desconsoladas y no daban crédito a lo ocurrido. Se habían enterado gracias a las habladurías de los sirvientes. La noticia, aseguró la mayor de las

Wu, estaba en boca de todos. Regresaron dos días después, el martes, pero no llegaron solas; las acompañaba el famoso Howqua. Alto, muy delgado, con un rostro casi cadavérico, de nariz afilada y labios delgados, eran sus pequeños ojos vivaces, de mirada inteligente e incisiva, la fuente de la energía que lo circundaba. Vestía un costoso *changpao* y calzaba los típicos zapatos de seda, con la punta espiralada. Cuando se descubrió la cabeza para saludar, evidenció su completa calvicie. La larga trenza permaneció cosida al borde del gorro en forma de cúpula roja.

—Viajé apenas mi esposa me informó de lo ocurrido. Cuánto lo siento —dijo, y Manon percibió la sinceridad de su congoja—. Antes de zarpar hacia aquí, envié a un contingente al puerto de Tianjin para dar aviso a Alexander.

—Oh —se sorprendió Manon—. Habría preferido que no se enterase —le confió—. Lamentaría que, por mi culpa, se alterasen sus planes tan bien trazados.

—Y yo, señorita Manon, lamentaría perder la amistad de su prometido. Alexander se enfadaría conmigo, y con razón, si no le informase lo ocurrido. Me consta que la seguridad de su futura esposa es de capital importancia para él.

—Gracias, Howqua —murmuró Manon, y percibió que Alexandrina, sentada a su lado, se restregaba las manos.

—Igualmente podría darse que el contingente no llegase a tiempo para advertirlo en Tianjin —admitió el chino—. Si es preciso, seguirán sus pasos hacia el norte. Esas son mis órdenes.

—Gracias, Howqua. No sé cómo agradecerle tanta amabilidad.

—Me agradece con su amistad.

—La tiene.

* * *

Aunque su tío Leonard, Aldobrandini y Ross Chichister regresaron a Cantón, Archibald se quedó en Macao, preocupado por la seguridad de su familia. Manon sospechaba que la decisión tenía que ver con esquivar las responsabilidades y no con ocuparse de la vigilancia de la casa, ya que se iba a dormir muy bebido; habría sido difícil que lo despertase una fanfarria marchando por su habitación.

Con el paso de los días, Manon aceptó que lo vivido la madrugada del domingo la había trastornado más de lo que había creído en un primer momento. No quería que el ataque la condicionase, que le quitase la libertad y que la convirtiese en una criatura medrosa. Pero lo cierto era que tenía miedo. Los días pasaban, y ella no se atrevía a dormir sola; lo hacía en el dormitorio de su abuela y con la certeza de que Thibault o Sweeney se encontraban de guardia del otro lado de la puerta. Habían dispuesto hombres de confianza de Howqua, que rondaban por el jardín día y noche, empuñando pistolas y antorchas. Incluso con tales medidas de seguridad, dormía mal, se despertaba sobresaltada. Una angustia sofocante le cortaba la respiración hasta que lograba determinar la verdadera naturaleza de las sombras y de los perfiles que se proyectaban más allá. En todos descubría al atacante.

Apenas comenzada la cuarta semana de mayo, Archibald, irritable y deprimido, expresó su deseo de regresar a Londres. Alexandrina se opuso, lo que enfureció a su esposo.

—Antes no soportabas este sitio y ahora quieres quedarte —le reprochaba—. ¡No te entiendo!

Manon estaba segura de que la negativa a marcharse se relacionaba con la esperanza que Alexandrina albergaba de reencontrarse con Alexander. Ella también prefería quedarse y esperarlo. No había resuelto qué haría una vez que volviese a tenerlo frente a ella. ¿Lo confrontaría y le diría que lo había visto con Alexandrina la noche antes de su partida? Se le cerraba el pecho y le faltaba el aire solo con imaginar la escena. Partir, sin embargo, le provocaba una congoja igualmente desagradable.

Una tarde, mientras paseaba por el jardín con su sobrino en brazos, se detuvo bajo la veranda atraída por una discusión acalorada. Eran Archibald y Alexandrina. No entendía qué se reprochaban, pero resultaba fácil adivinar, incluso sentir, la ira que los dominaba. Se apartó rápidamente hacia otro sector del jardín; no quería que el pequeño Alistair los oyese, y trató de distraerlo con los peces carpa que nadaban en el estanque.

Archibald no se presentó a la hora de la cena. Aldonza interrogó a Alexandrina, que se acomodó la servilleta en el regazo y aseguró no saber nada. Manon se levantó haciendo chirriar las patas de la silla y salió a buscarlo. Lo halló en la planta baja, en el despacho, repantigado en la butaca con los pies en el escritorio. Le quitó el vaso antes de que se lo llevase a la boca. Archibald soltó un exabrupto.

—Ven —dijo Manon—, te acompañaré a tu dormitorio para que te laves el rostro y te adecentes. Estamos esperándote para cenar.

—No quiero sentarme a la mesa con Drina. Aquí me quedo.

Manon elevó los ojos al cielo y exhaló un suspiro.

—¿Qué ha ocurrido esta vez?

Archibald apartó el rostro y se quedó mirando la nada. Los ojos se le colmaron de lágrimas. Manon se acuclilló junto a la butaca y le despejó la frente.

—Oh, Archie, no tolero verte sufrir. Dime qué ocurre.

—Drina ama a otro —le confió en un hilo de voz y se cubrió la boca con el puño; apretó los ojos y las lágrimas rodaron por sus mejillas sin afeitar.

—¿Ella te lo ha confesado? —inquirió Manon, y Archibald asintió.

—Lo sospechaba. Por eso la presioné de tal modo que terminó por gritarme la verdad. Lo ama desde hace muchos años, desde antes de comprometerse conmigo. Fueron amantes.

—¿Te dijo de quién se trata?

Archibald negó con un movimiento de la cabeza.

—Recuerdo cuando me decías que no me casase con Drina, que tenías la impresión de que no estaba enamorada de mí. ¡Y yo me reía de ti! Te acusaba de celosa. ¡Qué arrogante fui! Ojalá te hubiese escuchado. —Se incorporó repentinamente y la sobresaltó—. Tenemos que regresar a Londres —dijo con la expresión de uno que desvaría—. Tenemos que regresar. En esta tierra maldita jamás lograré que lo olvide. Aquí nunca fue feliz. El calor, los insectos, la comida, la gente... Todo le causa fastidio.

—Archie, hermano mío —se apiadó Manon, y no tuvo corazón para señalarle que Alexandrina seguiría amando a Alexander Blackraven en cualquier latitud.

Archibald paseó la mirada a su alrededor. La detuvo en ella. La sonrisa que le destinó le provocó ganas de llorar. Se le nubló la vista. Lo abrazó. Experimentaba una impotencia devastadora; no sabía cómo ayudarlo.

—Resolveré algunas cuestiones pendientes y nos embarcaremos.

—Archie, no puedo partir. Alexander…

—Harías mejor en partir —la interrumpió su hermano.

Se quedó muda, mirándolo a los ojos. La expresión de Archibald se había despejado; no quedaban rastros de la borrachera. Algo sabía. No se atrevió a insistir. La aterraba que le confesase que se trataba de su prometido. Existía la posibilidad de que Alexandrina le hubiese revelado la identidad de su antiguo amante y también los planes que habían trazado la noche del sarao, durante el encuentro en el jardín. La naturaleza de la carta que le había escrito a Thibault días después se oponía a sus negras presunciones. ¡Qué gran enredo! ¿Partiría finalmente con su hermano o se quedaría en Macao, tal como le había prometido a Alexander?

* * *

La cuestión se resolvió dos días después. Manon se hallaba en el despacho, respondiendo la carta que Ross Chichister le había enviado desde Cantón, cuando el mayordomo chino la interrumpió para anunciarle que dos personas la buscaban. Sweeney, de guardia en ese momento, se colocó en el umbral y le impidió salir. Le ordenó al culi que le avisase a Belloc. Manon regresó al escritorio, pero no pudo seguir escribiendo la respuesta. Pocos minutos más tarde, Belloc ingresó seguido por dos chinos; no podía verles los rostros pues llevaban los sombreros de arroz caídos sobre la frente.

—Manon, alguien ha venido a verte —anunció el gascón con aire relajado, casi divertido.

Uno de los chinos se quitó el sombrero.

—¡Quiao! —exclamó Manon, y caminó deprisa hacia ella.

Se abrazaron.

—¡Qué alegría verte, querida Manon! No sabes cuánto te he echado de menos. —Estiró la mano y atrajo al chino que la acompañaba, que también resultó ser una mujer—. Te presento a Li-Mei, mi *amá*, mi nodriza, la que me crio —aclaró la joven china.

Manon se inclinó delante de la anciana, a la usanza del país.

—Un gusto conocerla Li-Mei —dijo, y, para su sorpresa, la mujer ejecutó el *kowtow*.

Manon estiró el brazo para impedírselo, pero Quiao la detuvo y, negando con la cabeza, le dio a entender que la dejase hacer. Manon les señaló el sofá. Le pidió al mayordomo que trajese té y algo para comer. Se ubicó en un canapé, delante de Quiao. Extendió las manos hacia la joven, que se las aferró enseguida.

—¿Qué haces aquí? ¿Por qué están vestidas de esta guisa? Creí que permanecerías en Lin Tin hasta el regreso a Londres.

—Ese era el plan —respondió Quiao—. Pero no el de mi madre. Apenas mi padre partió con el convoy, comenzó a organizar la boda con Shuchang.

—¡Oh!

—Han sido las peores semanas de mi vida —murmuró Quiao, y se le quebró la voz.

Manon aprovechó la llegada del servicio de té para darle tiempo a recuperarse. Le tendió una taza a Li-Mei y otra a Quiao, que dio un sorbo y carraspeó para aclararse la garganta. Sonrió con embarazo.

—Perdóname, Manon.

—No, no —susurró deprisa—, nada que perdonar.

—Escapé con la ayuda de Li-Mei y sobornando a unos pescadores, que nos trajeron en su barca hasta aquí. Vengo a pedirte asilo, querida Manon.

—¡Y eres más que bienvenida! —le aseguró—. Podrás quedarte aquí el tiempo que sea necesario.

—Temo que tiempo es lo que no tenemos —afirmó Quiao—. Mi madre no tardará en descubrir que me escondo aquí. Vendrá con sus hombres y me sacará de tu casa a la rastra, si es necesario. Debo embarcarme en la primera nave que zarpe hacia Londres. Tengo que poner la mayor distancia entre mi madre y yo. ¡Oh, Manon! —exclamó—. Desearía no inmiscuirte en esta triste rencilla familiar, pero no tengo a quién recurrir.

—¿A quién recurrirías, si no? ¿Acaso no somos amigas?

Quiao, conmovida, asintió con vehemencia, lo que propició que las lágrimas se le derramasen por las mejillas.

* * *

Manon decidió regresar a Londres con su hermano y con Quiao, en contra del consejo de Aldonza y de Belloc, que insistían en que estaba faltando a la palabra empeñada a Alexander. Manon se justificaba diciendo que, después del ataque que había sufrido, Macao se había convertido en un lugar hostil y que ya ni siquiera se atrevía a salir a caminar por la Praia Grande. Además, le había prometido a su padre que solo permanecería el tiempo suficiente para poner en orden las cuestiones de Archibald. Quería volver.

No resultaba fácil conseguir sitio en una nave con tan poco tiempo de antelación. Si lo lograron se debió a la intercesión de lord Napier, que obtuvo la venia del capitán de un clíper de la Compañía de las Indias Orientales para que se embarcasen en su nave.

Zarparían en el *Carnation* el 9 de junio, casi diez días más tarde de la llegada de Quiao y de Li-Mei. La joven y su *amá* se habían presentado con lo puesto; habían huido sin equipaje y disfrazadas de hombre para no levantar sospechas. Manon, con la ayuda de las mujeres Wu, se ocupó de comprar retales de seda, brocado y satén y mandó confeccionarles vestidos con la modista de la señora Ai. Aldonza, por su parte, se lo pasó ajustando camisolas, enaguas y cubrecorsés de Manon y confeccionando nuevas prendas íntimas con las piezas de algodón y de lino que les regaló la señora Ai. Li-Mei, también hábil con la aguja, la ayudó.

Necesitarían ropa de lana y abrigos; lo imponía el paso por el cabo de Hornos, especialmente riguroso y frío. No sería fácil encontrarlos en esas latitudes tropicales. Al final, ajustaron un tapado de merino de Alexandrina para Quiao; para Li-Mei acondicionaron una capa de Aldonza de un grueso anascote, al que le añadieron un cuello de piel de visón de una vieja estola.

Leonard, Aldobrandini y Ross Chichister viajaron de urgencia desde Macao cuando se enteraron de que Manon partiría en pocos días. Intentaron convencerla para que se quedase, sin éxito. Tras deliberar, ellos decidieron esperar y regresar en el *Leviatán* y en el *Constellation* de acuerdo con los planes; aún les quedaban cuestiones por concluir.

La mañana antes de la partida, Manon reunió el valor y se sentó a escribir una carta a Alexander. Se quedó quieta, con la mirada fija en la cuartilla vacía y con la pluma en la mano. Tanto tardó en comenzar que la tinta se secó. Mojó de nuevo la péñola en el tintero y escribió el lugar y la fecha: Macao, 8 de junio de 1834. Volvió a dudar; no sabía si sincerarse y contarle lo que sabía acerca de él y de Alexandrina o si ceñirse a los hechos que la impulsaban a partir. Cansada de la incertidumbre y de la angustia, se decidió por ser expeditiva y breve. Terminó la carta en pocos minutos y la cerró con un gotón de lacre.

Thibault y Sweeney la acompañaron a la casa de la familia Wu. Le consignó la carta a la señora Ai, que se ocuparía de entregársela a Alexander.

* * *

Navegaban desde hacía cuatro días. A diferencia de lo que acostumbraba en el *Leviatán*, Manon permanecía en el camarote y rara vez se aventuraba en la cubierta. Estaba triste; una congoja abrumadora le había quitado el hambre y las ganas de salir de la litera cada mañana. Ni siquiera la idea de pasar un rato con su sobrino la animaba. Todo le parecía aburrido, feo, sin sentido. Se arrepentía de haberse precipitado en ese viaje. Se decía que había traicionado a Alexander y enseguida se recordaba que lo había visto con su cuñada en un encuentro furtivo en el jardín. La rabia ocupaba el lugar de la pena, y todo volvía a comenzar. No tenía paz.

Ni su abuela ni Thibault le reprochaban la decisión, pero ella veía en sus miradas y adivinaba en sus silencios que estaban enfadados. Archibald tampoco se encontraba bien. Las cosas con Alexandrina no mejoraban. Hallarse confinados en un camarote los volvía irritables, incluso groseros.

Solo hallaba un poco de serenidad cuando hablaba con Quiao. A veces, agobiada, se decidía a confesarle sus penas y sus angustias, pero finalmente callaba. Quiao la distraía contándole acerca de las semanas transcurridas en Lin Tin y de las manipulaciones y de las jugarretas a las que su madre había echado mano para convencerla de aceptar a Shuchang. Al ver que nada surtía efecto, la pirata china tomó medidas drásticas, que impulsaron a su hija a huir. A veces, y en contra de su voluntad, Manon terminaba riéndose por el modo histriónico en que la mesurada y dulce Quiao le refería los hechos, y también por las ocurrencias de Liu Tao.

—Tu madre es tan peculiar —afirmó Manon— que ni siquiera el más imaginativo de los escritores podría crearla.

—Si no fuese mi madre, si no la conociese —remarcó Quiao—, y alguien me la describiese, diría que está mintiendo.

* * *

Los piratas los atacaron al amanecer del sexto día de navegación en el mar de Joló. Quiao, Aldonza y Manon, que compartían el camarote, se despertaron al sonido de los gritos, los campanazos y las corridas de la marinería por cubierta, cuyos pasos retumbaban sobre sus cabezas.

Thibault se precipitó dentro sin llamar. Aferró a Manon por los hombros, la miró a los ojos y le dijo:

—No te muevas de aquí hasta que yo vuelva. Traba la puerta cuando salga y… ¿Dónde tienes las pistolas que te regaló el príncipe de Talleyrand?

Manon, incapaz de hablar, paralizada no tanto por el miedo como por la sorpresa, señaló un pequeño arcón junto al tocador. Thibault lo abrió y extrajo las pistolas con empuñadura de nácar. Se las entregó.

—Úsalas si es necesario. Dispara sin hesitar. Están cargadas y limpias. Aquí tienes la caja con las balas.

Llegaron Alexandrina, Nuala con el pequeño Alistair en brazos y la nodriza con su hijo. Poco después se les unieron Catrin y Li-Mei. Por orden de uno de los oficiales, todas las mujeres debían permanecer juntas y tenían prohibido siquiera asomarse al corredor de la cubierta inferior.

—¿Dónde está Archie? —preguntó Manon.

—En cubierta —respondió Alexandrina, visiblemente perturbada—. El capitán le pidió que los ayudase a repeler a los piratas. La tripulación no es numerosa.

Echó un vistazo en torno y estudió el espacio del camarote de repente abarrotado. Se ocupó de organizar a las mujeres y de ubicar a cada una en un sitio estratégico. Le indicó a Nuala, que cargaba a Alistair, y a la nodriza con su hijo, que se posicionaran en un extremo, el más alejado a la puerta y detrás de ellas, que conformarían un escudo humano para proteger a los niños. Manon, por su parte, se puso al frente del escudo con las pistolas, una en cada mano. Se le ocurrió enseñarle a Quiao a recargarlas. La joven aprendió enseguida.

—Solo resta esperar —dijo Manon.

—Y rezar —acotó Nuala, y se puso a decir los misterios del rosario, los gloriosos porque era domingo.

Manon se concentraba en los sonidos aterradores provenientes de la cubierta e intentaba inferir de qué modo se desarrollaba la pelea.

—Temo que se trate de mi madre —le susurró Quiao con un timbre angustioso.

—¿La crees capaz de tanto?

—La creo capaz de cualquier cosa.

Manon se tensó al oír los gritos y los pasos veloces que se aproximaban. Los rezos de Nuala se aceleraron, el sollozo de la nodriza se elevó, los niños se echaron a llorar.

—Mantengan la calma y hagan silencio —ordenó Manon y extendió los brazos hacia delante, las pistolas firmes en sus puños.

La sorprendió que no le temblasen. Protegería a las mujeres y a los niños con su vida, si era necesario. «No tengo nada que perder», se convenció, y el pensamiento la dotó de una serenidad inverosímil dado lo trágico de la circunstancia, aunque bienvenida.

La puerta crujió dos veces antes de abrirse y de quedar colgando contra la pared. Las mujeres a sus espaldas gritaban y lloraban. Dos hombres, claramente chinos, no muy altos, aunque de contextura fuerte y expresiones temibles, entraron precipitadamente y se detuvieron al descubrir a Manon con una pistola en cada mano.

—¿Quién Manó Navil? —preguntó uno de ellos, y reveló varios dientes de oro.

—¿Son hombres de tu madre?

—No —respondió Quiao con rapidez y una seguridad incontestable.

Manon disparó. Su puntería falló, y solo hirió en el hombro izquierdo al de la dentadura de oro. El hombre no se desmoronó, ni siquiera emitió un quejido. El otro, aprovechando el desconcierto de Manon, saltó sobre ella e intentó arrebatarle las pistolas. Manon se resistió, luchó. El hombre le propinó una bofetada de revés y la encegueció por unos segundos. Quedó desorientada; se tambaleó. Se entreveraron en una lucha cuerpo a cuerpo en la que Manon acabó en el suelo, bajo el peso de su atacante. Aldonza, armada del orinal, lo aporreaba en la cabeza. El hombre no se inmutaba. Catrin, por su parte, le propinaba golpes con un parasol de bambú al que peleaba con Quiao, sin obtener resultados.

Con las manos inutilizadas, Manon observó al chino que la mantenía aprisionada contra el suelo. El hombre la miraba y le sonreía con lascivia. Le soltó la mano izquierda para agitar el brazo con el fin de detener los golpes de Aldonza, momento en que Manon lo sujetó por la nuca, lo atrajo hacia ella y le mordió la nariz. Sintió que se la arrancaba. El hombre saltó de pie, profiriendo gritos aterradores y sujetándose la cara con ambas manos. Manon, escupiendo sangre, recogió la pistola del suelo y le descerrajó un tiro en la frente.

Con ambas pistolas descargadas —solo contaban con un disparo—, se lanzó sobre el chino que luchaba por levantar la falda de Quiao; lo hacía con un entusiasmo y una determinación como si no tuviese una bala alojada en el hombro. La idea de violentar a una joven tan hermosa lo enajenaba al punto de olvidar los quejidos del cuerpo.

Manon arrancó el orinal de la mano de su abuela y, con un vigor del que no se sabía capaz, lo estampó en el costado de la cabeza del hombre, que cayó con un gemido y se cerró de costado, como un feto. Catrin ayudó a Quiao a ponerse de pie. Manon, en tanto, cargó la pistola con una serenidad encomiable y volvió a disparar contra el chino, esta vez en la sien. El hombre cesó de gemir; había muerto.

Quiao y Manon se abrazaron. Se apartaron al oír aplausos. Una mujer china, baja y menuda, vestida con chaqueta y pantalón, aplaudía en el umbral. Dos hombres detrás de ella reían y comentaban en chino.

—¡Madre! —exclamó Quiao—. ¡Eras tú!

—Si te refieres al ataque pirata, no, no era yo. Mis hombres y yo llegamos justo a tiempo para salvar al inepto capitán del *Carnation*. En realidad, estoy aquí por ti. Vengo siguiéndote desde que supe que te habías embarcado con destino a Londres. —Detuvo sus ojos en Manon y la estudió en silencio—. Tienes agallas —concedió un instante después—. Salvaste a mi hija y a todas estas mujeres —afirmó.

—Su hija habría hecho lo mismo por mí.

Liu Tao asintió con aire desinteresado y terminó de entrar. Paseó la mirada por el atemorizado grupo, que se agolpaba en el extremo opuesto del pequeño camarote.

—Están a salvo —dijo por fin, y agregó algo más en chino mirando a Li-Mei, que bajó la vista con aire apaleado.

Quiao abrazó a la nodriza y le habló con dureza a su madre, también en chino. Liu Tao, con una mueca impaciente y un ademán de la mano, la mandó callar.

—¿Quiénes eran los que nos atacaron? —se interesó Manon.

Liu Tao se acuclilló junto a uno de los cadáveres, le despejó el antebrazo y le descubrió el tatuaje de la Sociedad Tríada.

—Como sospechaba —masculló la pirata china—, pertenecen a la Hung Mun Tong. Me sorprende que hayan atacado a un barco de la Compañía —se extrañó la mujer—, pues existe un acuerdo entre ellos. La Hung Mun Tong recibe una gran cantidad de taeles por parte de la Compañía para que se la deje trabajar en paz.

Manon, que conocía bien el tatuaje y las intenciones de los atacantes, no hizo comentarios. Tampoco los hizo Quiao, ni las otras, pese a que habían oído con claridad la pregunta: «¿Quién Manó Navil?». Aunque mal pronunciado, había quedado en claro que decían su nombre.

Thibault Belloc y Sweeney llegaron corriendo e irrumpieron en la sórdida escena. Belloc abrazó a Manon y le preguntó, repetidas veces, si estaba herida.

—Todas estamos bien, Thibaudot. No te preocupes.

—Están bien gracias a los cojones de esta joven —aseguró Liu Tao—. Los despachó al más allá sin que le temblara la mano.

—Oh, mi niña —se escandalizó Belloc.

—¿Cuál es tu nombre? —preguntó la pirata china con voz imperiosa.

—Madre, ella es Manon Neville, la prometida de Alex —intervino Quiao—. Y sí, tienes razón: Manon me salvó de un destino infame.

Liu Tao asintió. Sonreía mientras estudiaba a Manon de pies a cabeza.

—¿Qué deseas, Manon Neville? Pídeme un regalo y te lo daré en agradecimiento por haber preservado el honor y la vida de mi hija.

Manon, desconcertada por el ofrecimiento, alternó vistazos confundidos entre la hija y la madre, la madre y la hija. El parecido era innegable, incluso en la férrea determinación, porque Quiao, pese a su disposición ilusoriamente sumisa, había demostrado poseer el corazón de una guerrera.

—Quiero que le conceda la libertad a mi amiga Quiao. Quiero que le permita casarse con Estevanico, el hombre al que ama.

—¡Oh! —exclamó Quiao.

Su madre, en cambio, guardó silencio. Irguió la cabeza en un gesto altanero e inhaló profundamente.

—Si no puede concederme eso —completó Manon—, no quiero nada de usted.

—Concedido —aceptó Liu Tao, tras una pausa de abrumador mutismo—. En cuanto a ti, Quiao, te has ganado mi bendición. Te he puesto todas las trabas, todos los escollos posibles, y lo hice con el fin de ver hasta qué punto estabas dispuesta a luchar por ese amor que dices profesarle al mulato. Me has vencido en buena ley. Estoy orgullosa de ti.

—Gracias, madre.

* * *

En el balance del ataque pirata se contaban tres muertos de la tripulación del *Carnation* y ocho heridos; uno de ellos era Archibald. Thibault Belloc condujo a Manon y a Alexandrina al sollado inferior, donde se encontraba el pañol del cirujano. Archibald había recibido un disparo en el estómago. Estaba tendido en un jergón en el suelo y parecía dormido. Manon se alarmó ante el color ceroso de sus mejillas y de sus labios. Tenía el torso descubierto y una venda ancha alrededor de la cintura, con una mancha de sangre en el centro. Alexandrina se arrodilló junto a él y le recogió la mano pálida y laxa. Se la besó.

Manon se aproximó al cirujano; lo interrogó.

—He extraído la bala y algunas hebras del tejido de su camisa. Es lo que puedo hacer. Pero el diagnóstico es poco favorable. Ha perdido mucha sangre y siempre existe el riesgo de infección.

«¡Inútil!», exclamó Manon para sí. «Si James Walsh o Rafael estuviesen aquí, mi hermano no correría ningún riesgo», se convenció.

Lo trasladaron al camarote. Manon y Aldonza se ocuparon de que estuviese confortable y limpio. Alexandrina, aturdida por la traumática experiencia, no sabía qué hacer y se quedaba a un costado, refregándose las manos y hablando tonteras. Manon se apiadó y la mandó descansar a su litera.

—Mi abuela y yo nos quedaremos con él. Tú ve a descansar. Lo necesitas.

Archie despertó un rato más tarde con fiebre y temblores. Lo animaron a beber una infusión, de la que aceptó pocos tragos.

—Quiero ver al capitán —pidió.

A una orden de Belloc, Sweeney corrió a buscarlo. El hombre se presentó enseguida. Los dejaron solos. Pocos minutos más tarde, el capitán mandó llamar a dos de sus oficiales y al escribiente del *Carnation*.

—Su hermano quiere hacer testamento —le comunicó el capitán, y Manon asintió de manera mecánica.

El hombre volvió a entrar en el camarote de Archibald y Manon buscó refugio en los brazos de Aldonza.

—¡Morirá por mi culpa! Esos malditos piratas me buscaban a mí.

—El hecho de que quiera hacer testamento no significa que morirá —razonó Aldonza.

—¡Sé que morirá! Morirá porque no quiere vivir, no sin el amor de Drina. Y ella le confesó que ama a otro.

—Muchacha idiota —masculló la anciana.

El capitán y sus oficiales abandonaron el camarote casi una hora más tarde. Manon se precipitó dentro. Se arrodilló junto a la litera y recogió la mano de Archibald. La besó con devoción.

—He dispuesto que toda mi fortuna sea para mi hijo Alistair —le informó—. Pero hasta que cumpla los veinticinco años, tú serás la única administradora de sus bienes, además de su tutora.

—¿Tutora? ¿Y Drina?

—Tú, solo tú —replicó, y frunció el entrecejo, atacado por un repentino dolor.

—Drina es la madre, Archie —intentó disuadirlo Aldonza.

—No, tiene que ser Manon. Solo de ese modo me iré tranquilo.

—¡No te irás! ¡No puedes dejarme!

Archibald forzó una sonrisa y elevó el brazo con enorme voluntad para rozarle el filo de la cara. Manon le aferró la mano y se la pegó a la mejilla.

—No me dejes —volvió a suplicarle—. Lucha por mí.

—Acércate. —Manon se inclinó y aproximó la oreja a los labios de su hermano—. Es Alex, *tu* Alex. Él es el gran amor de Drina.

Manon apretó los ojos y se mordió el labio. Se retiró un poco para mirar a su hermano a los ojos. Le destinó una sonrisa temblorosa. Asintió. Lo besó en la frente.

—No importa —balbuceó y, cuando supo que sería capaz de articular, afirmó, serena—: Que ellos hagan lo que quieran. Tú y yo nos ocuparemos del pequeño Ally y nos tendremos el uno al otro. Ahora solo piensa en ponerte bien para tu hijo y para mí. Y para papá y para Cassie. Por favor, Archie.

—Te quiero —susurró su hermano, muy débil—. Solo lamento no haberte conocido el día en que naciste. Nos robaron trece años de hermandad.

—Pero no pudieron robarnos el amor que nos tenemos —musitó Manon entre hipos y temblores, y ya le fue imposible guardar la compostura.

Se echó a llorar amargamente sobre el pecho de su hermano. La levantaron entre Belloc y Aldonza y la condujeron a una silla. La obligaron a sorber un poco de agua acercándole el filo del jarro a la boca.

A un pedido de Archibald, Sweeney salió a buscar a Alexandrina, que entró pocos minutos después. Los dejaron solos. Manon permaneció en el corredor, delante del camarote. Cada tanto, apoyaba la oreja sobre la puerta e intentaba dilucidar qué ocurría entre esos dos. Oía los bisbiseos de Archibald y el llanto de Alexandrina. La detestaba. Ella también era culpable de la suerte de su hermano.

Archibald falleció durante la madruga del día siguiente al del ataque, el lunes 16 de junio de 1834, mientras su hermana menor le sostenía la mano.

Capítulo XVIII

A principios de septiembre, las jornadas parisinas eran todavía soleadas y benignas. Julian Porter-White cruzó el portón principal de la casa de la *rue* de Rivoli y se detuvo para admirar el esplendor de la capital francesa en esa gloriosa mañana. Emprendió la caminata hasta la sede de la Casa Neville en la *rue* de Quincampoix de excelente ánimo. La oferta pública de las acciones de la Río de la Plata Mining & Co. iba viento en popa. El día del lanzamiento, dos meses atrás, el precio de cada acción cotizaba bajo la par, a un setenta por ciento del valor. El día anterior había cerrado registrando un incremento del veinte por ciento sobre la par. El entusiasmo por el cerro Famatina invadía cada rincón de la bolsa parisina y atraía a compradores no solo de otras ciudades, sino de otros países. Su tocayo y connacional, Julián de Agüero, que vivía en Burdeos desde su huida de Buenos Aires, había invertido unos dineros, pero su mayor aporte había sido convencer a varios bordeleses a comprar las acciones de la minera. La voz se corría, cruzaba el canal y llegaba hasta la City. Muchos de los que habían expresado su interés de sumarse al proyecto el año anterior, antes de que los Blackraven lo destruyeran, se comunicaron con sus agentes en París y les ordenaron comprar una participación en la Río de la Plata Mining & Co.

Sir Percival, que contaba con una aceitada red de informantes, se había enterado de su decisión de desempolvar el proyecto de la compañía minera mucho antes de que se iniciara la venta de las acciones en la bolsa de París. Le había escrito enseguida. *No creas que todo lo que haces me gusta, pero te comprendo*, se había sincerado. *Estás apostando a quedarte con el cerro, y supongo que tienes tanto derecho a disputárselo a Blackraven como cualquier otro mortal. Solo permíteme aconsejarte que no te lances a ofrecer las acciones sin antes asegurarte la legal explotación del Famatina. Crearías una burbuja más de las tantas que ya han padecido los mercados europeos y verías tu reputación lanzada al fango.* Por supuesto, había desoído el consejo y avanzado en su determinación. No se arrepentía. Patrick O'Brian, que cruzaba el canal con regularidad, lo alentaba a seguir y siempre traía buenas noticias. En su última visita, pocos días antes, le había contado que ya tenía apalabrados a varios mineros irlandeses, que estaban dispuestos a trasladarse a Sudamérica. Con el dinero de los accionistas, había comprado dos bombas de achique después de que Porter-White le comentase lo que había leído en el reporte del difunto Francis Turner, que las napas de agua se hallaban cerca de la superficie; a O'Brian, sin embargo, no le había revelado la fuente de la información.

Llegó a la sede y entró sin saludar a nadie. Las cosas, de igual modo, habían cambiado, y desde el éxito de las acciones de la Río de la Plata Mining & Co. lo miraban con otros ojos. Hasta se había enterado de que el director había comprado cien francos en acciones de su compañía empleando una agencia de brókeres.

En su escritorio lo aguardaba una carta de su asistente, Lucius Murray, la segunda que recibía desde que vivía en París. Estaba fechada el 21 de julio. La leyó rápidamente y enseguida se desilusionó: no había cambios en la situación con Rosas.

Sigue amotinado en las estancias ubicadas en las zonas aledañas de Buenos Aires y se niega a regresar por mucho que la Asamblea de Representantes lo adule y le suplique. Ahora se ha instalado en la propiedad de su amigo Juan Nepomuceno Terrero, en una localidad llamada San José de Flores, bastante próxima a la ciudad. Por enésima vez le he pedido a Antonino Reyes que me concierte una cita, sin éxito.

La buena noticia es que las voces que corrían tiempo atrás, las que hablaban de entronizar a un Borbón en estas tierras, están muertas y sepultadas. Uno de sus propulsores, Bernardino Rivadavia, desembarcó en Buenos Aires el 28 de abril y ese mismo día se le pidió que se marchase. Creo que está en Montevideo. Ya no cuenta para nada en la política porteña. En cuanto a Quiroga, sigue en Buenos Aires jugando a los naipes, perdiendo dinero y bebiendo como un cosaco. Lo he conocido finalmente en casa de Reyes, durante una tertulia. Hemos conversado —mi español ha mejorado notablemente— y lo he adulado para conseguir su confianza, pero no debo subestimarlo: aún ebrio, posee una afilada inteligencia. Por supuesto, jamás le menciono el

Famatina, pero me mantengo alerta; tal vez él lo haga y de ese modo pueda enterarme de algo suculento.

Antes de terminar la presente, me permito recordarle la imperiosa necesidad de dinero en la que me encuentro. He debido empezar a trabajar como traductor y escribiente en la Buenos Ayres Commercial Rooms para pagar el alquiler de mi habitación y la comida. Pero el salario es miserable y no me permite afrontar mis frugales gastos. Reyes me ha prometido hablar con un conocido suyo y conseguirme un puesto en el Banco Nacional, el único de esta ciudad. Por ahora, con Reyes son todas promesas; nada se concreta. Si pudiese enviarme la letra de cambio con el monto de mis honorarios, le estaría muy agradecido.

La desilusión producida por la carta le arrancó un insulto. Hacía ocho meses que Murray vivía en Buenos Aires y todavía no podía acceder a Rosas para concretar lo del permiso de explotación del Famatina. Habría podido conformarse con la documentación que Reyes le había entregado el año anterior, pero sabía que, con los Blackraven como rivales, requeriría de más garantías y, sobre todo, de la venia de Quiroga.

A eso de las diez de la mañana bajó para ocuparse de una cuestión en el sector de las cajas cuando descubrió a su hermana Alba en el vestíbulo. Se quedó mirándola. Descollaba en el gentío por su belleza exótica. Sus enormes ojos negros atraían las miradas de los clientes y de los empleados. Se puso en movimiento al advertir que el jefe de las cajas, un viejo libidinoso, se disponía a abordarla pese a que el lugar estaba repleto de clientes que esperaban ser atendidos. Alzó la mano en dirección al hombre y le indicó en su francés chapucero que era su hermana.

—¿Qué haces aquí? —la interrogó al tiempo que la tomaba por el codo y la conducía hacia la escalera.

—Quería hablar contigo. En la casa nunca se puede.

—Ven —dijo Porter-White y la aferró por el brazo.

Subieron a paso rápido y se encerraron en la oficina.

—¿A qué has venido?

—A decirte que noto extraña a Cassandra. Creo que algo sospecha.

—¡Tonterías! —desestimó Porter-White con un sacudón de mano—. Es una necia.

—La subestimas. Deberías prestarle más atención, también a Willy.

—No soporto hacer el paripé.

—Te he visto hacerlo decenas de veces —le recordó Alba.

—Cuando es necesario, sí.

—Ahora es necesario, créeme. Venía a pedirte autorización para que Cassandra y yo pasemos unas semanas en Londres. Le vendrá bien. Alejará cualquier sospecha y me permitirá recuperar su confianza.

—¡Ni lo sueñes! —se encolerizó Porter-White.

—Cálmate, Julián, y escúchame. He recibido carta de Charlotte Neville. Nos invita al compromiso de su hija mayor, de Philippa —aclaró—, que será el 10 de septiembre, dentro de una semana. Será el primer evento social importante de la temporada. Charlotte se he mostrado muy interesada en que asistamos. Parece ser que ha conseguido atrapar al hijo de un barón gracias a la dote de cinco mil libras de Philippa, cortesía de sir Percival, por supuesto, porque su padre David no tiene un penique.

—No insistas —se empecinó Porter-White—. Si Cassandra quiere ir, que vaya sola.

Alba golpeó el suelo con el taco del botín y soltó una imprecación entre dientes. Llamaron a la puerta. Los hermanos intercambiaron una mirada nerviosa. Porter-White abrió. Se trataba de Fernando de Ávalos. Los hombres se saludaron con efusividad. De Ávalos se inclinó ante la mano extendida de Alba y le dirigió un cumplido.

—¿Qué haces en París? —preguntó Porter-White, todavía asombrado—. Te hacía en Dorset, en la finca de los Beaver.

—Pasé unas gratas semanas en la campiña como huésped de la encantadora señora Beaver y de sus hijas, pero tú me conoces, querido Julian: no estoy hecho para la vida campestre.

—La señora Beaver tiene una magnífica residencia en Belgravia —señaló Alba con intención, y lo miró directo a los ojos—. Se esperaba que su señoría se convirtiese en algo más que el huésped de tan facultosa señora. Al menos eso aseguraban las misivas que llegaron desde Londres en estos últimos meses.

—Es cierto —concedió De Ávalos—, pero soy un romántico —confesó con una mueca de fingida resignación—. Ninguna de las hijas de la señora Beaver, por muy virtuosas que estas sean, despertó en mí el amor. Sucede que no puedo olvidar a cierta damisela que conocí en Londres.

—¡Manon! —se mofó Porter-White—. Ese pedazo de hielo. Vamos, Fernando, supera ese dislate. Tú y ella solo habrían sido capaces de hablar de arte.

—Mi gran pasión, el arte —replicó De Ávalos y sonrió a Alba, que bajó las pestañas en un gesto de coquetería.

—Tienes que buscarte otra rica heredera —lo instó—, lo que te permitirá comprar las piezas que se te antojen. Por lo pronto —dijo, y le apretó el hombro—, esta noche te esperamos a cenar en casa.

—Acepto con el mayor de los gustos —aseguró el napolitano.

Porter-White se inclinó sobre el escritorio y, mientras le apuntaba la dirección, se perdió la mirada que Alba y De Ávalos intercambiaron.

* * *

Alexander se rehusaba a aceptar el remolque. Navegaría por el Támesis empleando sus propios medios hasta que ya no tuviese otra opción excepto avanzar con la asistencia de una balandra. Lo urgía tocar el puerto de Londres, y un remolque solo retrasaría el momento de la llegada. Se había tratado de un viaje endemoniado, no porque se hubiesen enfrentado con desafíos peligrosos, más allá de que en el cabo de Hornos, con vientos feroces y corrientes traicioneras, los habían azotado olas de más de treinta pies. Se había tratado del peor viaje que recordaba porque, mientras atravesaba los océanos, solo había pensado en Manon, día y noche, dominado por una angustia indescriptible. Su único deseo era volver a ella.

Tres meses atrás, el regocijo que experimentaba, en parte por el éxito del viaje, pero en especial porque pronto volvería a verla en Macao, se esfumó cuando, al fondear en Lin Tin, avistó la expresión grave de Liu Tao, que había salido a recibirlos al muelle, algo muy inusual. Receló que hubiese ocurrido una desgracia. La reacción de su cuerpo lo tomó por sorpresa: se le aceleró el ritmo cardíaco, se le secó la boca y percibió una flojera en las piernas.

Liu Tao los recibió, a él y a Estevanico, con una solemnidad, casi un respeto, impensables meses atrás y, si bien no les dio buenas noticias, tampoco eran tan malas: Manon y Quiao estaban bien, pero habían partido hacia Londres el 9 de junio en un clíper de la

Compañía, el *Carnation*. Era 5 de julio; el *Carnation* les llevaba casi un mes de ventaja.

Ya en la casa de los Walsh, en torno a un banquete opíparo, Alexander perdió el apetito, lo mismo Estevanico, al enterarse de los motivos que habían impulsado la partida anticipada. Cada nueva revelación de Liu Tao los sumía en una preocupación insoportable.

—Alex, tu prometida tiene más cojones que toda tu tripulación —declaró la mujer—. Liquidó a dos piratas con sus pequeñas pistolas. No tembló, no dudó. Salvó a tu prometida de que uno de esos gusanos la mancillase —refirió a Estevanico—. Por fortuna, mis hombres y yo alcanzamos el *Carnation* a tiempo y salvamos a todas esas mujeres y a esos niños de un destino nefando de esclavitud y de abuso.

—¿Quiénes eran los piratas? —preguntó Jason Walsh con una seriedad que Alexander no recordaba haberle visto en los años que lo conocía.

—Pertenecían a la Hung Mun Tong.

Walsh y algunos de sus oficiales se mostraron asombrados. Alexander y Estevanico se miraron con expresiones consternadas.

—¿Por qué la Hung Mun Tong atacaría una nave de la Compañía?

—Buscaban a Manon Neville —respondió Liu Tao.

—¿Cómo lo sabes? —habló Alexander, que prácticamente no había articulado palabra desde el desembarco.

—Me lo confesó Li-Mei, la *amá* de Quiao, que se encontraba allí en ese momento. Uno de los piratas que invadió el camarote donde se hallaban reunidas las mujeres preguntó quién era Manon Neville. Claramente iban por ella.

—Lo hicieron para perjudicarte, Alex —señaló Jason Walsh—. No iban a dejarte pasar tan fácilmente tu ayuda a los Qing. Son famosos por cumplir con sus venganzas a como dé lugar, no importa si tienen que esperar años para concretarlas. Jamás olvidan, jamás perdonan. Es una cuestión de honor.

—¿Hubo bajas en la tripulación del *Carnation*? —preguntó Jimmy Walsh.

—Sí, tres. Y varios heridos. Uno de ellos era tu futuro cuñado, Alex, el hermano de Manon. Recibió un balazo en el vientre. Seguía con vida cuando nos despedimos del *Carnation* unas horas después del ataque, pero el pronóstico no era alentador. Es probable que haya muerto. Tu prometida repetía que si Rafael y Jimmy hubiesen estado allí, su hermano no habría corrido peligro.

—¿Dónde está Quiao? —exigió saber Estevanico.

—¿Cómo dónde está mi hija? —se desconcertó Liu Tao—. Te he dicho que camino a Londres.

—¿No la obligaste a abandonar el *Carnation* y regresar a Lin Tin?

—La dejé partir. Quedó claro para mí que te ama, por muy mulato que seas. Aunque también la dejé partir porque esa fue la voluntad de tu prometida, Alex. —Alexander elevó las cejas en abierta confusión y la mujer se explicó—: Le dije que me pidiese lo que deseara, que se lo daría; se lo merecía por valiente. Tu prometida me pidió la libertad de Quiao para casarse con el hombre al que ama. «Si no puede concederme eso, no quiero nada de usted», eso me dijo. Se lo concedí, por supuesto, porque mi palabra vale más que el oro, pero también porque sentí que, delante de mí, tenía a una mujer cabal, con los cojones bien puestos. La respeté por eso.

Dos días más tarde, Alexander se reunió con Howqua en su oficina en la plaza de las Trece Fábricas. El hombre, también consternado, agregó una información tremenda: el 11 de mayo por la madrugada, Manon había estado a punto de ser apuñalada en su propia cama por uno de la Sociedad Tríada. Sintió la mano de Estevanico, que le apretaba el antebrazo y lo obligaba a retroceder. Sin notarlo, se había puesto en pie y tomado por los hombros al comerciante chino.

—La comitiva que envié al norte para informarte sobre lo ocurrido no te alcanzó a tiempo —declaró el hombre sin alarmarse por la reacción de Alexander.

—Discúlpame, Howqua. Discúlpame.

—No tienes que disculparte, querido muchacho. Puedo imaginar lo que sientes.

«No creo que puedas, Howqua», dijo para su coleto; ni siquiera él contaba con las palabras para describir el infierno en el que había caído.

—Cuéntamelo todo, por favor.

Howqua le refirió los detalles como Manon se los había relatado a él.

—Le salvó la vida el llanto de su sobrino, el pequeño Alistair —afirmó el comerciante chino—. Si no hubiese abierto los ojos en ese instante, el asesino la habría apuñalado.

Alexander experimentó una ligera náusea y percibió cómo un sudor frío le cubría el cuerpo y le volvía pegajosa la piel.

—¿Cómo pudo acceder al dormitorio de Manon? —preguntó con la voz endurecida y los ojos celados y amenazantes.

—Su hermano había organizado un sarao la noche anterior para celebrar el natalicio de la señora Neville. Se contrataron sirvientes para la ocasión. Belloc estima que se infiltró aprovechando el desconcierto.

—¿Qué sucedió con el atacante de Manon? —se interesó Estevanico.

—Aldobrandini, su tutor, le descerrajó un tiro en el pecho. Murió en el acto. —Howqua abrió un cajón y extrajo una carta—. Manon se la entregó a mi esposa para ti —explicó, y la deslizó sobre el escritorio.

Alexander la leyó apenas abandonaron el negocio de Howqua, allí, en medio de la plaza, sin percatarse del bullicio ni del gentío que iba y venía. La leyó, y su extrañeza fue en aumento. Era la carta más absurda que había recibido en su vida. Volvió a leerla y comprendió que en sus líneas, pocas y frías, se escondía una revelación que él conocía, pero que se negaba a aceptar.

* * *

Después de atracar en la Piscina de Londres, Alexander dejó en manos del primer oficial de puente, Olaf Ferguson, las sensibles cuestiones de la descarga y esperó con impaciencia a que se tendiese la plancha que conectaba la cubierta con el muelle. La cruzó a grandes pasos con Obadiah y Mackenzie que correteaban por detrás. Lo fastidió la multitud reunida en el puerto porque lo retrasaba en su avance hacia la barraca de la Blackraven Shipping & Shipyard. Aferró a Obadiah de la mano, temeroso de que lo pisoteasen o de que se lo quitasen. Desde la noticia del intento de asesinato de Manon y del ataque sufrido por el *Carnation*, se había vuelto casi obsesivo en relación con el niño. Y no dudaba de que, ya en Londres, adoptaría el mismo comportamiento hacia Manon.

En las inmediaciones de la barraca, la muchedumbre no disminuía, al contrario; los clientes se agolpaban para asegurarse una porción de la carga, consistiese esta en lo que consistiera, aunque pugnaban con mayor ahínco para adquirir el producto más preciado: el té. Alexander cruzó el umbral, se quitó el bicornio y se abrió paso entre los escritorios. Saludaba y aceptaba los buenos augurios de los empleados y de los clientes. Muchos le solicitaban unas palabras, y él, que solo pensaba en finiquitar las cuestiones primordiales y dirigirse a la Casa Neville, se detenía y los escuchaba.

Por fin alcanzó el despacho, donde lo aguardaban su hermano Arthur, los tres Jago —Edward, Trevik y Goran— y el señor Paterson, jefe de los contables. Alertados del avistamiento del convoy, se habían congregado en la barraca para darle la bienvenida. Recibió el abrazo de su hermano y de sus amigos y saludó con una inclinación respetuosa a Paterson, un empleado que llevaba quince años trabajando para ellos. Le dio unas indicaciones referidas a la documentación de embarque y le solicitó que mandase preparar uno de los carruajes.

—Salgo en diez minutos —le advirtió.

—Ya mismo mando atar los caballos, milord —prometió el hombre.

Se inclinó y abandonó el despacho. Poco después entró Estevanico, y los abrazos y la alegría se repitieron.

—¿Qué saben de papá?

—Recibimos correspondencia a mediados de septiembre —informó Arthur—. Están bien de salud. Las cosas en las minas de Paracale marchan dentro de las previsiones. Y ustedes ¿qué día zarparon de Cantón?

—El 10 de julio —respondió Estevanico.

Tras un instante de cálculos mentales, Arthur Blackraven alzó las cejas en señal de asombro. Goran Jago soltó un silbido admirativo.

—¡Qué viaje, muchachos! —se asombró el periodista.

—Nos apremiaba llegar —dijo Alexander—. En Lin Tin, nos aguardaban noticias inquietantes. Manon y Quiao debieron zarpar intempestivamente...

—Alex —lo interrumpió Edward Jago—, no tengo buenas noticias.

La gravedad en el gesto de su cuñado y el tono de su voz le causaron un calambre en la garganta; se le nubló la vista.

—Artie, un trago para tu hermano —dispuso Trevik—. Te has puesto pálido, amigo mío.

—Discúlpame si te he preocupado —se lamentó Edward, y se apresuró a asegurar—: Manon está bien, lo mismo Quiao —afirmó en dirección a Estevanico—. Se trata de Archie Neville. Murió en alta mar tras un ataque pirata.

Alexander bebió de un trago el brandi que Arthur le tendió. Era consciente de que sus hermanos y sus amigos hablaban del tema, hacían comentarios, agitaban las manos, pero él no los oía. Su mirada acuosa se cruzó con la desconcertada de Obadiah. Ensayó una sonrisa para tranquilizarlo. Se aclaró la garganta.

—Trev, hazte cargo de Obby hasta que Ludo desembarque. —Extrajo el reloj del interior de su abrigo y consultó la hora: las seis y cuarto de la tarde; ya no la encontraría en el banco—. Me urge ir a Burlington Hall.

—Sí, Alex. Despreocúpate.

—¡Quiero ir contigo, capitán Alex! ¡Quiero ver a la señorita Manon!

—No —se impuso, y dulcificó el acento para añadir—: Mañana te llevaré a verla. Ahora quiero estar a solas con ella.

El niño asintió.

* * *

La descubrió en la cima de la escalera en el instante en que le entregaba los guantes, el bicornio y el gabán al mayordomo. Ella lo vio, y una expresión de asombro le iluminó el semblante. Un segundo después, le destinó una mirada que lo desconcertó por lo fría. Tenía un niño en brazos; debía de ser el hijo de Archibald. Se lo pasó a Nuala, que asentía con expresión severa mientras Manon le susurraba. La mujer se retiró con el pequeño y Manon se dispuso a descender las escaleras.

La observó mientras bajaba aferrada al pasamano, con aire triste y muy digno. Iba vestida de negro, incluso las delicadas flores que le embellecían el tocado eran negras. Estaba muy delgada; se apreciaba fácilmente en la diminuta cintura y en las mejillas sumidas, donde los ojos habían adquirido una preponderancia notable; se los veía enormes y sin el brillo que él había evocado de continuo durante esos meses de separación. No estaba alimentándose bien, tampoco durmiendo a juzgar por los círculos oscuros que le opacaban la mirada y le acentuaban la palidez.

Se mantenía concentrada en sus pasos, tal vez para evitar una caída, o quizá porque no deseaba mirarlo a los ojos. Lo asaltó un miedo irracional a perderla y enseguida lo desestimó, convencido de que se debía a la culpa que aún lo atormentaba por el encuentro clandestino con Alexandrina; no había ninguna razón para perderla. ¿O sí?, se cuestionó mientras evocaba la absurda carta que le había escrito antes de abandonar Macao.

Se aproximó rápidamente al pie de la escalera y le tendió la mano para ayudarla a descender los últimos escalones. El miedo regresó cuando ella no la aceptó.

—Buenas tardes —dijo Manon al poner pie en el vestíbulo, e incluso el tono de su voz le sonó extraño, desconocido—. Por favor, Stephen —se dirigió al mayordomo—, llévanos el servicio del té al saloncito de lectura.

—Enseguida, señorita Manon.

—¿Cuándo has regresado?

—Acabo de llegar —barbotó Alexander, confundido—. Me atreví a venir a esta hora inconveniente porque deseaba tanto volver a verte. —En un acto espontáneo, la abrazó—. Amor mío —le susurró al oído, y por primera vez empleó el tierno apelativo—. He sabido lo de Archie. Lo siento. No sabes cuánto lo siento.

Manon se mantuvo rígida y no respondió a sus palabras. Alexander se apartó y la vio retroceder un paso.

—Gracias —murmuró ella y alzó la mano para señalarle una puerta—. Ven. Ha llegado el momento de hablar.

—¿A qué te refieres? —se inquietó, y la detuvo, sujetándola por el brazo

Manon se liberó con un movimiento delicado, pero decidido. Alexander la soltó de inmediato.

—Por favor —insistió, y volvió a señalarle la puerta.

Entraron en un pequeño salón, en el que ardía un buen fuego en la chimenea y que estaba iluminado por dos candelabros de varias velas. Manon recogió un libro abierto, abandonado en un sillón, y lo cerró.

—Estaba leyendo cuando tuve que subir a ver a mi tía Anne-Sofie —explicó mientras depositaba el libro sobre un mueble—. No se encuentra bien.

Él, que habría querido preguntarle: «¿Qué leías, amor mío?», no consiguió articular un sonido. El miedo le ataba la lengua. Ella, en cambio, se mostraba tan serena en su pena infinita.

—¿Cómo está Obby?

—Loco por verte. —Un conato de sonrisa les devolvió fugazmente el brillo a sus ojos azules—. Yo también estaba loco por verte —acotó—. ¿Qué sucede, Manon? ¿Por qué te comportas de este modo tan extraño?

—Discúlpame si he sido descortés.

—No, no —se apresuró a decir—. Entiendo que la pena por lo de Archie…

—La muerte de mi hermano me ha destrozado, pero no es de eso que quiero hablar contigo. Debí hablar tanto tiempo atrás. —Se calló cuando el mayordomo entró con la bandeja—. Gracias, Stephen. Es todo por el momento.

Sirvió en silencio una taza y se la pasó sin mirarlo.

—Gracias —susurró él.

No tenía ganas de tomar té, ni nada; solo quería acabar con esa espera insoportable. La vio sorber delicadamente y depositar la taza en la misma bandeja. Por fin, Manon levantó la vista y la fijó en la suya, y lo hizo con una decisión que le provocó un salto en el corazón.

—Debí ser sincera contigo tiempo atrás. Pero era tan feliz desde que te habías fijado en mí que callé. Cerré los ojos a la realidad y me dejé llevar por la dicha.

—¿De qué estás hablando? Por favor, acaba con esta agonía.

—¿Recuerdas la tarde en que me rescataste en el barranco de Hartland Park?

—Claro que la recuerdo.

—Era el 5 de mayo de 1827 —precisó ella—, ¿cómo olvidarlo? El día en que te conocí, el día en que me enamoré de ti apenas tus magníficos ojos se cruzaron con los míos.

—Lo sé, tú me lo contaste —susurró Alexander, con paciencia y una sonrisa esperanzada.

—Lo que nunca te conté es que, un rato antes, los había espiado, a Drina y a ti, en una de las grutas de la playa. —Hizo una pausa para estudiar la reacción de Alexander, que parecía haberse congelado—. Vi los caballos y creí que se trataba de contrabandistas. Me acerqué por curiosidad. Y allí estaban ustedes dos, recostados sobre la arena, besándose y diciéndose las cosas más hermosas. Se te veía tan feliz. —Bajó el rostro y se observó las manos entrelazadas. Sonrió con aire triste—. En aquella época era demasiado inocente para comprender que acababan de hacer el amor. Igualmente, había algo entre ustedes tan intenso que me mantenía hechizada. Sabía que estaba comportándome incorrectamente, sabía que tenía quc marcharme; espiar era algo deplorable; pero no conseguía apartar los ojos de ustedes, tan perfectos, tan románticos. Me alejé corriendo cuando se pusieron de pie para salir de la gruta. De ese modo fue que trastabillé y caí rodando por el barranco. El resto de la historia la conoces.

Alzó la mirada y se encontró con la turbada de Alexander. Su gesto de perplejidad le inspiró compasión.

—¡Con qué empeño intenté convencer a Archie de que no se comprometiese con Drina! ¡Le supliqué! —Se mordió la cara interna del cachete para dominar el llanto—. Quizá hoy estaría vivo si yo le hubiese revelado lo que sabía, pero callé. ¡No sé por qué callé! ¡Y Archie ahora está muerto! —Se cubrió el rostro y se echó a llorar.

Alexander saltó de su silla y se hincó delante de ella. La abrazó con una pasión que nacía de la vergüenza por haber sido desleal con ella, pero en especial del pánico a perderla. Manon se recompuso y lo apartó con gentileza.

—Por favor, Alexander, déjame terminar.

—No, basta —le ordenó, e intentó abrazarla de nuevo; ella lo rechazó—. Manon, por amor de Dios, necesito tenerte entre mis brazos.

Manon se puso de pie intempestivamente y se alejó en dirección a la ventana. Le daba la espalda mientras observaba la calle iluminada por las lámparas a gas y los coches que pasaban de tanto en tanto. A punto de rodearla por detrás, se detuvo al oírla pronunciar las palabras que jamás habría deseado escuchar.

—Te vi con ella en Macao, en el jardín de la propiedad de Archie, la noche del sarao. La abrazabas. Y lo hacías con la misma pasión de aquella tarde de mayo del 27.

—¡No! —La aferró por los hombros y la obligó a volverse—. No pasó nada esa noche. Nada. Nuala es mi testigo.

Lo asustó la sonrisa que Manon le destinó, abatida, resignada. Alzó la mano con la intención de acariciarle la barba. Le gustaba su barba, siempre se lo decía. La dejó caer antes de tocarlo.

—No importa lo que haya sucedido entre ustedes en Macao.

—¡Claro que importa! No pasó *nada* —subrayó—. En algún momento debió de deslizar una esquela en el bolsillo de mi chaqueta. Allí me decía que quería hablar conmigo de la muerte de su padre. Me citaba en el jardín de su casa. Fui a verla para aclarar las cosas, nada más.

—No te culpo, Alexander —dijo Manon con mansedumbre.

Era esa mansedumbre, ese ánimo derrotista, que lo provocaba y lo enfurecía, lo que al mismo tiempo le causaba un miedo visceral.

—¡Yo sí me culpo! No he debido ir. Lo supe apenas estuve frente a ella. Ya no quedaba nada, ni siquiera la necesidad de dar o de recibir explicaciones. Ahora solo cuentas tú. Tú y yo.

—Pero fuiste —apuntó Manon—, y es lógico. Aún la amas.

—¡No! —Alexander la aferró por los hombros y la atrajo hacia él con brusquedad—. No, no. Te amo a ti. A ti. ¿Acaso no lo ves? ¿No lo sientes?

Aunque no intentó desligarse, Manon apartó la cara y apretó los ojos. Alexander, aturdido por su rechazo, le quitó las manos de encima. Se las llevó a la cabeza y soltó un suspiro ruidoso.

—Los dos escollos que se interponían entre ustedes han desaparecido —señaló Manon—. Su padre y su esposo ya no existen. Tienen el camino libre, pues no seré yo un escollo para ustedes. Rompo nuestro compromiso…

—¡No! —se desesperó Alexander—. ¡No! —La abrazó, la ciñó contra su pecho, hundió el rostro en su cabello perfumado, le besó las sienes, la frente, volvió a estrecharla, desesperado—. Te amo a ti, a ti, mi amada y Formidable Manon.

Ella permaneció rígida entre sus brazos, incómoda, a disgusto. Jamás habría creído que el abrazo de su amado Alexander la perturbaría.

—No te creo —susurró en un hilo de voz, y lo apartó—. Estoy convencida de que sigues amándola —afirmó, y reunió el coraje para mirarlo a los ojos.

Alexander le devolvía una expresión en la que era fácil adivinar el tormento y la confusión que lo sometían.

—La amé, sí. Pero un día llegaste tú y...

—Vi cómo la abrazabas en el jardín —lo detuvo, y por primera vez su acento adoptó una nota de reproche y de rabia—. Y también vi cómo se amaban aquella tarde en la gruta en Penzance. Nunca he vuelto a verte tan feliz, tan relajado, tan pleno, como en aquella ocasión. Nunca fuiste de ese modo durante el tiempo en que estuvimos juntos. Yo no te hice feliz como ella.

—¡No sabes lo que estás diciendo! —se encolerizó Alexander—. Estás llenándote la cabeza de ideas equivocadas.

La puerta se abrió repentinamente. Era Alexandrina, bellísima en su traje de luto. Alternó una mirada de ojos muy abiertos entre Alexander y Manon.

—Discúlpame, Manon. Creí que estabas sola.

«Sí, claro», ironizó para sus adentros. «Como si Nuala no te hubiese dicho que Alexander estaba aquí». La detestaba. La culpaba de la muerte de Archibald. Su hermano se había dejado morir, rendido ante la dura realidad: su esposa amaba a Alexander Blackraven y estaba dispuesta a dejarlo para volver con su antiguo amor.

—No te retires, Drina. De seguro, tú y Alexander tienen muchas cosas de qué hablar.

Su cuñada le dedicó una mirada desconcertada. Manon forzó una sonrisa.

—Lo sé todo acerca de ustedes. Con vuestro permiso —masculló y se encaminó hacia la puerta.

Alexander la retuvo sujetándola por el brazo.

—Déjame ir. Por favor. —Alzó lentamente las pestañas y lo miró con una fijeza que lo impulsó a soltarla—. Ahora no tengo deseos de verte ni de oírte.

Alexander, de pronto enfurecido, volvió a aferrarla. Le susurró muy cerca del rostro, con un duro acento y con una mirada de párpados entrecerrados:

—Si crees que renunciaré a nuestro amor por algo que no significa nada para mí, estás muy equivocada. Si realmente lo crees, es porque no me conoces. En absoluto —remarcó, y la soltó con un gesto iracundo.

Por un instante, Manon deseó creerle. Las ganas de arrojarse a sus brazos y de cobijarse en su pecho resultaron abrumadoras. Detectó la silueta de su cuñada con el rabillo del ojo, y las ganas se desvanecieron. Alexandrina siempre estaría al acecho, tentándolo, recordándole lo que habían compartido, y la vida se convertiría en un infierno de sospechas y de celos. Se le nubló la vista. A punto de echarse a llorar y de perder el último vestigio de dignidad, abandonó la salita y corrió escaleras arriba.

Alexander caminó rápidamente tras ella y se detuvo al pie de la escalera. La siguió con la vista hasta que la vio perderse en la planta superior. Lo embargó una sensación desoladora.

—Alex —escuchó a sus espaldas.

Se volvió con violencia. Allí estaba Alexandrina en medio del vestíbulo. Le adivinó la esperanza en la sonrisa tímida que le dedicaba. Un sentimiento oscuro se apoderó de su ánimo. A punto de proferir palabras hirientes, se detuvo. Inspiró profundamente. Recordó la epifanía de aquella tarde en el castillo de popa del *Leviatán*, cuando por fin comprendió que había sido necesaria la deserción de Alexandrina para que él pudiese gozar en el presente del amor de Manon Neville. En realidad, tenía que estar agradecido con su antiguo amor. La observó, tan joven, tan hermosa, cubierta de negro, y se compadeció de ella.

—Recibe mis condolencias por la muerte de tu esposo. Lamento mucho tu pérdida.

—¡Oh, Alex! —exclamó y se lanzó hacia él.

Alexander levantó la mano y la obligó a detenerse.

—No, Drina. —Se volvió hacia el paje que se hallaba en la recepción, junto a la puerta principal—. Mi sombrero y mi abrigo, por favor.

—Enseguida, milord.

—Alex, necesito hablar contigo.

—En Macao fui claro contigo: ya no queda nada de qué hablar. Quiero ser feliz con Manon. Te pido que no te interpongas entre nosotros, ni nos crees problemas. Deseo que tú también lo seas.

A punto de replicar, Alexandrina se calló. Thibault Belloc acababa de entrar en el vestíbulo.

—¡Milord! —exclamó—. ¡Dichosos los ojos que lo ven!

—Lo mismo digo, querido amigo.

—¿Cuándo ha regresado?

Alexander dirigió la mirada hacia el reloj de pie.

—Dos horas atrás. Desembarqué y vine directo hacia aquí. ¿Podemos hablar? Es imperativo que lo hagamos.

—¿Ahora mismo, milord?

—Si para ti no es inconveniente, sí.

—Por supuesto. Solo un instante.

—Te espero fuera, en mi coche —puntualizó Alexander, mientras recibía de manos del mayordomo Stephen el bicornio, los guantes y el gabán.

Abandonó Burlington Hall sin echar un vistazo atrás.

* * *

Manon irrumpió en el dormitorio de su abuela y corrió hacia ella. La mujer, que tejía sentada en un sillón, arrojó las agujas dentro de la canasta y se puso de pie. La recibió en sus brazos. La condujo hasta el pequeño diván a los pies de la cama y la obligó a tomar asiento. Allí la sostuvo. Su adorada nieta había llorado tanto en los últimos tiempos que no la sorprendía. Le ofreció un pañuelo y la instó a calmarse.

—Acabo de estar con Alexander —farfulló Manon entre hipos y una respiración superficial.

—Acaba de regresar, entonces —dedujo la anciana.

—Eso dijo, que acababa de llegar.

—Por el estado en el que te encuentras, supongo que las cosas no fueron bien.

—Me dijo que me ama —confesó Manon—. Nunca me lo había dicho —agregó, y se le quebró la voz.

Aldonza le despejó la frente de un mechón humedecido por las lágrimas y el sudor. La besó en la mejilla.

—Tesoro mío, claro que te ama. Es evidente para todos.

—¡Rompí nuestro compromiso! ¡Lo rompí, abuela! ¡Oh, qué dolor tan espantoso!

Poco a poco, y con la ayuda de Aldonza, Manon fue relatándole el diálogo que acababa de mantener con Alexander. Por momentos caía en un abatimiento desolador, y su llanto recrudecía; en otros, brillaban tenuemente los rayos de la esperanza, y sonreía con timidez, en especial cuando le permitía a su abuela que la convenciera de que era cierto que Alexandrina no significaba nada para Alexander.

—¿Por qué me cuesta tanto creer que ya no la ama? —se cuestionó.

—Es muy simple: porque te crees menos que Alexandrina —razonó Aldonza, y sonrió con paciencia—. Como decimos en España, estás rizando el rizo.

—¿Qué significa?

—Que estás complicando las cosas innecesariamente.

A pesar de tener el ánimo por el suelo, bajó a cenar para acompañar a su padre y a su abuelo, muy deprimidos desde la noticia de la muerte de Archibald. No tener siquiera una tumba donde llevarle flores les pesaba enormemente.

En el comedor se encontró con una alegría: Tommaso Aldobrandini y su tío Leonard habían regresado en el *Constellation*. Su tía Anne-Sofie, que había guardado cama durante la última semana, también ocupaba un sitio en la mesa para celebrar el regreso de un esposo que siempre la había ignorado. Manon le dirigió una mirada cómplice, pues se habían vuelto muy unidas en el último tiempo, desde que Manon, que no iba a trabajar a la Casa Neville, se ocupaba personalmente de su salud.

Tras la cena, solicitó a sir Percival la autorización para retirarse. Se dirigió a la *nursery*. Nuala y la nodriza se ocupaban del pequeño Alistair. Lo recibió de manos de la *amá* china. Lo estudió para confirmar que todo estuviese bien y que nada lo incomodase ni lo molestase. Alistair la seguía con sus ojitos azules y le sonreía cada vez que ella pronunciaba su diminutivo o cuando lo besaba en la frente y en los mofletes. Quería que se sintiese amado, porque lo era. Ella lo amaba con todas las fuerzas de su ser. Era lo único que le quedaba de Archibald. Como cada noche, ella misma lo depositó en la cuna y le cantó una nana en español. Le causaba risa verlo luchar contra el sueño, que finalmente lo vencía.

Se retiró a su dormitorio. Poco después, llamaron a la puerta. Creyó que se trataba de Catrin, que le traía la infusión de valeriana que bebía todas las noches antes de irse a dormir. Se equivocaba: era Thibault.

—¡Thibaudot! Pasa, pasa. ¿Acabas de regresar de la calle? —dijo, y le tocó el gabán frío y ligeramente mojado por la fina llovizna que caía sobre la noche londinense.

—Sí, mi niña —confirmó el hombre—. He pasado las últimas dos horas en la fonda de Dani Mendoza, cenando con Alexander.

—¡Oh! Pasa, pasa. Siéntate.

—Me lo ha referido todo, su asunto con Alexandrina en el pasado y su encuentro furtivo en Macao. Ha sido muy sincero conmigo. —Se quedaron en silencio, se miraron fijamente a los ojos—. Estaba fuera de sí, no solo por lo del ataque que sufriste en Macao y en el *Carnation*, sino porque has roto el compromiso con él. Nunca lo había visto en ese estado. Él, que siempre se muestra tan sereno y en control de las pasiones, era otra persona. Te ama profundamente, mi niña —afirmó el gascón, y le acunó la mejilla con una mano fría y áspera.

Manon se la cubrió con la de ella y la besó en la palma.

—No lo sé, Thibaudot mío, no lo sé.

—¡Oh, Manon, solo un ciego no lo vería! Me interrogó exhaustivamente acerca del intento de asesinato en Macao y del ataque pirata. Estaba desesperado, no tenía paz. Empalideció cuando le referí lo cerca que estuviste de morir apuñalada.

—El hijo de Archie me salvó —evocó con una sonrisa melancólica.

Belloc le recogió las manos y se las besó con reverencia.

—Desde que naciste veintidós años atrás, he velado por ti con el celo con el que un padre vela por una hija. Solo he deseado tu bien y tu felicidad.

—Lo sé, adorado Thibaudot.

—Por eso ahora te suplico que no te apresures a tomar una decisión que, en mi humilde opinión, es equivocada. Alexander Blackraven es un hombre cabal, trabajador y honesto, el único a la altura de mi preciosa niña Manon.

* * *

Al día siguiente, Manon sorprendió a todos presentándose a desayunar en el comedor. Desde su llegada a Londres, el 17 de septiembre, lo hacía en su dormitorio. Tampoco había retomado su trabajo en la

Casa Neville. Se había dedicado con devoción al pequeño Ally y a su tía Anne-Sofie.

Las sonrisas que le dedicaron su padre y su abuelo bastaron para levantarle el ánimo. Sin embargo, la entristeció la silla vacía de su tía Anne-Sofie, que, al igual que ella, era una gran madrugadora. En los últimos tiempos, desayunaba en la cama, atacada por dolores en las articulaciones que iban disminuyendo hacia el mediodía, después de que su ayuda de cámara le hacía friegas con un ungüento preparado con pez y árnica, recetado por Dennis Fitzroy.

—Hoy volveré al banco, papá —anunció tras obligarse a comer un trozo de arenque asado.

Sir Percival, que leía *The Times*, lo cerró y lo abandonó a un costado. Apretó la mano de su hija.

—Gracias, cariño. No sabes lo feliz que me haces con esta noticia. Te necesito, no sabes cuánto. Ignaz Bauer es un buen empleado, eficiente y responsable, pero nadie se compara contigo. *Nadie.*

Le hizo bien regresar y reencontrarse con personas como Nora e Ignaz Bauer, que le ofrecieron sus condolencias con sincero afecto. Ross Chichister, llegado de China el día anterior en el *Leviatán*, también salió a recibirla y la saludó con infinita consideración. Se reunieron en el despacho que compartía con sir Percival, y allí conversaron sobre la situación de la sede de la Casa Neville en Cantón. Ignaz Bauer les relató las últimas novedades. La emisión de papel moneda era un éxito; había superado los confines de Londres y ya circulaba en ciudades tan distantes como Edimburgo. Manon le solicitó el último informe; quería establecer la relación entre los billetes emitidos y las existencias auríferas de la Casa Neville.

—Circula un rumor que es importante que conozca —advirtió Bauer—. Se trata de su cuñado, el señor Porter-White.

Manon inhaló con un movimiento profundo y se preparó para recibir las novedades.

—¿De qué se trata esta vez?

—No he podido confirmarlo, pero se dice por ahí que ha comenzado a vender las acciones de la Río de la Plata Mining & Co. en la bolsa parisina. Incluso han cruzado el canal y ahora se comercializan aquí. Por supuesto no cotizan en la bolsa, pero sí en la taberna The City of London.

«¡Maldito truhan!», exclamó Manon para sus adentros, e intentó mantener la ira a raya. Después de tantos meses lejos de él y de sus fechorías, Porter-White irrumpía de nuevo en el primer día de trabajo. ¡El diablo se lo llevase! Ya no le importaba siquiera el padecimiento que Cassandra y William habrían sufrido con su desaparición. Cassandra tampoco estaba comportándose correctamente. Tras el anuncio por la muerte de Archie, había enviado una carta a su padre —a ella la había ignorado por completo— comunicándole su tristeza, pero aclarándole que no viajaría a Londres. *No puedo dejar solo a Julian en este momento. Me necesita*, había añadido. ¿Cuánto tiempo transcurriría antes de que Porter-White la decepcionase como en el pasado?

—Ross, Ignaz —dijo a sus empleados—, quiero que vayan hoy mismo a The City of London y que adquieran una acción de la Río de la Plata Mining & Co.

—Así lo haremos, Manon —prometió Chichister.

Tras la reunión, se dedicó a responder sendas cartas, una del príncipe de Talleyrand y otra de la duquesa de Dino, en las que le ofrecían sus más profundas y sinceras condolencias, y la invitaban a pasar una temporada en su mansión de París, en la *rue* de Saint-Florentin, para después terminar la estadía en el castillo de Valençay. Les escribió con el afecto que le inspiraban, pero rechazó la invitación. *No quiero alejarme de mi padre ni de mi abuelo, que sufren por la pérdida de Archie. Temo por la salud de ambos. La presencia del pequeño Alistair nos aligera, en parte, el dolor que ha significado la muerte de mi queridísimo hermano.*

A primeras horas de la tarde, se encontraba leyendo el informe proporcionado por Bauer. Lo hacía concentrada y con el ceño fruncido, porque estaba corroborando lo que había temido: sir Percival, con sus teorías expansionistas y antibullionistas, estaba poniendo en circulación una cantidad de papel moneda que superaba en un veinte por ciento las reservas de oro.

—Disculpe, señorita Manon —la interrumpió Nora—. El señor Estevanico Blackraven desea saber si podría recibirlo. Lo ubiqué en la salita de la recepción.

—Lo veré enseguida, Nora. Gracias.

Bajó deprisa, nerviosa y con las pulsaciones aceleradas. Estevanico no estaba solo; Quiao estaba junto a él. Se detuvo en el umbral y los observó, dichosa de verlos juntos. ¡Qué magnífica y exótica pareja componían! Abrazó a Quiao, con la que había cimentado una sólida amistad y que la había ayudado a transitar las primeras semanas en alta mar tras la muerte de Archibald. Aferró las manos de Estevanico. Se miraron con fijeza. Sus ojos grandes y negros le hablaban, le reprochaban, la interrogaban. Les señaló el sofá. Ella se ubicó en un canapé delante de ellos. Nora no tardó en llevarles una bandeja con té y *scones* con crema y confitura de frambuesas.

—Gracias, Nora. Yo me ocuparé de servir.

La empleada se retiró y un mutismo se apoderó del pequeño recinto. Solo se oía el sonido del té mientras lo vertía en la taza.

—Manon —habló Estevanico—, antes que nada, quiero que sepas que lamento profundamente lo ocurrido a tu hermano en alta mar. Era un querido amigo, que jamás me hizo notar mi condición de mulato. Me trató siempre con la mayor de las consideraciones. Era una persona magnífica, digno hermano tuyo.

—¡Oh, no, Archie era tanto mejor que yo! —aseguró, nerviosa, y, como le tembló la mano, depositó la tetera en la bandeja—. Gracias —musitó a Quiao cuando esta se ocupó de servir—. Archie era un alma libre y desprejuiciada. A todos quería, a todos comprendía. Me duele tanto su ausencia.

Sorbió el té y se instó a recuperar la calma.

—Come —la urgió Quiao, y le entregó el *scone* que le había preparado con crema y la confitura de frambuesas—. Estás en los huesos, Manon.

—Lo sé. Debo de lucir muy fea —se lamentó, lo que provocó que sus amigos, al unísono, la refutasen con severidad.

—Manon —habló Estevanico a continuación—, hemos venido hoy aquí sin el conocimiento ni la autorización de Alex, porque consideramos que no es justo lo que están viviendo. Nos atrevemos a inmiscuirnos por el enorme afecto que sentimos por los dos.

—Si hubieses visto el estado en el que llegó Alex anoche a Blackraven Hall —se compadeció Quiao—. Solo recuerdo haberlo visto de esa guisa cuando falleció el anterior duque.

Los ojos de Manon se anegaron. Entrelazó los dedos de las manos para detener el temblor. Se le había formado un nudo en la garganta, que le dolía en su esfuerzo por reprimir el llanto.

—Si Alex supiese que estoy aquí, me ganaría su enojo —confesó Estevanico—. Pero he venido a decirte que lo que no pudo la disputa entre nuestras familias por lo del oro del Famatina lo está consiguiendo Alexandrina Trewartha.

—Sé cuánto la ama, Nico —dijo, y se sorprendió de la obstinación con que Estevanico movió la cabeza para negar—. Los vi años atrás en la playa de Penzance y volví a verlos juntos en Macao.

—Lo sé, Alex me lo ha contado todo. Yo soy el único que conoce la verdad acerca de su relación con Alexandrina. Por eso me atrevo a decirte que…

—No quiero ser un escollo entre ellos. Lo fue Jacob Trewartha y luego el matrimonio con Archie. Yo…

—Tú eres la mujer a la que él ama, Manon —afirmó Estevanico con timbre impaciente—. No negaré que lo que existió con Alexandrina fue importante para él. La amó, sí, pero aquello quedó en el pasado.

—¿Se puede superar un amor tan profundo y grande? —se interrogó Manon con acento retórico.

—No puedo responder a esa pregunta porque solo he amado a una mujer en mi vida. Y sé que, si ahora puedo planear mi boda con ella, te lo debo a ti. Sé lo que hiciste por ella en Macao y después, tras el ataque pirata, cuando le pediste a Liu Tao que la liberase. —Manon sonrió con labios trémulos—. Quiero que tú y Alex también sean felices, como lo somos Quiao y yo.

—Solo pienso en él, Nico, en que por fin sea feliz con el amor de su vida.

—El amor de su vida eres tú —expresó el hombre con cierta severidad—. Todo lo demás carece de importancia.

—Estoy tan confundida —suspiró, y se cubrió la frente con la mano en una expresión de agobio—. No puedo dejar de pensar. Tantas ideas surcan mi cabeza. ¿Y si ha decidido mantener su compromiso conmigo porque unirse a ella, después de que lo culpasen por el asesinato de Trewartha, sería un verdadero escándalo? Incluso peligroso para él.

—Tú sabes que Alex no piensa de ese modo —afirmó Estevanico—. No le importa el escándalo. ¿Y por qué sería peligroso para él? Su inocencia fue probada con la carta de Glenn.

—Nico, dile lo del próximo viaje —lo apremió Quiao.

—¿Qué viaje? —se preocupó Manon.

—Ayer, apenas arribados, supimos que diez días atrás llegó una carta del administrador de nuestra hacienda La Isabella, en Antigua. Fue atacada, la casa incendiada y la cosecha de caña zaqueada.

—¡Cielo santo! —se horrorizó Manon—. ¿Alguna víctima?

—Dos de nuestros empleados murieron intentando detener a los que atacaron la propiedad.

—¡Oh, no!

—Alex y yo zarparemos el domingo por la madrugada, con la primera marea. Es imperativo que lleguemos cuanto antes al Caribe y nos hagamos cargo de la situación.

—Manon —intervino Quiao—, no permitas que Alex inicie este viaje sin aclarar las cosas entre ustedes. Por favor, no permitas que se embarque con ese peso en el corazón.

* * *

Pasadas la cinco de la tarde, Manon convocó a Thibault a su despacho. El gascón entró cuando Nora la ayudaba a ponerse la capa de merino.

—Thibaudot, prepara el coche. Iré a Grosvenor Place.

—¡De inmediato! —se entusiasmó el hombre y se evadió deprisa.

Manon acabó de calzarse los guantes de baldés y se encontró con la mirada ansiosa de su empleada.

—¿Cómo me veo? —le preguntó, y se llevó las manos a las mejillas.

—Pálida —respondió la joven—. Hermosamente pálida.

Manon subió al carruaje y se relajó contra el respaldo del asiento. Inhaló varias veces, buscando calmar las aceleradas pulsaciones. Dejó caer los párpados y meditó en la decisión que había tomado.

Thibault y Sweeney, que tras el viaje seguía a su servicio, la escoltaron hasta el ingreso principal de Grosvenor Place. Manon sabía que los dos iban armados y que se mantenían atentos a los alrededores. Juzgaba exagerado el celo con que Belloc la cuidaba. Era improbable que los de la Sociedad Tríada la hubiesen seguido hasta Londres. En cuanto a los peligros que la habían acechado en el pasado, habían desaparecido con el exilio de su cuñado.

Sweeney sonó la aldaba. Manon, nerviosa, buscó distraerse y dirigió la mirada hacia Hyde Park. Sus ojos se detuvieron en un carruaje estacionado a pocas yardas, sobre la calle Grosvenor Place; tenía el escudo de la Casa Neville estampado en la portezuela. La invadió una sensación ominosa.

—Thibaudot —musitó, y apuntó el coche.

El gascón detectó el escudo. El gesto que le destinó, de indiferencia y desestimación, contó con el poder para devolverle la calma. Recordó la frase de Julio César ante el Rubicón y la repitió para darse ánimo. «*Alea iacta est*», dijo tres veces antes de oír el sonido de la cerradura que se abría. Robert, el mayordomo, tuvo una reacción mecánica, algo inusual en él, que siempre se mostraba impertérrito: sonrió abiertamente y sus párpados caídos y arrugados se alzaron para revelar unos vivaces ojos celestes.

—¡Señorita Manon! —exclamó, y enseguida se recompuso, y Manon se preguntó si la repentina seriedad no era en realidad una turbación vinculada al carruaje con el escudo Neville estacionado un poco más allá.

Cruzó el ingreso y se adentró en el enorme vestíbulo circular, imponente con su cúpula de vitrales coloridos. La alcanzaban las voces de Robert y de Thibault, que, todavía en la recepción, se ponían de acuerdo para guardar el carruaje en la cochera. Alzó la vista. Las últimas luces del día, que traspasaban los cristales de colores, bañaban la estancia y la dotaban de una tonalidad encantada, mágica. Un bienestar, ausente en ella desde hacía tanto tiempo, le produjo una dichosa serenidad. Era feliz en esa casa. Esa era *su* casa.

Robert se aproximó y ofreció desembarazarla de la capa. Estaba desanudándose el lazo de la capota cuando la puerta —la del despacho de Alexander— se abrió repentinamente para dar paso a una Alexandrina ofuscada y apurada. La mujer se detuvo al descubrirla a pocos pasos. Se miraron a los ojos. Tras un instante de sorpresa, Alexandrina continuó en su apresurado avance y abandonó el vestíbulo. Robert la siguió con diligencia.

Alexander, que caminaba con parsimonia, mirándose los pies y con las manos en las faltriqueras del pantalón, frenó bajo el umbral de su despacho al verla allí, en el centro del vestíbulo, con la capota a medio retirar y los guantes aún puestos. Su rostro, ya limpio de barba, pasó en un efímero instante de la sorpresa al pánico. Se aproximó a paso veloz y la tomó por los hombros.

—No es lo que parece —afirmó con un timbre angustioso—. No ha ocurrido nada. Estaba esperándome cuando llegué. Le diré a Robert que en el futuro no le permita entrar. Pero debes creerme, te lo suplico. Yo no…

Manon le apoyó el índice sobre los labios y le sonrió. La boca de Alexander se estiró bajo su dedo, se lo besó. La expresión se le iluminó con una esperanza que la enterneció.

—Lo sé. Sé que no ocurrió nada entre ustedes. Perdóname por haber dudado de ti. Estaba muy celosa. Y confundida.

Alexander le rodeó la cintura, la despegó del suelo y se puso a dar vueltas con ella por vestíbulo. Voló la capota a medio quitar. Reían a carcajadas, celebraban la reconciliación. «Este es el día más feliz de mi vida», pensó Manon, y lo era por una única razón: la dicha de él resultaba evidente y estaba compartiéndola con ella, no intentaba ocultarla, tampoco se impedía gozarla. Lo veía tan dichoso como aquel 5 de mayo de 1827 en la gruta de Penzance. Había recuperado al Alexander de los ojos chispeantes y de la sonrisa indescriptible, perfecta, seductora al tiempo que inocente. Se sentía orgullosa por haberlo redimido de la condena a una tristeza perpetua.

Le sujetó la cabeza y lo besó. Alexander aflojó el abrazo y la hizo deslizar por su cuerpo hasta que sus botines tocaron el suelo damero. Manon interrumpió el beso. Se miraron fijamente. Le acunó las fuertes mandíbulas, donde a esa hora ya despuntaba un bozo azulado, y lo atrajo hacia su boca ávida. Alexander le rodeó la cintura con un brazo y le cubrió la espalda con una mano abierta y exigente, que la impulsó hacia él. El beso que se desató era el más sincero que habían compartido. Despojados de los secretos, los recelos y las culpas, libres para amarse, se regocijaban en el contacto de sus labios y de sus cuerpos como la consecuencia de una nueva alianza. La pasión era la misma, porque siempre se habían provocado una excitación irrefrenable, aun cuando se ocultaban verdades y se recelaban, y, sin embargo, la que los sometía en ese instante, que los desbordaba y los engullía, los aislaba y los manipulaba, esa pasión nacida de la nueva alianza, era perturbadora en su desfachatez y solo se extinguiría de una manera.

Sin separar su boca de la de Manon, Alexander la arrastró hacia el despacho. Manon, a duras penas consciente de que estaban moviéndose, siguió aferrada al rostro de Alexander, sus labios pegados a los de él, sus lenguas entrelazadas, sus salivas y sus alientos mezclados. El chasquido del cerrojo la devolvió a la realidad. Estaban dentro del despacho. Alexander, agitado y con un mechón suelto sobre la frente, le destinó una mirada de un anhelo innegable; no precisó de palabras para expresar su intención al encerrarla en ese sitio. Había tanto de qué hablar, pensó Manon, pero sabía que no podrían iniciar ninguna conversación sensata si antes no apagaban el ardor desatado tras meses de separación.

Alexander le sujetó la parte posterior de la cabeza y cayó sobre sus labios. Manon le permitió que la guiase hasta que su trasero tocó el filo del escritorio. Sin preguntas, sin explicaciones, Alexander la levantó hasta tenerla sentada en el mueble. Apartó con manos apresuradas el cartapacio de cuero y el tintero de bronce hacia un costado.

—Recuéstate —le ordenó, y ella obedeció.

Tras las varias capas de tela, Alexander descubrió las piernas desnudas de Manon. Se las acarició y vio cómo su piel tersa iba erizándose al paso de sus manos ásperas y callosas. La oía gemir y agitarse bajo la montaña de prendas que le había echado encima mientras le tocaba la cara interna de los muslos. En un acto inconsciente, se lamió los labios al descubrir que, como de costumbre, no usaba braga. La obligó a calzar los pies en el filo del escritorio, flexionar las rodillas y abrirse para él. La visión de su vagina brillante y húmeda bastó para decidirlo a acabar con los jueguecillos. Se retiró la portañuela del pantalón, abrió la bragueta del calzón y sacó fuera su pene inflamado y duro. Lo guio entre los pliegues de su vulva caliente y lo introdujo en ella con un impulso sordo y, quizá, brutal. La oyó lanzar un gemido lamentoso y la vio arquearse sobre el escritorio. Se inclinó sobre ella, le apartó la falda que le cubría el pecho y le estudió la expresión de beatífico gozo. Con los párpados cerrados y la boca entreabierta, lucía perdida en su propio placer.

—Mírame —le exigió, y Manon alzó los párpados con lánguida actitud—. Te amo.

La reacción de ella resultó desconcertante: se le anegaron los ojos y apretó los labios para refrenar las ganas de llorar. Más lo sorprendió su propia reacción, porque en medio de una situación cargada de lujuria y sometido por el más carnal de los afanes, se vio dominado por una compasión y una ternura como no recordaba haber experimentado por otro ser humano. Se inclinó sobre ella y la besó en la frente, y sobre los ojos, y en la nariz, y siguió depositándole besos en las mejillas, en el filo de la mandíbula, en el respingado mentón, y mientras lo hacía, le hablaba.

—Amor mío, único amor de mi vida, perdóname por no haber sido capaz de decirte cuánto te amo. Perdóname por haberte herido con mi silencio. Estaba lastimado, Manon. El dolor me había vuelto cínico y duro. Adorada mía, tú y solo tú has sido capaz de demoler la coraza de orgullo con que me cubrí para protegerme no sé de qué. ¿Cómo lo hiciste, me lo pregunto? Mi dulce, paciente y Formidable Manon.

Alexander le apoyó la boca sobre la garganta y allí la dejó para percibir sobre la carne de sus labios las vibraciones causadas por el llanto quedo de Manon. Se abrazaron. Alexander se incorporó con ella pegada al pecho y así permanecieron un buen rato, abrazados, el trasero de Manon desnudo sobre el borde del escritorio y el pene de él alojado dentro de ella.

Manon consideraba paradójico llorar en la instancia más feliz de su existencia y, sin embargo, allí estaba, aferrada a él, intentando ahogar los alaridos de dolor que la habrían desgarrado si le hubiese dado rienda suelta a lo que en verdad guardaba en su corazón. Comprendió que no lloraba por ella; lloraba por él, por él derramaba lágrimas amargas nacidas del dolor, sí, pero también de la rabia y de la impotencia, porque el padecimiento de su amado Alexander había sido injusto, no solo el causado por la deserción de Alexandrina, sino por la muerte de su abuelo y la culpa que le siguió. Le pegó la boca al oído y le balbuceó una confesión:

—Solo quiero que seas feliz. —Se esforzó por sofocar el llanto y los espasmos; quería expresarse con claridad—. Si tenía que ser con ella…

Alexander le siseó para acallarla y volvió a besarla. Nada de lo que Manon le había dicho en los meses que llevaban juntos le había sonado insincero, banal o vacuo, *jamás*. Pero las palabras que acababa de pronunciar, «solo quiero que seas feliz», eran las más trascendentales, las más solemnes, las más felices que le había dirigido; implicaban un compromiso, un acuerdo, un juramento, una entrega. Él siempre sería lo más importante para ella, lo primero. Su lealtad era y sería absoluta.

—Siempre serás lo primero para mí —le prometió continuando con la línea de su pensamiento—. Siempre, amor mío. Lo primero, lo último, lo vital, lo fundamental. Te amo, Manon.

El llanto de Manon se mezcló con una risa jubilosa.

—Me haces tan feliz.

—Gracias por tenerme tanta paciencia. Gracias por no abandonarme, pese a que lo merecía.

—Somos uno solo —expresó Manon, y observó con asombro la reacción de las pupilas de Alexander, que se expandieron repentinamente hasta oscurecerle los ojos por completo.

Él se apoderó de su boca, y otra vez la pasión los enceguecíó, borró las otras emociones, solo quedó una necesidad impostergable de aplacar el deseo que los devoraba. Manon volvió a recostarse sobre el escritorio para facilitarle el acceso. Alexander la ayudó a colocar los pies en el borde antes de deslizarse en su interior con un apremio que la hizo reír. Le cerraba las manos en torno a la cintura mientras se impulsaba entre las piernas con un ímpetu que crecía con los segundos, con la excitación, con las miradas que se destinaban, fijas, devotas, profundas. Sus ojos hablaban, decían lo que sus alientos acezantes les impedían pronunciar, que se amaban locamente. «Como nunca creí que volvería a amar», se dijo Alexander.

La vagina de Manon le oprimió la carne. Un instante después le cerró las manos en los antebrazos con un vigor inconsciente. La vio arquearse y explotar en un orgasmo ruidoso que le arrancó una carcajada satisfecha. Él lo hizo poco después. Se alivió con una eyaculación violenta, que lo paralizó en una agonía de placer. Le siguieron espasmos fugaces que lo mantuvieron erguido, la cabeza ligeramente echada hacia atrás, los ojos apretados, el gemido prolongado, los dedos hundidos en el corsé de Manon, los glúteos contraídos, las piernas rígidas; solo su pelvis se movía apenas para refregarse entre sus piernas con el objeto de prolongar la última gota de gozo. Se aflojó y se derrumbó sobre ella. Manon lo contuvo entre sus brazos y le besó el costado de la cabeza.

—Qué indescriptible sensación —la oyó susurrar.

—No creas que siempre es de este modo —le advirtió—. Entre nosotros se da algo especial cada vez que nos amamos. —Como Manon guardó silencio, se preocupó—. ¿En qué piensas?

—En el sueño que tuviste aquella tarde en el *Leviatán*, mientras te masajeaba los pies. ¿Lo recuerdas? Soñaste que bailabas conmigo en el salón de esta casa el *Concerto grosso número 10* de Corelli. Nos imaginaba, solo eso.

—¡Qué estupenda imagen! Pronto la haremos realidad. —Volvieron a caer en un relajado mutismo—. Podría quedarme de este modo horas enteras. ¿Tienes frío? —se inquietó y echó las manos hacia atrás para acariciarle las piernas desnudas—. Sí, tienes frío.

Se incorporó, solícito, y la ayudó a ponerse de pie. Se metió dentro del calzón el miembro satisfecho y después se ocupó de acomodar el brial de Manon, mientras ella intentaba rearmarse el tocado. La encontró adorable con el peinado irremediablemente alborotado, las mejillas ruborizadas y los labios hinchados. Sus ojos azules brillaban como en el pasado, y eso le provocó una alegría incontenible. La abrazó, le besó el cuello, la ciñó contra su cuerpo, de pronto consciente de que había estado muy cerca de perderla.

—Te amo, te amo como nunca he amado a nadie —le juró.

—A ella la amaste muchísimo —musitó Manon con la vista baja.

—Sí, aun siendo joven e inmaduro, la amé. Y por haberla amado, ahora me encuentro en posición de apreciar cabalmente lo enorme que es esto que siento por ti.

—Sufriste por ella.

—Pero llegaste tú y le diste sentido al dolor que significó su abandono.

—¿A qué te refieres?

Alexander la besó, le sonrió.

—¿Cómo habría podido vivir esta felicidad junto a ti si Drina no me hubiese abandonado? ¿Cómo habrías podido convertirte en la mujer de mi vida si me hubiese casado con ella? Ahora todo cobra sentido. Tú se lo has dado.

—¡Oh, Alexander, qué feliz soy!

Los sobresaltó un intento de abrir la puerta, seguido de varios golpes insistentes.

—¡Capitán Alex, ábreme! —exigió Obadiah; a continuación, se oyó un ladrido de Mackenzie—. Thibault me dijo que la señorita Manon está contigo. ¡Ábreme!

—Está loco por verte desde que llegamos.

Alexander se echó en el sofá con aire molesto. Manon se recogió el ruedo del guardapiés y caminó deprisa hacia la puerta, ella misma loca por verlo. Abrió. Obadiah le echó los brazos al cuello y ella lo estrechó contra su seno. Lo besó repetidas veces y lo lisonjeó al asegurarle que lo veía más alto y fornido, que parecía de más edad. Alexander los observaba y sonreía, pese al fastidio que había significado la interrupción. Existía una cualidad innata en Manon, la que le había visto desplegar con los niños, que lo serenaba. Se quedó observándola dialogar con Obadiah. Se preguntó si le confesaría que, durante el viaje, había fantaseado con encontrarla encinta a su regreso. Lo sorprendía el pensamiento recurrente de un hijo de Manon.

Como no soportaba la idea de despedirse de ella aún, la invitó a cenar a Blackraven Hall, donde su hermana Anne-Rose había organizado una velada familiar para celebrar el regreso del convoy. La vio dudar; sabía que estaba pensando en el luto por la muerte de Archie y en su padre, que de seguro dependería de ella para sobrellevar el dolor. Obadiah terminó por convencerla.

—Yo la llevaré de regreso a Burlington Hall, Thibault —prometió Alexander—. Ve tranquilo.

—Sí, milord.

Fue una decisión acertada, porque, superado el momento de tristeza que significó recibir las condolencias por la muerte de Archibald, Manon se distrajo y se entretuvo, rio y disfrutó de la cordialidad de su familia política. Solo existió una instancia en que la vio inquietarse y fue cuando Obadiah le refirió que habían sido atacados por piratas chinos cerca de la costa de Tianjin. Se brindó al éxito de la expedición y a la inminente llegada del próximo hijo de Anne-Rose y de Edward.

—Espero que esta vez sea una niña —susurró Rosie al oído de Manon.

—Ojalá —acordó Manon—. Las niñas somos tanto mejores que los varones —bromeó.

—Tía Rafaela tuvo una niña. Isaura la llamaron, como mamá, que será la madrina.

—¡Qué maravillosa noticia! —se alegró Manon—. Las dos están bien, espero.

—La última carta de tía Rafaela la recibí tres semanas atrás. Hasta ese momento, estaban muy bien las dos, gracias al cielo.

Estevanico, que, como hermano mayor, ocupaba la cabecera en ausencia del duque, le preguntó qué planes tenía para el *Creole*, por lo que comenzó una charla acerca de los próximos viajes del clíper, que capitanearía Isabella Blackraven. Manon, que desde hacía un tiempo maduraba una decisión, le pidió encontrarla al día siguiente. Decidieron almorzar juntas en la sede de la Casa Neville.

La señora Isabella di Bravante, que ocupaba el otro extremo de la mesa, se puso de pie. Los hombres la imitaron enseguida.

—¿Te retiras, abuela? —se preocupó Anne-Rose.

—Sí, cariño. Estoy un poco cansada. —Cerró la mano sarmentosa en la empuñadura del bastón y paseó la mirada por su familia; la detuvo en Manon—. Querida, acompáñame hasta mi dormitorio, ¿quieres?

—Sí, por supuesto —respondió Manon.

Depositó la servilleta junto al plato y se puso de pie. Alexander las acompañó hasta el inicio de la escalera, donde se vio obligado a replegarse a una orden de su abuela. Manon ofreció el brazo a la señora Isabella e iniciaron la escalada lentamente. Alexander las siguió con la mirada.

—Lamento enormemente la muerte de Archibald —reiteró la mujer en francés, y Manon musitó un «*merci bien*»—. Sé lo que sientes. Claro que lo sé, yo, que ya enterré a todos mis queridos hermanos, Fernando, el último, en el 25.

—¿El rey de las Dos Sicilias?

—El mismo. Yo soy la última hija supérstite de mi padre.

—El gran Carlos III —añadió Manon—. Qué eximio rey fue su padre, doña Isabella.

—El mejor, cariño. —La miró de soslayo y le sonrió—. Quiero agradecerte, Manon.

—¿Por qué?

—Por lo feliz que haces a mi nieto Alexander. —Llegadas a la puerta de su dormitorio, la anciana la invitó a entrar—. Siéntate un momento. Solo un momento —subrayó—. Sé que Alex está ansioso por volver a reunirse contigo. Te ha dejado marchar porque he sido yo la que te ha pedido que me acompañases. —Una vez que doña Isabella se ubicó en un cómodo sillón, le destinó una mirada profunda, como si intentase hablarle a través de los ojos—. Cuando murió el anterior duque, el corazón de mi nieto se rompió. Eso se dice.

—¿A qué se refiere con «eso se dice»?

—No soy vieja en vano y no he vivido lo que he vivido sin adquirir una gran perspicacia. Sospecho que hubo un amor contrariado en la vida de Alex, aunque él jamás se lo haya confiado a nadie. A Nico, tal vez, porque son carne y uña esos dos. No al resto de la familia. Verás, Alex ha sido profundamente amado desde que llegó a este mundo, pero, por alguna misteriosa razón, él siempre ha mantenido la distancia, como si desconfiase del amor. Me da la impresión que se dice a sí mismo: «Antes de que me dañen, será mejor protegerme». Por eso a veces luce frío, distante, incluso endurecido. Pero no lo es.

—No lo es, no —acordó Manon.

—Es tan generoso y noble como su madre. Tan fuerte y determinado como su padre.

—Es la mejor persona que conozco, doña Isabella. Me siento honrada de ser su futura esposa.

—Solo quería explicarte este aspecto del complejo carácter de mi nieto porque detestaría que no te sintieses plena junto a él o desestimada. Igualmente, sospecho que has sido la única que ha conseguido perforarle la armadura y tocarle el corazón. Fue un espectáculo magnífico observar cómo te devoraba con los ojos durante la cena. ¡Qué dicha!

Alexander no la llevó de regreso a Burlington Hall; no pudo. La condujo a Grosvenor Place, otra vez a su despacho, con el objeto de conversar acerca de los tantos temas pendientes, pero fue imposible: pasaron las horas amándose una y otra vez.

Manon, volcada sobre el escritorio, con Alexander muy profundo dentro de ella, oyó el carillón del reloj, que daba las cuatro de la madrugada. El bonito repique desapareció ahogado por los clamores roncos de Alexander, que se aliviaba contra su trasero en una nueva demostración de su energía inextinguible. Descansó sobre ella, todavía laxa después del enésimo orgasmo. Sonrió con languidez cuando él le besó la mejilla.

—Habría sido mejor pasar directamente a mi habitación.

—Se suponía que íbamos a conversar —le recordó con timbre risueño.

—En mi cama habrías estado más cómoda.

—Ha sido maravilloso. Haberlo hecho sobre este escritorio, en el sofá, contra la pared…

—No olvides la silla.

—Oh, la silla, y el respaldo del sofá, que es distinto del sofá mismo, ¿verdad?

—Por supuesto —acordó él con fingida solemnidad.

—Pues ha sido maravilloso hacerlo en tu despacho. Ya no volverás a ver este sitio con los mismos ojos, ¿a que no?

—Será difícil concentrarme, sí —concedió—. Me sentaré a trabajar y veré tu trasero en el borde del escritorio, y dos más dos ya no serán cuatro.

La risa de Manon, que le vibró en el pecho, le provocó una ternura inconmensurable. La sonrisa se le desvaneció al imaginar que en pocos días volverían a despedirse. La idea de dejarla en Londres, a merced de los peligros, que por esos días se le antojaban demasiados, le resultó insoportable.

—Ya debería estar en Burlington Hall —la oyó decir—. Los sirvientes se levantan alrededor de las cinco. No quiero que me vean en este estado. —Rio, divertida, al imaginar su aspecto desastrado.

Alexander dejó caer los párpados con resignación. Se incorporó y la ayudó a levantarse. Tenía el vestido arrugado, y las mangas caídas le desnudaban los hombros. La enagua y el cubrecorsé le asomaban por el escote. El cabello suelto y lacio le cubría por completo la espalda hasta la cintura; era muy hermoso, con una tonalidad indefinida, entre rubia y cobriza. Le acarició la mejilla con el dorso de los dedos.

—No soporto la idea de irme y dejarte. Quiero que vengas conmigo —propuso, guiado por la emoción.

Manon lo besó en los labios con ligereza.

—Y yo quiero ir contigo. Hasta el fin del mundo.

—Nunca un viaje fue tan magnífico como el que compartí contigo hasta Macao. Te quiero siempre a mi lado, donde sea que vaya.

—Así será cuando estemos casados. Ahora es preciso que permanezca en Londres, por papá, por mi abuelo y por mi sobrino Ally. Mi tía Anne-Sofie también me necesita. Pero como te dije más de una vez, tú siempre estás conmigo, en mi mente y en mi corazón. Tú llévame contigo donde sea que vayas.

—Haré pintar tu miniatura —decidió, y se inquietó al observar la notable mudanza que sufrió la expresión de Manon; se opacó como por ensalmo—. Eh, ¿qué ocurre? —la interrogó, y le acunó el rostro—. ¿Qué he dicho que te ha molestado?

—Tengo que confesarte algo.

—Dime. Dímelo todo, por favor. No quiero secretos entre nosotros.

—El día de la llegada a Macao no encontrábamos unas prendas mías; no aparecían por ninguna parte. Creí que podrían estar en tu camarote y me permití entrar sin tu autorización.

—No la necesitas. Lo mío es tuyo.

—Y lo mío tuyo —se apresuró a afirmar—. Abrí el cajón de tu cómoda…

—Y hallaste la miniatura de Drina y también su carta.

—La leí. Sé que no debí hacerlo, pero no conse…

Alexander la acalló con un beso.

—Acabo de decirte que no quiero secretos entre nosotros. La noche del sarao, después de haberme encontrado con ella, regresé al *Leviatán* con las ideas muy claras. Quemé la carta y arrojé la miniatura al mar, no en un acto de ira, sino como parte de un rito, el fin de una historia que se había arrastrado durante demasiado tiempo. —Se quedaron en silencio, contemplándose con fijeza—. Tengo la impresión de que quieres decir algo y no te atreves.

—Tienes razón, deseo preguntarte algo, pero no me atrevo. Temo que creas que no confío en ti, que dudo de tu amor.

—Pregúntame lo que sea.

—Pues… La carta de Drina estaba fechada el 20 de abril de 1833. Me gustaría saber cuándo la recibiste. Después de nuestro primer beso, el 3 de septiembre, ¿verdad?

—Fue antes —dijo, y ahogó una carcajada ante el gesto de asombro de Manon—. La carta llegó en el *Stella Maris*. Lord Mathews en persona me la entregó. El *Stella Maris* atracó en Londres el 26 de julio. Puedo mostrarte los registros que mantenemos en la barraca.

—No, no —se apresuró a decir Manon—. No es necesario, te creo.

—El *Stella Maris* llegó el 26 de julio —reiteró Alexander—. Ese mismo día recibí la carta. Y ahora hay algo que me gustaría confesarte. —Manon asintió con miedo—. Ese día, el 26 de julio, estaba decidido a ir a Burlington Hall para pedirte que fueses mi esposa.

—¡Oh!

—Pero su carta me perturbó de tal modo que no lo hice.

—Luego de leer su carta, pensaste en volver con ella, ¿verdad? —Alexander asintió—. ¿Por qué no lo hiciste?

—Ya no existía en mí la misma determinación con respecto a ella. Algo se había roto. Además, estabas tú. Poco después de recibir la carta, partí a Sicilia.

—Lo recuerdo.

—Durante ese viaje pensé mucho en ti. Desde aquella tarde en Green Park, cuando te encontré paseando con Cassie y Des Fitzroy, pienso en ti continuamente —añadió—. Recuerdo que descubrí este lunar que tienes en el cuello. —Se inclinó, le retiró el cabello y se lo besó—. Desde ese día, deseé hacerte cosas en ese lunar y en otras partes —le confesó mientras le arrastraba los labios por el cuello.

—Donde tú quieras.

—¡Qué feliz me haces! Manon, amor mío —susurró con un acento reverencial, y volvió a besarla con la pasión que no se extinguía pese a las horas de sexo insaciable.

El beso se cortó con un respingo cuando llamaron a la puerta. Manon se retiró hacia las sombras para ocultar el aspecto desaliñado. Alexander fue a abrir; era el cochero.

—Disculpe, milord. Me pidió que le avisase cuando faltasen quince minutos para las cinco.

—Gracias, Howard. Partimos enseguida. Apronta el carruaje, por favor.

—Está listo, milord.

Minutos más tarde, se hallaban en el habitáculo del coche. Iban abrazados; les resultaba imposible quitarse las manos de encima. Habían cerrado las cortinillas por precaución. Los circundaba una penumbra que los invitaba a la intimidad y a los susurros.

—Si el trayecto no fuese tan corto, podría hacerte el amor aquí mismo.

—Hoy me lo pasaré pensando en posibles trayectos lo suficientemente largos para bautizar también tu carruaje. —Alexander se echó a reír—. Estarás muy cansado hoy —se afligió Manon— y con todo el trabajo que te espera.

—Me siento tan energizado que podría cruzar el canal de la Mancha a nado.

Manon soltó una carcajada. Resultaba tan inusual —y tan maravilloso— escucharlo bromear y emplear hipérboles.

—Hoy almorzaré con Thibault —le comentó Alexander—. En la barraca —precisó—. Sweeney se quedará contigo en la Casa Neville. Por favor, no salgas. No vayas a la bolsa.

—No lo haré. Estoy de luto —le recordó—. Almorzaré con Ella en el banco.

Alexander la estrechó entre sus brazos y le besó a ciegas la cabeza.

—Desde que me revelaste la verdad, no he dejado de pensar en lo que implica que hayas sabido desde hace tanto tiempo lo de mi amorío con Drina.

Le gustaba cuando la llamaba Drina; le confería la impresión de que lo hacía con gran naturalidad y desapego.

—¿Qué has pensado?

—Terminé de resolver el misterio de tu negativa a anunciar nuestro compromiso. Era a causa de eso que no querías hacerlo público, ¿verdad?

—Necesitaba volver a verlos juntos para convencerme de que la habías olvidado. O de que aún la amabas —añadió tras una pausa y enseguida preguntó—: ¿Por qué la abrazaste esa noche en Macao?

Lo oyó suspirar, quizá hastiado de sus dudas. Pero ella necesitaba saber.

—No la abracé —aclaró Alexander—, pero sí respondí a su abrazo. Quería comprobar qué sentía después de tantos años.

—¿Qué sentiste?

—Por un instante, sentí la familiaridad de siempre, pero bastaron pocos segundos para darme cuenta de que no era lo mismo, de que todo había terminado.

—¿Sientes rencor por lo que te hizo?

—Lo sentí durante mucho tiempo. Ya no —dijo, y perdió la mirada en la oscuridad del carruaje. Sonrió a la nada—. Tú me liberaste de todo, de ese amor mal avenido y del resentimiento. —La besó en la frente, y Manon percibió que extendía los labios sobre su piel—. Lo que más me conmueve es que, pese a saber lo que había existido entre ella y yo, jamás dudaste de mi inocencia en el asunto del asesinato de Jacob Trewartha. Si eso hubiese salido a la luz, habría estado en serios problemas.

—Porque habría existido una motivación para el homicidio —puntualizó Manon.

—Ya. Pero tú jamás dudaste de mí, aun habiendo hallado el cuchillo en el palco.

—Ni por un instante. Es algo que jamás cruzó mi mente.

—Gracias, amor mío.

—De nada.

Capítulo XIX

Manon llegó al banco con su padre, muy temprano. Aunque no había pegado ojo en toda la noche, se sentía vital y feliz. Y liberada. Se reunió con Ross Chichister y con Ignaz Bauer. Lo hizo en el despacho de este último; no quería que sir Percival escuchase la conversación. Los empleados le explicaron que no habían logrado adquirir la acción de la Río de la Plata Mining & Co.

—En la City es sabido que somos tus hombres de confianza —expresó Chichister—. Nadie ha olvidado el conflicto que hubo por este tema. Y a ti te posicionan del lado de los Blackraven, por motivos obvios.

Manon reflexionó que, si la noche anterior no hubiese propiciado la reconciliación con Alexander, los motivos no habrían sido tan obvios. La recorrió un escozor de inquietud al imaginar la angustia que la habría acongojado en lugar de la dicha que la mantenía exultante y con ganas de querer a todos y de perdonar a sus enemigos.

Aprovechando su gran dominio del francés, se decidió que Chichister partiese el lunes hacia París. Allí, donde nadie lo conocía, podría hacerse de la dichosa acción de la Río de la Plata Mining & Co., si era cierto que existía.

—Con suerte —expresó Manon—, podrás averiguar en qué otras estafas y engaños anda metido mi cuñado. Nunca se queda quieto. Pero atención, Ross: no te hagas notar. No quiero que llegue a oídos de Porter-White que estás en París.

—Seré precavido —prometió Chichister.

Más tarde, cuando su tío Leonard visitó la Casa Neville para solicitar un anticipo de sus viáticos, le confió que él y Aldobrandini partirían el lunes hacia el continente.

—Empezaremos por París —detalló—, donde un anticuario asegura haber dado con una edición antiquísima del *Libro del caballero Zifar*. Pero nuestras esperanzas están puestas en dos sorpresas para ti, algo que has deseado desde hace años.

—¡Dime de qué se trata, tío Leo! —Aunque se mostró entusiasmada, se cuidó de mencionar la partida de Chichister, empeñada en que fuese secreta.

—Se trata de un óleo de Artemisia Gentileschi —dijo Leonard, y la miró con ojos expectantes—. Ahora viene lo mejor: ¡una copa de Licurgo!

Manon celebró la novedad, pero se dio cuenta de que la noticia, que en el pasado le habría causado una gran dicha, ya no le inspiraba los mismos sentimientos. Un rato más tarde, convocó a Chichister a su despacho y le advirtió del viaje de su tío y de su tutor.

—Entonces —resolvió el empleado—, viajaré el domingo para evitar cruzármelos.

—Gracias, Ross.

Almorzaron con Isabella en el saloncito de la planta baja, donde Nora les llevó el servicio del té y porciones del budín de Yorkshire, hecho según la receta de su madre.

—¿Cómo está la salud de tu madre, Nora? —Manon aprovechó para preguntarle mientras la joven disponía la vajilla sobre la pequeña mesa delante del sofá.

—Mejor, señorita. El señor Fitzroy es un encanto y ha ido a verla varias veces, pese al largo viaje hasta Hampstead.

—¿Hablas de Des Fitzroy? —se interesó Isabella.

—Sí, señorita, el mismo —corroboró Nora—. Por intercesión de la señorita Manon, empezó a ocuparse de mi madre. Es un hombre bueno y generoso.

—Jimmy dice que es uno de los mejores cirujanos de Londres.

—Lo es —acordó la joven, y, tras una rápida reverencia, se marchó.

—¿En qué anda el asunto del hospital? —quiso saber Isabella, y se llevó un bocado de budín a la boca. Soltó un sonido similar a un ronroneo y cerró los ojos—. Qué delicia.

—Nora es una excelente cocinera, además de una empleada muy fiel y eficiente. Estoy contenta de haberla contratado el año pasado, pese a que no tenía referencias. Me fie de mi instinto. En cuanto al hospital, a mi regreso de China, Des Fitzroy esperaba poder inaugurarlo oficialmente, pero con lo de Archie...

—Comprendo —afirmó Isabella—. Pero ¿está funcionando? El hospital, me refiero.

—Sí, y bastante bien. Ahora nos ocupamos de la remodelación de la vicaría de Trevik. Podríamos visitarla mañana, después de mi jornada en el banco. Como es sábado, termina un poco antes. Claro, si lo deseas —se apresuró a agregar, e Isabella le aseguró que sí—. No me muestro en público, debido al luto —aclaró Manon—, pero, con prudencia, podremos ir. Me hará bien salir un poco. En cuanto a hoy, ¿más tarde me acompañarías a visitar a Timmy? Lo haría muy feliz verte.

—Me encantará volver a verlo.

—Allí te expondré una idea, un plan —se corrigió—. Es una cuestión delicada.

—No quieres hablar aquí —supuso su amiga.

Manon negó con la cabeza.

—Mi cuñado ya no está, pero sospecho que dejó a sus espías. Y aquí las paredes escuchan. Hablemos mejor del *Creole* —propuso, más animada—. Hace un momento, me he reunido con el jefe del sector que se ocupa de las comunicaciones con las otras sedes de la Casa Neville y con nuestros corresponsales. Está muy contento de contar con un nuevo barco. A veces no damos abasto con la correspondencia. Hemos planeado tu primer viaje. Partirás en una semana, el viernes 24 de octubre.

—Creí que ese día nunca llegaría —se emocionó Isabella—. Tengo todo listo —se apresuró a afirmar—. Alex les ha encargado a Ferguson y a Olsen que se ocupen de contratar a varios marineros de confianza. Ya tenemos seleccionada a casi toda la tripulación. Por supuesto, Jimmy viajará con nosotros. Seremos unos diez, suficientes para manejar un clíper como el *Creole*.

—Irás a Marsella —puntualizó Manon—. Allí tenemos a uno de nuestros más antiguos agentes, Gahun et Fils. Gahun y sus hijos son amigos de papá, hombres honestos. Te entregarán, además, una documentación que llevarás a Ajaccio.

—Ajaccio es la capital de Córcega, ¿verdad?

—Exacto, y ciudad natal del emperador Napoleón, agregaría mi querido Thibaudot. De Córcega, viajarás a Cerdeña, donde le harás una visita a nuestro agente en Cagliari, el señor Joseph Dinuccio, y de allí a Palermo, donde te reunirás con Isaac de Seta. De Seta te preparará una serie de letras de cambio y cofres con oro para nuestros agentes en Túnez y en Ceuta.

Isabella emitió un silbido, de esos que había aprendido entre los marineros.

—No tendré tiempo de aburrirme en mi primer viaje. Tocaré la mayoría de los puertos del Mediterráneo y de la Berbería.

Al rato llegó Aldonza y se pusieron en marcha hacia el hospicio en Clerkenwell. Timothy exultó de dicha al ver que a sus tres personas favoritas en el mundo —Manon, Aldonza y Thibault— se les sumaba Isabella Blackraven. Aprovechando la apacible tarde de otoño, ni fría, ni ventosa, ni lluviosa, salieron al jardín después de compartir la merienda. Manon observaba a Timothy jugar al críquet con Thibault y el señor Rodhes, y sonreía, aliviada. Tanto Dennis Fitzroy, que lo había visitado a menudo, como el personal del hospicio, le refirieron lo triste que se lo había pasado durante sus meses de ausencia. Isabella, que también contemplaba a Timothy, comentó:

—Lo noto más delgado.

—Se deprimió durante nuestra ausencia —admitió Manon—. No volveré a dejarlo por tanto tiempo. —Pasado un silencio, agregó—: Cuando me case con Alexander, lo llevaremos a vivir con nosotros. Alexander se lo ha prometido.

—¿Qué dirán tus tíos Daniel y Louisa? —se preocupó Isabella.

—Que digan lo que quieran —se encolerizó y enseguida soltó una exclamación para celebrar un excelente bateo de Timothy—. ¡Así se hace, Timmy! ¡Eres el mejor bateador del reino! —Entrelazó el brazo con el de Isabella—. Ven, demos un paseo por el parque. Quiero hablarte de algo.

Se alejaron hacia el final de la propiedad.

—Me he propuesto trasladar las existencias auríferas de la Casa Neville a una propiedad que mi padre posee en las islas Sorlingas.

—Oh —se asombró Isabella—. ¿Por qué? ¿No están seguras en la bóveda del banco?

—Están seguras —admitió—, pero tiempo atrás mi tío Charles-Maurice me hizo ver que es el oro de la Casa Neville lo que más codiciarán mis enemigos una vez que papá ya no esté en este mundo. Quiero ponerlo a salvo.

—Tu padre goza de excelente salud —le hizo notar Isabella con acento humorístico, pero una mirada de Manon le borró la sonrisa.

—Mi familia no es como la tuya, querida Ella. Yo vivo inmersa en un caldero de odio y envidia. Tengo que aprender a moverme un paso delante de ellos.

—¿Ellos? ¿Quiénes? Además de tu cuñado, claro está.

—Mis tíos David y Daniel, por ejemplo.

—Tu padre le dio una dote más que sustanciosa a tu prima Philippa, que le permitió asegurarse un prometido —le recordó Isabella—. ¿No es suficiente?

Manon rio por lo bajo y negó con la cabeza.

—No es suficiente, no. Pero volvamos a mi plan de trasladar el oro. ¿Lo crees factible? Tendríamos que hacerlo con un reducido grupo de gente, de nuestra mayor confianza.

—Eso dependerá de qué cantidad de cofres estemos hablando —razonó Isabella—. Es sabido que el oro es uno de los metales más pesados. Alex hizo reforzar el casco del *Creole* justamente previendo el transporte de metales. Eso fue lo que retrasó tanto la remozada. Más allá de que el *Creole* es un clíper fuerte y con gran capacidad, hay que calcular el peso al detalle. Y esto sin mencionar el traslado de los cofres desde la City hasta el puerto. Suelen usarse carretas con bueyes.

—No es algo urgente —aclaró Manon—, pero quería comentártelo para que vayamos planeando los detalles. Ahora, de regreso en Londres, aprovechando que la Casa Neville está vacía, quiero llevarte a la bóveda y mostrarte el oro.

En el viaje hacia la City, Isabella iba callada, recogida en sus pensamientos.

—¿Qué ocurre? —se interesó Manon.

—Me preguntaba si no sería mejor esperar a que Alex y Nico regresaran de Antigua para proceder al traslado del oro.

Aldonza alzó las cejas, en abierta sorpresa.

—¿Trasladar el oro? ¿Qué oro?

—El de la Casa Neville, abuela. Quiero sacarlo de la bóveda y llevarlo a las Sorlingas.

La luminosidad del día languidecía rápidamente y una penumbra ocupaba el interior del carruaje. La sombra que caía sobre los ojos de la anciana le acentuó la seriedad con que miró a su nieta. Asintió en silencio y, con ese gesto, le brindó su aprobación.

—¿Lo has hablado con tu padre? —la interrogó de todos modos.

—Lo haré pronto. Estoy buscando el momento propicio.

—¿Y qué me dices de esperar a que Alex y Nico regresen del Caribe? —insistió Isabella con un timbre inseguro en la voz.

—No quiero esperar tanto tiempo, Ella. Además, no me gusta depender de los demás para llevar adelante mis planes. —Le apretó la mano en una muestra de conforto—. Tú y yo hemos luchado para conquistar los lugares que ocupamos. Tenemos que estar a la altura.

—Tienes razón —concedió Isabella, afligida—. Pero de repente la responsabilidad me ha resultado abrumadora.

—Sé que estoy pidiéndote una tarea que implica enormes riesgos. Soy consciente de ello. Juntas lo planearemos tan bien como lo harían Alexander y Estevanico.

El carruaje se detuvo en Cornhill Street, frente al ingreso de la Casa Neville. Descendieron las tres. La calle principal de la City, iluminada con sus modernas lámparas a gas, presentaba una estampa insólita por lo silenciosa y vacía. Thibault Belloc, al tanto de las intenciones de Manon, le susurró unas indicaciones a Sweeney antes de saltar del pescante.

—Entremos —invitó Manon, y lo hicieron por la puerta principal con la llave del gascón.

Aguardaron en el vestíbulo mientras Belloc encendía dos fanales. Manon rompió el mutismo para dirigir un comentario a Isabella.

—El banco posee una puerta trasera sobre un callejón que desemboca en Threadneedle Street. Desde allí haremos el traslado hasta el puerto. Es muy recoleto y nos permitirá movernos sin exponernos demasiado.

Descendieron hasta un segundo subsuelo. Al llegar al pie de la escalera, Isabella ahogó una exclamación: frente a ella se alzaba una imponente puerta de hierro con sólidos herrajes de bronce. Aldonza se quitó del cuello la bolsita grisgrís y desató la correa de cuero. Extrajo una llave larga y delgada, cuyo metal se había tornado de un color negro opaco. Se la entregó a Manon, que la insertó con cuidado en la cerradura.

—Es muy sensible —le explicó Thibault a Isabella—, un movimiento atolondrado y se bloquea sin remedio. Es la cerradura más moderna del catálogo Chubb. A prueba de ladrones —declaró, ufano—. La puerta misma es una obra maestra de la herrería.

La cerradura cedió con un potente chasquido. Belloc abrió la puerta empleando bastante fuerza al empujarla. Por fin, accedieron al interior de la bóveda. Belloc y Manon elevaron los fanales. El sitio estaba ocupado por decenas de cajas de madera de unas treinta pulgadas de alto y por bolsas de gruesa arpillera. Manon desató la correa de una de ellas y mostró a Isabella su contenido: decenas de talegos de cuero con monedas de oro. Tomó uno y le descorrió el cordón por la jareta. Enseñó los soberanos y las guineas de oro a su amiga.

—Cada talego contiene cien libras en monedas. Su peso es, más o menos, de unas cien onzas. Las cajas —dijo, y las señaló— contienen unos cincuenta lingotes, de treinta y dos onzas troy cada uno. Haré los cálculos y, cuando regreses de tu viaje, tendrás una cifra precisa del peso que transportarás. Más allá de eso, ¿crees que la bodega del *Creole* podrá albergar todas estas cajas y estas bolsas de una vez?

—Si preguntas por la capacidad, sí —confirmó Isabella—. Pero todo dependerá del peso. Insisto, el oro muy pesado. Una vez que me proporciones esa cifra, tendré que calcular a su vez el par de adrizamiento, fundamental para mantener la estabilidad del barco. En caso contrario, haremos el transporte en más de un viaje.

Manon torció la boca en un gesto contrariado, pero no presionó a Isabella; ella, de las técnicas de navegación, no sabía nada.

* * *

En Burlington Hall la aguardaba una sorpresa: sir Percival había invitado a cenar a Alexander. Debido al duelo por la muerte de Archie, no recibían a nadie ni participaban de ninguna actividad social —su padre ni siquiera concurría a White's—, pero se hizo una excepción con el futuro esposo de Manon. Su alegría duró poco. Apenas se presentó Alexandrina en el salón y su mirada se cruzó con la de Alexander, deseó que su padre no hubiese transgredido las reglas del luto.

A lo largo de la cena, Manon tomó distancia y analizó los comportamientos, no solo el de su prometido y el de su cuñada, sino el de su tía Anne-Sofie, que, enterada de la presencia del conde de Stoneville, le solicitó a su asistente de cámara que la ayudase a vestirse y bajó a cenar. A pesar de su aspecto demacrado, al toparse con Alexander, se le encendieron las mejillas secas y enjutas. A Manon le bastaron pocos minutos para confirmar lo que sospechaba: su tía Anne-Sofie estaba al tanto del romance de su sobrina y del joven conde.

Alexander habló casi toda la comida con sir Percival, muy interesado en conocer los pormenores del viaje a China. Los mantuvo cautivados al describir el asalto pirata sufrido en las cercanías del puerto de Tianjin.

—Se trató de la misma cofradía que atacó a Manon en su dormitorio en Macao —refirió Alexander con deliberada llaneza, y se llevó un trozo de cordero a la boca.

—¿De qué cofradía hablas? —se inquietó sir Percival—. Creí que se había tratado de un ladronzuelo sorprendido mientras robaba.

Alexander negó con la cabeza mientras se repasaba los labios con la servilleta.

—Ningún ladronzuelo, sir Percival. —A continuación expuso lo que sabía acerca de la Sociedad Tríada—. Lo que no termino de resolver es si el ataque a Manon se debió a nuestros negocios con la dinastía Qing o por otra cuestión.

—¿Qué otra cuestión podría ser? —intervino Aldobrandini, visiblemente consternado.

—No lo sé con certeza —admitió Alexander—, pero solo basta razonar un instante para determinar que no habrían logrado nada asesinando a Manon, como era claramente su objetivo.

—¡Santo cielo! —exclamó Anne-Sofie.

—¡Y ahora venimos a enterarnos! —se encolerizó sir Alistair.

—Abuelo, por favor —suplicó Manon—, cálmate. Piensa en tu salud.

—Prosigue, Alex —lo instó sir Percival.

—Secuestrarla habría sido lo lógico y de ese modo contar con una baza para manipularme. Pero se introdujeron en la casa de Macao con un claro objetivo: eliminarla.

—Los habrá movido la sed de venganza —opinó Alexandrina, y Manon la detestó por buscar la atención de Alexander a como diera lugar.

—Es una teoría —concedió Alexander y le destinó una mirada efímera antes de volverse hacia su suegro—, pero son hombres prácticos más que emocionales y tienen un objetivo claro, el de destruir la dinastía Qing. Iban por su hija y no sé por qué.

La última frase se suspendió en el mutismo que le siguió. Sir Percival alternó vistazos entre Manon y el conde de Stoneville. Leonard, en un intento por alzar los ánimos, comentó acerca de su inminente viaje al continente, y los demás hicieron un esfuerzo por acompañarlo en su empeño, sobre todo Manon, que les pidió que aprovechasen la visita a París para comprar dos pies de madera de boj, los que servirían para colocar los enormes jarrones de la dinastía Ming adquiridos en China. Aldobrandini aseguró conocer a un ebanista parisino, a quien llamó el «Michelangelo de la madera».

Más tarde, ya reunidos en el saloncito, Alexander consiguió tener a Manon un instante a solas, el necesario para exponerle su plan.

—Me despediré en pocos minutos, pero no me marcharé. Estaré esperándote en mi carruaje en el portón de las caballerizas. Quiero llevarte a casa, esta vez a mi cama, y hacerte el amor toda la noche. ¿Qué dices? —la presionó, y le apretó la mano con disimulo.

«Debería decir que no y mostrarme menos disponible», se instó Manon. Dirigió la mirada hacia Alexandrina, que la apartó de inmediato; había estado observándolos. Aun en la simpleza y la sobriedad del vestido de luto, la perfección de su rostro la hacía sentir menos. La sobrecogió un sentimiento de duda, que había creído muerto y sepultado la noche anterior.

—Digo que sí —respondió porque detestaba la hipocresía y porque en dos días Alexander se marcharía y no volvería a verlo en varios meses.

Alexandrina, sin embargo, se interpuso de nuevo cuando, una hora más tarde, con la casa en silencio, llamó a su puerta. Manon se quitó deprisa el dominó con el que había estado a punto de escabullirse y lo ocultó bajo la manta. Invitó a entrar creyendo que se trataba de Catrin.

—¡Oh! —se sorprendió—. Eres tú. ¿Qué necesitas? —inquirió con dureza—. Estaba por marcharme a dormir. Debo levantarme muy temprano mañana.

—Solo será un momento —prometió con acento amable, y entró cuando Manon le franqueó el paso—. Quiero decirte que lamento esta situación con Alex porque siento un gran afecto por ti. Archie te quería y te admiraba; hablaba siempre de ti. Por esta razón, por el cariño que te tengo, no quiero que sufras, pero me temo que lo harás.

Manon, que no quería dilatar la conversación, y que se imaginaba a Alexander esperándola en el portón de la cochera, le preguntó, pese a todo:

—¿Por qué supones que sufriré?

—Sufrirás porque Alex y yo volveremos a estar juntos, es cuestión de tiempo. Está enojado y, como es de naturaleza vengativa, quiere hacérmela pagar. Además, está ganando tiempo para que la gente olvide lo del asesinato de mi padre. Créeme, lo nuestro fue demasiado importante y fuerte para terminar alguna vez. No morirá, nunca se terminará. Él y yo estamos unidos para siempre.

Manon, perpleja ante el descaro de su cuñada, la observó marchar hacia la puerta y abandonar su dormitorio. Tenía que admitir que la había tomado por sorpresa; no se esperaba esa declaración. En realidad, había creído que Alexandrina la buscaba para disculparse y recomponer el vínculo, en especial porque ella era la tutora del pequeño Alistair y la administradora de sus bienes hasta que alcanzase los veinticinco años. Aun el pago de la pensión de mil libras por año que Archibald había destinado para su viuda dependía de ella.

Observó la punta del dominó que asomaba bajo la manta y ya no sintió deseos de ponérselo.

* * *

Alexander se golpeaba de manera mecánica la palma de la mano izquierda con los guantes que tenía en la derecha. La espera se hacía larga en el reducido espacio del habitáculo del carruaje. La ansiedad lo dominaba. Para distraerse, se puso a pensar en las cuestiones pendientes antes de zapar el domingo por la madrugada. El avituallamiento y la carga del matalotaje y del agua, de los dos clíperes, estaban prácticamente concluidos; restaban pocos detalles. Al día siguiente, entrevistaría a un cirujano, colega de Dennis Fitzroy, interesado en estudiar las enfermedades tropicales y, por ende, dispuesto a embarcarse. Se acordó también de la reunión que había mantenido al mediodía con Thibault Belloc. El gascón, al igual que él, creía que el intento de homicidio de Manon se explicaba con una razón distinta de la más obvia.

—¿Qué crees tú, Thibault? —lo instó a confesarse.

—Que el enemigo de siempre, aprovechando que mi niña estaría en China, mandó a alguien para que contratase a esos de la Tríada. Para eliminarla —añadió tras una pausa.

—Algo se me escapa —admitió Alexander—. ¿Por qué atentar contra su vida? Era a mí a quien querían destruir el año pasado. Lo intentaron en tres oportunidades.

—Y fallaron en las tres —remató Belloc—. Era usted el blanco, milord, porque lo que buscaban era evitar que desposase a Manon. Viendo que eso es imposible, han decidido ir por ella.

—Pero si antes querían preservarla, ¿por qué ahora destruirla?

—¿Porque se enteraron de que sir Percival ha decidido dejarle la Casa Neville a ella? —sugirió—. Si antes lo sospechaban, ahora, con la muerte de Archie, lo saben con certeza. No cejarán en su propósito.

—Les urge sacarla del medio antes de que sir Percival muera —resolvió Alexander—. De ese modo, y sin remedio, sir Percival se verá obligado a testar a favor de Cassandra.

—O del pequeño Ally —señaló Belloc.

—Tienes razón —admitió Alexander—. Tiendo a olvidar al hijo de Archie. Él tampoco estaría a salvo, entonces.

—Y si lo hicieran después de la muerte de sir Percival —acotó Belloc—, se llevarían una gran sorpresa, pues Manon testó a favor de la Asociación de Amigos Hospitalarios siguiendo un consejo de su tío, el príncipe de Talleyrand. —La expresión de sorpresa de Alexander fue palmaria—. Creí que lo sabía, milord.

—Manon nunca me lo refirió. —Bajó la vista y se masajeó la barbilla mientras le destinaba unos segundos de reflexión a la novedad—.

La estrategia de Talleyrand solo sería eficaz si la familia desconociera que Manon testó a favor de la Asociación de Amigos Hospitalarios —concluyó al cabo de esa pausa—. En caso contrario, la eliminarían para forzar a sir Percival a testar a favor del hijo de Archie, que, siendo apenas un niño, sería un peón en sus manos.

—En efecto, milord. El príncipe de Talleyrand le recomendó que mantuviera secreta la cuestión hasta la muerte de sir Percival.

—Thibault, ¿el enemigo es uno o son varios? —se preguntó repentinamente—. ¿Es solo Porter-White?

—El príncipe de Talleyrand expresó sus dudas al respecto, milord. E Ignaz Bauer sostiene que a Porter-White lo asesora alguien muy vinculado con el ámbito bursátil, alguien en extremo conocedor de sus secretos.

—¿No empleaba los servicios del abogado Edmond Monro?

—Así es, milord, pero Ignaz sostiene que Monro no es avezado en las cuestiones de la bolsa. Se trataría de otra persona.

Alexander tomó una inhalación profunda para distender la tensión de los músculos. Lo abrumaba la complejidad del asunto. Se sentía impotente, incapaz de proteger a Manon de la sevicia que se cerraba en torno a ella.

—Además de Sweeney, te dejaré otros dos hombres —dispuso—, dos viejos marineros, muy fieles a mi padre; trabajan para nosotros desde hace años. Peter Robinson y David Mayo.

—¿No llamaría demasiado la atención? —se preocupó Belloc.

—Serán discretos. No podré irme sin tomar esta medida de seguridad —explicó.

Un sonido proveniente de la calle lo rescató de sus evocaciones; identificó el crujido del portón al abrirse. ¡Qué alegría sintió al saberla cerca! Abrió la portezuela del carruaje, con la pistola a mano y atento, y saltó fuera para recibirla. La estrechó entre sus brazos mientras Howard desplegaba la zancajera. La obligó a subir sin demora, siempre alerta. Se mecieron apenas cuando el coche se puso en marcha.

Manon se retiró la capucha del dominó y a Alexander le bastó encontrar su mirada para comprobar que no estaba bien.

—¿Por qué te demoraste? —la interrogó de buen modo.

—Drina me detuvo. —Aun en el lúgubre habitáculo, Manon advirtió su inquietud—. Se presentó en mi habitación cuando me disponía a salir.

—¿Qué quería?

—Advertirme que sufriré porque, tarde o temprano, ella y tú volverán a estar juntos. —Alexander masculló un improperio y apartó la vista, disgustado; la fijó en el paisaje callejero—. Asegura que, como eres de naturaleza rencorosa, te has propuesto hacérsela pagar. Mientras tanto, estás dejando pasar el tiempo para que la gente olvide lo del asesinato de su padre. —El último comentario provocó una risa ronca y sarcástica a Alexander—. Como sea —concluyó Manon—, jura que tú y ella están unidos para siempre.

Alexander se volvió repentinamente.

—¿Y tú qué opinas? —inquirió con dureza.

—¿De qué hablaron ayer, cuando fue a verte a tu casa? —le preguntó Manon, en cambio.

Alexander exhaló un suspiro de hartazgo y se apretó los ojos con los dedos.

—De lo mismo que quería hablar en Macao, de que volviésemos a estar juntos. Le dije que era demasiado tarde.

—¿Lo es? —susurró Manon.

—No más dudas, amor mío, te lo suplico.

Se contemplaron con una exigencia implacable, él, porque intentaba convencerla con la sinceridad que le despuntaba en los ojos, y ella, porque intentaba descubrir si en verdad eran sinceros. Manon lo abrazó. Alexander experimentó un alivio descomunal y la apretó contra su cuerpo.

—Perdóname —la escuchó susurrar—, pero a veces me siento una impostora, una que está usurpando el sitio de tu verdadero amor.

—¡No! —Alexander se apartó con apremio y la aferró por los hombros—. No, no y no. Entiende una cosa, y entiéndela de una vez: sufrí muchísimo cuando me abandonó, pero le estoy agradecido, porque si no lo hubiese hecho, ahora tú y yo no estaríamos viviendo esto. —Alexander la estrechó con urgencia y notó que, bajo el dominó, llevaba solo una prenda sutil. Deslizó las manos bajo la capa y le ciñó la cintura. Se excitó—. Cielo santo —masculló—, cuánto te eché de menos hoy.

—Le buscó los labios en la oscuridad y le invadió la boca con la lengua—. Hagamos el amor. Aquí, ahora, aunque el trayecto sea corto, no me importa.

La excitación alcanzó un nivel insoportable cuando Manon, en silencio y con expresión neutra, se colocó a horcajadas sobre él y se elevó, hincando las rodillas a los costados de sus piernas, para levantarse el camisón. Alexander le deslizó las manos por las piernas desnudas hasta acunarle los glúteos. Ella, que se ocupaba de bajarle el pantalón, sufrió una sacudida convulsa cuando Alexander le pasó la punta de los dedos por el ano. Se aferró a sus hombros y mantuvo los ojos cerrados en el acto de recuperar el equilibrio. Se deslizó sobre su erección. Exhalaron los dos al unísono en una expresión de alivio.

No contaban con mucho tiempo; les bastaban pocos minutos. Manon experimentaba una excitación desaforada mientras se mecía sobre los muslos de Alexander, buscando devorar su carne y apretarla dentro de ella. El orgasmo fue demoledor, y ni los traqueteos del coche ni los cascos de los caballos habrían sofocado sus gritos desgarradores si no hubiese tenido la suficiente presencia de ánimo de hundir la boca para ahogarlos en la tapicería, sobre el hombro de Alexander, que, enloquecido por el alivio de Manon, le aferró con ambas manos la cintura y le imprimió una velocidad iracunda a los movimientos con que la obligaba a subir y a bajar por su pene. Explotó poco después y, tras un instante de parálisis y de estupor, le pegó los labios en la delicada columna del cuello y allí sofocó los roncos y brutales gemidos.

Manon lo envolvió con sus brazos y le sujetó la cabeza para acunarla contra su cuello mientras él se aliviaba. Lo sostendría y lo protegería en ese efímero instante en que Alexander se quitaba la armadura y se exponía. La intensidad de su goce generaba unas ondas de energía que la surcaban, le erizaban los pezones y confluían entre sus piernas. Comenzó a agitarse otra vez sobre su pelvis y precisó pocos segundos para alcanzar de nuevo un placer sublime. Fueron acallándose juntos sin demasiada conciencia de sus bocas pegadas, de los alientos que intercambiaban, de los dedos de él enterrados en la cintura de Manon, de los de Manon ajustados a sus hombros.

El carruaje se detuvo, y sus cuerpos saciados se mecieron con una suave cadencia. Manon se incorporó como lo habría hecho de un sueño.

La luz callejera, que se filtró por el resquicio de la cortinilla, bañó el rostro de Alexander. Le sonrió, emocionada. Él, serio, le acarició la mejilla.

—Te amo. —lo escuchó decir—. Ahora quiero que me digas si eres capaz de sentir lo inmenso que es mi amor por ti.

El gesto grave de Alexander se difuminó al calor de las lágrimas. Le tembló la barbilla, apretó los labios. Finalmente asintió.

* * *

Alexander se despertó y enseguida sonrió al recordar que Manon yacía entre sus brazos. Era la primera vez que la tenía en su cama. Oyó el carrillón lejano del reloj, que anunciaba las tres de la mañana. Manon le besó el filo de la mandíbula.

—¿No dormías?

—No —la escuchó responder con voz fresca.

—¿En qué pensabas?

—En la caja fuerte que Porter-White hizo instalar en el dormitorio de huéspedes, el destinado a su hermana. Sigue allí, inaccesible, escondiendo varios secretos.

—¿Cuáles, por ejemplo?

—Los informes que tu amigo Francis Turner iba a entregar al Parlamento. Estoy segura de que están allí.

Manon percibió que la mano de Alexander se cerraba en su hombro con un movimiento mecánico.

—¿Crees que él lo asesinó?

—Sí. Y si no fue él, lo hizo su asistente, Lucius Murray.

Alexander se irguió en la cama y encendió la palmatoria. Manon estiró la mano y le acarició los músculos de la espalda. Él se giró y le destinó una mirada ansiosa e inquisitiva.

—He reflexionado mucho acerca de la noche de la muerte de Turner —retomó ella—, la del 22 de junio. La recuerdo bien porque fue la noche en que volví a verte después de nuestro encuentro en Green Park. Estaba muy nerviosa, muy ansiosa. Estábamos todos listos, reunidos en el vestíbulo de Burlington Hall, esperando al cretino de mi cuñado, que no se dignaba a bajar.

—¿Y? —la urgió Alexander.

—Cassie subió a buscarlo. Por más que llamaba a la puerta, él no le contestaba. No pudo entrar pues había echado llave.

—No estaba dentro —concluyó Alexander, y Manon aprobó su hipótesis con un asentimiento y una mirada de ojos grandes, sin pestañeos—. Su dormitorio tiene ventana, imagino.

—Una que da al jardín, con una espaldera similar a la mía.

—Ya veo. Continúa.

—Cuando finalmente bajó, lo hizo pasadas las ocho. Lo noté agitado, extraño, no tan pagado de sí como de costumbre. Lo más notable fue que tenía rasgada la cola de la levita. Cassie lo descubrió y él se alteró sobremanera. ¿Sabes cómo se introdujo el asesino en el apartamento de Turner? —lo interrogó deprisa, y Alexander se tomó un momento para meditar la respuesta.

—Creo que lo hizo por la puerta, pero me gustaría corroborarlo. Le preguntaré a Goran. Aunque quizá se rasgó la levita trepando por la espaldera.

—Le pediré a Thibault que la revise mañana mismo, aunque después de tanto tiempo…

El silencio que siguió fue absoluto.

—Es probable que tengas razón —admitió Alexander— y que Porter-White haya asesinado a Francis. Jonathan Wild afirma que uno de los que lo visitó esa mañana era el secretario de Porter-White.

—¡Lo sabía! —masculló Manon—. Sabía que mi cuñado estaba involucrado. Maldito sea. —Alexander la atrajo para besarle la sien—. Tengo que encontrar la manera de abrir esa caja fuerte.

—No quiero que te arriesgues mientras yo no esté en Londres. ¿He sido claro?

—Pero…

—Manon —pronunció con poca paciencia—, estoy casi seguro de que los dos ataques que sufriste en China no están relacionados con mis negocios, sino con la Casa Neville.

—Lo sugeriste esta noche, durante la cena —le recordó con timbre apagado—. ¿Crees que la influencia de Porter-White llegue tan lejos? —preguntó con incredulidad.

—¿Y si Porter-White no actuase solo? ¿Si fuese un títere en manos del que realmente quiere desposeerte de la Casa Neville?

—Tío Charles-Maurice también lo sugirió. Solo se me ocurre pensar en mis tíos David y Daniel. Sobre todo David. Guarda un gran rencor por mi padre.

Alexander, al notarla afligida, la cobijó en su pecho y la cubrió con la manta para evitarle un enfriamiento. La besó en la coronilla.

—Sé que, por consejo de Talleyrand, has testado a favor de la Asociación de Amigos Hospitalarios. —Manon se apartó repentinamente y lo interrogó con la mirada. Alexander le sonrió—. Thibault me lo reveló. No le reproches. Ha hecho bien.

—No, no, ¿cómo podría reprocharle? Yo misma debí decírtelo tiempo atrás. Es que han sucedido tantas cosas que lo olvidé.

—Lo único que quiero que comprendas es que, si bien el consejo de Talleyrand es sensato, para que cumpla la función de protegerte es imprescindible que se dé una condición: tu familia no debe saber que has testado a favor de la Asociación hasta después de la muerte de tu padre. Solo en ese momento lo comunicarás. Si lo saben antes de su muerte, te eliminarán para forzarlo a testar a favor de tu sobrino Ally. La muerte de Archie les ha allanado el camino.

—Lo sé, amor mío. Mi tío Charles-Maurice fue tan claro como tú al explicármelo.

Había planeado contarle lo del traslado del oro a las Sorlingas y que Chichister viajaría el domingo a París para averiguar qué había de cierto acerca de la resurrección de la Río de la Plata Mining & Co. Decidió callar, él ya tenía demasiados problemas, no quería abrumarlo ni cargarlo con sus cuestiones familiares. Tampoco proseguiría con la conversación acerca de los ataques sufridos en China. Comprendía el razonamiento de Alexander, pero no lo compartía. Resultaba muy improbable que la Serpiente o que sus tíos David y Daniel contasen con una influencia tan extendida para sellar un trato con la Sociedad Tríada. Alexander, sin embargo, le desbarató la tesis.

—No creo que los verdaderos conspiradores sean tus tíos.

—¿Quién, si no?

—No lo sé. —Se apretó los ojos con los dedos—. Quizá en verdad solo sea ese gusano de Porter-White. Lo que tampoco consigo resolver es por qué primero era yo su presa y ahora lo eres tú.

—O los dos —razonó Manon—. A ti también te atacó un barco de la Sociedad Tríada cerca de Tianjin.

Volvieron a recostarse y se abrazaron bajo las mantas. Alexander la observó a la débil luz de la vela, que titilaba a punto de apagarse. La besó en la frente.

—Intenta dormir —le pidió—, aunque sea una hora antes de que te lleve de regreso a Burlington Hall.

Los minutos pasaban, y los dos seguían despiertos.

—Me sorprendió que mencionaras tus sospechas durante la cena —musitó Manon en la paz de la noche—. Eres siempre tan cauto y reservado.

—Creo que Porter-White tiene un soplón en la Casa Neville y también en Burlington Hall. Está siempre enterado de todo. Lo expresé a viva voz a propósito, para que le llegase un claro mensaje: hemos comprendido tu estrategia. ¿Crees que haya sabido de algún modo que has testado a favor de la Asociación y que por eso ahora te persigue a ti también?

—No lo creo. La cuestión se manejó con la más absoluta discreción. Mi tío Charles-Maurice se ocupó de todo. El testamento se redactó y lo firmamos, los testigos y yo, en el bufete de su notario, sir Albert Lamb. Incluso llegamos al bufete en el coche de la embajada. Fuimos muy cautos —insistió—. Nadie lo sabe, ni siquiera papá. Solo Thibault, mi abuela y mi tío Charles-Maurice. Y ahora tú.

—Y deberá permanecer secreto hasta después de la muerte de tu padre —decretó Alexander—, por tu bien y por el mío, que me volvería loco de dolor si algo te sucediese.

Se miraron con gravedad. Un instante después, los ojos de Alexander vagaron hasta la boca de Manon, y la seriedad comenzó a diluirse; los dos lo sabían.

—¿El 3 de septiembre recordaste el aniversario de nuestro primer beso?

—Sí —aseguró Manon—, todo el día. Subí a cubierta (algo que raramente hacía) y pasé un largo rato mirando el océano, pensando en ti, en ese beso tan perfecto. ¿Tú lo recordaste?

—Sí, y recordé lo que me dijiste a continuación, que me desconcertó. Ahora comprendo su significado.

—¿Qué te dije?

—Quiero que sepas que, aunque este beso sea lo único que estés dispuesto a darme, lo atesoraré para siempre.

—No quería que te sintieses obligado a nada.

—Y, sin embargo —replicó él—, con esas palabras comenzaste a encadenarme a ti. Eras misteriosa, excéntrica. Me desafiabas. No podía sacarte de mi cabeza.

Manon lo sujetó por las mandíbulas y, al besarlo con ardor, desató de nuevo una lujuria ingobernable. Alexander la cubrió con su cuerpo; Manon abrió las piernas para acomodarlo dentro de ella. Alexander le atrapó el labio inferior con un mordisco; Manon le deslizó las manos por la espalda y le aferró los respingados glúteos. Y todo volvió a comenzar.

Capítulo XX

Esa mañana, al llegar a la sede de la Casa Neville en la *rue* de Quincampoix, Julian Porter-White se encontró con tres cartas sobre su escritorio. La más importante pertenecía a sus jefes, que lo citaban esa noche en el burdel de madame Fleur. La otra se la enviaba sir Percival, que le expresaba su preocupación por el silencio de Cassandra, que desde la última misiva, no había vuelto a escribirle. No lo sorprendía; su esposa estaba comportándose de una manera extraña, más retraída y menos proclive a generar conflictos. La pelea con Manon y, sobre todo, la muerte de Archibald la habían afectado profundamente. La última carta pertenecía a Catrin y le suministraba una información suculenta. Con una caligrafía desastrosa y llena de errores gramaticales y ortográficos, igualmente la joven se expresaba con bastante claridad para contarle que uno de los pajes de Burlington Hall, encargado de servir las comidas, le había referido que el conde de Stoneville, invitado a cenar la noche del viernes 17 de octubre —una semana atrás, calculó Porter-White—, había manifestado su duda acerca de la naturaleza de los dos ataques sufridos por su prometida en China: no tenían que ver con sus negocios, sino con otra cuestión que no supo o no quiso precisar. *Señor*, terminaba Catrin la misiva, *no sé si esta información le será de utilidad, pero consideré prudente transmitírsela.* «Muchacha lista», pensó Porter-White, mientras quemaba la carta en el brasero a sus pies. Había llegado rapidísimo porque, como de costumbre, Catrin había utilizado el servicio de correo de la Casa Neville en París.

Transcurrió la jornada ocupándose del tema que le quitaba el sueño: la venta de las acciones de la Río de la Plata Mining & Co. Si bien la cuestión marchaba mejor de lo esperado, precisaban de un nuevo influjo de capital para alquilar el barco que condujese a los mineros, a la maquinaria y a las herramientas hasta la Confederación Argentina. Patrick O'Brian tenía dos en la mira.

Sonrió, satisfecho, al pensar que les levantaría el ánimo a sus jefes contándoles lo bien que iba el proyecto del Famatina. Estaba al corriente del regreso de Manon a Londres con vida, lo que había implicado un duro revés al plan para apoderarse de la Casa Neville. Por una vez, no podían culparlo a él; se había tratado de un fracaso de Pólux. Él, en cambio, llevaba adelante una de las compañías más codiciadas por los agentes de la bolsa de París, la Río de la Plata Mining & Co. Era consciente, sin embargo, de que el punto flaco aún persistía: la inexistencia de garantías jurídicas para realizar el emprendimiento minero. La falta de noticias de Murray lo exasperaba. Su última carta, recibida el 21 de julio, le exponía una situación luctuosa, con un Juan Manuel de Rosas amotinado en sus estancias e inaccesible. Estaban a 24 de octubre, y el silencio de su secretario se tornaba pesado y preocupante.

Esa noche, en el burdel de madame Fleur, para evitar que lo interrogasen sobre aquello para lo que no tenía respuesta, contraatacó al mostrarse interesado en conocer el motivo del fracaso del plan para eliminar a Manon en China.

—¡Tiene más vidas que un gato! —se quejó Cástor—. Los de la Tríada fallaron dos veces.

—También fallaron en su ataque al *Leviatán*, el barco de Blackraven —aclaró Pólux con un acento medido, que no alcanzaba a disfrazar el enfado.

—Supe que el conde de Stoneville sospecha que los ataques sufridos por Manon no están relacionados con los negocios que los Blackraven tienen con los Qing —declaró Cástor, y guardó silencio a la espera de la reacción de Porter-White.

—Lo sé —admitió este.

—¿Cómo lo has sabido? —lo interrogó Cástor.

—Mi informante en Burlington Hall —respondió con llaneza.

—¿Y tu informante te dijo qué sospecha el conde? —lo sonsacó Pólux.

—Entiendo que Stoneville no lo mencionó. O bien no lo sabe o se guardó de expresarlo a viva voz.

Porter-White se percató de la mirada preocupada que cruzaron Cástor y Pólux. Ninguno de sus jefes hizo comentarios. A continuación lo interrogaron acerca de lo que habría querido evitar: la falta de garantías jurídicas por parte de Rosas para la explotación del cerro. Aunque intentó seducirlos con lo bien que marchaba la cotización en la bolsa parisina, no lo consiguió. Eran hombres de negocios, inteligentes y listos; no los engañaría.

—¿Qué ocurrirá con Manon? —se atrevió a preguntar antes de marcharse.

—Olvídate de ella por ahora —le ordenó Cástor—. Es nuestro asunto. Tú preocúpate por llevar a buen puerto lo del Famatina con ese minero irlandés al que tanto crédito le das.

Porter-White asintió y se puso de pie. Se despidió, disimulando la ira que le provocaba el mal trato de sus jefes. ¿Estarían meditando dejarlo de lado en el plan para apoderarse de la Casa Neville? ¿Pensaban que podían lograrlo sin él, que era el que gozaba de un ascendente absoluto sobre sir Percival? Si era así, ¡qué equivocados estaban!

Cástor y Pólux lo observaron abandonar el saloncito privado del burdel y se atrevieron a hablar una vez que lo supieron fuera del alcance.

—¿Tú sabías de la sospecha del conde de Stoneville? —inquirió Cástor.

—Me enteré, sí —admitió Pólux—. Estimo que lo dijo para exculparse —conjeturó, restándole importancia—. No quería cargar con la responsabilidad que significaba que la preciosa hija de sir Percival, la adorada nieta de sir Alistair, hubiese corrido un riesgo semejante debido a su azarosa amistad con los Qing.

—¡Qué oportunidad desperdiciada! —se lamentó Cástor—. Ahora habrá que esperar a que se presente otra que no levante sospechas.

—Yo estoy muy preocupado —declaró Pólux, y despertó el interés de Cástor—. Al enterarme de que el segundo intento había fallado, me negué a pagarles lo convenido. No me presenté a la cita para entregarles el dinero. Después, tu agente en Cantón me dijo que se había tratado de un grave error. Son gentes resentidas y peligrosas. El agente intentó volver a ponerse en contacto para rectificar mi error, pero no respondieron a su llamado.

—Saliste con vida de China, ¿verdad? —le hizo notar su socio—. Eso quiere decir que no se ofendieron. Más bien, acusaron el golpe del fracaso. Doble fracaso. Triple —agregó con ínfulas—, si sumamos el ataque al *Leviatán*.

Pólux se limitó a asentir, para nada convencido.

* * *

Porter-White salió del burdel de madame Fleur con la cabeza alborotada, enfurecido por la suerte de esos dos, de Manon y de su conde de Stoneville, que habían sorteado la muerte en todas las ocasiones. «Maldita Manon», masculló mientras caminaba a un paso que espejaba la furia que lo dominaba. Haber decepcionado a sus jefes por la falta de noticias del Río de la Plata aportaba a su malhumor. En su casa se topó con Fernando de Ávalos, que se había quedado a cenar por insistencia de Cassandra, que parecía recobrar el buen humor cuando el napolitano los visitaba.

—¿Cuándo planeas regresar a Nápoles? —lo interrogó.

—¡No será pronto, milord! ¿Verdad? —se preocupó Cassandra—. Nuestras lecciones de francés marchan viento en popa. Resulta muy fácil cuando usted nos lo explica, ¿verdad, Alba?

La mujer sonrió y se limitó a asentir.

—Por el momento, no tengo planes para regresar, querido Julian —respondió el aristócrata napolitano—. Mis asuntos en París no están concluidos.

¿Qué asuntos serían esos? Habría deseado preguntarle, pero guardó silencio. Creyó que Fernando le habría servido para atrapar a Manon, pero fracasó épicamente. Ahora no lo necesitaba, y si bien le resultaba agradable su compañía, ocurrente su personalidad y oportunas las clases de francés para Cassandra y Alba, comenzaba a fastidiarlo encontrárselo cada vez más seguido al regresar a su hogar.

* * *

Desde la partida de Alexander la madrugada del 19 de octubre, casi un mes atrás, Manon intentaba establecer el punto exacto donde se hallarían el *Leviatán* y el *Constellation* siguiendo la ruta que el señor Olsen le había marcado en un mapa.

La mañana del natalicio de Alexander, el 14 de noviembre, lo evocó incluso antes de abrir los ojos. Cumplía veintiocho años. Lo añoró con un sentimiento tan profundo que se giró en la cama y aplastó el rostro contra la almohada en un intento por reprimir la emoción. Para distraerse, se puso a hacer cálculos y estimó que, tras casi un mes de navegación, era probable que estuviesen por llegar a la isla de Antigua; tal vez ya se encontraban allí.

Se afanaba por mantenerse ocupada para evitar angustiarse por la suerte de su amado. Se repetía varias veces por día que era un eximio navegante, que lo había visto sortear un tifón en el mar de la China, que ninguna desgracia caería sobre él ni sobre su tripulación.

El domingo, quizá porque era 16 de noviembre y se cumplían cinco meses desde la muerte de Archie, ningún argumento la convencía ni la dejaba tranquila; estaba irritable. Por una vez agradecía a su tía Charlotte, que había invitado a Alexandrina al servicio dominical en Saint Paul y a almorzar a su casa. Se toleraban a duras penas por el bien del pequeño Alistair. Ese día Manon no habría soportado posar sus ojos en los magníficos de su cuñada. Su sombría disposición habría terminado por traicionarla y la habría atacado, vomitándole el rencor y los reclamos que guardaba en su corazón.

Se sintió sola tras el almuerzo. Su padre, después de semanas de reclusión, había aceptado, a un pedido del duque de Wellington, asistir a White's y a echarse una partidita de bacarrá. Su abuelo dormitaba en el salón delante del fuego. Aldonza se había retirado a dormir la siesta. Se dirigió a la *nursery*; pasaría un rato con su sobrino Alistair, que siempre conseguía alegrarla. Se lo llevó a su tía Anne-Sofie para distraerla de sus achaques. Leonard, en una actitud más cruel que distraída, seguía cazando obras de arte por el continente junto a Aldobrandini, pese a que le había escrito para alertarlo de la precaria condición de su esposa. Ya no sabía qué hacer para aligerar el sufrimiento de Anne-Sofie como no fuese convocar a Dennis Fitzroy casi a diario y a cuanto médico le recomendasen. Ninguno acertaba con el diagnóstico, y su tía se consumía rápidamente.

Después de visitar a Anne-Sofie y de devolver a Ally a su cuna, se encerró en la biblioteca para escribirle una nueva carta a Cassandra. Pese a la falta de respuesta, se había propuesto perseverar en la estrategia hasta derrumbar el enojo y el orgullo herido de su hermana. Sabía que, tarde o temprano, la Serpiente terminaría lastimándola y Cassandra correría a su casa para refugiarse entre sus seres queridos. También le escribiría a Jane, la niñera, para preguntarle cómo estaba su sobrino William y cómo marchaban las cosas entre su hermana y su cuñado. No entendía por qué no se le había ocurrido antes.

Acabó las cartas y las dejó listas para despacharlas al día siguiente desde el banco. El bergantín *La Loire*, que cruzaba el canal todos los días, las transportaría hasta Calais en la saca con correspondencia.

Miró el jardín por la ventana, y el día frío y lluvioso solo sirvió para acentuar su decaimiento. Dirigió la mirada hacia el reloj de pie cuando el carrillón anunció el cuarto de hora: faltaban quince minutos para las cuatro. Como su abuela aún reposaba, subió al altillo, donde se encontraban las dependencias del servicio. Llamó a la puerta de Thibault.

—¡Mi niña! —se sorprendió, y se quitó los lentes con los que había estado leyendo el periódico, que aún sostenía en la mano.

—¿Puedo entrar, Thibaudot?

—Por supuesto.

Cruzó el umbral y enseguida percibió el aroma del café que el gascón estaba preparando en un anafe dispuesto sobre el brasero. Cerró los ojos e inspiró el agradable perfume. Se sintió un poco mejor. Repasó el dormitorio con una mirada crítica y se convenció de que era luminoso y aireado, además de que tenía un tamaño respetable. Belloc le sirvió una taza de café y la depositó delante de ella, sobre la pequeña mesa que ocupaba el centro de la habitación.

—Gracias, Thibaudot. Es exquisito.

—Pensando en Archie, ¿eh? —Manon asintió y bajó la vista—. Tiempo al tiempo, cariño. Solo han transcurrido unos meses. Es muy pronto para deshacerse del dolor.

—¿Y de la culpa, Thibaudot?

El hombre movió la cabeza para negar y chasqueó la lengua.

—Si Sananda estuviese aquí te diría que no te creas tú la hacedora de nada, ni de lo bueno, ni de lo malo. Te recordaría también que hay un creador, que debes dejarlo a él ocuparse de su creación. ¿No habría dicho eso el sabio Sananda?

Manon, riendo entre lágrimas, asintió.

—¿Qué haría sin ti, Thibaudot adorado? —El hombre, con afectada arrogancia, refunfuñó, y la hizo reír—. Cuéntame algo, cualquier cosa. Necesito distraerme.

—Ayer llegó la respuesta de mi hermano Jacques. Asegura que el sótano está dispuesto para recibir el cargamento.

Años atrás, cuando sir Percival adquirió la finca en las islas Sorlingas, les encargó al hermano mayor de Thibault, Jacques Belloc, y a su esposa, Adeline, el cuidado de la propiedad. Se habían convertido en excelentes caseros, y mantenían el jardín y la casa en óptimas condiciones. Semanas atrás, cuando Manon le expuso su plan para trasladar el oro a las Sorlingas, Thibault se ofreció para escribirle a Jacques y advertirle de la llegada del importante cargamento. Lo hizo, pero se abstuvo de mencionar de qué se trataba.

—¿Cuándo regresa la señorita Isabella? —se interesó Thibault—. Imagino que querrás proceder al traslado apenas el *Creole* llegue a Londres.

—Como sabes, partió el 24 de octubre. Estimo que estará de regreso a principios de diciembre.

—¿Se lo has comentado a tu padre?

—No aún —admitió—. Lo haré esta semana. ¿Y qué hay de Théo? ¿Ha respondido a tu consulta?

—No aún, pero estoy seguro de que mi hermano nos dirá lo mismo que te he dicho yo: es imposible abrir esa caja fuerte, a menos que estés dispuesta a hacerlo con pólvora.

—¡Pues hagámoslo con pólvora!

Thibault lanzó una carcajada.

—Me gusta verte de nuevo aguerrida. Me lastima tu carita triste —dijo, y le tocó el mentón con el nudillo del índice.

—No esquives el tema. ¿Por qué no emplear pólvora?

—En primer lugar, porque es peligroso. Segundo, ¿dónde lo haríamos? Tendríamos que acarrear la caja hasta las afueras de la ciudad para evitar que el estruendo llamase la atención. Tercero, corremos el riesgo de que, además de volar la puerta, destruyamos el contenido.

—Movió varias veces la cabeza para negar—. Creo que lo mejor sería dar con la llave.

—Mi abuela y yo hemos revisado las habitaciones de Alba y de la Serpiente de punta a cabo y no la hemos encontrado. Es probable que se la hayan llevado a París. —Manon soltó un suspiro de hartazgo—. Casi que prefiero que regresen para que traigan consigo la bendita llave.

—Cuidado con lo que deseas, cariño —advirtió el gascón.

Manon recordó las palabras de Belloc unos días después cuando, de manera intempestiva e inesperada, Porter-White y su hermana Alba regresaron a Londres solos, sin Cassandra ni William. A la lógica pregunta de sir Percival, Alba se apresuró a responder:

—Cassie ha decidido pasar unos días en Bath, con sus abuelos. Están muy apenados por la muerte de Archie. La necesitan.

—Me reuniré con ellos dentro de poco —se apresuró a aclarar la Serpiente—. Mi hermana y yo decidimos visitar la familia en Londres.

—Los echábamos de menos —acotó Alba, y fijó una mirada sugestiva en sir Percival.

Manon observaba la escena con alarma creciente. Un temor incontrolable se apoderó de ella y no pegó ojo en toda la noche. Al día siguiente, se levantó decidida a viajar a Bath para corroborar la historia de los hermanos Porter-White. Al llegar al banco, Nora le entregó una carta: era de su amiga Rosine Blanchet. La abrió deprisa, allí mismo, en el vestíbulo de la Casa Neville, sin quitarse la capota ni el abrigo. Se fijó que estaba fechada en París, el 9 de noviembre, doce días atrás.

Manon querida:
Te escribo para ponerte al tanto de una situación bastante irregular que viví con tu hermana Cassandra pocos días atrás, el miércoles pasado, 5 de noviembre, para ser más exacta. Llamó a mi puerta casi al amanecer. Venían con ella la niñera y tu sobrino William. Dos sirvientes bajaron del coche unos baúles con sus pertenencias y los depositaron en el vestíbulo de casa.

Mi mayordomo los invitó a pasar y subió deprisa a despertarme. Me sorprendió que acudiese a mí porque, por mucho que insistí con mis invitaciones desde que tú me escribiste para contarme de su estancia en París, nunca las aceptó. Me vestí deprisa y bajé. Tu hermana había llorado, estaba claro. Más allá de eso, lucía bastante entera.

Te resumo la situación: Cassandra me pidió que la alojase en casa lo que se demoraba en organizar su viaje de regreso a Inglaterra. «No tengo dónde ir», me dijo, y me partió el corazón. No me atreví a interrogarla frente a la niñera. Más tarde, ese mismo domingo, me confió que había peleado con su esposo y que deseaba regresar al seno familiar. Partió ayer, sábado 8 de noviembre, pero me aclaró que no iría directamente a Londres. Visitaría primero a sus abuelos en Bath, que están muy entristecidos desde la muerte de tu hermano Archibald, que en paz descanse.

Durante los tres días que Cassandra fue mi huésped, hablamos de ti. Su cariño sigue intacto, pese al desacuerdo que las ha separado en este último tiempo y del que tú me has hablado en tus cartas. No volvió a referirse al esposo y yo no me atreví a indagar. Dudo de que haya habido contacto entre ellos durante el tiempo en que estuvo conmigo. El buen hombre no se presentó en casa, ni envió mensajes; lo habría sabido por mi mayordomo, al que le pedí que estuviese atento.

Lamento la presente, que te sumirá en un mar de desconsuelo. Pero si de algo sirve, hasta ayer 8 de noviembre, cuando partieron por la mañana, tu hermana y tu sobrino gozaban de buena salud. Además, los hice escoltar por uno de nuestros más antiguos y fieles sirvientes, el bueno de Alain; lo recuerdas, ¿verdad? Él los acompañará hasta Calais y regresará solo cuando el barco haya zarpado.

Tu amiga que te quiere y te recuerda siempre.

Rosine Blanchet

Le temblaban las manos. «Mantén la sangre fría», se recordó. Alzó la mirada y se topó con la ansiosa de Nora, que había permanecido frente a ella mientras leía. La joven se aproximó, solícita.

—¿Malas noticias, señorita Manon?

—No, no. Bueno, no sé. Llévame un té a mi despacho, por favor.

Thibault Belloc apareció en el vestíbulo por la parte trasera; venía de aparcar el carruaje. Se detuvo, miró a Manon, frunció el entrecejo. Subieron al primer piso y se encerraron en el despacho. Por fortuna, sir Percival asistía a una reunión del Consejo de Administración del Banco de Inglaterra y regresaría cerca del mediodía.

—No te precipites —la aconsejó Belloc, mientras se retiraba los lentes tras haber leído la carta—. Podría tratarse de otro capricho de tu hermana para atraer la atención.

—No es un capricho —objetó Manon—. Algo malo le ha ocurrido, *muy* malo.

—Sabemos que estaba bien físicamente —apuntó el gascón, y señaló la carta tocándola con los lentes—. Rosine es muy clara al respecto.

—Tengo que viajar a Bath —resolvió Manon—, mañana a más tardar.

—Antes de emprender un viaje en este momento en el que tanto te necesitan tu padre, tu abuelo y tu tía Anne-Sofie, ¿por qué no le escribes a Cassie?

Nora entró con el servicio del té.

—Señorita Manon, el señor O'Brian pregunta si puede recibirlo.

—Condúcelo a la salita de la recepción y dile que bajaré en cinco minutos. —Esperó que la joven cerrase la puerta para hablar—. Muy bien, le escribiré, pero si no recibo la respuesta en unos días, viajaré. —Sorbió el té con la mirada perdida—. ¿Por qué no ha venido directamente a casa? —masculló—. Sabe que papá la necesita después de la tragedia de Archie. ¿Por qué?

—La conoces, Manon —insistió Belloc—. Le gusta convertirse en el centro de atención. ¿Le mostrarás la carta de Rosine a tu padre?

—No lo sé. Está tan agobiado con lo de Archie... No quiero darle otro disgusto. Manejaré este asunto por mi cuenta —resolvió, y Belloc apoyó su decisión.

Bajaron juntos. Manon se dirigió a la salita donde la aguardaba el señor Patrick O'Brian. Belloc permaneció junto a la puerta porque no le gustaba el irlandés *balafré*, como lo tildaba dada la cicatriz que el hombre ostentaba en la cara. Manon, que desde lo ocurrido en Macao no se atrevía a desautorizarlo, le dedicó una sonrisa agradecida y dejó la puerta entreabierta, a pesar de que a ella el señor O'Brian le caía bien. Franco, histriónico y optimista, se había ganado su simpatía. Originalmente cliente de Porter-White, en la actualidad solicitaba asesoramiento en materia bursátil a Ignaz Bauer y, desde su regreso al banco, a Manon. Poseía unas oficinas en Gilbert Place, que, en opinión de Bauer, que las había visitado, reflejaban la facultosa posición del dueño, propietario de unas ricas minas en Australia.

Nora, que conversaba con O'Brian, realizó una rápida genuflexión y se marchó.

—¡Señorita Manon, dichosos los ojos! —exclamó, y se quitó la chistera e inclinó la cabeza—. Gracias por recibirme.

—Es un placer, señor O'Brian. Espero que Nora le haya ofrecido un té o un café.

—¡Ah, excelente muchacha! Tan servicial. Me ha ofrecido, sí, claro, pero he declinado.

Manon lo invitó a sentarse. Ella lo hizo en el canapé frente a él, y enseguida se pusieron a conversar acerca de las últimas oportunidades de inversión en la bolsa. O'Brian poseía una cartera altamente redituable, pero volátil y riesgosa. Era hábil, captaba rápidamente los cambios y actuaba en consecuencia, asegurándose un rédito aun con títulos poco prometedores. Era el tipo de cliente que su padre calificaba de temerario, lo opuesto al sombrero Harris.

—Dígame, señorita Manon, ¿es cierto lo que se dice por ahí, que se realizará una nueva emisión de títulos públicos, los de cantos dorados, como se los llama?

«Está muy bien informado», se dijo Manon, pues la nueva emisión de bonos públicos, que la Casa Neville se proponía disputarle al Banco de Inglaterra, no había tomado estado público; ni siquiera habían comenzado las discusiones parlamentarias para aprobarla. En cierto modo, la nueva deuda estaba vinculada al viaje de Alexander, porque serviría para cubrir las indemnizaciones que se les pagarían a los hacendados ingleses obligados a manumitir a sus esclavos en las colonias caribeñas como consecuencia de la última ley de abolición de la esclavitud, promovida por el clan Blackraven. El ataque sufrido en La Isabella era un acto de represalia, consecuencia de dicha ley. Arthur Blackraven, como miembro del Parlamento, y dos colegas, uno de su partido, el Whig, y otro del opositor, el Tory, habían zarpado en el *Leviatán* para corroborar el cumplimiento de la ley. La visita también les serviría, antes de iniciar el debate en Westminster, para evaluar la conveniencia de pagar una indemnización millonaria, que pondría de rodillas al gobierno y a la economía del reino.

—Todo dependerá de lo que decida el Parlamento —contestó con aire evasivo.

—¿Su merced qué opina? ¿Aprobará la nueva emisión de deuda? Yo creo que sí —contestó sin aguardar la respuesta—. Después de todo, no se puede tener enojados a los productores de *commodities* tan codiciados como el azúcar, la melaza, el ron y el tabaco. ¿Se imagina qué ocurriría si los hacendados de Jamaica o de Barbados decidiesen retener sus producciones de azúcar?

—Ocurriría que mejoraría la dentadura de la aristocracia inglesa, señor O'Brian —replicó Manon, y se ganó una estruendosa risotada del minero irlandés.

* * *

Nunca la expresión acuñada por su tío Charles-Maurice para describir a su familia, nido de serpientes, le había resultado tan certera. Con Alexandrina y los hermanos Porter-White bajo su mismo techo, tenía la impresión de encontrarse bajo asedio. Por supuesto, de los tres, la más inofensiva era su cuñada, e igualmente le temía. Al profundizar en la razón del miedo, llegó a la conclusión de que todavía la juzgaba una rival de peso. La certeza con la que había regresado a su casa tras haber concurrido al puerto para despedir a Alexander iba desvaneciéndose con el transcurso de los días y con la presencia perturbadora de Alexandrina. Para no desmoronarse se aferraba a las últimas palabras que él le había dirigido. «Este será mi último viaje sin ti. Cuando regrese, te convertirás en mi esposa, y no me importarán las circunstancias, ni el luto, ni nada. Nos casaremos, y ya no volveremos a separarnos».

Hacía una semana que los Porter-White habían llegado de París y no mostraban inclinación por marcharse, tampoco por visitar a Cassandra en Bath, como había anunciado su esposo. Los evitaba y apenas si respondía con monosílabos a los intentos de Alba por entrar en conversación. Hubo una ocasión en la que se la topó al salir de la biblioteca y en la que meditó la posibilidad de preguntarle qué había ocurrido realmente con Cassandra. Se miraron a los ojos, y los oscuros de la mujer le resultaron tan similares a los del hermano, que desistió. La notó más bonita; el aire de París les había sentado a su rostro y a su figura, por mucho que ella declarase que solo había languidecido en la capital francesa añorando la «brumosa Londres». Se preguntó si ya habría reanudado las visitas nocturnas a la habitación de su padre y, por supuesto, volvió a pensar en la llave de la caja fuerte. Con Thibault y su abuela, habían acordado mantenerse ojo avizor.

Por fortuna, ese jueves, a una semana de la llegada de los Porter-White, Manon recibió la contestación de su hermana. Al igual que ella, la había enviado con un propio para evitar demoras. Significó una alegría y un alivio percibir el afecto con que le escribía, las diferencias del pasado olvidadas. *Manon querida*, la había encabezado. Le aseguraba que William estaba en buena salud, cada día más vivaracho y grande. *No lo reconocerías*, afirmaba. En cuanto a ella, había llegado muy desmejorada a Bath, pero, gracias a que sus abuelos la obligaban a beber las aguas curativas en ayunas, estaba recuperando los colores, la fuerza y el ánimo.

No volveré a casa por ahora, no me lo pidas. La muerte de Archie me ha devastado. Quiero estar alejada de todo lo que me lo recordaría. Imagino que Rosine, tu generosa y entrañable amiga, te habrá confiado que dejé París a causa de una pelea con Julian. Por el momento, no hablaré de ello. Te pido que sepas comprender y no preguntes.

Tu hermana que te quiere,

Cassie

* * *

Ese jueves 27 de noviembre, Manon tuvo otra sorpresa: el regreso a Londres de Ross Chichister, un mes más tarde de su partida hacia el continente para descubrir en qué andaba el asunto de la Río de la Plata Mining & Co. Se había demorado más de lo previsto porque había viajado a otras ciudades, incluso había llegado hasta Ámsterdam y Amberes, donde también se cotizaban las acciones. Le presentó un pliego impreso en un papel de excelente calidad. Ignaz Bauer se aproximó para estudiarlo por encima de su hombro.

—«*Ceci certifie que Didier Bonpain…*» —Manon detuvo la lectura y alzó la vista para interrogar a su empleado.

—Es el nombre del bróker que empleé en París para la adquisición. No quería darme a conocer.

Manon asintió y siguió leyendo.

—«*... que Didier Bonpain est le porteur de cent actions du capital social de Río de la Plata Mining & Co. d'une valeur nominale de cent libres*». ¡Santo cielo! Finalmente lo ha hecho ese malnacido —mascullló, atónita—. Ha lanzado a la venta pública la explotación del Famatina.

Se demoró alrededor de una hora en el despacho de Chichister; quería conocer al detalle la información que había recolectado. Bien pertrechada con el pliego de la acción y unos datos que había anotado en su libreta, se dirigió al despacho que compartía con su padre, deseando que no se hubiese marchado a la bolsa. Le revelaría lo que sabía y desenmascararía de una vez al despreciable Porter-White. Abrió la puerta y se detuvo en seco: su padre conversaba con su cuñado en un clima amistoso y risueño, como si la situación con Cassandra no fuese en extremo irregular, como si nada hubiese acontecido en el pasado. Después de tantos meses, le resultaba antinatural verlo allí.

—Pasa, hija, pasa —la invitó su padre al verla dudar.

Porter-White se aproximó a la puerta, retiró el abrigo del perchero y, mientras se lo ponía, mantenía los ojos fijos en Manon. Le sonreía, sí, pero en realidad estaba recordándole el juramento expresado casi un año atrás: «Tú y tu prometido me las pagarán».

—Sir Percival, Manon, les deseo buenas tardes —dijo, y, empleando la chistera, les destinó un saludo y se marchó.

—Buenas tardes, Julian —respondió su padre y regresó a su escritorio.

—¿Cómo puedes tratarlo con tanta consideración? —se ofuscó Manon—. ¡Es un truhan! Hace una semana que regresó de París y no ha ido a ver a Cassie a Bath. No te res...

—Cassandra le ha escrito pidiéndole que no vaya a verla —la interrumpió su padre—. Acaba de mostrarme la carta. Tuvieron una discusión en París porque Cassandra no soportaba permanecer allí.

—No le creo —se empecinó Manon—. No creo una palabra que surge de su boca.

—Por fortuna, no es tu esposo —dijo sir Percival con expresión hastiada—. No te metas en el matrimonio de tu hermana —la previno, tras lo cual se calzó los quevedos y aguzó la vista—. ¿Qué traes ahí?

—La prueba de que tu yerno es un estafador. —Depositó el pliego de la acción delante de su padre—. ¿Sabes lo que ha estado haciendo tu *querido* Julian en París? ¡Vendiendo las acciones de la Río de la Plata Mining & Co.!

—Lo sabía —contestó su padre con parsimonia.

—¿Cómo? ¿Lo sabías? ¿Sabías que está estafando a media bolsa de París y de otras ciudades?

—¡«Estafar», Manon! Es una palabra demasiado fuerte.

Le siguió una discusión acalorada, con posturas irreconciliables.

—No puedo prohibirle que vaya por lo que quiere —postuló su padre—. Tiene tanto derecho como Roger a disputar la explotación del cerro Famatina.

—Pero él no está disputándosela, papá. Él ya se apoderó del Famatina.

—Hija, tienes que admitir que los Blackraven no se muestran muy interesados en el maldito cerro —se exasperó sir Percival—. Roger hace casi un año que falta de Londres. Alexander y Arthur están en el Caribe. Julian tiene derecho a jugar sus cartas.

—Es una estafa, lisa y llana —persistió Manon—. No cuenta con la documentación en regla para explotar el Famatina. Su nombre está irremediablemente vinculado con el de la Casa Neville. Es nuestro empleado.

—Acaba de decirme que, antes de viajar hacia Londres, presentó la renuncia en la sede de París. Ya no es nuestro empleado. Piensa dedicarse por entero a la compañía minera.

—Y tú no se lo impedirás —afirmó Manon con sarcasmo.

—No, no lo haré —ratificó sir Percival—. Este asunto queda concluido —sentenció.

* * *

Roger Blackraven y miss Melody regresaron dos días más tarde. Al siguiente, que era domingo, las invitaron, a ella y a su abuela Aldonza, a almorzar a Blackraven Hall. La alegría por el reencuentro duró poco, hasta que Melody le comunicó que en breve partirían hacia Antigua.

—Roger está muy preocupado por lo ocurrido en La Isabella —le explicó—. No quiere dejar solos a los muchachos en ese aprieto.

Por un lado, saber que el duque en persona se presentaría en Antigua para apoyar a sus hijos en el enfrentamiento con los esclavistas la tranquilizaba. Por el otro, lamentaba la partida de su futura suegra. Volver a verla la había enfrentado a una realidad: se había sentido sola. Con su prometido y sus amigas Isabella, Quiao y Margaret Walker lejos, no tenía con quién sostener una conversación sincera, fuese seria o distendida. Contaba con la presencia inquebrantable de su abuela y de Thibault, pero no era lo mismo. Echaba de menos a Obadiah, a Mackenzie, a Ludovic, a todos. Necesitaba tanto a Alexander, su palabra, su constancia, su mirada inescrutable, sus silencios, su belleza, sus manos sobre su piel desnuda, su carne fundida en la suya. Lo añoraba de día y de noche. No tenía paz.

—Esperaremos a que Ella regrese de su primer viaje en el *Creole* y después partiremos —puntualizó Melody—. ¿Cuándo se espera su regreso?

—En pocos días —respondió Manon, disimulando la congoja—. Hoy es 30 de noviembre. Estimo que el 4 o el 5 de diciembre estará aquí. Recibiré el aviso anticipado de las postas. Los mantendré informados.

Tras el almuerzo, se alistaron para un paseo por Hyde Park. Manon, advertida, había concurrido a Blackraven Hall con su yegua en reata y elegante en un espléndido traje de montar en terciopelo negro. Excepto doña Isabella, Aldonza y Anne-Rose —ya muy gruesa en su tercer embarazo—, que paseaban en un faetón, los demás, aun Binita y Dárika, iban a caballo. Los pequeños Donald y Edward, sentados en las monturas de su padre y de su abuelo respectivamente, reían a carcajadas de las monerías que les hacía Somar. Era una magnífica tarde de otoño, con un cielo diáfano después de varios días de lluvia y una temperatura agradable. Manon sintió dicha mientras cabalgaba junto a su futura suegra. Añoraba formar parte de ese clan perfecto.

—¿Cómo está tu padre? —la interrogó Melody cuando sus monturas quedaron rezagadas—. La pérdida de Archie debió de ser un golpe durísimo.

—Muy duro. Pero se distrae con el trabajo. Mi abuelo, en cambio, me preocupa.

—¿Y tú, cariño? ¿Cómo estás tú? Sé cuánto amabas a tu hermano mayor.

Manon torció la boca para ocultar el temblor. Inspiró profundo.

—Ocuparme del hijo de Archie es un gran consuelo. Mi trabajo también lo es. Pero pensar en que jamás volveré a verlo… —Se le quebró la voz.

—Te comprendo perfectamente. Yo también perdí un hermano. Mi adorado Jimmy —dijo Melody, y fijó la mirada hacia el otro lado, como si encontrase fascinante la arboleda que se extendía al costado del camino. Se aclaró la garganta y habló de nuevo unos segundos después—. Dices que te ocupas de tu sobrino, del hijo de Archie. ¿Y la madre?

—También se ocupa —se apresuró a aclarar, pese a que su cuñada delegaba el cuidado de Alistair en Nuala y en la nodriza que habían traído de Macao—. Pero Archie me nombró tutora de su hijo.

—Oh —se asombró Melody—. Eres su tutora.

—¿Miss Melody?

—¿Sí, cariño?

—Lo sé todo acerca de mi cuñada Alexandrina y de Alexander. Él me confió que, además de Estevanico, solo usted y su gracia lo saben.

Cruzaron una mirada. La perplejidad de su futura suegra se manifestó sin tapujo. Melody volvió la vista al frente. Manon le estudió el perfil. En su expresión de seria neutralidad, supo entrever que la duquesa meditaba las consecuencias de la revelación.

—No sabes cuánto me alegra que lo sepas. No creo que puedas imaginar la extensión de mi alivio y de mi alegría. Debió de ser muy duro para ti. ¿Cómo lo has sabido? ¿Alex te lo ha confiado?

—Lo sé desde que tengo catorce años, desde el día mismo en que lo conocí. —Melody giró el rostro repentinamente y le clavó la mirada—. Una tarde los espié en la playa de Penzance. Huyendo para que no me descubriesen, caí en el barranco y me doblé el tobillo. Usted lo recuerda, ¿verdad?

—Claro que lo recuerdo.

—Ese día me enamoré perdidamente de su hijo. Y sé que lo amaré hasta el último de mi existencia.

—Dios del cielo —farfulló Melody, perpleja—. Cariño —susurró con infinita dulzura y compasión, y le tendió la mano, que Manon apretó de inmediato—. Eres realmente formidable.

—Oh, no, solo muy afortunada por ser la prometida de Alexander.

—Durante años callaste ese amor.

—Nunca se lo confesé a nadie, ni siquiera a Ella.

—¿Ni siquiera a Aldonza?

—Lo supo poco antes de que me comprometiese con Alexander.

—Es tremendo —admitió la duquesa—. Para colmo, luego se convirtió en la esposa de tu hermano.

—Era parte de la familia desde el matrimonio de mi tío Leo con su tía Anne-Sofie.

—Sí, por supuesto, lo había olvidado. ¿Cómo reaccionó Alex cuando le revelaste tu secreto?

Manon le relató los hechos tal como habían ocurrido, desde el abrazo de Alexander y Alexandrina en el jardín de la casa de Macao hasta su complicado reencuentro el 15 de octubre, tras el regreso del *Leviatán*, y la reconciliación al día siguiente.

—Estaba dispuesta a liberarlo del compromiso para que por fin pudiese estar con Drina. Ni su padre ni mi hermano existían para ese momento, los dos escollos que se habían interpuesto entre ellos. Pero Alexander no quiso oír hablar de que lo dejase. —Superado un silencio e impulsada por una emoción tan genuina como su amor por Alexander, dijo—: Miss Melody, solo quiero que sea feliz.

—Eres una bendición para mi hijo y le agradezco al cielo por haberte puesto en su camino. Alex debe de amarte profundamente.

—¿Por qué lo dice?

—Porque sé cuánto amó a esa muchacha. Ahora su camino está por fin libre para desposarla y en cambio te elige a ti.

—A veces temo que me haya elegido guiado por ese sentido tan férreo del honor que posee. O quizá para no perjudicarme socialmente con una ruptura.

Melody negó con la cabeza.

—No fue ese el tipo de honor que su padre y yo le enseñamos. Te ama, Manon, no lo dudes.

Capítulo XXI

Porter-White salió de Burlington Hall y, aprovechando el buen clima, inició una caminata para cubrir las cuadras que lo separaban de las oficinas de Patrick O'Brian en Gilbert Street, en el mismo barrio de Mayfair. No mandó preparar uno de los carruajes porque decidió que le vendría bien el ejercicio; Alba aseguraba que, en el último tiempo, había ganado unas cuantas libras. Además, le gustaba la sensación de libertad que experimentaba. Se había sacado un peso de encima al comunicarle a su suegro que había renunciado a su puesto en la Casa Neville. No lo había consultado con sus jefes, y quizá le traería problemas; poco le importaba. No estaba siendo de mucha ayuda en la sede de París, se justificó. Volver a Londres, el centro del poder financiero del mundo, no tenía precio.

Lo sorprendió encontrar cerrada la oficina de Gilbert Street siendo casi las once de la mañana. Se dirigió, también a pie, a Trinity Court, la mansión de O'Brian en Arlington Street. Planificó lo que le diría. Las cosas iban bien, se convenció. Al final, la huida de París de Cassandra había precipitado un proceso inevitable. Seguían preocupándolo las motivaciones de su esposa. Le había prohibido que fuese a verla a Bath, lo cual secretamente agradecía. ¿A qué respondía la decisión de abandonarlo? Alba lo culpaba, le achacaba que la había subestimado, que se había comportado con una osadía imperdonable, que esto, que aquello. Bastaba poco para ganarse el descontento de una malcriada como Cassandra. Se había enterado, gracias a Catrin, que a Manon también le había pedido que no viajase a Bath.

En cuanto a Manon (la peste se la llevara), sus jefes no habían vuelto a hablar de eliminarla. Casada con el conde de Stoneville o no, resultaba imperativo hacerla desaparecer. ¿Le temerían a la ira del clan Blackraven en caso de que muriese? Habían perdido una oportunidad única en China. En Londres sería difícil actuar en contra de ella y no generar un escándalo de proporciones apocalípticas. ¡Qué maravilloso hubiese sido que Manon muriese! No solo se interponía en su objetivo de apoderarse de la Casa Neville; también podía convertirse en una formidable adversaria en la bolsa de Londres, donde gozaba de una reputación inmaculada. Una palabra suya en contra de la Río de la Plata Mining & Co., y un sector importante se hubiese abstenido de adquirir las acciones.

Se detuvo frente a la puerta de Trinity Court y golpeó la aldaba de bronce. Se quedó abstraído, admirando la fina pieza en forma de cabeza de león y pensando que estaba transgrediendo las reglas de protocolo: no había sido invitado y tampoco estaba respetando el día ni el horario de visita. ¿Qué sabía O'Brian de protocolos ni de normas de urbanidad, él, un mísero irlandés, *un nouveau riche*, como llamaban en Francia a los advenedizos sin clase pero con repugnantes cantidades de dinero? De oro, en este caso.

O'Brian lo recibió enseguida, con la cordialidad de siempre. A pesar de que era temprano, le sirvió un brandi.

—No pretendía importunarte en tu casa —se excusó—. Fui primero a tus oficinas de Gilbert Street. Estaban cerradas.

Le pareció advertir un instante de incomodidad en el irlandés.

—Me he tomado unos días de descanso —alegó con aire vago—. También se los concedí a mis empleados —añadió—. Pero dime —retomó con su habitual buen humor—, ¿qué haces en Londres? Una grata sorpresa verte aquí —aclaró.

Porter-White le confió que había renunciado a la Casa Neville.

—Conque has renunciado a la Casa Neville —repitió O'Brian mientras volvía a escanciar brandi en el fino vaso de cristal tallado.

—Quiero dedicarme de lleno a la compañía minera —alegó.

—¿Cuándo regresas a París?

—Por el momento, permaneceré en Londres.

—Oh —se sorprendió el irlandés—. Pero la venta de acciones está en París.

—La he dejado en manos de un excelente bróker. Ahora quiero lanzar la venta pública aquí, en la bolsa de Londres. —O'Brian alzó las cejas en una clara expresión de asombro—. Necesitamos un nuevo influjo de capital para pagar el transporte. En Francia, la cosa se había estancado. ¿Qué novedades tienes al respecto?

Hablaron largamente sobre la organización de una empresa compleja y delicada como lo era el traslado de un grupo de mineros, sus maquinarias y sus herramientas al otro lado del Atlántico. Una cuestión que venían postergando, pero que requería una pronta resolución, era de qué modo realizarían el primer pago de dividendos cuando se cumpliese un año desde el lanzamiento de la venta pública en París.

—Nadie espera dividendos si la compañía no ha comenzado aún la explotación de la mina —razonó O'Brian.

—El pago de dividendos, aunque sean bajos —alegó Porter-White—, servirá para incrementar el valor de las acciones.

—¿Cómo harás para pagarlos, por bajos que sean, sin haber producido ingresos?

—Les pagaré a los primeros inversionistas con el dinero que aporten los nuevos hasta tanto la mina no dé frutos —resolvió Porter-White.

—¿No temes la ira de tu suegro y la del duque de Guermeaux? —quiso saber O'Brian—. Lanzar la venta de acciones en la City es casi una declaración de guerra a los Blackraven.

—Por eso renuncié a la Casa Neville, para que mi suegro no quedase en medio de esta disputa.

—En verdad tienes cojones —concedió el irlandés, y lo contempló con una seriedad inusual sobre el borde del vaso—. ¿Y tu anhelo por erigirte en director de la Casa Neville? —lo provocó.

—Sigue intacto —afirmó Porter-White, y elevó su vaso para brindar.

* * *

Roger Blackraven visitó la Casa Neville ese mismo lunes. Manon, que durante el almuerzo del domingo no se había atrevido a contarle lo de la resurrección de la Río de la Plata Mining & Co., se obligó a aprovechar la ocasión. Tomó coraje y lo invitó a su salita en la planta baja. Siempre la había intimidado el duque de Guermeaux, no solo a causa de su tamaño imponente, sino por la mirada. Los ojos de Alexander, notó, aunque de una tonalidad turquesa y no azul, eran iguales a los del padre, protegidos por gruesas cejas negras y con párpados entornados, como si la naturaleza los hubiese dotado de esa característica para ayudarlos a ocultar los pensamientos. Padre e hijo, en cambio, parecían contar con una habilidad: la de leer los de los demás.

—Su gracia, tome asiento —lo invitó.

—Creo que deberías comenzar a tratarme con más confianza, querida Manon —declaró el duque—. Pronto te convertirás en mi hija política. Llámame Roger, por favor.

Al tiempo que asentía y sonreía, pensaba: «¡Qué difícil llamarlo Roger!».

—Tal vez comenzaré por decirle «señor» —propuso, y Blackraven soltó una carcajada.

—Impongo demasiada autoridad, ¿no es así? —Manon asintió—. Isaura siempre me lo reprocha. —Hizo una mueca de engañosa inocencia y levantó los brazos en un gesto de rendición—. ¿Qué puedo hacer? Soy así.

—Y así lo aman y lo respetan sus hijos y sus empleados, doy fe.

—Eso es algo que tenemos en común, querida Manon. A ti también mis hijos te aman y te respetan. —Unió las cejas en un gesto de preocupación—. Eddy me contó acerca de los dos ataques que sufriste en China. No lo mencioné ayer para no angustiar a Isaura. El mismo grupo que atacó el convoy cerca de Tianjin —puntualizó.

—El mismo grupo, sí, pero por razones distintas. —Blackraven mostró su desconcierto al abrir grandes los ojos en un acto inusual—. Alexander sostiene que quienes pretendían eliminarlo a él aquí, en Londres, intentaron hacerlo conmigo en China. Allí la cuestión se habría confundido con una venganza contra los Blackraven por sus tratos con el emperador Daoguang. De conseguirlo, se habría tratado de un golpe perfecto.

—Dios del cielo —masculló el duque, y se frotó la barbilla—. Imagino que estarás siendo prudente y que no te aventurarás sin la debida protección.

—Thibault, mi cochero, va siempre armado y está al tanto de la situación. Además, Alexander dejó a tres de sus hombres para que me protejan.

—Bien, bien —masculló Blackraven.

—Quería hablarle de otra cuestión. Un tanto delicada —añadió, y percibió que la boca se le secaba—. Se trata del Famatina.

—Dime, habla con franqueza —la animó el duque.

—Mi cuñado, Julian Porter-White, ha lanzado la venta de acciones de la Río de la Plata Mining & Co. pese a todo lo ocurrido el año pasado. Mire —dijo, y extrajo del cartapacio que descansaba sobre la mesa el pliego de la acción; se lo entregó.

Roger Blackraven se calzó los quevedos y leyó con un marcado ceño.

—Está en francés.

—Lanzó la venta en la bolsa de París.

—Hábil jugada —concedió el duque.

—Mi cuñado ya no trabaja para la Casa Neville.

—Lo que, en cierto modo, lo coloca fuera del alcance de tu padre.

Manon asintió, poco convencida.

—Temo que sus intenciones sean las de relanzar la venta aquí, en la bolsa de Londres. Se siente muy seguro con la documentación que el comisionado de Rosas le entregó el año pasado. ¿Usted ha recibido alguna noticia al respecto? —se atrevió a preguntar.

—Al llegar, me encontré con dos cartas de Braulio Costa, el representante de Quiroga —informó Blackraven, y Manon apreció la muestra de confianza—. Como de costumbre, aquellas tierras están sumidas en un gran caos, pero Quiroga sigue firme en su interés de concedernos la explotación del Famatina, si así lo deseamos. Planeo bajar hasta Buenos Aires luego de arreglar mis asuntos en Antigua.

—Me preocupa el tendal de accionistas estafados que dejará mi cuñado, porque no tengo duda de que carece del aval jurídico para explotar el cerro. Yo les advertiré a mis clientes que se abstengan de comprar, pero ¿qué puedo hacer por aquellos que no conozco? ¿Y todos los accionistas franceses? —se descorazonó.

—El mercado de las acciones es uno riesgoso —le recordó Blackraven—. La gente se echa de cabeza en la esperanza de hacer fortuna deprisa y sin trabajar. Pero acuerdo contigo, tampoco es justo que se los estafe con una compañía burbuja, más allá de que tu cuñado esté convencido de que extraerá oro del Famatina.

—Se me ocurrió proponerle a Goran Jago escribir un artículo acerca de la naturaleza fraudulenta de la Río de la Plata Mining & Co. —comentó Manon—, pero antes quería consultarlo con usted.

Blackraven apretó los labios y movió la cabeza para negar.

—Los apellidos Blackraven y Jago están irremediablemente vinculados. Enseguida se sabría que estamos nosotros detrás de eso, incluso si Goran le hiciese firmar el artículo a un colega. Tu cuñado no es tonto, y yo no quiero problemas con mi amigo Percy. La situación es compleja —expresó con un timbre más grave, de pronto serio—. Tu padre está muy encariñado con su yerno y puedo entenderlo. Yo quiero a los míos como si fuesen mis hijos.

—Edward Jago y James Walsh son dos hombres cabales y honestos —objetó Manon—. Porter-White no.

—Tomando una idea de ese bribón que es Jonathan Wild, se me ocurre que podríamos publicar un anuncio en algunos de los matutinos más importantes de Londres, un anuncio anónimo, en el que advertiríamos de la peligrosidad de estas acciones. —Indicó con los quevedos la parte superior del pliego, donde se destacaban el emblema y el nombre de la compañía—. Podríamos reproducir esta viñeta y emplear la misma letra de molde para que sean fácilmente reconocibles. ¿Qué opinas?

—Creo que es una excelente idea —se entusiasmó Manon.

—Claro, a tu cuñado no le será difícil inferir de dónde proviene el golpe, pero no podrá culparnos tan fácilmente. —El duque la miró con fijeza, y Manon se tensó—. Lo cierto es que no quiero problemas con el bueno de Percy.

«Lo necesita por las minas de azogue en Almadén», se convenció.

* * *

Porter-White decidió aceptar la invitación a almorzar en White's que le extendió Patrick O'Brian. Desde su regreso, había evitado el club de caballeros porque sabía que no habría sido bienvenido. Las sospechas de que el encarcelamiento del conde de Stoneville era fruto de sus maniobras y confabulaciones seguían presentes en el pensamiento de los hombres más prominentes del reino. Ninguno se habría atrevido a hostilizarlo abiertamente, porque casi todos le debían dinero a la Casa

Neville, pero le hacían sentir su desprecio con una letal indiferencia. O'Brian, en cambio, tan advenedizo como él, práctico y más bien cínico, solo pensaba en los negocios que harían juntos.

Apenas ocuparon la mesa, el irlandés depositó un ejemplar del *Morning Chronicle* de ese sábado 6 de diciembre y, sin pronunciar palabra, le señaló un aviso al pie de la página. Lo recogió y leyó: «*A los honestos inversores interesados en adquirir las acciones de la Río de la Plata Mining & Co. ¡Atención! Esa compañía carece de las autorizaciones que la ley de la Confederación Argentina exige para realizar una explotación minera de esa naturaleza. Comprar una participación en su capital y arrojar vuestro dinero al Támesis es exactamente lo mismo. ¡Han sido advertidos!*».

—¡Mierda! —mascullo en español.

—También lo vi en *The Times*, en *The Courier* y en *Bell's Messenger* —informó O'Brian.

—Esto es obra de la pérfida Manon.

—Cálmate, Julian —lo intimó el irlandés con un acento que más tenía de orden que de pedido—. Los hombres de negocios no se dejan manejar por las emociones. Nublan su entendimiento.

—¿Qué haremos ahora? —inquirió.

El irlandés lo contemplaba con una seriedad que lo perturbó quizá más que el anuncio en el *Morning Chronicle*, porque había cierta nota de desprecio en esos fríos ojos celestes. Su rostro desfigurado por la cicatriz se había convertido en una imagen desconocida y, al mismo tiempo, en una paradójicamente familiar.

—Haremos lo que hace todo guerrero —replicó O'Brian—: contraatacar. ¿No usaste a un periodista en el pasado para publicitar la compañía?

—Sí. Benjamin Disraeli se llama.

—Bien —farfulló el irlandés—, iremos a verlo después de la comida —dispuso.

Lo contrataron poco después; el escrito debía estar listo para el día siguiente; pretendían publicarlo en los matutinos del lunes. Dada la prisa y que tendría que trabajar un día domingo, Disraeli les cobró una fortuna, que O'Brian desembolsó sin objeciones.

Sintiéndose más tranquilo, Porter-White aceptó la invitación del irlandés y se fueron a jugar a los naipes a un lujoso prostíbulo de Bury

Street, a pocas puertas del Garden of Venus, donde tenía prohibido el ingreso después de que intentase asfixiar a la prostituta Lillydoo. Muy entrada la noche, ya bastante borracho, y habiendo perdido casi cien libras jugando al *tressette*, decidió regresar a Burlington Hall. O'Brian, en cambio, se quedaría; se lo había pasado jugando con una prostituta sobre las rodillas; según él, le había traído suerte, y así debía de ser pues había triplicado lo pagado a Disraeli.

Tomó uno de los tantos coches de alquiler alineados sobre Bury Street y en pocos minutos se hallaba frente a la mansión de su familia política. Alzó la vista. La magnífica construcción en barroco inglés de la época de la reina Ana descollaba en la noche gracias a la profusa iluminación proveniente de las lámparas a gas. Le produjo una gran emoción el señorío que comunicaba su construcción enorme y sólida. Se prometió: «Será mía».

Entró empleando su juego de llaves. El paje que cubría el turno de la noche le entregó una palmatoria. Subió en silencio, cuidándose de no hacer crujir las maderas del suelo; no quería que se supiese a qué hora tan tardía estaba regresando. Al llegar al segundo piso, sopló la vela y se retrajo en las sombras al oír que se abría una puerta, la del dormitorio de sir Percival, determinó. Se quedó quieto, la respiración contenida y el cuerpo en tensión. Alguien pasó a pocas yardas; al igual que él, avanzaba con una palmatoria en la mano, y sus pies parecían flotar sobre la alfombra Savonnerie que se extendía a lo largo del corredor. Se trataba de Alba. El impacto causado por el descubrimiento lo sumió en una parálisis que lo mantuvo en ese punto oscuro y silencioso durante largos minutos. Le costó encender la vela empleando el yesquero; le temblaban las manos.

Caminó hacia la habitación de su hermana con una determinación que ninguna voluntad habría torcido. Entró sin llamar. Oyó los sonidos que provenían de la recámara, producto de las abluciones que Alba se practicaba para no quedar encinta. Esperó a que terminase. La mujer se presentó en la habitación secándose las manos. Al verlo, sofocó una exclamación y se detuvo en seco.

—Ah, eres tú —dijo en español, la lengua que empleaban cuando estaban a solas—. Casi me matas del susto.

—Te vi salir de la habitación de mi suegro.

Una mueca de pánico surcó las regulares facciones de la mujer. Se compuso enseguida y se sentó con aire distendido en la butaca frente al tocador para colocarse los afeites con los que se iba a dormir.

—Yo también tengo derecho a procurarme un futuro cómodo y de riqueza —alegó tras ese silencio.

—Yo me ocuparé de dártelo. Tú no tienes que hacer nada.

—No sé por qué te crees mi dueño, Julián.

Porter-White cubrió la distancia en dos largos pasos y, sujetándola con violencia por los hombros, la obligó a ponerse de pie. La sacudió cuando su hermana intentó quitárselo de encima.

—¿Qué harás? —lo increpó Alba—. ¿Me asesinarás como hiciste con Acevedo? —La mirada cargada de desconcierto de su hermano la hizo reír—. Nunca acepté lo que aseguraron las autoridades, que Rodrigo había sido emboscado y asesinado para robarle. ¿Crees que no sé que fuiste tú quien lo degolló? —Lo empujó aprovechando la sorpresa de Porter-White—. ¿Crees que no te conozco, que no sé de lo que eres capaz? ¿Sabes cuánto me había costado conseguir un marido con un buen pasar, a mí, la hija bastarda del comerciante Porter-White y de una mísera criolla como lo es mamá?

—Ese viejo repugnante… Ahora eres viuda, te libraste de él y heredaste su dinero, que era más bien poco, a decir verdad —se burló—. Conmigo tendrás a manos llenas.

—Jamás podrás darme tanto como sir Percival, el hombre más rico de Europa —declaró, orgullosa, y fue eso, el orgullo con que se refirió a su suegro, lo que lo enceguenció de ira.

La sujetó con violencia por los brazos y la atrajo hacia él hasta que su boca se pegó a la de ella. Alba luchó sin proferir un sonido, como había aprendido tantos años atrás para no atraer la atención de sus hermanos ni la de sus padres. Porter-White sonreía mientras la sometía porque sabía que Alba disfrutaba de la farsa tanto como él. Era dulce el momento en que la sentía claudicar, pero lo mejor era verla luchar.

Agitada, el rostro medio oculto tras los largos mechones negros, Alba se quedó tensa entre sus brazos.

—Tal vez Cassie por fin se decida a pedirte el divorcio ahora que lo sabe todo —lo provocó con una mirada endurecida.

—No sabe nada —porfió, aunque se le deslizó una nota insegura en la voz.

—Lo sabe —se mofó Alba—. ¿Por qué diantres crees que se fugó de París?

—Solo yo puedo pedir el divorcio y requiere un acto del Parlamento. Sir Percival jamás aceptará un escándalo de esas magnitudes.

—Sir Percival es barro fresco en mis manos. Créeme, necesitarás un suegro complaciente si quieres llevar adelante lo de la Río de la Plata Mining & Co. De otro modo, los Blackraven te destrozarán, y lo sabes.

—¡No! —exclamó con los dientes apretados, y Alba intentó retraerse en un acto instintivo de preservación—. No sigas adelante con esto, Alba, estás prevenida.

—Si no, ¿qué? —lo desafió—. ¿Me degollarás como hiciste con Acevedo?

La mirada de Porter-White, oscurecida por la ofuscación, se ablandó. Sonrió con ternura mientras le apartaba un mechón de la frente y se lo colocaba tras la oreja.

—No, a ti no. A ti jamás —juró.

* * *

Manon acompañó muy temprano a su abuela a la única misa del año que oía: la de la Inmaculada Concepción. Por alguna razón, la anciana, anticlerical y descreída, respetaba esa fecha con la solemnidad de un dogmático. Concurrieron a la iglesia católica de Santa Eteldreda, en Holborn.

Aunque Manon nunca rezaba, esa mañana, mientras el sacerdote repetía las monótonas frases en latín, que comprendía, pero que nada significaban para ella, un rayo de sol, que atravesó el vitral del antiquísimo templo y que la enceguecíó dulcemente, la inspiró a elevar una oración por los que amaba. Empezó por Alexander y su tripulación, siguió por los duques de Guermeaux, que se habían hecho a la mar el día anterior, y siguió por los miembros de su familia, en especial por Cassandra y por su tía Anne-Sofie, cuya salud decaía sin remedio.

Al mediodía, Isabella la visitó en la Casa Neville. Cuatro días atrás, había regresado victoriosa de su primer viaje en el *Creole* y había disfrutado del éxito con sus padres, que se mostraron orgullosos de la misión cumplida. Ahora la esperaba una prueba de fuego: el transporte del oro a las islas Sorlingas. Los detalles de un viaje de esa naturaleza eran muchos, y ellas no dejarían nada al azar.

—¿Le has advertido a sir Percival que planeas trasladar el oro?

—Estoy buscando el momento propicio —dijo Manon, e Isabella torció la boca en franco desacuerdo con la demora de su amiga.

Por la tarde, ese mismo día, se encontraba con la señora Olsen. Le explicaba cómo proceder al cobro de la renta de unos bonos del Tesoro austríaco cuando Nora la interrumpió para entregarle una esquela que un paje de Burlington Hall acababa de traer. Era urgente y era de Aldonza. *Ven. Tu tía Anne-Sofie se ha puesto mala y pide por ti.* Dejó a la señora Olsen en manos de Ross Chichister y caminó deprisa a la oficina de Thibault. Los encontró, a él, a Sweeney y a los otros dos marineros, Peter Robinson y David Mayo, bebiendo café y leyendo los periódicos. Se pusieron de pie de inmediato.

—Me urge ir a Burlington Hall —anunció.

—Prepararé el carruaje —anunció Belloc.

—No hay tiempo —dispuso—. Tomaremos una calesa de alquiler. —Dirigió la mirada hacia Sweeney—. Jack, detén uno y espéranos fuera.

—¡Sí, señorita!

Viajó en el habitáculo con Belloc y Sweeney; los otros dos se apretujaron en el pescante con el cochero. En Burlington Hall, la esperaba su abuela, que le explicó la situación en tanto subían las escaleras.

—Sufrió un vahído. Mandé por el señor Fitzroy. Está con ella.

Dennis Fitzroy salió fuera de la habitación. Apenas vio su expresión, Manon supo que el diagnóstico sería lapidario.

—Tiene líquido en los pulmones —anunció—. Podría punzarla y extraérselo, pero solo serviría para ganarle unos pocos días. Está muriendo —sentenció.

Manon percibió un apretón en la garganta.

—No puedo decidir esto yo sola. —Se volvió hacia su abuela—. ¿Dónde está Drina?

—De compras con tus primas. Anne-Sofie me ha impedido que mandase por ella. En cambio, no ha dejado de pedir por ti.

—Sí —confirmó el cirujano—, pide por ti, amiga Manon, continuamente.

Entró. La habitación se hallaba en penumbras, iluminada apenas por un candelabro junto a la cama de Anne-Sofie. Las llamas de las velas le echaban sombras ominosas a su rostro consumido. Estaba acostada, erguida sobre varios almohadones para evitar que el líquido en los pulmones la ahogase. Manon se aproximó y ocupó el canapé junto a la cabecera. La observó con ansiedad. Su tía alzó lentamente los párpados. Sonrió al reconocerla.

—Has venido.

Manon le tomó la mano.

—Aquí estoy. ¿Cómo te sientes?

—No quiero irme de este mundo sin confesarte mi pecado más grande —declaró con un timbre agitado y carrasposo—. Mi pecado imperdonable —añadió con la voz quebrada.

—¿Quieres que mande llamar al pastor Trevik Jago? A él podrás confiarle eso que tanto te pesa. —Su tía le sujetó la mano y la atrajo con vigor; la contempló con un gesto desencajado—. No te agites —le imploró Manon, angustiada ante la dificultad de la mujer para respirar.

—Quiero contártelo a ti, Manon querida. Solo espero que Dios me conceda la fuerza y el aliento para revelarte mi pecado más atroz. Si logro confesártelo, me iré en paz porque sabré que tú lo resolverás.

—Dímelo, entonces —la animó—. Dímelo, si eso te dará paz.

Le ofreció un poco de láudano; en esa instancia final, Fitzroy se lo había prescripto para calmarle los dolores en el pecho y para facilitarle la respiración. Anne-Sofie lo bebió y volvió a recostarse. Cerró los ojos y, tras unos segundos, comenzó a respirar con más serenidad, aunque el silbido que exhalaba permanecía. Manon creyó que se había dormido. Se sobresaltó cuando su tía habló con los ojos cerrados.

—Sé que estás al tanto de lo que existió entre el conde de Stoneville y Drina.

—Sí, estoy al tanto, pero no es un problema. Alexander y yo…

—No es de lo que quiero hablarte —la cortó con acento perentorio, y Manon se irguió, alarmada—. Esto no es fácil para mí. —Alzó los párpados repentinamente, como asistida por una energía renovada—.

Los Trewartha —masculló—. ¡Qué familia desgraciada! Recuerdo a Victoria Trewartha, de una belleza que quitaba el aliento.

—Como la de Drina —afirmó Manon, y Anne-Sofie asintió apenas.

—Jacob era magnífico también. Tú lo conociste avejentado, pero en sus años mozos era un Adonis. Ysella, mi hermana, era una de las tantas que suspiraban por él. Estaba tan feliz cuando la pidió en matrimonio. ¡Un Trewartha pidiendo en matrimonio a una simple muchacha de Penzance! Y nada menos que el guapísimo Jacob. Los Bamford éramos respetables miembros de la sociedad de Penzance, pero no les llegábamos a los talones a los Guermeaux, ni a los Neville, ni a los Trewartha, que habían reinado en Cornualles desde los tiempos de Guillermo el Conquistador.

—Tú, para mí, eres más noble que todos los reyes de la historia de Inglaterra —declaró Manon con pasión, y su tía sonrió con dulzura.

—Cariño, eres tan especial —dijo, y le apretó la mano—, pero no seguirás pensando tan bien de mí cuando te revele mi pecado. —Y sin darle tiempo a rebatirla, Anne-Sofie se lanzó a hablar—. Ysella, mi querida hermana mayor, se casó con Jacob estando muy enamorada de él, pero pronto conoció su carácter atrabiliario y su temperamento resentido. Lo carcomían el rencor y la ambición. Vivían en la India. Ysella me escribía con frecuencia. Era muy infeliz en su matrimonio. Le temía a Jacob, a su rabia, a su odio. Solo la hacían feliz su pequeña hija y la amistad con un sabio de la región, Sri Sananda. La amistad con Sally, la esposa de Trevor Glenn, era también fuente de consuelo para ella. Habría deseado correr a la India y ayudarla, pero mi padre, que estuvo postrado durante años, me necesitaba. ¡Qué angustia me provocaban sus cartas, querida Manon!

—Puedo imaginarlo —susurró, mientras evocaba la última de Cassandra.

—Ysella murió en aquella tierra lejana. Lo único que me quedó de ella fue la pequeña Drina. Su padre la envió a vivir conmigo cuando era apenas una niña. Tan preciosa. Tan educada. Sumisa, diría. Al igual que su madre, había vivido sometida a la autoridad de Jacob. Le tenía un miedo atroz, aun con las miles de millas de distancia que se interponían entre ellos. Creció y se convirtió en el retrato fiel de su tía Victoria. Nuestros vecinos lo señalaban. La desgraciada Victoria había tenido una vida y un final tan trágicos que yo habría preferido que mi sobrina no se le hubiese parecido ni un poco. Pero el destino no puede evitarse, ¿verdad, querida Manon?

—No puede evitarse, no —acordó, y le acercó el borde de la copa para que bebiese un sorbo de agua.

—Estoy bien —afirmó Anne-Sofie—. Drina tenía diecisiete años, era enero del 27 —precisó—, cuando conoció a Alexander Blackraven en una feria de caballos en Penzance. Fue amor a primera vista.

Pese a que Anne-Sofie lo expresó con un timbre fatalista, Manon sintió una punzada de celos y de envidia: ella no le había causado ese efecto a Alexander.

—En aquellos años, él estudiaba en Cambridge.

—Sí —refrendó su tía—. Se veían poco, pero mantenían una fluida correspondencia.

—¿Supiste enseguida que eran amantes?

—No, no —replicó Anne-Sofie—. Se ocultaban. El apellido Blackraven era mala palabra para Jacob, y Drina lo sabía bien. Se había criado escuchando la historia que su padre le relataba una y otra vez: Roger Blackraven había asesinado a su hermana Victoria para contraer nupcias con la mujer que había conocido en el Río de la Plata. Nada más ni nada menos que con la madre de Alexander.

—¡Qué atormentado era todo! —se compadeció Manon—. ¿Cómo lo descubriste? ¿Encontraste una de sus cartas? —insinuó.

—No. Eran hábiles y se servían de otras personas para enviárselas. Fue Drina la que me lo confesó.

—¡Oh! —se sorprendió Manon, y una inquietud inexplicable se apoderó de ella.

—Me lo confesó en diciembre del 29, cinco años atrás —especificó su tía—. La notaba mal. No de salud —se apresuró a aclarar—. La notaba triste, nerviosa... No era ella, no era mi Drina. Creí que se trataba del anuncio inminente de la boda con Archie, o de la presencia de Jacob, que había viajado desde la India aposta para organizar el acuerdo matrimonial con tu padre. La presioné para que me confiara lo que la inquietaba y bastó poco para que me lo soltase. —Anne-Sofie se calló, apretó los labios, los ojos se le llenaron de lágrimas—. Estaba esperando un hijo de Alexander.

Manon precisó unos segundos para percatarse de que se había puesto de pie tan súbitamente que había tirado el canapé a sus espaldas. Lo recogió y volvió a sentarse. Su reacción había alterado sobremanera a su tía Anne-Sofie. Le aferró las manos y la urgió a calmarse.

—Perdóname, perdóname —le suplicó—. Me ha tomado por sorpresa. No he debido reaccionar de ese modo.

—¡Oh, no! —sollozó la mujer—. Has reaccionado como es debido, pues se trata de una noticia que habría perturbado a cualquiera, sobre todo a ti, que lo amas tanto.

—Sigue contándome. Por favor —le suplicó.

—Me cuesta volver a esos días, los más penosos de mi existencia —admitió Anne-Sofie—, pero es preciso que lo haga. Es preciso que sepas la verdad.

—Cuéntamelo todo. ¿Lo supo Jacob Trewartha?

—¡Oh, no! ¡Dios no lo permita! —exclamó empleado el tiempo presente y santiguándose como si aún fuese un peligro—. Por fortuna, Jacob se marchó por esos días. Regresaría al año siguiente para la boda. Recordé, entonces, una escuela de acabado en Suiza, en Lausana, y le dije a todo el mundo que Drina marcharía allí para prepararse antes de la boda. Sería la esposa del próximo vizconde de Falmouth y debía estar a la altura del título. Pero no marchó a Lausana.

—¿Dónde fue? —se impacientó Manon.

—A Irlanda, al convento donde mi medio hermana Mavis Pike era la superiora.

Manon se quedó mirándola. Se frotó el pecho en un intento por aligerar el dolor que allí pulsaba y que había ido creciendo desde que su tía le había revelado el secreto. «Alexander y Alexandrina tuvieron un hijo», pensó, y enseguida recordó lo que su cuñada le había afirmado semanas antes: «Él y yo estamos unidos para siempre». La respiración se le volvió superficial y sintió un ligero mareo.

—¿Por ese motivo te extorsionaba? —la interrogó tras un silencio; Anne-Sofie le destinó una mirada colmada de pena—. ¿Por eso tenías que enviarle dinero?

—No me extorsionaba. O sí —admitió—. Una extorsión velada. Me exigía dinero para mantenerlo. Si no se lo hubiese enviado, se habría visto obligada a entregarlo a alguna familia dispuesta a acogerlo. Eso me decía.

—¡Santo Cielo! —farfulló y se cubrió el rostro, desesperada por evaluar la extensión de lo que su tía estaba desvelándole, pero incapaz de concentrarse; estaba demasiado aturdida—. Entonces, el hijo de Alexander aún vive en el convento. Es así, vive y está en el convento, ¿verdad? —la apremió con ojos desesperados—. Quiero detalles, tía Anne-Sofie. Cuéntamelo todo. ¿El hijo de Alexander está vivo? —se atrevió a inquirir.

—Sí, vive. Pero han ocurrido novedades. Acabo de enterarme de que Mavis falleció este verano. Por esa razón sus cartas habían cesado. Abre el cajón de mi mesa de noche. —Manon se apresuró a complacerla—. Esa carta —señaló, corta de aliento—, tómala. La recibí hace pocos días. Tómala. —Manon la desplegó y la leyó sin realmente comprender el contenido—. Es de la hermana Mary Jane, una religiosa de la misma orden que Mavis. Allí me habla del pequeño Roger.

—¿Roger? ¿Lo llamaron Roger?

—Lo pidió Drina cuando nació. Roger Alexander, así fue bautizado.

—¿Cuándo nació?

—Nunca olvido su natalicio —aseguró Anne-Sofie con la expresión repentinamente suavizada, la vista perdida—, 15 de agosto del 30.

«Tiene poco más de cuatro años», calculó Manon. Un repentino calor en el pecho, que barrió con la puntada que le dificultaba la respiración, la reconfortó. Alexander tenía un hijo de cuatro años. Sintió que los amaba, a los dos, al padre y al hijo, con una desmesura que podía ser tan benéfica como letal.

Anne-Sofie la tomó por sorpresa al aferrarle la muñeca y obligarla a prestarle atención.

—Manon, querida Manon, ¿remediarás tú mi pecado más grande? —imploró con una mirada enardecida, su expresión trastornada por completo bajo el peso de la culpa—. Perdóname, cariño, perdóname —repitió—. Perdóname por haberte hecho cómplice de este horrible secreto, pero no puedo morir sin revelar este pecado que ha estado matándome desde aquel día. La culpa ha ido consumiéndome poco a poco. Jamás debí ocultar al nieto del duque de Guermeaux. Jamás debí abandonarlo a su suerte. ¡Oh, qué terrible daño he cometido! ¡Con mi propia sangre! ¡Oh, pequeño Roger, perdóname, perdóname! —Fijó la vista hacia delante y abrió los ojos con desmesura. Sonrió—. ¡Ven, pequeño, ven! ¡Ven con tu tía Anne-Sofie!

Manon se puso de pie e intentó sosegarla. Su tía se deslizaba en una realidad paralela, la atormentaba una pesadilla de la que solo ella y sus demonios formaban parte. Desvariaba, estaba claro, tal vez producto de la dosis de láudano, que había comenzado a surtir efecto. Deseaba que volviese a recostarse, pero la mujer luchaba por aferrarla y atraerla a sí.

—¡Pequeño Roger! ¡Pequeño mío, perdóname! —repetía entre sollozos y alaridos.

Asustaban la mirada perdida y vidriosa y el comportamiento demencial, tan opuesto a su carácter dulce y acomodaticio.

—¡Abuela! ¡Señor Fitzroy! —los convocó, desesperada.

Se precipitaron dentro. Manon y Aldonza la sujetaron, y Fitzroy le practicó una sangría. Un cuarto de hora más tarde, dormía.

* * *

Su abuela permaneció junto a la cama de Anne-Sofie y Manon aprovechó para escapar a su dormitorio. En el corredor, se topó con Alba, que intentó iniciar una conversación. Pasó junto a ella sin dirigirle un vistazo. Cerró la puerta y se quedó allí, sin saber qué hacer. Horadaba la penumbra silenciosa. Sentía el latido desenfrenado de su corazón en el punto del pecho que había comenzado a doler de nuevo. No atinaba a ponerse en movimiento. La revelación de Anne-Sofie era tan monstruosa e inesperada que la mantenía inerte en el umbral del dormitorio. «Alexander tiene un hijo. Alexandrina le dio un hijo», pensó. Ahí fuera, lejos del cuidado amoroso de su padre y de su familia, estaba el pequeño Roger Alexander, vulnerable, inocente, tan inocente, se torturó. La abrumó una desesperación paralizante.

Se le escapó un sollozo entre los labios apretados, y le siguió otro. Se le nubló la vista y se tambaleó, de pronto mareada. Se apoyó contra la puerta y se deslizó hasta acabar en el suelo, enterrada en las voluminosas capas del vestido. Se cubrió el rostro y se echó a llorar. Apretaba los ojos como un mecanismo inservible para cerrarse a las imágenes que la atormentaban: el pequeño Roger sufriendo hambre, frío, peligros, abusos, maltratos. Sacudió la cabeza, creyendo que enloquecería de angustia e impotencia.

«Mantén la sangre fría», se urgió y poco a poco fue recobrando la calma. Todavía respiraba de modo superficial cuando se incorporó con dificultad. Se sentía lánguida y mareada. Caminó a los tumbos hasta la jofaina y se enjuagó la cara con el agua fresca que Catrin siempre perfumaba con aceite de rosas. Se secó lentamente y mantuvo el paño contra su rostro durante largos segundos. Trató de imaginarse cómo sería el pequeño Roger. ¿Rubio como la madre? ¿De cabellera espesa y negra como la del padre? ¿Y sus ojos? ¿De qué tonalidad serían?

«¡Alexander!», lo llamó en silencio, ahogada por el amor inconmensurable que le tenía y también por una pena insoportable. Recordó el diálogo que habían sostenido en la cubierta del *Leviatán*, cuando, refiriéndose a los niños destinados a formar parte de los jenízaros, Alexander había afirmado, tajante: «No existen circunstancias que podrían inducirme a entregar un hijo».

Catrin entró en la habitación con una palmatoria en la mano. Soltó un grito al divisar una sombra cerca del tocador.

—Soy yo —advirtió Manon con severidad—. Enciende las bujías y ve a llamar a mi abuela y a Thibault. Mi abuela está con mi tía Anne-Sofie.

Manon se retiró hacia la ventana y le dio la espalda mientras la muchacha iluminaba el dormitorio; no quería que viese que había llorado. Pocos minutos después entró Aldonza; Thibault se demoró un poco más.

—¿Qué ocurre, cariño? —la instó su abuela, desconcertada por la actitud de Manon y preocupada por sus ojos hinchados de llanto—. ¿Qué te ha dicho tu tía Anne-Sofie que te ha puesto tan mal?

—Me ha confesado que el 15 de agosto de 1830, poco más de cuatro años atrás, Alexandrina dio a luz un niño en un convento de Irlanda.

—¡Qué! —exclamó Aldonza.

Thibault, más dueño de sí, se quedó callado, la mirada fija en la de Manon, que lo buscó como si se tratase de un refugio en medio de la tormenta.

—Es hijo de Alexander, ¿verdad? —preguntó el gascón, y Manon se limitó a asentir.

—¡Dios del cielo! —pronunció la mujer y, al tiempo que se santiguaba, apretaba la bolsita grisgrís—. ¿Estás segura de que tu tía Anne-Sofie no desvariaba cuando te lo confesó? —Manon negó con la cabeza—. Jesús, José y María —masculló la anciana, y se desmoronó en el diván.

Ver a su abuela tan preocupada enfrentó por fin a Manon con la gravedad del secreto. Se sentó junto a ella, se tomaron de las manos, se contemplaron a los ojos.

—Tengo que encontrarlo.

—¿Cómo? ¿Dónde está?

Manon les reveló lo que sabía y les mostró la carta de la hermana Mary Jane, que leyó en voz alta, aunque con un falsete que evidenciaba el temblor que a duras penas conseguía someter.

La nueva madre superiora, escribía la monja, *acérrima enemiga de la anterior, y pese a saber cuánto quiero al pequeño Roger, ha amenazado con entregarlo al primer matrimonio que desee adoptarlo. Intuyo que mi pequeño no es un niño común ni corriente. Aunque la anterior superiora, la hermana Mavis, nunca me reveló su origen (tampoco lo hizo vuestra sobrina durante los meses en que permaneció bajo nuestros cuidados), presiento que sangre antigua corre por sus venas.*

—Santo cielo —volvió a mascullar Aldonza—. El nieto del duque de Guermeaux, ¡el futuro duque! —se exasperó, y Manon se cruzó el dedo sobre la boca y le siseó.

—Baja la voz, abuela. No quiero que nadie lo sepa.

—El futuro duque de Guermeaux es el recogido de un convento —completó.

—Viajaré a Irlanda —decidió Manon, y se puso de pie—. Mañana mismo.

—No —se opuso Belloc—. Es demasiado peligroso. No sabemos si, quienes atentaron contra tu vida en China, siguen tras de ti. Necesito que te quedes en Londres, un territorio que conozco.

—Viajaré a Irlanda, Thibaudot. Nada me importa de mí. Solo quiero encontrarlo.

—No —se impuso el gascón—. Piensa en Alexander, en el dolor que le causarías si algo te ocurriese. ¿No tendrá suficiente con enterarse de que, por cuatro años, lo privaron de ver crecer a su hijo? ¿Sumarás más dolor a su pena por necia y caprichosa? Una vez me desafiaste en China —le recordó, y Manon, aunque furiosa, claudicó—. Este es un trabajo para Samuel Bronstein —declaró Belloc, y no le quedó otra que asentir.

* * *

Manon, segura de que no pegaría ojo esa noche, se ofreció para velar el sueño de Anne-Sofie. Apenas regresó de la calle, y avisada del estado de su tía, Alexandrina corrió a su habitación y se mostró desconsolada. Manon, que se alejó para cederle el lugar, la observaba con un odio creciente. El sentimiento la apabullaba, porque jamás se habría creído capaz de una emoción tan oscura. ¿Cómo había osado negarle a Alexander el derecho de conocer a su hijo, a su primogénito? ¡Lo había privado de la posibilidad de amarlo, de protegerlo, de convertirlo en un hombre de bien! Se dio cuenta de que ninguno de los temores que la habían sometido últimamente contaban. Habían nacido dos nuevos: no recuperar al pequeño Roger y enfrentar el dolor de Alexander cuando se enterase del destino que había sufrido su primogénito.

Alexandrina, resignada a que su tía no despertase, se apartó de la cama.

—Está muy dopada —explicó Manon—. Hubo que suministrarle opio.

—¿Por qué no está acostada?

—No podría respirar. Tiene los pulmones llenos de líquido.

Alexandrina arrugó el rostro y se echó a llorar. Manon se mantuvo distante, y, aunque una voz dentro de ella la conminaba a compadecerse y a consolarla, otra, malévola y sugestiva, le susurraba la verdad: «He ahí la mujer responsable de la destrucción del corazón del hombre que amas», porque no tenía duda de que la noticia de la existencia del pequeño Roger, que, tarde o temprano, tendría que revelarle, lo pondría de rodillas, a su Alexander, a su Heracles, a su héroe invencible. Alexandrina Trewartha siempre conseguía lastimarlo.

Con la excusa de ocuparse del pequeño Alistair, su cuñada abandonó el dormitorio en lo que parecía una retirada despavorida, y Manon experimentó un gran alivio. Después de la cena, su padre y su abuelo visitaron a Anne-Sofie. Sir Alistair insistió en que la viese un médico, porque, en su opinión, era de necios confiarse enteramente de la palabra de un cirujano, «poco más que un carnicero», opinó. Manon, sin fuerza para rebatirlo, aceptó, por lo que el doctor Burton, el médico de confianza de los Neville, se presentó cerca de la medianoche y repitió el diagnóstico del señor Fitzroy.

A lo largo de la noche, Manon y Aldonza, asistidas por la ayuda de cámara de Anne-Sofie y por Catrin, intentaron bajarle la temperatura; volaba de fiebre. Antes del amanecer, Fitzroy se presentó en Burlington Hall y le entregó a Aldonza una bolsita de muselina con un polvo negro; se trataba de corteza de simaruba, un árbol sudamericano considerado un potente febrífugo. Aldonza ordenó que se preparase una infusión. Consiguieron hacérsela beber con gran dificultad. Media hora más tarde, la temperatura había descendido considerablemente, y Anne-Sofie cayó en una inconsciencia menos agitada.

Manon aprovechó para cambiarse. La urgía visitar a Bronstein. Aldonza la detuvo.

—Descansa un par de horas —le sugirió—. Come algo. Resentirás tu salud.

—No podré dormir, ni comer, ni nada, hasta que no mande a buscarlo. Ya lo quiero conmigo. ¡Ya, abuela!

Apenas pasadas las siete, Manon llegó a lo de Samuel Bronstein en Bloomsbury Square, donde también funcionaba su oficina. Lo encontró desayunando. Los invitó con una taza de té, que tanto ella como Belloc aceptaron. Apenas sorbió la infusión caliente, Manon recuperó un poco el ánimo.

—Dígame en qué puedo serle útil, señorita Manon.

—Necesito que dé con el paradero de una persona, señor Bronstein, y estoy dispuesta a pagarle mil libras si lleva la búsqueda a buen término.

Bronstein se mostró pasmado ante la exorbitancia de la suma.

—Es una cifra más que generosa —admitió el investigador privado—. En un buen año, un año de mucho trabajo —se explicó—, llego a juntar la mitad, y con gran esfuerzo.

—La cifra es generosa, lo sé, pero es proporcional a la naturaleza de la delicada comisión que pretendo encargarle —aseveró Manon—.

Quiero que encuentre y traiga a Londres a un niño, un niño de cuatro años —especificó—. Vive en un convento en Irlanda, el de Nuestra Señora de la Caridad, en Dublín. Aquí tiene el domicilio. —Le entregó un papel con los datos apuntados—. Lo que le revelaré a continuación deberá mantenerlo en la más estricta reserva. ¿Cuento con su palabra?

—Le doy mi palabra, señorita Manon —dijo Bronstein, con expresión solemne.

—El niño al que tiene que encontrar y traer a Londres es el hijo de mi prometido.

—¡De Alex! —exclamó el hombre, perdiendo la traza de profesional serio e imperturbable—. Disculpe —masculló.

—No es necesario que se disculpe, señor Bronstein. Sé que Alexander y usted son grandes amigos. Entiendo su sorpresa. Sí, es su hijo, nacido cuatro años atrás en ese convento, sin que él supiera de su existencia. Ahora comprenderá por qué necesito que lo encuentre y lo traiga a Londres cuanto antes. —Manon tendió las manos y Belloc le pasó dos talegos con monedas, muy abultados y pesados—. Aquí tiene un adelanto de quinientas libras. —Los depositó en la mesa, delante del investigador—. A su regreso, le entregaré la otra mitad y cubriré los gastos. Entienda bien, señor Bronstein: estoy dispuesta a ofrecer cualquier suma que las monjas le exijan para cederle al pequeño Roger.

—¿Roger se llama?

—Roger Alexander —puntualizó Manon.

—No debe de tener apellido —conjeturó Bronstein—. A los huérfanos de los que nada se sabe suelen apellidarlos Foundling.

—¿Foundling? —se extrañó Belloc.

—Expósito —tradujo Manon en francés.

—¿Precisará documentos para viajar con el niño? —lo interrogó Thibault.

—No —desestimó el investigador—, me las arreglaré. Con un buen soborno, puedo embarcarlo en una nave y viajar hasta Londres sin que nadie nos moleste.

A continuación, Manon le entregó la carta de la hermana Mary Jane, que, presentía, y así se lo refirió a Bronstein, se convertiría en una aliada en esa gesta. Asimismo, le dio una carta para la madre superiora, de su puño y letra, escrita a los saltos durante la tormentosa noche pasada junto a su tía moribunda, y en la que se presentaba como la sobrina política de Anne-Sofie Neville y la prometida del padre del pequeño Roger Alexander. Al final, y junto a su firma, había estampado el escudo de su familia.

Manon se puso de pie. El investigador privado y su cochero la imitaron al instante.

—¿Cuándo partirá hacia Irlanda, señor Bronstein? —lo interpeló con un apremio que no se molestó en disimular.

—Hoy mismo, señorita. Parten barcos a diario hacia el puerto de Dublín —acotó—. No me será difícil embarcarme en uno de ellos. Con dinero, todo es posible —dijo, y señaló los talegos.

—Bien, bien —susurró Manon.

* * *

La muerte acechaba a Anne-Sofie Neville, por lo que Burlington Hall se hallaba sumido en las sombras e invadido por un tenso mutismo. Porter-White decidió escabullirse por la puerta trasera y salir a la calle, donde se encontró con una mañana fría y nublada. Caminó hasta Piccadilly. Compró *The Times* a un chiquillo que lo agitaba en el aire y pregonaba la noticia del titular: el nombramiento del nuevo primer ministro Robert Peel. A él no podía importarle menos de Peel; solo quería constatar que, por tercer día consecutivo, se hubiese publicado el manifiesto redactado por Disraeli, el que defendía la solvencia y la honestidad de la Río de la Plata Mining & Co. Para su profundo disgusto, comprobó que el anuncio desacreditándola también figuraba en una de las páginas principales.

Consultó la hora: casi mediodía. Se dirigió a las oficinas de O'Brian en Gilbert Place. Le había enviado una esquela convocándolo; tenía novedades, aseguraba. Llegó al local y alzó la vista para apreciar la modesta marquesina colocada pocos días atrás, que rezaba: New Wales Mining & Co. La embellecía además el diseño de un reloj de leontina, «porque el tiempo es lo único que el oro no puede comprar», le había explicado el irlandés.

Saludó a los empleados, a los que había conocido tiempo atrás en una cena en lo de O'Brian, y se encaminó hacia la oficina del irlandés, que lo recibió con la usual alegría. Él mismo le sirvió un té antes de pasar a detallarle los últimos avances de la gran empresa que significaba el transporte de los mineros y de la maquinaria al otro lado del océano.

—Partirán en un bergantín desde el puerto de Cork —informó O'Brian—. El *Padrig* —puntualizó, y deslizó sobre el escritorio el contrato que había firmado con el capitán.

—¿Cuándo zarpa? —preguntó Porter-White mientras le daba una lectura rápida al documento; le interesaba saber en qué cifra se había fijado el costo del alquiler.

—Eso dependerá de cuándo llegarán los mineros a Cork. Mi agente en Dublín está convocándolos. Apenas estén todos reunidos, los conducirá a Cork. Necesitaré más dinero para afrontar varios pagos.

—La venta de las acciones sigue muy estancada en París —se lamentó Porter-White— y la de Londres cayó desde que se publicaron esos anuncios en los periódicos.

—Los de Disraeli no están haciendo efecto, ¿eh?

—No como supusimos —admitió Porter-White.

—Tendríamos que publicar uno contundente que ponga de manifiesto la seriedad del proyecto. Tal vez anunciar el viaje de los mineros sería una buena idea —sugirió.

Un empleado trajo los mamotretos donde llevaban el libro diario y los movimientos y los saldos de las cuentas y se pusieron a analizar el estado financiero, bastante comprometido.

—Con el nombre del bergantín, ya puedes escribirle a tu asistente en Buenos Aires para que se prepare a recibirlos —sugirió O'Brian.

—Lo haré hoy mismo.

—Al arribo, necesitarán un lugar donde pasar unas semanas antes de que se pueda organizar el transporte que los conduzca al Famatina —puntualizó el irlandés—. ¿Qué novedades has recibido de tu asistente? ¿Qué se sabe de Rosas?

—Según Antonino Reyes, podemos avanzar con la explotación. Asegura que la documentación que tenemos así lo avala —añadió, e intentó ocultar las dudas.

—Bien, bien —masculló el irlandés, y se perdió en una cavilación mientras se acariciaba la nariz, justo en la cicatriz—. Visitaré a Disraeli y le pediré que prepare un artículo para publicar el día en que los mineros zarpen hacia Sudamérica —resolvió—. Eso convencerá a varios inversionistas indecisos —pronosticó.

—Excelente idea —acordó Porter-White.

Regresó temprano a Burlington Hall. Apenas traspuso la puerta, percibió el ambiente ominoso que invadía la casa. Algunos miembros de la familia aguardaban el desenlace en una de las salas de la planta baja; otros se congregaban en torno a la puerta de la moribunda. Allí se encontró con Alba, que le lanzó una mirada desafiante y enojada.

Catrin salió del dormitorio de Anne-Sofie, y el instante en que la puerta estuvo entreabierta, avistó a Alexandrina y a Manon, las dos en la cabecera de la cama. Del otro lado se hallaba el cirujano, el tal Dennis Fitzroy. Catrin, que acarreaba una palangana con agua sanguinolenta, pasó junto a él y le lanzó una mirada elocuente. La siguió manteniendo cierta distancia. Una vez que alcanzó la escalera de la servidumbre, la muchacha se detuvo y lo esperó.

—Creo que algo importante ha ocurrido dos días atrás —susurró la joven con aire conspirativo—, el lunes por la tarde —especificó—. La señorita Manon habló con su tía Anne-Sofie sobre algo que le provocó una gran desazón.

—Está muriendo —señaló Porter-White con el timbre impaciente del que indica lo obvio.

—No se trata de eso —rebatió Catrin—. Entre la servidumbre se susurra que, años atrás, la señora Alexandrina y el conde de Stoneville fueron amantes.

—¡Cómo! ¿Por qué no me lo has dicho antes, muchacha necia?

—Porque no sabía si era cierto. La zona de la servidumbre es un hervidero de chismes; más de la mitad son inventados. Yo, a su señoría, quiero informarlo con la verdad.

—Está bien, está bien —la apaciguó—. Dime qué más has averiguado.

—Por el momento, solo eso.

—Estate atenta. Cualquier cosa, por más insignificante que la juzgues, vienes y me la dices.

—Sí, señor.

* * *

Manon bajó a la cocina y supervisó la confección de la guirnalda de hojas de laurel y de boj a cargo del jardinero. La colgarían en la puerta principal de Burlington Street para anunciar el deceso de Anne-Sofie. Por fin, había cesado de batallar contra la muerte y se había rendido durante la madrugada de ese jueves 11 de diciembre. Le ordenó a la señora Hull, el ama de llaves, y a Stephen, el mayordomo, que se ocupasen de cerrar las ventanas del frente de la casa, de cubrir los espejos con lienzos de crespón negro y de preparar la sala azul para el velatorio. Le molestaron las miradas compasivas que le destinaron. Estarían pensando que había perdido a dos seres queridos en el lapso de pocos meses, primero su hermano Archibald, ahora su tía Anne-Sofie, y que debía de ser un golpe demasiado duro de sobrellevar.

La invadía una pena muy profunda, en especial porque su tía, con el último aliento, había pedido por su esposo, que seguía en el continente tras el cuadro de Artemisia Gentileschi y de la copa de Licurgo. Manon subió al último piso, donde se encontraba la *nursery*, para echarle un vistazo al pequeño Ally; lo había descuidado en los últimos días de agonía de Anne-Sofie. La recibió con los bracitos abiertos y caminando hacia ella con esos pasos inestables que tanta gracia le causaban. Lo alzó y lo besó en el cuello para arrancarle carcajadas. Nuala los observaba con una sonrisa apacible mientras acomodaba la ropita del niño.

Manon se volvió cuando la puerta se abrió a sus espaldas. Era Alexandrina.

—No lo hagas reír —le ordenó con una voz congestionada por el llanto—. Es una falta de respeto hacia mi tía Anne-Sofie.

—No seas ridícula —replicó Manon, y su áspera respuesta, tan inusual a su carácter, las asombró a las dos, a su cuñada y a la vieja niñera—. ¿Qué sabe él de la muerte o del respeto por los muertos? A tía Anne-Sofie no la habría ofendido, todo lo contrario.

El rencor hacia Alexandrina crecía sin remedio. Por más que su abuela había intentado ablandarle el corazón haciéndole ver la difícil situación en la que su cuñada se había metido al quedar embarazada, ella seguía condenándola. Abandonar a un hijo le resultaba una acción execrable, nefanda, cobarde, aborrecible, abominable, deleznable. La mente se le llenaba de apelativos que le alimentaban el odio. Se sentía a gusto odiándola. Pero también seguía temiéndole, en esas nuevas circunstancias más que nunca. Una idea había anidado en ella y la perturbaba hasta las lágrimas: ¿Y si Alexander decidía casarse con Alexandrina para brindarle un hogar a su hijo? Quien no lo conociese habría desestimado el pensamiento por absurdo. Pero ella, que lo conocía profundamente, estaba segura de que, por un hijo, Alexander Blackraven habría sido capaz de cualquier cosa.

—Dame a mi hijo —exigió Alexandrina—. Quiero que se despida de tía Anne-Sofie.

—¡De ninguna manera! —se opuso Manon, y se alejó con el niño en brazos—. Le causará una fuerte impresión, se asustará. No es la tía Anne-Sofie que él conoce.

—¡Dámelo, es mío! ¡Soy su madre!

—Su madre —mascculló Manon con evidente sorna.

—¡Sí, su madre! ¡Dámelo!

—Drina, por favor —intercedió Nuala.

—¿Qué está ocurriendo aquí?

Las tres —Manon, Alexandrina y Nuala— se dieron vuelta al unísono. Sir Alistair, detenido bajo el umbral, alternaba vistazos entre las más jóvenes.

—¡No quiere darme a mi hijo!

—Baja la voz —la conminó Manon—. Estás asustándolo. —A su abuelo le explicó—: Quiere llevarlo a despedirse de tía Anne-Sofie. Es absurdo e innecesario. Ally se va a asustar. Podría causarle una fuerte impresión.

Alistair empleó el bastón con la empuñadura en forma de cabeza de toro para indicarle a su nieta:

—Devuélvele a su hijo.

—Abuelo…

—¡Devuélveselo! —se impuso con una severidad que jamás empleaba con ella—. Y tú, Drina, ¿cómo se te ocurre llevar a mi bisnieto a ver a su tía abuela muerta? Déjalo aquí, tranquilo con Nuala. ¿Para qué quieres exponerlo a tanto dolor? Ya tendrá tiempo para sufrir, te lo aseguro. Por ahora, déjalo en paz.

Manon le entregó el niño sin mirarla; eso también había notado en los últimos tiempos, que le resultaba imposible mirar a Alexandrina directo a los ojos. Caminó hacia la puerta. Su abuelo la detuvo.

—Acompáñame abajo —le pidió, y se sujetó de su brazo.

Caminaron en silencio por el corredor. Al llegar a la cima de la escalera, sir Alistair la aferró por la barbilla y la obligó a mirarlo.

—¿Por qué eres tan hostil con Drina?

—La detesto —respondió con una pasión que a ella misma sorprendió.

Las espesas y blancas cejas de sir Alistair se elevaron en un gesto de abierto asombro.

—¿Por qué? —preguntó con timbre desconcertado.

«¡Oh, abuelo! ¿Preguntas por qué? Porque rompió el corazón del hombre al que amo, porque abandonó a su hijo recién nacido en un convento y porque hizo profundamente infeliz a Archie», le habría respondido.

—Porque es banal y, con su banalidad, lastima a los demás —expresó por fin—. Hizo muy infeliz a Archie. No lo amaba, y él lo sabía. Se dejó morir. No luchó por vivir porque sabía que ella no lo amaba. Yo se lo pedí, le pedí que luchara por mí, pero no lo hizo. Yo no era suficiente para él. Él solo… —Se le cortó la voz y se echó a llorar.

Sir Alistair chasqueó la lengua y la abrazó. Manon se aferró a él y siguió llorando. Oía que los sirvientes pasaban por ahí, pero no se molestó en contenerse. Debía de estar dando un espectáculo lamentable. Se suponía que una persona tan encumbrada como ella no debía expresar sus emociones en público ni siquiera en el día de la muerte de su querida tía Anne-Sofie.

Capítulo XXII

A una semana de la muerte de su tía Anne-Sofie, Manon y Aldonza se dirigían a la zona de Clerkenwell. Iban a visitar a Timothy al hospicio.

—¿En qué piensas, cariño?

—En Alexander —dijo Manon—. Hace casi dos meses que partió. Me pregunto cómo estará. Pienso también en el señor Bronstein. No he recibido noticias suyas. Estoy preocupada.

—Partió el 10 —le recordó Aldonza—. Hoy es 19. Han pasado pocos días para recibir noticias. Ten fe.

La tarde con su primo le devolvió en parte la alegría. Se despidió de él animada, con la promesa de regresar el 25 con dulces y confituras para celebrar la Navidad. Hizo el recorrido de vuelta convencida de que pronto tendría a Roger Alexander entre sus brazos.

Apenas entraron en Burlington Hall, la alegría comenzó a resquebrajarse. Stephen las recibió con una mirada cargada de angustia.

—Se trata de sir Percival, señorita Manon.

—¿Qué ha ocurrido? —preguntó su abuela, pues ella no fue capaz de esbozar un sonido.

—Se ha descompuesto. Lo han traído hace una hora de la Casa Neville. Pide por su merced, señorita.

Manon, con Stephen que corría a su lado, iba entregándole la capota, los guantes y el abrigo.

—¿Han llamado al médico? —lo interrogó.

—El doctor Burton está con él en este instante.

—Manda por el señor Dennis Fitzroy. De inmediato —ordenó.

—Enseguida —afirmó el hombre.

—¡Oh, abuela! —susurró delante de la puerta de la habitación de su padre—. No podré soportar perderlo a él también.

Apenas entraron, percibieron el olor punzante del vómito y el frío rígido que penetraba por la ventana abierta de par en par. Sir Alistair caminó hacia ellas con una expresión de profunda congoja.

—¿Qué ha ocurrido? —lo interrogó Aldonza.

—Hace dos días que está con diarrea y con un malestar estomacal y no se lo ha dicho a nadie. Hoy se desvaneció en su oficina. —Hizo una pausa antes de añadir con miedo evidente—: Podría tratarse de cólera.

Manon movió la vista hacia la cama donde yacía su padre. Burton le practicaba una sangría. Había creído que su piel cerosa y su falta de vitalidad se debían a los duros golpes recibidos en los últimos tiempos. Por esa razón había ido postergando el tema del traslado del oro. Ahora comprendía que estaba enfermo. Muy enfermo. Quizá del mismo mal que se había llevado a su madre. «¡No me lo quites a él también!», pidió sin saber a quién se dirigía. «¡No lo soportaría!», se convenció.

Sir Percival la llamó. Manon se precipitó junto a la cama. Burton se apartó para hablar con sir Alistair y con Aldonza.

—¿Cómo te sientes? —le preguntó Manon mientras le besaba la mano.

—Débil. Quiero que hablemos.

—Ahora reposa. Hablaremos más tarde, cuando estés mejor.

Su padre bajó los párpados y descansó la cabeza en la almohada. Manon se sentó en la silla que le aproximó el valet de su padre e, inclinada hacia delante, se quedó mirándolo. Sostenía la mano húmeda y fría de sir Percival y se la pegaba a la mejilla. Se lo veía vulnerable hundido en el lecho, con la piel mortalmente pálida y los labios resquebrajados. Tomaba inspiraciones cortas y superficiales, que a ella le provocaban una sensación de ahogo. No recordaba haberlo visto tan indefenso. A medida que comprendía la gravedad de la situación, un miedo paralizante la dominaba y la llevaba a imaginar trágicos escenarios. «¿Qué debo hacer?», se preguntaba una y otra vez.

Llegó Dennis Fitzroy y, aunque sir Alistair y Burton pusieron mala cara, lo dejaron intervenir. Tras una revisión concienzuda, el cirujano se aproximó a Manon y a Aldonza y les habló en susurros.

—Tiene la lengua saburral, por lo que estimo que se trata de un grave problema gástrico —diagnosticó—. Está muy débil. No han debido sangrarlo. Debería tomar una infusión preparada con estas hierbas —recetó, y extrajo una bolsita de muselina, de la que se ocupó Aldonza.

Sir Percival se había incorporado para vomitar en una bacinilla que le sostenía su valet. Manon lo observaba con desesperación. Aldonza regresó con la infusión. Burton, furioso por la interferencia, ordenó que no se la dieran. Manon se impuso, sir Alistair protestó, pero no doblegó la determinación de su nieta. Burton se retiró dando un portazo. Aldonza se sentó junto a la cama para darle la tisana.

Manon se retiró una vez que su padre, tras haber bebido media taza, se quedó dormido. Con la promesa de Fitzroy de que se quedaría velando por sir Percival, abandonó el dormitorio. En el corredor, cerró los ojos e inhaló una gran porción de aire para quitarse el olor a vómito de la nariz. Al abrirlos, vio que Alba se aproximaba con el gesto desencajado.

—¡Oh, Manon! Acabo de regresar de la calle y Stephen me ha dicho que sir Percival está mal.

Aunque le costase aceptarlo, entrevió sinceridad en los oscuros ojos de la mujer. Se le ocurrió que si su padre estaba enamorado de ella, quizá verla lo animaría.

—Ahora duerme, pero si quieres, puedes entrar y hacerle compañía.

—¡Gracias!

Alba Porter-White entró, y Manon se alejó a paso veloz, meditando que nunca la llamaban por su apellido de casada, Acevedo. Entró en su habitación, donde Catrin se ocupaba de ordenar la ropa íntima. Le ordenó que fuese a buscar a Belloc. La muchacha abandonó su tarea y corrió a buscarlo. Manon se sentó al escritorio y dispuso los avíos de escritura. Tenía que redactar dos esquelas, la primera a su amiga Isabella Blackraven.

Thibault se presentó y Manon, con una gran sangre fría, le expuso la situación. Como siempre que estaban solos, le habló en francés.

—Esta misma noche sacaremos el oro de la bóveda.

Belloc le destinó una mirada ceñuda.

—No tenemos nada preparado —le recordó.

—Lo llevaremos al sótano del sombrerero Harris, en su local del Royal Exchange —dijo, y el gascón levantó las cejas, azorado—. Está a pocas varas de la Casa Neville. Después veremos cómo y cuándo lo transportaremos al puerto. Quiero sacarlo del banco.

—Es una medida apresurada —intentó disuadirla—. Estás actuando sin pensar, conmovida por la situación.

—No podemos saber si la Serpiente se hizo alguna vez de la llave de la bóveda. Ha tenido acceso ilimitado a esta casa y a la sede del banco. Nadie lo ha controlado. Su hermana Alba ha entrado y salido cada noche de la alcoba de mi padre —añadió—. Estoy harta de que esos dos vayan siempre un paso delante de nosotros.

Belloc, con aire vencido, asintió.

—Dime qué tengo que hacer.

Manon regresó a su escritorio y retomó la escritura de la nota para Isabella. Después redactó una para el señor Harris. *Sé que estoy poniéndolo en un gran aprieto, pero en esta hora desesperada requiero la asistencia de aquel a quien considero un amigo*, escribió antes de firmarla y sellarla. Tomó las dos esquelas y se las entregó a Thibault.

—Precisaremos de todas las manos honestas que puedan ayudarnos —declaró Manon—. Tú, Sweeney, Robinson, Mayo, Ignaz Bauer, la tripulación del *Creole*... Todos.

—Los hijos del sombrerero Harris son jóvenes y saludables —apuntó Belloc, y Manon asintió—. Además, he visto que emplean unas carretillas para trasladar los pesados retales. Nos serán útiles para cargar las cajas con lingotes y monedas.

—Manos a la obra, entonces —dispuso Manon, y, en un acto impulsivo, abrazó a su fiel sirviente y le susurró—: Cuídate. No sé qué haría sin ti.

—Ocúpate de sir Percival. Yo me haré cargo de esto.

* * *

Manon transcurrió la noche junto a la cama de su padre. Sir Alistair, Aldonza y el cirujano Fitzroy jamás se movieron de su lado. Al amanecer, cuando comprendió que la situación era irreversible, Manon se retiró para escribirles a su hermana Cassandra y a sus tíos. Leonard probablemente, y con suerte, estaría de camino hacia Londres después de haber recibido, en alguna de las capitales europeas, uno de los tantos mensajes que le envió con motivo de la muerte de Anne-Sofie.

Se encontraba en la biblioteca de la planta baja, entregándole a Stephen las cartas, cuando apareció Belloc. Dio un vistazo rápido al reloj de pared: eran casi las ocho de la mañana. Despidió al mayordomo y se aproximó deprisa al gascón.

—Luces cansado. Ven, siéntate. Desayunarás aquí. —Tiró de un cordel y el ama de llaves se presentó de inmediato—. Señora Hull, traiga café, huevos y arenques asados, por favor.

—Enseguida, señorita.

Esperó a que la mujer cerrase la puerta para dirigirse a Belloc.

—¿Cómo salió todo?

—Creo que el sombrerero Harris nunca ha prestado un servicio con mayor entusiasmo —comentó Thibault, y Manon esbozó una sonrisa que reflejaba el consuelo que esas palabras significaban—. Me repitió varias veces que la vida le concedía la oportunidad de devolverte en parte todo el bien que les has hecho a él y a su familia. Estaba muy agradecido —acotó con más seriedad—. Isabella y sus hombres fueron de inmensa ayuda también.

—¿Vaciaron la bóveda por completo?

—Fue una gesta que solo pudimos completarla en tan pocas horas porque nos impulsaban la lealtad y el cariño que te tenemos.

Manon percibió un tirón en la garganta y un calor neblinoso en la vista. Apoyó la mejilla en el hombro de su fiel sirviente y lloró quedamente en sus brazos.

—Thibaudot, creo que perderé a mi padre.

—Daría cualquier cosa por evitarte este dolor, adorada Manon, pero es la ley de la vida.

* * *

Isabella Blackraven se presentó en Burlington Hall cerca del mediodía. Había pasado la noche levantada, cargando cofres repletos del pesado oro Neville, y sin embargo se la veía despierta y activa.

—Edward está ocupándose de contratar las carretas que empleamos para la carga de nuestros barcos —le comentó—. Apenas estén disponibles, realizaremos el transporte desde lo de Harris hasta el *Creole*. ¿Cómo está tu padre?

—Muy mal. Tiene cólera, la misma enfermedad que se llevó a mamá. —Las amigas se abrazaron—. Gracias por lo que estás haciendo por mí.

—Lo que sea necesario —afirmó Isabella.

Más tarde, mientras sus tíos David y Daniel visitaban al hermano moribundo, Manon abandonó la habitación, incapaz de soportar su presencia. Un rato más tarde, y habiendo recuperado la serenidad, regresó a la habitación de sir Percival. Porter-White y Alba se habían unido al cortejo que rodeaba la cama del moribundo. Se le antojaron buitres, que acechaban para arrancar un pedazo de carne. Fitzroy, apartado, le lanzó un vistazo elocuente.

—Fuera todos —los echó—. Quiero estar a solas con mi padre.

Se retiraron mascullando en su contra. Manon ocupó la silla junto a la cabecera. Recogió la mano de su padre, laxa, sin vida, y la besó.

—No me dejes —le suplicó.

Sir Percival agitó los párpados. Resultaba evidente el esfuerzo que le implicaba el simple acto de abrir los ojos. Manon sonrió al volver a ver sus hermosos iris azules.

—¿Quieres un poco de agua? —le ofreció, y el hombre negó moviendo apenas la cabeza sobre la almohada.

—No confíes en nadie —musitó con gran dificultad, y Manon se inclinó sobre sus labios resecos para escucharlo mejor—. Irán por ti para quitártelo todo.

—Nadie me quitará nada —expresó con más optimismo que realismo.

—No he sabido protegerte.

—Me has protegido toda la vida —lo contradijo Manon—. Quiero que te quedes tranquilo y que te repongas.

—Adorada mía —musitó—, cuida de Cassie.

—Siempre —respondió con vehemencia—. Y de Willy y de Ally. Ahora descansa.

Los ojos apenas entreabiertos de sir Percival se cerraron lentamente. Falleció poco después, a las seis y cuarto de la tarde.

* * *

—Amiga Manon —dijo Dennis Fitzroy.

Alzó el rostro y se secó las lágrimas. El cirujano se había deslizado dentro de la biblioteca, y ella, aturdida por el llanto y la pena, no lo había escuchado. Se había recogido en ese sitio buscando un momento para llorar a su padre y, sobre todo, para imponer distancia de los buitres que circundaban su cuerpo, todavía tibio en la cama, y que derramaban falsas lágrimas. La asqueaban.

—Señor Fitzroy, venga, siéntese aquí —lo invitó, y le indicó el sillón delante de ella. El cuáquero lo hizo, ocupó el asiento. Bajó la vista y se restregó las manos—. Dígame, señor Fitzroy —lo animó.

—No es fácil hablar de esto —confesó—, pero creo que tu padre no ha fallecido a causa del cólera.

—¿No? —se inquietó Manon.

—No. Sus síntomas corresponden a ese morbo, sí, pero la cuestión carece de lógica. No estamos en medio de una epidemia, como ocurrió en el 30. Por supuesto, eso no significa que la enfermedad haya desaparecido, lejos de eso —acotó con énfasis—. Pero es una enfermedad que suele comenzar en los barrios más pobres, donde las condiciones son misérrimas.

—¿Qué sugiere?

—Todavía nada. Pero quería pedirte la autorización para practicarle una autopsia a su cuerpo. Verás —se apresuró a agregar al notar el gesto repentinamente demudado de Manon—, los síntomas del cólera son fácilmente confundidos con…

—¿Con qué, señor Fitzroy? —lo urgió Manon.

—Con envenenamiento por arsénico.

—¡Santo cielo! —Se puso de pie; el cirujano la imitó—. ¿Y usted podría probarlo a través de una autopsia?

—Sí, podría. Un gran amigo mío, un eximio químico, James Marsh es su nombre, ha inventado un sistema para detectarlo. Tienes que saber que el arsénico es uno de los venenos más empleados. Es inodoro, lo que permite incorporarlo fácilmente en los alimentos y en las bebidas, y no deja rastro en el cuerpo.

Llamaron a la puerta. Manon hizo una seña a Fitzroy con la que le pidió discreción. Eran Aldonza y Thibault. Enseguida los pusieron al tanto de las sospechas del cirujano.

—*Poudre de succession*, así lo llaman en Francia —recordó Belloc.

—Polvo de sucesión —tradujo Manon para Fitzroy—. ¿Podría realizar usted mismo ese examen?

—No, pero planeaba convocar a mi amigo. Respondo por su integridad.

—Debemos hacerlo pronto —indicó Thibault—. Tus tíos ya están hablando de convocar a la compañía de pompa fúnebre.

Una férrea determinación transformó las líneas del rostro de Manon. Se recogió el ruedo del vestido y corrió escaleras arriba. Irrumpió en la habitación de su padre, le arrebató el bastón a su abuelo y lo blandió delante de sus parientes. Los amenazaba con los puntiagudos cuernos de la empuñadura.

—¡Fuera todos, caterva de aves negras! —los insultó—. ¡Fuera o sabrán de qué soy capaz!

—¿Te has vuelto loca, criatura? —se horrorizó su tía Charlotte.

—¡No, loca no! Me he quitado la careta. ¡Fuera! Aquí nadie dispondrá qué hacer con el cuerpo de mi padre excepto yo, su hija. ¡Fuera!

* * *

James Marsh, el químico amigo de Fitzroy, llegó a Burlington Hall unas horas más tarde. Se trataba de una noche lluviosa y fría, y la casa, sumida en un extraño silencio, parecía deshabitada. Belloc lo guio escaleras arriba. Habían decidido, para evitar propiciar sospechas y chismes entre la servidumbre, realizar la autopsia en la habitación donde había fallecido, sobre la misma cama, a la que habían protegido con un enorme hule que Belloc empleaba para cubrir las maletas en la baca del carruaje.

Marsh presentó sus condolencias a Manon con infinita delicadeza. No perdió tiempo y, ayudado por Fitzroy, desplegó las ominosas herramientas sobre un lienzo y procedió al armado de un extraño artilugio, en el que se destacaban un matraz en forma de bola, una bureta y un mechero.

—Les recomiendo que esperen en otro sitio —sugirió Fitzroy—. Es un proceso desagradable y lleva tiempo.

—Esperaré aquí —decidió Manon, y señaló un sector apartado del dormitorio.

Aldonza y Thibault se acomodaron a su lado. Su abuela se alejó hacia un pequeño escritorio próximo a la puerta de la recámara contigua, un área sumida en la penumbra. Manon forzó la vista para vislumbrar la silueta de la mujer, que se inclinaba sobre el mueble y tanteaba en su interior. Un chasquido llegó hasta sus oídos seguido por una reprimida exclamación triunfal de Aldonza, que regresó y se sentó a su lado.

—¿Qué buscabas, abuela?

—Esto —respondió la mujer, y le mostró una llave; la reconoció enseguida: era la de la bóveda de la Casa Neville—. Ahora tenemos las tres llaves en nuestro poder —declaró—. Thibaudot tiene la suya y yo tengo la tuya —dijo, y rozó la bolsita de grisgrís.

—A menos que la Serpiente haya conseguido hacerse de una copia —objetó Belloc, a lo que Aldonza replicó:

—Estamos en las manos de Dios. —Se dirigió a su nieta para preguntarle—: ¿Dónde piensas guardarla? —Sin esperar una respuesta, resolvió—: Haremos como hace mi gente, que guarda las cosas de valor en los ruedos de las chaquetas y de los pantalones.

Manon, sin ánimo para pensar en alternativas, asintió. Alrededor de las seis de la mañana, James Marsh, seguido por Fitzroy, se aproximó con una probeta en la mano. Los tres se pusieron de pie.

—Señorita Neville, lamento informarle que su padre ha sido víctima de un envenenamiento por arsénico. —Levantó el tubo de cristal a la luz de una bujía y le señaló el fondo teñido de una tonalidad plateada—. El arsénico en los órganos de su padre ha producido arsina, un gas muy volátil, que, al quemarse, imprime una huella de apariencia espejada, como claramente se aprecia aquí.

Manon se tambaleó, de pronto mareada. Fitzroy y Belloc se apresuraron a sostenerla.

—Lo siento, amiga Manon.

—Era solo lógico —musitó.

Capítulo XXIII

El lunes 29 de diciembre tuvo lugar la lectura del testamento de sir Percival en el bufete de sir Albert Lamb, para sorpresa de Manon, pues se trataba del notario de su tío Charles-Maurice, con el que ella había redactado su última voluntad. Había creído que sir Percival empleaba al letrado de la Casa Neville, el que los asistía desde hacía décadas.

Paseó la mirada por el suntuoso y al mismo tiempo sobrio salón, y comprobó que estaban todos, incluso su hermana Cassandra, su tío Leonard y Tommaso Aldobrandini, recientemente llegados del continente. También habían sido convocados algunos fieles y antiguos empleados de la Casa Neville, como Ross Chichister e Ignaz Bauer.

El o los asesinos de su padre se encontraban allí, presentes, no tenía duda. Todos se mostraban compungidos, pero solo unos pocos sufrían verdaderamente. Los demás enmascaraban la indiferencia, el rencor, incluso la dicha. Pero ¿quién lo había deseado muerto? «*Cui bono?*», se preguntó, y recordó la ocasión en que su tío Charles-Maurice le había explicado que cuestionarse acerca de los beneficiarios de determinado hecho era el camino más rápido para descubrir a los culpables. Aunque por un lado resultaba lógico que uno de la talla de su padre despertase odios y codicias, tan acendrados para acabar con su vida, por el otro la juzgaba una estrategia sin sentido. Le daba vueltas al asunto desde que el químico James Marsh le había confirmado la sospecha de Fitzroy, que su padre había sido envenenado con arsénico, y no acertaba con la respuesta. Nadie se beneficiaba, excepto ella, que heredaría el grueso de la fortuna. Entonces, ¿por qué lo habían asesinado?

En ocasiones se reprochaba no haber formalizado la denuncia ante Scotland Yard. El propio Marsh la disuadió al explicarle que su procedimiento para detectar el arsénico había sido desestimado el año anterior durante un juicio. Como consecuencia, el acusado, un muchacho que había envenenado el café del padre, acabó absuelto amparado por el principio de la duda razonable. Al preguntarle dónde podía conseguirse el arsénico, el químico profirió una interjección y elevó los brazos en un gesto resignado. Se conseguía en cualquier botica o negocio de ramos generales. Se empleaba en afeites, en medicamentos y en el veneno para ratas.

Sin la posibilidad cierta de demostrar el envenenamiento, se convenció de que era mejor mantener reserva sobre la verdadera causa de la muerte, de lo contrario, el escándalo habría devastado todo a su paso, en especial la Casa Neville, que ya sufría las consecuencias de la desaparición de su presidente. Chichister y Bauer, que administraban el banco en su ausencia, le confesaron que cada día varios clientes cerraban sus cuentas. Temían que la Casa Neville se hubiese convertido en un «barco sin timonel».

Cassandra, sentada a su lado, le apretó la mano para indicarle que prestase atención; sir Albert Lamb acababa de entrar en la sala. Las hermanas se miraron a los ojos, se sonrieron. Cassandra había regresado de Bath convertida en una persona triste y silenciosa. Con ella, se comportaba como la hermana cariñosa del pasado. A su esposo y a su cuñada, en cambio, los evitaba; de hecho, en ese momento, los Porter-White ocupaban asientos en el otro extremo del salón.

El notario observó los rostros frente a él antes de colocarse las gafas. Se aclaró la garganta.

—Este sobre —dijo, y lo elevó para que todos lo viesen— contiene el testamento de sir Percival, redactado el 30 de septiembre pasado, luego de que su hija menor, la señorita Manon Neville, apenas regresada de China, le anunciase el deceso de su primogénito, Archibald Neville. Procederé a la lectura. —Carraspeó una vez más y comenzó a leer—. Yo, sir Percival Rollo Charles Neville, barón de Alderston, en pleno uso de mis facultades mentales, y frente a mi abogado, sir Albert Lamb, y dos testigos de probada reputación, declaro a mi nieto Alistair Jacob Neville heredero del título de barón de Alderston y del de vizconde de Falmouth, este último en caso de que se encuentre en mi poder al momento de mi muerte, y de todas las tierras, propiedades y rentas que dichos títulos comportan, cuyo listado forma parte del presente testamento. —Sir Albert hizo una pausa y levantó la cuartilla para enseñar el mencionado catálogo de bienes—. Siendo mi nieto Alistair Jacob menor de edad, declaro como administradora de su fortuna a su tía, mi hija menor, Manon Gloriana Neville, desde este momento y hasta su cumpleaños número veinticinco. —El hombre hizo una pausa y sorbió un trago de agua. Volvió a aclararse la garganta antes de retomar la lectura—. A excepción de las donaciones y de los legados que detallaré al final del presente documento, declaro a mi hija menor, Manon Gloriana Neville, única heredera del resto de mis bienes, que comprenden, entre otros, y a modo enunciativo, pero no exhaustivo, la Neville & Sons, sus sedes de París, Nápoles y Fráncfort, las existencias de metales preciosos, la participación accionaria en el Banco de Inglaterra, la flota de barcos, la colección completa de arte y de objetos de anticuariado y la mansión familiar llamada Burlington Hall. El resto de los bienes formará parte de un anexo al presente. —Otra vez, sir Albert elevó una cuartilla con una lista—. Asimismo, y confiando en la infinita bondad y sensatez de mi amada Manon, me marcho en paz sabiendo que ella proveerá al bienestar y a la seguridad de mi amada hija Cassandra Elvira Mary Porter-White y de mi nieto William Percival Porter-White. Sin perjuicio de esto, mi hija Cassandra seguirá percibiendo la renta de dos mil libras anuales estipulada en su contrato matrimonial y hasta el día de su muerte, a partir del cual, la dicha renta cesará.

La lectura prosiguió durante una tediosa media hora, en la que se detallaron legados para los sobrinos y algunos empleados, entre ellos Thibault Belloc, que recibió una renta vitalicia de trescientas libras anuales. Se impuso un ensordecedor mutismo cuando el notario anunció que había finalizado. Manon se puso de pie y, seguida por las miradas atónitas de los familiares y de los empleados, aun del propio sir Albert Lamb, caminó, muy digna, hasta plantarse frente a la pequeña concurrencia. El vestido completamente negro, lo mismo que el tocado de luto que el señor Harris le había confeccionado para la penosa ocasión, le exacerbaban la palidez de las facciones consumidas por el llanto y los días de ayuno.

—Como acaban de escuchar —dijo, y su voz firme desentonó con su aspecto frágil—, mi padre, que en paz descanse, me ha dejado el grueso de su fortuna. Aprovechando que están todos reunidos hoy aquí, les comunico que tiempo atrás yo también hice testamento. —Se alzó un murmullo cargado de perplejidad. Sus familiares intercambiaron miradas y expresiones de azoro—. Sepan que, en caso de mi muerte, sea natural o no… —El auditorio irrumpió en exclamaciones de protesta y de asombro, por lo que Manon alzó la voz para reiterar—: En caso de mi muerte, la totalidad de mis bienes será destinada a la Asociación de Amigos Hospitalarios. —Dedicó una mirada cargada de significado a sus tíos y la detuvo finalmente en Porter-White, que la contemplaba con una seriedad desconocida—. Sir Albert —señaló al notario con un delicado movimiento de la mano— se encuentra en posición de ratificar mis palabras pues ha sido el responsable de la redacción de mi última voluntad. Gracias por escucharme. Les deseo buenos días —dijo, y se marchó.

Su abuelo se puso de pie con presteza y la siguió a un paso veloz acompañado por el sonido constante del bastón sobre la madera del suelo.

* * *

—Thibaudot, llévame a lo del señor Harris —ordenó Manon apenas salieron del bufete de sir Albert.

—Sí, mi niña.

—¿No regresas conmigo a Burlington Hall, cariño? —la interrogó sir Alistair, y le destinó una mirada entre preocupada y afligida.

—No, abuelo. Ve tú con Cassie. Yo tengo cosas urgentes que hacer.

El anciano, ya golpeado por la muerte del nieto, y que desde el fallecimiento de su primogénito había envejecido veinte años, asintió con ojos caídos y se alejó en dirección al carruaje.

En el lujoso local del Royal Exchange, la familia Harris, incluso los hijos, usualmente tímidos, la recibió con grandes demostraciones de afecto. Le reiteraron sus condolencias, que ya le habían presentado durante los funerales, y la condujeron a una salita destinada a los clientes importantes. La señora Harris insistió en que aceptara una taza de té y unos *scones* con crema y mermelada. Aldonza, preocupada por la inapetencia de su nieta, apoyó la moción de la gentil señora, y Manon claudicó frente a tanta presión. Tras un sorbo de té y un bocado del exquisito bollo tibio reconoció que el alma le había vuelto al cuerpo.

—Señor Harris —dijo Manon apenas los dejaron a solas—, sé que he abusado de su generosidad y de su amistad. Sé que les he impuesto, a usted y a su familia, una carga onerosa.

Manon no sabía a ciencia cierta si el sombrerero Harris conocía el contenido de las cajas selladas, pero era lógico suponer que lo sospechaba.

—¡Oh, no, no! —se escandalizó el hombre—. Ha sido una carga, si así elige llamarla, que hemos acarreado gustosos, porque nos ha consentido la posibilidad de ayudarla.

—No sabe cuánto, señor Harris. Pero pronto la desembarazaré de ella. Solo le pido un último favor: que sus hijos y usted estén prontos esta noche cuando Thibault y la señorita Blackraven vengan a retirar las cajas.

—Cuente con ello, señorita Manon.

Manon inclinó la cabeza en señal de agradecimiento y se puso de pie. Se despidió de la familia Harris y salió a Cornhill Street, la misma calle donde se erigía la Casa Neville. Le indicó a Belloc que caminaría las pocas yardas que la separaban del banco.

—¿Volverás tan pronto a trabajar? —se inquietó Aldonza—. No creo que sea prudente. Estás débil y exhausta.

—Es hora de que vuelva a ponerme al frente del timón de la Casa Neville. Alexander jamás abandonaría el *Leviatán* en medio de una tormenta.

Sweeney se ocupó del carruaje, mientras Manon, completamente de negro, y del brazo de Aldonza, caminaba por la principal arteria de la City, flanqueada por su fiel sirviente y por los otros dos con aspecto de matasietes. Los transeúntes le lanzaban vistazos perplejos y mascullaban sin preocuparse de mantener la voz baja.

—Ha regresado —se sorprendían.

—¡Es inaceptable! —la condenaban—. No respeta el luto ni la memoria del padre.

—Nunca respetó nada. ¡Una dama al frente de un banco! ¡Qué dislate!

—Es la hija de una actriz española, una papista.

—No luce nada bien.

—¿Será capaz de manejar la Casa Neville sin su padre?

Manon, que avanzaba fingiendo indiferencia, recibía cada comentario como un flechazo en el corazón. Se sinceró: tenía miedo; ella también albergaba dudas acerca de su capacidad para comandar la Casa Neville. Bajó los párpados y conjuró el rostro de Alexander. Lo imaginó sonriéndole y diciéndole que la amaba, y eso bastó para calmar el ardor en el pecho.

Al llegar al ingreso de la Casa Neville, alzó la vista para observar el imponente y arrogante escudo de su familia. «*Ne vile velis*», leyó, y torció la boca en una sonrisa cargada de ironía. Los Neville nunca se habían encontrado tan lejos del honrar la leyenda que pregonaban desde los tiempos de Guillermo el Conquistador.

Su entrada en la sede del banco no fue menos provocativa que su corta caminata por la City. Clientes y empleados por igual se giraban para verla avanzar por el amplio vestíbulo y formaban corro detrás de ella. Manon, nimbada de un halo de luz mortecina, presentaba el aspecto de una reina cuyo corazón carga con una herida mortal.

Entrar en el despacho que durante años había compartido con su padre destrozó la fachada de entereza que había desplegado segundos antes. La paralizó el miedo al futuro y la ahogó una sensación de absoluta soledad a la que la había lanzado la pérdida prematura de sir Percival. Se le nubló la vista. Caminó hacia el ventanal que daba sobre Cornhill Street y contempló el reloj de sol esculpido sobre la fachada del banco Child & Co. y coronado por una frase en latín: «*Omnes vulnerant, postuma necat*».

—Todas hieren, la última mata —musitó.

Aldonza se detuvo a su lado y la sujetó por la cintura.

—Ven, cariño, quiero que te sientes. Enseguida Nora nos traerá té y algo para comer. Lo necesitas, Manon —dijo, al comprender que se resistía.

Como siempre, su abuela le demostró que tenía razón. Se sintió mejor con la taza de té y el pastel de cordero de Nora. Aceptó otra taza del aromático té mientras sus empleados de confianza, Ignaz Bauer y Ross Chichister, la ponían al tanto de las cuestiones ocurridas durante su ausencia. Los observaba mientras le explicaban la necesidad de imprimir más papel moneda de una libra, cuya demanda no terminaba de subir, y meditaba: «¿Qué habría hecho sin ellos?».

—¿Qué saben de la Río de la Plata Mining & Co.?

Bauer y Chichister intercambiaron una mirada de entrecejos fruncidos. Chichister desplegó *The Times*. Hacía días que ella no leía los periódicos.

—El tal Disraeli ha estado escribiendo artículos cantando las loas de la minera de Porter-White. Días atrás anunció que la compañía estaba preparando el envío de los mineros en Sudamérica.

—Y hoy —intervino Bauer, y apuntó un artículo en la primera página de *The Times*—, anuncia que ayer, 28 de diciembre, el bergantín *Padrig* zarpó del puerto de Cork con destino a Sudamérica transportando treinta mineros y sus familias.

—¿Será cierto? —preguntó Aldonza con incredulidad.

—Según el registro de la Lloyd's —respondió Chichister—, es cierto. Ayer domingo partió un bergantín llamado *Padrig* desde el puerto de Cork con destino a Buenos Aires. Si transportaba los mineros o no, es harina de otro costal.

—La consecuencia de estas noticias es que, en la última semana, se produjo un aumento en la venta de las acciones de la Río de la Plata —comentó Bauer—. Y después de la publicación de este artículo, es probable que hoy haya abierto en alza.

—¿A cuánto cotizaba el sábado? —se interesó Manon.

—Un veinte por ciento sobre la par.

—Santo cielo —mascculló—. De nada sirvieron los anuncios anónimos advirtiendo de su riesgo y volatilidad.

—Has hecho lo que has podido —le recordó Aldonza—. Ahora te toca dejar el asunto en manos de Dios.

* * *

Manon regresó tarde a Burlington Hall después de su primer día en la Casa Neville tras la muerte de sir Percival. Precisó de una enorme fuerza de voluntad para cambiarse y bajar a cenar. No quería dejar solos a su abuelo y a Cassandra, que estaban muy deprimidos. Simulaba comer; lo poco que se llevaba a la boca le caía como una piedra en el estómago. No soportaba desviar la vista y descubrir el sitio vacío en la cabecera.

Alba Porter-White intentaba levantar los ánimos, sin éxito. Manon la observaba y se preguntaba si estaría involucrada en el envenenamiento de su padre. En honor a la verdad, ni a Alba ni a la Serpiente les habría convenido liquidarlo, en especial a Alba, que deseaba convertirse en la próxima lady Neville.

—Alba, ¿podrías callarte? —la interrumpió Cassandra, y se produjo un silencio atroz en torno a la mesa.

—¡Cassie! —la reprendió sir Alistair—. ¿Qué modos son esos?

—El timbre de su voz está perforándome la cabeza, abuelo —se justificó la joven.

Manon, tan azorada como el resto, estudió la expresión desconocida de su hermana, que le lanzaba miradas ominosas a Alba, a la que una vez había estado aficionada. Agradeció la ausencia de Porter-White; el instinto le marcaba que se habría vengado de Cassandra por el desprecio hecho a su hermana.

Un rato más tarde, de nuevo en el refugio en que se había convertido su dormitorio, le permitió a Catrin que le lavase el cabello. La muchacha se había comportado muy bien últimamente y le estaba agradecida. La confianza entre ellas crecía, y Manon se convencía de que contaba con su discreción. Era, además, astuta y había demostrado actuar con sensatez en determinadas circunstancias.

Catrin fue a la cocina a buscarle su infusión de valeriana. Manon se soltó el grueso rodete delante de la chimenea para secarse el cabello. Perdida en sus cavilaciones, dio un respingo cuando llamaron con dos golpes suaves. Invitó a entrar. Era Cassandra, que se sentó a su lado en el diván y le apoyó la cabeza en el hombro con la confianza y el cariño de los viejos tiempos, como si el año anterior la Serpiente y sus intrigas no hubiesen casi acabado con el amor que se tenían.

—No soporto esta casa sin papá —le confió Cassandra con la voz quebrada.

—Te comprendo, no sabes cuánto.

—Mañana regreso a Bath. Me llevo al abuelo.

—Aunque los necesito a los dos, creo que es lo más sensato —admitió Manon—. Temo por su salud. Las muertes de Archie y de papá han sido demasiado para él. También sufre por la de tía Anne-Sofie. A su modo, la quería.

—En Bath se alejará de todo lo que le recuerda a Archie y a papá —manifestó Cassandra—. Además, siempre se ha llevado bien con mis abuelos. —Cassandra entrelazó los dedos con los de su hermana. Se miraron a los ojos—. ¿Por qué no vienes tú también con el pequeño Ally? ¡Volveríamos a ser felices allá, todos juntos!

—Ahora no puedo. La Casa Neville depende de mí.

Cassandra asintió con la vista perdida en las llamas danzantes de la chimenea. Regresó Catrin con la valeriana. Le ofreció una a Cassandra, que declinó.

—Puedes retirarte a descansar, Catrin —indicó Manon—. Gracias.

—Buenas noches, señorita. Señora Porter-White —dijo a su vez, y practicó una genuflexión antes de marcharse.

En el mutismo que siguió, solo se oían el crujido de los troncos y el roce del cepillo en el cabello de Manon.

—¿Quieres contarme lo que sucedió en París?

Cassandra se puso de pie con un suspiro. Manon levantó el rostro a la espera de una respuesta.

—No, no es tiempo aún. Buenas noches —se despidió, y la besó en la frente.

—Buenas noches. Que descanses.

El chasquido de la puerta al cerrarse la crispó. Estaba tensa. Inhaló profundo, dejó caer los párpados y soltó el aire lentamente en un intento por distenderse. Bebió la valeriana, hipnotizada por el fuego, con la mente a miles de millas de Burlington Hall, en algún punto del Caribe, en la cubierta del *Leviatán*, mientras la recorría sintiéndose orgullosa de ser la prometida del capitán Alex. Evocar a Alexander la condujo irremediablemente a la cuestión que le quitaba el sueño: Samuel Bronstein y su viaje a Irlanda para recuperar al pequeño Roger. Aunque comprendía que solo habían transcurrido veinte días desde su partida hacia Dublín, la espera estaba tornándose insoportable.

Debió de quedarse dormida. Se despertó en el diván con un sobresalto, algo frecuente desde el ataque sufrido en Macao. La vela se había consumido, y la única fuente de luz la proporcionaban los troncos abrasados de la chimenea. Alguien llamaba a la puerta con evidente prudencia. Sabía que se trataba de Belloc. El corazón le dio un salto de alegría, pero también de aprensión. Se cerró el cinto de la bata y fue a abrir. Thibault, todavía cubierto con un largo gabán negro y una gorra de lana encasquetada hasta la mitad de la frente, le lanzó un vistazo furioso y entró sosteniendo una palmatoria.

—No habías echado llave —la reprendió—. ¿Cómo es posible, Manon?

—Estoy con la cabeza en cualquier parte. Discúlpame.

—¿Con qué cara me presentaría a Alexander si te sucediese algo malo?

—No me riñas. Están siendo días difíciles —se justificó.

—Difíciles serían para mí si alguna desgracia cayese sobre ti —replicó el hombre.

—Perdóname —susurró con un hilo de voz, y regresó al diván, donde se echó a llorar a pesar del esfuerzo por contenerse.

La superficie mullida del diván se hundió cuando Thibault se sentó a su lado. El hombre la ciñó entre sus brazos. Manon se aferró a él y siguió llorando.

—Eso es, mi niña preciosa, eso es —la animaba—, saca fuera todo el dolor.

Manon habría querido contarle que no soportaba la ausencia de su padre, que le resultaba intolerable la pérdida de su hermano, que la incertidumbre acerca del paradero de Roger Alexander estaba sumiéndola en un mar de angustia, que presentía no estar a la altura de las exigencias de la Casa Neville, que temía por la seguridad de Alexander. Le habría referido tantos otros pequeños detalles, pero no podía parar de llorar.

—Sí, sí —habló Belloc como si le leyese la mente—, sé que los problemas te atacan desde todos los flancos, pero tienes un ejército digno de ti, dispuesto a todo por ayudarte. Deberías haber visto qué bien ha resultado lo del traslado esta noche.

Manon emergió del abrazo y se secó las lágrimas en la manga de seda. Belloc le tendió un pañuelo.

—¿De veras todo ha salido bien, Thibaudot? —preguntó con acento gangoso.

—Sí, muy bien.

—Estaba tan preocupada. Me arrepiento de no haber ido. Les habría venido bien una colaboradora más.

—Hasta el señor Harris fue al puerto para echar una mano.

—¡Oh! —se sorprendió—. No esperaba eso de él, solo que estuviese pronto en su negocio para entregarles las cajas a los hombres de Ella.

—No hubo forma de convencerlos, ni a él ni a sus hijos. Marcharon en las carretas con nosotros. Y déjame que te diga que iban armados.

—¿El señor Harris armado? —Manon abrió grandes los ojos y rio cuando Belloc asintió imprimiéndole a su gesto una mueca graciosa—. ¡Oh, Thibaudot, qué buena noticia me has dado! El *Creole* ha zarpado, ¿verdad?

—Ya, sí. Urgía acabar con la carga antes de la medianoche, antes de la marea alta —puntualizó.

—Le pediré a la abuela que le rece a Santiago Matamoros para que proteja a Ella y a su tripulación.

—¿Desde cuándo te has vuelto creyente?

—Desde que todo parece estar fuera de mi control.

—Esto quizá te devuelva la sensación de que lo controlas todo —comentó el gascón con acento divertido y se desabrochó el cinto, del que colgaban tres pesados talegos.

Manon oyó el familiar tintineo de los soberanos de oro que se entrechocaban y sonrió. Le había indicado a Belloc que, antes de enviar el oro a las Sorlingas, extrajese tres bolsas, cada una con mil libras, para cualquier eventualidad. Como de costumbre, su fiel servidor había cumplido.

—Sabes lo que decía papá —le recordó—, no pongas todo tu dinero en el mismo bono ni en la misma acción. Por eso, lo mejor será que tú guardes una bolsa, otra la abuela y otra yo.

* * *

A Porter-White no lo sorprendió que, al día siguiente de la lectura del testamento de sir Percival, sus jefes lo convocasen a una reunión. Ya no se servían del aristocrático burdel Garden of Venus, por lo que emplearon un niño andrajoso, que lo abordó apenas puso pie fuera de la oficina de O'Brian en Gilbert Street y le entregó una esquela. Como de costumbre, lo citaban en Hockley-in-the-Hole, por la noche.

Desde su regreso de París, se movía con cierta libertad porque estaba seguro de que no lo seguían. Aún era un misterio quién había ordenado los seguimientos el año anterior. «Cástor y Pólux», dedujo. Desconfiaban de él.

La rutina se repitió: el cochero lo palpó de armas antes de autorizarlo a subir al carruaje anónimo. En el interior, lo recibió la densa nube de humo y el aroma punzante del tabaco. La portezuela se cerró, y el habitáculo se sumió en la oscuridad. La brasa del cigarro de Cástor se reavivó cuando este lo succionó con ímpetu y echó una luminosidad rojiza sobre sus facciones. El hombre soltó el humo y le preguntó, sin más:

—¿Quién asesinó a Percy Neville?

—El doctor Burton dijo que se trató de cólera —informó Porter-White.

—Cuidado, Julian —lo previno Cástor—, no quieras pasarte de listo con nosotros.

—Es la segunda vez que tomas una decisión irreversible sin consultarnos —señaló Pólux, siempre enmascarado tras un acento untuoso—. Primero, liquidaste a Trewartha y ahora a sir Percival.

—Y no te olvides del gran fiasco que fue el *accidente* de la princesa Ramabai —le recordó Cástor con acento irónico—. Trabajo muy chapucero —acotó.

—En cambio hizo un buen trabajo cuando eliminó al geólogo, el tal Turner —recordó Pólux en un despliegue de su consabido cinismo.

—No tienen pruebas para acusarme de ninguna de esas muertes, como tampoco del accidente de la princesa.

—Pero somos pocos y nos conocemos mucho —insistió Cástor—. Aquí todos sabemos que tú liquidaste a Percival. La pregunta es: ¿por qué?

—No sé por qué se quejan. Su muerte ha sido auspiciosa —masculló Porter-White—. Tarde o temprano, tenía que suceder.

—¡Su muerte tenía que acontecer en el momento preciso! —vociferó Cástor, y abrió apenas la cortinilla para lanzar el chicote todavía incandescente—. Su desaparición nos ha puesto en una difícil situación si tenemos en cuenta la jugada maestra de Manon al testar a favor de la Asociación de Amigos Hospitalarios. Ahora es intocable —razonó.

—¿Lo eliminaste como una venganza porque él te expulsó de la sede de Londres? —lo interrogó Pólux—. Si no es por esa razón, no comprendo tus motivaciones. —Le siguió un mutismo en el que claramente se percibía la terca voluntad de Porter-White de permanecer callado—. Si lo liquidaste para desquitarte, entonces eres poco confiable. Tus pasiones te enceguecen.

—¡Es una acusación injusta! —se enfadó Porter-White—. Soy confiable, soy leal. Se los he demostrado una y otra vez.

—Los resultados no lo demuestran —rebatió Pólux—. Estamos lejos de controlar la Casa Neville justo en el momento en que se encuentra en el ápice del poder, con la emisión de papel moneda más exitosa de la historia inglesa.

—Sin mencionar que acaban de concederle la explotación de la Casa de Moneda —añadió Cástor.

—El asunto de la minera marcha muy bien —se defendió Porter-White—. ¿No han leído los periódicos?

—Nunca podemos acertar con la veracidad de los artículos por los que tanto pagas a Disraeli —alegó Cástor—. ¿Son verdad o pura propaganda? —añadió.

—Dicen la verdad —replicó Porter-White—. Dos días atrás, el 28 de diciembre —aclaró, enfervorizado—, el bergantín *Padrig* zarpó con los mineros hacia el Río de la Plata.

—Es muy probable que el *Padrig* llegue a las costas de Buenos Aires —ironizó Pólux—. Otra cuestión será que los mineros puedan explotar el cerro. ¿Qué has sabido de tu asistente? ¿Ha podido hablar finalmente con Rosas?

—Murray estará esperando a los mineros para conducirlos a la provincia de La Rioja, donde se encuentra el Famatina —respondió, evasivo—. Está todo arreglado.

Cástor emitió un bufido descreído.

—La cuestión sigue siendo que estás cada vez más lejos de la Casa Neville —señaló Pólux—. Manon ha jugado bien sus cartas.

—Sin mencionar que ahora cuenta con el poderío Guermeaux, que la respalda —le recordó Cástor, iracundo.

—Con lo que cuenta Manon es con una suerte inmensa —replicó Porter-White—, suerte de que ningún intento de asesinarla en China llegase a buen puerto. Los Blackraven no son un obstáculo por ahora, pues ninguno está en Londres, ni siquiera el miembro del Parlamento. A la luz de una nueva información, es importante subrayar que Manon todavía no se ha casado con Alexander. Corren voces (voces muy atendibles) de que entre él y Alexandrina Neville, de soltera Trewartha, existió un amorío.

—¿Dónde has oído eso? —Pólux traicionó su interés al abandonar el acento de cínico indolente.

Porter-White sonrió en la oscuridad; todavía seguía siendo útil a sus jefes. Catrin, como siempre, había hecho un buen trabajo. Escuchó el comentario en la cocina. Un paje, uno que solía estar de guardia en el vestíbulo, aseguraba haber presenciado un intercambio revelador entre los tres —Manon, Blackraven y Alexandrina— el día en que Blackraven regresó de China.

—Una de mis fuentes me lo ha asegurado —respondió sin la intención de profundizar—. Tal vez haya una boda en la familia, pero no con la novia que todos esperamos —añadió con sorna—. De ser cierto lo del romance con Alexandrina, la gente podría comenzar a pensar que ese era el motivo por el que Alexander despachó al otro mundo a Trewartha, para poder quedarse con la hija —puntualizó.

Un silencio volvió a ocupar el habitáculo. Porter-White comprendió que sus jefes evaluaban la información para determinar de qué manera los afectaba. Cuchichearon entre ellos.

—Como sea, Julian —retomó Pólux—, la cuestión aquí es obtener el control de la Casa Neville. Pero incluso uno como tú comprende que, dadas las circunstancias, Manon es intocable.

Porter-White sintió una gran ansiedad. Jamás les ratificaría las sospechas acerca de la muerte de sir Percival, pero sí, él lo había despachado al otro mundo, y con gran placer. Las dosis de veneno para ratas que había vertido, primero en el café compartido en la biblioteca y después en el madeira, habían resultado letales y, sobre todo, invisibles. ¿Cómo explicarles a esos dos que no había tenido otra alternativa tras haber descubierto el amorío entre su hermana y su suegro? Todavía le hervía la sangre al imaginarlos juntos. Alba jamás habría renunciado a la posibilidad de convertirse en lady Neville si él no hubiese tomado cartas en el asunto. A veces la observaba, tan serena y mesurada, y se preguntaba qué pensamientos le ocupaban la mente, qué ideas surcaban por su cabeza. ¿Qué sentía realmente en su corazón? La amaba, no como habría debido siendo su hermano mayor. La amaba deseándola. Lo dominaba una obsesión tan poderosa como incomprensible. Siete años mayor que Alba, la había poseído por primera vez cuando ella solo contaba doce. La pasión, la famosa emoción conocida por esfumarse con el paso del tiempo, en su caso, se reavivaba cada día más.

William Porter-White, su padre, los había descubierto amándose una tarde de 1823 en el sótano de su tienda de ultramarinos. Nunca olvidaría su cara de estupor, horror y asco. Alba, de veintiún años, fue obligada a entrar en el convento de Santa Catalina de Siena, del que se le permitió salir al año siguiente cuando su padre consiguió alejarlo de Buenos Aires después de que Bernardino Rivadavia lo incluyese en la comitiva que viajaría a Londres para solicitar el empréstito a una banca inglesa. «Hazte una vida allá», le había ordenado, «porque aquí nunca serás bienvenido».

Regresó años más tarde, poco después de la boda con Cassandra, para ocuparse de la cuestión del Famatina, entusiasmado por las historias de Rivadavia, que aseguraba que el cerro poseía ingentes riquezas auríferas. Aunque en honor a la verdad había comenzado a planear el cruce del Atlántico al enterarse, gracias a una carta de su madre, de la peor noticia: Alba había contraído matrimonio con un comerciante de Buenos Aires, Rodrigo Acevedo, cliente y amigo de su padre, viudo, sin hijos y con un pasar holgado.

Alba, que lo conocía como nadie, tenía razón: Acevedo no había muerto a manos de unos simples ladrones, sino bajo el filo de su cuchillo. Había experimentado un gozo inefable mientras lo observaba revolcarse en un charco de sangre, con la mirada incrédula clavada en sus ojos impiadosos. Le quitó las monedas que llevaba en la faltriquera, el sello de oro del meñique y un monóculo con cadena de plata. Escupió sobre su cadáver antes de alejarse por las calles oscuras y vacías del barrio de Montserrat.

Alba, que con los años se había vuelto ambiciosa y cuyos ojos brillaban con codicia cuando él le describía la grandeza de la ciudad de

Londres, aceptó marcharse con él. Su padre, viejo y desencantado, sin ascendencia sobre su hija ahora que poseía el dinero del esposo muerto, se lavó las manos y los dejó hacer. No fue a despedirlos al puerto con el resto de la familia. Llegados a Burlington Hall, y por el enorme riesgo que implicaba que los descubriesen, Alba le arrancó la promesa que la dejaría en paz. Todavía se maravillaba de la fuerza de voluntad que los dos habían demostrado, porque a él no lo engañaba: ella también padecía de la misma febril pasión, tan macabra como arrolladora, que lo dominaba a él.

El pase a la sede de París se convirtió en una humillación, pero también tuvo una consecuencia positiva: lejos de la familia, él y Alba reanudaron su amor, y nada lo había hecho tan feliz. Si bien en un principio se negó a seguirlo en su exilio a la capital francesa —ahora comprendía que se debía a su intención de continuar el amorío con sir Percival—, terminó por convencerla, como siempre; Alba era maleable bajo su influjo. Cassandra, que poseía la inteligencia de un chorlito, no implicaba ningún riesgo. Pero se había equivocado al subestimarla.

Había hecho de todo para recuperar a Alba, y lo seguiría haciendo, aun en contra de ella misma. Sir Percival tenía que desaparecer, y le importaba un ardite si con su muerte trastornaba los planes para apoderarse de la Casa Neville. Alba era lo más importante, lo primordial, y venía aun primero que la Casa Neville. No se había detenido ante nada al planear la muerte de su suegro, ni siquiera había recordado su anhelado propósito de convertirse en el director del banco más importante de Europa. Después de sorprender a Alba saliendo de su dormitorio en medio de la noche, la idea de asesinarlo lo había enceguecido.

Saciada su sed de sangre, correspondía retornar al derrotero trazado años atrás. Le tocaba remediar su accionar. El enojo de Cástor y Pólux era comprensible. Y peligroso. Admitía que no había previsto que su pérfida cuñada hubiese testado a favor de la Asociación de Amigos Hospitalarios. La noticia lo había dejado perplejo. Sin embargo, y tras haberse repuesto de la sorpresa, no se había quedado de brazos cruzados. El día de la lectura del testamento, abandonó el bufete de Lamb y se dirigió al de su abogado, Edmond Monro, que le había propuesto una estrategia brillante para contrarrestar los efectos de la prematura muerte de su suegro, la que se disponía a exponer a sus jefes.

—Es cierto —concordó—, como están las cosas, es imposible eliminar a Manon. Pero sí podemos neutralizarla.

—¿A qué te refieres? —inquirió Pólux.

—Conseguiremos que un tribunal la declare demente y ordene su reclusión en Bedlam. —Tras un instante de silencio, y ante la falta de respuesta, Porter-White continuó—: ¿Saben quién es mi abogado? Edmond Monro. ¿Lo conocen? —De nuevo, persistieron en el silencio—. Es el hermano de James Monro, el director del famoso asilo para locos de Londres, más conocido como Bedlam. John Monro, hijo de James, es el segundo en el mando. Por una buena suma de dinero, están dispuestos a firmar el certificado que requiere la Ley de Asilos de 1808.

—Veo que estás bien asesorado —farfulló Cástor mientras encendía otro cigarro—. Supongamos que lo conseguimos, esto es, que sea declarada loca. ¿Qué lograríamos?

—El manejo y la administración de su fortuna.

—¿No le correspondería a la Asociación de Amigos Hospitalarios? —razonó Pólux—. Es su heredera.

—Le correspondería a su familia, a su abuelo, sir Alistair, que sin duda se apoyaría en sus hijos, David y Daniel.

—La Asociación no se quedará de brazos cruzados —dedujo Cástor—. Presentarán batalla.

—No tiene derecho alguno mientras Manon esté viva.

—No nos conviene que David y Daniel Neville, dos inservibles —declaró Pólux—, se queden al frente de la Casa Neville.

—Eso déjenlo de mi parte —respondió Porter-White—. Esos dos harán lo que yo les diga mientras los mantenga tranquilos con una buena suma de dinero todos los meses.

—¿Declarar a Manon Neville loca? —masculló Cástor—. Es una de las pocas mujeres sensatas de Londres, admirada donde sea que vaya. No convencerás a nadie, Julian.

—Permíteme que te recuerde —dijo Pólux con sarcasmo en la voz— que, más allá de la intervención del doctor Monro, no puedes encerrar, así como así, a una persona en perfecto uso de sus facultades. Muchos maridos ansiosos por deshacerse de sus inoportunas esposas lo han intentado y han fracasado.

—¿Han oído hablar del fuego de San Antonio?

—¿Qué es eso? —se desconcertó Cástor.

—Fuego de San Antonio —repitió Pólux—, llamado ergotismo por la ciencia. Es una enfermedad provocada por la ingesta involuntaria de un hongo llamado ergot; también se lo conoce con el nombre de cornezuelo —acotó—. Es parasitario del centeno. El consumo de pan de centeno infectado con este hongo provoca el fuego de San Antonio, que, entre otros síntomas, causa alucinaciones.

—Exacto —acordó Porter-White.

—El ergotismo tiene otros síntomas —retomó Pólux, su voz desprovista del habitual tinte sarcástico; por el contrario, había adoptado un matiz pedagógico, casi solemne—: dolor estomacal, convulsiones, sensación de quemazón (de allí que lo llamen fuego de San Antonio). Un buen médico detectaría inmediatamente de qué se trata.

—Pero nosotros contamos con un buen médico —refrendó Porter-White—: el doctor James Monro. —Al percibir el escepticismo de sus jefes, razonó—: Nadie cuestionará que, después de sufrir tres pérdidas en pocos meses (hermano, tía y padre) —enumeró—, su cordura haya sufrido un revés. Es más, resulta casi lógico que se vuelva loca. Loca de dolor. Y una vez en Bedlam… ¿quién sabe? Podría *suicidarse* producto de la demencia.

—¡No! —se inquietó Cástor—. Si se suicidase, toda su fortuna pasaría al rey.

—Esto es si cometiese el acto *felo de se* —explicó Porter-White.

—En pleno uso de sus facultades —tradujo Pólux.

—Exacto. En cambio, si lo hiciese *non compos mentis*, sus deudos heredarían normalmente.

—Tienes razón —se entusiasmó Cástor—. Ahora recuerdo el caso de lord Castlereagh. Se suicidó clavándose una navaja en la garganta, afectado por una demencia que en los últimos días de su vida se hizo muy evidente. Su comportamiento se había vuelto errático, desvariaba, decía cosas sin sentido. Por fortuna para su viuda, el veredicto fue que el acto se cometió en un rapto de locura. De otro modo, la mujer hubiese sido despojada de los bienes del marido.

—Igualmente —siguió reflexionando Pólux—, si cometiese suicidio en Bedlam, su fortuna pasaría a la Asociación de Amigos Hospitalarios, no lo olvides.

—Su familia podría impugnar el testamento y aducir que su redacción ha sido la consecuencia de su demencia —especuló Porter-White—. ¿Quién, en su sano juicio, le dejaría todo a una institución y no a los sobrinos que dice amar tiernamente?

—Esos conflictos legales en torno a los testamentos pueden perpetuarse por años, incluso décadas —lo previno Cástor con tono impaciente—. Por ahora, creo que lo mejor será encerrarla en Bedlam y mantenerla con vida.

—Estoy de acuerdo contigo —señaló Pólux—. Manon no debe morir.

—Aunque —volvió a hablar Cástor— conservar la vida en esa letrina que es Bedlam no le será fácil.

—Para eso contamos con la complicidad de James Monro, su director —le recordó Pólux—. Óyeme bien, Julian —lo increpó—, más vale que te asegures de que el tal Monro le dé un buen trato. No podemos permitirnos que muera. Se iría todo al garete.

—He comprendido la situación —respondió Porter-White con tono ofendido.

—Lo que me pregunto, estimado Julian —prosiguió Pólux—, es cómo harás para que Manon acepte comer pan de centeno. No le gusta.

—El cornezuelo se encuentra en el centeno, sí, pero no significa que no pueda suministrarse por otros medios. Es cuestión de procurarse el cornezuelo disecado y molido e incorporarlo a una infusión o a las comidas. Bastan pocas dosis para producir los efectos adversos.

—¿Se lo pedirás al boticario que te vendió el arsénico para asesinar a Percy? —se burló Cástor.

—No sé de qué habla.

Pólux rio por lo bajo antes de replicar:

—Oh, pero sí que lo sabes.

* * *

Pocos días después de la partida de Cassandra y de sir Alistair a Bath, Manon recibió una corta misiva de su hermana donde le comunicaba que habían llegado bien y sin contratiempos. Le arrancó una sonrisa, muy infrecuentes por esos días, al asegurarle que *el abuelo ha recuperado el apetito gracias al consumo diario de las aguas tan benéficas de esta bendita ciudad y se lo pasa jugando al ajedrez con mi abuelo o paseando con Willy, que se ha aficionado mucho a él.* «¡Bendito seas, querido Willy!», exclamó Manon para sus adentros. Su sobrino Alistair también representaba la única fuente de alegría en ese período de dolor y de confusión. Lo visitaba por la mañana, antes de partir a la Casa Neville, y apenas regresaba, ansiosa por tomarlo entre sus brazos y llenarle los carrillos de besos. Nada era más dulce ni melodioso que las carcajadas del pequeño Ally. El niño, que sin duda se sentía atraído por ella, la buscaba continuamente y siempre le pedía lo mismo en su inglés balbuceado: «Toca las castañuelas, tía Manon». El día en que, además de tocar las castañuelas, le bailó una sevillana, el niño quedó sumido en una especie de paroxismo de mirada sin pestañeos y de boquita medio abierta que inspiró carcajadas a Nuala y a Aldonza.

El vínculo con su cuñada se había roto, y la cuestión parecía irreversible desde la pelea tras la muerte de su tía Anne-Sofie. Alexandrina no le dirigía la palabra, y a ella la complacía el tácito acuerdo de ignorarse. La profundidad de su desprecio era tal que ni siquiera le habría consentido limitar el trato al más elemental. A veces, cuando el deseo de gritarle a la cara que sabía lo que le había hecho al hijo de Alexander se volvía abrumador, se repetía la máxima de su tío Charles-Maurice y mantenía la sangre fría.

Quizá porque esa noche, la del 9 de enero, antes de dormirse se acordó de que se cumplía un mes desde que Samuel Bronstein había partido en su búsqueda, soñó con él, con el pequeño Roger Alexander. Lo veía, lo tenía delante de ella, el vivo retrato de su amado Alexander, y no podía agarrarlo. Lo llamaba a gritos. Se despertó con un sobresalto en medio de la *nursery*. No comprendía cómo había llegado hasta allí. Temblaba de frío y un calambre en el estómago la había doblegado hasta arrojarla al suelo. Su sobrino Alistair lloraba, aterrorizado. La nodriza china intentaba calmarlo, mientras Nuala se ocupaba de ella. Aldonza, Alexandrina y Masino irrumpieron con las batas a medio cerrar y expresiones soñolientas. Aldobrandini la levantó en brazos y la condujo a su dormitorio. A mitad de camino, se toparon con Alba y con Porter-White. Manon, aunque aterida de dolor, alcanzó a escuchar que Alba inquiría:

—¿Qué le ha sucedido? Me despertaron sus gritos aterradores.

—Se siente muy mal —masculló su tutor.

—Mandaré por un médico —se ofreció Porter-White, y bajó corriendo las escaleras.

Masino la depositó en la cama y la besó en la frente. Aldonza se ocupó de ella; se aseguró de que estuviese cómoda y trató de comprender qué había ocurrido. Manon, hecha un ovillo, se quejaba del calambre estomacal. Aldonza la obligó a sorber un poco de agua y le indicó que se masajease la zona afectada. La espantosa sensación fue cediendo. Llegó el médico —por fortuna no era Burton— y, después de revisarla concienzudamente, diagnosticó un desequilibrio en los humores como consecuencia del padecimiento sufrido a causa de las recientes pérdidas. Recomendó una dieta blanda e infusiones de hinojo y de coriandro. Su abuela le preparó una de melisa que la ayudó a distenderse. Durmió hasta bien entrada la mañana y, para ella, que se levantaba a las seis, a veces antes, hacerlo pasadas las diez le resultó desorientador. Todavía le costaba creer que, sonámbula y a los gritos, hubiese terminado en el último piso, en la *nursery*. La mortificaba haber alterado el sueño de su sobrino Alistair.

No hubo forma de convencerla de que faltase al banco. Se empecinó en vestirse y en ir; quería presentarse en la bolsa y desacreditar a la Río de la Plata & Co. Se sentía bien, no había razón para que se quedase holgazaneando con todo lo que la esperaba en la Casa Neville. Sin embargo, después de visitar la bolsa, se desplomó en la butaca de su escritorio afectada por una debilidad desconcertante. Le siguieron unos escalofríos que la sometieron a unos temblores incontrolables. Temblaba como si, en lugar de estar sentada cerca del brasero, se hallase al raso en una noche gélida. Apretó los dientes para evitar que castañetearan. Nora se apresuró a cubrirla con la capa y hasta le puso los guantes, porque eran las manos y los pies los más afectados por el frío. Más tarde, regresó con un té humeante, que le dio a beber con una cuchara.

—Manda llamar al señor Fitzroy —le pidió Manon con voz temblorosa.

—Ha viajado a Hampstead hoy —respondió Nora—. Ha ido a ver a mi madre —explicó con un mohín que transmitía el sentimiento de culpa.

Poco a poco, los temblores cedieron, y su cuerpo recuperó la temperatura normal. Quedó exhausta. Aprovechando que era sábado y que la actividad finalizaba más temprano, le pidió a Thibault que preparase el carruaje para regresar a Burlington Hall cuando aún no eran las tres.

* * *

De camino a su casa, mecida por el traqueteo del carruaje, vencida por el cansancio después de una mala noche, debió de quedarse dormida. Se despertó con serenidad. Alzó los párpados lentamente. Delante de ella, como lo había visto centenares de veces, se encontraba su padre; leía *The Times*. Sir Percival bajó el periódico, se deslizó los quevedos hasta la punta de la nariz y le sonrió.

—¿No has muerto? —inquirió y, sin aguardar respuesta, añadió—: No soporto haberte perdido.

—No me has perdido.

—Sí, te he perdido. Sé que esto es un sueño. Creo que estoy volviéndome loca —afirmó y se cubrió las sienes con las manos.

Apretó los ojos y sacudió la cabeza. Al volver a abrirlos, su madre estaba sentada junto a su padre. Soltó un grito de alegría. Se lanzó a sus brazos y lloró con la mejilla apoyada en su seno. ¡Qué feliz y tranquila se sentía! Había olvidado cuánto amaba a esa mujer, su madre, que la cobijaba con su amor infinito e incondicional, un sentimiento que la rodeaba y que le brindaba una sensación de protección como nada en el mundo. ¿Estaba volviéndose loca?, volvió a cuestionarse. Una carcajada se mezcló con el llanto. «¡Qué me importa!», se dijo. «Me siento feliz de nuevo, es lo único que cuenta».

Al llegar a Burlington Hall, Thibault Belloc abrió la portezuela del carruaje y se quedó de una pieza al descubrir a Manon recostada sobre el asiento que en el pasado ocupaba su patrón. La joven reía, lloraba y hablaba. Decía mamá y papá, como si allí se encontrasen sir Percival y la señora Dorotea. Subió al coche y cerró la portezuela para evitar que Sweeney y los otros dos viesen el lamentable espectáculo. Recogió a Manon entre sus brazos e intentó despertarla del mal sueño. La joven pestañeó y le sonrió.

—Mamá y papá estaban aquí, Thibaudot.

—No, mi niña, no.

—Sí, aquí estaban —reiteró sin alterarse.

—Dios bendito —farfulló el gascón y la ciñó contra su pecho.

—Tengo frío, Thibaudot.

—Vamos, mi niña preciosa, necesitas descansar.

Decidieron llamar al médico; no a Burton, porque Manon lo detestaba. Lamentablemente el señor Fitzroy estaba de viaje, por lo que no tuvieron alternativa y convocaron al de la noche anterior. Alba Porter-White se ocupó de enviarle un aviso urgente. El hombre les reprochó que le hubiesen permitido levantarse e ir a la Casa Neville.

—Sus nervios están hechos trizas —diagnosticó—. Tantas pérdidas importantes y tan seguidas han desequilibrado su psique. Es común en las mujeres —subrayó—. Necesita reposo y, tal como receté ayer, una dieta muy ligera. Sopa y poco más.

Aldonza alternaba vistazos entre su nieta desmadejada en la cama y el médico, que le generaba tanta confianza como un escorpión. El hombre sugirió una sangría y, como Aldonza se negó, se retiró con actitud airada. La anciana se quedó toda la tarde sentada junto a la cabecera de la cama de Manon. Sonrió cuando, al despertar, su nieta le reveló una mirada despierta y consciente. Le apoyó la mano sobre la frente; estaba fresca.

—¿Cómo te sientes, cariño?

—Mejor, pero estoy tan cansada —masculló y volvió a dormirse.

Por la noche, se sentía reposada. Se incorporó en la cama y sorbió la sopa que le trajo Catrin y el té de hinojo y coriandro recetado por el médico. Volvió a dormirse. La despertó el llanto de un niño, no el de su sobrino Alistair; era el llanto de un niño más grande, de unos cinco años, calculó.

—¡Roger Alexander! —exclamó, y saltó fuera de la cama para seguir el sonido.

La urgía encontrarlo. La invadía una angustia como jamás había experimentado; el sentimiento era aterrador. El llanto provenía del dormitorio de su padre. Una luz se filtraba bajo la puerta. La abrió. La llama de una bujía sobre la mesa de noche delineaba con su vacilante luminosidad la silueta de dos personas en la cama: su padre y ¿quién más?

Debía de ser su amante, Alba Porter-White. Se acercó con aprensión, aunque también movida por una morbosa curiosidad. Se asomó tras la cortina del baldaquino y espió a los amantes enfrascados en una pasión tan arrolladora como ensordecedora; les había impedido que la oyesen entrar. Alba fue la primera en verla. Profirió un grito y alertó a su padre, que se irguió en la cama, el torso desnudo, la expresión azorada, solo que no era su padre. Era su cuñado, Julian Porter-White. La sorpresa le causó un instante de mudo estupor. Al comprender cabalmente lo que estaba ocurriendo, trastabilló hacia atrás. Retrocedió hacia la puerta, la vista fija en los hermanos, que a su vez la contemplaban con ojos incrédulos y asombrados. Giró y abandonó el dormitorio a la carrera.

Lo que acababa de ver se repetía en su mente y le provocaba una perturbación inefable. Regresó el llanto del niño y se dedicó a seguirlo.

—¡Roger Alexander! —exclamaba—. ¡Roger Alexander! ¿Dónde estás?

Alguien la detuvo en la oscuridad del corredor y la aferró por los hombros. La sacudió.

—¡Despierta, Manon! ¡Despierta!

Era su cuñada Alexandrina.

—¡Maldita perra! —la insultó y le propinó una bofetada—. ¡Sé lo que le hiciste al hijo de Alexander! ¡Sé que lo abandonaste en un convento de Dublín! ¡Perra! ¡Podría asesinarte con mis propias manos! ¿Por qué está llorando? ¿Qué le has hecho? ¡Dámelo! ¡Dame el hijo de Alexander!

Alexandrina se cubrió la boca con las manos en un acto instintivo y se alejó dando pasos indecisos hacia atrás, fija su atención en la mirada desorbitada de Manon.

Al igual que la noche anterior, se armó un gran jaleo. Estaban todos, incluso se presentó Leonard, que solía tener el sueño muy pesado. Formaron un círculo en torno a ella; iban cerrándolo. Se le echarían encima. La asesinarían para quedarse con su fortuna, no tenía duda al respecto. Los ojos de su cuñado la aterraban como nada; estaban vacíos, eran dos grandes pozos negros sin fin, sin bondad, sin compasión, pero con una determinación implacable.

Se le vino a la mente su admirada y querida Hipatia, asesinada por un grupo de cristianos fanáticos y retrógrados, decididos a acallar su sabiduría. Alguien la sujetó por detrás. Luchó para zafar de las manos poderosas que se cerraban en sus brazos. Era Masino, su maestro. Él le había enseñado a amar a Hipatia y a tantos otros sabios. Soltó una exclamación de alivio; estaba fuera de peligro. Se aferró a él con ansias. Su tutor le besó la frente.

—Ven, cariño. Necesitas reposar.

La cargó hasta su dormitorio. Manon hundió el rostro en su cuello mientras recordaba las tantas ocasiones en que lo había hecho cuando era pequeña. Volvieron a convocar al médico, que de nuevo se ofendió cuando su abuela le prohibió que la sangrase.

* * *

Aldonza pasó el domingo en la habitación de Manon, velando su inquieto sueño. Nadie podía entrar, ni siquiera Catrin. Si precisaba ausentarse para prepararle una infusión o un alimento, Thibault la reemplazaba.

—¿Cree que las muertes de Archie y de sir Percival hayan sido demasiado para ella? —se preocupó Belloc con la voz en un hilo, a punto de llorar.

—No —respondió la anciana sin viso de duda—. Aquí hay gato encerrado.

—¿Qué está ocurriendo, doña Aldonza?

—Podrían estar envenenándola como a su padre.

—Dios bendito —farfulló el gascón.

—No permitas que tome siquiera agua, a menos que provenga de tus manos o de las mías y sacada directamente de la bomba. No uses la que tienen en la cocina. Ahora manda a Sweeney a buscar al señor Fitzroy. Solo de él me fiaré.

Sweeney regresó al rato: el señor Fitzroy había salido de viaje. Aldonza masculló un insulto. Con el paso de las horas, el sueño de Manon se aquietó y su respiración adoptó un ritmo regular y profundo. Se despertó cerca de las ocho con ganas de lavarse y de cenar. Se sentía mejor, aseguró. Catrin, bajo la severa supervisión de Aldonza, llenó la tina con agua caliente y la asistió.

—Anoche volví a tener otro episodio de sonambulismo, ¿verdad, abuela? —preguntó en español para evitar que Catrin, que vaciaba la bañera y se ocupaba de ordenar la recámara contigua, comprendiese.

—Sí, otra vez. Llamabas al hijo de Alexander. Le echaste en cara a Alexandrina que lo hubiese abandonado en un convento en Dublín.

—¡Oh, no! —Manon se cubrió el rostro—. No quería que supiese que lo sé.

Aldonza se aproximó a la chimenea. Recogió el cepillo abandonado en el diván y se ocupó de peinarle el largo y espeso cabello.

—Olvídate de eso —la urgió—. Pronto recibirás noticias de Bronstein. Estoy segura de que podrás abrazar al hijo de Alexander antes del fin de este horrible mes.

Manon tomó una sopa de gallina preparada por la cocinera, una mujer que llevaba más de veinte años con la familia. Igualmente, Aldonza se mantuvo a su lado y supervisó cada uno de los ingredientes que empleó. La mujer la miraba con el rabillo del ojo y no se atrevía a cuestionarla ni a mostrarse ofendida. Entre la servidumbre, la tenían por bruja.

Manon durmió toda la noche sin sobresaltos ni alucinaciones. Aldonza lo hizo junto a su cama, sobre un colchón que Sweeney y otro sirviente bajaron del ático. Como de costumbre, Manon se despertó alrededor de las seis y, aunque expresó su deseo de concurrir a la Casa Neville, su abuela se impuso con una voluntad férrea imposible de franquear. Regresó a la cama de mal humor y quejándose de lo bien y vital que se sentía. Sin embargo, bastó que apoyase la cabeza en la almohada para quedarse dormida.

* * *

Cerca del mediodía, llamaron a la puerta. Aldonza se apresuró a abrir para evitar que volviesen a llamar y que despertasen a su nieta. Se trataba de Alba Porter-White; quería saber cómo se encontraba Manon.

—Mejor, gracias —respondió Aldonza de buen modo.

Manon, con voz soñolienta, preguntó quién era. Su abuela se lo dijo.

—Pasa, Alba —invitó.

La mujer destinó a Aldonza una sonrisa apenas esbozada, con rasgos de humildad, y entró. Se tropezó con el borde de la alfombra, que se había plegado la noche anterior mientras arrastraban el colchón y que nadie había acomodado. Aldonza la sujetó por la cintura y la sostuvo hasta que se estabilizó.

—¡Gracias, Aldonza! —exclamó, sorprendida de los rápidos reflejos de la anciana.

Alba se quedó pocos minutos, pues, tras haber formulado las preguntas de rigor, un silencio incómodo cayó entre las mujeres. Apenas se retiró, Manon se incorporó en la cama y dijo:

—Abuela, sé que he estado muy mal estos últimos días y que he visto cosas que no existen, pero creo que antenoche vi una que era real. —Aldonza le clavó esa mirada de ojos oscuros que bastaron para invitarla a confesarse—. Me mortifica expresarlo en voz alta —admitió Manon; era incapaz de describir lo que había presenciado.

—¿Se trata de Alba Porter-White? —la ayudó su abuela, y Manon asintió—. Por lo pronto, te diré que ya sé dónde esconde la llave de la caja fuerte que tiene en su cuarto.

—¡Oh! ¿De veras?

—En el cubrecorsé o en otra prenda íntima —reveló—. Recién, cuando la sujeté por la cintura, palpé algo duro.

—¿Una ballena del corsé? —sugirió Manon, y su abuela la miró con una mueca entre enojada y ofendida.

—Sé muy bien la diferencia entre la forma de una ballena y de una llave, Manon.

—Discúlpame, abuela. Estoy actuando de *advocatus diaboli*. Como sea, tenemos que sustraérsela.

—Deja eso de mi parte —la tranquilizó Aldonza—. Ahora dime qué te perturba tanto acerca de esa mujer.

—¿Crees que es tan malvada como la Serpiente?

—No, no lo creo, pero sí considero que está encadenada al hechizo de ese hombre macabro y por lo tanto hace lo que él le ordena, como si fuese una concubina del maligno. —Pronunció el apelativo del demonio y besó la bolsita grisgrís.

Manon fijó la mirada en el amuleto de su abuela para evitar encontrarla a los ojos mientras barbotaba:

—Anoche, ella y la Serpiente estaban en la cama de papá. Haciendo el amor.

—Fornicando, querrás decir —la corrigió Aldonza.

Manon alzó el rostro deprisa.

—¿Es verdad, entonces? ¿No estaba alucinando?

—Lo sospecho desde hace algún tiempo.

—¿Crees que nos han mentido, que no son hermanos?

—Oh, son hermanos, lo son —confirmó Aldonza—. Incluso poseen los mismos rasgos.

—¿Cómo es posible?

—Manon —dijo la anciana, con impaciencia—, ¿tú me lo preguntas? ¿Tú, que, gracias a Masino, has estudiado la historia de la humanidad y que conoces sus bajezas y sus aberraciones?

Manon asintió y le bastaron pocos segundos para identificar varios casos de incesto entre hermanos, desde los que se repetían generación tras generación en la dinastía ptolemaica hasta algunos más recientes, como el de Lucrecia Borgia y su hermano César.

—Aun en la Biblia hay casos de incesto —le recordó Aldonza, y Manon se sorprendió porque nunca la había visto leer el libro sagrado de los cristianos—. Abraham se casó con su medio hermana Sara y Lot se acostó con sus dos hijas.

—Me provoca una repulsión indescriptible —declaró Manon y apartó la cara.

—Sí —concordó Aldonza—, el ser humano cuenta con la habilidad para causar estupor y repugnancia.

Manon se recostó en la cama. De pronto volvió a sentirse débil y desmoralizada. ¿En qué estaba convirtiéndose su familia? ¿En ese nido de serpientes decadente y sórdido? Se incorporó nuevamente, los ojos muy abiertos.

—¡Eso fue lo que Cassie descubrió en París! Tiene que ser eso —reiteró, y golpeó el colchón con el puño—. Pobrecita —se compadeció—. ¡Qué brutal y espantosa sorpresa se habrá llevado!

—Es probable —opinó Aldonza—. Muy probable.

* * *

Dos días más tarde, sintiéndose repuesta, Manon decidió que le habría sentado bien salir a la calle. La reclusión y el descanso, que tanto la habían ayudado a restablecerse, comenzaban a fastidiarla. Su abuela consintió y las dos marcharon hacia la zona de Piccadilly y de Regent Street para hacer compras. Manon quería comprar libros en Hatchard's y unos géneros en Swan & Edgar con los que Aldonza confeccionaría trajecitos, camisas y ropa interior para el pequeño Roger Alexander. Llevaron a Catrin para que las ayudase con los paquetes.

En la famosa tienda de Regent Street, y mientras estudiaba una bonita capota de una tonalidad verde que le habría sentado al cabello pelirrojo de Isabella, alzó la vista al sentirse observada. Se topó con la mirada de doña Marta Ibáñez y Piana, la esposa de un cliente importante de la Casa Neville, un comerciante español que había amasado una enorme fortuna dedicándose al comercio de vinos de su país y de Portugal. Inclinó la cabeza a modo de saludo y la mujer, tras vacilar, le respondió de igual manera. Resultaba palmario que la observaba con asombro o con desconfianza, no habría sabido determinar cuál. Se preguntó si el chisme que la tenía por loca ya habría traspuesto los límites de Burlington Hall y llegado a los oídos de la mujer y de otros clientes. Una noticia de tanta relevancia podía perjudicar seriamente a la Casa Neville.

Con la tarde arruinada, liquidó la compra y regresó a su casa. Le levantaron el ánimo su tío Leo y Aldobrandini, que la esperaban en Burlington Hall para darle la buena nueva: acababan de recibir una carta de un mercader de arte vienés, que aseguraba haber encontrado un coleccionista dispuesto a venderles el tan ansiado cuadro de Artemisia Gentileschi.

* * *

Al día siguiente, y un poco más tarde de lo habitual, Manon decidió regresar a la Casa Neville. Aldonza la acompañaría y se encargaría de prepararle las infusiones y la comida a lo largo de la jornada, y le importaba un higo seco si Nora era más pura y buena que la virgen María; a esas alturas, ella no confiaba ni en su sombra.

Apenas iniciado el viaje, Aldonza extrajo una llave de su escarcela y se la presentó a Manon. Pertenecía a la caja fuerte oculta en la habitación de Alba. Su sospecha de que la mujer la escondía en una prenda íntima se había probado cierta.

—¿Cómo la has obtenido? —exigió saber Manon, muy exaltada—. Después de todo este tiempo, por fin podremos saber qué contiene.

Aldonza había aguardado a que Alba tomase su baño de asiento diario en la recámara contigua para deslizarse dentro del dormitorio y revisar la ropa interior apilada con gran desorden sobre la cama. La halló dentro de una bolsita confeccionada en un vasto lienzo, y esta a su vez cosida en la cara interna del cubrecorsé. Con el fin de evitar suspicacias, deshilachó el fondo de la bolsita y simuló que el peso de la llave había desgastado el género y producido un agujero, por el que se había caído.

—En un primer momento —relató Aldonza—, se me ocurrió reemplazarla por otra similar para evitar que notasen su ausencia y que actuasen en consecuencia. Pero recordé que una llave incorrecta habría trabado la cerradura. Ya no habríamos podido abrirla, ni ellos ni nosotros.

—¿Has comprobado que funcionase? —se impacientó Manon.

—No me atreví a abrirla con ella en la sala de baño contigua —se justificó la anciana—. Tendremos que ser pacientes y esperar la ocasión oportuna. Además, quiero que lo haga Thibault.

—Espero que, al notar la pérdida de la llave, la Serpiente no decida cambiar los documentos de sitio —deseó Manon—. Consultaré con Edward Jago y con su socio, Ernest Ruffus, cómo debemos proceder para que esa documentación se convierta en la prueba del asesinato de Francis Turner. De nada vale que yo las tome y las presente en un tribunal. Eso carecería de valor probatorio.

El entusiasmo con que llegó al banco después de la noticia de la llave se desvaneció súbitamente al entrar en el vestíbulo y percibir las miradas difidentes y las actitudes furtivas de los clientes y de los empleados, que le recordaron la situación vivida con doña Marta Ibáñez y Piana la tarde anterior en Swan & Edgar. Subió deprisa la escalera y se refugió en su despacho. No precisó convocarlos; Ignaz Bauer y Ross Chichister se presentaron enseguida. Traían las manos cargadas de cartapacios, documentos y periódicos.

—Las miradas torcidas de los clientes y de los empleados se deben a esto —declaró Chichister y, sin más explicaciones, le apuntó un artículo en la primera página del *Morning Chronicle*.

Manon leyó el título y percibió que el corazón se le aceleraba y que la garganta se le comprimía. «*¿Qué dolencia aflige a la Formidable Señorita Manon, la mujer más poderosa del reino?*». Le pasó el periódico a su abuela, que soltó una maldición en romaní.

—Lo firma Benjamin Disraeli —explicó Bauer—, el mismo autor de los artículos que respaldan a la Río de la Plata.

—Porter-White está detrás de esto —sentenció Aldonza.

—Está empleando artillería pesada —comentó Chichister—. No iba a quedarse de brazos cruzados mientras nos dedicábamos a desacreditar su minera.

—Convoquen a Goran Jago —decidió Manon con un tono firme—. Nosotros también atacaremos.

Nora entró en el despacho para avisarle que una señora solicitaba una audiencia; le tendió la tarjeta de presentación. Manon, que leía el artículo de Disraeli, abandonó el *Morning Chronicle* y la tomó. Se asombró al descubrir que se trataba de doña Marta Ibáñez y Piana. La hizo pasar enseguida. La mujer, ricamente vestida y enjoyada, entró y la saludó con una reverencia. Manon le presentó a Aldonza, que, tras el saludo, las dejó a solas. Acordaron hablar en español.

—Ayer, en Swan & Edgar —comenzó doña Marta—, iba a aproximarme cuando noté que estabas con una jovencita, tu sirvienta, estimo. —Manon volvió a asentir, un poco impaciente, pero también intrigada—. Catrin —dijo la mujer.

—Así es. Catrin —confirmó Manon con un ceño de extrañeza—. ¿La conoce usted, doña Marta?

—Era mi ayuda de cámara tiempo atrás.

—Creí que el primer trabajo de Catrin en Londres había sido con una viuda.

—No, no —replicó doña Marta con vehemencia—. Trabajaba para la Baring Brothers antes de hacerlo conmigo. Limpiaba la sede del banco —aclaró—. Por aquella época, recién llegados a Londres, Jaime mantenía una cuenta con los Baring. Yo solía acompañarlo a la sede. Allí la veía trabajar con afán, a Catrin —aclaró—. ¡Qué sorpresa me llevé cuando me dijo que hablaba perfectamente el español!

—Oh —exclamó Manon, estupefacta—. No lo sabía. Jamás me lo refirió.

—Qué extraño —musitó la española—. Su padre era galés, pero su madre era española. Se conocieron durante las guerras napoleónicas. Él era soldado.

—¿Por qué Catrin ya no está a su servicio, doña Marta?

—Comenzaron a desaparecer pequeños objetos. Me vi obligada a despedirla, más allá de que nunca pude demostrar que ella los hubiese robado. Ayer, al verla contigo en Swan & Edgar, me sentí en la obligación de advertirte. Siempre eres buena y considerada con mi Jaime y sé que lo has asesorado muy bien, por eso creí que era mi deber prevenirte.

—Le estoy agradecida. Pese a que nunca pudo probar la culpabilidad de Catrin, su merced la despidió. —La española lo ratificó con un asentimiento mudo—. ¿Tengo que entender que la sospecha acerca de su integridad era fundada?

—Lo era.

Se despidió de la mujer y mandó cancelar una reunión que tenía con el encargado de la sección de empréstitos. En cambio, le ordenó a Thibault que preparase el carruaje; la urgía regresar a Burlington Hall. Durante el trayecto le refirió a su abuela el revelador diálogo que acababa de sostener con doña Marta Ibáñez y Piana. Aldonza guardó silencio y desvió la mirada hacia la ventanilla.

—Si es lo que sospecho —dijo después de esa pausa de reflexión—, las implicancias podrían ser tremendas.

—Es lo que me temo, abuela.

En Burlington Hall, sin quitarse siquiera la capota ni el abrigo, convocó a la señora Hull, el ama de llaves, que se presentó minutos después en la biblioteca. El llamado de la señorita Manon a esa hora tan inusual la había puesto nerviosa; tenía las mejillas arrebatadas y los ojos inquietos.

—Señora Hull, usted se ocupó de la contratación de mi criada, Catrin Lewis, ¿verdad?

La mujer alzó las cejas y balbuceó, cada vez más alterada, sin brindar una respuesta concreta. Finalmente preguntó:

—¿Ha surgido algún problema, señorita Manon?

—Responda a mi pregunta, por favor.

—Sí, señorita —respondió con acento inseguro—, yo me ocupé, como corresponde a mi puesto de ama de llaves.

—¿Publicó un anuncio?

—No fue necesario. La conocí en el funeral de su anterior ayuda de cámara, Maureen —aclaró sin necesidad—. Se acercó y se presentó. Me dijo que ella y Maureen habían sido amigas.

—¿Y la contrató así nomás? —inquirió Aldonza de mal modo.

—¡No, claro que no! La muchacha traía referencias.

—¿Quién o quiénes le proveyeron las referencias?

—Las recibí por escrito, como se acostumbra. Si me concede un momento, iré a buscarla.

Regresó poco después con una carta. Manon la desplegó. Le bastó un vistazo para notar que la caligrafía le resultaba familiar. Dirigió la mirada al pie del texto; lo firmaba Samantha Carrington. Las letras se le tornaron borrosas. Su instinto comprendió antes que su intelecto la devastadora conclusión: Porter-White estaba detrás de la contratación de Catrin. Carraspeó, buscó componerse, sonrió en dirección al ama de llaves.

—Gracias, señora Hull. Me quedaré con la referencia —indicó mientras volvía a doblar la hoja—. ¿Podría decirle a Catrin que deseo hablar con ella?

—Enseguida —dijo y, tras una rápida genuflexión, se retiró.

Manon le tendió la carta a su abuela. Aldonza extrajo los quevedos de la escarcela y se los calzó deprisa. La leyó. Realizó un gesto elocuente al llegar al pie de la hoja.

—Dios del cielo —mascculló—. La desgraciada viuda de nuevo.

—Debió de hacerlo como un favor a la Serpiente —conjeturó Manon—. Tal vez a cambio de dinero o a modo de agradecimiento por haberle hecho ganar unas cuantas libras en la bolsa. En cuanto a Catrin, debió de conocerla durante sus años en la Baring Brothers.

—Quizá la pilló robando y la extorsionó —presumió Aldonza—. Típico de ese reptil. Se aprovecha de las debilidades ajenas.

La señora Hull regresó más agitada que antes.

—No encuentro a Catrin por ninguna parte, señorita. Ni a mí ni a Stephen nos ha solicitado permiso para salir. El resto de la servidumbre asegura no haberla visto desde temprano.

Manon y Aldonza compartieron una mirada cargada de alarma y de recelo.

—Está bien, señora Hull —dijo Manon, e intentó sonar tranquila—. No se preocupe. Hablaré con ella esta tarde, cuando regrese del banco.

De nuevo en el carruaje rumbo a la City, Aldonza expresó:

—Sabes que no volverá, ¿verdad?

—Es lo que sospecho —acordó Manon—. Ayer, en Swan & Edgar, supo que su juego se había terminado. Debió de imaginar que, más temprano que tarde, doña Marta me revelaría la verdad acerca de su identidad y decidió huir. —Se cubrió la frente y soltó un suspiro, hastiada de la tupida tela de la araña en la que había caído—. Estoy intentado determinar las consecuencias que implica que Catrin haya sido mi criada durante todo este tiempo. Más de una vez hablamos en español frente a ella. ¡Oh! —exclamó y fijó una mirada estupefacta en su abuela—. Catrin sabía que yo estaba enamorada de Alexander. Debió de escucharme cuando te lo conté en alguna ocasión. Por esa razón Alexander fue atacado en el puerto y en lo de la viuda de Carrington antes siquiera de que comenzásemos nuestro compromiso secreto.

—Cristo santo —barbotó Aldonza, perpleja.

—¡Oh, no, Maureen! —clamó Manon con un acento desgarrador al recordar a su ayuda de cámara anterior—. ¡Dios bendito, ese hijo de mala madre la envenenó como hizo con papá! ¡La envenenó para dejar libre su puesto! Debió de emplear arsénico.

Aldonza se hizo tres veces la señal de la cruz bisbiseando en romaní y besó la bolsita grisgrís también tres veces.

—La Serpiente tiene que abandonar Burlington Hall hoy mismo —decretó la anciana—. Él y su concubina demoníaca —remarcó—. Emplearemos a Sweeney, a Robinson y a Mayo para expulsarlos. A punta de pistola si es preciso —sentenció—, pero no pasarán una noche más bajo nuestro techo.

De nuevo en la Casa Neville, Nora le entregó una esquela que había llegado poco después de que se marchase. Manon, apurada por presentarse en la bolsa antes de la dos de la tarde, decidió leerla a su regreso. Lo hizo cerca de las cuatro de la tarde. Con el pensamiento fijo en Catrin y en Porter-White, la recogió y rompió el sello con apatía. Bastó leer las primeras líneas para ponerse de pie y llamar la atención de su abuela, que cosía a pocos palmos de su escritorio. La anciana soltó la costura y se aproximó a paso rápido.

—Es del director del hospicio de Timmy —le informó Manon—. Asegura que esta mañana tío Daniel fue a buscarlo y se lo llevó, junto con sus pertenencias.

—¡Malnacido! —insultó Aldonza—. Esperó que tu padre muriese para intervenir. ¡Que el demonio se lo lleve!

—Vamos, urge ir a lo de tío Daniel. Me dirá dónde lo ha llevado así tenga que amenazarlo con mis pistolas —se juró.

Pusieron al tanto de la situación a Thibault mientras Sweeney enganchaba otra vez los caballos al carruaje. Llegaron a la residencia de Daniel Neville en menos de media hora gracias a la hábil conducción de Belloc por las atestadas calles londinenses. Manon y Aldonza entrarían; Belloc y los muchachos las aguardarían en el ingreso.

—Trataré de razonar con tío Daniel —dijo Manon a Thibault, que juzgaba precipitada la decisión de enfrentar a su tío sin consultar a un letrado.

El mayordomo las guio dentro de la casa, notablemente más pequeña y menos suntuosa que Burlington Hall. El silencio y la penumbra resultaban anormales. El eco de sus pisadas sobre el suelo damero se propagaba como si caminasen en una cripta. Solía ser una casa alegre gracias a la presencia de sus primos Harry y Almeric. Ese día, en cambio, Manon tuvo la impresión de haber entrado en un sitio desconocido y amenazador. El instinto le sugirió que diese media vuelta y huyese, pero se acordó de Timothy y siguió adelante.

El mayordomo abrió la puerta de la biblioteca y levantó el brazo para invitarlas a entrar. La abuela y la nieta cruzaron el umbral y se detuvieron en seco al toparse con una pequeña multitud. No solo estaban sus tíos Daniel y Louisa; también se encontraban David, Charlotte, Leonard, Porter-White, su hermana Alba y Alexandrina. Después del instante de ofuscación, Manon detectó la presencia de otros caballeros; a uno lo conocía muy bien: el médico al que habían convocado en tres oportunidades para que la asistiera durante sus episodios de locura. Poco a poco, la verdad de la trampa en la que había caído fue esclareciéndose en su mente confusa.

—Sabíamos que te precipitarías aquí no bien supieses que nos habíamos llevado al engendro —comentó su tío David.

—Salgamos de aquí —ordenó Aldonza, que evidentemente había comprendido la emboscada que les habían tendido.

La sujetó del brazo y tiró de ella. Al volverse, un hombre robusto, que vestía un extraño uniforme, se interpuso delante de la puerta y les impidió salir. Otro, que sorprendió a Manon, le despojó de la escarcela. Debía de saber que contenía las dos pistolas de manguito puesto que la abrió y las retiró.

—Esto lo hacemos por ti, querida —aseguró Daniel Neville.

—No has estado bien, cariño —lo apoyó su hermano Leonard—. Has sufrido inmensamente a causa de las muertes de Archie y de Percy. Es necesario que te recluyas en un sitio donde se ocuparán de ti, para que recuperes la serenidad.

—¡Malditos traidores! —vociferó Aldonza y se colocó delante de Manon para protegerla—. ¡Esa serpiente —dijo y apuntó a Porter-White— estuvo envenenándola para que sufriese alucinaciones! ¡Esa serpiente —reiteró— envenenó a mi yerno con arsénico! ¡Maldita serpiente! ¡Te maldigo, Julián Porter-White! —proclamó en español, y solo obtuvo un gesto risueño por parte del destinatario de la anatema.

—Aldonza, por favor, conservemos la calma —intervino Charlotte—. Todos queremos lo mejor para la querida Manon. Aquí el doctor James Monro, un gran experto en los casos de demencia, nos ha explicado que…

Tras haber escuchado el nombre de James Monro, Manon comprendió que la encerrarían en Bedlam. Una declaración de insania les permitiría hacerse de la administración de sus bienes, en especial de la Casa Neville. Movió la vista y la detuvo en la de Porter-White, que la contemplaba con una mueca triunfal. Por fin cumplía su venganza. Se lo había jurado, se lo había gritado a la cara el día en que su padre lo mandó al exilio en París.

—El abogado Edmond Monro ha obtenido la autorización del tribunal para internar a Manon en una institución donde permanecerá aislada durante una temporada y donde se recuperará por completo —explicó su tío David con una ironía insoportable—. Los testimonios —añadió, y extendió la mano para apuntar a Leonard, a Porter-White, a Alba y a Alexandrina— han sido más que convincentes. Todos concuerdan en que tú no estás bien, cariño. Esto, sumado al diagnóstico del doctor Monro —dijo, y le dirigió una inclinación de cabeza—, que certificó tus delirios, nos llevó a intervenir. Nosotros nos haremos cargo, no te preocupes.

Manon se giró repentinamente decidida a huir. El hombre apostado en la puerta la detuvo y la inmovilizó con un movimiento tan diestro como veloz. Otro se aproximó deprisa y la envolvió en una extraña prenda que le inutilizó los brazos. Aturdida, doblegada por una insólita sensación de fatalismo, dirigió la mirada hacia su abuela. No oía nada, pero sí veía que Aldonza se desgañitaba gritando y que luchaba por salvarla, sin éxito; a ella también la tenían aferrada.

Se le destaparon los oídos repentinamente. La voz de David Neville se elevaba para imponerse a los alaridos de su abuela. Se obligó a concentrarse; quería comprender lo que decía.

—Sáquenla por la puerta trasera. En el ingreso principal debe de estar el cancerbero Belloc. Siempre va armado.

Reaccionó gritando, sacudiéndose y clavando los tacos de los botines en la alfombra cuando abrieron la puerta de la biblioteca y se dio cuenta de que se la llevarían. Un miedo indescriptible se apoderó de ella. Le resultaba intolerable la idea de no volver a ver a Aldonza, a Thibault, al pequeño Ally, de no conocer a Roger Alexander. Sobre todo temió por Alexander. Evocó una de sus últimas conversaciones, en la que él le había suplicado que se cuidase en su ausencia. «Me volvería loco de dolor si algo te sucediese», había añadido. Buscó a Alexandrina con la mirada y supo que ella también estaba pensando en él.

* * *

17 de marzo de 1835. A pocas millas de la isla de Antigua.

Obadiah le había pedido en reiteradas ocasiones que lo subiese al bauprés. Esa tarde, aprovechando el buen tiempo, había accedido. Percibía la emoción del niño montado en el palo de proa que se suspendía en el vacío, varios pies sobre el mar. Era una experiencia única, fascinante, con el aire salitroso y cálido del Caribe que les acariciaba el rostro y la imagen del sol que lentamente se hundía en el horizonte y adoptaba un colorido casi inverosímil.

La práctica siempre lo dotaba de una sensación de libertad y de omnipotencia. En esa instancia, con Obadiah delante de él, experimentaba inquietud, la que, ahora comprendía, debió de haber experimentado su padre cuando le permitía trepar al riesgoso palo, mientras lo pegaba a su cuerpo con una mano firme. Se preguntó qué habría dicho Manon de haberlos visto allí subidos. Se respondió enseguida: habría alentado a Obby, como hacía siempre para que ganase seguridad.

—¡Es sensacional, capitán Alex!

—Lo es —acordó con el niño—. No sueltes el estay. Sujétate bien.

—El estay del trinquete —completó Obadiah, orgulloso del conocimiento en materia de navegación que había acumulado durante los viajes.

—Exacto. ¿Y te acuerdas del nombre de la vela que a veces desplegamos en esa percha? —Le indicó con el mentón un madero ubicado en el extremo más alejado del bauprés.

—¡Foque! Me gusta jugar al juego que inventó la señorita Manon.

—A mí también —acordó Alexander—. ¿Y recuerdas cuándo desplegamos el foque?

—Solo con vientos ligeros.

—¡Bravo! Tienes una memoria prodigiosa —se asombró con sinceridad—. También existe el foque de tormenta, para cuando atravesamos un temporal, ¿lo recuerdas?

—¡Sí! Es una vela también en forma de triángulo, pero más pequeña que el foque y se usa para reducir el trapo al mínimo durante una tormenta.

Alexander soltó una risotada entre incrédula y colmada de orgullo.

—Tienes alma de navegante, Obadiah Murphy.

—¿Seré tan buen capitán como tú?

—¡Serás mejor que yo!

Obadiah rio, y el sonido cristalino e inocente de su risa, que se mezcló con el ulular del viento, lo hizo feliz. Cayeron de nuevo en un cómodo silencio mientras observaban la majestuosa puesta del sol. Al regresar a cubierta, Obadiah le preguntó:

—Cuando tengas hijos con la señorita Manon, ¿yo tendré que irme de tu casa?

—Por supuesto que no —respondió rápida y enfáticamente—. ¿Qué tiene que ver una cosa con la otra? ¿Qué tiene que ver la vela del trinquete con el tajamar?

Obadiah volvió a reír a carcajadas, divertido con la comparación.

—¡No tienen nada que ver, capitán Alex!

—Del mismo modo que no tiene nada en común los hijos que podríamos llegar a tener Manon y yo con que tú vivas con nosotros. ¿Crees que ella permitiría que tú te marchases?

Obadiah sacudió la cabeza para negar.

—¿Echas de menos a la señorita Manon?

—Sí —respondió Alexander.

—Yo también. ¿Cuánto? ¿Mucho? ¡Yo muchísimo!

Le hizo una carantoña y le desordenó el cabello. Le habría respondido: «Tanto, Obby. Tanto como tú no serías capaz de imaginar», pero, como era su costumbre, calló y ocultó el sentimiento. En cambio, le dijo:

—Ella debe de echarte de menos a ti muchísimo más.

—¿De veras?

—Sí, de veras. Y ahora ve a pedirle a Ludo que te ponga presentable. En menos de una hora atracaremos en Antigua.

* * *

Se aproximaban a la parte sur de la isla a una buena velocidad. Entre las ventajas que poseía La Isabella contaba el puerto natural de excelente accesibilidad y a buen resguardo de los huracanes. Alexander empleó el catalejo de visión nocturna para controlar la costa. Descubrió movimiento en el muelle. Los habían avistado y se preparaban para recibirlos. Habían partido semanas atrás para completar el giro de las islas británicas. Después de la desastrosa situación que hallaron en Antigua referida a los esclavos, su hermano Arthur y los otros miembros del Parlamento tomaron la decisión de controlar el resto de las posesiones del reino en el Caribe y constatar el cumplimiento de la Ley de Abolición aprobada en 1833. Eso había prolongado el viaje más de lo previsto.

Dentro de dos días, calculó Alexander, el 19 de marzo, se cumplirían cinco meses desde la partida de la Piscina de Londres. Había planeado regresar hacia fines de enero, y allí seguía, en medio del Caribe. Añoraba a Manon con una destemplanza que lo fastidiaba y lo conmovía, las dos emociones contrapuestas al mismo tiempo. No por nada Estevanico se reía de él y le decía que parecía atacado por hormigas en el culo. La inquietud resultaba evidente a los ojos de los demás.

Se calzó de nuevo el catalejo. Notó que habían encendido las antorchas que marcaban el sendero que conducía hasta la propiedad. Faltando pocas brazas para llegar al puerto, sonrió al avistar a sus padres en el muelle. Habían llegado el 5 de enero, preocupados por las noticias alarmantes del ataque sufrido en La Isabella y de las muertes de dos empleados. Por fortuna, la zona había sido pacificada y los responsables del zaqueo y de los asesinatos consignados a la justicia.

Como siempre, se ocupó personalmente de las maniobras de aproximación al puerto hasta el momento en que arrojaron el ancla. Un grumete abrió el portalón, y Alexander, con Obadiah y Mackenzie a la zaga, bajó deprisa para saludar a sus padres. Avanzó dando largos y ansiosos pasos por el muelle. Sonreía, contento de verlos, pero en especial eufórico porque en pocos días zarparía con rumbo a Londres.

La sonrisa se le fue desvaneciendo. A medida que se acercaba, notaba las expresiones preocupadas de sus padres. Corrió las últimas yardas al percatarse de que los ojos de su madre no brillaban a la luz de las antorchas sino a causa de las lágrimas.

—¿Qué ocurre? ¿Qué ha sucedido? —preguntó casi a gritos.

—Oh, Alex —sollozó Melody y le tendió una carta.

La aferró en un acto reflejo, pero no la desplegó. Siguió con la mirada fija en la de su madre; no se atrevía a indagar.

—Es de Rosie.

—¿Ella está bien?

—Sí, tu hermana está bien —intervino su padre—. Se trata de Manon.

Fue muy extraño: al sonido de su nombre, el corazón le explotó en el pecho. No recordaba haber experimentado algo similar. Sufrió un instante de ceguera, lo que le provocó un mareo. Su padre lo aferró por el hombro y le devolvió la estabilidad.

—¿Qué le ha sucedido? —se atrevió a inquirir, y él mismo no reconoció el timbre de su voz.

—¡La han recluido en Bedlam! —exclamó Melody y, al pronunciar el nombre del hospicio para lunáticos, su voz adquirió una resonancia que comunicó la idea del horror asociado a ese sitio.

—Percy ha muerto y su familia le ha tendido una trampa —acotó Roger.

«¡Bedlam! ¡Mi Gloriana en Bedlam!», gritó para sí, incapaz de articular un sonido.

Y a continuación recordó lo que se murmuraba: de ese pozo ciego nadie salía con vida.

FIN DE LA SEGUNDA PARTE